U0621301

根据地

中国共产党人不能忘却的记忆

李延国　李庆华　著

泰山出版社

图书在版编目（CIP）数据

根据地：中国共产党人不能忘却的记忆 / 李延国，李庆华著.
—济南：泰山出版社，2015.4
ISBN 978-7-5519-0202-1

Ⅰ.①根… Ⅱ.①李… ②李… Ⅲ.①报告文学—中国
—当代 Ⅳ.①I25

中国版本图书馆 CIP 数据核字(2014)第 280514 号

著　　者　李延国　李庆华
责任编辑　葛玉莹　邢攸林　汤敏建
封面设计　路渊源　胡大伟

根据地
——中国共产党人不能忘却的记忆

出　　版　泰山出版社
　　社　　址　济南市马鞍山路 58 号 8 号楼　　邮编 250002
　　电　　话　总编室(0531)82023579
　　　　　　　市场营销部(0531)82025510　82020455
　　网　　址　www.tscbs.com
　　电子信箱　tscbs@sohu.com
发　　行　新华书店经销
印　　刷　山东临沂新华印刷物流集团
规　　格　700mm×1020mm　16K
印　　张　29.75
字　　数　450 千字
版　　次　2015 年 4 月第 1 版
印　　次　2015 年 4 月第 1 次印刷
标准书号　ISBN 978-7-5519-0202-1
定　　价　58.00 元

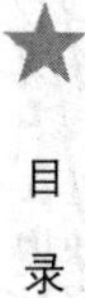

目　录

上部　每一寸土地都是我们自己的

中部　震撼世界的反腐战

下部　信仰的长征

★上　部

每一寸土地都是我们自己的

序章　一个被遗忘的名字

历史并非易碎品。

因为它有记忆。

建筑、书籍、碑刻、墓葬、壁画、雕塑、传说、葬礼、歌曲、民俗，都会留下历史的投影。

今天的信息时代，记忆方式发生了质的飞跃。中国研发的“天河二号”超级计算机系统，每秒钟可以运算数亿亿次，一块拇指大的电脑芯片，可以装下一整座大型图书馆的书籍内容，甚至连我们使用的手机，也可以储存下一座中小型图书馆的书籍内容。

但是，这一切都不能代替另一种记忆的载体，那就是有情感的人。

人民，是民族血性传递的不可取代的载体！

2013 年春天，山东省曹县刘岗村三位八十六岁的耄耋老人，联名给《菏泽日报》写了一封信，要求给七十年前冀鲁豫边区一位叫秦兴体的八路军战士立一座碑。信文朴实恳切：

> 我们是参加过抗日战争的老兵，我们心中的英雄——秦兴体的事迹，不能发扬光大，不能给这样的英雄树碑立传，这种精神不能弘扬，我们觉得愧对英烈，愧对历史……这是我们人生暮年最后的牵挂，办好这件事，我们可以无憾瞑目了……

七十年，大半个世纪，几万个日日夜夜。

三位耄耋老人为什么对这个叫秦兴体的八路军战士如此难以忘怀，

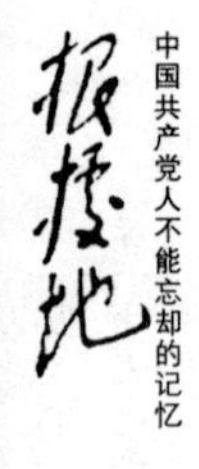

刻骨铭心？

至今，老人们说起秦兴体的壮烈捐躯，干枯的眼睛里仍会淌出泪水，像两条弯曲细长的小溪，流淌在皱纹纵横的脸上。

虽然有时历史也会得健忘症，但许多事情是永远不应该被忘记的！

抗日战争期间，苦难的鲁西南，受尽了日寇的蹂躏和屠杀，鲁西南人民奋起抗争，但每一次反抗都会迎来另一次更大的杀戮。

曹县有个著名的“红三村”，它包括刘岗、曹楼、伊庄。鲁西南的日寇屡袭不克，日军指挥官便在军用地图上把三个村子用红笔围起来，并赠名“赤三村”。

“赤三村”的百姓无一参加伪军，无一当汉奸和叛徒，坚持与日、伪军浴血奋战八年，以后就被根据地的人民称为“红三村”。

由于“红三村”分布成犄角之势，敌人来扫荡时，可以互相联络，互相支援。这里人民群众基础好，冀鲁豫边区第十一行署、冀鲁豫支队的指挥部便设在这里，号称鲁西南的“小延安”。

1943 年秋天，鲁西南抗日根据地五分区领导接到情报，商丘、兰考等地上万名日军正在秘密部署，准备对鲁西南地区进行军事扫荡，“红三村”是重点。

接到情报后，根据地领导决定对军队和行署机关进行转移。

当时，秦兴体二十五岁，任五分区根据地供给部被服厂保管股股长。按照组织要求，秦兴体将边区货币、缝纫机、棉花和布匹等物资就地掩埋妥当。这时，敌人已在夜间将刘岗村团团围住，秦兴体已无法转移，便换上农民衣服留了下来。

10 月 6 日拂晓，一千五百多名日伪军把“红三村”全部包围，决心找到八路军的后勤物资。秦兴体一边组织民兵阻击敌人，一边掩护群众突围撤离。由于敌众我寡，敌人很快攻占了刘岗村，秦兴体与一千多名群众一起被赶到村外的“寨海子”里，日寇在外面架起机枪。

“寨海子”，是村民为了防匪、防盗、防日寇而在村围子外挖的水塘，里面冷水没胸。“寨海子”变成了一个大水牢。

一个日本翻译官用嘶哑的喉咙对水牢里的群众说：“乡亲们，皇军大大地爱护老百姓，今天你们只要说出谁是共产党，谁是八路军，八路军的军用物资藏在哪里，皇军就会放了你们。要是不合作，马上统统拉出去枪毙!”

群众哑然无声。

日军翻译官见没有人说话，就从人群里拉出两个青年人，逼问:“谁是八路军?”

二人一齐回答:“不知道!”

站在旁边拄着指挥刀的日军指挥官一努嘴，日本兵立即举起枪打死了他们。随后，日本兵又把一个叫杨二孬的青年拉出来吊在树上，挥舞着棍子猛打，一边打一边问:“谁是共产党?谁是八路军?”

杨二孬强忍着疼痛，坚决地回答:“不知道!”

残忍的敌人将杨二孬活活打死。

日本翻译官指着三个青年人的尸体，发狠地对群众说:“你们看到了没有?要是不说，统统跟这三个人一样的下场!”

那时，三位老人之一的刘效民刚满十五岁，他和父亲紧紧拉住秦兴体的手。目睹日军的残暴，秦兴体心如刀绞，他几次想冲出去和敌人拼命，但都被刘效民父子和群众扯住。群众泡在水中，默默地坚守着一个信念:一定要保护八路军的安全。

更加残酷的审讯又开始了。敌人在坑边放了一张刑床，不时从水坑里拉出群众捆在刑床上并对他们进行严刑拷打，群众被敌人折磨得惨不忍睹。但不管怎么审讯，受刑的群众都咬定:“不知道!”

“统统的死了死了的!”日军指挥官多喜成一恼羞成怒，挥舞着指挥刀，大声叫嚷着。

秦兴体再也忍不住了，猛然在水牢中高喊:“我是共产党!我是八路军!”

多喜成一脸上露出一丝奸笑，用生硬的中国话说:“你的出来出来!”

秦兴体挤出群众的保护圈，大义凛然地站到矮小的多喜成一面前。

“你真的是共产党、八路军?”

秦兴体回答:“我就是共产党、八路军!”

“你们八路军的军用物资放在什么地方?说出来大大地奖赏!”

“你先把群众放了!”秦兴体坚定地说。

多喜成一命令把大家从“寨海子”里赶出来，然后又凑到秦兴体身边:“八路的军用物资到底藏在哪里?”

秦兴体拍拍胸脯："我告诉你，它全藏在这里！"

"你的，这样的不好。谁是共产党？谁是八路军？谁是村干部？你统统地给我说出来，我不会杀你！"

秦兴体铁塔一样站立着，开口大骂日军的暴行。

多喜成一"嗖"的一声抽出指挥刀，放在秦兴体的脖子上。秦兴体还是泰然自若，昂首不语。多喜成一把军刀一挥，用日语吼叫了一阵，日军翻译官立刻带领几个汉奸，把秦兴体绑在刑床上，用皮鞭抽打他，并向他身上滴特制的黑色酸性液体，秦兴体浑身顿时烧起了许多血泡，疼得昏死过去。

日本兵往秦兴体头上泼了一盆冷水。待秦兴体苏醒过来以后，多喜成一又问道："你说不说？"

秦兴体沉思了一会："我说。"

日军翻译官喜出望外，立即让人把秦兴体放下来，年轻英俊的秦兴体满脸血水，转过身来，向群众大声说道："乡亲们，抬起头来，不要伤心难过，中国人民是有骨气的！抗战一定会取得胜利！我们的大部队马上就要回来，他们会给死难的群众报仇！血债终要血来偿！我们要坚持到底，和日寇汉奸斗争到底……"

多喜成一被气得直哆嗦，指着秦兴体大喊："快！快！把他的喉咙卡住，别让他搞赤色宣传！"

日军翻译官立即领着几个鬼子，上前去掐秦兴体的脖子，秦兴体扬起一脚，把他踢了个仰面朝天。几个鬼子扑上来把秦兴体拖到墙根，像耶稣受难一样用长钉把他钉在木板上，秦兴体大骂日寇不止。

为了堵住他的嘴，日军用匕首从他身上割下肉，塞进秦兴体的嘴里。

秦兴体大声喊道："狗日的小鬼子，肉，你拿去吧，骨头是我的！"

日军把门板倒过来，下面生上火，对秦兴体用了最残忍的酷刑——凌迟，用刀一块块切下他的肉……

群众忍无可忍，纷纷冲上去和敌人拼命，敌人机枪开火，一百多群众倒在血泊中。

日寇什么也没有得到，恼羞成怒，烧毁了全村的房屋。

秦兴体啊，你是人民的好儿子，你是中华民族的真壮士，你是冀鲁豫边区为中华民族留下的英雄记忆！

刘岗的乡亲们啊，你们家境贫穷，可你们却是世界上最富有的人！

你们出身低微，可你们却是世界上最侠义的人！

你们在强敌面前显得弱势，可你们却是世界上最有力量的人！

一千多名群众为了救一个八路军泼洒热血，一个八路军为了救一千多名群众献出了宝贵的生命。这是人间什么样的血缘关系？

在水牢里，秦兴体的手从十五岁的刘效民手中抽出时，英雄的壮举就印刻在刘效民的脑海中，成为他终生不能磨灭的记忆。另一位老人刘思杰当时也在水牢中，少年的双眼如清晰的摄像机，把这一切都记录了下来，十年，二十年，三十年……七十年之后，那景象仍历历如新。

当天是中国传统的九月九重阳节，刘岗村的百姓没有一个进食的。他们用门板制了一副棺木，把烈士掩埋在刘岗村边，秦兴体永远成了刘岗人。

刘岗人曾多次为烈士寻找故乡。他们当年知道秦兴体的家乡在河南省修武县，后在滑县道口铁路当过学徒，到上海参加了五卅运动。可是刘岗人寻遍了这些地方，都没有找到烈士的家人。

秦兴体，你是否在等待着一个叫“谷子地”的人，为你吹响迟来的集结号？

笔者前去刘岗村寻访老人，老人们用手掌擦着泪痕：“今天住上了楼，吃上了白馍，可秦兴体还没有找到家。英雄没了，怎么也要告诉家里一声。一想到他，心里就难受啊……”

三位老人，有一位已经坐上了轮椅。为筹资立碑，他们摇着轮椅，手托柳条筐，在“红三村”募捐，一毛、一块、十元、百元、千元……最后竟募集到了五万元。

捐款人都没有留下姓名，但是他们有一个共同的、被遗忘的名字——根据地！

第一章　渐行渐远的冀鲁豫

1. 询问大地

"红三村"老人对秦兴体烈士的缅念，牵出了当年冀鲁豫边区党和军民血肉相连、生死相依的悲壮历史。

老人和秦兴体的故事感动了整个鲁西南。

菏泽市委、市政府领导当即作出指示，全力支持帮助老人完成他们的愿望。市政协领导敏锐地察觉到，欠发达的鲁西南地区，拥有冀鲁豫根据地光荣的革命传统，应尽快开展"抢救行动"。

菏泽市政协主席刘勇、副主席付守明、陶体华亲自投入到冀鲁豫根据地历史的征集、写作、宣传活动中。他们组织起一个精干的团队，要把这份宝贵的遗产作为一项重大的文史工程、思想工程、政治工程、改革工程挖掘出来，留给后人。

时任市委书记的于晓明前往"红三村"访问老人，并亲自南下贵州，慰问南下的老干部，了解当年冀鲁豫的光荣传统。他对笔者说："菏泽不仅是牡丹之乡、书画之乡、武术之乡，她还是革命之乡。冀鲁豫当年留下的革命精神，是菏泽腾飞最大的资源和财富！"

冀鲁豫根据地的历史，是欠发达的鲁西南拥有的最大"金矿"。

我们行走在这个具有五千年文明史的平原上。

菏泽，古称雷泽。《史记·五帝本纪》记载："舜耕历山，渔雷泽。"古时雷泽西纳济水，通黄河；东入泗水，通淮、江入海。在古代运输工具原始落后的条件下，水系发达的菏泽成为中原一带的交通枢纽，商舟往来密集，被称为“天下之中”。

五帝——黄帝、颛顼、帝喾、尧、舜，以及蚩尤、少昊、共工、鲧、大禹等，皆在今天的菏泽地域留下了活动足迹。至今，菏泽巨野留有蚩尤墓，鄄城留有尧王墓。后来商汤灭夏，建都于亳（今曹县）。

战国时期，越国重臣范蠡帮越王勾践复国之后，悄然泛舟到“天下之中”的菏泽陶丘定居。范蠡运用他的商业智慧，三致千金而散之于民，被称为“商圣”。因范蠡曾被封为陶朱公，后人将他定居的陶丘更名为定陶，传承至今。

战国名将吴起、孙膑及孔子的得意弟子子贡，皆出生于菏泽鄄城和周边地域。中国古代著名的思想家、文学家庄子也出生于菏泽曹县东南之地，在漆园（即今菏泽东明县境内）为吏。

项梁反秦战死定陶，汉高祖刘邦曾在此登基建立西汉政权，并娶了菏泽的吕雉和戚夫人为王后和妃子。

曹植在封地鄄城赋愤诗，唐末黄巢曾在此举兵起义。著名诗人李白、杜甫、高适等都在菏泽留下许多佳作。北宋一百零八好汉聚义梁山泊……无数历史壮剧在此演绎。

进入“二十五史”的菏泽英杰达二百多人。思想家、军事家、教育家、经济学家、政治家数不胜数。

近代著名抗日名将赵登禹将军就出生在菏泽。当年他带走八百鲁西南壮士，每人身背一把大刀走上抗日前线。在长城喜峰口的对日作战中，身高一米九的赵登禹身为旅长，率部夜袭敌营，身先士卒，将他花一百八十块银圆打造出的两柄特制钢刀砍卷了刃。这一次奇袭，日寇在喜峰口留下了五百多颗头颅，其中被赵登禹砍下的有六十多颗！此战催生了著名的《大刀进行曲》。

此役中，赵登禹的左腿被弹片炸伤。他的女儿赵学芬至今保存着赵登禹负伤后的一张照片，将军用两行遒劲的行楷在照片一侧写下：“肢体负伤为小纪念，战死沙场才为大纪念。”他的命运被自己言中，最终他倒在北平南苑保卫战的战场上，身中五弹，鲜血流干，年仅三十九岁。

中华人民共和国成立后，民政部向赵登禹家人颁发了“革命牺牲军人家属光荣纪念证”，编号为〇〇〇八〇号，签署人毛泽东。

新中国成立后，党中央作出决定，不准以领袖个人名字给北京街道命名，但是，唯独有三条街道以国民党将领的名字命名至今——赵登禹路、张自忠路、佟麟阁路！他们是抗日战争中盟军牺牲的级别最高的三位将领（上将）。

赵登禹从鲁西南带走的八百男儿无一生还，全部牺牲在抗日战场上！

赵登禹在喜峰口刀劈日寇不久，他的家乡鲁西南也遭受到日寇的蹂躏。

1939 年初，毛泽东和党中央决定派出一部分主力，到赵登禹的家乡——鲁西南，开辟敌后根据地，发动群众，抗击日寇。

今天，我们叩问这片大地，半个多世纪前，这里发生过一场轰轰烈烈的革命，是否还留下了记忆？

我们站在一所中学的门口，询问一位放学的翩翩少女："你知道冀鲁豫吗？"

少女想了一会儿，摇摇头，走了。

我们走进一座超市，询问一位带着女友购物的青年："你知道冀鲁豫吗？"

"什么鱼？鲈鱼？"他憨憨一笑，"我不知道你们说什么。"然后就去挑选五光十色的商品了。

我们走进肯德基，买了汉堡坐下食用。对面是一位女大学生，我们问："你知道冀鲁豫吗？"

对方觉得我们怪怪的，或者不怀好意，或者把我们的问话当成了一个什么邪教的联络暗号，用怀疑的目光打量着我们，然后什么也没回答，匆匆离去……

我们怅然。

难道时间真的是一面筛子，过滤了英雄的事业和他们的精神？

难道货币、商品、高科技、娱乐大片，真的就能遮挡住历史的光芒？

我们无权要求人们都记住烈士鲜血的重量，也无法参透当年先烈与我们今天生活的联系！

我们也更不能只期待三位耄耋老人靠刻碑记事来留住民族的光荣！

我们只能以自己有限的力量，从浩瀚的史海中，从时间的沉船中，打捞出依然在闪闪发光的冀鲁豫精神。

2. 罗荣桓郓城战日寇

1939年初，春寒料峭。一支穿着灰色粗布军装的队伍，穿行在历史之页。

八路军一一五师六八六团，在代师长陈光（师长林彪因负伤去苏联养病）和师政治委员罗荣桓同志的率领下，遵照中共中央“打到敌后去，开辟抗日根据地”的指示，从山西出发，越过一道道封锁线，挺进山东，以策应华北抗日战场。

当时日军主力主要在华北和山东胶济线一带。鲁西南没有铁路，公路也不多，不便于机械化作战。日军在每个县城驻军不多，主要依靠伪军进行统治。

杨勇率领的一一五师六八六团开进到鲁西鄄城扎营。这是我八路军作为正规军第一次踏上这片黄色的土地。当地的群众和一些开明绅士，听说平型关打鬼子的一一五师来了，欢欣鼓舞，奔走相告。

日军1938年秋侵占鲁西南的重镇郓城，并积极向外扩展其势力范围。当时，驻郓城日军有二百多名，日军采取了“以华治华”的政策。原韩复榘部下、郓城日伪县长刘本功，派其弟刘玉胜驻郓城西北之樊坝。这伙伪军全部是日式装备，自盘踞樊坝以来，催粮、要款、奸淫、抢掠，无恶不作，当地人民恨之入骨。

具有抗日倾向的国民党郓城县地方部队保安司令祝璧臣，带着二十名当地开明人士，跋涉数十里，冒雨前去欢迎杨勇。祝璧臣原为国民党八十八师副师长，曾参与过围剿中央苏区红军，但现在他对蒋介石的消极抗日不满，倾向于八路军的抗日政策。他指控伪军刘玉胜盘踞樊坝之危害，要求八路军打击日伪，安定民心，解除人民的苦难。

3月2日，我一一五师师部率师直部队和六八六团进入郓城县郊。郓城县委书记梁仞仟带领县委成员来到团部驻地轩楼。他们也赞同八路军挑个“硬柿子”捏，拔掉樊坝日伪据点的想法。

樊坝位于郓城县城西北，距城十八华里，是伪县长刘本功据点中兵力最强的一个，驻伪军一个团共五百余人，装备有小炮一门，轻机枪十三挺，步枪四百余支。伪军团长刘玉胜亲率主力驻守樊坝，戒备森严。

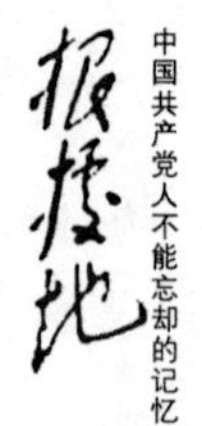

杨勇率领六八六团接受攻打樊坝任务后，立刻进行了战前准备。当时，我军经过长途行军，非常疲劳，且刚到鲁西，敌情、地势都不熟悉，加之过去部队始终在山区作战，缺乏平原作战的经验。战前会议上，杨勇分析了敌我双方的具体情况，指出了我军的最有利条件是有地下党和老百姓的支持。

说到杨勇，不得不提一提平型关大捷。长征时杨勇就曾当过师长，国共达成联合抗日协议后，红军整编为三个师，杨勇“降职”当了六八六团的副团长，1938 年 1 月任六八六团团长兼政委。在平型关战斗最激烈的时候，杨勇端起刺刀冲入敌阵，极大地鼓舞了士气。平型关大捷是中华民族在抗日战争中与日军正面冲突取得的第一次大捷。

杨勇带领营连干部察看了地形，研究了作战方案，部署了战斗任务。

时值正月十四晚，元宵佳节前夕，樊坝戏台上正演着古装戏剧《杨五郎出家》，表达了外族侵略下的家仇、国恨。伪军团长刘玉胜却非常不满：“谁点的戏？死的死，亡的亡，除了哭还是哭，多晦气！”

刘玉胜并不知道八路军已到了郓城县境。

杨勇通过侦察了解到，敌人每天晚上两次将护寨河上的吊桥板放下，打更的巡逻兵走出围寨，巡逻一遭，如没有情况，就回到据点里去。

1939 年 3 月初，八路军一一五师主力到达鲁西郓城一带。

杨勇决定在敌人将吊桥放下时快速打进去。执行突击任务的三营十连在红军时期被称为夜老虎连，多次在夜间完成奇袭任务。不料，突击排刚开始冲锋便被敌人发觉，敌人随即扯起吊桥，把突击排的一个尖刀班卡在里面，两个班被阻在寨外，突击排被敌人切为两截。被卡在寨内的尖刀班在围子的门洞里，同敌人进行了激烈战斗。

危急时刻，后续部队发起冲击，一阵猛烈的手榴弹爆炸，守寨门的敌人全部被歼。晚 11 点，一营突击队突入寨内，经过八个小时的激烈战斗，打进樊坝伪据点，并消灭了从郓城前来支援的一百多名日军。

旭日初升，樊坝东边团柳树庄的枪声依然激烈。这时，几个战士押着一个头上负了伤的俘虏来到杨勇面前。经过审问，他正是伪军团长刘玉胜。

杨勇让卫生员给他包扎好伤口，问他："那边小庄里是谁的部队?"刘玉胜有气无力地说："是我的一个营。"

杨勇说："那好，你马上写封信，让他们放下武器，立即投降!"

刘玉胜见大势已去，随即写了一封信，派人送去。

不久，守团柳树庄的全体伪军左肩扛着枪，右手举着枪栓，走了过来。对于敌人的投降，八路军是有经验的，他们把准备好的箩筐放在路边，伪军们一个接着一个地把枪栓扔到箩筐里，然后站队集合。

樊坝战斗共击毙击伤伪军二百余人，日军一百余人，活捉伪军团长刘玉胜及伪军三百多人，缴轻机枪十一挺，小炮一门，步枪四百余支，解放被掳妇女三十余人，村干部二十多人。

六八六团执行八路军优待俘虏的政策，对被俘虏的伪军，愿意回家的，发给路费，受重伤的给予治疗，伤愈后，再由其选择去留。

杨勇按照毛泽东建立抗日统一战线的要求，对刘玉胜也采取了宽大政策。刘玉胜在鲁西曾作恶多端，民愤极大，杀了他也不冤。但是实行宽大政策，对于开展这里的工作、化解顽固派更为有利。为此，杨勇不但派医生给他和他岳父治伤，还亲自找刘玉胜谈话，向他晓以抗日救国大义，希望他改邪归正，重新做人。

当时，地处三省交界的边区司令多如牛毛，在鲁西北部有王金祥、齐子修、郁仁治、田家宾；在两濮及豫北有石友三、孙良诚、丁树本、杜淑、李旭东、孙殿英、庞炳勋等人；在湖西有冯子固、耿继勋；在鲁西南有孙秉贤、孙瑞亭、张子刚、王志杰、周倜等人；在水东地区有马逢乐……他们虽然都是反共顽固派，但又自成体系，抢地为王，各霸一方，各自拥有上千或数千支枪。做好刘玉胜的工作，可以教育其他的顽固派。

1939 年 5 月，日军搞了一次突然袭击，当时杨勇身边只有一个连队，双方兵力悬殊，再加之日军施放了毒气，杨勇只得率部撤出战斗。在樊坝战斗中被俘的刘玉胜本可以乘机逃走，但他耳闻目睹了八路军抗日杀敌、救国救民的行为，对八路军有了新的认识。在突围中，他曾一度与部队失散，但又很快追了上来。

鉴此，杨勇决定释放刘玉胜，还特意还给他原来所带的手枪和马。这一切使刘玉胜非常感动，他声泪俱下地表示，今后一定要洗心革面，戴罪立功，以报答共产党、八路军的不杀之恩。

刘玉胜说："我感谢杨勇团长的再造之恩，刘某有幸得以生还，实出意外。今后定要多为抗日救国做出贡献，再不做昧心之事。"

为了表示和自己的过去决裂，刘玉胜郑重地发表了一个"告同胞书"：

> ……玉胜不才，身为"中华民国"之军人，乃受敌伪之迷诱，沦为卖国求荣之汉奸……樊坝之役，幸被生俘，得蒙不死，倍享优待，并晓以救国救民之大义，教诲良深……玉胜扪心自问，愧悔交集，今日获释，恩同再生……誓当重整旗鼓，投效抗战，将功折罪，以雪吾耻，以谢国人……

刘玉胜的反正，对于我党开展统一战线工作起到了极好的示范作用。

3. 梁山水泊会议的争论

1939 年 8 月，一一五师首长和鲁西军政委员会在鲁西南的梁山水泊召开联席会议，鲁西区各地委书记参加了会议。

会议的中心议题是如何在冀鲁豫创建平原抗日根据地。

会议上议论纷纷：

“我党我军的根据地大部分在山区和丘陵地带，平原无险可依，建根据地不容易。”

“当年捻军起义，曾在这里大败清军，杀死了清朝名将僧格林沁。最后因这里无险可守，退出鲁西南。”

“日军有飞机、汽车、坦克，在平原作战有优势，我们只有一双腿，打起仗来，无处隐蔽。”

“这里是平原，兵多为患，除了有日军、伪军外，还有中央军、红枪会、民团等，但他们相当一部分，并非真抗日，只为占山为王。我八路军在此创建根据地，几乎没有同盟军，必受排斥。”

“这里民风彪悍，民智未开，群众工作不好开展……”

“兵多民贫，这里的群众已不堪战争的重负，部队的后勤得不到保障……”

一直没有说话的罗荣桓发言了：“你们讲的都有一定道理，但这些并不是不能在这里建立根据地的根本理由。”

这时，罗荣桓把一本小册子举起来：“这是毛泽东同志刚刚写成的《抗日游击战争的战略问题》。我们大家应该好好读一读，毛泽东同志说：‘中国有广大的土地，又有众多的抗日人民，这些都提供了平原能够发展游击战争并建立临时根据地的客观条件。’‘要建立长期支持的根据地，山地当然是最好的条件，但主要是须有游击队回旋的余地，即广大地区。有了广大地区这个条件，就是在平原也是能够发展和支持游击战争的。’”

会场顿时静了下来。

罗荣桓说：“游击战，是与人民共存共生的一种战争。哪里有人民，哪里就可以开展游击战争。平原虽无山地做屏障，但成千上万的群众，就是御敌的最强大屏障，只要坚持发动群众，依靠群众，和群众生死与共，就可以形成一道坚不可摧的铜墙铁壁。创建和坚持平原根据地完全是可行的。”

人民就是山，人民就是御敌的屏障！人民永远是推动历史前进的动力！

会议形成决议：按中央指示，在冀鲁豫平原地区建立抗日根据地。

会议后，一一五师、地方党组织和地方武装立即分赴冀南、豫北、鲁西南，投入到发动群众创建根据地的斗争中。

1940 年 4 月，中国共产党在清平县（今山东长清、平阴）召开了冀鲁豫边区工作会议，正式成立了冀鲁豫边区委员会，王从吾任冀鲁豫边区书记，黄克诚兼冀鲁豫军区司令员。

一年后，杨得志接替了黄克诚的职务，成为冀鲁豫边区军事最高领导人。

4. 辉煌的史诗

冀鲁豫根据地于 1939 年创建，五年后已成为中国共产党敌后最大的抗日根据地。

冀鲁豫根据地辖二十二个行署，一百九十八个县，三万二千六百个行政村，二十三万平方公里，人口二千五百五十一万。

抗日战争期间，冀鲁豫根据地八路军依靠群众，歼灭、瓦解日伪军十五万多人，军民浴血奋战，一直坚持到抗战胜利。冀鲁豫根据地成为中国敌后抗日的坚强堡垒。

但冀鲁豫边区的贡献远不止于此。

1945 年抗战胜利，中共中央任命林彪为山东省军区司令员，刚上任，就接到中央指示：美国提供大批军舰和飞机，向东北运送国民党部队。令林彪从晋冀鲁豫组建二十四个团的干部架子挺进东北。冀鲁豫子弟由此成为第四野战军的重要组成部分。

1946 年晋冀鲁豫野战军成立，冀鲁豫军区主力部队改编为晋冀鲁豫军区第一纵队：杨得志任司令员，苏振华任政治委员，曾思玉任副司令员，张国华任副政治委员，冀鲁豫边区子弟成为刘邓大军的主力。

1947 年 6 月 30 日至 7 月 28 日，刘伯承、邓小平率中国人民解放军晋冀鲁豫野战军主力，发起鲁西南战役。在北起黄河岸，南到陇海铁路，西自菏泽，东到大运河的广大地区，对国民党军队发起一次次大规模歼灭战。十战十捷，歼敌近二十万人。

1947 年，刘邓大军数十万人从冀鲁豫出发，千里挺进大别山，拉开了全国战略反攻的序幕。

1947 年 8 月，冀鲁豫区委从各地抽调近千名干部组成南下支队，随刘邓大军先抵大别山，后到江汉开展工作，建立江汉区党委，袁振任区党委副书记。

同月，冀鲁豫地委书记赵紫阳等率一批干部随军南下，建立桐柏区党委，赵紫阳任桐柏区党委副书记。

1947 年 9 月，区党委再次抽调千余名干部组成南下支队，冀鲁豫干部李剑波任支队队长，随军到达豫皖苏地区。

1948 年春，冀鲁豫区委书记张玺率一批干部赴豫西开展工作，建立豫西区党委，张玺任区党委书记。

1949 年 3 月，五千九百多名冀鲁豫边区干部战士组成南下支队进军大西南，接管江西、贵州。

冀鲁豫的干部成为许多新区的火种。

淮海战役期间，冀鲁豫边区出动民工三十多万人，牲口十二万头，支援战争的人次达到五千八百五十多万个，畜工一千二百多万个，组织担架一万余副，大小车十万多辆。

淮海战役后期，被围的杜聿明拒不投降。此时中国人民解放军的装备已经今非昔比，几千门大炮围住了三十公里的“驻地”，一天之内即可全歼被围之敌。中共中央为了减少双方士兵的伤亡，下令推迟一个月发起总攻。毛泽东提出：尽量减少双方的伤亡，并亲自拟写了《告杜聿明投降书》。总攻时间的推迟，需要一亿斤小米的后勤保障，这并不在原来后勤保障计划之中。但鲁西南人民很快筹集了一亿零五百万斤小米，用平板车送上了前线。

冀鲁豫边区成为支援淮海战役的大后方。

1949 年 8 月 20 日，根据中共中央决定，在冀鲁豫边区的基础上成立中共平原省委委员会、平原省人民政府。冀鲁豫根据地完成了它的历史使命。

能给人以光明的地方，一定有火炬！冀鲁豫革命根据地本身就是一支熊熊燃烧的火炬！

5. 不能背叛的根据地

2008 年，台湾知兵堂出版社出版了一套《突击丛书》。这套丛书将辽沈战役、平津战役、淮海战役分别编著成册，比较客观、详尽地记叙了双方在三大战役中的兵力装备、战略部署、将领指挥之得失、战况过程、

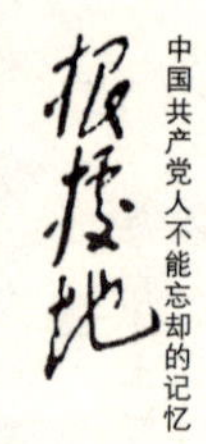

战斗结局等。

该丛书淮海战役一册定名为《徐蚌会战》，书后的两篇附录颇耐人寻味。“附录一”用列表的形式，对国共双方在三大战役中投入的兵力、武器、伤亡人数做了对比。从列表上可以看出，“国军”的兵力、武器都远远优于解放军，但解放军一栏却多了“人民支前”一栏：支前民工八百八十六万人，担架三十六万三千副，大小板车一百零一万辆，牲畜二百零六万七千头，粮食八亿五千四百七十六万斤。

“附录二”题为“徐蚌会战检讨”。“国军”总结出“决心不定，贻误战机”“单线部署，缺乏纵深”“将不能自专”“将领不和”等七大失败原因，但唯独没有检讨“国军”缺少人民的支持。

一支失去民心的军队，注定失败！

该书的编著者在“附录”中虽然客观地列举了支援解放军的民兵、担架和粮食的数量，但却没有揭示出，在这些数字的后面，有一个力大无比的巨人，他的名字叫“根据地”！

从第一个革命根据地井冈山开始，革命的火种便以星火燎原之势，唤醒了被压迫在三座大山之下的穷苦百姓。

根据地的定义是什么？

有了革命的武装、革命的政权、革命的群众组织、革命的政党——共产党（而且前面的三种组织都在共产党领导之下），这四种组织在一定地区能够公开地合法地存在，各自执行自己的职权（如政权执行自己的法令、纪律、各种制度等），这样的地区，就叫作革命根据地。

1927 年 10 月，毛泽东率领经“三湾改编”后的秋收起义部队到达井冈山，与南昌起义的朱德所部会师，先后在宁冈、永新、茶陵、遂川等县恢复和建立了党组织，发展武装力量，开展游击战争，领导农民打土豪分田地，建立红色政权，实行工农武装割据，创立了党领导下的第一个农村革命根据地。

中国共产党于 1937 年至 1945 年间，先后建立了陕甘宁、晋察冀、豫西、东北、华南、湘鄂、冀鲁豫等十几个抗日根据地。

这一块块由共产党人和广大人民群众用血肉组成的抗日根据地，坚持打击日伪军，为抗日战争的胜利做出了巨大的贡献！正是这一块块零散而坚实的根据地，养育了共产党人和人民子弟兵。这一块块血染的根据地，成为共和国的奠基石。没有根据地，共产党人或许将变成黄巢和李自成一样的流寇。毛泽东在革命的早期就批评过“流寇主义”，毫无疑问，建立革命根据地，是毛泽东最伟大的军事思想、哲学思想、民本思想。因为革命根据地不是占土地、占山头，而是拥有民心！

共产党人在革命征途上，一次次被逼入绝境，却又一次次化险为夷。

古希腊神话中有一个巨人叫安泰，他是大地女神盖亚的儿子，力大无穷，只要他保持和大地母亲的接触，就可以不断地获得力量，不可战胜。

毫无疑问，中国共产党因根据地而生，因根据地而成长壮大，因根据地而取得了革命最后的胜利，锻造出属于人民的共和国。

我们可以忘却许多事情，但是对于革命根据地的记忆却绝不能遗失。

根据地，不只是一个历史名词！也不只是一个政治概念！

第二章　生死相依的红色基因

1. 毛泽东的送行宴

早在杨勇打樊坝之前，中国共产党对建立冀鲁豫根据地就已经“组织先行”了。

冀鲁豫边区位于河北、山东、河南三省交界处，包括直南、豫北、鲁西南二十余县。那里是一望无际的平原，黄河由西南向东北斜穿腹地。冀鲁豫边区作为华北、华中的结合部，成为连接太行、鲁西、华中抗日根据地的交通枢纽，具有重要的战略地位。

1938 年 4 月的一天晚上，正在延安中共中央党校学习的段君毅忽然接到上级通知：“明天上午毛泽东主席请您和黎玉等同志去谈话。”段君毅听后兴奋不已。

第二天上午，他和中共山东省委书记黎玉等人早早地来到毛泽东的住处。警卫员招呼他们六七位同志在院子里坐下。不一会儿，毛泽东从屋里走出来。他穿着一身灰色的破军装，没戴帽子，脸显得有些消瘦，炯炯有神的眼睛布满了血丝。大家都站起来，毛泽东和大家亲切地握手后，示意大家坐下，他自己也搬了个小凳坐下，然后对黎玉说：

“黎玉同志，你不是专门从山东来延安要干部的吗？你谈谈吧。”黎玉谈了山东抗战的形势。他说，当前日军大举侵入山东，当地军阀韩复榘闻风而逃，日军横冲直撞，为非作歹，人民群众处于水深火热之中。我党先后领导群众在徂徕山、天福山、长山、黑铁山、鲁东南、枣庄矿区发动了武装起义。山东地区特别需要干部去领导群众性的武装抗日战争。

听到这里，毛泽东问："你们计划需要多少干部？"

黎玉答："原来计划要二百名，听说延安也缺干部，那就给一百名吧。"

毛泽东听后笑笑说："你的胃口不小嘛。我们目前还满足不了你的要求。从全国的抗战形势看，各地发展都很快，都需要干部，但是我们一下子不能培养那么多。再说，斗争情况很复杂，一下子到敌后去那么多人也不方便。"

稍停，毛泽东又讲道："今天请你们来，就是商讨一下到山东敌后去的问题，对日军来说，山东是块大肥肉，所以他们才那么穷凶极恶。山东是对敌斗争的前线，也是将来我们的大后方，我们需要派一些得力的同志到那里去建立根据地，组织广大人民群众开展敌后游击战争。经中央研究，准备派你们一些同志到山东去开展工作，去创建山东抗日根据地，这是个很光荣的任务呀。"

毛泽东扫视了一下在座的同志，说："你们去的同志，要会工作，要发挥我们的优势。要像松柏那样挺拔，经得起风雪严寒；要像柳条那样坚韧，插到哪里都能生根、开花、结果。到那里以后，你们要紧紧地依靠群众，尊重并依靠地方党的组织，要注意发展地方武装，建立抗日民主政权。总之要把我们的群众发动起来，狠狠打击敌人。"

毛泽东在讲话中特别强调，在抗日民族统一战线中一定要坚持独立自主的原则。

在这次谈话的五天后，毛泽东又把段君毅等人请了去。不过，这次来的人除段君毅外，还有十五名抗大学员、三名报务员以及两名译电员等，共二十三人。

毛泽东的秘书对大家说："今天主席请客，请大家到屋里坐吧。"段君毅一伙进屋一看，屋里已摆好了三张八仙桌，每张桌子上放着六样菜，还有酒。当时延安生活很苦，极少有宴请。

段君毅知道，毛泽东的生活标准一直很低，今天，为了招待即将出征的同志，破例增加了几个荤菜。

毛泽东来了，他招呼大家坐下后，用一口湖南口音说：

"根据中央的决定，你们二十三位同志马上要到山东去开展敌后工作。到那里要充分依靠群众，建立和发展抗日武装，消灭民族的敌人。

“日本帝国主义的残暴罪行，早已激起了中国人民的愤慨，中国国土上布满了焚烧日本帝国主义这头‘野牛’的堆堆干柴，你们这些同志就是革命的火种，到那里要点燃抗日的烽火，把那些‘野牛’全部烧光!”

讲到这里，毛泽东又风趣地说：

“我们发展抗日武装的宗旨是‘韩信用兵，多多益善’。你发展一个连，你当连长；你发展一个团，你当团长；你发展一个军，那你就当司令!”

毛泽东笑着问道：“你们是准备当连长啊，还是当司令?”

同志们一起大声说：“准备当司令!”

毛泽东点了点头说：“好，同志们，祝愿大家都当司令，祝大家一路顺风。来，我们干杯!”

1938 年 4 月 30 日正午，段君毅一行到达鲁西南的曹县，住在曹县县城东关马家店。当时济南失守，曹县县城成为国民党山东省政府临时驻地。

当日下午，段君毅、王彬前去拜访山东省主席沈鸿烈。其时，韩复榘已被蒋介石处以军法，沈鸿烈接任省主席。

沈鸿烈是何许人也?

1937 年“七七事变”后，在日军强大的攻势下，不到一个月，平津失守。日军即沿津浦线南下山东，1938 年 1 月初占领济南，10 月占领青岛，月底占领泰安。山东军阀、国民党第三集团军总司令韩复榘与国民党第三舰队司令兼青岛市市长沈鸿烈闻风而逃，致使山东大好河山落入日军之手。沈鸿烈一个“跑路将军”，却被蒋介石任命为山东省主席，他到处收编地主武装和杂牌军，却从未向日军放一枪一弹。

虽然此时国共合作抗日民族统一战线已经形成，见到延安来的干部后，沈鸿烈态度却不冷不热：“明天省政府将在曹县南关广场召开庆祝台儿庄会战胜利大会，你们延安来的干部选位代表在大会上讲讲话吧。”

5 月 1 日上午，段君毅一行排着整齐的队伍，打着庆祝台儿庄会战胜利的标语，唱着抗战歌曲，进入庆祝大会的会场。

会上，延安来的共产党代表讲了话，高度赞扬了第五战区司令长官李宗仁指挥的台儿庄战役取得了重大胜利，又赞扬了蒋介石发表国共合作谈话、承认中国共产党合法地位、国共合作抗战的做法。紧接着，他详细阐释了中国共产党的抗日救国《十大纲领》，介绍了八路军一一五师平型关大战、一二零师雁门关大战、一二九师奇袭阳明堡机场以及新四军在长江两岸的抗日战况。最后讲道："我们这次到敌后来，就是为了坚持国共合作团结抗战，打击日本侵略者，把他们赶出中国去！"

台下，延安干部带领群众高呼抗战口号，高唱《大刀进行曲》《游击队之歌》。在场的青年学生和老百姓也跟着唱歌和呼起口号来，连国民党警察也一起呼口号、喝彩。整个会场群情激昂，庆祝会实际成了共产党宣传抗日主张的动员大会。

国民党山东省党部书记李文斋等少数顽固分子气急败坏，认为这是共产党的煽动宣传。会后，李文斋立即向沈鸿烈提议：派特务队将延安来的干部秘密杀害。

同情共产党、赞同国共合作抗日的东北将领谢珂得知这一消息后，立即派人找到段君毅，告知这一紧急情况，并直接游说沈鸿烈："我看从延安来的这些人不像是一般干部，他们对全国抗日情况了如指掌，动员抗战更是深得人心。再者，他们坚持国共合作抗战的原则，来得光明正大，我们若采取行动是不是应先向蒋委员长汇报？"

段君毅向上级汇报了这一紧急态势。曹县已不宜久留，必须马上离开。但这么多人要快速撤离，交通工具是个难题。段君毅遂与曹县县长王贯一一起打着范筑先部有急事需要用车的旗号，连夜找到东北军原张学良将军的秘书、中共党员郭维城。他派来一部卡车，段君毅带领延安来的全体干部悄悄登上汽车，火速北进菏泽。

当时段君毅年仅二十八岁，怀揣着一腔报国热血，政治斗争经验尚不丰富，到敌后开辟革命根据地要比想像的困难大得多。他对延安来的干部们说："这次曹县的遭遇，说明蒋介石的所谓合作抗战仅是表面文章！"

到了菏泽，段君毅发觉形势仍然严峻，第二天便奔郓城，找共产党领导的自卫团团长梁仞忏。这个自卫团也叫"窝窝队"，因为给养不足，一天三顿啃菜窝窝，喝稀粥。段君毅被招待吃了一顿菜窝窝，代表中共山东省委听取了梁仞忏关于中共郓城县委的工作汇报。段君毅赞扬了梁仞忏父子倾家荡产发动群众打日寇的行为。梁仞忏则嘱咐段君毅说："进了郓城不要找县长王念根，他是个顽固派。”

郓城倾共的驻军司令祝璧臣回了老家祝桥，司令部的人看过梁仞仟的信，便开了介绍信，以到聊城找范筑先的名义，请沿路地区政府为段君毅一行安排食宿。最后一行人辗转来到了山东省委组建的山东泰西区抗敌自卫团驻地泰西。

山东泰西区抗敌自卫团这支刚刚建立的武装，1 月 17 日攻克肥城县城，击毙汉奸维持会会长范维新；1 月 28 日奇袭界首火车站，消灭日军十余人；3 月下旬破坏津浦铁路，炸毁万德铁桥，阻止了日军向台儿庄增兵；4 月 6 日在肥城的道朗一带配合民团与日军血战，歼日军百余人。这支武装连战连捷，军威大振，目前已发展为十七个大队两千七百余人的抗日武装。

为加强党的领导，山东省委电呈中央同意，设立中共泰西特委，段君毅任书记，张华北任军事部部长，孙光任组织部部长，万里任宣传部部长。张华北兼抗敌自卫团主席，延安来的军事干部何光宇任副主席。

曲折的道路使段君毅深刻地认识到，毛主席的枪杆子里出政权的理论是多么正确！没有一支人民的军队，便没有人民的一切，也便没有革命的根据地！

在段君毅和特委的领导下，通过举办培训班和送上级培训的方式，用两个月的时间培训党员干部四百余人，帮助四十余名失掉关系的党员恢复了组织关系，并将许多“民先”队员发展为共产党员。在此基础上，先后建立了长清、泰安、肥城县委和汶上、宁阳县工委，并将东平县工委改建为县委，所辖大部分区建立了区委，部分村庄建立了党的支部。全区党员迅速发展到一千五百余人。在各级党委和农村党支部的领导下，工人、农民等各界抗日救国会和儿童团、姐妹团等抗日群众团体蓬勃兴起。

1938 年 8 月，原属中共苏鲁豫特委领导的郓城中心县委及其所辖的菏泽县工委、郓鄄工委、巨菏工委、巨嘉工委等县党组织，划归泰西特委领导。此时，泰西特委辖区东至济南、西至菏泽，长约二百五十公里。

泰西地区的部队建党与地方同步进行。1938 年 5 月，自卫团十七个大队中活动在大峰山区的四个大队建立了党支部，其余的十三个大队和自卫团团部都没有党的组织，只有一些抗战前的共产党员、共青团员和“民先”队员。这些同志多数都坐过国民党的监狱，“七七”事变后才释放出来，还没有恢复组织关系就到泰西参与组建抗敌自卫团，并成为自卫团的骨干。据此，段君毅支持特委开会研究决定：尚未接上关系的老党员一律恢复组织关系；抗战前参加过共青团、“民先”队的，一律转为共产党员；对一些在组建武装和作战中表现好的积极分子均作为党员发展对象。在此基础上，段君毅和特委其他领导深入到自卫团，一个单位一个单位地研究建党问题。

第一批建党的重点是大队、中队的教导员和政治指导员，凡是具备党员条件的，吸收他们入党，少数不具备党员条件的，也不随便降低标准，调换他们到别的工作岗位。经过两三个月的工作，所有大队、中队的队长、教导员、指导员都由共产党员担任，还在班长、战士中大量发展党员，使部队的政治、军事领导权紧紧地掌握在共产党员手里。

为了提高部队政治思想和军事素质，特委在北仇村、边家院、高淤等地开办了多期党员培训班，段君毅等领导亲自讲课。他强调在部队中要普遍教唱《三大纪律八项注意》……

2. 根据地的第一法宝

把世界普遍认为最落后的中国农民群体，看作是拯救中国最伟大的力量，这是中国共产党人的发现，也是中国共产党人的英明。

但是要把几千年来一直处于统治阶级残酷压迫下的农民发动起来，使其成为中国革命的主力军，怎样去实现呢?

共产党人找到了法宝。

原冀鲁豫边区的老战士侯存明老人告诉我们：

“这个法宝就是‘三大纪律八项注意’。”

在冀鲁豫边区，人民群众就是从“三大纪律八项注意”认识八路军和共产党的。

3. 棺材、枪声、遗言

鲁西南司令多如牛毛。日伪军、中央军、东北军、民团、红枪会、韩复榘的散部……许多军队打着“抗日”旗号骚扰百姓，许多老百姓见兵就躲。八路军进村，常常是空村、空寨。为了迅速打开局面，边区首长重申了“三大纪律八项注意”，并宣布了三个不准：不准私拿群众财物，违者执行军法；不准向受蒙蔽群众开枪，违者执行军法；不准污辱妇女，违者执行军法。

由于水土不服，冀鲁豫军区骑兵团许多战士得了病。团卫生队军医助理袁天祥十分着急，到处找药。最后找到了一家药铺，老板早就逃跑了，情急之下，袁天祥拿走了一些中药，为战士们医好了病。

外逃的群众见八路军不烧房子、不抢东西、不杀牲畜，逐渐又回到村里来。

部队和群众打成一片，帮群众扫院子、挑水、修篱笆、收庄稼。

药店老板跑到军区机关，跪着说：“我知贵军有‘三个不准’，可你们有人偷了我养家糊口的药，请长官给我做主！”

当时军区首长说：“你先回去，我们一定会调查清楚，如果是真的，我们一定会按军法处置，并赔偿你的损失。”

军区党委召开紧急会议，决定对袁天祥执行铁的纪律。

团、营、连的指战员们纷纷来求情：“袁医助救了我们多少干部战士，虽然他违犯了纪律，但不是为了个人发财。”

军纪不严，必失民心。

特殊的情况下必须执行特殊的纪律。

死刑命令下达了，可全团的干部战士谁也不愿意去枪毙一个曾经为革命立过功的同志。

为难之际，袁天祥说：“我侵犯了群众利益，应该执行纪律，不为难大家了。”他让卫生队的同志找来一把安眠药，毅然吞下。

团里为袁天祥准备好了一口棺材。袁天祥自己爬进去，躺好等死。

一边是公审大会上，群众等着死刑的执行；一边是躺在棺材里的袁天祥一直死不了。

因为卫生队的战友不愿意他死，在安眠药里混了维生素片。公审大会形成僵局。

最后，七个团党委委员现场商定，由团长亲自执行枪决。团长作战时曾受过伤，是袁天祥把他从战场上背下来。此时，团长打开手枪的保险，眼含泪花，看着才二十出头的袁天祥。

袁天祥望着团长亲切的面容，主动地说："团长，送我上路吧。十八年后我回来再参加八路军。"

团长说："你的父母我来照顾，你还有什么要求吗?"

袁天祥说："我唯一的要求就是保留我的党籍和军籍。"

"砰、砰"两声枪响，袁天祥闭上了眼睛。

枪火变成了一道闪电，照亮了鲁西南边区的夜空。

笔者为这段历史专程去北京西山干休所，采访了时任骑兵团团党委委员、一营教导员杜连达。老人眼含热泪，一开始坚决拒绝谈这段历史，在我们再三恳求下，他带着哭声讲述了这个故事，最后说："袁天祥真不应该死啊，那么忠诚的一个人，可是在当时条件下，不那么做也不行啊……"

4. 喝群众的开水也付钱

1938 年，八路军总部根据毛泽东关于在河北、山东平原地区大力发展游击战争的指示，决定在冀鲁豫平原开辟抗日根据地。刚刚被任命为三四四旅代旅长的杨得志，奉命前往八路军总部接受任务。

杨得志走进山西长治县故县村八路军机关总部。朱德总司令正坐在院子里的大槐树下，戴着老花镜在读《论持久战》。杨得志行了个军礼："报告总司令，杨得志奉命来到!"

朱德微笑着让杨得志在石凳上坐下，然后扬了扬手中的书问："毛主席的这个讲演稿你读过了吗?"

杨得志回答："读过了，领会很肤浅。"

朱德摘下眼镜说："这次你们去的地方，属于冀鲁豫三省边区，自古就是兵家必争之地啊。著名的城濮之战、楚汉相争、官渡之战、朱仙镇破金以及唐末的黄巢农民起义等都发生在这一带。这里对确保太行山沟通山区与平原的联系、遏制日军南下和西进，起着很大作用。所以，无论如何要牢牢地控制在我们手里。任务艰巨啊!"

朱老总又指了指毛主席的《论持久战》说："毛主席在书中讲了二十几个问题。讲得很全面，特别是持久战的三个阶段。他要我们有耐性，不要犯急性病。抗战一开始我们就要坚信日本不可能灭亡中国，但是也应该看到，我们一两天也打不败他们。"

1939 年 2 月，八路军一一五师三四四旅代旅长杨得志、政治部主任崔田民奉命率部到达直南豫北地区，在这里组建了八路军冀鲁豫支队，确定了“依托直南，坚持豫北，开辟鲁西南根据地”的方针。3 月，部队开赴鲁西南。图为到达鲁西南的情景。

杨得志凝神听着，不时点点头。

朱德继续说：“战争嘛，就是政治、经济、武器装备、指挥艺术的较量，看谁优势强。我们最大的优势就是民心所向，或者叫作政治优势。这是任何敌人无法和我们比拟的。毛主席说‘兵民是胜利之本’，有了这一条，最后胜利一定是我们的！”

朱德稍稍停顿后，话锋一转说：“海东同志身体不太好，你是代旅长，要把所有的工作都担起来。前一段，中央派徐向前、宋任穷、陈再道等同志到冀南去了。你这次去，号称是一个旅，但你的政治委员黄克诚同志和主力部队都不能马上和你一起去。你和崔田民只能带一点部队先去，所以叫作开辟根据地嘛。”

杨得志听得出来，朱德在“开辟”两个字上加重了语气。

时值盛夏，朱德喊了一声：“警卫员，弄个西瓜来，为我们上抗日前线的勇士送行！”杨得志吃了两片西瓜，算是朱老总的“送行宴”。

杨得志和旅政治部主任崔田民带领一百多人先到河南滑县，与已到那里的六八九团会合。

六八九团的团长韩先楚、政委康志祥前来迎接他们的代旅长。在陕北西征时，杨得志曾经见过韩先楚。那时他们都是师级干部。尽管现在成了上下级，韩先楚还是非常热情。他们的手握在一起，浸透着深深的情谊。

杨得志的部队可谓走一路打一路。

在豫北的滑县，杨得志和崔田民率部与韩先楚的六八九团共同追歼伪军扈全禄部，在汤阴以西全歼了扈全禄的部队，俘虏一千四百多人，其中有两个旅长和一个团长，解放了滑县县城。

一个月之后，杨得志指挥的部队基本上肃清了平汉路东、漳河以南、卫河两岸近百里地区内的伪军和土顽部队，开辟了一大片根据地，建立了安阳、汤阴、内黄等县的抗日政权。

离高平，出壶关，经全涧，杨得志和崔田民带领的队伍，又走在前往冀鲁豫边区的征途上。

过了平汉路，杨得志和崔田民带领的工兵排、炮兵排从五陵集渡过卫河，在浚县、内黄之间的井店一带与刘震带领的一个大队会合。这个大队是从第三四四旅三个团各抽一个连组成的，总共只有一个营的兵力。会合之后，部队于1939年3月9日进入东明地区，指挥部设在东明县姚寨。

东明县位于鲁西南的边缘。当年秦始皇东巡至此，风沙大作，天昏地暗，始皇帝骂了声什么鸟东明，纯粹是东昏。后来便改名为“东昏”。后来王莽执政时，又改称东明，沿用至今。东明毗邻河南兰考，属黄河故道，土地贫瘠，非碱即沙，由于地贫人穷，这里历来很少驻军。

这里的共产党组织已建立了游击队。杨得志经上级批准，将自己带的部队和两支游击队编在一起，共两千多人，称为八路军冀鲁豫支队，杨得志任支队长。

可是，受到敌、伪、顽反动宣传影响，人民群众并不了解八路军，他们一见到八路军就往土围子里跑，把围子门关得紧紧的。这些土围子筑得高，墙也厚。躲在围子里的男男女女都操起大刀、梭镖，架起土枪、土炮，大喊大叫着不许八路军靠近。

“不让靠近就不靠近，更不许攻打！”杨得志给部队下达了命令。

杨得志下令，部队除了严格执行“三大纪律八项注意”之外，还要加上三条，群众不在家，开门就犯法；过路不住房；喝水要付钱。

有的干部说，从来没听说当兵的喝碗水还要付钱的，老百姓和咱们不是一家人吗？

杨得志回答："井，是群众出力挖的，开水是群众用柴火烧的，柴火也要花钱买，喝水不付钱就是侵占群众利益。"

部队在村外埋锅做饭，睡在野地里，秋毫无犯。

围子里的群众把这些都看在眼里。他们知道，八路军凭着手里的武器装备，攻打他们是不成问题的，但却没有这样做。逐渐，他们白天把围子门打开，让八路军通过；后来又让八路军在围子里休息，还送开水。八路军喝了水竟然还付钱，这使他们更感到惊讶。休息的时候，八路军官兵就对群众说："我们是来和你们一起打鬼子、打汉奸、打土匪的。喝水交钱，损坏东西赔钱，是八路军的纪律。"

再后来，有的老百姓就说："你们这支队伍真不孬，可就是不知道你们能不能打鬼子和汉奸，保俺老百姓过安生日子。"冀鲁豫支队在鲁西南落脚后，国民党菏泽专员孙秉贤，威逼利诱六个县的会道门——红枪会，袭击八路军，妄图挤走八路军。孙秉贤学着蒋介石的腔调，说八路军是"游而不击"，散布八路军破衣烂枪、打不了仗，迟早要走的谣言。他唆使地方封建势力不许供给八路军粮食，进而命令其部下向八路军进行武装挑衅。

冀鲁豫支队执行"三大纪律八项注意"，老百姓家中无人，部队露宿门外。

5. 能守纪律能杀敌

很少有人知道，杨得志这位能攻善守的战将，出身贫寒。1926 年，杨得志还是一个衡阳的农村少年，为了生活，他和哥哥到衡阳修公路谋生。1927 年，共产党在南昌举行武装起义，消息也传到修路工地。不久，红军独立第七师路过工地，招募新兵。十七岁的杨得志和哥哥一起参加了红军，并留在师部当通讯员。

衡阳的路没有修成，风起云涌的工农革命却把他送上了一条完全崭新的大路，他参加的这支部队，正是到井冈山和毛泽东会师的朱德的部队。

杨得志二十二岁便担任了红军第九十三团的团长。在第五次反围剿中，打了不少恶仗、硬仗、苦仗。第五次反围剿后，又任红一团团长。遵义会议后，红一团在毛泽东的直接指挥下，参加了四渡赤水的作战。尤其在长征路上，红一团突破乌江天险与抢渡大渡河两役，都被写入我军军史。

到达陕北后，杨得志参加了著名的直罗镇战役和东征。

抗日战争爆发，杨得志被调往一一五师六八五团任团长，参加威震中外的平型关大战，率领全团指战员杀入敌军中，进行肉搏战，打出了军威。

杨得志率部在鲁西南扎根后，在金乡县的白浮图奇袭日军的一个汽车队，将日军赶跑，大长了群众的志气。

杨得志通过中共曹县县委与国民党曹县县长王贯一建立了抗日统一战线，联合王贯一的保安团，一举歼灭了反对八路军进入鲁西南抗战的李文斋的反动武装一千余人，打开了曹县一带的局面。

早在出发到冀鲁豫边区来之前，朱德就对杨得志说过，鲁西南司令多如牛毛。来此之后，他才真正感到最难对付的就是这些土匪司令。这些队伍的成员复杂，有一部分是死心塌地给日本人当汉奸的民族败类和坚决的反共分子，更多的却是满脑子杀富济穷思想的无业游民和极端贫困的农民。

对于上述两种人，杨得志坚决执行党的一贯政策，能争取的，就把他们改造成抗日的武装；对汉奸武装和坚决与人民为敌的反动分子，毫不手软地予以严惩。

杨得志率第一大队由东明、曹县之间南下，突然袭击，活捉了血债累累的考城第三区伪军头目徐鹤鸣并召开公审大会，宣布其反共反人民的罪行，就地枪决。群众拍手称快，当天有三百多名青年报名参加冀鲁豫支队，大大震慑了附近的伪军及国民党顽固分子。

紧接着杨得志在曹县东南与崔田民率领的部队会合，将虞城县伪军蔡洪范部一千余人击溃，开辟了曹县、成武、单县结合部地区为新的根据地。

1939 年 4 月底，杨得志率部队夜袭了金乡县城的日军，歼日伪军二百余人。

战斗结束后，冀鲁豫支队撤出金乡县城返回，日军从济宁调兵追击。冀鲁豫支队在白浮图、苏庄、李庄一带设伏。日伪军进入伏击圈后，冀鲁豫支队猛打猛冲，日伪军又丢下一百多具尸体窜逃。接着杨得志又打掉桥镇日伪据点，歼日伪军一百余人，攻克温楼据点，活捉伪军中队长曾棣堂。开辟了民权、兰封、考城、曹县交界地区的新局面。6 月，杨得志率部又连克曹县、定陶，歼灭了两个县城的反动武装两千余人。

鲁西南的百姓对杨得志的部队刮目相看，说：“杨司令的部队既讲纪律，又能打仗。”

有一个叫刘杰三的土匪司令，已经年近花甲，拉起几百人的队伍。他的卫队，每人一支步枪、一支驳壳枪，全部骑自行车，很是威风。杨得志记得朱老总的嘱咐，要多团结抗日力量，做好统一战线工作。他多次派人做刘杰三的工作，也亲自上门长谈，终于把他争取到抗日的队伍之中，并且委任他为这支队伍的司令。

刘杰三逢人便说：“我是八路军委任的司令，正牌的！”

刘杰三有三个老婆，一些人就想不通，说：“一个人三个老婆，霸占民女嘛，怎么能当八路军领导的游击队的司令？”杨得志说：“你是先动员他抗日好，还是等他退了三个老婆再去抗日好？我看还是先抗日好。我们的任务是在这片土地上广泛发动群众，开展游击活动，壮大抗日武装，建立民主政权。”

杨得志的下属则半开玩笑地对部下说："你是打土豪劣绅出来革命的，人家刘杰三是拉队伍占山为王的。你是共产党员、党教育多年的红军战士、八路军战士，是为打日本到敌后来的；人家刘杰三在我们来之前还不知道抗日是怎么回事哩。带着三个老婆打日本鬼子，对刘杰三这样的人来说，我看可以，可我们共产党人不行！"

群众看到八路军能打胜仗，真的搞统一战线，疑虑打消了，青年人纷纷要求参加八路军。八路军帮助曹县建立了抗日游击区和游击支队，成立了民兵联防组织，还组织了"青抗先""妇救会"等各种抗日团体。曹县县委也由秘密转到公开活动。

杨得志虽然出身贫寒，却具有卓越的军事天赋，他每打一次仗，不论大小、胜负，都要作战斗笔记，用箭头标出双方布阵和变化轨迹。他的指挥艺术随着战斗的增多不断升华。

冀鲁豫支队在鲁西南地区一年多时间，进行过大小一百零一次战斗，毙日军六百八十四名，伪军一千三百七十五名。一系列对日作战的胜利，大大提高了八路军在群众中的声望。

冀鲁豫支队根据党中央关于团结一切进步力量共同抗日的指示精神，对鲁西南各地的各色武装力量逐步进行改造、收编，使之成为抗日力量。冀鲁豫支队迅速壮大，由原来的二百多人扩大到一万七千多人。

杨得志面临的突出困难是如何解决部队一万余人的粮食和过冬棉衣问题。

1939 年 7 月，八路军冀鲁豫支队在定陶以南伏击日军。图为缴获的汽车。

为不给当地群众增加负担，杨得志决定打击通敌有据的恶霸地主高圣君。高圣君绰号“高二穷种”，是曹县南部有名的大地主。他接受日军的委任，组织私人武装，依仗日军的势力，横行乡里。他本人半身不遂，却霸占三十多名年轻妇女，群众恨之入骨。

秋后的一天，冀鲁豫支队第二大队一举攻克高辛庄，将高圣君豢养的“富户团”三百余人全部缴械，活捉高圣君，并勒令高家拿出七万块银圆罚款。为民除害，百姓叫好。部队用这些银圆购买粮食、布匹、棉衣，由群众日夜赶制了一万七千套棉衣，使部队穿上清一色的新军装。

在此期间，八路军副总司令彭德怀到濮阳视察部队，杨得志赶往濮阳面见彭德怀汇报工作，并希望彭老总能给点军费支持。

彭老总住在一户农民的破草屋里，土炕上铺着一张旧席子，炕头上整整齐齐地放着一床薄薄的旧被子。他没戴帽子，看来好长时间顾不上理发，原来的短发变得很长了，胡子倒刮得很干净，满脸红光，就是额头上多了几道皱纹。杨得志见他盘腿坐在炕上正在同司、政、后的干部谈话，就悄悄站到一边，没有打搅他。过了一会，感觉谈话差不多了，杨得志才走上前，行了个军礼：“报告彭总，杨得志来见！”

彭老总立即下了炕，走过来，握住杨得志的手说：“啊，一年不见了，大家都好吗？你们那里的情况怎么样？”

杨得志把冀鲁豫边区一年来的情况扼要地向彭老总做了汇报。彭老总高兴地说：“你们搞得不错嘛！”

杨得志说：“总的形势还可以，但也有使人伤脑筋、发愁的事呀！”

“发什么愁呀？”彭老总关切地问。

杨得志说：“一万七千多人，要吃，要穿，要用，要弹药，这些都没有着落。冬天又来了，怎么能不发愁呢？”

“噢，一万七千人的‘大军’，吃、穿、用没有着落是个大问题，让我也得发愁呀！”彭老总说到这里停下来，笑眯眯地望着杨得志，“这么说，你是从微山湖来‘讨鱼税银子’的喽！”

过了一会，彭老总转身对杨得志说：“得志同志，你困难，我也困难。现在各个根据地都相当困难，我们的‘财神爷’（供给部）的腰包里，据我了解也没有多少‘油水’可挤了。”

彭老总的话使杨得志的心沉了下来。彭老总说的都是实际情况，杨得志感到要空手而回了。不料，彭老总突然转过身来，拍了拍杨得志的肩膀，笑着说：

“可我也不能让你这个一万多人的支队长白跑一趟，怎么办？我批一个条子，你去找供给部的同志，让他们给你——”彭老总停了停，像下了很大的决心，“给你一万块银圆吧，数目不多，一人还摊不到一块钱，这些情况你要向各级干部讲清楚，还是要像在井冈山、中央根据地那样，一靠自力更生，二靠从敌人那里夺取！那首《游击队之歌》怎么唱的？没有枪，没有炮，敌人给我们造；没有吃，没有穿，敌人给我们送上前……”

笔者在此必须提到冀鲁豫根据地创建中的一个重大事件——“湖西肃托”。

在鲁西南边区抗日局面兴盛发展之际，1939 年 8 月，湖西区发生了大规模亲者痛仇者快的“肃托”事件。

这是一起在全党有重大影响的错案。事件从湖边地委开始，逐渐扩大到整个苏鲁豫边区。苏鲁豫区党委书记白子明、苏鲁豫支队四大队政治委员王凤鸣（后叛变投敌），与混入党内的敌特分子王须仁（湖边地委组织部长）结合在一起，控制了区党委领导权。他们既不报告山东分局，又不接受山东分局和一一五师的指示，大肆抓捕革命干部，并使用各种残酷刑罚，采用逼供、指供和骗供等诬陷手段，制造假证据，扩大事态，并假冒中央名义，擅自将区党委统战部长王文彬、宣传部长马霄鹏、军事部长张如、社会部长赵万庆等各级党、政、军干部约三百人杀害。

整个湖西党组织的活动一度陷入瘫痪；各级群众组织几乎全部解体；部队连营以上干部全部受到牵连，主力部队减员近千人，地方部队几乎全部垮台。

9 月间，中共湖西区委给杨得志、崔田民来电，称鲁西南地委是“托派”组织，要求将区以上干部逮捕送湖西“受训”。杨、崔接电后，认为事关重大，一方面复电说，没有证据不能抓人，请将具体材料详细告知；一方面急电告一一五师和山东分局，要求速派人解决湖西“肃托”问题。杨得志同时通知鲁西地委书记戴晓东：湖西正在进行“肃托”，暂不要派人去湖西，区党委通知开会也不要去。

湖西的“肃托派”专程派人上门催促杨得志亲率区以上干部到湖西

整风，杨得志和崔田民坚决拒之。不久，一一五师政委罗荣桓、山东分局书记郭洪涛、山东纵队指挥张经武骑马夜奔湖西，采取紧急措施，制止了事件的发展。

“湖西肃托”事件是中共党史上的一大错案。亲自处理这一事件的罗荣桓事后曾多次把它与苏区时期的“AB 团”事件相比，除了震惊于这一事件的残酷、惨烈之外，更震惊于其荒谬绝伦已到了匪夷所思的地步。“冤有头，债有主”。此事件为混进革命队伍的敌人所制造，使几百名根据地的领导干部被杀害，造成我党的重大损失。

杨得志以他政治上的敏感性和坚定的党性，抵制了错误路线，为根据地保护了大批干部。1944 年 1 月，中央命令杨得志率六个团赴陕北，执行保卫党中央和延安的任务，其中就有鲁西南地区的十九团。

5 月份，冀南军区和冀鲁豫军区合并，仍为冀鲁豫军区，鲁西南地区改为十分区。黄敬兼军区政治委员，宋任穷任军区司令员，王宏坤、杨勇任副司令员，苏振华任副政治委员。

6. 缪堤圈夺大炮

炮兵，被军事学家称为“战争之神”。

在抗日战争中，夺取一门大炮要比缴获一百支“三八大盖”更能鼓舞军心和士气。

在北京军事博物馆展览大厅里，摆放着一门日式马拉重型锡平大炮，炮身上“昭和十三年制造”的字样仍清晰可辨。

八路军初到鲁西南时，没有自己的兵工厂，装备落后，重型武器除了有少量的迫击炮，中型和重型炮都是空白。

边区群众看到的八路军的子弹袋都鼓鼓的，其实里面塞的都是些高粱秆子，以示军威。缴获敌人武器，是冀鲁豫八路军武器的主要来源。

杨得志率部在鲁西南开辟的抗日根据地越来越大，驻曹县县城的日军极度不安，他们曾多次扫荡，妄图消灭杨得志的冀鲁豫支队，但都没有得逞。新任驻曹县的日军中队长间野，上任时带了一门崭新的马拉重型锡平大炮。这门大炮成了间野的镇军之宝。这门火炮威力巨大，一般的城墙，三发炮弹便可轰开。

间野是个标准的日本法西斯分子。上任前他立了“军令状”，一定要消灭曹县东南地区的八路军，创造“剿共治安”的奇迹，超过他的前任。

1939 年 6 月 21 日，正是我国传统节日端午节。间野亲率一个日军中队、两个伪军中队共三百多人，拖着大炮出了城，沿着从曹县到青堌集的公路向曹县东南地区进发，百姓们四处逃难。

间野带着大炮扫荡，情报很快传到了设在老黄河北大堤下刘胡同的冀鲁豫支队二大队指挥部。

杨得志问二大队队长覃健：“能不能夺过那门重型锡平大炮，煞一煞鬼子的威风？”

覃健参加过井冈山斗争和两万五千里长征，是一个有丰富战斗经验的红军干部。政委常玉清，也是一个老红军战士。两人一齐向杨得志表态：坚决完成任务！

覃健命令手下的三个营长：“这次战斗，目标就是要夺大炮！”

杨得志派人送来正式作战命令：歼敌夺炮，打一个大胜仗是给群众最好的礼物……

抗战年代，能打鬼子就是为老百姓办实事，就能赢得民心。

炮声震得大地微微颤抖。随着炮声越来越近，侦察员跑来报告：“日军边打炮边行进，已到青堌集，离这里不到十里！”

覃健果断地命令：“一营在大堤下青堌集至缪堤圈的路上设伏，派出少数部队诱敌进入设伏地区；二营、三营在大堤一线设防，待战斗打响后，从西侧迂回包围，歼灭敌人。最关键的，是盯住敌人大炮的位置。”

覃健把设伏这个硬任务让一营来完成，因为从太行山带来的两个主力连都在一营，战斗力强，武器全是平型关大捷中缴获日军的。

间野骑着高大的东洋马，一只手拿着望远镜瞭望，另一只手按着东洋刀。一路上，锡平大炮见村就打，一座又一座民房被轰成了废墟。到青堌集了，没有遇到八路军的阻击，间野望望背后的大炮，想给它找个耍威风的目标。

黄河故道北岸的大堤下，一拉溜有好几个村庄，周围都是密密麻麻的藤花树丛。大堤的半坡上，常玉清正带着二营、三营在抢修工事，靠东一侧的缪堤圈村头，埋伏着覃健和一营的干部战士。缪堤圈是个大寨子，覃健估计间野到青堌集不见我主力，必定会窜到这里寻找，所以在此设伏。

间野到了青堌集，命令部队停下来。他站在青堌集南门外的围墙高处，用望远镜东张西望。

间野确实是一个狡猾的家伙，他没有被一营派出的少数部队所迷惑。经过一阵观察之后，猛地把指挥刀向二营、三营的阵地上一指："八路的那边，冲击的嘿嘿！"

日军的骑兵、步兵，马拉着大炮，一窝蜂地向缪堤圈西侧的大堤涌上来。日军将大炮架在大堤下，连发轰击，炮弹不断地落在二营、三营的阵地上，缪堤圈的寨门楼子被一炮掀掉半边。二营、三营冒着敌人的炮火奋勇还击。日军在炮火的掩护下，想穿过缪堤圈登上大堤。

一营长挑选了二十名身强力壮的战士，组成突击队，给他们配足了子弹和手榴弹，准备迂回过去夺大炮！

夺炮突击队正待出发，忽然，日军的大炮停止了发威，估计是变了炮位。

村里的一位老大爷跑来报信，说日军把大炮拉到土地庙附近的藤花树丛里了，七八个日军正在捣弄呢。侦察人员立即前去察看，敌人的大炮、弹药果然在那里，这门大炮直接威胁我二营、三营的阵地。老大爷来得太及时了！

于是，撤到村边的一营一连开始向东出击，吸引鬼子的注意力。

"八路的突围！八路的突围！"成队的日军随着喊声向村东冲去。

二连副连长李红登带着夺炮突击队，在藤花树丛的掩护下，迅速向土地庙移动。时已正午，火辣辣的太阳像一个大火球，沙地里冒着蒸人的热气。离敌人越来越近了，李红登命令突击队停下来。这时，他能看到捣弄大炮的敌人旁边还有一个班的鬼子兵护卫大炮。

炮兵正在调转炮口瞄向我一营部队。

李红登喊了一声："同志们，夺炮！"突击队员一阵猛烈的射击，扑向敌人的大炮。

护炮的鬼子用步枪拼命还击，妄想保住大炮。

二十名突击队员接连甩出一批手榴弹，鬼子全部毙命。李红登把手一挥，大家推的推拉的拉，把大炮拖到了我军阵地。

间野得知大炮让八路军夺走，捶胸顿足，怒不可遏。他命令日伪军向我军阵地冲击，妄图抢回大炮。

覃健率一营正面阻击，二营、三营从侧翼赶来，日伪军处在我军重围中，死伤惨重。

缪堤圈一战，毙、伤日军百余名，夺得了大炮，壮了军威。

鬼子为找回失去的大炮，多次出动部队扫荡，但在群众的掩护下，始终没有找到大炮的踪影。

有意味的是，冀鲁豫兵工厂聪明的技工们，仿着缴获的日军重型大炮，经过反复试验，造出了多门“山寨炮”，在后来的战斗中发挥了重要作用。其中一位学造炮的铁匠后来成了边区兵工厂的工程师。

边区人民受到的最大鼓舞是八路军有了重型炮，看你鬼子往哪跑！但八路军知道，夺炮全靠老百姓的眼线，敌人的大炮拖到哪里，都有群众来报信。

7. 杨勇激战潘溪渡

1940年夏秋，日军在中国战场加紧诱迫国民党投降，继续以主要力量打击共产党及其领导下的抗日武装，特别是在华北实行“肃正建设计划”和“囚笼政策”，企图摧毁华北各抗日根据地。

“百团大战”之后的1941年初，日军投入六成以上的军队和全部伪军来疯狂地进攻中国共产党领导下的八路军和新四军，向我各敌后抗日根据地发动了猖狂的“扫荡”。“扫荡”和“反扫荡”、“蚕食”和“反蚕食”的斗争，成为当时敌后战场斗争的主要形式。

敌人在鲁西南将郓城作为大本营，又在其周围设立许多据点，频繁集结兵力到我根据地扫荡。每当一个据点受到袭击，郓城的敌人必然出动进行援救。

长时间的战斗，我军逐渐摸清了敌人这一活动规律。

当时杨勇将军任鲁西军区司令员，苏振华任军区政委。

杨、苏做出决定：佯装进攻侯集据点，引蛇出洞，设伏打援，围歼郓城出援的敌人于潘溪渡一带。

1月7日夜间，部队冒着零下十几度的严寒急速行进，秘密到达各自作战位置。夜里零时，我军向侯集据点发起围攻，摆出一副拔掉敌伪据点的架势。据点之敌立刻发电向郓城大本营求援。

第二天上午11时许，郓城出援的敌人进至潘溪渡村。七团团长刘正当机立断，发出了攻击信号。霎时，我军轻重机枪居高临下对敌扫射，战士们投出的手榴弹冰雹似的在敌群中炸开了花。随后，战士们端起刺刀冲入敌群。

我军与敌人短兵相接，展开了激烈的肉搏战，至下午5时许，全歼了该敌。敌人九二式步兵炮被我缴获。

围点打援，巧设伏兵的潘溪渡歼灭战，一举全歼日军一个加强中队和一个伪军警备大队，毙日军软木少佐以下一百六十余人，毙伪军大队长王品端以下一百三十余人。焚毁汽车四辆，缴获重机枪二挺、轻机枪六挺，步枪一百九十余支。这是我党我军在鲁西南平原上所创造的又一个全歼日军的模范战例。

八路军又为人民办了一件“实事”。

当地群众编了一首歌谣，并争相传诵：

正月里，正月正，遍地麦苗青又青。
潘溪一仗打得好呀，八路军个个是天兵。
夺大炮，立大功，八路军都是真英雄。
用兵如神是杨勇，黄河岸畔留美名！

8.《水浒传》与西瓜园

罗荣桓率一一五师刚进入山东即为日军所注目，因为在平型关战役中一一五师曾给日军王牌军板垣师团以沉重打击。进入鲁西南后，首战郓城，再战潘溪渡，使日伪军尝到了八路军一一五师铁拳的滋味。山东日军恼羞成怒，四处寻找八路军一一五师主力进行决战。

1938年8月，罗荣桓将师部移至梁山前集的一座关帝庙里。关羽塑像保持完好，蚕眉长髯，坐姿英武，两边站着周仓和关平。被后世奉为“战神”“财神”的关云长，似乎在等待着观赏一场即将到来的英雄与倭寇的较量。

供桌上摆着一份军用地图和一本古法装订的折页《水浒传》。

梁山，位于运河以西，黄河南岸，四周原为沼泽地带，古时曾多次被溃决的黄河水灌入，水面曾达百余里，故称“水泊梁山”。《水浒传》因描写了一百单八将在梁山聚义的故事而传世，从而也使梁山闻名于世。此时，水泊已成平地，它的西南是郓城，东南是汶上，东北是东平，皆为日伪军在鲁西南平原上的重要据点。

8月2日晨，平型关之战的老对手板垣师团下属的驻济南日军第三十二团，得知罗荣桓到了梁山，便派出一支由大队长长田敏江率领的包含步、骑、炮兵的四百多人精锐部队，在伪军的配合下，欲一举端掉一一五师的指挥部，活捉罗荣桓。

罗荣桓用缴获的炮队镜指挥作战。

罗荣桓将杨勇旅的政治部主任欧阳文叫到指挥部交代任务（杨勇此时率部在汶西、郓东、鄄西南等地区发动群众，创建鲁西南抗日根据地）。罗荣桓说：“敌人来‘扫荡’，我们就在水泊梁山来个‘反扫荡’。他们孤军深入，我师部特务营只有两个连，但班以上干部都是红军，骁勇善战，现在正是青纱帐起，利于我军隐蔽行动。师部令你旅第一团主力来参战，敌人不知此地有我军主力部队，可以攻其不备。找你来，是因为你在梁山时间长，熟悉情况，让你负责战场勤务工作。”

欧阳文当即受命。

罗荣桓手握芭蕉扇，在香案前踱着步，他指着香台上的那本《水浒传》，用浓重的湘音说：“在水泊梁山，一面指挥打鬼子，一面看《水浒传》，还蛮有意思哩！何况还有关老爷坐镇！”

接着，罗荣桓来到一个大院里，向集结在此的特务营两个连的指战员作战前动员：

“同志们，日本帝国主义侵占了我们大半个中国，全国都在奋起抗战，我们八路军要做民族抗战的先锋。我们进入鲁西，就是为了创建鲁西抗日根据地。要建立根据地，没有群众的支持是不行的。入鲁后，我们虽然打了几仗，初步开辟了鄄（城）、郓（城）、汶（上）、运（河）西地区，但局面还没有真正打开。大家看到了，梁山一带的群众，由于受日伪军和国民党顽固派、土匪的祸害，生活得很苦，他们弄不清哪些是真抗日的队伍，哪些是假抗日的队伍，对我们也不那么相信。”讲到这里，罗荣桓停顿了一下，提高了声音说：“大家不是想打几个过硬的胜仗吗？好，今天就满足大家的愿望。我还要告诉大家，我们的对手还是板垣师团。”大家一听说要打板垣，群情激昂。

罗荣桓亲临第一线部署，将特务连埋伏在汶上通往梁山路旁的高粱地里。中午时分，大队日军和伪军从东面逶迤而来。伪军在前，日军在后，几匹高头大马拉着一门九二式山炮和两门崭新的野战炮，日军指挥官——日本天皇的亲戚长田敏江骑在东洋马上，洋洋得意。当敌人进入我军的伏击圈后，连长喊了一声“打!”顿时，成群的手榴弹飞向敌人，紧接着机枪、步枪同时开火，子弹雨点般地射向敌群。这突如其来的一击，把敌人打得晕头转向。日军因摸不清我军虚实，不敢恋战，撤到附近一个村子里，重新整顿队伍，派出搜索队，可什么也没搜到，朝四周打了一阵炮，便又继续西进。下午，敌人到达梁山下的独山庄。

此时，罗荣桓亲自来到了前沿。他把几个排、连干部叫到一起，指示说：“这一仗打得漂亮，日军的这个大队是跑不掉了。现在，胜利摆在我们面前，你们只管放心地打，打一个彻底的歼灭战。”

梁山战斗打了一夜，经过激烈拼杀、白刃格斗，到8月3日晨，终于将固守在骡马店和砖窑内的残敌全部歼灭。这一仗，全歼来袭日军，缴获意大利造新式野战炮两门，九二步兵炮一门，轻重机枪十七挺，长短枪二百余支，战马五十多匹。打扫战场时，战士们把鬼子、汉奸的尸体，用绳子拉着集中到村外；其中有个肥头大耳的矮胖尸体，一把大洋刀从前心穿进后心，躺在地上，刚好摆成一个十字，被血污染了的胸章写着“第三十二师团大队长长田敏江”。

日军的板垣骄子被全歼，老百姓都说八路军又打了一场小“平型关”。

梁山战斗后，罗荣桓率一一五师部和六八六团离开鲁西，进入沂蒙山，创建鲁南抗日根据地。

梁山之战使我们不得不感叹岛国倭寇的武士道精神，四百多名日军奋死抵抗，除战殁者，只抓了二十四个俘虏。行军中，几个战士带着几个日本俘虏，觉得实在是个累赘，真想一毙了之。可是“三大纪律八项注意”又明文规定不许虐待俘虏。

在转移途中，路经群众的西瓜地。当时正是西瓜成熟的季节，我军战士虽然又累、又渴、又饿，但都自觉地遵守人民军队的纪律，谁也不去动群众的西瓜。但是，刚被俘还没有接受教育的日本俘虏，看到满地滚瓜溜圆的大西瓜时，闯到西瓜地，用皮靴把西瓜踢掉，用手捶开西瓜，边走边大口大口吞吃起来。

日寇皮靴的一踢，饱含了一个民族对另一个民族的蛮横和蔑视！

这种蛮横和蔑视，早在那个岛国“明治维新”时期就开始了。“明治维新”的先驱吉田松阴曾提出“北割满洲之地，南收台湾，吕宋之岛”，野心昭然若揭。

这种蛮横和蔑视，早在甲午海战的炮声中就开始了。随着北洋水师的全军覆没，一个腐败的王朝也沉没了，岛国上的士兵携带着军刀，携带着残暴、淫欲、掠夺、恐怖、屠戮，踏上了旅顺，踏上了东三省，踏上了华北，踏上了他们的皮靴可以踩到的任何地方，他们像希特勒仇视犹太人一样仇视中国人！即便是当了俘虏，仍然如此蛮横。

中华民族近代的苦难全部来自海上。甲午海战后，日本从中国割去了台湾，获赔白银两亿两，用这些钱又可以打造若干三八大盖、坦克、山炮来对付中国人。更糟糕的是，甲午海战使这个岛国得到了如此大的利益，帝国主义列强纷纷效仿，用坚船利炮，使一个曾有过辉煌历史的泱泱大国沦为半殖民地。

不容置疑，1937 年 7 月 7 日，日军在卢沟桥发动“七七”事变，是日本帝国主义全面侵华战争的开始。卢沟桥的这一枪，是日本帝国主义宣示灭亡中国的发令枪……

我们的故事再回到西瓜地里。

罗荣桓知道了日俘踢西瓜的事。他找到该连连长、指导员说：“听说俘虏吃了群众的西瓜，有这回事?”指导员说：“有。”罗荣桓说：“你们得想法赔偿啊！不要因为是俘虏吃的，就可以不管。遵守‘三大纪律八项注意’，我们可不能马虎哟!”

遵照罗荣桓的指示，连里把这件事交给刘副指导员去办理。他带了钱，找老乡赔礼送钱去了。到了西瓜地，却找不到主人，部队很快又要转移。无奈，就写了个条子，将钱夹在里面，压到了瓜棚的铺席下面，就赶回了连队。

不久，部队行军又路过那块西瓜地。刘副指导员想再去找找瓜主当面道歉，同时问问钱收到了没有。谁知道瓜地还是无人，去瓜棚掀开铺席一看，钱和条子都不见了。

当刘副指导员转身要走时，一位老乡从瓜地边的高粱地里出来了，他迎上去问：“老大爷，这西瓜地是您老的吧！我们给您搁那儿的钱收到了没有?”

“收到啦，收到啦！小鬼子俘虏吃了两个西瓜，你们也这么认真。”说着，便从衣兜里掏出了钱，硬要塞回刘副指导员手里，嘴里不住地重复着一句话：“这钱说啥我也不能收!”

最后，老大爷拗不过刘副指导员，只好把钱掖回兜里。

望着八路军远去的背影，老人家自言自语：“好兵，好兵，天底下少有的好兵啊!”

9. 边区有个《人山报》

俄国十月革命一声炮响，马列主义传入中国。1920 年，翻译家陈望道将《共产党宣言》翻译成中文，中国革命的先驱们纷纷阅读、传播、思考、介绍、阐述马克思主义理论，并以此探索中国革命的道路。李大钊创办了《每周评论》，陈独秀创办了《新青年》，毛泽东创办了《湘江评论》……

邓颖超说过：“共产党是靠宣传起家的。”

1931 年 11 月 7 日，中华苏维埃共和国成立当天，红军在瑞金成立了红色中华通讯社，并同时创办了苏区第一份报纸《红色中华》，后改为《新中华报》。红军报纸甚至在五次反围剿的艰难条件下都没有停办。在延安，红色中华通讯社更名为新华通讯社，后来《新中华报》与《今日新闻》合并为《解放日报》。1946 年，晋冀鲁豫边区《人民日报》创刊，后来成为我党的党报。

此外，各根据地和野战军、军分区，都创办了自己的报纸。国共实行统一战线时，周恩来还在重庆办事处创办了《新华日报》。就连后来冀鲁豫的骑兵团也有《铁骑报》，用以传递上级的指示，表扬先进人物。冀南三分区机关报创办时，取名颇费周折。徐向前同志进入冀南后说："周恩来同志说，军队与游击队是鱼，而人民是水，这个比喻是最正确不过的。河北是人口较稠密的地区，假如我们能在河北平原地上，把广大的人民引到抗日战线上来，把广大人民造成游击队的'人山'，我想不管怎么样的山，都没有这样的'人山'好。我们在平原上开展游击战争，就必须把广大的人民筑造成'人山'。依靠人民群众筑成的'人山'，坚持平原游击战争。"

冀南三分区机关报因此就取名为《人山报》。

《人山报》的同志们在艰苦的环境里，在敌人的密集"扫荡""清剿"中，克服各种困难，坚持收发电报、编印报纸，并扩大版面，改五日刊为隔日刊，传播党中央、毛主席的声音，报道各地的胜利消息等等，让干部群众从黎明前的黑暗中看到了光明。

后来冀鲁豫边区创办了《冀鲁豫日报》，报纸开辟了"有问必答""大众信箱""批评与建议"等专栏，专门刊登群众的呼声和批评。

冀鲁豫行署专门发出通知：各级政府、干部要正确对待报纸批评。要求各级领导和负责同志，如果在报纸上发现了本部门工作中某些缺点和错误被批评时，不问其意见来自何处、正确与否，应该马上亲身或督促下级干部进行检查，绝不许有忽视与搁置现象，不能采取官僚主义态度。各级政府对于有关报纸上所提出的批评，必须及时检查，任何拒绝检查或故意拖延的现象，都要受到严格的批评，如果坚持错误不肯改正的话，要受到纪律处分。

1943 年 3 月 31 日，冀鲁豫区党委书记黄敬在《冀鲁豫日报》发表的题为《加强我们党报的党性》的文章中指出：

党报的党性要做到具有明确的党性，但又不是党八股，这首先就是和群众生活、群众斗争密切结合起来，而不要把自己看成群众斗争的同情者。

特别是一个共产党员，时刻都不要忘记自己是生长在群众之中，而又领导着群众的基本责任。从群众斗争的同情者的观点上来写新闻，在我们报纸上还很不少。带有这种观点的人，他们仅仅为执行政治任务，或是以个人，或是以个人的同情来不关痛痒地描绘群众生活，他们所指的政治斗争，又与群众的痛痒不相关联。他们总喜欢生活在不同凡响的云端，但他们应做的事，却在平凡的地下。

他们政治上虽愿为群众斗争而服务，但对群众生活却缺乏任何真切的实感。因此他们对于群众中活生生的事实，缺乏强烈的情感和敏锐的知觉。他们的情感和群众的还不能合拍，还不能和群众的血泪融成一片，他们关心群众还极不深刻。

因此，采访与报道新闻时往往是超抽象的、空洞的，和群众的生活远远隔离着的，这就无怪乎不能摆脱干瘪无味的党八股的圈子。只是用“异常痛苦”“光辉成绩”“继续努力”等抽象词句，是解决不了问题的。必须深深钻到实际生活里去，不要只在外面参观，而要和群众的生活、党的生活紧密地联系在一起，以热爱群众的心情与灵敏尖锐的知觉，来对待一个事情的发生，我们的新闻才能够敏锐地实际地提出问题和解决问题。

因此，他们看不到群众生活中的血与肉，就创造不出新的形式，只好去找已经过了时，血肉已经腐烂的骷髅了，只好去搬那些老新闻术语，什么“马革裹尸”“光怪陆离”等四字叹了！这些“四字叹”不但群众听不懂，就是懂得的人，看了以后，也很难使他情感上有多少激动，印象是非常模糊的，这就是语言无味的八股。再加“最后胜利必属于我”“咬紧牙关”等等，按其内容来说，若仅仅把这些词句翻来覆去地使用，不根据新的生活加以补充，就会成为滥调。

黄敬的文章深刻、尖锐，通篇的核心就是强调共产党人不要脱离群众。

《冀鲁豫日报》从此形成敢为群众负责的作风。这个传统后来被南下干部带进了贵州。

1937年抗战爆发后，来自济南、延安、武汉、平津等地的流亡学生、进步文化人士等，陆续到达聊城，在鲁西北特委领导下，与当地文化教育界人士共同组成了文化救国会。1937年12月前后，创办了《战地文化》半月刊、《先锋》半月刊、《战线》旬刊及《抗战文艺》周刊。组成了孩子剧团和抗战移动剧团，编排出多种文艺节目到各地巡回演出，鼓舞人民参加各种抗日救亡活动。

文艺工作者还创作了《边区进行曲》，歌词是

太阳照红了东方，春风吹荡着麦浪。
我们自由地走，纵情地唱。
在这广大的平原上，
我们没有见过这样的敌人，有过这样的后方。
东至津浦线，西到卫河岸，
黄河边，怒吼着武装抗日的群众一千万。
一千万，游击战，到处打得敌胆寒。
敌人从哪里进攻，
我们就把他消灭在哪边。

在鲁南、豫北和鲁西南，文化教育界人士共产党员晁哲甫、平杰三、刘晏春、王从吾等人组织起冀南文化界抗日守土后援救国会、冀鲁豫抗日救国总会，成立了大众剧社、抗战剧社、鸭绿江剧社、战号剧团。以群众所熟悉热爱的文艺形式——河南梆子（当时叫高调）、河南坠子、山东坠子、影子戏、话剧和舞蹈等，进行抗日宣传活动。

在湖西，共产党员郭影秋联系知名文化界进步人士章乃器、李公朴、金山、张瑞芳、冼星海、王莹等，参加宣传、演出活动。

1942年，冀鲁豫文联总会正式成立，并创办了综合性文艺刊物《文化生活》，陆续发表了区党委书记黄敬的《整风随笔》、姚天纵的《王五》、韶华的《石磙》、田兵的《越狱》和周子芹的《批评之风不可无》以及夏川等同志创作的一些优秀作品。

在救国救亡的岁月里，有骨气的文人们以笔杆为武器，以舞台为战场同敌人进行战斗。他们不论走到哪里、演到哪里，哪里就有歌声、笑声、口号声，哪里的墙壁上就有群众喜爱的宣传画。

著名诗人王亚平自重庆经南京辗转来到冀鲁豫解放区首府菏泽。边区成立了文联，王亚平任主任，创办了文艺刊物《平原文艺》及群众性通俗刊物《新地》。此后又创办了《演唱杂志》、综合性通俗刊物《平原》《大众戏曲集》《冀鲁豫画报》等，用不同形式的文艺作品宣传抗日的英雄事迹。在王亚平的带动下，边区的文学艺术工作进入了一个新的阶段。

区党委和军区领导，亲自动手撰写文章，带头创作。区党委书记黄敬、宣传部长申云浦都写了不少有指导性的文艺评论、杂文和诗歌。

1940 年，日寇进行“五五”大扫荡，大众剧社人员王回卿不幸被俘，敌人对他百般殴打折磨，他就像自己主演过的《骂寇》一剧中的春亭那样大骂敌人，宁死不屈，壮烈牺牲。

1942 年敌人“九二七”大扫荡时，前锋剧社陷入重围后，优秀的文艺骨干小演员靳式衍等九名同志未能逃出，当日寇向他们步步紧逼时，靳式衍大声疾呼：“誓死不当俘虏！宁肯站着死，绝不跪着生！”在他的正气凛然的呼声中，几个人聚在一起拉响了手榴弹，和残暴的敌人同归于尽……

如果说边区的报纸和剧社等是根据地的上层建筑，那么根据地同时也打下了坚实的经济基础：

1940 年 4 月 15 日，在东平戴庙召开鲁西各界大会，成立鲁西行政主任公署，肖华为主任，段君毅为副主任，杨勇等十五人为委员。在鲁西三十六个县中，已有三十个县可以推行抗日民主政府的政令。

在段君毅的主持下，及时发布了《施政纲领》，针对“三三制”、拥军、优属、减租、减息、发展生产、财政、经济、司法、公安、文化教育及邮政等方面的工作，先后发布了一系列的条例和政策。

段君毅十分重视根据地财政金融体系的建立，行署成立后，即设立了财政处、粮食处、贸易局等财经部门。1940 年 5 月，他根据鲁西军政委员会的决定，参与领导筹建了鲁西银行，并组织发行了鲁西银行钞票，在抗日根据地广泛流通，被称为抗日钞票（简称“抗钞”）。在此期间，敌占区通货膨胀，根据地物价相对稳定，群众都喜欢用鲁西银行的抗钞。因抗钞纸质差、易破旧，群众说："国民党、日本的钞票哈啦啦（纸张好），不如抗钞一把抓（纸张差但不贬值）。"

有了粮食和钞票，我党、政、军机关的供给制进一步得到完善。不久以鲁西银行钞票为基础，边区还建立了信用合作社，发放贷款，支持农业、手工业、商业的发展。

中国共产党新政权的雏形在冀鲁豫边区已基本形成。

10. 鲁西南抗日民谣

日本鬼子太残暴

日本鬼子太残暴，
奸淫掳掠又把火烧，
心狠手辣残杀我同胞，
怎么得了！
日本鬼子把我们害苦了，
国亡了，
咱就也完了，
国家主权被人夺去了，
亡国奴，
日子真难熬，
盼我军队眼睛都盼干了，
天爷哟！
一定把我们忘记了，
我们的痛苦谁知道！
满腹怨恨何时才能消？
我们的军队打来了，
呱呱叫，
鬼子一个个，
跑也跑不掉！

八路军战士劝家歌

一劝二爹娘，
听我把话讲：
我去当八路，
不要泪汪汪。

二劝我的哥，
听我把话说：
我去当八路，
你可要多做活。

三劝我的嫂，
听我把话表：
我去当八路，
二老你要照顾好。

四劝我的妹，
比哥小两岁，
我去当八路，
跟你嫂嫂同床睡。

五劝我的妻，
听我把话提：
我去当八路，
你要多出力。

劝郎小调

（一）

一更里来夫妻笑吟吟，
对郎云：

我的个郎去抗战，
千万别伤心。
万恶的日本鬼，
烧杀又奸淫。
为祖国，为人民，
暂时两离分。

（二）

二更里来月儿圆又圆，
对郎言：
劝我的郎去抗战，
莫把家事来恋。
小奴家能挑水，
小奴家能种田，
家中的二爹娘，
奴家也能管。

（三）

三更里来半夜多，
对郎说：
劝我的郎去抗战，
莫要挂念我，
在家多生产，
天天都干活，
与大家同学习，
多么快乐。

（四）

四更里来月儿挂正西，
对郎提：
劝我的郎去抗战，
努力多学习，

爱护老百姓，
父母一般的，
同志相友爱，
就像亲兄弟。

（五）

五更里来金鸡叫连声，
天快明，
劝我的郎去抗战，
要把英雄称，
战场上多杀敌，
全国得太平。

（六）

劝郎劝得屋里有了光，
天大亮，
我的郎喜洋洋，
走上战场。
秧歌把你送，
骑马披大红，
乡亲们都欢送，
多么光荣。

四季歌

春天里，暖洋洋，
帮助百姓把地来种上。
夏天里，酷阳高，
帮助百姓来站岗。
秋天里，好时光，
帮助百姓来藏粮。
冬天里，北风冻，
不让鬼子抢走一粒粮。

支援前线打鬼子

老大娘纺花真正好，
吃饭睡觉都忘了，
一天能纺半斤线，
十天织成大布卷，
我们真喜欢，我们真喜欢！
勤劳英勇的姐妹们，
我们也要这样做，
支援前线打鬼子，
生产劳动做英模。
我们真快乐，我们真快乐！

太阳出来照湖西

太阳出来照湖西，
八路军打仗真出奇，
游击战争呱呱叫，
嗨！努力地扩大解放区。
敌占区的苦楚不能提，
男女老少哭啼啼，
里应外合打鬼子呀！
嗨！打走了鬼子笑嘻嘻。

11. 回民英雄马本斋

军屯，是菏泽市鄄城县的一个回民村，紧依在黄河边。

1942 年，是鲁西南边区最艰难的岁月。

在一个深夜，军屯突然驻进一小队人马，老百姓尚不知道，领军人便是大名鼎鼎的回民支队队长马本斋。

马本斋，1901 年 2 月出生在河北省献县东辛庄一个回族农民家庭里。

父亲马永长是一位老实忠厚的农民，母亲白文冠善良且又识文达理。十岁那年，马本斋到私塾读书，他好学上进，尤其喜爱读中国古典名著的精彩章节。他对那些扶弱抑强、仗义疏财的英雄豪杰格外崇拜。他助人为乐，爱打抱不平，在家乡的同龄人中，他是个“头”。鬼精，有心计，大人夸他：“将来一定有出息！”

十七岁那年，他决意去当兵，要用枪杆子为“穷回回”撑腰争气。在一个朋友的帮助下加入了东北军，被选送到沈阳北大营讲武堂受训。毕业时，由于成绩优异，他被提升为连长。

1932 年，马本斋在国民党二十七师师长刘振年部下任团长，深得上司的赏识。但他对军阀连年混战甚为不满，对官场荒淫无耻、尔虞我诈更是切齿痛恨，常常为自己的一腔抱负不能实现而陷入痛苦之中。后来，马本斋辞官解甲归田，回到生养自己的故乡。

不久，日军攻占了河间县城，杀人放火，无恶不作。人民群众针锋相对，纷纷组织起自己的武装保家护院。东辛庄的民众一致推举马本斋带头，搞了几支枪，组织了十几个人，成立了联庄会。期间土匪周朝贵及另一些土匪武装多次向马本斋封官许愿，拉他入伙，马本斋都严词拒绝。

1938 年，八路军冀中军区司令员吕正操在河间县成立了“河北游击军回民教导队”。马本斋深为共产党坚决抗日的行动所感动。1 月，吕正操的队伍攻下河间县城后，马本斋即派三弟马进波进城同共产党领导的“回民教导队”联系。在马本斋的领导下，东辛庄七十名青壮年来到河间城，参加了河北游击军回民教导队。之后，马本斋被委以队长。

1938 年 6 月，人民自卫军回民干部教导队同河北游击军回民教导队合并整编，名为“八路军冀中军区回民教导总队”，马本斋任总队长。党的信任和倚重使马本斋非常感动。他说：“过去我在旧军队里当团长，不敢说自己是回民，现在正因为我是回民，才让咱当这个队长。共产党信任咱，咱要和汉族同胞团结起来，共同打鬼子！”

1938 年 10 月，马本斋加入了中国共产党。他在入党申请书上写道：“我决心为民族的解放奋斗到底！而民族的彻底解放，只有在中国共产党的领导和帮助下才能实现。”

从 1938 年 10 月武汉失守到 1939 年底一年多的时间，敌人对冀中地区连续进行了五次大“扫荡”。遵照上级指示，马本斋指挥部队积极活跃在河间、献县、青县、沧县一带打击敌人，扩大部队。1940 年初，在深南地区活动的八路军主力转移作战，敌人趁机窜犯这个地区。马本斋奉命率部开赴深南地区开展对敌斗争。连续作战三十余次，打开了深南对敌斗争的新局面。

秋天，驰名中外的“百团大战”打响后，马本斋率部主动出击，在深南拖住两千多敌人。在严酷的斗争中，马本斋充分显示了他的军事指挥才干。

1940 年 7 月间，回民教导总队到定县参加整军运动，遂改称为“回民支队”，马本斋任支队司令员，军区派红军干部郭陆顺任支队政委。郭陆顺以红军部队的好传统、好作风言传身教，马本斋带头学习老红军的光荣传统。他不吃小灶，把战马让给伤病员骑，按时参加司令部的党小组活动，认真开展批评和自我批评。马本斋在政治思想上日臻成熟起来。

敌人穷凶极恶地加紧对马本斋诱降、逼降、劝降。1941 年 8 月 4 日深夜，日军山本联队长纠集日伪军千余人，突然包围了东辛庄，将马本斋的母亲抓走，妄图胁迫马母劝马本斋投降。

当马母被捕的消息传到部队后，敌人也从各据点送劝降信给马本斋，大意是你若是孝子，若是为你母亲着想，就应该把队伍带过来投降，必重赏之云云。

马本斋是个大孝子，父亲死得早，是母亲把他养大。他对母亲百依百顺。母亲不让他喝酒、抽烟，不喝酒他做到了，可是不抽烟没有做到。一次，郭陆顺政委同他一块去看他母亲，他把手里正夹着的烟赶快捻灭藏到袖子里，谁知未完全熄灭，把袖子口点燃了。他母亲不高兴地说：“你又抽烟了。”堂堂一个司令员，在母亲面前一副狼狈相。

马本斋得知母亲被捕后悲痛欲绝。当看到敌人无耻的劝降信，他强压怒火，大声说：“真是异想天开，白日做梦！”然后安慰前来送信的妻子不要难过，母亲是个坚强的人，他不会上敌人的当。

战士们纷纷要求前往解救，马本斋镇静地劝说大家，目前战斗任务正紧，不能为救自己的母亲而影响战斗任务。他严令战士们回去坚守岗位。

马母大义凛然，怒斥敌寇，顽强地进行绝食斗争，连续数日滴水不进，身体十分虚弱。山本来劝降时，她摘下手上的玉镯，向山本头上砸去。她为了中华民族的尊严，为了儿子的大义，献出了生命。母亲死后，马本斋无限悲痛，写了一首悼母诗：

宁为玉碎洁无瑕，
烽火辉映丹心花。
贤母魂归浩气在，
岂容日寇践中华！

日军不死心，又先后派马本斋的表弟哈少符、回奸马庆功来劝说。马本斋大义灭亲，果断地将他们交送军区审判严惩。

敌人黔驴技穷，企图与回民支队订下互不妨碍的“君子协定”，他们派人给马本斋送信，签订“谁也不打谁”的协定。马本斋回信严词拒绝：“我与日本鬼子仇深似海，不消灭日寇，誓不甘心！”

从9月下旬至11月初，马本斋率回民支队在景和、青县西里坦、刘庄频频向敌人出击，取得了连续胜利。

1942年，抗日战争进入最艰难的一年。4月27日，在交河县陈庄战斗中，支队政委郭陆顺不幸牺牲，马本斋肩上的担子更重了。

5月1日，日军五万人对冀中地区发动了空前规模的大“扫荡”。

在重兵面前，马本斋指挥部队配合军区主力转移作战，围攻泊镇，进逼交河，使敌人极为震惊。过了两天，大批敌人蜂拥而至，回民支队陷入万余敌人的重围中。残酷的斗争虽然使部队遭受较大的损失，但这支民族武装终于保存下来，敌人妄图吃掉回民支队的阴谋彻底破产了。

为保存回民支队这支民族抗日力量，上级决定回民支队实行战略转移。1942年7月初，马本斋率回民支队越过北运河、津浦路敌人的封锁线，到达渤海抗日根据地进行休整。8月初，遵照上级指示，马本斋率部向冀鲁豫抗日根据地挺进。9月中旬，进至冀鲁豫中心地区范（县）、观（城）、濮（阳）、东明（县）一带。回民支队到达鲁西南后，冀鲁豫军区为进一步加强部队的政治领导，派张同钰同志任支队政委，刘世昌为政治部主任。

不久，冀鲁豫区党委和军区决定：马本斋任三分区司令员兼回民支

队司令，原三分区司令员赵健民任副司令员。从此，回民支队便深深地扎根在鲁西南这块土地上，广阔的鲁西平原成了他们的第二故乡。

为了打开莘县对敌斗争的局面，马本斋亲自指挥部队对盘踞在莘县境内的日伪军进行打击。1942 年 11 月，马本斋指挥三中队，夜间割断了敌马厂据点通往莘县城的电话线，然后在附近的焦花园布兵。第二天拂晓，敌三十余人出来查线，当行至焦花园村头时，三中队突然出击，将敌全部俘虏。下午，莘县日伪军百余人，沿徒骇河河道搜索而来。待敌人进入伏击区后，我重机枪首先开火，当即全歼敌人。

马本斋的声威震撼了敌人，鼓舞了根据地的人民。

大汉奸伪县长刘仙洲一听到马本斋的名字，就吓得魂不附体。他说："那是爷爷，咱惹不起！"

而人民群众则说："马司令一到，咱就可以睡个安稳觉！"

1943 年鲁西北已连续三年大旱，回民支队和群众同甘共苦，部队粮食定量由一斤减至十二两（当时十六两一斤）。即便如此，仍不能保证供应。马本斋说："我们都出生在贫苦人家，都知道挨饿是什么滋味。眼

莘县回族民兵在马本斋追悼大会上表演刺杀。

下，老百姓都在挨饿，我们要配合地方党组织把群众从饥饿中救出来。我们解决不了他们一年一月的粮食，解决三天五天的粮食也是好的。”

部队立即开始节衣缩食，支援群众度过灾荒，并从粮食定量中再拿出二两救济灾民，吃不饱即以糠菜充饥。在张鲁集，回民支队工作组仅用三天时间就发动群众借粮一万三千八百余斤，救济了两千多人。

经过一年的斗争，马本斋和回民支队与鲁西人民建立了密不可分的鱼水之情。部队每到一地，人民群众就把他们当作自己的亲人一样热烈欢迎，给他们烧水做饭，送军鞋军袜，部队需要什么，就支援什么。

马本斋有勇有谋。冠堂公路以北的田寨据点是伪区政权所在地，工事坚固。马本斋便采用了一种“土坦克”的攻击战法，就是将层层湿被覆盖在方桌上，造成一个“土坦克”，挑选特等战斗英雄贾福海用背驮着直奔围寨南门埋地雷。冲锋部队埋伏在一路之隔的敌寨门对过，准备地雷一响即发起冲锋。敌人以密集火力射向“土坦克”，但由于层层湿被覆盖，子弹无法射透，“土坦克”照样向前推进。贾福海在南门埋好地雷后，即向敌人喊话，晓以民族大义，讲明缴械不杀，随即从桌下钻出，大摇大摆由原路返回。敌人吓得没敢再放一枪，未等地雷爆炸就缴械投降。我方没伤一兵一卒就将田寨攻克。

1943 年，由于灾荒严重，敌人吃饭成了问题，经常窜出据点抢粮。有些据点的伪军一看到哪个村庄有烟筒冒烟，就不顾一切地跑出来抢饭吃。回民支队抓住敌人这一活动特点，在一地故意引火冒烟，诱敌出动，在设伏地域予以歼灭。一次，部队半夜进驻一个周围都有据点的村庄，首先在村外形成三角形埋伏，清晨即在村内假装生火做饭，三个据点的敌人都出来抢饭吃。等进入我伏击圈后，一排排手榴弹，炸得敌人抱头鼠窜。我方全体出击，俘敌六百余人，缴步枪五百余支，机枪三挺。

1943 年 10 月，鲁西北划归冀南区后，马本斋任分区司令员，奉命率回民支队到直南的昆吾、尚和一带活动，11 月 6 日，马本斋率部参加了冀鲁豫军区组织的攻克伪第二方面军孙良诚总部八公桥的战斗。战斗发起前，在研究作战计划的会议上，马本斋提出了一个大胆的想法：即用“牛刀子钻头”战术，集中优势兵力，突然袭击，首先挖掉敌总部八公桥，回过头来再扫清外围据点。杨得志司令员称赞：“奇袭八公桥，是摆脱被动、力争主动、破其一点、牵动全局的一着好棋！”

此战毙敌数百名，俘伪第二方面军参谋长、特务团长以下官兵一千六百余名，一举将孙良诚总部直属队全部歼灭，仅敌首孙良诚去开封开会漏网。

马本斋带着回民支队转战冀中、鲁西北、鲁西南，指挥大小战斗百余次，使日伪军闻风丧胆。他打出了军威，立下了不可磨灭的功勋。冀鲁豫区党委书记黄敬赞扬马本斋是“后起的天才军事家”。

1944 年 2 月，回民支队接到开赴陕甘宁边区保卫延安的任务，部队集中在范（县）、观（城）、濮（县）一带进行出发前的准备工作。为了向冀鲁豫区的父老乡亲告别，部队抓紧排练文艺节目，准备召开军民联欢会。马本斋亲自组织大家排演京剧《陆文龙》，他亲自上场扮演王佐的角色。此时，他的颈椎部生了一个对口疮，疮疼难忍，由于当时缺医少药，体温一直上升。疮痛辐射到脑髓，病情迅速恶化。冀鲁豫军区司令员杨得志非常关心马本斋的病情，派一个连的兵力护送他去位于濮阳小屯村的军区后方医院抢救。在路上马本斋苏醒过来，发现有一个护送连，心里很不安。他批评随从人员不该让这么多的兵力护送他一人，这样浪费兵力，不利于完成反扫荡的战斗任务。他坚持只留下一个班，其余的同志都立刻归队保护群众的资财粮食。到了医院，马本斋已处于垂危状态。

弥留之际，马本斋对身边人员说：“我不行了，要把我的家属送到延安去。告诉三弟抗战到底！”

临终时，他向家属嘱咐：“我不能为国家、为人民、为党做更多的工作是件憾事。教孩子继续我的志向，做革命工作。告三弟领导伊斯兰民族抗战革命到底。”

1944 年 2 月 7 日，马本斋病故于冀鲁豫军区后方医院，一腔热血洒在了黄河岸边。

毛泽东挽词：“马本斋同志不死。”

朱德挽词：“壮志不移汉回各族模范，大节不死母子两代英雄。”

周恩来挽词：“吾党战士，民族英雄。”

12. 生死相依吕沟村

吕沟村地处定陶、菏泽、曹县三县交界处，属“三不管”，日伪势力相对薄弱。

1938年10月，青年农民吕克明、吕贞志参加八路军东明抗日军政训练班后，带着党的指示回到吕沟村，走街串户，向村民们宣传抗日救国的道理。

1939年7月，吕沟村率先成立了青年抗日救国会。吕克明、吕贞志不久加入中国共产党。10月又发展两名党员，建立起吕沟村党小组。

1941年1月16日，冀鲁豫三分区副司令张耀汉专门和吕沟村的代表吕文彬谈话，要求尽快把群众发动起来，建立自己的武装力量。

经过动员工作，吕沟村成立了八个人的抗日小队。

1941年2月20日，经上级党组织批准，建立吕沟村党支部，吕恒魁任党支部书记。党支部继续发动青年参加小队，一个多月后，抗日小队增加到二十八人，武装力量扩大到附近九个村庄。

为了解决枪支问题，他们采取“一借、二献、三买、四夺”的办法，向有枪的财主借，动员群众献，筹钱外出买，从伪军手里夺。经过几个月的努力，抗日小队每人配长枪一支、手榴弹四颗，实力大增。白天，队员在吕沟寨墙上站岗放哨，夜里有机会就袭击伪军，小股敌人从此不敢到吕沟村为非作歹。

吕沟村成为鲁西南的一个抗日堡垒，分区部队打完仗常拉到这里休整训练。张耀汉副司令经常住在村里，军民一家，情同鱼水。独立团一营曹营长从部队抽出骨干力量，帮助抗日小队和民兵训练，与大刀会一起练武。夜里，部队战士和民兵一起护村巡逻。

吕沟东北二里路的河南王村有座日本炮楼，炮楼里的日伪军对吕沟村又恨又怕。一天，几个伪军结伙来吕沟村催粮，看到吕沟寨墙上有背枪的八路军站岗，没敢进村。他们灰溜溜地回到炮楼向伪军大队长井书本报告，说吕沟村住着八路军，没法进村催粮。

井书本不相信，又派两名心腹进村探听虚实，被区小队队员抓住，交给独立团处理。井书本以为当时是日伪军的天下，吕沟村竟敢抓他的人，气得暴跳如雷，率领三十余名日伪军到吕沟村要人。进村后就被独立团和区小队包围起来。

井书本没经过这阵势，吓得失魂落魄，跪倒在地，连叫“长官饶命”。张耀汉副司令教育他：“你们都是中国人，应该有良心，不能给日本人卖命，残害自己的同胞，要为中国人民做好事。”

日军从此更把吕沟村视为眼中钉，肉中刺，密谋报复。

一次日军中士班长三乔带领十二名日军和三十多名伪军偷袭吕沟村。独立团和区小队官兵早已严阵以待。区队副队长吕文彬一枪击毙拿旗的日本兵。独立团、区小队齐开火，打得日伪军狼狈逃窜。此后十多天，日伪军经常从河南王村西头柏树林里向吕沟村打枪，但不敢靠近。

1941 年 3 月初，一连十几天伪军没再从树林里向吕沟村打枪，形势似乎平静下来，群众思想上有些松懈。而部队领导分析认为，这可能是暴风雨前的平静。

农历三月二十二，一场激战终于爆发了。日军驻菏泽司令官小松亲自督战，从菏泽、成武、定陶、曹县调来的四百余名日军和三百多名伪军，悄悄地包围了吕沟村。敌人是经过周密策划的，带了八门大炮，分别架设在黄河南的王庄、杨庄、张府家等处，瞄准吕沟村的东门、北门和南门，形成扇形包围。

上午 8 点半，日伪军开始炮轰吕沟村，上百发炮弹泻进村里，发出震耳欲聋的响声，浓烟滚滚，吕沟村变成了一片火海，树被打断，房子被炸塌。在猛烈炮火的掩护下，日伪军端着枪逼近村子。据点的伪军大队长井书本等为了报被捉之仇，气焰嚣张，骑着大马，手握指挥刀，带领一百多名伪军打头阵。他们首先占领了离吕沟村半里之遥的张陵高地，然后轻重机枪一齐开火，子弹像雨点般射进吕沟村，寨墙上、房墙上、树皮上布满了弹坑。

独立团曹营长看到敌我力量悬殊，打下去军民会吃大亏，紧急做出决定，由部队掩护吕沟村村民从西门转移，冲出包围圈。村干部带领大刀会留下来，利用村寨易于发挥巷战短兵相接的优势，保卫村庄，杀伤敌人。

四十八名大刀队员严阵以待，到下午 4 点多钟，敌人看寨中没有动静，便逼到寨门边，井书本指挥伪军把梯子竖到寨墙上。一个打着小旗的伪军第一个爬上寨墙，刚要挥动小旗发信号，手还没抬上去，便被大刀队员一刀劈下胳膊，随着“啊”的一声惨叫，连人带梯子倒了下去。

伪军见守寨人有刀无枪，放开胆子聚到寨门下。大刀会员拉响了自制的环子炮，“轰隆”一声巨响，浓烟滚滚，铁砂子像雨点一样洒进敌

吕沟村的男女老少为前线的胜利日夜推碾、磨面。

群，当场炸伤十几人，几十名大刀队员挥舞着耀眼的大刀片杀出寨门，刀光闪闪，杀声震天。伪军们顾不得开枪，兔奔而逃。

日军指挥官小松对翻译官说："吕沟村的土八路用的什么炮，厉害厉害的！"便命令八门大炮集中火力轰南门。炮弹把南门炸开了，一百多名伪军窜进来。大刀队员英勇无畏，挥舞着大刀杀入敌群。伪军一个机枪手刚架好机枪，没来得及拉上扳机，大刀寒光一闪，砍到枪把上，吓得机枪手扔下机枪抱头就跑。

井书本见到眼前简直是一支"赵登禹式"威猛的大刀队，惊慌失措，弃马逃走。伪军们看大队长逃了，也一窝蜂地跟在他屁股后面逃走，大刀会追了半里多路，砍死砍伤伪军三十多人。直到日军在阵地开枪扫射，大刀会才退回村里。

日军指挥官小松恼羞成怒，举起指挥刀亲自督战，命令三百多名日军反扑。日军炮弹不断地在大刀会阵地上爆炸，有几位大刀队员相继受伤、牺牲。在炮火的掩护下，日军冲向村寨。

支书吕恒魁、村长吕西才决定立即撤出寨子，保存实力。此时，曹营长已把大部分群众安全转移出去，返回身来，掩护大刀会突围，借机毙伤数十名日伪军。

大刀会撤出以后，日伪军由机枪开路，冲进村里，对吕沟村实行“三光”政策。三百八十六间民房被烧成灰烬，熊熊大火映红天空，二十里外都能看见。这罪恶之火一直燃烧到深夜，吕沟村变成了一片焦土。

战后，杨得志司令员、分区张耀汉副司令带领部队来到吕沟村，帮助村民重建家园。

在被炸毁的祠堂前召开的全村群众大会上，张耀汉激动地讲：“吕沟村的村民是英勇的！大刀会的同志是勇敢的！你们打出了鲁西南人民的志气。虽然你们村庄被烧光，但是英勇的吕沟群众还在。日军伪军欠下的血债迟早是要还的。”

吕沟村村民擦干身上的血迹，重新振奋精神，在部队帮助下垒墙盖房，重建家园。青年们发誓要讨还血债，一百二十四名青年踊跃报名参军。

吕沟村虽处敌占区，距河南王村日伪军据点二里路，但全村人没有一人当伪军，没有一人通敌叛变。日军每年春秋两次大扫荡，共产党八路军的领导干部、家属常到吕沟村隐蔽，从来没有出过闪失。

1943 年 10 月，日军集结了三万多人，对鲁西南抗日根据地进行秋季大扫荡。

日军首先对“红三村”进行铁壁合围。张耀汉副司令带领分区独立团一百余人到吕沟村隐蔽。村党支部连夜召开各街长会议，研究了掩护方案。各街长把部队官兵领到每家居住，连人带枪掩护起来。副司令张耀汉住在村长家，团政委陈耀光住在吕见山家。民兵以联庄会员的身份站岗放哨，来回巡逻，保护部队首长的安全。

这次大扫荡持续十八天，日伪军几乎每天路过吕沟村，他们相信那次扫荡已经把这里荡平，而我军民正是利用敌人这一心理，隐蔽在敌人眼皮底下。进东门出西门，没出一点问题。扫荡结束，张耀汉副司令代表部队向吕沟村群众致谢说：“只有军民一家，共同努力，才能打败日本侵略者。”

1944 年 9 月，分区独立团和区小队拔掉了河南王村日伪据点，日伪军龟缩到县城中去。1945 年日本投降，军分区授予吕沟村“抗日模范村”的称号。

壮哉，生死相依的吕沟村！

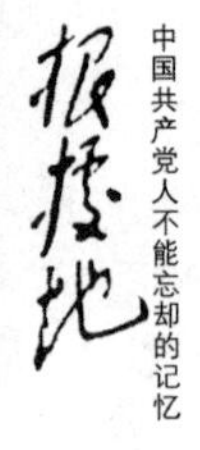

13. 鲁西南的“小莫斯科”

鲁西南人的性格，如《水浒传》里描写的英雄们那样，尚忠尚武、刚毅好胜。当年“红三村”被根据地称为“小延安”时，安陵集的老百姓不服，便将自己的村子称为鲁西南的“小莫斯科”。

在他们心中，是俄国“十月革命一声炮响”，把革命火种传到中国的，莫斯科的来头比延安当然要更大一些。

抗日战争时期，“红三村”和安陵集都属曹县辖地。当时一个县有三个县政府：日伪有一个政府，驻在城里；国民党有一个政府，要么和日伪军勾结，在城里与日伪政府毗邻而居，相安无事，要么蹲到一个村镇，隔岸观火，看日本人打共产党；共产党的县政府是流动的，但是有群众根基。说来也奇怪，那时三个政府都征收公粮，可是农民却悄悄把公粮交给共产党的政府。

1940 年上半年，在发展抗日武装的同时，共产党还在边区开展了减租减息运动，减轻了农民负担，赢得了民心。

安陵集最盛时，是一个有近万人的居住地，建于先秦，曾为“安陵郡”。

史载周显王十五年（公元前 354 年），魏国攻打赵国都城邯郸，赵国向齐国求援，齐军孙膑为解赵国之危，率军八万救赵。孙膑佯攻魏东阳地区军事重镇平陵，实则围攻魏都大梁，史称“围魏救赵”。史载的平陵，即指今天的安陵集。

安陵集在宋明时期曾是商贾云集的商埠（水旱码头）。1368 年因水患，曹州（今菏泽）治所迁安陵集，设巡检司，有古城墙，高数丈，设垛口、炮台。

清末，政治腐败，对外割地赔款，对内残酷镇压，横征暴敛，使广大农民群众处于水深火热之中。当时鲁西南地区民间忧国忧民的义士，为了反对清朝的暴政统治，秘密聚集结社，曾在安陵堌堆举起义旗。起义军李彪为兵马大元帅，并印制四色大旗。黄色大旗上写着“替天行道，改朝换代”；红色大旗上写着“杀富济贫，除暴安良”；黑色大旗上写着“杀贪官，除恶吏，为百姓”；蓝色大旗上写着“天神下凡，男女贫富平等”。仅几天时间各地饥民、信徒手持大刀长矛、杈把、扫帚、铁锨，从四面八方涌至起事地点安陵堌堆，有数万之众。

安陵堌堆农民起义虽然只存在了七十二天就夭折了，但安陵集百姓的血性世代流传。

说到安陵集的红色革命斗争史，不得不先介绍一个人。这个人叫程力夫，出生在安陵集一个贫农家庭。他聪颖好学，1933 年从曹县师范毕业后，在县城北门里丰永祠堂教书。国民党韩集区部请他当乡长，被其拒绝。正好，一位河南范县来的教师于子元也应聘在此教书。于子元见程力夫富有正义感，和他交为朋友，经常和他在一起聊天，讲俄国“十月革命”、马列主义、中国苏区红军的反围剿、陕甘宁根据地、共产党人为人民服务的宗旨等。

有一天，程力夫突然问于子元：“你是不是共产党员?”

于子元微笑而不答。其实，于子元是河南范县师范的地下党负责人、范县工作委员会书记。因组织暴露，奉上级指示到鲁西南开辟革命根据地。他通过教书、做小生意、教人学武术、挑着书担走街串巷等方式，了解了鲁西南的风土人情、政治环境和地理环境。经过一年多的考察后，他回到黄河北，向直南特委做了汇报，组织上认为鲁西南地处两省（河南、山东）几县交界处，国民党统治势力比较薄弱，群众生活困苦，宜于我党开展革命活动。

1936 年，于子元返回曹县，发展程力夫为共产党员。二人的频繁接触，引起了城里国民党特务的盯梢。于子元和程力夫便回安陵集开辟根据地。

当时安陵集全村五百多户人家，仅十多户富农地主的耕地面积就占全村的八成以上，广大贫苦农民长期遭受地主剥削，常年吃糠咽菜。本村老会首掌握着旧村政权，事事维护地主阶级的利益。“韩大善人”韩文季为盖楼院霸占贫苦农民马海三分宅基地，勾结旧县政府诬陷马海到他家偷盗，被关进大狱致死。

1937 年冬，贫农马百勋因土地问题与老会首说理，当场踢翻桌子，地主马金柱从家里拿出匣枪怒气冲冲出来，被众多穷人连推带劝，劝回家去。经过多次斗争，最后采取投票方式改选村政权，终于把村政权从地主阶段手里夺回来。地下党员马腾云当了村长。这场夺权斗争的暗中指挥者，就是于子元和程力夫。

于子元、程力夫和早期党员杨贵法成立了安陵集党支部，这是鲁西南地区最早的农村党支部之一。他们和曹县中共县委取得联系，在安陵集又成立了曹县一带党的第一个地下联络站。

“七七”事变后，党支部以发展农民互助会的名义，成立了三十多人的“安陵集抗日救国会自卫队”，利用手中大刀、长矛等武器，抗击日军的扫荡。

1938 年冬天，一支八路军部队（东进支队）几百人身穿破旧的灰色军装，脚穿草鞋来到安陵集，程力夫、程广学组织学生打着小红旗出村迎接，端茶送水，把他们分别安排到群众家中，这支从太行山下来的老八路，纪律严明，一进村就帮助群众扫街挑水，唱歌、演戏进行抗日宣传活动，在安陵集住了十多天，然后向东开拔。这支部队负责人是彭明治、吴法宪，临走时在村西庙前将违反纪律的司务长王恩路枪决。

安陵集的老百姓就这样认识了共产党领导的八路军。

1939 年正月，又一支八路军的队伍进驻安陵集，指挥员是八路军一一五师三四四旅代旅长杨得志。杨得志之所以选择在此驻军，就是得知这里有一支共产党领导的“抗日救国会自卫队”。

在安陵集驻军期间，杨得志帮助“抗日救国会自卫队”进行训练，讲共产党的宗旨，讲抗日武装要遵守“三大纪律八项注意”。

冀鲁豫军区为培养干部，于 1939 年正月在安陵集不远的桃园集村，创办了冀鲁豫军区军政干部随营学校，校长徐海东，政委黄克诚，副校长杨得志，副政委兼政治部主任苏振华。学校一边招生一边开课。

学校按军队编制，设十二个班，每班十二个人，也称为一个队，有队长、指导员，后来学员数量逐步扩展到一个营，下分四个分队，全校为一个大队。

1939 年农历六月，盘踞在定陶、成武、曹县、单县四个县的日伪军组织大扫荡，其中一股日伪军奉命袭击这所学校，遭到保卫这所学校的部队的猛烈阻击。战斗进行到当天深夜，学员们在隆隆的枪炮声中紧急集合。杨得志向学员颁发了冀鲁豫军区军政干部随营学校毕业证书。号召学员们，家乡远的跟随部队行动，家乡近的回去搞民运工作。并要求学员不要忘记自己是冀鲁豫军区军政干部随营学校的学员，他讲话后，学员们在部队的掩护下排着队出了校门。

冀鲁豫军区军政干部随营学校，在抗战最艰难的岁月里以短暂的时间为国家培养了数百名抗日干部，在历史的紧要关头，学员们做出了巨大的贡献，在鲁西南抗战史上留下了光辉的一页。

杨得志来鲁西南时仅有一百多人，他以安陵集、东明姚寨、曹县“红三村”等村庄为主要根据地，发动群众，打日伪、灭顽军，建立统一战线，一年后就发展到一万七千人。1941 年皖南事变爆发，黄克诚奉命南下，带走了一万多人，充实新四军。

杨得志不久又拉起上万人的抗日队伍。

1939 年 7 月，冀鲁豫边区党委任命戴晓东为鲁西南地委书记，在安陵集设区委、曹东县委。此时安陵集村党组织迅速发展，安陵集设立党总支，下设三个支部，共产党达一百七十多人。在“红三村”被日军扫荡的危急时刻，戴晓东带一个警卫员，去黄河北找杨得志搬兵，解了“红三村”之围。

曹县第一任人民的县长刘齐滨，也曾在此工作过。

安陵集形成了人民政权的雏形。这里设立了法庭、工商、治安、工厂、邮局、书局等，为了繁荣经济，还开设了八大行：粮行、药行、布行、酒行、五金行等，不仅我军在此购买所需物资，敌占区的伪军和群众也来进行交易。

群众是最好的屏障，日军和国民党顽固派曾多次想端掉共产党的领导机关，可是共产党人耳聪目明，不但民心向着共产党，而且在日伪军里也有耳目。敌人每次扫荡至安陵集，党的政府机构早已提前转移。

1941 年夏天，德军二十八个师，四十四万兵力包围了苏联首都莫斯科，德军的前沿部队已进入离莫斯科中心仅八公里的郊区。

斯大林于 1941 年 11 月 7 日，十月革命二十四周年纪念日这天，登上了红场检阅台。斯大林向受阅的士兵和群众讲了这样一段话：“我们的国家正在遭到入侵，全体苏维埃公民和军队都要不惜用尽每一滴鲜血，来保卫苏维埃土地和村庄。”以往的阅兵式，都是在上午 10 时开始，而这天，于 8 时 10 分开始阅兵。十几万受阅的指战员，手持武器，迈着整齐的步伐，经过检阅台后直接开赴前线。莫斯科保卫战，彻底摧垮了不可一世的德军，扭转了整个战局。

安陵集的百姓当年把自己的村庄比作“莫斯科”，表现出坚定的革命信仰和与敌人血战到底的决心。

鲁西南的革命火种从这里燃起，面朝黄土背朝天的农民站立起来，成为巨人。他们在这里点燃和保护了革命火种，让它烧遍鲁西南，安陵集一批批青壮年也从这里参加了八路军、新四军、冀鲁豫支队，走上了抗日救亡的前线。就像1941年11月7日走过莫斯科红场的士兵军队，奔向枪林弹雨、奔向光荣和牺牲、奔向民族和国家的尊严！

一个安陵集，以身殉国的烈士达一百多人，仅抗日战争时期，就有七十三名战士为国捐躯！

14. 当年与日寇的一场“拔河赛”

安陵集历史上还有一件大事不得不提，那就是消灭红枪会。

抗日战争时期，鲁西南曾经有一支势力强大的民间组织——红枪会。其会员最多时总数达五六万人，会员大都是农民。

这一支有封建迷信色彩的组织背后隐藏着一个巨大的阴谋。

早在1937年秋，日军就派来一个名叫山口恭右的大佐，是日本大特务头子土肥原贤二的部下。他以商人身份便装来到鲁西南考察，此人是一个策划组织“帮会”的专家。他知道宋朝时有一百零八位英雄在鲁西南聚义，了解到此地民风重侠义，善结帮会，便用怀柔手段和各地红枪会的头目拉上关系。

共产党、八路军到鲁西南开辟敌后抗日根据地后，红枪会有针对性地向我党、我军挑衅，变成一支不穿军装的伪军，头目们聚集受蒙蔽的群众，对抗共产党和八路军的“平原人山”战略。

1939年夏天，安天国带红枪会几千人，在安陵集南门外的戏台上检阅红枪会会员。他说：“没有狗胆不能称英雄，黄巢起义杀人八百万，我比黄巢还厉害！”

1939年11月的一天，安天国又在安陵集东门外奶奶庙戏楼上召开红枪会全体会员大会，面对台下一万多名红枪会会员说：“穷靠富，富靠天，老百姓就要入红枪会……”

地委民运部长于子元接到情报后，请示地委书记戴晓东，说：“安天国在我们眼皮子底下这样搞，这是有意地挑衅，太猖狂了。”戴晓东思索良久说：“红枪会没有那么简单。他们大部分成员都是农民，这是敌人要挖我们的根基，我们就和他们的后台来个拔河赛吧！”他决定由于子元带两个警卫员先去闯会场，向群众讲道理，再由程力夫带十个短枪队员接应。

于子元当了一回独胆英雄，赶到会场，跳上戏台，安天国恶狠狠地问：“你来干什么？”

于子元不慌不忙地答：“你们开大会，我不请自来，想借这个机会向乡亲们讲几句话。”

安天国威胁说：“戏楼下是我们的人，除了我，谁也没有向他们讲话的权力！”

于子元针锋相对地说：“戏楼下是不愿受奴役的乡亲，是我的同胞、兄弟、姐妹，我向他们宣传共产党抗日主张，没有错！”

安天国拍着胸膛说：“我是三不跟，一不跟共产党走；二不跟国民党走；三不跟日本人走。”

于子元说：“现在日寇的铁蹄已踏进中华腹地，到处杀人放火，无恶不作，眼看我们的国要亡，家要破。我们共产党人主张团结一切愿意抗日的人们，结成统一战线，共同抗日，不当亡国奴。你的‘三不跟’，只是一面幌子，你跟谁你心里最清楚。”

戏楼下红枪会会员们听得聚精会神，不断爆发出热烈掌声。安天国不由得汗流浃背。接着，于子元针对安天国的“三不跟”的主张，逐条进行了批驳。

于子元演讲完，程力夫带人接应于子元回到抗日救国总会部。

在路上，于子元对程力夫说：“安天国不可挽救了，要尽快拔掉这个钉子。”

11 月的一天，安天国带领一帮满身刺青的打手，在西郭村设神坛符场，发展红枪会会员，并大肆污蔑攻击“共产党人杀人放火，共产共妻”。扬言要与共产党、八路军决一死战。

红枪会很快在其总部所在地湾杨村发动了暴动。安天国纠集一万多名红枪会会员，手持长矛、大刀，到处捕捉我党和救国会的干部，抓捕安陵区委书记寇真一、曹东县委组织干事刘贵修、救国会的干部张东岭、程留金，将他们关押在湾杨村一户人家中。夜里，五大队组织部队翻过寨墙解救被捕同志，因转移失败，在村外与五六十个红枪会骨干发生战斗。我方武装边打边撤，但是红枪会仗着人多，手持红缨枪、大刀，喊着号子，紧追不舍。当追到村西北角油坊树林时，被埋伏在那里的武装部队打得逃回村内。

当天夜里，红枪会在湾杨村后街楼院内，用大刀砍死我方十三名抗日干部和群众。我部队撤走后，一名十五岁的负伤小号兵，曹县梁堤头人，腿被打断，在村前爬着跟过路人要水喝，被红枪会骨干分子杨传乾用红缨枪活活扎死。

湾杨事变后，安天国带人到安陵集抓程力夫家的人，没抓到人，便把他家的房屋扒掉。他们又去刘岗抓曹县共产党的首任县长刘齐滨，未得手，又把他家的房屋放火烧掉。

安天国的红枪会，勾结日伪军和反动势力，对我根据地形成包围，而且包围圈越缩越小，一直把地委、县委、救国会压缩到刘岗、伊庄、曹楼三个村。其他村庄的抗日团体组织也遭到了严重的破坏，转入地下斗争。地委、县委和救国总会的领导同志也都在晚上到各村活动，一晚上至少换三个村庄。

1940 年正月，冀鲁豫支队团长龙世兴带一个团从黄河北回到鲁西南地区，与冀鲁豫军区第五大队一起攻打红枪会总部湾杨村。因天黑，我方部队埋伏在村外寨墙下等待攻击命令。这时，红枪会骨干分子从寨墙上突然跳下来，趁我方不备，手持大刀，连砍我方两名战士后跳回寨内。我方开始攻击，但由于红枪会拼死抵抗，且村寨墙上筑有坚固的防守工事，又有日伪军暗中资助的武器弹药，而我方部队没有重武器，弹药不足，伤亡很大，成僵持状态，黎明前不得不撤回部队。

日军指挥官称赞红枪会是皇军的“良民”，不断暗中给予武器和经费支持，安天国干脆变成了伪军头目。安陵集的党支部和救国会的各级组织一直坚持斗争，八路军几次攻打湾杨村红枪会总部时，安陵集的村干部都积极组织群众，帮助部队转送伤员。地、县委的领导在夜间也经常来这一带安抚群众，并向被蒙蔽的红枪会会员及其家属宣传我党、我军的宗旨，劝其悔悟。郓西和县属金堤两岸的“杆子会”被我党做通工作，投奔八路军，被改编为八路军三四三旅第一游击大队，震慑了红枪会的顽固头目。

每一寸土地都是我们自己的！岂容敌寇借帮会之手如此蹂躏！

1943 年 9 月，冀鲁豫支队二纵新三旅旅长赵基梅、政委谭甫仁率两个团又一次挺进鲁西南。在韩集、常乐集、张湾等地接连打击敌人，一举打下了红枪会的老巢湾杨村，击毙了红枪会头目数十人，安天国则逃到毕寨日伪据点躲起来。

红枪会的真面目终于暴露在鲁西南人民面前。

我党、政、军机关积极开展工作，清理和恢复地方党、团组织，争取受日伪和红枪会欺骗蒙蔽的群众，严厉惩处日伪汉奸和叛徒。在不到半年时间里，不仅恢复了原来活动区的抗日组织，而且扩大了根据地范围，建立了抗日民主政权。

第三章　问君槐花可曾开

1. 县长当一年，家产全卖完

从秦始皇时代实行郡县制统治以来，县级政权便作为基层权力机构存在至今。

习总书记曾经在2013年纪念“七七”事变大会上讲到“以史为镜”，我们在冀鲁豫的历史中找出几任县长为镜，今天的共产党人，可以用来对照，以正衣冠。

根据地的干部并非“土包子”。刘齐滨，出生于山东省曹县刘岗村一个比较清贫的书香家庭里。1931年，刘齐滨以优异成绩考入北京大学文学系。“九一八”事变后，他参加了北京大学生请愿团，奔赴南京请求国民党政府停止内战，一致抗日。12月17日，请愿的学生遭到了国民党政府的残酷镇压，刘齐滨也被军警用枪托砸伤了左胸。1933年，刘齐滨身染肺病，被迫辍学，返回家乡。

国民党曹县县党部利用他在曹县西北地区的威信，委派他任三区区长。

上任不久刘齐滨发现，要想为人民群众做点好事很难，上受国民党县党部的压迫，下受同僚和一些土豪劣绅的排挤，自己美好的愿望处处碰壁，于是愤然辞去区长职务。

1938年3月，“曹县青年抗日救国会”在曹县东关成立，刘齐滨被选为会长。1938年8月，刘齐滨加入了中国共产党。

1940年8月，曹县抗日政府在曹西北冯寨村宣布正式建立，刘齐滨被选为第一任县长。上任时他对着上千名群众说："从现在起我就是你们的长工，一生为你们做牛做马。我将以关心群众的疾苦为天职，尽心尽力为人民办事。作为一个共产党员，廉洁奉公是我的本分，我保证不往自己家里拿公家一分钱，如果发现我失职和有违背诺言的行为，请党和群众随时将我罢免。"

就职后，他立即着手在根据地内筹建区、乡抗日政权。同时还带领县政府其他成员，发动群众破坏交通，为我军开展平原游击战、粉碎日寇"扫荡"创造有利条件。

一天，他接到曹县顽军头子王子魁的一封信。王子魁企图利用刘齐滨在北京大学读书时享受过曹县县党部的资助金这件事，对他恫吓、劝降。

刘齐滨看完信后，说："有来无往非礼也。给这些卑鄙龌龊的败类回信，不能动用人民的一个信封、一张纸。"

他掏出钢笔，在王子魁的墨迹旁加批注："为国为民我问心无愧，背叛你们我无比自豪。"

刘齐滨是刘岗人，王子魁在信中写到："兔子不吃窝边草。"

刘齐滨旁批："离你家也不远。"

王子魁在信中嘲笑土八路的武器装备差："你们抗什么日，手里的武器是秦始皇他老奶奶时的——老得没牙了的毛瑟枪，射出的弹丸嗯嗯发响，像飞叫的屎壳郎。"

刘齐滨旁批："就凭它，苏联红军打进了冬宫推翻了沙皇，还是靠它，八路军战士再来消灭你们这伙祸国殃民的败类。"

刘齐滨又在"你们勾结俄国，割据华夏"一旁，加批了："联共、联俄，这是孙中山先生的主张，请问，你是谩骂我们？还是谩骂孙中山先生？"

王子魁信中说："羔羊犹反哺报恩，你今日已辜负县公费供你读大学之恩。"

刘齐滨在一旁批写："应感谢你们给共产党输送一名合格的共产党员。我能够毅然决然背叛你们，今天手拿钢枪反对你们，并打算抓到你时，我亲自审判你，我感到无比自豪。"

他把批注的原信，笑着交给那送信人，并端给他一大碗开水喝。

送信人回到韩集交差，王子魁正摆宴行令，他接过信，皱着眉看了一遍，立时怒火万丈，气得浑身发抖，一脚踢翻了席桌……

刘齐滨就任县长后，党派来大批干部开辟鲁西南平原抗日革命根据地，许多抗日“救亡”同志云集曹县西北，杨得志、戴晓东等都在那里工作生活过。

那时这些领导同志日夜工作，干革命没有“工资”，生活非常艰苦。在这种情况下，刘齐滨便在自己家里热情接待革命同志，把家办成了“救亡饭店”。

2010年刘齐滨的儿子刘振堂在回忆录中这样写他的父亲：

不管炎暑寒冬，不论白天黑夜，同志们一到家，母亲就把洗脸水送过去，接着便抱柴火生火做饭。往往是这几位同志刚搁下饭碗，还没有来得及收拾，跟着又进来几位，母亲就撩起衣襟擦了把脸上的汗珠，又笑盈盈地给新来的同志做饭去了。这样，常常一天做七八顿饭。有时一次来几十位同志，遇到这种时候，母亲总是跟着忙前忙后，饭做好了，同志们一起，三人一堆，五人一摊地吃了起来，大家边吃边交谈，有说有笑，亲如一家。

有时，深夜同志们来了，父亲就急忙起来，问寒问暖，一边让母亲起来去做饭吃，一边千方百计安排同志们的住宿。

一天，在同志们吃饱饭，各干各的工作去的时候，母亲悄悄走到父亲面前，轻声地说：“咱的粮食快吃完了，怎么办？”

“卖树！”父亲毫不犹豫地说，“咱院里不是还有几棵树吗？把它卖了，不就有钱买粮食了吗？”第二天同志们一来到，香喷喷的小米饭又端了上来。

过了一阵子，母亲又愁蹙蹙地来到父亲面前：“粮食又快吃完了，咋办啊？”

“你就不会向亲友去借一点？”

“借过了，要不借粮能撑这么长时间吗？”

“那……”父亲作难了。是啊，如今日寇横行，谁家生活不困难！亲戚朋友又有多少多余的粮食往外借呢？弄不到粮，同志们来了吃什么？再困难，也不能让同志们吃不上饭。于是，他便到屋里屋外，房前房后地看了一遍，好像要找出点值钱的东西来变卖似的，可是除了那些破破烂烂的家什和一点必不可少的农具外，再也找不出可卖的东西了。

思前想后，父亲想到，家里还有三亩地呢！便果断地对我母亲说："卖地！撑过去这一关！"

"卖地？"母亲有点吃惊，"咱可就只剩下这三亩地了啊！"

父亲沉思着说："有国才有家，只有打倒了日本鬼，咱穷人才能翻身。将来，建立了新中国，大家都会过上好日子的，咱个人还愁没地种？为革命就是倾家荡产也最值得。"

地卖了，我们家这个"饭店"又照常门庭若市、炉火通红，温暖了来到这里的一切革命同志的心。

由于日寇汉奸活动猖獗，同志们得经常转移驻地，我父亲和其他同志一样，经常东奔西跑，四处活动，和其他领导同志一起，日日夜夜都在考虑研究对敌斗争策略，组织发动群众抗日。有一次，全家随我父亲转移到孙庄。刚安排好住处，我姑父王合宾（担任联络工作）急急忙忙地跑来报告说："敌人偷袭刘岗村，没抓到我们的人，你家里的房子被敌人烧掉了！"大家一听都很痛惜。家里的房子虽然破旧，却能遮风挡雨，不管生活怎样艰苦，一家老小住在一起，总像一个家啊！现在敌人一把火烧掉了，谁不感到痛心！

但是父亲平静地问我姑父："邻居家的房子有被烧掉的吗？"

"没有。"

父亲立即拍手大笑起来。在场的人你看看我，我看看你，都有点莫名其妙：对敌人的暴行不感到愤慨，反而拍手大笑，这是为什么？

父亲好像看出了众人的心思，带着几分激动的语气说："敌人偷袭刘岗村扑了个空，今天只烧了我一家的房子，群众的财产没受损失，这就值得庆贺！敌人烧我的房子，说明我参加革命使敌人害了怕，咱的拳头打到敌人痛处，他们才恨我。所以我感到很光荣！"

父亲嘘了一口气，又风趣地说："烧了房子和东西，以后再东奔西跑闹革命，就省得挂家啦。一把火掉了一个包袱，不又是值得庆贺吗?”

一年后，刘齐滨成为冀鲁豫边区第三专署的第一任专员，日夜操劳。过度的劳累、恶劣的环境再加上营养不良，使刘齐滨的肺病加重。他瘦得皮包骨头，走路也困难，在机关转移时，骑着一匹小马跟着东奔西跑。

后来连骑马都骑不了了，就坐上担架坚持工作。日益严重的肺病折磨着他，他时常咳出一摊摊的鲜血，胸部的脓疮一次就可以挤出很多脓血，领导和同志们再也不忍心让他工作了。

他讲话困难，就让人在床头放上一只手摇铃，他没气力喊人，有什么事，铃铛一摇，把同志们召集到跟前安排工作。他还让人每天给他读文件，谈情况，把自己对工作的意见慢慢写出来，送给有关领导同志，就这样一直带病坚持工作。

1942 年 4 月 15 日，在曹县张子高村，一早他就摇铃，叫人把专署的负责同志都请来。他竭尽最后的力气说：“要好好保护眼前的麦收，这是关系千万群众利益和抗战的大事……”他艰难地喘了喘气又说，“我不行了，死后不要搞什么仪式，埋了就行了，不要再花公家一分钱，孩子不要管，让他们自寻活路……”

说完，与世长辞!

2001 年我们采访了当年参加过追悼会的刘齐明老人。他说：“群众自发到了好几千人，台子前满满的，没有不哭的，大家都说死了一个好领导，从那天起，我就明白了共产党的官应该怎样当!”

曹县第一任人民的县长风范长存。

2. 县长赈灾民，妻儿没粥喝

1941 年到 1943 年，是鲁西南抗日根据地最困难的时期。连年大旱、大面积的灾荒、日伪军频繁的扫荡、国民党反共势力的封锁摩擦，使抗日军民处于极端困难的境地。

1941 年 5 月，青黄不接，在鲁西南抗日军民最困难的时刻，王石钧出任曹县抗日政府第二任县长。为纪念刘齐滨同志，曹县改名为齐滨县。

在频繁紧张的反扫荡战斗中，许多同志负了伤，但当时缺少医药治疗。药，成了王石钧日夜思索的大问题，他想了很多方法，但是都不能马上解决问题，最后只好从家中一头耕地的小黄牛身上打主意，卖牛买药。

一天，他爱人找他要牛钱，准备修补露着天的房子。他回答："牛钱买药给同志们治伤，花光了。"

他爱人听了这句话怔住了，过了一阵子，说："屋子还露着天，你看这咋办?"

王石钧劝说道："屋子露天要修补，同志们抗战挂了彩要治伤，我是人民的县长，你是光荣的抗属，咱们不能小肚鸡肠。你想一想，鬼子这样疯狂，到处奸淫、烧杀、抢掠，如果没有抗日的八路军到处打击敌人，房子能保得住？恐怕连地也种不上了。你看一看有很多人家的房子被鬼子烧光，到现在不还在露天里睡觉吗？等大家的房子解决了，我们也会有房子住。"

1942年，灾荒更重，许多人家都揭不开锅，连树叶都被吃光了。

王石钧吃不好饭，睡不好觉，他一方面组织群众生产自救，一方面发动干部、党员节省粮食，请示地委在缺粮最严重的几个村子里垒起了大锅，每天他亲自煮几大锅粥，救济老弱病残。

这个时候，王石钧的家中也是多少天一直以野菜充饥。后来，实在揭不开锅了，饥肠辘辘的孩子对母亲说："娘，俺爹是县长，听说在不远的村里给大家发粥，咱也去要碗粥喝吧!"

妻子深知丈夫的脾气，一声没吭，泪珠一滴滴落在孩子的脸上。后来在大伙的劝说下，她才领着孩子找到王石钧说："我能忍，孩子实在饿得忍不住了。"

王石钧看着骨瘦如柴的母子，半天没有说话，最后还是摇了摇头说："这些村受灾比咱村重，救济粮食只有这一点，这粥咱能吃吗?"妻子再没有说话，背着孩子回家了。

不久，王石钧在一次战斗中负伤被捕，经受了严刑拷打也没吐过一个字，趁黑夜敌人把他往城里押送时，他跳车逃跑。

王石钧被大伙救回来时已经奄奄一息，苏醒过来时，他问："槐花开了没有?"

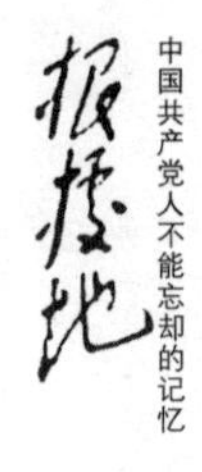

大伙告诉他，槐花已经开了。

他断断续续地说："这就好了，群众有吃的了……"他嘴角露出一丝微笑，永远闭上了双眼。

槐花开了，杨得志下了一道命令：部队一律不准打槐花……

3. 县长打日寇，父子齐上阵

在庄严雄伟的古城延安，原中共中央研究院附近的黄家坪山顶上，有一座用青石砌成的坟墓。墓前立着一块石碑，上面刻着：梁仞仟同志之墓，1941 年中共中央研究院立。

在延安中央机关工作过的老同志，很多人都了解梁仞仟。

在抗日战争时期，山东运西地区的男女老少，一提起"窝窝队"（鲁西抗日自卫团）的创建人梁仞仟，可谓无人不知，无人不晓。

梁仞仟，1912 年出生在山东省郓城县洪王庄。1935 年底，梁仞仟加入了中国共产党。1937 年 6 月，遵照中共山东省委指示，梁仞仟返回郓城开展党的工作。同年 9 月，建立郓城县第一个党支部——洪土庄党支部，直接隶属中共山东省委领导，梁仞仟任书记。

11 月，中共鲁西南工委书记白子明受中共山东省委派遣来到郓城，与梁仞仟取得联系，明确由其负责筹建中共郓城中心县委。在梁仞仟领导下，党的组织迅速发展起来。1938 年底，中共郓城县委在郓（城）、鄄（城）、巨（野）、菏（泽）四县结合部地区建立，梁仞仟任书记。

为了组建抗日武装，培训骨干力量，郓城中心县委以鲁西抗日自卫团的名义，先后在郓城城南飞哲集等地举办了三期训练班。梁仞仟亲自担任教员，向参加训练的民先队员、进步青年和农民抗日积极分子讲述抗日救亡的形势和任务。

训练班每期三四十人，先后共有一百多人参加。训练班学员的吃住条件都很差，梁仞仟和学员全都挤在三间破屋里，他们铺麦秸、枕砖头。梁仞仟动员父亲梁秀松筹集了许多高粱做训练班的口粮。生活条件虽然艰苦，但是学员们的情绪却异常高涨，个个生气勃勃。训练班除集中上课和军事训练外，还抽出大量时间深入村庄，发动群众，宣传抗日。

训练班轰动了全村，每天都有前来打听观望的群众。群众见他们讲的话、唱的歌都是打日本鬼子的事，又见他们顿顿吃黑窝窝，便亲切地称训练班为“窝窝队”。

从此，“窝窝队”的名称一传十、十传百，传遍了鲁西南。

1939 年 1 月，我八路军一一五师在罗荣桓政委和陈光代师长领导下挺进郓西北，梁仞仟组织地方力量积极配合，于农历正月十四一举攻下了郓城北部黄河岸边的伪军据点樊坝。

1939 年 9 月，郓城县各界代表召开大会，担任地委书记、专员公署秘书长和七支队政治部主任的梁仞仟被选为郓城县抗日民主政府第一任县长。梁仞仟的父亲梁秀松被选为区长。父子同时被民选为抗日干部一时传为佳话，群众编了歌谣：

老区长梁秀松，
骑毛驴、戴眼镜，
倾家荡产闹革命，
年高六十又出征。
儿子当县长，
老子听命令，
抗战杀敌人，
梁家父子兵。

正当抗日蓬勃发展的时候，国民党于 1939 年 11 月掀起反共高潮。冀鲁豫地区的国民党部队蠢蠢欲动。12 月底，郓城县国民党县长张培修突然抓捕了梁秀松老人。老人就义前，威武不屈，大义凛然，高喊：“要杀就杀，要砍就砍，头可断，血可流，精忠报国不能丢！”28 日，老人在于阁村壮烈牺牲。

1940 年梁仞仟被选为党的“七大”代表。他同杨勇、徐运北等同志奔赴党中央驻地延安。到延安不久，梁仞仟积劳成疾，得了肠胃病，经医治无效，于 1941 年 9 月不幸逝世。父子二人在不到一年时间里，双双为国捐躯。

梁仞仟创建的“窝窝队”不断壮大，后来被编入了八路军正规部队。

第四章　我们的祖母、母亲、姐妹们

1. 千年悲歌

冀鲁豫边区包括冀南、豫北、鲁西南、鲁西、鲁西北、泰西和湖西的广大地区。北界漳河，南跨陇海，西靠太行，东倚泰山，方圆数十万平方公里的广阔平原上，生息着两千多万人口。

这个地区在抗日战争前，封建势力强大，土匪、会道门猖獗；经济、文化落后，群众受尽地主及地方官吏的租税盘剥和残酷压迫，生活困苦。尤其是占人口半数的妇女，在“三纲五常”和“三从四德”等封建礼教的束缚下，在男尊女卑的观念中，早婚、纳妾、蓄婢、买卖婚姻、溺女婴、缠足等陈规陋习，把她们的自由和权益剥夺殆尽。

广大妇女不仅遭受帝国主义、封建主义、官僚资本主义的压迫，而且还受族权、神权、夫权的严重束缚。寡妇不准改嫁，女儿没有财产继承权，婚姻不能自主，公婆虐待，丈夫打骂，男女极不平等。“男的不要女，只用一张纸（休书）；女的不要男，只有一个死”。妇女在走投无路的情况下，投井、上吊自杀的悲剧时有发生，甚至奴隶社会的所谓“初夜权”，二十世纪三四十年代在这里依然存在。

时任丰县、鱼台妇女部部长的张令仪写道：抗战初，在鲁南，我第一次听说有这样的事，佃贫家的人新婚之夜，新娘要被地主享有初夜权。据她叙述，1938 年她在单县任县委委员时，中共县委书记张子敬亲口对她说，因佃种了单县辛羊区张寨地主的田地，张子敬新婚时，妻子被张寨的地主施行了初夜权。

冀鲁豫妇女代表李秀真（右三）参加开国大典与毛泽东合影。

1942年12月，湖西巨南县抗联主任戴洪慈以大田集为试点，发动群众，开展反恶霸、反“黑地”斗争。大田集有一千多户人家，村里的大地主姓刘，外号刘霸王，刘霸王除了对佃农娶的媳妇享有“初夜权”，还要求生了孩子的佃农家，每天要将一碗人奶送给他享用。1943年12月，陈毅经过鲁西南，写下《曹南行》诗：

毫邑汤都史所传，
至今豪霸圈庄园。
蜀客多情问遗事，
居停首说初夜权。

在封闭千年的鲁西南乡村，集各种权力于一身的地主豪绅，可以为所欲为。百姓的财产就是他的财产，百姓的妻子就是他的妻子。

日军入侵后，每到一处，妇女都是最大的受害者，被凌辱奸淫，横遭杀戮。

鲁西南的女性，在各种权势压迫下哀吟出一曲千年悲歌！

2. 共产党掀开半边天

1937年7月7日，日军全面发动了对华侵略战争，中华民族处在生死存亡的紧急关头。7月8日，中共中央向全国发出通电，呼吁全中国人民、政府和军队团结起来，筑成抗日民族统一战线，抵抗日本侵略。

9月23日，蒋介石发表承认中国共产党合法地位的讲话。至此，全国人民同仇敌忾，团结在抗日民族统一战线的旗帜下，掀起了波澜壮阔的抗日救国战争。

9月，中国共产党发布《妇女工作大纲》，提出以动员妇女力量参加抗战，争取抗战胜利为基本任务；从争取抗战民主自由中争取男女在政治上、经济上、文化上的平等，改善与提高妇女地位。《大纲》还特别强调：培养大批女干部，来迎接抗战新阶段工作的开展，是我们妇女工作的中心环节。

1943年3月1日，彭德怀发表重新认识妇女工作的讲话。讲话指出：

第一，应该认识目前的妇女运动，是抗日民主运动的一部分，而且是很重要的一部分。第二，我们各地的共产党员，特别是那些做负责工作的共产党领导机关，应该把解放妇女当作自己一个义不容辞的责任。第三，在女干部当中，在知识分子妇女当中，更应该重新认识自己的责任。解放妇女这个伟大工作，男子是要负责任的，妇女本身却要负主要的责任。这里，我要对于我们的女干部和知识分子奉送一句话：应该把广大被压迫妇女的痛苦，当作自己的痛苦，像争取自己利益一样去争取广大被压迫妇女的利益。

《晋冀鲁豫边区婚姻暂行条例》于1943年9月29日颁布。

《晋冀鲁豫边区婚姻暂行条例施行细则》于1944年4月9日颁布。

《冀鲁豫行署关于处理因灾荒买卖人口纠纷的规定》于1944年10月14日施行。

晋冀鲁豫边区政府主任晁哲甫，副主任徐达本、贾心斋于1944年5月2日发表《冀鲁豫行署通知民财字第二〇五号令》，第四条第九项规定，婴儿在生育后第一年可发给土布七丈、棉花七斤，按实际需要，婴儿衣服必须先准备，故决定产前产后各发给一半。

冀鲁豫行署还发布了《冀鲁豫行署关于女子继承权等问题的决定》《冀鲁豫行署关于妇女参政问题的指示》《提高妇女地位行署颁布妇女分地法令》等一系列有关妇女问题的政令。

几千年来，一直生活在社会最底层的中国女性第一次得到一个政党和一个政权如此的关注！

3. 妇女歌

中共八届十二中全会做出开除刘少奇党籍的决定，当时的中央委员中唯一没举手的，是一位女性，她的名字叫陈少敏，正是来自冀鲁豫根据地！

1937 年秋，陈少敏受中共河北省委的委派，以妇女代表的名义到冀鲁豫鲁西南边区的沙区工作。她和沙区的妇女党员一起，提高妇女觉悟，组织妇女群众为反对封建压迫、争取妇女解放而斗争。

至此，边区的妇女工作普遍开展，妇女救国会会员迅速发展到十五万余人。各地妇女培训班相继开办，大批妇女积极分子经过培养、训练、提高，充实到抗日救国斗争和妇女解放运动的第一线。

1939 年 3 月，为防止敌人误解和破坏，把妇女培训班改为识字班，组织妇女学文化，结合扫盲讲解抗日道理，以发动妇女参加抗日。这一形式受到妇女群众的欢迎。

妇女培训班是直接培养、训练、选拔、输送抗日斗争和妇女解放运动人才的园地，经过培训的妇女为冀鲁豫边区的事业奋战。有的同志分配到部队，随军转战南北；有的同志为革命英勇献身；大多数同志回到本乡本土，担任区、村妇救会干部，脚踏实地，任劳任怨，为抗日战争和妇女解放事业日夜奔波。

妇女培训班不仅是培养和输送人才的园地，更是宣传动员群众完成党的中心任务的有效方式。抗日群众团体中的妇女干部绝大多数经过培训，妇救会系统中的女干部全部经过培训。经过培训的妇女根据革命工作的需要分赴不同岗位，绝大多数成为抗战队伍中的骨干力量，投身革命。

先期培训的妇女干部走家串户，与老大娘、大婶、大嫂讲道理，聊家常，还用填上新词的各种民间小调在集市上教唱：

月儿渐渐高，挂在柳树梢。
小佳人，在绣房心中好苦恼。
你苦恼什么？
可怜奴的郎，死得好不冤枉，
日本鬼丢炸弹丢在他身上。
那你怪谁呢？
也怪奴差错，不该留他家中过。到如今，只落得有苦没地方说。
那你为什么不报仇？
有心去报仇，脚小不能走……
那你为什么不跳河？
有心去跳河，上有二公婆，还有那小娇儿交给哪一个？
那你一不死，二不报仇，怎么办呢？
奴劝姊妹们：参加妇救会，不打倒日本鬼，永远不能翻身！

此外，妇女干部还进行反对封建压迫、争取男女平等的教育，动员妇女走出家门，参加抗日、生产和支前活动，劝说妇女放脚、识字，提倡儿媳孝敬公婆，公婆爱护儿媳，夫妻互敬互爱，反对公婆虐待儿媳、丈夫打骂妻子等。因为鲁西南地区传统封建意识浓厚，妇女受到政权、族权、神权、夫权四重压迫，“在家从父、出嫁从夫、夫死从子”“嫁鸡随鸡飞，嫁狗随狗走”等封建观念和习俗的毒害很深。如果不启发妇女的反封建觉悟、不动员妇女走出家门参加抗日活动，翻身和解放是不可能的。因此妇女干部就从妇女的切身利益讲起，如讲到妇女的痛苦，有的受丈夫打骂，有的公婆虐待，自己的终身大事自己不能做主，父母让嫁给谁就嫁给谁等各种真实情况，都让人非常感动。

妇女干部经常把婚姻不自由的小调在妇女群众中教唱：

郎十一，妾十九，好像毛虫配莲藕。
奴家旁边说句话，可恨爹娘不改口。

有的妇女由父母包办早早订婚，因丈夫病重而嫁去冲喜，过门后不久丈夫即死去，只好在婆家“守贞节”。妇女干部们又把丧夫守节的悲苦歌谣唱给妇女听：

一七到来哭哀哀，手拿被儿盖起来。
风吹红被四角动，好像我郎活转来。
……

妇女干部边唱边讲，常使一些妇女感动得低头不语或泪流满面。寡妇王大嫂说："你们讲的句句是我们心里话，我们妇女的苦水倒不完，我一定叫我女儿跟着你们干革命。"妇女干部还号召妇女依靠自己努力，挣脱身上的枷锁，争取男女平等，并教唱歌曲《妇女要参加革命》：

谁说我们应该关进厨房？
谁说我们应该死守锅台？
在敌人的炮火下，
多少姐妹被屠杀！
多少姐妹被奸淫！
我们不能再忍受，
我们不能当绵羊。
我们要握紧拳头，
挺起胸膛，
参加抗战求解放！
……

湖西地区的妇女识字班编了《办冬学歌》传唱：

西北风吹来阵阵寒，
收完了庄稼没有事情干。
嗨，冬学办起来，
赶快把书念。
睁眼瞎子真困难，
处处受欺又受骗，

不会写，不会算，
你看可怜不可怜。

湖西七分区给妇女家属识字班编的课本中，第九课《自给》：

丈夫儿子都不靠，专靠自己谋生活。
劳动两手和两足，自给自足自过活。

第十课《学习》：

学习好，学习好，
学习以后少苦恼，能够算账少混淆，
写信看信少讥诮，睁眼瞎子人鄙视，
政治提高信心牢，女子无才便是德，
这句老话要打倒。

文化落后、思想闭塞的冀鲁豫广大农村，由于几千年封建思想的束缚与影响，妇女受压迫、受凌辱成了天经地义，“男尊女卑”“三从四德”“女子无才便是德”等观念根深蒂固。抗日战争开始，妇女干部们走家串户，苦口婆心地宣传动员妇女参加抗战。遍及全边区的各种形式的妇女培训班宣传的共产党抗日救国的主张、男女平等、妇女解放、争取人身自由、婚姻自由等道理以及慷慨激昂的抗战歌声，使广大妇女耳目一新。妇女干部为国为民赤胆忠心、艰苦奋斗、联系群众的作风，更使群众敬佩。

这种思想上的觉醒是妇女争取自由解放的内在因素，思想上一旦挣脱了牢笼，旧的传统观念便土崩瓦解，冀鲁豫的妇女便以崭新的面貌，带着崭新的观念和男子并驾齐驱，战斗在广阔的平原上。

破陈规陋习、逐步建立民主平等的新型家庭关系是妇救会发动妇女争取解放的重要工作，许多村妇救会制定了模范婆婆和模范媳妇的条件。

模范婆婆的条件是（1）自己参加妇救会；（2）让儿媳妇参加妇救会；（3）对媳妇和女儿一样看待。

模范媳妇的条件是（1）自己参加妇救会；（2）孝敬公婆；（3）丈夫参军不拉后腿；（4）能做活。

广大妇女干部还向群众深入宣传缠足的苦处和不缠足的好处，教她们唱《放足歌》：

> 唯有妇女最困难，
> 天生两足多好看。
> 为什么缠成小金莲？
> 脚趾齐折断，
> 身体受摧残！
> ……

唱完歌又对妇女们说："大娘、大嫂、姐妹们，你们想想，过去咱们妇女受了多少苦？遭了多少罪？不能让自己的女儿、媳妇们再受这样的苦了。"这些情真意切的话，深深打动了妇女们的心。

郓城县汉石桥西街的妇救会主任关贵芝，因为家庭贫苦，从小随母亲下地干活，一直没有缠脚，她用亲身体会动员妇女放脚。年轻的妇女们也学着把脚放了，可是有的受不了别人的闲话、家庭的反对，没过几

冀鲁豫解放区的妇女为华野西兵团的英雄们戴花。

天又把脚缠上了。关贵芝的堂大伯哥曹继连就坚决反对儿媳妇放脚，说儿媳妇若要放脚，就不让她出门参加妇救会活动。关贵芝就上门做工作，不想一进门，曹继连就是一顿数落："自己大脚不害臊，反让大伙跟着丢丑。"关贵芝听了不计较，还是平心静气地跟他讲放脚的好处，曹不但不听，反把关贵芝赶出门。关贵芝左思右想，若是自己族亲都说服不了，还怎么做别人的工作呢？于是她不怕骂、不怕赶，多次耐心开导，经过五次劝说，终于说服了堂大伯哥。

在冀鲁豫地区妇救会工作开展较好的村，三十岁以下的妇女都把缠脚布放开了，十五岁以下的女童不再缠脚。

4. 寻找丁二嫂

冀鲁豫边区史资料中，一位名叫丁西武的老八路写过这样一段回忆录：

1942 年丁西武负伤被安置在鄄城小丁庄丁二嫂家养伤。一天拂晓，敌人突然进村抢掠，几个日伪军闯进丁二嫂家的院子。这时丁西武正躺在东间床上，已来不及转移了。危急时刻，住在西间的丁二嫂猛地从自己的床上爬起来，一下子钻到丁西武的被窝。敌人进屋后，指着丁西武问："他是什么人？"丁二嫂撩撩头发，镇静地回答："他是我男人，得了重病。"

丁二嫂的丈夫刚好头一天夜里给八路军带路去了，敌人盘问了半天，没有发现可疑的地方就走了。

在二十世纪四十年代，一个农村年轻媳妇能够做出这样的举动，该有怎样的勇气和情分！2001 年，我们曾到鄄城小丁庄寻访过丁二嫂。

"咱村上有没有一个姓丁的？"

"这个庄上都姓丁。"

"大家都称她丁二嫂，掩护过一个八路军。"

"掩护八路军的事多了。"

来到这里我们才知道，村里的人几乎都姓丁，许多结了婚的妇女都被人称为二嫂，可问起这件事，人们都说不知道。快六十年了，谁能记起这样一件发生在丁二嫂家里的事情呢？再说这件事当时也不好张扬啊！

冀鲁豫根据地的大娘大嫂照顾八路军伤员。

有位村民说：

可能是二大娘吧，啥事她都行，一听说有八路军伤员，她就去救。

最后大家推测，丁二嫂可能是两年前去世的丁二奶奶，她家过去住的八路军伤员最多。

她的丈夫在一次支前中失踪了。她为婆婆养老送终以后，又一个人生活了四十多年，活到今天也有九十八岁了。

我们没有找到丁二嫂，可我们又真真切切地感到，在冀鲁豫边区的老村，到处都有丁二嫂。

5. 凌静延安见陈云

凌静，在冀鲁豫边区也算是个知名人士。一是因为她长得美，有文化；二是因为她是边区领导人之一的郭影秋的夫人。

1937 年“七七”事变时，郭影秋是徐州地下党负责人之一，他一方面联络失散的党的干部和流亡学生、团体，派往抗日前线；另一方面加入了国民党第五战区司令李宗仁领导的抗日总动员委员会，组织抗日青年训练班，发动民众准备抗战，工作十分忙碌。

当时，凌静还不是中共党员。她作为助手，积极地协助郭影秋开展抗日救亡工作。二人在工作中相识相知，在战乱中成为伉俪。

凌静渴望成为一名共产党员。郭影秋是个才华横溢，却又有些傲气的人，凌静虽然为革命做了很多工作，但郭影秋总是挑剔："你太娇气，小资产阶级的味儿很浓。我们是夫妻，更应该严格要求。"

凌静好打扮，也成为入党的障碍，凌静长得白，不像劳动人民，也成为不发展她入党的理由。凌静换上农妇的衣裳，到田里帮助农民干活，欲把脸晒黑，以便更像"劳动人民"，郭影秋却说："你是个红皮萝卜，心里还是白的。"

凌静一气之下出走了，郭影秋不知道她的去向。

凌静和一个叫徐斌玉的女同志结伴，经陇海，过黄河，到山西投奔了抗日组织"牺盟会"。后来又离开山西，于 1938 年 2 月到达延安。不久徐州党组织的介绍信也到了延安。

凌静的出走使郭影秋后悔不已，当延安方面要徐州地下党为凌静出协调信，郭影秋立即给予办理。知道凌静到了延安，郭影秋也放下了一颗心。

通过了政治审查，凌静被分到陕北公学工作。

1938 年夏，凌静在延安生下了她的第一个孩子。

当时的延安，抗日气氛十分高涨，中央号召妇女不带孩子。如果是干部，孩子可以送到保育院。凌静虽已三十岁，在同学中年龄比较大，但只是个学员。怎么办？她只好忍痛将这个孩子寄放在一个农民家中。

延安马列学院是当时延安的最高学府，如果没有革命经历，较难录取。1938 年 11 月，凌静和几个同学报名后，正在焦急等待发榜，却看到有人在学院的组织部门做不正当的交易。

这种在"国统区"司空见惯的事，居然在"革命圣地"也有发生。凌静非常气愤，她鼓足勇气，直接找到时任中央组织部的领导陈云同志，告了一状。

她对陈云同志说："这种事在'国统区'可以有，根据地不可以有；

国民党可以有，共产党不可以有；西安可以有，延安不可以有！”

陈云同志十分赞赏凌静的见识和勇气，凌静走后，他对秘书说：“难得，难得。”

后来，陈云同志在公开场合赞扬了凌静，并破格录取她进入了延安马列学院。在马列学院的一年半时间里，凌静度过了她一生最幸运的时光，实现了她人生的最高理想——站在火红的党旗下，宣誓入党。

凌静心中也曾暗喜：你郭影秋不让我入党，我在延安入了党，在“革命圣地”入党了，在毛主席身边入党了！你还敢说我“小资”吗？

虽然凌静是和郭影秋闹情绪分离的，但她毕竟在心里还思念着郭影秋。他们四年没有通信，只知道郭影秋已成为冀鲁豫边区湖西区主要负责人之一。1939 年底湖西根据地搞“肃托”，错杀了几百名优秀干部，不知郭影秋是否还活着。如果郭影秋被杀害，她将多么悲伤和内疚。

1941 年 2 月，中央组织干部支援苏北根据地，凌静被批准参加。这支队伍有八十多人，大部分是参加过长征的红军战士，其余的人也大都打过仗。队伍里有六位女同志，其中四位也是参加过长征的老同志，唯凌静和一名叫李剑的女同志从未参加过战斗。

上级专门挑选了一位参加过长征的“老红军”战士负责照顾凌静。他的名字叫柯邦坤，二十四岁，江西宁都人，1931 年参加革命。柯邦坤对凌静说：“知识分子是党的宝贵财富，你又是个女同志，我的任务就是护送你。碰上危险，宁可我被打死，不能让你被打死；如果你被打死了，尸体也得拖回，不能落在敌人手里……”凌静听后笑了，“老红军”比自己还小八九岁呢。可她不知道，柯邦坤虽然年纪小，但却身经百战。抗战初期，他在山东受了伤，被送到延安养伤，又上了抗日军政大学。

1941 年 4 月中旬，干部队从二十里铺出发。出发前夕，朱德、徐向前来送行。24 日从葭县渡黄河，开始了历时一年、跨越五省、行程六千里的挺进敌后的征途。

这一年的艰苦历程，对凌静来说真是从未有过的壮举。一过黄河就进入敌占区，大片的荒地，常常几十里见不到一个村子。好不容易走进一个村子，也是房屋烧光，空无一人，无粮无水，令人不寒而栗。

凌静后来回忆说：“过同浦路前，连续几夜的行军，我实在困得不行，走着走着闭眼睡着了。那时真有睡着觉走路的。柯邦坤看我不时撞在前面人的背包上，怕我丢了，每晚行军时用根绳牵着我走。有一天晚上，我实在又累又困，走着走着就睡着了。等我醒来时，发现自己竟躺在一个地沟里，周围一片漆黑，静得没有一点声音，队伍早不知走到哪里去了。当时我怕极了，不知朝哪个方向去追部队，真是哭都没人应啊！这时，忽然听见远处有悄悄呼唤我的声音，我赶忙回答。原来是柯邦坤发现没了人，又返回来找我。我当时真是又惊又喜又发愁，愁的是即使有了他，我们在这漆黑之夜到哪里去找部队呀！柯邦坤毕竟是参加过长征的老红军战士，既沉着冷静，又有丰富的经验，不时趴在地上，摸马蹄印子判断部队的去向，终于在天亮后追上了部队。”

凌静后来总是充满激情地回忆起这段历程：

“最后一次冲平汉时，一夜跑了一百四十多里。在过一道封锁线时，四周碉堡里机枪声连成了一片，到处是子弹发出的火光。我实在跑不动了，坐在一个大石头上，看着战友们从身边一个个冲过去。等到人都跑光了，我反而平静下来。我想，我今天死在这里算了。子弹不时打到大石头上，蹦出阵阵火花，我一点儿也不怕。坐了很长时间，居然没有一颗子弹打中我。

“忽然，我看见前方有一个人往回跑，牵着一匹马。近了一看，原来是柯邦坤。他说：‘都过去了，你怎么还坐在这里？’我说：‘算了，我死在这里算了！’他说：‘不行！快跟我走！’我说：‘你去吧，我实在不行了，我不连累你！’他说：‘不行，你骑上马，我们快冲过去。’我说：‘我不会骑马，我不骑马。’他对我翻了脸，骂起来：‘混蛋！不会骑也得骑！两腿夹紧，搂住马脖子…来，上马！’

“我骑上了马，他牵着马飞跑起来。我紧张得不行，使劲用两腿夹着马肚子，紧贴在马背上。四面的枪声时断时续，地上不时有飞起的火花。好在是夜里，虽然护送的部队都已经过去了，但敌人无法判断，还不敢冲过来。我们就这样一气跑了七十多里才到宿营地。大家来接我们时，我已经下不来马了。

“同志们把我抱下来。我站不住，腿肿得像两只小水桶。我看到柯邦坤蹲在那里吐血。

“我哭了。从这以后，他的身体很不好，好像是伤了肺，经常咯血。他是我的救命恩人，我一辈子都欠他。”

当然，凌静也有英勇的时候。有一次冲封锁线时碰到了封锁沟，又深又陡，过不去，绕路又来不及，天一亮鬼子出动就要出大问题。当时大家都没有好办法，议论纷纷。忽然凌静心一横，解开了背包，把被子往身上一裹，纵身便滚下沟去。大家都吓了一跳，以为她掉了下去。没想到凌静到了沟底竟没有跌伤，在下面招呼大家。于是大家都照此办法，纷纷“滚沟”。

同行的欧阳平在回忆录里写道：有一次过封锁沟，由于沟太深，不得不抛弃了马匹。凌静后来回想，当时别的同志犹豫，是舍不得丢掉马匹啊！

凌静在队伍中体力最弱，但她能奉献给大家文化知识。队伍中大多数干部文化程度不高，柯邦坤连字也认不得几个，凌静就成了他的文化教员。只要部队一驻扎下来，她就可以发挥自己的优势，所以同志们都称她凌老师或凌大姐。

1942 年元旦，干部队终于踏上了湖西根据地的土地。此时凌静的心里忐忑不安，在延安她得知郭影秋参加创建了湖西根据地，并成为领导人之一。这些年他们没有一封书信来往，到底他是不是还活着？他有没有爱上别的女人？或者有没有别的女人爱上他？

当时干部队的目的地是苏北根据地。经过湖西，凌静当然希望知道郭影秋的情况，并渴望见到他。一踏上湖西根据地，凌静就看到一张布告，下面赫然署着郭影秋的大名，一颗心才落了地。原来郭影秋和梁兴初正要被处决时，罗荣桓骑马赶来，他们才逃过了被杀的命运。新中国成立后曾任“万岁军”三十八军军长的梁兴初中将在他的《湖西托难忆罗帅》一书中写到：如果不是罗荣桓政委果断处理，我和郭影秋早就成为“湖西肃托”的冤死鬼了。

这时，他们分开已是整整四年了。

干部队在湖西根据地的中心区单县的一个村子驻扎下来。

听说延安的干部队到了，郭影秋和戴润生等几个领导人赶忙出村去迎接。只见远处黑压压来了一队人，破衣烂衫，拄着木棍，活像一群叫花子。这就是从延安跋涉几千里来的干部队啊！

郭影秋迎上前去，他一眼就看见了队伍中蓬头垢面的凌静。

后来儿子经常问郭影秋在那一特别时刻的感受：

“你们见面后没有扑上去拥抱吗?”

“哪里的话，那时不兴这个。”

“你们一见面说了什么?”

“什么也没说，和大家一样握手问好。”

“当天你们住在一起了吗?”

“你不懂革命的纪律，她仍住干部队。”

“你们为什么没有立即到一起呢?”

“分别四年，活着就是幸事。双方都不知道对方是不是已经又有了爱人，怎么能贸然行动?即使对方没另结婚，也得先了解对方的想法，否则勉强别人多不好。”

凌静后来对儿子说：“那时候，敌人经常扫荡，驻地三五天就动一次。男女都是分别集中住，也不可能安家。不过后来我知道了他的情况，我不在时，他曾九死一生。有女同志追过他，他始终没有答应。这时我知道我不会随干部队继续东征了。于是我抓紧时间教柯邦坤读书，结果又引起了误会。”

“有一天，你父亲来，看到我又和柯邦坤在一起，便生了气，对柯邦坤很不礼貌。这事使我负疚极了，我也没给他好脸色看……”凌静煞有介事地对儿子说。

晚年，已经鬓角斑白的郭影秋对儿子说：“瞎说，根本没有的事，她才是小心眼，老是怀疑别的女同志。1962 年我到上海动手术，有女同志来看我，她还生了半天气。”

郭影秋又说：“1942 年 2 月底，干部队过微山湖前，我给组织写了报告，请求将凌静同志留下。她又回到了我身边。这时我发现她确实变了，比抗战初坚强多了。”

柯邦坤同志新中国成立后任上海警备区副政委。因为身体不好，又受到排挤，“文化大革命”前就养病休息。1969 年林彪发布一号通令，他被“安置”到泰安，1972 年病逝。

去世前因怕牵连凌静，他告诉子女不要通知凌静同志，但留下了一封长信。

后来凌静卧病在床。每当提起在延安的四年经历，总是非常兴奋。讲起穿越封锁线，更是有说有笑。但听儿子念柯邦坤留下的长信时，一连让儿子念了三遍，眼泪簌簌地往下流，然后把信放在她的枕头下珍藏。

6. “金小姐”娶了“白二哥”

根据地血与火的斗争中，并非全是悲壮，敌人的凶残无法扑灭革命者乐观的笑声乃至爱情。

白林，冀鲁豫二分区妇女救国会主任。浓眉大眼，一米七多的个头，即便在今天当模特也绰绰有余。在冀鲁豫根据地，白林经常女扮男装，挎双枪骑大马出现在日本人的视线里和日伪军进行周旋，在老百姓眼里绝对是个帅小伙。抗战最艰苦的时候，村与村之间要挖交通沟，沟的两边都有单人掩体，还有小推车上下的通道。一次两个老百姓推车过沟，小车载重推不上沟，正好白林骑马路过，只见她翻身下马，左右开弓，一手推着一辆车，一下把两辆车子都推了上来。老百姓连声说道：“二哥，谢谢了。”

“二哥”在当地是对人的尊称。从此大家都开玩笑叫起“白二哥”来了。以后连方圆几十里的老百姓都称她“双枪白二哥”。当时伪军只要听说是“白二哥”来了，都不敢拦挡，抱枪躲到一旁。

金风，郓城县委书记，但他文质彬彬，瘦瘦弱弱，在地处水浒之乡的鲁西南的男性中，绝对算不上威猛。加上他平时少言寡语，又爱吹个口琴，怎么看，都有几分妩媚。一次文艺演出，他扮演了一个富家小姐，出彩的表演让他落下了“金小姐”的名号。

1938 年 11 月，白林和金风都领命到鲁西党校学习，而且分到了同一支部，金风是支部委员。金风经常到白林学习小组参加学习讨论，他的发言有较高的马克思列宁主义理论水平，并能结合自身实际，令人信服。在一次讨论中白林知道了金风家住在胶东的昌乐县商家庄，离铁路很近，铁路沿线都被日军占领，日军为非作歹，罪行罄竹难书。金风以全县头名成绩考上济南高中，济南高中毕业时各科成绩也都在前三名。但偌大个中国已无法放下一张书桌。金风在济南上高中时就对国民党政府奉行对日不抵抗主义不满，激烈抨击其“攘外必先安内”的政策。他曾组织游行，抗议国民政府勾结日本帝国主义出卖国家利益、签订何梅协定、冀东自治、华北五省自治等卖国主义行径。

金风的发言激起了白林对自己身世的回忆。“七七事变”后的 9 月里，进驻白林家乡邱县的二十九军与追赶的日军发生了激烈的战斗，日军死伤很多，二十九军撤出后，日军进城报复，仅一个小时就屠杀无辜群众八百多人，白林的两个哥哥也不幸遇难，尸体是从一口井中捞出来的，惨不忍睹。后来八路军来到邱县，纪律严明，买卖公平，群众反映很好。八路军协助邱县地下党组织建立抗日政府以及战委会、妇救会等群众团体，开展抗日活动。白林的父亲白鸣鸾把自己的五个孩子先后送进了革命队伍。白林先参加了战委会，随即又参加了妇救会，从此走上了革命道路。

在鲁西党校，金风、白林这对热血青年，相互产生了好感。

1939 年 5 月初，日伪军八千余人，由日第十二军司令官尾高龟藏指挥，分九路围攻泰西抗日根据地。10 日各路日伪军实施向心推进，紧缩合围圈。同日，一一五师令六八六团主力掩护机关、部队分路突围。当夜，除山东纵队第六支队顺利突围外，一一五师师部、六八六团、津浦支队和地方党政机关共三千余人未能突出包围圈，被迫在陆房周围纵横各约十公里的山区凭险据守。11 日拂晓，日伪军在炮火掩护下全线发起进攻，八路军被围部队沉着应战，以猛烈的火力打退日伪军数次冲击，坚守住了阵地。15 时许，日伪军又集中兵力猛攻陆房西南的牙山、肥猪山制高点，六八六团英勇奋战，打退日伪军九次冲击；在西北部，日伪军二百余人突破阵地，进抵陆房附近。津浦支队和六八六团密切协同，以迅猛的反冲击，击退突入之敌；东南部的日伪军，突入孟家村附近受阻。黄昏，日伪军畏怯夜战，停止攻击。22 时许，八路军被围部队在夜色掩护下，分路实施突围，至 12 日拂晓，顺利地突出了日伪军包围圈。这就是著名的“陆房突围”。

白林、金风所在的鲁西党校就被日军包围在最中心，他俩和学员们与八路军战士一起同日军激烈战斗了一整天，阵地上硝烟弥漫，战马嘶鸣，动人心魄。太阳落山后学员分散突围。几天后鬼子撤退，学员们按照约定又都回到陆房。相逢之日，学员们激动的情绪无法用言语形容，大家不分男女相互拥抱着，唱呀！喊呀！等平静下来，白林定睛一看，自己稀里糊涂抱住的竟是金风。

学习结束后，党校学员陆续分配到冀鲁豫边区各个岗位，开创抗日根据地。金风分配到郓鄄县任县委书记。白林也分配到郓鄄县管屯乡公所，公开的名称是八路军宣传队。在郓鄄县工作期间，因为工作关系，白林与金风的来往更加密切、频繁，加深了革命友谊。

1940 年白林被任命为边区二分区妇救分会主任，次年被抽调到北方局党校学习，同去的有妇救总会主任郭军。学习快结束时郭军问白林有没有对象，白林说没有，郭军问白林对哪个男同志的印象最好，白林说对金风印象好。谁知不久白林就收到了金风的一封来信。信中先是称赞白林落落大方，是一个革命的新女性，然后表示答应白林的请求，愿意同白林结合。白林莫名其妙地问郭军，郭军诡笑不答。

后来白林学习归队再见金风时既高兴又激动。她悄悄问金风求婚信到底是怎么回事？金风没有说话，从兜里掏出一个很好看的笔记本送给白林，上面还划了一些道道，白林问他这又是什么意思，金风笑了笑说，这是订婚礼。白林羞红了脸，跑进屋里。她找出从党校带回来的当时最为珍贵的一本马列著作递到金风手里，金风低头一看是列宁写的《国际共产主义运动中的“左”派幼稚病》。

到底谁是求婚者？这事后来成为白林夫妇之间多年的争论话题。

在抗战的烽火岁月里，白林和金风的爱情不断增进、升华，他们向组织报告表示愿意结为战斗的夫妻、革命的伴侣。

现在的年轻人谈恋爱，女方总会撒娇问男方：“我和你妈同时掉到水里，你先救谁?”这似乎成为中国一个最普遍的爱情测验题。而当时白林也给金风出过测验题，有一次，两人坐在田野的埂坝上，白林问：“如果咱俩被敌人包围了，只能冲出一个人，你怎么办?”金风丝毫没有犹豫地回答：“我掩护，让你冲出去。”白林摇摇头。金风说：“怎么，我说的不对吗?”白林说：“咱俩一起突击，要死死到一块。”听到此，金风眼含热泪地把白林拥到怀里。

1942 年夏季的一天，地委在鄄城三区东仪楼冀庄开县委书记会议，会议结束时地委书记万里宣布了一项特别议题：各位书记们一起吃白林金风的婚宴，地点在村公所。村长说金风白林结婚要特别关照，我们找了最好的房子，还找了最干净的被褥，一定让二位满意。

结婚仪式很简单，却很热闹，大家开玩笑、编贺联以示祝贺。鄄城县委副书记白桦还亲自编了一副婚联，上联：东坡有片柏林树，下联：西边飞来金凤凰，横批：凤栖柏林。写完还专门解释，我们的金凤凰今天到了柏树林就不愿意走了，长期住下了。大家哄堂大笑：这回真是“金小姐”嫁给“白二哥”了。金风白林沉浸在幸福之中。

结婚后有个女同志问白林，你怎么与金风结婚呢？他那么严肃冰冷。白林说他是热水瓶，外边冷里边热，外表严肃但待人热情，很关心很喜爱我，我认为他是个大好人，他从来没有说过我爱你之类的话，但在一起时相互觉得温温暖暖的，谈工作，谈敌情，谈八路军胜利的消息温馨极了。

因为工作关系，平时聚少离多。白林生第一个孩子在观城县大张庄休息时，她亲手给金风做了一双鞋，金风穿上后很合适，但只是看了看白林，笑了笑没说什么话。

金风向白林提出，我们不能只沉浸婚后的幸福中，我们要携手并肩看谁为党为革命多做了贡献，白林点头称赞。

金风对工作一向积极认真负责，工作起来没日没夜，被同志们称为工作狂。他任书记的鄄城，各项工作都开展得很好，在依靠群众开展对日作战、开展敌伪工作、民兵工作中都取得了好的经验。金风下很大工夫建立了精干的县大队，他任县大队政委，经常给大队战士讲话，讲抗日战争必胜的道理，讲如何开展抗日游击战；他亲自教战士们唱抗日歌曲，与战士个别谈话做思想工作。一有敌情他就带领县大队开展游击战，配合正规军与敌人周旋。大队与各村自卫队民兵的联防工作配合得很好，使小股敌伪汉奸不敢离城骚扰，这对巩固根据地建设、稳定群众情绪安心生产起到了很大作用。县大队发展壮大了，军分区有两三次抽调大部分队员补充到部队里，金风都愉快地服从组织决定，认为队员补充到正规军是理所当然的，县大队可以再招嘛。由于工作出色，鄄城形势比较稳定，边区党委机关单位、直属部门的重要物资、小印刷厂等都在这里，伤员病员也在这里休养。1942 年最艰苦的岁月里，上级领导人万里、段君毅曾长期住在鄄城指导工作。

7. 被农民封“官”的四大娘

四大娘本名李二趁，濮阳郎寨人，和滑县汴村的雇工李昌邦结婚后定居在汴村。

1933年，李昌邦加入了中国共产党，四大娘便成为李昌邦风雨同舟、患难与共的亲密战友。在这一年，李昌邦带领汴村的雇工、佃户拿起长矛、大刀向地主进行夺粮斗争。胜利后，地主勾结国民党官府把李昌邦抓进监狱。

四大娘变卖了所有家产才把李昌邦营救出狱。此后，夫妻俩借居在一间破草房里。在上级党组织指示下，破房稍加收拾变成了小酒馆，夫妻俩以卖酒为名，做地下工作。

李昌邦当时是四区党组织负责人，四大娘是四区的地下联络员，酒馆就是地下联络站。

残酷的斗争，把四大娘锻炼得机警沉着。党组织在她家开会，她就让外甥女孙大娥趴在房顶放哨，自己坐在门口做针线活，机智地保护党的干部。

1937年，抗日战争爆发。已经五十一岁的四大娘毅然加入了中国共产党，并秘密串联群众，建立了妇救会、儿童团等群众抗日组织。

1941年农历五月初一，汉奸带着皇协军闯进汴村，再次抓走李昌邦。

冀鲁豫根据地的妇女们为前线将士赶做军鞋。

四大娘为了鼓舞亲人的斗志，冒着生命危险前往探监。李昌邦看到四大娘，想到党，想到自己未竟的事业，凝视着四大娘，语重心长地问："我死之后，你的日子咋过?"

四大娘十分明白这句话的含义。她咬住仇，咬住恨，坚强地回答："你尽管放心，你的事我都能办到，天塌下来我也顶得住。"李昌邦含笑点点头。

李昌邦壮烈牺牲的消息传到汴村，乡亲们悲痛不已。四大娘送走前来安慰的乡亲，拨亮油灯，紧紧抱住痛哭的孙大娥，悲痛而坚强地说："孩子，你就住在我家里吧。要记住这笔血泪账，哭没有用，不打倒日本鬼子和汉奸，咱们就坐不了天下。走，找组织去。"

四大娘化悲痛为力量，领着孙大娥去找党组织。从此以后，她就带着孙大娥在敌人眼皮底下为党传送情报、贴传单，机智勇敢地掩护同志。

1943 年春，四大娘听说住在两门的日伪军准备"扫荡"郭庄。她立即飞奔郭庄，向住在那里的区指导员报告。指导员刚跨出房门，敌人就窜进了村。四大娘随即向敌人迎去，故意让敌人盘查她以拖延时间，使指导员安全脱险。

又一次，区干部在她家开会，敌人突然进村。四大娘拿出几件破衣服让干部们化装出村。敌人从南来，四大娘护送他们向北跑，敌人紧追不舍。四大娘突然扭头向西，大喊捉人。敌人也追向西，同志们顺着东寨沟安全出村。

大娘还多次智斗敌人、营救同志。有一次，日伪军抓走了汴村五位党员。身为党支部书记的四大娘以压倒敌人的英雄气概，写信警告敌人："你们如果敢动五个人一根毫毛，血债就要加倍偿还。一天之内，叫你们维持会长赵汉卿、狗头军师赵灿章倾家荡产，家人人头落地。"

汉奸地主为保住家人性命，不得不求日伪军放人。

一次，一位同志被伪军逮捕，四大娘侦察到敌人的活动规律，派民兵趁赶集时用手榴弹砸晕了一个伪军官太太的护兵，缴了他的匣子枪。当敌人追来时，又扔出去一颗手榴弹，一声巨响，吓得敌人胆战心惊。民兵高喊："八大爷（八路军）来了，若不赶快放人，小心你们老鳖翻盖！人放出来，枪可以还你们。"

伪军怕日军追查责任，被迫放出了我们的同志。

四大娘从血的教训中认识到“枪杆子”和“印把子”的重要性。于是在上级党组织的支持下，她着手组织自己的武装。四大娘先发动雇工、佃户组织一个合法的“护青队”，明里给地主看庄稼。

“护青队”组织起来后，就要求地主买枪。地主先买了几支枪让狗腿子扛着，“护青队”不答应，对地主说：“地是我们种，庄稼是我们看，枪应该我们扛！”

地主不干，四大娘软说不行就来硬的。她指挥着护青队员，一夜间把汴村十八家地主全部抓来，用大刀、长矛指着他们：“你们要死还是要活，要活就得交枪交钱。”

地主们为保命，只得交枪交钱。“护青队”拿交来的钱又买了十几支枪，“护青队”变成了民兵组织模范班。接着农会、儿童团、姐妹团等抗日组织相继建立。在四大娘身边成长的共产党员孙大娥担任姐妹团团长。

汴村地主不甘心失败。大地主赵九经等串联八里营等几个村的反动地主武装“天门会”等两千多人，向汴村反扑。四大娘得到情报后，临危不惧，她说：“决不能叫敌人称王称霸，休想砍下汴村的红旗，要叫他们尝尝我们的厉害！”

她一面派人与区委联系，一面布置痛击“天门会”的战斗。四大娘指挥“先张开汴村的口袋”，白天让敌人窜进来，民兵早已四下埋伏。夜晚，区武装基干队和村里民兵杀声震天，枪声四起，吓得“天门会”乌合之众乱作一团。这时四大娘在村里指挥民兵点燃茅草，顿时火光冲天。火，是冲锋的信号。村外的基干队发起了总攻，村内的民兵拿着步枪、锄、耙杀了出来，里应外合，把反动武装“天门会”打得落荒而逃。

四大娘后来终落敌手，受尽酷刑，但她没有低头，没掉过一滴泪。敌人无计可施，最后把四大娘架到村南一口水井边，在她的脖子上坠上块大石头。敌人指着井口威胁她：“你要死要活?”四大娘面不改色，高呼：“共产党万岁！毛主席万岁！”敌人惊慌失措，把四大娘推下了井。

四大娘一家为革命壮烈牺牲，人民群众对她无限崇敬，无限怀念。四大娘生前，冀鲁豫边区的战士和群众都称她四大娘，牺牲后人们更称她为“官四大娘”。

当年在鲁西南，“官”字是指“公”的意思，比如公路称为官路。称她为“官四大娘”说明她属于党和人民，属于汴村群众，是大家共同爱戴、共同怀念、共同学习的“公家人”。

8. 血洒女儿红

1938 年，敌人勾结地方反动武装，趁拂晓包围了滑县的陈营，村里大部分群众未能及时撤退。日军进村见人就杀，见房就烧，见物就抢。躲在张宝才家里的十七名妇女，亲眼看到日军凶狠残暴地屠杀自己的亲人，个个咬牙切齿。她们想：“绝不能等死，得拼。”她们个个扯散头发，涂抹面孔，冲出门外，要和日军决一死战。日军惊得不知所措。这时，张宝才的妻子和妹妹张巧等八名妇女，带着四个孩子，迎着刺刀，冒着弹雨，冲出大门，直奔屋边的大水坑。她们宁愿跳水死，也决不肯让日军蹂躏。日军撵过来，用机枪扫射跳水的妇女儿童，鲜血染红了坑塘水，十二名妇女儿童壮烈牺牲。没有冲出来的几名妇女手持木棍、粪钩、锄头，与敌人拼杀，直到流尽最后一滴血。日军在陈营一天一夜，杀害我同胞一百二十二人，其中妇女七十八人。屋边的大水坑在夕阳下一片血红……

9. 小脚女团长传奇

“双枪老太婆”的形象通过影视和文学作品已深入人心，其人物形象多有艺术虚构。而在冀鲁豫根据地，却活生生地存在一个威震敌胆的“小脚团长”，并载入曹县党史。

“小脚团长”名叫周姜兰，曹县古营集乡段庄村人。她家境殷实，是个识文断字、极富个性的女子。有一次她到集上去买针线回家做女红，路上正逢天下大雨，因前不着村、后不着店，她被淋得浑身湿透。正在她为难的时候，从后面来了一个打伞的男子，三十岁上下，高高的个子，英俊刚毅。看周姜兰淋在雨里，忍不住说：“我是袁辛庄的，一块走吧。”说着男子把雨伞撑了过来。望着这位乐于助人的男子，周姜兰红着脸问道：“你叫啥名?”“我叫周瑞廉，在城里读书，毕业了在家帮父母种地。”

俩人一边走，一边拉呱。周姜兰动情地对这位热情的男子问了一句：

“你结婚了吧？”周瑞廉摇了摇头。

周瑞廉把周姜兰送到家后，二人又见了几次面。聪慧的周姜兰，借祝英台给梁山伯介绍小九妹的典故，主动上门给周瑞廉“提亲”：“周大哥，我有个妹妹，叫姜兰，人品好，长得也俊，你若有意，可请个媒人去我家说亲。我回去也对妹妹、父母亲说说。”

周瑞廉心知肚明，第二天请了媒人，一起到段庄提亲。不料，周姜兰父母亲大恼，因为周瑞廉曾有过妻室，虽已分开，嫁过去也算二房。父母没好气地对周瑞廉说：“请您另选高门，我们不敢高攀。”

两眼哭得通红的周姜兰从东屋跑出来，说：“这门亲事我自己定了，他是个老实正派有学问的好人，我愿意跟他一辈子。”

父母只好依了这个娇闺女。婚后，周瑞廉感慨地说：“咱们俩真是天作之合，没有老天那场雨，哪得你这好妻子啊！”周瑞廉在城里读书时，学了不少新知识，给周姜兰讲了不少新鲜事，比如自由解放、男女平等、义和团杀洋人、八国联军进北京、孙中山推翻清朝闹革命等等。

日军侵占曹县后，到处烧杀淫掠，国民党的地方官员如鸟兽散，有的当了汉奸，有的变兵为匪，同日本鬼子一起祸害百姓。这时，周瑞廉不幸患重病去世，周姜兰成了一家之主。

在这种国破家亡、兵匪四起的乱世之下，周姜兰这个中小地主家庭的年轻寡妇，不仅成了汉奸、土匪敲诈的对象，就在同族人的眼里也低人三分。个性刚强而又追求自由的周姜兰不愿忍受这种耻辱，产生了一种买枪抗匪护村的念头。她是本村的富户，平时又好扶弱济贫，大家又深受土匪之害，经她提议，都很赞成。

在当时，一个庄上有几支步枪守夜，一般小股土匪就不敢来了。她出钱买了八支步枪并组织家丁和十几个年轻人护村。这样不仅保护了一村百姓的安全，甚至邻村的人晚上也来袁辛庄避难。

冀鲁豫支队到达鲁西南后，周姜兰听说这支部队喝群众的开水也付钱，所到之地，秋毫无犯。难道世上真有这样的部队？

周姜兰找到当了八路军的亲戚唐金轩说：“你们能领我见见八路军的领导吗？”唐金轩很高兴地回答说：“可以，我回去就请示首长。”

1939 年麦收后的一天晚上，冀鲁豫支队五大队队长胡继成来到周姜兰家，亲切地说：“首长们欢迎你明天去曹西北看看。”

第二天天还没亮，她就上了路。到了八路军驻地后，五大队的首长们都到村头迎接。中午，还专门设宴欢迎，宋励华政委向她介绍了八路军是共产党领导的抗日队伍，徐州沦陷后，国民党军队跑了，八路军是来开辟抗日根据地、领导鲁西南人民抗日的，欢迎她为抗日出力。

饭后，首长们又领她到练兵场看了战士们的训练。她又走访了老百姓家，看到八路军战士帮助群众挑水、扫地，还到地里帮忙做农活，跟群众亲如一家，她心里很高兴。周姜兰对宋励华说："你们真是打鬼子的队伍，我回去要卖地买枪，跟咱们八路军打鬼子。"

周姜兰回到家里，一次就卖了四十多亩地，买了三十多支枪，上千发子弹，集合了百十名青壮年，拉起了一支抗日队伍。

冀鲁豫支队司令员杨得志、政治部主任崔田民、地委书记戴晓东亲自接见了周姜兰，对她倾家抗日作了很高的评价。杨得志说："你真是咱鲁西南抗日人民群众的妇女之光。"这支武装被编为五大队第二团，周姜兰被委任为团长。随后，她带领二团到家乡一带进行抗日斗争。

周姜兰骑战马，挎双枪，参战必冲在前。她有知识、有智谋，打伏击、拔据点，连战连捷。日伪军恨死了这个八路军女团长。

一次，驻曹日军得到情报：周姜兰回到了袁辛庄。小队长松本带领日军一个小队和伪军一个中队向城北开去。周姜兰刚从曹西北开会回来，得到日伪军向袁辛庄扫荡的报告，猛地一惊，因为二团的战士都随大部队执行任务去了，她只带着一个警卫班，硬拼是不行的。周姜兰考虑了一会儿，命令警卫班长："你带领战士迅速出村，迂回到敌人背后南边几个村庄。过午之后，见敌人不走，你们向袁辛庄打一阵枪，随即向东转移。我留在村子里，给老百姓做个主心骨。"

中午时分，敌人进了村，没有受到任何阻击。松本命令鬼子和伪军把全村的老百姓集合在一块。一个戴着墨镜的翻译气势汹汹地站在石磙上，粗声粗气地说："你们村的周姜兰，是八路的女团长，现在她回到袁辛庄来了。周姜兰，你快站出来。"

群众中无一人应答。

一个鬼子从人群中拉出一个七十多岁的老大爷："周姜兰在哪里？说出来大大地有赏！"老大爷摇了摇头，装成哑巴。鬼子接着又审问了几个群众，没有一个人回答。

日伪军又把男女分开，对妇女一个一个地进行搜查、辨认。一个个农妇从敌人的尖刀前走过，轮到周姜兰了，群众都为她捏一把汗。只见她毫无惧色，泰然地出现在敌人面前。鬼子问："你的，八路女团长的干活。""我是袁辛庄的老百姓，不信，你问村上的人。""她不是。"群众异口同声地说。

松本望着这位小脚女人，不像个女团长。又指着周姜兰问："周姜兰在哪里?"周姜兰说："周姜兰昨天晚上带着队伍来了，没有停就走了，在什么地方，我不知道。"

正在这时，埋伏在村外的警卫班战士打起了枪，敌人怕被八路军包围，便撤回了县城。

周姜兰机智、沉着地对付敌人，在群众中的声威更大了。周姜兰戎马倥偬，带领部队同冀鲁豫支队一起，转战曹县、东明、濮阳一带，足迹遍及黄河南北。她许多动人心弦的故事，在鲁西南广为流传。

二十世纪六十年代初，杨得志专程到菏泽看望当年冀鲁豫的老房东、老战士、老部下，他向当地领导提出来："当年我手下有一个小脚女团长，很了不起，她现在在哪里?"当时在场的人谁也说不出来，杨得志坚定地说："我一定要见一见当年我的小脚女团长!"

政府马上派人寻找那个叫周姜兰的小脚女团长，最后得知，她由于家庭出身，被打成"四类分子"，在当地接受群众监督改造。

杨得志当场拍着桌子，怒不可遏："你们怎么可以这样！她是鲁西南的女英雄啊，当年日本鬼子都怕她，她对革命有贡献啊!"

杨得志在菏泽军分区设宴，贵宾便是当年这位小脚女团长周姜兰，还有当年她的马夫老周。老周在一次战斗受伤后留在了当地养伤，现在在小镇的路边卖烤地瓜为生。杨得志端起酒杯，眼含热泪，对周姜兰和马夫说："周团长、老周，你们是对革命有贡献的人，我对你们关心不够，让你们的生活遇到了困难，我对不起你们！这杯酒是我敬你们的战友酒，也是道歉酒。"说罢，将酒一饮而尽。

周姜兰和马夫老周泣不成声，一边哭着一边说："老首长还没有忘记我们啊……"

1964 年 12 月，周姜兰被选为人民代表，参加了第三届全国人民代表大会。

10. 女杰李冉

1941年8月，郓南县政府抗日基干队中出了叛徒。13日夜，我郓南抗日民主政府、县委暴露。

郓南区抗日救国会主任李冉发现敌人后，为了使在北屋的同志脱险，急中生智地高喊：“同志们，出了叛徒，敌人来了，快冲出去。”她一边喊一边扑向敌人，与敌人扭打在一起，将进入院内的敌人全部引向自己身边。

这时住在北屋的救国会主任罗琳及王延芳等人，趁机冲出院子脱险，但李冉落入敌手。当夜，敌人将她绳捆索绑，押解到菏泽插花楼顽军专员孙秉贤处。李冉被打得遍体鳞伤，血肉模糊，还是不说一句软话。

孙秉贤装出笑脸对李冉说：“你一个青年女子何苦呢？还是自首了吧。自首书我已给你写好了，你签个字，我就放了你。我可以给你找一个称心如意的丈夫，当姨太太，要官有官，要钱有钱。”

李冉一听大怒：“收起你这一套，共产党抗日干革命一不为官，二不为钱，我不会向你们自首。”孙秉贤气急败坏地说：“你真的不怕死吗？”李冉：“我们共产党人为了抗日，为了救国，绝不怕死！”

孙秉贤杀相毕露，大喝一声：“拉出去活埋！”李冉毫无畏惧，迈着坚定的步伐走向刑场。刑场上已挖好了几个坑，突围时被捕的邵思准等几个同志已被推入坑中。孙秉贤走到李冉面前，指着几个行将就义的战士问她：“怕不怕？自首不自首，这是最后几分钟了。”

李冉怒视着敌人：“少啰唆！我怎样死？”

孙秉贤恶狠狠地说：“一个样！”

李冉立即高呼：“打倒日本帝国主义！打倒国民党顽固派！中国共产党万岁！”然后从容跳进深坑。她牺牲时年仅二十二岁，花样的年华！

千年的妇女悲歌，在中国共产党的领导下历经血与火的洗礼，演绎成了波澜壮阔的巾帼浩歌！

我们冀鲁豫的母亲们、姐妹们，是你们的热血，换来了今天少女们的时尚与爱情；是你们的牺牲，换来了人们今天的富足与梦想。

你们仍然活在油绿的青纱帐和金色的麦田里，活在黄河奔腾的波涛里，活在后代幸福的生活和笑容里。你们传递情报的泥泞小路，今天已变成了高速公路，你们的子孙驾着汽车在没有碉堡、没有战壕的高速路上奔驰；你们毅然跳入的土坑，已变成了美丽的公园，婴儿车里躺着你们可爱的孙子和孙女……

因为你们，冀鲁豫边区的血性得以传承，你们养育了子弟兵和共和国，你们是亿万华夏子孙共同的母亲！

第五章　根据地的根据

1. 血海

1938 年，日军首战菏泽，烧杀抢掠，在菏泽犯下了滔天罪行。

侵占菏泽的日军，是以残忍、狡猾闻名的血债累累的特务头子土肥原贤二的部下。日军进城后沿街烧杀，济东药房（原菏泽市百货大楼处）连同其他商号十多间门面被付之一炬，毁之殆尽，城内狼烟四起，哭喊声、叫骂声，不绝于耳。城内极为混乱，百姓惊恐，乱跑躲藏，日军进城首先到各街道搜索，逢人就打或用刺刀刺死，尤其藏匿在防空洞的，几乎无一幸免，不论老幼均用刺刀刺死。西当典街侯作山家九口人、侯隅首西街吴玉灿家四口人、双井街贾尚河家三口人全遭日军杀害，无一幸免。

日军之兽行，令人恨入骨髓。日军白天裸体当街行走，遇妇女群相轮奸。常有六七十岁老太太被轮奸后，以六七鸡子塞入阴户，被辱或死或伤；闯进民宅翻箱倒柜，砸锅摔盆，搜到人便用刺刀捅死，即使狗、鸡也不得活命。城内许多居民的锅里、盆里、面箱里被撒上尿、拉上屎，臭不可闻。

据西城街道办事处南华社区陈涛老人口述，1938 年日军进入菏泽，在大街上发现中国人就开枪，当时是夏天，尸体腐烂没人处理，是国际红十字会的志愿者把尸体收集起来，送到宋隅首（现在的位置是曹州路与解放大街交叉路口西北角威联商城南侧），挖坑掩埋，具体数目不详，解放初期为了防洪抗旱，挖排水沟时就挖出头颅骨十八颗。

据南城街道办事处双井社区刘书文、曹福成两位老人口述，1938 年 5

月，贾尚河及妻子、外甥正在家中，邻居刘书坤也在其家避难，听到有人砸门，开门后几个日本鬼子冲了进来，在大门口用刺刀捅死贾尚河，接着在院子里把其妻子和外甥刺死。刘书坤看到鬼子冲进院子，急忙往贾尚河的后院跑，跑到墙根下，正准备跳墙逃走，一名日军开枪把他打死。

据南城街道办事处中山社区官庄村李富文口述，1938 年 5 月，那年他十五岁，日本鬼子攻占了菏泽城，一夜之间，菏泽变成人间地狱，日军烧杀抢掠，强奸妇女，无恶不作。李富文家的三间西屋被日军炸弹炸塌并燃烧，其堂弟眼睛被炸瞎一只，李富文的爷爷被日军捆绑毒打，在风雨中遭受百般折磨，在悲愤中死去。李富文还讲到，在一中文庙，日军放狼狗咬人，鲜血淋漓，惨不忍睹，被日军狼狗咬死的人无法统计。

北城街道办事处句阳社区白凤祥、陈鲁党证实，1938 年 5 月，日军在北关厢残忍杀害白云举、白凤建、白书信和成世修四名雇工。

日本帝国主义给菏泽人民造成了无法弥补的巨大伤害。据不完全统计，日军在菏泽的疯狂杀戮使两千多人遇害，财产损失也已无法计算……

1940 年 7 月纪念抗日战争打响三周年的时候，毛泽东明确指出：“抗战的第四周年将是最困难的一年。”毛泽东提醒全党对日军和国民党反动派进攻的严重性要有足够的认识。

历史不幸被毛泽东言中。

1941 年 6 月，德国法西斯对苏联发动闪电式的大规模进攻。同年 12 月，日本侵略军突然袭击美国在太平洋的海军基地珍珠港，紧接着入侵马来西亚、新加坡、菲律宾和东印度群岛等地，太平洋战争爆发，整个世界卷入了空前规模的战争之中。

太平洋战争爆发后，日军为了把中国变为其扩大侵略的后方基地，在华北继 1941 年连续三次推行“治安强化运动”后，1942 年又推行第四、第五次“治安强化运动”。对国民党军队实行以政治诱降为主、军事打击为辅的政策，同时更加注重对付共产党领导下的抗日武装，疯狂地进攻共产党、八路军创建的敌后抗日根据地。

日军调动第十七师团、第三十二师团、第三十五师团、骑兵第四旅团及伪军数万余人，对冀鲁豫根据地进行了数次残酷的大“扫荡”。所到之处实行烧光、杀光、抢光的“三光”政策。每次“扫荡”之后，紧接着挖封锁沟、安据点、筑炮楼。

沙区是我根据地的核心，指的是河南省濮阳、内黄、滑县与山东东明交界的沙窝地带。

1941 年至 1943 年，是沙区抗日根据地最艰难困苦的时期。

1941 年 4 月，日伪军和反动会门武装两万余人，在汽车、坦克、大炮的配合下，分五路对沙区中心地带进行灭绝人性的大“扫荡”。在九天九夜的大“扫荡”中，日军实行杀光、烧光、抢光的“三光”政策。

当时在沙区工作的夏川写下了日军于 1941 年 4 月 12 日“扫荡”冀鲁豫边区沙区后的情况调查：

疯狂“扫荡”其残暴狠毒无所不用其极，使我沙窝中心区遭受到空前的浩劫，仅内黄、高陵、顿邱、卫河四县，受害村庄即达一百四十一个。就在这样一个狭小的地区，敌人以万余兵力实行烧光、杀光、抢光的“三光”政策，而这“三光”政策的实施，又以薛村、南仗保、杨堌为重点。

不完全统计：薛村死一百八十人，烧毁房屋九百三十一间。杨堌死一百七十五人，失踪一百九十二人，烧毁房屋七百八十七间。南仗保死一百一十人，烧毁房屋一千四百三十二间。仅三天，全沙区群众被杀害即达三千多名，失踪二百六十三名，伤一万八千六百八十名，出现了五十三家绝户，创造了最野蛮、最无人性的纪录。

在杨堌、桑村、仗保和沙窝搜捕到的群众以及受坏人诱骗欢迎敌人的部分所谓“良民”，全都集中在一起。起初，说是“讲道”。后来，除一部分拉到村东道沟活埋外，大部分填进了杨堌的七口水井。开始是往井里推，用刺刀捅，以后在水井即将填满时，又压上石磙，浇开水，用炸弹炸，最后，用土把井口封住，只留下一口井还撒上了毒药。

在南仗保，敌人把二十多个老百姓塞进一间房子，然后点起烈火，把他们都活活烧死在里边。被围在村里的一个卖豆腐的小贩，不仅被挖了眼睛、割了耳朵，五脏六腑被扒出来乱丢在街上。敌人把老百姓用绳子捆起来，扔进水坑里用炸弹炸死。二十多个青年妇女给扒光了衣服，用各种办法进行污辱，最后是一阵机枪扫射被统统打死。

敌骑兵到夹河时，六十多个还没有逃出村的男女老少都在敌人的屠刀下断送了性命，一位老奶奶竟被砍成了八块。土镇有三个小孩被投进了烈火，敌人却在一旁哈哈大笑。余庄有七个老百姓被套在大车上，敌人像驱赶牛马一样寻欢作乐。东仗保一个四岁的小女孩被敌人活剥了皮，挂在村东水坑边的大树上。在桑村，一个婴儿被撕成了两半……

敌人想法要灭绝我抗日根据地的生存条件。他们深知花生、枣是沙区的两大特产，沙区人民是依靠这两种特产来生活的。因而，在烧毁全部花生种子的同时，还有计划地毁坏枣林。敌人"扫荡"时带来很多钢锯，逼迫群众砍伐枣林。被抓住的老百姓，很多是被强迫锯了几天枣林之后再杀死。绵延数十里，各村枣林残余无几，枣林损失在八成以上……

沙区大"扫荡"以后，又因伤病惊惧死去一千多人。大片耕地野草丛生。同时，夏秋少雨，秋季歉收，小麦未能种上，全区灾荒已成定局。1942 年，沙区连续干旱，河井断水，禾苗枯死。秋初，又发生了蝗虫灾害，所有青苗树叶全被啃光。麦、秋两季颗粒无收。敌人的"扫荡"和长期的战争负担，已经使沙区民力凋敝，接踵而来的特大旱灾与蝗灾，使沙区进入空前的艰难时期。

一无所有的沙区人民，为了生存，吃草籽，啃树皮，连干柳叶、花生秧、麻籽叶、草根、地梨、符根都成了争相抢夺的食物。当时，除了少数地主、富农外，家家户户卖家具，卖枣树，卖房宅，卖土地，有的甚至卖小孩，卖女人。除了能吃的东西，能变卖的几乎全都变卖了。那时候，粮价昂贵，三升高粱换一亩地，两个烧饼能换一个女人。为了一口剩饭能使父子相拼。有的地方竟出现了人相食的惨剧。而其大部分三天、两天不开锅，不动烟火。一部分人对生活不感兴趣，尽想死的办法。有的全家睡在坑里不起，等饿死在坑底，自己掘坑等着死了有地方埋……

若干年后杨得志在他的回忆录中痛心地写道：

这次反"扫荡"，打了九天。血与火的九天过去，我们再回到区中心地带的时候，除了人民的心，几乎一切都变了。变得我们都不敢认了。

法西斯匪徒们把无辜的群众（包括老人、儿童）赶到一处，让人们自己挖掘土坑再跳下去。跳满了，挤得身都转不动。他们往上面泼开水，浇汽油，点上火，用机枪扫射。他们称这是"不封顶的活埋"！

法西斯匪徒们把无辜的群众（包括老人、儿童）硬推进深深的水井里，直至人体到达井口，再压上沉重的石磙子、碾盘，井口封死。他们称这是"凉水煮人"！

法西斯匪徒们对我们妇女同胞（包括老妇和幼女）所犯下的罪行，是代表人类文明的文字所无法记述的！

儿童的天真、老人的慈祥、女人的美丽、青年的健壮、母亲的善良、父亲的勤劳都被异族以比野兽还凶残的方式毁灭了！他们毁灭的是一个民族的生活和尊严！

日军在沙区中心地带的这次暴行，毁村庄一百三十九个，其中全部变为一片焦土的有八十个！杀我同胞三千四百人，其中有五十三户人家无一幸免。群众赖以生产和生活的农具、车辆、牲口、粮食荡然无存。他们实行的是杀光、烧光、抢光的"三光"政策。

到 1943 年秋，日军在鲁西南地区安据点五百余处，把全区分割成五六块互不相连的狭小根据地。同时，日伪军实行军事、政治、经济、文化"总体战"的方针，目的是把抗日根据地逐步压缩，直至彻底摧毁。

偌大个冀鲁豫边区被分割成许多小块，有的成了可以"一枪打穿的根据地"。

与此同时，国民党变本加厉地实行消极抗日、积极反共的方针。继 1941 年 1 月，在安徽泾县制造了被毛主席称为"惊天动地的大事"的"皖南事变"后，又发动了两次反共高潮。在华北敌后，国民党顽固派不断对共产党领导的抗日根据地实行军事进攻和经济封锁，虽然中央军在正面抗日战场上打了一些大的战役，取得了一些战绩，但是在所谓"曲线救国"的托词下，一些"中央军"变节投敌，充当伪军，配合日军向八路军进攻。

1942 年 4 月，国民党第三十九集团军副总司令兼鲁西行署主任孙良诚率两万五千余人，在曹县、定陶、成武一带通敌投降日军，整建制的改编为伪第二方面军。孙部改编后，西进东明、考城，北进黄河以北。

1943 年夏秋之交，国民党第二十八集团军总司令李仙洲五万余人由皖北假道鲁西南、湖西入鲁，名为抗日，实为建立其反共基地。

一些国民党地方武装也直接或间接地同日伪军勾结，并操纵反动会道门、土匪骚扰破坏我抗日根据地，冀鲁豫边区处于日、伪、顽、会、匪的夹击之中。没有一支队伍可以成为八路军抗日的同盟军，我军陷入了孤军奋战的绝境。

加之鲁西南地区 1942 年遭到历史上罕见的大旱灾，农作物减产、失收，1943 年又发生了持续两三年的蝗虫灾害，在敌祸天灾交加之下，根据地缩小，经济困难，冀鲁豫边区的形势极其困难。

1942 年上半年，日军大肆增修碉堡和封锁沟、墙，我根据地大部分地区变成了小块格子网状游击区。日伪军据点碉堡林立，公路交织，封锁沟、墙遍地，据点碉堡之间的距离只有五六里。人民被困在“格子网”里，根据地活动空间被大大压缩。

冀鲁豫边区的人民不知道，等待他们的还有更大的灾难。

1943 年秋，鲁西北各县及周边地区一夜之间突然爆发了传染力极强、死亡率极高的流行性霍乱。从 8 月下旬到 10 月，鲁西北就有几十万民众死亡。对此，鲁西北人民一直认为是天灾，殊不知这是日本实施的细菌战造成的“人祸”。

日军细菌战是在绝密情况下进行的，战争结束后又缄口如瓶，致使这一惨绝人寰的事件一直不为世人所知。

1954 年，在关押日军战俘的辽宁某战俘拘留所，原日军五十九师团五十三旅团情报主任难波博，在中国政府长期教育和政策感召下，主动交代了自己在日军侵华期间，曾参与日军在中国鲁西北地区为尽快占领中国而制造的鲜为人知的细菌战。人们这才知道鲁西北霍乱流行是日军细菌部队制造的特大惨案。

抗日战争进入最艰苦的时期后，日军情报部门一直关注鲁西北这片广袤、富饶的土地。这里人口稠密，是重要的产粮区，又是共产党领导的冀鲁豫抗日根据地的中心地带，战略地位极为重要。日军之所以把实施细菌战的地点选定在鲁西北，除了战略地位重要外，首先是因为临清卫河河床较浅，汛期河水泛滥，可以利用洪水迅速传播霍乱菌而不被引起怀疑。大家会认为是天灾而绝对不会想到是人祸，再辅以大规模军队的围剿，就能“把其中的八路军和农民一举消灭”。因此，日军华北方面军统帅部决定在这一地区发动一次细菌战，大量杀害鲁西北抗日军民。

日本华北方面军司令冈村宁次、关东军防疫给水部（七三一部队）部长石井四郎亲自部署了这次行动，五十九师师团长细川中康具体指挥。代号为“方面军第十二军十八秋鲁西作战”（1943 年是日本昭和十八年）。日军战犯竹内丰交代：这次细菌战的细菌，多数是由济南防疫给水部支部制造、提供的。济南防疫给水部支部 1938 年设在济南市经六路纬六路，1942 年迁至经六路纬九路。该部对内称“华北派遣军防疫给水部济南支部”，又名“日军陆军防疫处”，对外称“一八七五部队”。

日军战俘小岛隆雄揭发：“第五十九师团长细川中康命令独立步兵四十四大队长中佐广濑利善决开卫河河堤。独立步兵四十四大队少尉小岛隆雄受大队长广濑利善之命，同其他六人在距临清县城五百米一座桥的五十米水流处，将卫河决口，将河水引向临清西北清河县及河北省方向，使八路军及该地区的中国人蒙受极大灾害。许多村庄成了一片汪洋，房倒屋塌，人畜漂流。洪水过了一个月才慢慢退下去。经日军空中、陆地撒放和卫河决堤放水扩散，霍乱菌在鲁西北、冀南三十余县迅速蔓延开来。患者剧烈呕吐腹泻，排出的大便成米汤状，严重脱水，骨瘦如柴，衰弱至极，几天后即死去。而且传染迅速，一人得病，全家、四邻甚至全村都难以幸免，老百姓一批一批地死亡。”

冠县钭店乡辛庄八十六岁的齐钦说：“我当时在冠县县大队任教导员，部队行军时，就有不少战士突然倒地死亡，病死减员比作战减员要多。”八十一岁的李文明说：“我的家在冠县定寨乡李海子村。1943 年，我村六百多人，突然死亡二百多人，死人都没人埋。我的父亲、哥哥、嫂子全死了。”

正当霍乱爆发之时，日军第十二军的三万大军，向冀鲁豫边区和冀南汹涌扑来，合击围剿冀鲁豫边区和冀南领导机关和八路军主力，同时重点攻击居民村落，烧杀掠夺，迫使霍乱患者四处逃难“跑反”，以进一步扩散细菌，杀害更多中国人。

据战后相关统计资料以及后来调查取证，鲁西南细菌战遇难同胞达四十二万六千人。

杨得志在回忆录中写道：

瘟疫以难以想像的速度在冀鲁豫平原蔓延开了。群众开始了毫无目的地逃荒。去山西，闯关外，从这村逃到那庄，由这城奔往那县，挣扎在饥饿和瘟疫的死亡线上。

山东范县是一个小城，一些在根据地从未出现的、令人不忍目睹的事情发生了：一位壮年汉子肩挑一对箩筐，一头一个瘦得皮包骨头的孩子。垢面乱发，分不清是男是女。那汉子有气无力地喊着："谁要孩子，按斤换粮，一斤换一斤！"他的妻子扑在孩子身上疯叫着："不！不！俺不！"

一位年过五十的老妇，领个头插草标、面黄肌瘦、衣不遮体的姑娘，喃喃地哀求行人："哪位先生行行好，把这闺女领去吧，她才十八岁，您老给她碗剩汤就行，领去救她一命吧。我老婆子不要钱，也不要粮。"姑娘在老妇凄惨的乞求声中，扑簌簌地流着泪。

这一切似乎霎时都变成了刺入我们心上的钢刀。指战员们把能拿出来的东西都拿出来了。有的同志把孩子抱在怀里，给他两块干粮，又无可奈何、恋恋不舍地放下了他。我们应该把自己的一切奉献给这些受苦受难的人。但当时全区受灾的村庄达一千六百多个，有八十万人断了粮，其中有八百多个村庄已空无一人。

春寒未过，连树皮树叶也是干枯的啊！即使把部队所有的一切都献出来，也解决不了问题。这期间，指战员们每天只能吃些南瓜和少量的杂合面，有时甚至连南瓜汤也喝不上。在这种情况下，要同总兵力已增至十二万余人的敌人进行殊死搏斗，其艰难困苦是可以想像的。然而，冀鲁豫军区部队并没动摇自己的战斗意志和抗日必胜的信念。指战员们纷纷表示："彭总号召八路军与华北人民共存亡，我们也要与冀鲁豫人民共存亡！有我们在，就有祖国山河在，我们与这块国土同在！"

急转直下的局势使八路军、游击队以及共产党的基层组织和群众团体都受到了空前严重的破坏。

党员数量锐减，大批区、乡、村机构变质成为资敌政权。根据地大部分沦为敌占区或游击区，抗日救国活动陷入停顿。一些人感到悲观失望，“流血拼命抗日，白白辛苦五年”。个别意志薄弱者因此离开了抗日队伍。

日军华北方面军司令冈村宁次是“铁壁合围”和“蚕食战术”的发明者。除了“铁壁合围”，冈村宁次也学习八路军的游击战术。八路军夜间活动，他也搞夜间袭击；八路军化装行动，他也搞便衣队侦缉；八路军利用“两面政府”开展工作，他也培植汉奸密探，四处侦察，谁家有陌生人说话，谁家夜里烟囱冒烟，都有人悄悄报告。鬼子汉奸们还在抗属和积极分子的家门口挂个红灯笼，整晚上亮着，害得交通员找人联系工作都不敢走正门。

冈村宁次最阴险的一招，就是拉拢人心。我军提出“三分军事，七分政治”，他就说“七分政治，三分军事”，还把政治摆在前头。在他的指使下，日伪政府大力推行“爱护村”，发放“良民证”。对顺从他们的老百姓，不但不打不骂，还带着粮食去“慰问”，往孩子嘴里塞糖果；对不派联络员、不纳粮交税、不向他们通风报信的村庄，鬼子汉奸就一天几次地去骚扰掠夺，搞得老百姓有家难归，庄稼没法种，日子没法过，最后不得不屈从压力，成了“爱护村”。渐渐地，敌人耳朵灵了，眼睛尖了，反应快了，一些愚昧的群众甚至觉得日本人和伪军也不坏，八路军的活动愈来愈困难。

冈村宁次称这种做法为“蚕食战术”，就像是蚕吃桑叶一样一点一点地吞噬。经常是，今天这地方还是八路军的基本活动区，明天就成了“两面政权”游击区，白天去不得，只有晚上去；再过上几天，晚上也没法去了，已完全沦为敌占区……

古希腊神话中，安泰力大无穷的秘密被仇敌赫拉克勒斯发现，他将安泰举到空中，不让他接触大地女神盖亚，脱离了大地母亲，安泰终被扼死……

“蚕食”的破坏程度，超过了预料。

晚上行军，交通员对大伙说：“前面村子是我们的老地盘，到那里就有吃有喝了，可以好好休息一下。”谁知刚走到村口，突然听到有人敲锣报警，交通员吃了一惊，连忙喊暗号：“大嫂大嫂，我是丫头。”

“丫”字头上是个倒过来的“八”字，和比画八路的手势一样，老百姓一听就明白。没想到，听见喊话，对面的锣声越敲越急："八路来了，八路来了！"一个劲地猛叫唤，附近的炮楼也响起了枪声。

原来，这个村子已经变成"爱护村"。大家赶紧转身就跑，交通员一边跑一边伤心地大哭。局势恶化了，不断有人叛变。但是，要想通过敌人的封锁线还非得找当地群众帮忙不可，八路军离开了老百姓的协助，就像离开了水的鱼儿一样没有办法。夜间行军，不知道要越过多少条封锁线。在情况不明的环境下，每次到村里联系工作，都像是一场前途未卜的生死赌博。有的村民很好，听说八路军要过道沟，就悄悄把人带到相对隐蔽的地段，扒开沟沿，架上梯子，临走时还握握手；有的就差劲一些，关门闭户，不肯帮忙。

有天夜里，八路军的一支部队经过一个村庄，看见场院里点着长明灯，停放着十多具尸体，这显然是日本鬼子造的孽。大伙心想，受害者的家属一定愿意帮助八路军，于是就上前去联系，谁知道刚一开口就被骂了回来："滚开，滚开！都是你们招惹日本人，害得我们被打被杀……"一帮老少娘们连哭带号，闹得八路军委屈万分。原来，就在前两天，也有一群八路军战士经过这里，和鬼子遭遇打了一仗，消灭了五个鬼子兵。八路军前脚刚走，日军后脚就来报复，烧了房子，杀了十多个无辜百姓。村民们都被吓坏了。

面对群众的指责，战士们并不还嘴。扛枪打仗，就是为了让老百姓能活下去，做不到这一点，咱们当兵的还有啥话好说！要打要骂都得忍着，有什么委屈只有去找鬼子拼命。

从1942年到1943年，华北的孙良诚、吴化文、庞炳勋、赵云祥、孙玉田、荣子恒、孙殿英、杜淑……一大堆国民党上将、中将、少将都当了汉奸。从这以后，河北敌后战场上就基本上见不到正规建制的抗日国民党部队了。

2. 血誓

冀鲁豫军区慰问沙区被难同胞书

亲爱的边区同胞们：

很不幸的在敌寇四月大"扫荡"中，你们遭受到重大的灾难和损失，使多少父母失掉了自己的孩子，多少孩子没有了父母，多少姐妹受到敌寇的蹂躏和屠杀，多少人流离失所挨冻受饿……这是血的债，这是深海似的血仇，我们谨以最大的同情，向被灾难的同胞致深切的慰问和哀悼。

这一次敌人向沙区的进攻，正是廉价旧调的“治安运动”阴谋的真面目。这是“绝望的进攻”。一年来敌人虽然在边区进行了若干次大的“扫荡”，敌人虽然在边区进行了各种各样的政治阴谋（如组织会门捣乱、金融扶持叛军等），然而没有奏效，并没有摧毁边区。正是因为这样，正因为边区军队、人民处在敌寇不断地进攻之下，反而锻炼得更坚强，边区的工作更为紧张，边区的抗日力量日益增强。所以敌人才进行了更绝望的扫荡，实行了所谓“三光”政策——杀光、烧光、抢光。残暴的敌人“绝望进攻”更残酷了，更毒辣了。但是，这种残酷的罪行是不能镇压边区人民的，不能使边区人民屈服的。只能是暴露敌寇的凶恶和垂死的疯狂。我们相信边区同胞会在旧仇新恨之下，燃起更为旺盛的抗日火光。

这一次敌人为了“扫荡”和“毁灭”整个沙区，纠集上万的兵力，分为五路大举向沙区进攻。在这一进攻中，军事上是采取了毒辣的“大合击”“小包围”“反复扫荡”“严密封锁”等手段。然而在军区领导之下，军区的武装部队和边区同胞，显示了无比的英勇。从4月10日以来，不断给予敌人以沉重打击，如马次范的战斗、胡村战斗、安化城战斗、南仗保战斗、薛村自卫战等，都是其中较大的。因而终于粉碎了敌人这一进攻。现在敌人继其军事上的威吓外，已在加紧政治进攻，到处派了一些汉奸，抓住部分落后的不明大体的群众进行种种欺骗。只有依靠自己的力量，坚决和敌寇汉奸斗争下去，任何妥协和平的办法都是自取灭亡。组织会门正是敌寇统治边区人民，实行诱奸的政策。我们边区同胞们应万分警觉起来，日寇整编汉奸孙步月的会门为皇协军，还不是最显著的事例！我们是中华民族的好子孙，我们有坚强信心，有军区领导，所以决不能屈服。在敌人的残酷烧杀之后，摆在我们面前的困难很多。譬如粮食、房屋、种子、受害人之善后等等问题，这仍要我们去克服。我们军队决意节食简衣，用最大力量来帮助你们解决这些困难，我们深知你们的困难苦痛，就是我们的困难和苦痛，我们深信这些问题在军政民一致努力之下是能够克服的。

亲爱的边区同胞们，今后敌寇的“扫荡”会更为频繁更为残酷的，我们号召边区同胞应该千百倍地坚强起来，准备我们的力量，加紧组织自卫队，参加游击队，参加抗日军，广泛发动游击战争，协助边区英勇的八路军，为保卫我们祖宗的坟墓，为保卫你们的田园农社，为保护你们妻儿老小，为保卫你们自己，为保卫家乡，保卫华北，我们坚决地站在你们一边，为你们的利益，为保护你们宁死不辞。愿大家一致努力，为保卫我们的祖国而奋斗到底！

司令员　杨得志
政　委　崔田民
主　任　唐　亮
四月二十六日

八路军抗日誓词

日本帝国主义，它是中华民族的死敌，它要亡我国家，灭我种族，杀害我父母兄弟，奸淫我母妻姊妹，烧我们的庄稼房屋，毁我们的耕具牲口。为了民族，为了国家，为了同胞，为了子孙，我们只有抗战到底！

为了抗日救国，我们已经奋斗了六年，现在，民族统一战线已经成功，我们改名为国民革命军，上前线去杀敌！我们拥护国民政府及蒋委员长领导全国抗日，服从军事委员会统一指挥，严守纪律，勇敢作战，不把日本强盗赶出中国，不把汉奸完全肃清，誓不回家。

我们是工农出身，不侵犯群众一针一线，替民众谋利益，对革命要忠实，如果违犯民族利益，愿受革命的制裁，同志的指责，谨此宣誓。

3. 血粮

沙区最困难的时候，冀鲁豫行政主任公署副主任段君毅和杨得志见面了。段君毅一直活动在山东、河北、河南三省交界地区，对这一带群众情况很熟悉，刚从延安回到边区。面对极端的困难，他说："民以食为天，我已经要求其他县支援沙区，尽快为群众搞到粮食。"

杨得志说："为了生存，为了保住抗日根据地，必须打破敌人的经济封锁！"

段君毅走后不几天，行署在尚和县搞到一批粮食，要杨得志速派部队去押送。杨得志立刻命令民一旅旅长兼五分区司令员朱程带队前去。

不料运粮部队押送着五十余车粮食，路过清丰县的宋村时，全被盘踞在那一带的顽军高树勋的部队截走了。经过几个小时交涉，据点里的顽军不但不交出粮食，反而无理纠缠，高喊：“粮食嘛，你吃我吃都一样。你们八路军不是讲联合吗？这粮我们先‘联合’了吧！”

当时，粮食就是生命，人民的粮食一粒也不能丢。杨得志命令朱程：“你给我把宋村包围起来，限时要他们把粮食交出来。过时不交，就武力解决。”朱程带部队把宋村团团包围后，顽军还是不交。无奈之下朱程司令员下令，虎口夺粮。激烈战斗中，毙敌五百余人，俘敌二百余人，抢回了粮食。

但这一仗，我方三十余名指战员献出了年轻的生命。

粮食运到沙区，群众激动万分，纷纷跑来帮忙，卸车时看见不少粮食被伤亡战士的鲜血染成了红色。

群众哭成一片说：“自古都是兵吃民粮，而今民吃兵粮。八路军以血夺粮，这粮咱不能吃啊，咱留下来当种子！打了粮食跟狗日的鬼子干！”

如果你是一名共产党人，看到这里，如果你还在豪宴上推杯换盏，毫无顾忌地浪费着珍馐美味，然后一走了之，那你就应该扪心自问：“我是谁？”

4. 血性

不论边区多困难、多危险，共产党人决不退缩，不变节，救民于水火，永远和人民不离不弃，共渡难关！

1943年初，饥荒以难以想像的速度蔓延开来。战胜灾荒、创造根据地军民赖以生存的物质条件，是和对敌斗争同等重要的任务。运东地委召开了县委书记、县长紧急集会，确定了生产救灾的方针。

军分区派出一百零三支分散的小部队，深入敌后，从敌人手里夺取粮食，并向士绅名流进行宣传，征集抗日公粮。同时，各级抗日政府进行了广泛的宣传和发动，大力进行互助合作运动。组织了各种形式的合作社和互助组，大力开展运输、打油、纺纱织布、熬硝淋盐、打井、挖渠、抢种等农副业生产，并把“以工代赈”和贷粮贷种及进行重点救济结合起来，终于使灾荒出现了转机。

初春，树叶、野菜刚冒出来，便被群众一采而光。有些政府工作人员由于饥饿，有时也去摘些树叶，挖些野菜充饥。运东专署专员谢鑫鹤看到后，立即进行了制止。

后来，军分区发出通知，严禁部队摘树叶，挖野菜，并将这件事提到与民争食的高度。谢鑫鹤专员也知道兵马未动，粮草先行，让部队饿肚子，他这个专员就是未尽职责。他找到各县负责人，尽一切办法，大力支援部队，并为部队筹集到一部分粮食和代食品。

这时，供给的多是用糠和树叶子掺少量粮食磨成的面，蒸成团子吃起来很难下咽，谢鑫鹤见大家吃团子时的为难样子，便玩笑似的讲了自己吃得下吃得快的经验，并当场示范。他咬了一口团子，狠嚼几下，然后喝口水吞下去。大家一试，效果果然很好。这时，有人马上编了几句顺口溜“谢专员，管得宽，下管地，上管天，还管吃饭嚼和咽”，人们仿佛一下子忘记了饥饿和疲劳。军民终于战胜了一个又一个难以想像的困难，使运东根据地得以坚持和巩固，并逐步转入局部反攻。

鲁西第一行政督察专员公署（即泰西专署）是鲁西地区出现的第一个抗日民主专员公署，张耀南当选为专员。

张耀南以自己模范的言行影响和带动着同志们。

1942 年正逢大旱，庄稼几乎断收，张耀南和同志们勒紧裤带，吃糠菜、树叶。有时，炊事员忍不住要给他加一点饭，他总是严厉制止，耐心劝说，坚持与大家同甘共苦，并一再教育同志们不许与民争粮。有一天晚上，张耀南实在饿坏了，在院子里捋了一把树叶填进嘴里，正巧被警卫员看到了，实在忍心不下，第二天，他费了很大劲买了两个窝头放在张耀南的桌子上。张耀南发现后，狠狠地批评了他一顿：“问题不在于你买的窝头！你买走一个，群众不就少一个吗，我们多吃一口，群众就要少吃一口，马上退回去。”

为减轻人民负担，机关实行精简，张耀南首先把妻子王芳精简为家属，断绝了供给。她于是就纺纱织布，生产自给，仍然积极参加当地的妇女工作。她还当了义务“炊事员”“护理员”，为来往干部、战士做饭，为伤病员送饭、喂水，同志们都亲切地称她为“革命的老嫂子、老大姐”。

1941 年 3 月在单县黄堆召开了全湖西人民代表大会，李贞乾以全票当选为湖西专署第一任专员。为了节约粮食支援灾区人民度荒，李贞乾带头吃树叶窝窝，专署召开县长会议也拿树叶窝窝招待。有一次他的妻子得了重病，没钱医治，但他始终没有向组织开口，没动公家一分钱，到病得有生命危险时，才向亲友借了二十元抗钞治病。

1943 年初，冀南行署发出关于加紧春耕度荒的指示，并号召党政军民紧急动员起来，开展生产自救，战胜自然灾害。政府发放了紧急赈灾款、粮食、棉花和代食品等，帮助灾民解决断炊挨饿问题。8 月又发放了生产麦种二十余万斤，随后相继增发了生产贷款，帮助贫苦农民解决购买农具、耕畜和打井、筑堤以及从事纺织、运输业生产等所需的资金问题。

行署还在布告中重申了粮食自由买卖的政策，但卖粮者必须遵照管理规定的手续，不得囤积居奇、抬高粮价，买者必须限于抗日人民食用，不得资敌，违者以走私论处。许多县、区遵照借粮救灾政策，广泛深入地进行宣传动员，发动和组织贫苦农民，并向地主、富农说明有关的政策规定，有计划有组织地展开了借粮救灾活动。地主、富农借出的粮食，少的数百斤，多的到一两千斤，或三五千斤，还出现了开明地主、富农济贫赈灾的义举，一定程度上缓解了饥荒危机。

在大生产运动中，八路军直南豫北军分区政治委员张国华（右二）带头参加劳动。

面对干旱无雨、大量耕地未能播种的严重情况，军民结合，利用现有井水，同时开展打井运动，奋力抗旱，抓紧种植早熟作物，争取多种多收，度荒备荒。8月初普降透雨，广大群众和党政机关、部队动员起来，全力突击抢种了早熟作物。当蝗灾发生时，广大群众和党政机关、部队又立即组织起来，男女老少一起上阵，采用“人海战术”挖灭蝗沟，开展捕蝗灭蝗运动，减少损失。

5月16日《人山报》刊载有这样几则报道：

报道一：党政机关部队从5月起，厉行节约，实行口粮、蔬菜等部分自给，机关工作人员的口粮，每人每日由旧秤小米一斤减为十二两，部队口粮由一斤四两减为一斤二两，生产自给每人两个月的口粮和部分蔬菜等。从此全地区党政机关和部队开展了自己动手、克服困难的生产运动。

报道二：三分区讯　8日午后，孔副司令员和李副参谋长率领军分区干部、战士下地种瓜。在炎热的太阳下，个个赤脚、光膀，掘坑、挑水、撒种，忙个不停。一晌工夫，直属机关种瓜二亩，通讯队种瓜七亩。

报道三：邯郸讯　自专署发出号召后，机关的一个后方部门即热烈响应，于9月开始节约，并组成两个劳动组着手生产。每天午饭后定为劳动时间，当天开垦荒地挑水种菜，一点钟内种菜两畦。第三天，由于大家的努力，获得更大的成绩，种菜两畦，种瓜六十棵。

自1942年11月至12月，冀鲁豫区党委做出加强党的一元化领导和第三次精兵简政的决定。由黄敬、张霖之、张玺、苏振华、崔田民等六人组成区党委常务委员会。

杨得志、段君毅、张承先、刘晏春、阎揆要五人为区党委执行委员。部队进一步实行正规军与地方军的统一，取消旅的番号，统一于军区、军分区建制。

区党委并将原辖的八个地委合并为五个地委。根据党中央的统一规定，各县县委书记一律兼任县大队政治委员，工委书记兼游击队政治委员。

通过精减人员，节约了财政开支。

骑兵团战士听说因为粮草紧缺，骑兵团要撤销，并要杀军马赈济群众，全团战士纷纷上意见书，坚决要求：军马不能杀，骑兵团能打鬼子啊！

对于骑兵战士来讲，战马是无声的战友，战马也充满了血性。每当冲锋号响起，战马不顾枪林弹雨，朝着敌人的阵地飞奔冲去。越壕沟、踏荆棘，即使负了伤，也绝不回头。

每当骑兵战士负伤，摔到地上，战马总是自动趴到地上，让负伤的骑兵伏到它身上，然后驮回营地。

这些通人性的马儿，这些立过战功的马儿，这些有血性的马儿，谁能忍心把它们杀死？

张国华政委一直不同意撤销骑兵团，因为他们在平原作战机动性强。经党委会研究，决定骑兵团不解散。

一天，张国华政委来宣布：骑兵团不撤销。

听说能保住部队、保住战马，战士们欢呼雀跃。但张国华政委又说："虽然不撤销，但是要调到冀鲁豫四分区去，那里的马料好解决。"

离开驻地时，部队给每个战士分发了两斤玉米，可骑兵战士们只抓了一把放在兜里，其余的都留下了。根据地的老百姓在路旁含泪相送，一位老人家高举双手哭喊着："为官不与民争利，贤达呀！军队不和民争食，义士啊！"

5. 血仇

朱程同志碑文

朱程同志，浙江平阳人，生于一九〇九年。其家境贫寒，笃学好义，先后攻读于福州集义中学、厦门大学、黄埔军校，时思想进步，为学生中国民党左派。一九三〇年入军官旅工作，痛感东北沦陷，国事日非，而目睹军政当局腐化专横，乃愤然弃职他去。次年，在反蒋及思想赤化之罪名下，被捕于南京，饱尝铁窗酸辛一年有余。一九三三年参加福建人民政府，反对内战，要求抗日，闽府失败后，任津浦路大队长职。一九三四年留学日本，入东京铁道学院，一九三七年卒业，是年五月返国。

七七事变起奔走抗战，任张荫梧部军官学校教官及民军第四团团长，因赞同我党我军正确政策，坚持抗战，团结进步，反对国特之投降分裂倒退罪行，为张所忌，致有六月十五日之北店事件，赖其机警突围得免于难。

一九三九年十一月，在八路军总部协助下，成立华北抗日民军任司令员职。

此后，率民军健儿转战于晋冀鲁边区，在历次反扫荡反摩擦斗争中，叠建光辉战绩。一九四三年六月，调任十分区司令员，曾率部东进，击退李逆仙洲之进攻，创立了曹东南抗日根据地。九月间于王厂为敌奔袭合围，激战终日，奋不顾身，反复冲搏，气不稍馁，卒以众寡悬殊，壮烈殉国，享年三十四岁。

朱程同志，一九四一年加入中国共产党，一生忠于祖国，忠于人民，处事认真负责，待人热情豪爽，其学习积极，生活艰苦，作战勇敢，尤为全体指战员所同声称颂。不幸壮烈牺牲，噩耗传来，乡间父老为之俯首叹息，指战员中痛哭废者以百数十人计。全体同志于痛失之余，誓承其遗志，继续奋斗，并以其优良作风，为学习模范。

此碑文是朱德总司令所拟，如今带着岁月的斑驳，矗立在曹县烈士陵园里。

朱程，是冀鲁豫的一员猛将。他曾在国民党军队中任官职，因蒋介石不抗日，曾因为参加过反蒋活动而锒铛入狱，由多名黄埔校友保荐出狱。后率“民军”转战冀鲁豫，任冀鲁豫边区十分区司令员。

从 1940 年 5 月至 12 月期间，朱程所部与日伪军进行大小战斗一百余次，成为冀鲁豫的一员名将，杨得志称他的部队为“铁军”。

1943 年秋的一天，日军对我鲁西南抗日根据地的疯狂扫荡又开始了。

在十分区前方司令部里，朱程从译电员手里接过一份急电，他仔细地看了两遍，走到袁复荣专员面前："老袁，你看，杨得志司令来的电报。"

袁专员看过电报，用征询的目光望着朱程，想先听听他的意见。

"敌人在三分区扫荡已将近一个月，单县那边的军民够艰苦的了，我完全拥护杨得志司令员的指示，把敌人牵到咱五分区这边来，让三分区的同志们休整休整。尽管这样做，将置我们于危险之地，但我们必须这样做!"

"好，我完全同意你的意见!"

两人先把青挺大队长郑美臣找来，让他带着一个骑兵连，一个步兵连和一个县大队到单县去"牵牛"。久经沙场的朱程知道，这是一场恶战。

接着，朱程召开了作战会议，做了具体部署：二十一团派一个连把守正东方向的黄河堤口，民一团两个半连，由团长桑玉山、政委魏明伦带领，再加上骑兵班，近四百人，随司令部驻扎王厂。二十一团的其他连队埋伏在距王厂四华里的高堤圈，以便在司令部往西北撤退时，予以掩护。

第二天，"牛"果然从单县被牵来了。日军一队骑兵，正由东向西驰来，这时，又有一批日军，正向王厂左侧迂回。日军骑兵第四旅团和步兵第十混成旅团三千余人，在伪军的配合下，对王厂实行东北、东南、西南的三面合围。

战场形势瞬息万变。朱程见敌众我寡，立即下令避开敌人合围，插到敌后，牵制敌人的扫荡。但敌人来势凶猛，敌骑兵已截断通往西北的退路。

朱程下令部队突围，自己带领两个排的战士留下作掩护。部队的指战员不愿自己的司令员担此危险任务，纷纷要求朱程和袁专员先撤出，但朱程坚定地予以拒绝。

朱程率两个排的战士欲抢占王厂村，伺机突围。但敌人已抢先一步，在民房的制高点上架设了机枪。

本来是"牵牛"，结果牵出了群狼——

郑美臣派人来报告，在南五乡遇上了敌人，把敌人牵到了火神台。为什么西南面、东北面都冒出了敌人？会不会是民权、曹县的敌人都出动了？

情况正是这样。据临阵侦察员侦察，日伪顽军总共不下六七千人，十倍于我，这是原来没有预计到的。

朱程眼望着桑团长和魏政委，镇定地说："你们还记得咱民军第四团，自脱离张荫梧在襄恒进行整训后，改为华北抗日民军，归八路军统辖以来，朱德总司令、彭德怀副总司令以及北方局的各位领导同志亲笔题词，给咱赠送锦旗的情景吧！"

桑团长和魏政委非常了解自己的司令员，无论是在"狮山战斗"和历次与日军作战中，还是在讨伐国民党李仙洲的战斗中，每逢遇到最危急的情况时，他总是用朱总司令赠送锦旗的事来教育激励部下。

他不止一次饱含深情地说："这是党中央、毛主席对咱的鼓励和关怀啊！一看到中央领导同志亲笔题写的一面面锦旗，我浑身就增添了力量。为了党的事业，为了挽救民族危亡，愿将热血洒疆场，个人生死何足轻重！"

现在朱程又一次提到中央领导同志赠送锦旗的事，桑团长和魏政委深知，这不是一般地提问，而是对他的部下提出了一个最严峻、最有分量的问题：为了革命，是宁肯前进一步死，还是后退半步生？

桑团长和魏政委毫不犹豫地，像是在向党宣誓一般响亮地回答："朱司令，你放心吧。我们决不辜负党中央和毛主席的殷切期望，为了中华民族的生存，我们宁死不屈，坚决战斗到底，愿将热血洒疆场！"

朱程说："现在我们已处在敌人重兵包围下，分路突围已不可能，我们要以中华民族大无畏的精神，打击日军的武士道精神，给野兽般的日本鬼子以重杀，就是胜利！"

他向自己的部属下达了决战命令。

全体同志为这位三十四岁的司令员的沉着镇静所鼓舞，更为朱程同志英勇作战、不怕牺牲的精神所感动，他们纷纷提出，要掩护朱司令员撤出王厂。

朱程同志手一挥，不容分辩地说："这是命令！我们为抗日同生共死！"

他将所有勤杂人员组织起来，举行了简短的发枪仪式，作了简明扼要但又气壮山河的战斗动员。然后，率领队伍，杀开一条血路，冲过了大堤，把敌人的注意力吸引到自己方面来。

在战斗中，警卫员宋宗堂同志光荣牺牲，警卫员洪秀山和袁复荣专员都挂了彩。朱程同志叫几名战士照顾袁专员和受伤的同志，并命令桑团长、魏政委带领队伍继续向前冲，一直冲出了二三里地，冲到了王厂西南角的郑庄。

这时，郑庄的群众正在吃早饭，有的准备下地，听见枪声大作，越来越近，急忙进行躲避。当我军刚进入郑庄东头，敌人便蜂拥而来，像疯狗一样，把我军团团围住。

朱程同志身先士卒，带领队伍和敌人展开了激烈的巷战，打退了敌人一次又一次的进攻。敌人每前进一步，都要付出惨重的代价。

敌人重新组织反扑，巷战变成了肉搏战，嚓嚓的刺刀声伴随着敌人哇哇的鬼哭狼嚎声，一具具日伪军的尸体倒在了街道两旁。

朱程同志一面指挥战斗，一面观察地形，看到街旁有一处地主的高墙大院，立即命令部队去占领，可是两道围墙，院门紧闭，部队无法入内。尾追的敌人又像马蜂一般拥了过来，朱程只好率领部队继续向西，边打边退，凭借一些低矮民房进行抵抗。战士们架起机枪向敌人猛烈地扫射，一颗颗手榴弹在敌群中爆炸，一片又一片的敌人像草个子似的倒下。

这时敌人已占据了地主大院，他们居高临下，集中火力向我低矮民房院落疯狂地射击。

落日西斜，战斗已到了白热化程度，敌人的炮弹像冰雹似的向民房区内倾泻，许多房屋着火，院内院外的树木被打断，敌人又施放起了毒气，然后像蛆虫一般向民房四周蠕动。五十米、三十米，二十米……敌人越来越近，双方相差只有几步远了。这时，战士们的子弹已经打光，便捂着湿巾端着刺刀，严阵以待。

朱程在上午10时左右，左胸部就受了伤，一直还坚持指挥战斗，现在看着敌人已经逼近，便振臂高呼：“同志们，为祖国、为人民立功的时候到了！”随着雷鸣般的口号声，几十名健儿龙腾虎跃，手持战刀，直刺敌人心脏。

“打倒日本帝国主义！”

“中国共产党万岁！”

"毛主席万岁!"

口号声响彻云天。

胆怯的敌人被英雄的英勇气概吓倒了，像潮水一般退了下去。敌人只好再一次凭借他们的轻重武器，向我抗日健儿施展淫威，子弹嗖嗖地飞了过来，炮弹轰隆隆地在阵地上爆炸，轻重机枪吐着长长的火舌在战士们身边卷动。朱程同志继续率领部队向西冲杀，由于失血过多，实在跑不动了。

他挥起手来，用尽全身的力气，高喊了一声："冲啊!"就倒在地上，"宁死不当俘虏"，他把手枪里的最后一颗子弹留给了自己，举起手枪对准了自己的太阳穴……

和他一起战斗的指战员们，无一投降，全部壮烈牺牲。

当群众得知为他们运"血粮"的朱程司令牺牲后，冀鲁豫大地悲戚、愤怒了!

在公葬朱程司令员的时候，他的爱人郝淑斋同志用悲壮的悼诗表达出了鲁西南人民的心声：

我的程啊！我的公行！
八九年的道义之交，
四五年的夫妻恩情，
我爱你甚于爱自己的生命。
我永远拿你比做漫漫长夜中我的明星，
是你的光芒照耀着我走向革命的旅程；
我的明星突然陨落了，
你化做一道火剑穿过了太空！

这光芒四射的火剑哟，
刺伤了千万个爱你者的心，
更深地刺伤了我的灵魂。
假如我不是一个共产党员，
我一定没有勇气再继续生存。

你的幼女庙生知道了你的牺牲，
痛哭着："我要爸爸，我要爸爸！"
你的长子为松当然更要伤情，
你的双亲知道了——
一定痛不欲生。
日本法西斯夺走了双老的爱儿，
日本法西斯夺走了孩子们的父亲，
日本法西斯夺走了党的优秀干部，
日本法西斯夺走了我的爱人，
日本法西斯和我有着不共戴天的仇恨。
党给了我以继续生存继续战斗的力量，
我誓必踏着你的血迹前进，
我的程，你好好地安息吧！
你的心永远就是我的心。
你的孩子们我必尽力抚养教育，
我永不会忘记照顾安慰你的双亲；
更有千千万万的同志继承你的遗志，
争取最后胜利为你报仇雪恨！

这首悼诗原载冀鲁豫军区 1943 年 12 月 18 日《战友报》，现镌刻于曹县烈士陵园。

6. 血亲

冀鲁豫边区的八路军、共产党人和边区人民结下的是血亲！

对抗日根据地而言，骑兵真是个奢侈的兵种，人吃马嚼的，花费很大，特别是在经过激烈的运动作战之后，如果没能及时调养，军马还容易带伤。战马使残了，最终吃亏的是部队。当时，骑兵团全团四个连，四百多匹军马，每天消耗的粮草在三千斤左右。只要在一个村庄驻营两三天，那地方就粗粮光、谷草光、饮水光，被老百姓戏称为"骑兵团的三光"。

1942年春天，边区最困难的时候，在一次冀鲁豫军区的会议上，党委书记黄敬向骑兵团传达了一个新任务：到沙区去帮老百姓种地。

原来，由于旱灾，许多老百姓都丢下土地逃荒去了，为了不耽误春耕，军区要派部队去参加生产救灾，帮群众补种庄稼。

黄敬书记告诉部队领导："执行任务之前要做好战士的思想工作，犁地是要伤战马的。我在冀中工作时有体会，伤了马战士们可想不通了，是要哭鼻子的，难办啊！"况玉纯政委当即表示："豁上一个连的马也要完成生产任务。"

犁地伤害战马，那是不可避免的事情，只有想办法把损失降到最低点。骑兵团的代耕地在内黄县的沙区。战士们一路上看到人烟稀少，看不到有什么粮食作物。经过几天的行军，部队到达了沙区中心的井店集，发现这里也是冷冷清清，毫无生气。

以往，八路军到老根据地，路口总有男女老少迎接，热情地张罗着安排住宿。可这次，等了好久才出来一个人，病歪歪的，有气无力。曾团长和况政委一面和他交谈，一面安排干部们分组探访百姓。进了村，发现四处房屋破败，大门半掩，十室九空。即使有人的屋里，也只剩下个把老人，灶里的火早熄灭了，人饿得皮包骨头，奄奄一息。幸存的百姓看见八路军来了，就像见到了大救星，泪流满面，不停地作揖，好久都哭不出声音来。

打了几年仗，骑兵们早就习惯了生与死的场面。可是，村里的惨状还是让久经沙场的战士们禁不住捂住了眼睛。回到村口，很多人都哭了。昔日繁华的乡村，如今到处是残垣断壁，土地荒芜，人烟稀少。如果不及时把春耕春播搞好，沙区也许就真的要变成了"无人区"了。

《铁骑报》连续发出了动员号召，曾玉良团长说的是"洒尽全身血，还有硬骨头，拼死和日寇干到底"，况玉纯政委提出"变沙区为绿色原野"。政治处把标语写在了墙上——"打仗勇敢杀日寇，生产勤劳救群众"！部队分散到了各代耕点。"无人区"赤地一片，满目凄凉，战士们先要清除杂草和灰土，还要清理床边屋角无人掩埋的尸骨残骸。尸体大多腐烂了，有的尸骸已经风化剥落了，认不出模样来。工作没多久就有人病倒了，一检查才发现是霍乱。上级赶紧设置疫情观察哨，还送来了大批烧酒到处喷洒。骑兵们打扫卫生、掩埋尸首、分发粮食、修理房屋，帮助老百姓重建家园。

战士们为了节省军粮、支援群众，自己就挖野菜、吃树皮。由于先前敌人把死尸塞到井里，上面压上磨盘，使得生活用水遭到污染，所以吃水饮马也都要另建设施……

忙碌了十多天，才开始耕种。团里规定，每人每天耕种一亩地，但干部和党员都纷纷给自己加任务。政治处也开展了“看谁耕地多，看谁贡献大”的竞赛活动。大家都勒紧腰带拼命干活。每天，各班留一人挖野菜、准备饭食，其他的人则牵马下地，早出晚归抢种粮食。

战马是无声的战友，它们大都是“老红军”，战功在身，有的身上还留有战伤。战马拉犁，战士们泪水潸潸。为了保护战马，骑兵战士就把套绳挂到自己肩上，和马一起拉犁。每天都有同志因饥饿劳累晕倒在地里。

经过八路军的大生产运动，沙区的耕地补种上了粮食。外出逃荒的群众也陆续回来了，看见黄沙一片的荒地又蒙上了绿色，老百姓抱着八路军战士激动得直哭。地方政权组织也重新恢复起来，沙区的村庄又重新呈现出了生机。

为了帮助边区的人民度过春荒，骑兵团还派战士着便装，和地方工作队去敌后区征粮。到了村里，老百姓说粮食已经让维持会征走了，工作队长说不可能，他们调查过，敌人还没有从这里拉走粮食。

保长听说八路军又来了，就跑了。于是工作队留下来挨家挨户做工作。半夜里，有人在窗户外面小声说：“村头老张家的屋里砌了一堵墙。”工作队一听，明白了。

第二天工作队就去把张家的夹墙拆了，不仅先前伪保长征来的给日伪军队的粮食都在里面，而且还有三千大洋、十多匹缎子。于是，八路军运粮装车，民运干事发动群众都来分粮。老百姓高兴了：“活了一大把年纪，只见过军队征粮，没见过当兵的给百姓分粮食。”

投之以桃，报之以李。八路军和人民结下的是血亲关系。

八路爱人民，人民爱八路。人民群众为保护子弟兵不顾自身安危甚至捐躯的事迹在冀鲁豫边区层出不穷。

记忆卡片之一：

你到俺家来生娃

1943 年，鄄城县大埝乡堌堆寺村，万里同志的夫人边涛马上就要临产了。菏泽有个旧俗，不愿意别的女人在自己家里生孩子，怕有晦气。正在边涛为难之际，这个村的青年妇女李曼青领着母亲来了，说："不要为难，就在我家生。"就这样边涛来到了李曼青家。堌堆寺村离敌人据点不远，李曼青母亲怕有闪失，就决定在屋内挖一个地道直通村外，紧急时刻可以逃命。边涛赶忙阻止：不要挖，下大雨时房子会塌的。李曼青母亲摆摆手说："这没有啥，你们的安全要紧。"

记忆卡片之二：

铁鏊子上的硬汉子

在菏泽冀鲁豫边区纪念馆里陈列着一把日军指挥刀。这是 1942 年八路军从日军手中缴获的一把指挥刀，当时藏在了郓城县王沙窝村农民王雪南的家。敌人打探到了消息，突然包围了王沙窝，抓住了王雪南，逼他交出指挥刀，严刑拷打后把王雪南推上了烧得通红的铁鏊子。一步一缕青烟，一步一层焦肉，直至牺牲。

时隔六十年，我们问王雪南妻子："为了一把刀牺牲一条命，值吗？"八十多岁的老人泪流满面地告诉我们："雪南说过，对不起共产党、八路军的事咱不能做！"

记忆卡片之三：

捂死娃儿保八路

1939 年 5 月 11 日，日军纠集济南、泰安、兖州、汶上等十余市、县的日伪军五千多人，在山东日军最高指挥官尾高次郎指挥下，兵分九路向我泰肥山区合击。于 11 日凌晨，敌将我一一五师机关、鲁西区党委机关、泰西特委机关、六八六团、冀鲁边七团等，包围在肥城县陆房村一带方圆二十里的狭小地区。

陈光代师长命令部队迅速突围。危急时刻，有六个八路军战士（四男两女）跑到三区妇救会长刘克林家里说："日军包围了村子，要赶快转移。"说完就想往村外跑。这时炮弹已打过来，妇救会长刘克林不容分说，领着六个战士和家里人赶紧爬上山，躲避到一个岩洞里。她让战士躲进里面，自己和婆婆守在洞口，可是她九个月的儿子这时突然直哭。她想到敌人正在山下，如听到孩子哭声，全家人被捕不要紧，可六个战士掩护不住了。她毅然对婆婆说："娘，把孩子捂死吧。"婆婆流着泪没有说话。刘克林用手把孩子的嘴捂住……直到敌人过去，他们才从洞里出来。虽然孩子憋得小脸紫青，差点丧命，但却保住了六个战士的安全。

记忆卡片之四：

"儿子，我真不愿杀你啊！"

1943年夏秋之交，鲁西南古城定陶沦陷后，惨无人道的日伪军加紧了对我抗日根据地"清剿""扫荡"，汉奸地痞及反动帮会组织也乘机肆虐，为虎作伥。广袤的平原上，岗楼林立，沟壕纵横，狼烟四起，满目疮痍。河东岸的观堂吴庄，村头荒草萋萋，村中断壁残垣。临街处有一烟酒杂货铺，铺主名叫孙祥斋，四十多岁，能识文断字。孙祥斋的二儿子孙学义秘密参加了共产党，在村里教书。定陶沦为敌占区后，日伪军在集镇及交通要道都设置了据点关卡，挖掘了又宽又深的壕沟，加强了对抗日军民的封锁，又在乡村建立了维持会，强化治安。

上级党组织决定在敌人身边建立秘密联络站。观堂吴庄离县城较近，孙学义在村里教书，父亲孙祥斋参加过民兵，思想进步又有杂货铺作掩护，就由孙学义父子负责建立了联络站。

联络站的活动范围也越来越大，县城东部十几里以内的村镇、县城四关及一些商贩摊点，甚至敌人内部，差不多都有了关系点。联络站的工作多次受到上级党组织的表扬。

联络站的活动虽然组织得非常严密，但是，狡猾的敌人从多次的失利中也嗅到了一些蛛丝马迹。起初，敌人怀疑这一带村子里隐藏着八路军武工队，搞了几次清乡，什么也未捞到。后来，孙祥斋父子发现村里有各种各样的陌生人转悠，有讨饭的，有挑货郎担的，有背粪筐的。他们感到有点蹊跷。一连几天孙祥斋感到好像有个影子跟着自己。他进城时，不论走到哪里，往后一瞧，远远都有人跟在后边。夜里，村里人已进入梦乡，孙祥斋听到一阵狂乱的狗吠声，便悄悄起来向外张望，看到不远处一个朦胧的身影一晃而逝。不久，传来更坏的消息。联络站一名交通员在城里被敌人抓住杀害了。城里两个有内线关系的杂货铺突遭敌人搜查。孙学义和父亲孙祥斋认真分析原因，从外到内对知情人逐个排查，认定身边有“鬼”。

孙学义说，最近，哥哥孙学福有些反常，经常不着家，有时酗酒，还有人见他在城里和流里流气的人来往。也巧，这时几天不露面的孙学福回来了。孙学义若无其事地找他闲聊，刚进屋，看到一个年轻女人正在梳洗，身穿花旗袍，抹着口红，脸上涂满脂粉，描着又弯又细的眼眉。见学义进屋，腰肢扭动了几下，莞尔一笑：“是弟弟吧？快请坐，刚才学福还说你来着。”学义一时手足无措，嗫嚅着进退两难。

那女人走后不几天，天刚擦黑，村里来了几个穿便衣的人，自称八路军。村长出面接待，一个留着络腮胡子的人说：“我们带着上级的重要情报，需要找党员接头。”另一个催着：“这是紧急公事，赶快找。”村长打着哈哈：“谁是党员我也不清楚，先用饭，我就去打问。”

那帮人又装作买烟到杂货铺前审量了好一会儿才走。第二天，村长被保安队叫进城，直到下半晌才回来。他见了村里人，一迭连声地叫苦：“唉，吓死人了，又吓唬又打，真像过大堂。说有人瞧见我迎接八路，非要我说出村里暗藏的八路地下党不可。”孙祥斋、孙学义心里焦急，连夜在家商量对策。

忽然一个黑乎乎的身影摇晃着当门俯立，孙学义急忙起身，看到是哥哥孙学福，满身酒气刺鼻，上前扶住说：“回去歇着吧，我们没事闲拉呱。”孙学福口气很冲地说：“拉什么呱？我看再拉要掉脑瓜。”孙祥斋站起来训斥道：“年纪轻轻的，又喝酒又闲逛，还找女人，还不回去睡觉！”孙学福靠着门，直愣愣地向屋内瞧着，哼哼了两声，强硬地说：“说我胡闹不务正业，动不动说我闯祸，我看你们大祸快要临头了。”

孙学义急忙拉住他，边扶边推向外走。孙学福喷着酒气，边挪动脚步边胡乱嘟囔着：“私通，八路，小心，脑袋。”

孙祥斋和孙学义相对坐到半夜，都认为学福“下水”了。孙学义说：“这些日子发生的一连串怪事，肯定是他的事。”孙祥斋沉痛地说：“没想到祸起萧墙！”大儿子孙学福从小不学好，孙祥斋没少训他，但他不敢相信儿子会走到这一步。

一天，孙学义坐在孙学福床边，边递水边套话：“哥，你常在外边闯荡，见过世面，有啥事也要给兄弟念叨念叨。”孙学福喘着粗气拍着胸脯说：“只要兄弟听哥的话，没说的，保管让你吃香的喝辣的。”

孙学义试探着说：“这年头兵荒马乱的，有啥事好干?”孙学福毫不迟疑地说：“有啥难的，你想出外闯荡，哥引路，管叫你威风八面。不瞒兄弟说，哥就在保安队挂了名，城里三教九流到处有熟人。”

说着，孙学福从枕头下摸出一支手枪，拍了拍：“哥刚抓了几个共产党，立了功。”

第二天，内线关系也送来了情报，说孙学福当了保安队的爪牙。孙祥斋非常痛苦，儿子走到今天，自己有责任，趁敌人还没有真正摸清联络站的活动情况，必须立即掐断敌人的情报来源，否则后患无穷。

孙祥斋和孙学义以商量分家的名义把孙学福骗到了村外。孙学福得意地走在前面，孙祥斋跟在后面，一阵莫名的感情涌上心头，看着前边那熟悉的背影，他简直不敢相信，亲眼看着长大的儿子，竟变得那么陌生。他心里又气愤又内疚。

古代有数不清的民族英雄以国家民族利益为重，而置个人生死于不顾，其高风亮节传颂千古。眼下，民族安危到了紧要关头，对危害民族利益的不肖之子，难道能以父子亲情掩盖民族大义吗？如果一时姑息手软，不知将有多少人牺牲。大义灭亲！于是他抹掉泪水，紧走几步，赶到学福背后，悄悄地拔出短枪。“叭”，一声枪响，孙学福摇晃了一下，扑通栽倒了。孙祥斋沉痛地扭回头，蹲了下去。双手捂住脸哭喊：“儿子，我真不愿杀你啊!”

记忆卡片之五：

高粱地里救亲人

1943 年秋，日军及伪军孙良诚部共万余人，在飞机、坦克的配合下，对湖西抗日根据地单（县）东南中心区进行“铁壁合围”大扫荡，湖西大地炮火连天，硝烟弥漫。孟宪文家所在的杨楼，是这次日伪军大扫荡的重点区。孟宪文的父亲几年前就参加了县大队，家里只剩下他和妈妈母子二人。

孟宪文要趁天黑前到地里割把青草喂羊。突然从高粱地深处传来一阵轻微地呻吟声，他直起身子又侧耳仔细地听了一阵，果然有人呻吟，他问："是谁？什么人？"孟宪文脑子里在划圈，是逃难病在这里不能回家的群众，还是敌人打伤的八路军？他心里想着，轻轻地分开高粱秆，向呻吟声走去。

在高粱地深处乱草堆上躺着两个血肉模糊的军人。呻吟声正是从这里发出的。孟宪文借着渐渐暗下来的残光，从服装上认出是两个受伤的八路军。他急忙走上前去，弯下身推了推他们，两个军人见有人来，警觉地睁开眼睛，搂紧了压在身下的枪。

孟宪文亲切地问："同志，你们是哪一部分的？"个头小点的战士看到站在他们面前的是一个朴实的庄稼小伙子，就如实地回答："十团的，在掩护主力突围时负伤，在这里已两天了。"孟宪文看着两个八路军伤员，想到他们在这里躺了两天滴水未进，心里有说不出的滋味。他站起身来看了看已渐渐昏黑的天空对两个战士说："别怕，敌人已走了。我是这村的，我父亲在县大队，我背你们到我家养伤。"

孟宪文乘着夜色的掩护，将伤员背到了自己家里。孟宪文的家在村西头，土打的围墙圈着两间低矮的草房。母子二人七手八脚地将两个伤员安置好，孟妈妈先给两个伤员烧了碗汤，喂他们喝了，又用盐水给两个战士擦洗伤口。一连几天，孟宪文到处买药，孟妈妈精心护理伤员。大个子伤员张大勇由于伤口没有得到及时治疗，里面伤口化脓，生了蛆，孟妈妈用木棍轻轻地将蛆从伤口拨出，又用盐水冲洗，然后把药敷上包扎好，再煎汤药喂服。

几天后的一天早晨，天还不亮，就听见四面八方枪响，村里群众像开了锅似的沸沸扬扬，潮涌般地掩儿带女东奔西藏。日伪军又一次向杨楼村扫荡来了。情况危急，伤员还不能走路，怎么办？渐渐迫近的枪炮声撕人心肺，孟宪文和母亲急得团团转。两个八路军伤员看到这情况，忙说："大娘，您和宪文赶快走，我们两个虽然不能走，但手里有枪，敌人来了，真的躲不过去，就跟他们拼了，不能连累您老人家和宪文兄弟了。"

说着两个伤员握起枪，就向屋外移动。"不行！孩子们，你们现在不能走，也不能这样说，大娘是抗日根据地的人，也是抗日家属，我一定要保护好你们。现在你们一定要听大娘的话。"孟大娘一把拉住伤员对儿子说："宪文，快去找你村长大叔来，就说娘找他有急事。"

孟宪文飞步找到正在指挥组织群众转移的村长，把他拉到家里。"大兄弟，这是两个受伤的八路军战士，在这里已好几天，咱们一定要保护他们的安全，我请你来赶快想个办法。”村长听了二话没说，立即到外面叫来了四个年轻人，让他们背起伤员，连同孟家母子一起向村外跑去。他们几个躲在村北一片高粱地里，地的南边紧靠一条大道，道两旁挖有一米多深的抗日沟。四个年轻人轮流背负着伤员转移，孟大娘护理照顾伤员，孟宪文就趁天黑到村里或其他地方弄点水，找点吃的东西。

一连三天，孟大娘同几个年轻人背着伤员从东移到西，从西转到东，从高粱地躲进抗日沟，同敌人捉迷藏。就这样冒着生命危险，躲过了敌人的扫荡。

敌人走后，他们回到被敌人糟蹋得不成样子的村里。孟大娘的两间茅草屋被烧了一大半，两个伤员难过地流下眼泪，哽咽地说：“大娘，我们两个把你老人家累苦了，房子烧了，以后你们怎么住呢?”“孩子，不要难过，咱们根据地的老百姓不怕敌人狠，房子烧了咱们住地窖。保住了咱们的人就是胜利，只要有咱八路军，有你们这些好战士，日本鬼子、汉奸就长不了。”

记忆卡片之六：

老大娘的米汤

1944 年 5 月，汪宝进在昆山县大队一连当班长，他对我们讲过这样一件事情：一天夜里连续拔掉伪军的几个据点之后，在押送俘虏的途中遇上日军，遭到包围，好几个战士倒下了。二班一个姓林的战士，在掩护部队突围时，也不幸中弹身亡。当我们朝大堤方向冲击时，又伤亡了几个战士。我们班的崔玉贵就是这次被敌人打中的。后来，我们将林、崔两名战士都作为阵亡人员上报了。可是，一个多月后，却出现了一件令人惊喜的神话般的稀罕事：一天，十七岁的小矮胖子崔玉贵，十分健壮地回队了，一边敬礼，一边说：“班长，我回来了!”

面对这个熟悉的身影和声音，把他从头到脚看了一遍，才认定说：“没有错，是小崔!”

“小崔！小崔!”排里的战士也都热情地拥上来，围在崔玉贵的身边，拉拉他的手，摸摸他的肩，兴奋地说：“我们都以为你早就报销了，怎么又回来了？快谈谈你是怎么起死回生的!”

"一位老大娘用米汤把我救活的！"崔玉贵一边放下背包，一边跟同志们谈。

"那天，朝黄河大堤冲击时，我两腿负伤，右臂又中了一枪，不仅脚提不动，右手也抬不起，流血过多，躺倒以后就昏迷过去了。不多久，我又渐渐地苏醒过来。先是听到稀稀落落的枪声和断断续续的呻吟声，慢慢睁开眼睛一看，见到身边躺着十多个负伤的同志。远处日本鬼子的'太阳旗'还在晃动，我们看到不远处有一个村子，便费力地向村边爬去。我全身重得像一堆铅，只能左手用力一寸一寸地往前爬，每爬一步，伤口就像刀子绞一样痛，口渴得要命，嘴唇干裂。有的伤员没爬几步就不能动了，也听不见哼声了。后来我也爬不动了。这时村头一幢破土房的门开了一线缝。门缝慢慢地开大，一位头发花白的老大娘，左手提一把砂壶，右手拿一个瓷碗，晃晃荡荡地跨出了门槛，向我们这边走来。她不顾附近还响着枪声，也不管日本'太阳旗'还在附近晃动，一直向我们走来。

"老大娘第一个接近的是李班长。她走到已经昏迷过去的李班长身边，放下手中的砂壶和瓷碗，弯下腰，轻轻地扶起李班长的头，小声地喊着：'同志，醒一醒，喝口米汤。'一边喊一边提起砂壶喂，喂了几口米汤后，李班长眼睛慢慢睁开了。我身体支撑不住，又昏迷过去了。到我醒来时，只觉得嘴里还有米汤味，心里也感觉舒服了一些。

"我第二次苏醒后，看见老大娘还在给伤员喂米汤，并听到她带着哭泣和颤抖的声音，连续地呼喊：'同志，喝口米汤吧！'即使对已经紧闭牙关的伤员，她也要扶起他的头，提着砂壶给喂几口。有些牺牲了的同志嘴角也都流着米汤。我们一二十个同志，不管活着的还是死去的，老大娘都喂过米汤。

"这时，张秋县政府的人员带着医生、护士和担架赶到了。老大娘帮着把伤员抬上担架，帮着对伤者进行料理。最后，我被抬上了担架，回头看见她老人家一个人还站在那里，一直望着我们，很久很久。我们甚至连她的名字还不知道……"

记忆卡片之七：

万福河边的眷恋

在菏泽打过游击的老八路殷群写过这样一段回忆录：

我珍藏着一双圆口黑布鞋，这是山东大姐娟子送给我的。尽管春花秋月，年复一年，经过三十八年时光的洗刷，娟子仍如万福河边的一颗透亮的宝石，清晰地镂刻在我的脑子里：长辫梢上扎着红绳结子，圆脸盘上有一双黑而亮的眼珠，一扑棱一扑棱的，仿佛对我说："小兄弟，胜利之后，可不能忘记俺娘儿俩啊！"娟子，我这一辈子也忘不了你，忘不了你的机智大勇和大娘对子弟兵的那颗心！正如我忘不了冀鲁豫平原上万福河那乳汁般的河水一样……

1942 年冀鲁豫平原的初春显得阴沉寒森。一个黑得像墨汁般的午夜，我八路军二纵三旅在菏泽的万福河旁与围击我们的敌人遭遇上了。仗打得好凶，千条火舌狂飞，万道弹流乱舞，仿佛要把黑夜撕裂似的。我在一株柳树下面，借树桩作掩体，"叭叭"也朝敌人点射。突然间，"轰"的一声，一颗炮弹在我身旁爆炸了，我顿时失去知觉。拂晓，我苏醒过来，战场静悄悄的，战友们已冲出敌人的包围，胜利转移了。我站起来，登上坟包，见西南方影影绰绰的有个村庄，我决定到村子里摸摸情况。我从东边进村，村子里没有动静，正踌躇的时候，"叭叭！"子弹打我耳边飞过，几个日本兵端着枪冲了过来，我赶快退回墙角，向鬼子举枪射击，突然，步枪卡壳了。我急忙从腰间摸出唯一的一颗手榴弹，迅猛地向鬼子摔过去，"轰"的一声，随着硝烟，我就纵身一跃，翻身跳过一堵矮墙。谁知脚未落地，忽被一双手托住了。一位比我大不了几岁的大姐，穿着一件蓝布大襟衣袄，温和而亲切地对我说："同志，甭慌，自己人。"

她领我走进一间低窄的茅屋，一位大娘和颜悦色地迎了上来，说："孩子，辛苦啦！看这些畜生把你折磨成啥样啦！"大娘的话，使我的心头卷过一股热浪。

我遇到的是一股过路的敌人，他们没有纠缠就匆匆向东去了。大娘给我冲鸡蛋，递手巾，告诉我这个村子叫崔洼，十年前，大娘一家从外乡逃荒到这里落脚，她丈夫姓张，被国民党溃兵抓了壮丁，一去杳无音信，眼下母女相依为命。昨夜，万福河旁响起急骤的枪声，母女俩知道自己的队伍与敌人接火了，搅得她俩一直不能合眼。我怕连累她们，拔出手枪，要冲出去。大姐动肝火了，她秀气的眉毛拧成个结，晶亮的双眸透出埋怨的神色："哟，闹了半天，你还把俺娘儿俩当外人！兄弟，要是怕，原先也不会把你往家揽了。"她朝一旁站着的母亲说："娘，给兄弟把炕整治整治，我再去抱些秫秸铺上。”大娘走过来拍拍我的肩膀说：“孩子，这种荒乱年月，咱也顾不得那么多，你与娟子认个姐弟，你就躺在你娟子姐被窝里。万一敌人来了，你就哼哼哈哈地乱哼，哼得越响越好。鬼子最怕生病的人，怕会传染他们。”

我的感情沸腾着，就像万福河的流水一般奔腾不已。我上了炕，佝偻着身子，右手握着张着机头的手枪，屏声息气，准备着最后的一搏……

到黄昏，村里又恢复了平静，大娘嘱咐了一番，提个篮子出门去了，不一会就回来了。原来，她找了几根葱要给我治眼睛。由于遍地风沙，行军打仗，我得上眼疾，一迎风就淌泪，到晚上眼屎模糊，痛得睁不开眼。大娘戴上老花眼镜，让我坐在她跟前，她手拿银针，轻轻地翻开我的眼皮。顿时，像有只小虫子在我的眼皮上叼着，又涩又痒，怪舒服的。娟子站在我身旁，不断而又急切地说着：“娘，轻点儿呢！”“娘，挑这里啊！”

大娘挑了两眼以后，把拌盐的葱泥涂进我的眼角，又轻轻用手指将我的眼皮揉了揉。做完这一切，娟子姐才轻轻地舒了一口气，把一个小包塞进我的巴掌中，说：“兄弟，以后要是眼痛了，涂上点眼药就不痛了。我已调制好啦，装在小瓶里还可以用几回，行军打仗可别丢了！”“嗯！”我听话地点了一下头。

鲁西南平原的晚风特别猛烈。从万福河畔卷来的沙雨，击扑得柴门“沙沙”作响。这时，只见一个大汉突然闯了进来。我闪在一旁背黑处打量一下，此人三十岁光景，中等身架，他贼眉鼠眼，邪恶的目光盯着娟姐的脸：“我肚子咕咕叫，娟子，有啥好吃的？”大娘出来打圆场，话音软里透硬：“你少爷大鱼大肉的，咋咽俺庄稼人的杂和面？回家喝你的‘二锅头’吧！”

来人死皮赖脸的，没事儿一般蹿到娟子跟前，就想动手动脚。原来，这人是崔洼的土财主，红枪会的小头目，人称“二剥皮”。平日里，他表面应酬八路军，暗地里跟顽军、汉奸有勾结，见女色就流口涎。他趁兵荒马乱单身闯进大娘家，想戏弄娟子，没想到碰上了我。我来个“先礼后兵”，“咱河水不犯井水，两相方便。要是你欺侮我大娘和娟子姐，”我一拍短枪，“别说我不认人！”他一个箭步过来，伸手抓住我的右手腕，冷笑道："小八路，你们大部队被皇军消灭啦，嘿嘿，你敢开枪吗？"我集中全身力量，伸出左手死命卡住他的咽喉。这家伙向后一仰，我的大腿窝被他抓着了，打了个趔趄，扼着他喉咙的左手顿觉无力了，眼前的金花飞舞起来。在这关键时刻，我只听见大娘焦急地喊了一声"娟子"，接着，"嘭"，响起沉重的一声，那家伙发出一声陶钵乍破的叹息声，双手一松，脑袋往后一歪，便倒下去了。我趁机一个"扑鹰"，骑在他的身上，丢掉手枪，双手紧紧地扼住他的脖子，只见他双目往上一个劲地翻，肮脏的白沫子从那张歪嘴里一嘟噜一嘟噜地冒出来，脸上的肌肉往一侧猛烈地抽搐着。"兄弟，你走开！"只见娟子竖眉立眼，在我身后威武地举着锃亮的斧头。我顿时明白了，刚才"二剥皮"头上正是挨了娟子那一斧。娟子挥斧朝他头上又砸了一下，"二剥皮"喉里咕一声，一蹬脚死了。我们三人从灶间找出一条粗绳子，趁着夜色，冒着风沙，把尸首拖到半里路外的乱坟场，塞进一座塌口坟洞。

天亮前，我就要离开她们娘儿俩了。我默默地挎上挎包，别好手枪，心中好像有许多话要说，但一时说啥好呢？"等等，兄弟！"娟子姐说。这时，大娘端着一箩筐鸡蛋走了出来，说："孩子，有重担压在你们肩上，找部队去吧！狠狠揍那些王八蛋，大娘在家盼着你胜利回来。"我眼泪模糊了视线，情不自禁地叫了一声："娘！"很快走到门外，娟子姐赶了上来，把一双鞋子塞进我的手中，我没有思索就收下了，我把它紧紧地贴在胸脯上……

7. 英雄的群像

记忆卡片之一：

志比火坚

1942 年，敌人扫荡濮、范、观一带，一百多个老百姓被几十个凶恶的日军赶进了范县吕楼村的一座庙里。持着刺刀的日军，在人群里穿插着，脸上挂着狰狞的冷笑，用凶恶的眼神，将大家看了一遍又一遍，他们在搜寻共产党员和干部。几个中年妇女的上身，被剥得赤裸裸的，青一块紫一块的皮肤上，渗着斑斑点点的血迹。她们虽然在呻吟，却没有一个人透露出什么消息。毒打、燎烤、水灌、利诱，轮到了每一个人的身上，一百多个人结成了一条坚强不屈的铁链。日军的一切办法都用尽了，却没有问出一句有用的话。日军恼羞成怒，他们把抢来的两辆大车竖了起来，堵住房子的出口，用刺刀抵住窗户，放火烧起来。熊熊的火焰燃烧着，一条条火红的舌头在人们肉体上舔着。孩子们在哭叫，狂跳，妇女们在咒骂，男人们在愤怒地捶打着墙壁，人们挣扎着，肌肉一块一块地从身上脱落着……他们不在敌人面前屈服，任烈火烧焦自己的躯体，保持着中华民族的气节。

记忆卡片之二：

认“亲”

1942年2月，日军两个师团及伪军共三万余人对我南乐、滑、卫河等县进行“扫荡”。我卫河县大队被敌人堵在了合围圈中。由于战士都穿便衣，妇女们就到敌人那里去认“亲”，老年妇女领回自己的“儿子”，年轻妇女认回自己的“丈夫”。通过认“亲”，县大队的绝大部分队员冲出包围圈归了队。当时卫河县县长刘子良、干部谢宝山、靳长印，也都是这样被掩护下来。1942年3月8日，抗日民军的一个团被日伪军二千余人包围在卫河县瞿固附近，团长万连友手持机枪率部突围时，壮烈牺牲。由于民军身穿军装不能突出包围圈，群众就给民军换便衣，男人的便衣不够，就换妇女的。有的妇女把新婚的衣服拿给民军，有的妇女宁愿赤身盖被子也把衣服脱给民军。赵庄的三个老大娘不顾头上横飞的子弹，肩背上扛着便衣送给战士。这次用换便衣的办法掩护民军三百多名战士突出重围。

记忆卡片之三：

“关公图”

1942年，南乐一带驻有伪军一个旅，约有六百人，大部分是南乐人，旅长叫杨法贤。清丰驻有伪军一个团，大部分是清丰人，团长叫张宜元。这些伪军的家属大部分住在农村，处于我们控制的地区。我们的妇女干部就向伪军家属做工作，动员她们深入到敌占区和敌人据点里说服自己的亲属投诚反正。卫河县大队长耿宏与党组织商量，采取攻心战术，印了许多“关公图”，图上印有关公像和“人在曹营心在汉”的字样，动员家属拿“关公图”到敌据点劝降。讲明投诚的伪军带回“关公图”的，不追究以往的罪责，保证人身安全，带枪者给予奖励。这个办法很起作用，许多伪军家属纷纷带“关公图”到敌占区动员自己的亲人。西王村的王平经过妻子的劝导，带着一挺机枪和三十多名伪军投诚。零星投诚的也经常有，就是不来投诚的也丧失了战斗力。伪旅长杨法贤的三个老婆也拿着“关公图”，劝说杨法贤去投诚。

记忆卡片之四：

两个抗日保长

这两个抗日保长一个是余庄的老保长，一个是大堤口的副保长。

当敌人快要来到时，大堤口的副保长首先想到的不是自己的家，不是自己的亲人，而是驻在崔张堌的边区行署。他不顾一切地急忙跑出去给行署报信，结果行署转移了，没有受到一点损失，但他跑回家时，父母、儿子、外甥却都惨死在敌人的枪刀之下，他的妻子也受了重伤。

余庄的老保长已年逾七十了，但他不服老，对抗日工作仍非常热心。敌人“扫荡”余庄之前，他发动群众，秘密挖了一个安全的地洞，把八路军的重伤员隐藏在里边，不管情况多么严重，他都能想办法去看望他们，还冒着生命危险找东西给伤员吃。敌人撤退后，余庄死了许多老百姓，一些幸存者也都在天天闹饥荒，而这位老保长，却从没有缺过伤员的吃喝。

记忆卡片之五：

张大娘的歌

姚敏芝的家乡是金乡县姚楼村。她曾在济南女子师范读书，未毕业即被家人骗回，被迫嫁给了比她大十四岁的张义方，改叫张姚氏。张家住张晴楼村，有七八十亩地，家境富裕。可是姚敏芝不甘于这种生活。她自幼就接触穷苦人，非常同情劳动人民尤其是劳动妇女。她自小读屈原、文天祥的文章，中华民族的浩然正气成为她的灵魂支柱。抗战开始，她支持大儿子去延安抗大参加了八路军。1942 年，是抗日战争最为艰苦的年代。湖西地区形势尤其险恶，一是日、伪、顽、会、匪五“鬼”闹湖西；二是由于1939年“肃托”事件中，许多优秀干部惨遭杀害，群众对党很不理解，因此在当时开展工作非常困难。可是姚敏芝却横下一条心，豁出一条命，什么艰苦困难都不在话下。当时，她已年近四旬，是七个孩子的母亲，但她像年轻人一样充满革命热情和活力。她接待过往干部，掩护工作人员。八路军吃住在她家，没有衣服和鞋子穿，她给做衣做鞋。她还利用自己地主家庭的关系，到敌人盘踞的城内亲戚朋友家了解敌人的活动情况。有几次敌人“大扫荡”时，十几个工作人员都跑到她家去住。1942年，在敌人“扫荡”频繁的年月里，由她掩护的干部、战士和工作人员无法计数。当年有战士编了一首歌，记述她掩护革命同志的动人情景：

冬季里，北风寒，家家户户都把棉衣赶，
张大娘，不清闲，怀抱孩子做针线。
忽听得，闹嚷嚷，好像汉奸进了庄，
急忙忙，把衣放，有人推门进了房。
张大娘，你听真，我本是个八路军，
前来探信到你村，汉奸后面追得紧。
张大娘，主意多，叫声同志你床上坐，
抱孩子，偎被窝，汉奸来了我有话说。
汉奸二人窜进房，口喊老太婆你快讲，
不是你把八路藏，不说实话叫你见阎王。
张大娘，不慌张，口称皇军你想想：
我怎敢把八路藏？娘们家哪有这胆量！
村头上，枪声响，汉奸急忙跑出房。
八路军，下了床，千谢万谢张大娘。

8. 铁骑飞来护麦收

1942年12月，骑兵团奉命从山西开赴冀鲁豫边区敌后战场。从1941年以来日军实行了残酷的“三光”政策、“拉网式扫荡”，惨无人道地实

冀鲁豫支队骑兵团在激战。

行大屠杀，边区人民处在最危难的时刻。

边区杨勇、苏振华首长决定骑兵团归第四军区直接领导。

当时第四军区的司令员是赵永金，政委张国华。骑兵团的任务是开辟东明县、长垣县、濮阳县、滑县之间的黄河地区。这一带是黄河滩涂平原，适于骑兵团机动性的优势。

骑兵团原创建于 1935 年 11 月，归属红十五军团。大部分骑兵都是“老红军”，作战骁勇，威震西北，曾被称为“哥萨克骑兵”，归属一二九师后，于 1942 年从山西开赴冀鲁豫边区。

骑兵团有四个连，为使马色整齐统一，分成了白马连、黑马连、红马连、花马连。骑兵团装备精良，使用的机枪、马枪都是缴获“西北王”马鸿逵部的“捷克式”，每个干部配有一支驳壳枪。

早在 1936 年，李庭桂所在的骑兵团，与胡宗南部、东北军骑兵第六师和七十三师，在宁夏固原县，歼敌一个团，缴获战马六百匹。从此，盘踞在大西北的敌人，一听说红军的骑兵团来了，便闻风而逃。

时任骑兵团政委的李庭桂，到达鲁西南边区后，连续打了几个漂亮仗——大小索庄之战、姜庄打援战等，连获大捷。

1943 年春，军区和行署给骑兵团一项特殊任务，自带粮种和给养，到沙区帮助群众生产和救灾。种子让各连到敌占区去筹集，每匹马驮一百多斤种子，每人背二三斤给养，大家不能骑马，牵马步行，经过敌占区，绕过敌据点，克服各种困难赶到沙区。

沙区的内黄、淮阳、卫河县一带，是有名的大沙窝，盛产大枣和花生，是冀鲁豫一块良好的根据地。在抗日战争中，沙区群众支援八路军打胜仗，付出了巨大的代价。

老百姓是八路军的靠山，敌人就把老百姓杀光，让八路军无山可靠。最大的一次"扫荡"，日伪军调集万余人，对沙区进行六天大"扫荡"，施行杀光、烧光、抢光的"三光"政策，进行惨无人道的大屠杀，不论男女老幼，无一幸免。仅在南仗保等十五个村庄，就屠杀了一千八百七十二人。

日军把沙区的枣树全都砍掉，让八路军和抗日战士无处隐蔽。杨固、南仗保、薛村等一百四十多个村庄全部烧成废墟。日本侵略者血洗后的沙区惨不忍睹。再加上 1942 年遭遇了几十年未见的大旱灾，庄稼颗粒无收，家家断粮断炊，群众逃荒他乡，家中只留下老人。灶火早已熄灭，锅里都是残剩的野菜、树叶、树皮。

沙区既无人也无粮，日伪军便把这里看成了"绥靖区"，很少来骚扰。

骑兵团来到沙区后，乡亲们见队伍来了，就像见到救星，泪流满面。战士们望着骨瘦如柴、面黄肌瘦的群众也是热泪横流。

李庭桂含着眼泪对部队说："沙区群众都是我们的父老兄弟姐妹，我们不能看着他们饿死不管，要关心群众疾苦，要同他们同甘共苦，同舟共济，生死相依。我们活着，就不能让他们饿死，一定为他们耕好地，播好种，变沙区为绿色原野，争取大丰收。"

骑兵团的指战员积极耕地播种，以耕为战。缺乏农具用刀挖，用手扒，人马一同拉犁。与此同时，李政委要求大家克勤克俭，节约口粮救济灾民。李庭桂带头节约，他每天节约一两粮，救济灾民。那时部队生活每天每人五分钱菜金，半斤黑豆的口粮，但指战员们都节约口粮，救济灾民。群众领到粮食后，体力得到恢复，当年也下了几场好雨，庄稼获得大丰收，在外逃荒的人，也陆续返回家乡，村中又呈现出了生气。

1943 年夏，沙区小麦丰收。遭受过 1941 年、1942 年大扫荡、大屠杀、大旱灾、大饥饿的农民苦盼着好收成。麦子熟了，李庭桂率部队在田里帮助群众抢收麦子，东明县伪军四十四师师长赵云祥，早就盯上了丰收的麦田，派出一个营到沙窝抢粮。

李庭桂立刻派二连（黑马连）突击越过黄河，敌人还未得到一粒粮食，便被飞来的黑马骑兵包围，接着，李庭桂亲率一百多匹白马从天而降，冲进包围圈，挥刀、举枪，将敌歼灭，缴获了机枪五挺，步枪三百支。接着，黑马、白马两连骑兵，绕到东明县城北板城村，伏击了赵云祥抢粮的另一部分主力，并俘获了敌精锐营的营长，大快人心。

后来，伪军换了策略，他们夜间出动部队，亲自割麦，李庭桂早早得到情报，并不急于出兵，伪军是免费的劳动力，应好好使用。等伪军割完一大片麦子，要捆扎装车时，骑兵团突然冲过去，伪军一听到马蹄声，立即放下麦子，大喊："快跑！白马团来了！"

第二天一早，李庭桂让战士们去通知农户："伪军昨夜已经把麦子割好了，各家快去收自己的麦子吧！"

由于骑兵团机动性好，溃逃的日伪军摸不清八路军有多少骑兵，称八路军骑兵"从天而降"。骑兵行军走一线，近千匹战马，绵延十几里，尘土飞扬，见头不见尾，阵势吓人，于是伪顽军中悄悄传开：八路军的骑兵，不仅能在马上砍人、打枪，马也能咬人、吃人。沙区几个县的敌人吓得不敢轻易出门抢粮了，老百姓保住了胜利果实。

拔据点，反封锁，战灾荒，保民粮。鲁西南老百姓至今回忆起来，亲切地把这支部队称为"白马团""黑马团"，美誉传遍冀鲁豫根据地。

对于牺牲的战马，老百姓含泪为它们修了"功臣墓"，至今仍保存完好。

1944 年 2 月 7 日，李庭桂写下了一首七绝：

我骑过处山河鲜，
顽敌溃退郑州边。
民兵选推县政权，
村村老少竞相传。

骑兵团战功赫赫，帮助建立了东明、长垣、封丘、延津、昆吾、滨河等县政权。

马刀劈开敌后夜，溅得朝霞满天红！

9. 养伤亦能搞统战

下面是一段李庭桂负伤后的回忆录：

1942 年初，驻武城县的日伪军，在清河县黄金庄安据点，驻有伪军一个中队一百多人。为了广泛开展反“扫荡”、反封锁、反“蚕食”斗争，我们团乘该据点的敌人立足未稳，打掉了这个据点，歼灭伪军一个中队，打破了敌人在黄金庄安据点“蚕食”根据地的计划。

敌人认为其黄金庄据点被我军打掉，原因是从武城至黄金庄不通公路，不便于派部队增援，于是便抓了大批群众，修建从武城至黄金庄的公路，妄图继续在黄金庄安扎据点，使这一带的村庄由根据地变成敌占区。

为了彻底粉碎敌人的这一计划，我们团多次派部队打击、歼灭。我们的活动使敌人恼羞成怒，2 月初，敌人调集了日军五百余人，伪军约六百人合击我团。这次反合围的战斗打得异常激烈，双方死伤惨重，我在这次反合围的突击战斗中身负重伤——敌弹从肺的上端穿过，肩胛骨被打断，流血不止，呼吸困难。团管理员魏吉辰见我负伤，便背着我向外突围，边走边打，这样走了七八里路，才冲出了敌人的合围圈。

我负伤初期，组织派了一副担架，抬着我随部队活动。当时，环境恶劣，部队要作战，流动性大，有时一天转移几个地方，抬着我随部队活动很不方便，于是组织决定派一名侦察参谋、一名警卫员、一名护士陪我去大后方医院治伤。

当时，医疗条件很差，缺医、少药，营养也差，我的伤势一天天加重，伤口化脓，全身浮肿。负责给我治伤的李兴凯医生向领导汇报说，他对我的伤已束手无策。

陈再道、刘志坚等冀南军区首长根据我的病情，曾计划通过社会关系将我转移到德州（敌占区）去医治。

正在这危难之时，一件出人意料的喜事发生了。

北京协和医院的赵医生应伪军石友三部的聘请，乘一辆轿车，拉着些医疗器材从我团驻地经过，被查住问明情况后，我团葛协理员便做他的工作，积极动员他留我部工作，不去石友三部。

赵医生说："我是应朋友邀请，不去对不起朋友。"葛协理员说："我们欢迎你和你的朋友一起来我部工作。"赵医生仍不同意。葛协理员说："你不同意留下，我们也不会勉强，我团有位负责同志负了伤，你能否帮助治疗一下再走。"赵医生终于同意了。

赵医生详细询问并仔细查看了我的伤口后说，这伤容易治，要把伤部打断的碎骨头和脓全部取出来，浮肿是营养不良所致。当时，开刀无麻药，赵医生用酒精和碘酒在伤口周围擦了擦，就帮我开了刀，把碎骨头和脓全部取出，敷上药、包扎好。同时，他又开了几味中药让我煮着吃。

赵医生医术高超，技术精湛，在他的治疗下，换了两次药，十多天伤口就愈合了，浮肿也渐渐消失，2 月底就能下床慢慢走动了。

在治伤期间，我和赵医生建立了深厚的友情，该同志具有高度爱国主义思想，八路军英勇抗日的事迹，使他深受感动。他主动放弃了去石友三部任职的计划，自愿参加八路军，共同抗日。

冀南军区首长得知上述情况后，对赵医生大加赞扬，对他很器重，生活上对他也很关心（当时赵医牛患肺病，组织决定每个月设法给他搞一两斤肉、一两只鸡吃，以保证他的身体健康）。后来，赵医生担任了冀南军区卫生部副部长。

10. 黄河窝里的兵工厂

冀鲁豫抗日武装取得武器的办法有两个，一是向敌人夺取，二是自己生产。因为冀鲁豫占领的地区是交通阻塞、经济落后的农村，工业科学技术落后，很精致的重武器生产不了，但手榴弹这类结构简单的武器可以自己生产。

1933 年 12 月，我军在肥城县东南的葛家台设立了修械所。张俊法、蔡洪雨、梁玉成是当时的领导。那时收了国民党退却时失散在民间的很多陈旧的手榴弹。这些手榴弹，因为受潮之后引信及炸药变质，不爆炸了。正好济南新成兵工厂的工人同志会做起爆药（即雄黄加氯酸钾），就请他来修理这一批哑火炸弹，不到一个月他修理了几百颗，对部队作战很起作用。

不久又吸收了几个旋制棒槌的农村木匠，人工旋制手榴弹柄，请了铸锅工人造弹壳，请农村造爆竹的工人造黑色炸药，半年就造出了新的手榴弹。这个工厂在葛家台一直坚持到1941年。以后搬到黄河以西，仍以简单的办法，坚持生产步枪子弹和手榴弹。

1941年1月8日，杨勇司令员亲自指挥在郓城潘溪渡打了一次巧妙的伏击，全歼了鬼子一个中队和伪军一个大队。这一仗打得很漂亮，在缴获的许多战利品中，特别叫大家高兴的是那门九二式步兵炮。在那时能得到这么一件重武器，是桩大喜事。鬼子损兵又丢炮，十分气恼，曾经集结部队到处找炮。

缴获的这门九二式步兵炮，只有六、七发炮弹，这几发炮弹打光，大炮便成了中看不中用的东西。冬天，二分区首长给了修械所和炸弹厂一项任务：试制九二式步兵炮的炮弹。当时，兵工厂一无机器，二无原料，三无图纸，只能修破枪、造些手榴弹，而步兵炮的炮弹什么样许多人还没见。但听说要造炮弹，情绪特别高，都说："什么东西都是人造的，过去咱们造的手榴弹哑火，现在不是个个开花吗！"

老工人却认为不是那么简单。有的说，炮弹和手榴弹完全是两码事，就算能造炮弹，打得出去打不出去是一回事，打出去炸不炸又是一回事。恰在这时候，军分区曾思玉政委来了。他下达任务，修械所全力投入试制炮弹。炮弹壳用敌人的旧壳，弹头用破轧花机上的生铁回炉，信管里的雷汞从废炮弹信管里挖取。经过无数次试验，一点点摸索，突破了层层难关，最后终于试制出了三发炮弹。

军区决定到李典庄去试炮。第二天一早，工人拉着那三发炮弹到达指定地点。

曾思玉政委已经到了，潘溪渡缴获的那门九二式步兵炮也蹲在那儿。这家伙浑身乌黑，两个轱辘托着炮筒，实在威风。试射开始了，目标是对面土坡上一座小破庙。"嗵"的一声，炮弹飞出去了。阳光下，几十双眼睛眯合着，盯着弹点，等了半天，听不到爆炸声。接着放第二炮，仍然不见回音。第三发又放出去，还是哑弹。人们面面相觑，都绷着脸不吭声。野地里一片寂静。

大家跑过去把弹头扒出来，围着它纳闷。问题在哪里呢？曾政委走近看了一下，说："把它卸开看看吧！"工人把引信管卸开来，秘密揭穿了，原来是撞针的滑道太粗糙，弹簧太软。

曾政委和蔼地说：“找到毛病就好办了，你们再辛苦一番，马上改进。”接着又急切地问：“几天能改好？”

“我们立下军令状，保证三天内完成。”

“军令状不必立，赶快改好，前方正等着炮弹用哩。”

不到三天，改造任务完成了。还是那个试验场，还是那个目标。炮弹飞出炮口，“轰”一声巨响，小破庙被掀掉了一半，工人、炮手跳起来高喊着：“炸了，炸了！”

当时根据地封锁很严，造炮弹的各种原料要靠自己解决。同志们人人动脑筋，个个找窍门。动员民兵去扒敌人的铁路，把钢轨抬回来铸弹头，还到处搜集破铜铸弹壳。最难解决的是雷汞，幸好八拱桥战斗搞到伪军孙良诚部一个工厂，弄到一本有关军火生产的小册子，张所长和工人日夜研究，试制雷汞。同志们真像打仗一样，攻开一个碉堡，又攻第二个碉堡，发明创造层出不穷，大家情绪越来越高。

有个姓范的青年，见别人都能想出办法，自己心里急。一天，他提着十八磅重的大铁锤来到村外野地里，玩命地敲一颗敌机扔下的瞎火炸弹。有的同志看到后，赶忙把他拉住，责备说：“你这愣小子，不想活了！”小范抹着脸上的汗水气呼呼地说：“怕，怕什么！豁上！革命到底，也要把炸药掏……掏出来！”他说得很急，越急越口吃。这个愣小伙子的行动使大家受到启发：是啊，这又是一个门路，把瞎火炸弹里的炸药挖出不是可以装炮弹吗！

经过几个“发明家”研究，想了个安全的办法，把炸弹卸开，放到财主家蒸酒的大锅里蒸。这样，炸药融成液体，就慢慢流出来了。这个办法传开后，同志们到处去搜集瞎火的炸弹。说也奇怪，那一年敌机扔的炸弹，瞎火特别多。也许是日军已到穷途末路，军火生产不顾及质量了。每当敌人的飞机投弹之后，许多人就向弹点奔去。炸了的，拾碎片，没炸的，抬回来。根据地的群众听说瞎炸弹和弹片用处大，也动员起来，洋镐铁锹、粪箕箩筐都用上了。

一天，有位老汉背了一麻袋炸弹皮，来到工厂驻处，一进门便笑哈哈地说：“俺东村找到西村，总算找着咱们的工厂了。”说着提起两个麻袋角一抖，哗啦啦倒出一堆炸弹皮。他还有些不过意地说：“就这一点儿，是俺零星拾掇起来的，原想留着打个锄头、钉耙的，如今打鬼子要紧啊!”

工厂的产量日益提高，开头每月平均生产十发炮弹，随着原料增多，技术熟练，每月能生产三十多发了。那门九二式步兵炮在前线更加活跃，攻坚打据，对着敌人的“乌龟壳”大显威风。

敌人不知道我们有多少炮，说：“八路的炮大大的有!”“土八路会造炮了。”不久，上级又给了兵工厂新任务，不光造炮弹，还要仿造九二式步兵炮，并成立了兵工部。工人从被国民党破坏了的黄河工程区弄来一条大曲轴，切断后先做了个炮筒给那门老炮换了装，紧接着就仿造全套的九二式步兵炮。

三个月以后，全厂同志的辛勤奋斗结了果，一门崭新的九二式步兵炮出厂了。炮筒是火车大轴挖成的，座力簧是蓝牌钢打成的，密封甘油是从蓖麻油中提炼的……有了第一门炮，第二门就不愁了。兵工厂先后造出了四门炮。它们随同我军转战南北，攻城夺镇，立下了赫赫战功。今天，这四门炮中的一个兄弟，还站在北京中国人民革命军事博物馆里。它虽然显得粗糙与陈旧，但却令人深思，令人骄傲。

兵工厂设在冀鲁豫地区的濮县、范县、观城、鄄城四个县城周围，在平原地区建容纳几千人的工厂是不容易的，当然也有它的有利条件：这个地区是冀鲁豫边缘地区，敌人控制困难；这个地区在黄河两岸，自从1938年国民党在花园口掘堤把黄河改道之后，没有了大水，但黄河河床上的黄沙却成了兵工厂掩护的条件。尤其在春冬季，经常是黄沙扑面，对面不见人，敌人是不敢轻易进犯的。大家叫作“黄河两岸度春秋”。工人编了歌谣来描述当时的情况：

平原兵工靠人民，
黄河两岸可安家。
沙扑迷茫敌惧怕，
青纱帐深我安家。
步枪榴弹加小米，
生产战斗有文化。
艰苦奋斗靠觉悟，
必胜信念是灯塔。

11. 战地医院在农家

抗战一开始，有一部分医务人员参加到抗日队伍中来。开始一个队或一个支队，只有一个卫生员或一个医生，逐步扩大为一个卫生所（队），或一个休养所（医院）。冀鲁豫边区抗日部队中的卫生机构，就是这样从无到有，从小到大建立起来的。以后，以分区或旅为单位，都建立起一个或者两个野战医疗所。

1941 年鲁西与冀鲁豫两区合并之后，成立了冀鲁豫军区野战医院。冀鲁豫边区平原抗日根据地与山区不一样，不仅在县城有日军的据点，而且在一些大一点的集镇上也有日本的碉堡。我军的医院就设在敌人的据点、碉堡之间，离敌人碉堡远的三十华里左右，近的只有几华里。在这样的环境中，要把医院办好，军区做了六项规定：第一，要保密，要隐蔽办医院。第二，工作人员不能穿军衣，要装扮成老百姓。第三，伤病员不能集中生活，要分散到许多村庄去，与老百姓同吃同住。第四，医院医生护士到各村庄去看病、换药，携带药品、器材等都要伪装成走亲戚或赶集的样子。第五，伤病员的转移，要利用夜间进行。第六，各所医院都设有联络站。

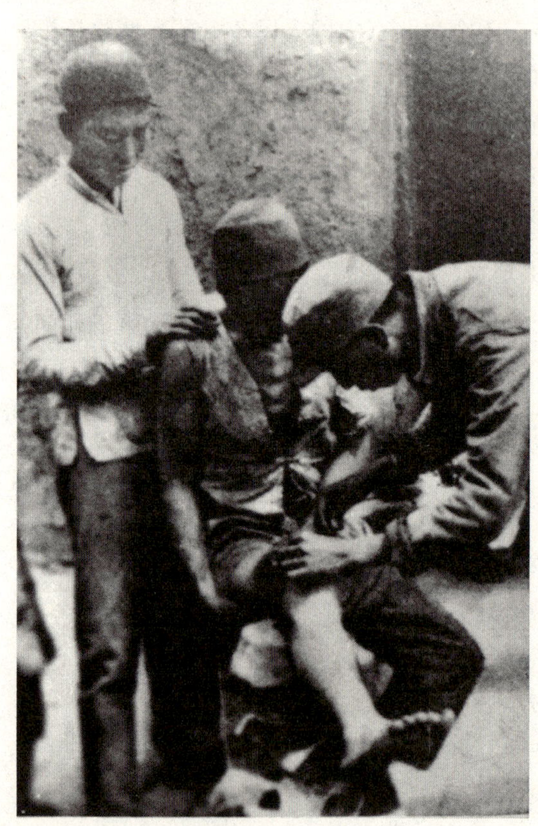

部队医务人员为群众治病。

冀鲁豫军区野战医院有一个领导机关——院部，还有一个手术队。医院有医生、护士以及政治、行政、药材人员等五十多人，管辖三个野战医疗所。伤病员分散在群众家里。群众很关心照顾子弟兵，但受到条件的限制，一般好点的也就能吃上高粱、窝窝头、小米稀饭或粉浆酸汤。这对伤病员治疗和恢复健康，特别是对重伤病员的恢复是不利的。

医院常常相对集中，由自己的炊事员煮饭、做菜，把生活搞好些。一次打了胜仗，军区派人送来一些大米。医生不敢喧嚷，想让伤员多吃点。但伤员对老百姓的感情很深，谁也不愿背着老百姓自己吃。饭做好以后，自己不吃，把饭全部送给了房东的老人和小孩。

医院的第三所住在梁山的东平湖畔戴庙一带，那里鱼很多，生活也较好。只要是日军来“扫荡”，就把伤病员抬到小船上，分散到湖里许多小岛上去。

第二所住在南乐、清丰、观城边缘地区，那里的群众基础好。1942年的4月初，住在南乐东边的西节村及附近的几个村子里。这里距千口集敌碉堡不足十华里。日军“扫荡”时，部队就把一些伤病员送到千口的敌碉堡附近去。在敌人的眼皮下，倒比其他地方安全些。

医院的第一所原址在内黄县以南的沙区，这里是根据地主要后方，东西南北有几十华里，到处都是沙滩，庄稼难以生长。可是，枣树生长得很茂盛。在一片枣林中，只有几条道路，两边的枣树枝伸展开来，人可以过去，牲畜车辆就难以通过。军区的后方就驻在这沙区的中心地区。第一所先驻在杨堌一带，后驻东西路洲，离敌人的碉堡三十华里。伤病员多分别集中起来自己起火做饭，在治疗护理上也比较方便。

1941年4月12日，日伪军向沙区进行合围“扫荡”后，沙区作为后方不可能了，就把第一所迁到濮县、范县、观城一带。这三个县除敌人“扫荡”临时到过外，平时很少来，当时成了冀鲁豫根据地的中心，边区的党政军后方多驻在这里。医院第一所伤病员住在范县的三五个村庄里。一有敌人“扫荡”消息，伤病员就很快分散到各个村庄老乡家里去。

为了分散对付敌人的“扫荡”，一个所的伤病员有时分在十多个村庄，在二百多户群众家里同吃同住，医生统一进行巡回医疗护理，骑一辆自行车，查一次病房要三天。下去以后，医生还要找村长和群众座谈，对伤病员还要做思想工作。办好医院唯一的办法就是依靠群众。离开了群众，就无法生存。当地党和政府都给各个村庄的人民群众做了许多工作，既要保密又要保护医院。伤病员不论住在哪一家，都把那里看作自己的家，无论哪一家，也把伤病员当作自己的亲人，真是军民不分家，军民一家亲。

医院坚定地依靠群众，人民群众保护医院。“九·二七”大扫荡时，医院的人就没有被敌人捂到“口袋”里去，损失比较小。但也有少数群众被日军屠杀，他们宁死不屈，没有人说出伤病员的所在。

12. 战火中的抗日学校

“暗无天日重庆府，光明社会陕甘宁。”这是当时的鄄城人民写给鄄城抗日中学的一副楹联。

战前，冀鲁豫地区人民生活贫困，文化教育落后。有些地区，相连的几个村没有几个识字的人。群众遇到写柬帖、契、书信等，要跑几里以外的地方求人。无文化、不识字使劳动人民吃尽了苦头。每逢春节书写对联或请祖写牌位，外出求“圣人”的事司空见惯。

抗日政府建立后，在参加革命的干部和工作人员中，也常因文化低或没有文化而出现笑话。县敌工站一个情报员给军分区写情报时，把“城里增加了二十个鬼子”写成了“城里增加了二十个兔子”。军分区司令员张刚剑看了情报大笑，打趣说：“城里增加了二十个兔子，我派三十只猎犬去吃掉它们。”一区有位雇工出身的干部没有文化，去县里开会以图画代笔记。上级布置军事，他画一个人拿着枪；布置征收公粮，征高粱，他画棵高粱；征豆子，他又画一粒豆子；征苞谷，他再画二棵苞谷；征杂粮，他就每种粮食画一棵，最后画一个大圆圈圈起来。这种记事方式除他个人外谁也看不懂，用他自己的话说，这种笔记最大的好处就是“保密”。

抗日根据地初步形成以后，就在中心区的农村兴办了抗日小学。随着抗日根据地的巩固发展，抗日小学逐年增多，至抗日战争胜利时，全区共办起抗日小学五百余处，参加学习的学生达三万余人。广大青少年，包括青抗先、儿童团、姊妹团的成员大都参加了抗日小学学习。同时，还开办了夜校、识字班、冬学，进行全民性的文化教育。在农救会、妇救会、青救会、民兵组织的带动下，全区的男女壮年、老年纷纷参加学习，受教育的人数达二十余万。不仅农村的学龄儿童能入学读书，而且有些老年和中青年也都有读书识字的机会和场所。在学习中还不断涌现出父教子、子教父、夫教妻、妻教夫和兄弟姊妹互教互学的新人新事。学文化、求进步、长知识、懂道理，在解放区的广大农村中蔚然成风。

解放区文化教育事业的发展和普及，给广大农村带来了一派欣欣向荣的新气象。儿童团、姊妹团的团员和青救会、妇女会的会员，既读书，又演戏，是学生，又是演员，他们活跃在课堂上、田野和村庄中，正如当时流传的楹联所叙，“读书声，唱歌声，锣鼓声，声声震耳；天在变，地在变，人在变，万家更新”。

人民有了文化，如重见天日，扬眉吐气。

鲁西南地区早期影响比较大的“抗大”式学校，是1939年八路军冀鲁豫支队在曹县西北桃源集一带创办的冀鲁豫军政干部随营学校。冀鲁豫支队司令员杨得志兼任校长，在鲁西南地区招生开课。后学校转移到菏泽南部的千王村，学员逐步增加到五百七十多人。

1943年7月，鲁西南地区的最高学府——齐滨中学成立，后改称冀鲁豫边区第三抗日中学。同年10月，湖西地区的冀鲁豫边区第二抗日中学师生转移到鲁西南地区，与第三中学合并，改称冀鲁豫边区一二联中。抗日中学和抗属子弟学校都没有固定的校址，他们活动在曹县西北部、菏泽与定陶西南部、东明东南部的广大农村。学生的生活条件和学习条件都很差，没有固定的教室，晴天在树林里上课，阴雨天在祠堂或庙院里上课。借用老百姓的门板当黑板，坐在背包上，双膝就成了写字的桌子。

平时，一天只能吃上两顿小米饭，在困难时期只能喝上两顿稀饭或菜汤。遇到日伪军“扫荡”，学生就分散隐蔽，“扫荡”过后再集中起来学习。课程有军事、政治、语文、数学、历史、地理等。地委对教育工作非常重视，地委书记刘星、张承先都亲自到齐滨中学讲课。学校按照“抗大”式的教规，做到生活军事化，行动战斗化，作风群众化，严格执行“三大纪律八项注意”。他们既是学生又是宣传队、工作队，使抗日根据地形成一个全民性的学习文化热潮。

在红三村我们还听到这样一个故事。

1940年冀鲁豫边区五地委在曹县、定陶之间建立了一所军烈子弟小学，有二百多名军人子女和烈士遗孤前来学习。由于当时属于拉锯战时期，敌来我往，斗争复杂，加上孩子小，学校无法随部队行动。附近的群众想了一个办法，为每一个小学生在附近村庄找了一个干爹干娘。敌人不来就集中上课，敌人来了，孩子们就回到干爹干娘身边。

六七年过去了，子弟学校先后接纳近千名孩子，敌人扫荡无数次，却没有一个孩子受到伤害。毕业时，不少孩子已记不清亲生父母的模样，倒是和干爹干娘亲如一家。

1940 年 7 月，石文礼考进了鄄城抗日中学，这个学校有不少干部子弟，如中共二地委前任书记梁仞仟的妹妹梁洪波，后任地委书记万里同志的妹妹万云、万灵等。他们年龄虽小，但不怕艰苦，敢于斗争。他们因陋就简，没有书本自己抄，没有教室用地窨，没有笔和纸用木柴棒或石灰块在墙上写、地上画。大家共同的心愿是只要能读书，就不能怕吃苦。从鄄城中学毕业后走向革命工作岗位的学生，在新中国成立以后绝大多数都成了领导或专家。

石文礼鄄城抗日中学毕业后，参加了革命，后随军南下，成了贵州省高级人民法院院长。有不少的学生在战场上英勇牺牲，为中国人民的革命事业做出了贡献。

2000 年我们采访石文礼，他说："每逢想到抗日中学的艰难时光，就情不自禁地产生出无限的革命情思。特别是当看到现在年轻人的幸福生活时，这种思念之情，就更加深切。有时脑子里不由自主地出现一个问号：现在条件优越的孩子们啊，你们是否知道这些往事呢？"

13. 摧不垮的交通线

抗日战争时期，在冀鲁豫区内有两条重要交通线。一条是沙区秘密交通线，沟通冀鲁豫同太行山两大抗日根据地之间的联系。一条是湖西区交通线，这条交通线，东起津浦铁路沙沟车站西的彭楼，西到湖西单（县）虞（城）根据地，水路十五公里，陆路一百公里。可以连接中共山东分局和冀鲁豫根据地，直至太行、延安。

1942 年初，冀鲁豫军区派军区联络部副部长王乐亭到沙区组建了沙区办事处，大力开展对卫河西岸地区和平汉路沿线的敌伪军的瓦解工作。

在安阳、汤阴、浚县等地区，开辟了通过敌占区的秘密交通线，进一步沟通冀鲁豫同太行山两大抗日根据地之间的联系。保证了我华东、华中、冀鲁豫抗日根据地的人员和物资的往来。

1942 年以后，我党我军的许多领导干部都往返于这一条秘密交通线上。刘少奇、陈毅、肖华、杨勇等同志都先后从这里经过。

1942 年秋天，刘少奇由苏北新四军军部赴延安时，途经冀鲁豫边区。为了安全，刘少奇说服了他的警卫人员，决定分散秘密通过平汉铁路，由王乐亭具体负责护送刘少奇的工作。王乐亭首先向驻安阳崔家桥的伪军头目王自全打招呼，佯称有一位大学教授来自山东，要经过这里到延安去参观，要求王自全保证通过时的安全。王见我方重视，而且又是一位学者，于是就派了他的专用轿车和卫队，从辛村一带将刘少奇、王乐亭等接到崔家桥，然后送过平汉铁路，直抵我太行山根据地。

陈毅也是化了装，经过这一条交通线西上太行，然后转赴延安的。

这一条秘密交通线除了掩护大量我党、政、军领导人通过敌人封锁线以外，还向根据地运送了许多重要物资，如从敌占区采购来的棉花、药品、煤油以及弹药等。采取的方法是通过伪军和有势力的商人，使他们有利可图，将根据地出的红枣、花生、核桃、水果等运往敌占区，然后换回上述物资。单是各种子弹就从敌占区里采购了几百万发。

冀鲁豫边区在安阳县的辛店还开设过一座货栈，以合法形式经营根据地急需的物资，如货币、弹药、书、报、文件、器物等。采取的方法多以经商为掩护进行运送。1944 年春天，由太行山运送三千发炮弹到冀鲁豫，就是以做棉花生意为掩护，将炮弹藏在棉花中，由马车载运，浩浩荡荡通过了一百多华里的敌占区。

1943 年 7 月间，八路军解放林南地区以后，冀鲁豫通向太行山的距离缩短，于是又开辟了由沙区到林南一带的秘密交通线。这一条交通线所通过的敌占区全长一百华里。

1945 年春，邓小平由冀鲁豫返回太行，就是从这一条交通线上通过的。

这期间，在党校参加整风的许多干部陆续回到冀鲁豫。他们身体比较弱，有些是妇女同志，不便夜间行动。就在交通站预备了各种化装衣物和骡马给通过敌占区的同志使用。在交通站化好了装，天亮以后便以各种身份在敌占区里通行。虽然敌人层层封锁，但都无法对付我们的“七十二变”。人民群众的帮助使我们取得了一次又一次胜利。

1940年底，鲁南区党委指示沛（县）滕（县）边地下县委，无论如何要建立一条湖上交通线，主要负责接送过往干部，转运物资。这是抗战最艰苦的岁月，湖西党组织指示，要在敌人眼皮底下确保我过路干部的安全。湖西地委委派孙新民、老红军胡桂林到微湖大队分别担任政治委员和副大队长。

孙新民来到微湖大队后，同大队长张新华对盘踞在湖区的伪、顽势力逐个进行分析，认为伪团长尹洪兴比较好争取。尹洪兴驻扎在夏镇一带，像一扇铁门扼守着交通要道，若将其争取过来，对我开辟交通线十分重要。沛（县）滕（县）边县委首先派共产党员刘家廉打入伪军当军医，然后利用工作之便同尹洪兴直接建立了关系。

此后不久，孙新民冒险深入虎穴，同尹洪兴进行了谈判。孙新民义正词严，理直气壮地宣传我党的抗日主张，尹洪兴权衡利弊，答应撤掉南庄附近几个据点，双方达成了互不为难、互不侵犯协议。

“大门”打开了，我湖区交通线建立起来了，微山湖区交通线是山东、华中通向延安的唯一通道。这条交通线安全护送了包括刘少奇、陈毅、朱瑞、肖华、罗荣桓、陈光在内的一千多名往返于苏北、鲁南、延安的我党中高级领导干部，为抗日战争的胜利做出了卓越的贡献。

1942年7月，刘少奇视察山东后，在张爱萍、曾国华等陪同下，过微山湖去延安。这天傍晚，微湖大队护送刘少奇越过微山湖，同湖西军分区派来接刘少奇的骑兵排相遇。两队人马共同护送刘少奇等到达湖西地委驻地终兴集。

刘少奇在湖西地委停留时，对进行减租减息、开展统一战线工作和发展群众武装等做了重要指示，对湖西根据地的工作起了巨大的推动作用。1942年的秋天，山东分局和第一一五师领导机关研究决定让肖华前往太行山，向中共中央北方局和八路军总部汇报工作。肖华等人换上便衣，在铁道游击队的掩护下，经过一晚上的夜行军，赶到枣庄、峄城，奔波一宿，赶到南沙河。当天夜里，张新华带领微湖大队队员护送肖华渡过微山湖后，马不停蹄，又走了七八里地，遇到湖西军分区司令员邓克明和政治委员张国华派来接肖华的骑兵排。鸡叫时分，肖华一行顺利赶到湖西军分区司令部。

抗日战争时期，陈毅曾两过微山湖。一次是 1943 年的冬天，由铁道游击队的刘金山和政治委员杨广立亲自护送过微山湖。第二次是 1945 年抗日战争即将结束时，陈毅从江西返回湖东，去山东分局的沂水。抗日战争时期，在严酷复杂的环境中，通过湖西区交通线，护送了众多的干部，传达了数以千计的情报，奇迹般地没出一次差错，这是湖西区党、政、军、民对抗战胜利做出的突出贡献。

14. 边区小延安

1940 年 9 月初，驻在“红三村”的八路军第一一五师教导第七旅奉命北上，参加直南反顽战役，只留下鲁西南地委机关和一支有二百支枪的武装部队在这一带坚持斗争。

鲁西南是冀鲁豫抗日根据地的南大门，是控制陇海路的一个前沿阵地，战略位置十分重要。因此，我主力部队北上后，盘踞在鲁西南的国民党顽军趁机猖獗起来，他们纠集土匪、地主武装约计七八千人，从四面八方侵入以安陵集为中心的鲁西南抗日根据地，妄图消灭鲁西南地委机关及抗日武装，扬言要“马踏‘红三村’，铲除共产党”。

在国民党顽军的猖狂进攻面前，鲁西南根据地的军民进行了英勇顽强的自卫反击。但终因敌我力量悬殊，根据地一天天缩小，眼看就只剩“红三村”了。局势十分严重，顽军则得意忘形，白天黑夜叫嚣：

“‘红三村’成了孤岛，不用两天就把它淹没了。”

“共产党鲁西南根据地，如今一枪就能打穿，‘红三村’就要完蛋了！”

“共产党的老窝已不堪一击，在‘红三村’召开祝捷大会指日可待！”

9 月 15 日，地委召开了紧急会议，地委书记戴晓东严肃地对大家说：“眼下局势对我们十分不利，北面有国民党山东省菏泽专员公署专员孙秉贤、菏泽县县长张志刚部；西边是国民党考城（今属河南省兰考县）第九支队司令胡金全（外号胡罗头）部；东南两面是国民党曹县党部书记王子魁、民权县地头蛇张盛泰部；东北方向是定陶县国民党头子王子杰部；东南方向是国民党顽军石福起、王四油馍等部；西南方向系考城地主武装马逢乐部，顽军四方压境，我们应该怎么办？请大家谈谈看法。”戴书记话音未落，有的同志就抢先发表了意见：“把武装拉走，党的工作转入地下，待主力回来再公开活动。”

多数同志不同意这种意见，他们认为，本来我主力北上对群众坚持斗争的情绪就有所影响，如果再把留下的武装拉走，党的工作转入地下，就会更加动摇群众的斗争信心。我们必须坚持公开斗争，我们地委还在，有党的领导；有一支经过长期斗争锻炼的二百多人的武装；“红三村”的广大群众有着坚定的斗争信心和丰富的斗争经验；还有周围数十个村庄的支援。顽军虽有数十倍于我的兵力，但他们来自两省五县，分属不同派系，各有各的地盘和目的，是一群乌合之众，只要我们审时度势，正确领导，就能将斗争公开坚持下去。戴书记听了大家的发言，坚定地说：“‘红三村’的存亡，关系着鲁西南抗日根据地的存亡，我们一定要坚持到主力打回来。”接着，大家议定了坚持公开斗争的方法：一是加强党的领导，充分发挥党员的模范带头作用；二是进一步动员、组织、武装群众；三是开展统战工作，分化瓦解顽军；四是坚壁清野，修筑防御工事。随后进行了分工：戴书记和宣传部长袁复荣率地委机关大部住伊庄指挥全局；武装部长宋励华率游击队和曹县县委、县政府住曹楼伺机行动；民运部长于子元住马集一带，进行群众工作和统战工作；独立团团长张耀汉率部机动活动，伺机打击敌人；组织部长王健民和机关的其他同志住刘岗，带领群众和一百多名武装民兵坚持斗争。

大敌当前，“红三村”人民的杀敌怒火愈烧愈旺。刘岗村两千多群众，在一百五十名共产党员的带领下，敲着锣鼓，举着旗帜，喊着口号，拥入街中心的广场，举行了“保卫‘红三村’誓师大会”。会场上，人头攒动，刀枪林立。总支部书记刘同勤当场宣布了总动员计划。青年代表接着说：“我们青壮年都捆好了行李，就等着集中编队命令，定叫顽军有来无回！”

“说得好！”妇救会主任向大姐，没顾得上台就开口了，“男的没了，女的顶上，只要‘红三村’有一个活人，顽军就别想往这里伸腿！”另一个妇女也大声说：“后勤工作咱们包干！男人们，你们放心地干吧！”

手执红缨枪的儿童团员一蹦跳上台说：“我们儿童团站岗放哨，抓坏蛋！”王健民趁热打铁，当场就编成三百人的守寨队，并选举成立了以刘秀生为指挥长的战斗指挥部，其余不分男女老少，都参加了纠察队和后勤队，没有一个闲人。

刚要宣布散会，忽听有人喊道："慢着，我有话说。"

大家一看，原来是刘琦老大爷。刘大爷鬓发花白，老当益壮。过去抗过官兵，闹过县衙，是个"豁出一身剐，敢把皇帝拉下马"的硬汉子。因为他为人正派，敢作敢为，心细胆大，多谋善断，所以很受人尊重。

刘同勤说："刘大爷，有话就亮出来吧！"刘琦老人"咚"的一声跳上碾盘，指着村外说："你们听，顽军在村外四处打枪，一心想把咱的根据地搞掉，咱要给他点颜色瞧瞧。依我看光有组织不行，还得有个纪律。第一，顽军打来，不许离开岗位，要不就是临阵脱逃；第二，不准私自到敌区串亲戚，免得泄露军情；第三，一旦有事，三村互相支援。"

刘琦的建议博得大家一阵喝彩，当时就在大会通过之后，报请地委批准，把它作为"红三村"特别时期的纪律。晚上，伊庄和曹楼都派通信员送来信，说那里的"誓师大会"也开得很火热，群众已经组织起来了。三村人民这股同仇敌忾的气概让人们热血沸腾。

一切准备妥当，一场顽强、巧妙的斗争就此展开了。

三村原来都有围寨，寨墙外有深壕。为了加固坚守，都把壕掘深至丈余，壕壁上挖了通向寨里的暗道，加高增厚了寨墙，寨墙上置有土枪、土炮、长矛、砖石、瓦块，墙垛上备有滚木和礌石。寨墙上每隔二三十步远悬挂一个上面带罩的灯笼，寨上可以清楚地看到下面，下边却看不到寨上。另外，三村间还挖了交通沟。

根据顽军深入我根据地的情况，地委决定派一些县、区干部插到顽军占领区去，发动群众空室清野，抗粮抗捐，以拖住敌人后腿，减轻"红三村"的压力。

首先吃到我空室清野苦头的是北边进驻菏泽、曹县两县共管的安陵集村的孙秉贤和张志刚。当时时近初冬，天气渐冷，孙、张部贴出征粮索衣的布告，没人去看；挨家翻箱倒柜，也是空空如也；更要命的是找不到向导，两眼漆黑，经常遭到我游击小组的伏击。不几天，顽军又冻又饿，狼狈至极。老百姓见了心中大快，趁势放出风声说："'红三村'的八路军在绑梯子，要攻打安陵集啦！""杨得志的队伍从北边开回来了！"张志刚听了吓破狗胆，像"空城计"中的司马懿一样，急忙命令他的喽啰“后退四十里安营扎寨”，再也不敢前进一步。“红三村”北面的威胁就这样解除了。可是西边的反顽斗争却遭到了破坏。一天，曹县天爷庙王庄的王四大爷气喘吁吁地跑来报信：

“反顽搞不下去了！”

老人是区长王文杰的父亲，是位有名的抗日老人，常接待我们的过路干部，给我们传送情报，这次西边反顽中心点又安在他家里。他过去在对敌斗争中从没有皱过眉，叫过苦。宋励华说：

“四大爷，先喝口水，有话慢慢说。”

老人喝了水，呼吸逐渐平静下来，说道：“你认识我们那里的红枪会头子吗？”

宋励华点点头回答：“见过面，他怎么样？”

“那小子是日本人的狗腿子，又和土顽马逢乐有勾搭，整天抓人打人，我们的几个骨干都被抓了去，至今不知下落。弄得乡亲们不敢到我家来开会，这可怎么办啊！”

宋励华听了，微微冷笑了一下，接着对四大爷说：“你先回去，我想办法收拾他！”

说着，宋励华把他的助手王法礼、刘广来几个小伙子叫在一起，嘀咕一阵，然后对大家说出他的办法。大家听了不禁拍手叫绝：“妙，这叫飞行判决！”

当天黑夜，他们几个人穿上便衣，腰别驳壳枪，飞身上马，直奔王庄，赶到王庄一看，那个红枪会头子不在，宋励华有点幽默地说：“老远跑来‘拜访’，他倒不照面，太不够朋友了！”

正说着，一位老乡跑来报告说：“北边菏泽县的周集村唱大戏，那小子正坐在雅座里哩！”宋励华“唰”地抽出驳壳枪，问道：“没弄错么？”

“我亲眼看见的！”

“好，好，好地方！当场枪决，还省得咱们召开群众大会哩！”他转头对同志们说：“事不宜迟，跟我走！”

一行人飞身上马，疾驰而去。到了村内的戏台前，宋励华留下几个人在外边接应，自己只带一个人穿过人群，直奔雅座，一手就揪住了红枪会头子的衣领，像提小鸡一样，把他从座位上拉下来，用枪点着他的脑袋，喝道：

“你可知罪?”

这小子正看得着迷，哪料到这一手，顿时傻了眼，结结巴巴地说：“兄弟……不……不知道犯了什么罪!”

这边一嚷，全场观众都扭过头看起热闹来，宋励华一见正是扩大影响的好机会，就大声说道：“你不知道我告诉你，‘红三村’人民法庭因你破坏‘反资敌’运动，依法判处你死刑，立即执行!”群众一听“红三村”来人了，立刻闹闹嚷嚷，呼喊起来：“枪毙！枪毙!”宋励华同志说：“乡亲们，共产党就在你们身边，给你们撑腰，放心大胆地干吧，坚决不给敌人一颗粮食，一两棉花。”“饿死他们，困死他们!”群众喊起了高昂的口号，就在这口号声中，红枪会头子被拉出去枪毙了。

这件事大煞了敌人的气焰。

这样，宋励华他们骑着快马，在西部敌占区里神出鬼没地穿来穿去，处决了一批汉奸和坏蛋，打击了敌人的气焰。汉奸和顽军们从此人人自危，互相告诫：“安生点吧!”

群众看在眼里，喜在心间，曾一度受挫的“反资敌”运动又热火朝天地搞了起来。

东南面的王子魁部最为反动，对我挑衅从未间断。虽经多方争取，但王子魁顽固不化，誓与人民为敌到底。我党几次派出发动群众的干部，都险些落入他手。争取无效，不得不集中力量打击之。白天他们打来，晚上我们打去，来回拉锯，形成胶着状态。

随着寒冬的到来，生活越来越艰苦了。村内储存的粮食将近用完，饥寒威胁着“红三村”。因此，地委发出指示，要求共产党员、积极分子们，束紧腰带，拿出一些粮食分给群众。全村上下半饥半饱地坚持着斗争。妇救会刘大嫂的大儿子在守寨队，小儿子在儿童团，每天只能喝上两碗玉米糊糊；单身汉杨大爷，不仅缺吃少穿，回家还要睡凉房冷炕。但是，他们仍然是起早贪黑地守寨、巡逻，到顽军占领区去瓦解敌人，没有丝毫松懈。地委每天要给坚持在顽军占领区的各县委送信。不论刮风下雨、黑夜白天，也不论任务分到谁身上，二话不说，拿上信就去。天寒地冻，刘岗的向大姐带着妇救会员，把在全村募集来的棉花和旧布，做成上百件棉坎肩，送给守寨队。更令人感动的是房东刘彩云老大爷，过去他们全家和地委干部都是在一起吃饭的，这个时期，他总是找借口和干部分开吃。原来，他把玉米饼子端给大家，一家老小却背着干部喝稀粥。

一天深更半夜，王四大爷又找到领导说："我无事不登三宝殿，来报个信。俺邻居到保安旅看亲戚，听说他们明天要攻打'红三村'，你们得早做打算。"

对此，"红三村"早有准备。经过研究，决定改变一下过去硬顶的打法，把敌人放进来，关门打狗，彻底歼灭。忙了一夜，万事就绪，民兵们鸦雀无声地埋伏下来。

白等一夜，让人家曹楼那边先打上了！

"咱刘岗可是一场空欢喜！"

刘琦老大爷八字胡一翘："吵什么？曹楼也是共产党的天下，曹楼打顽军，咱们去抄后路，不是一样吗？"

曹楼也是寨门大开，里面静悄悄的。王子魁的部下卢朗斋率保安团几百人，赶到村口停下来，以为人都跑光了，便命令部下进村烧房。

守寨队员们严密地注视着敌人，等敌人走到街中心，房上、墙头的土炮、步枪齐鸣，打得敌人措手不及，抱着脑袋往回退缩。卢朗斋眼睛冒火，把手枪一举："冲，冲，冲上去官升一级，赏大洋二十块，是袁大头！"被吓破了胆的顽军根本不听这一套，仍从原路撤退。这时，鼓声震天，杀声四起，伏击队一闪而出，一百余名手执大刀、长矛的健儿，堵住顽军的去路。长矛对刺刀，与顽军激战足有半个小时，顽军且战且退，撤出曹楼在一块田地里整理队伍。刚一停脚，宋励华带着游击队又杀过来，短兵相接，就地展开激战。

这时，刘岗民兵根据"一村有情况，各村齐支援"的规定，立即出援，小伙子们跳过墙头，海潮一样地涌过去。刘琦老大爷也在人群中边跑边喊："冲啊，不要放跑一个敌人。"

宋励华他们正和顽军战得难解难分，见援兵赶到，士气大振，顽军见势不妙，又向伊庄方向窜逃。谁知伊庄民兵也已"恭候"多时，当即开枪阻击，又杀伤一些顽军。这样，顽军处处挨打，晕头转向，顾不上还枪，不敢停脚，丢下大量死尸和枪支弹药，四散奔逃。

这次战斗的胜利，进一步壮大了"红三村"民兵的力量，更加坚定了胜利的信心。"红三村"群众敲锣打鼓，欢庆胜利。他们幽默地说：

“可惜没叫王子魁来参加咱们的祝捷大会!”

斗争坚持到1941年1月初，“红三村”的处境越来越危急了。不仅衣食、弹药、医药日趋困难，而且敌情亦更加严重。一天，菏泽专员公署的同志报告：河北游击总指挥孙良诚（该部约一万人，时驻定陶县东北）秘密联络各路伪顽军，商议攻打“红三村”。

在此危急情况下，地委决定派戴晓东同志去找中共冀鲁豫区党委和冀鲁豫军区汇报，以取得指示和援助。戴晓东同志一路上忍饥挨饿，历经艰险，终于找到了区党委和军区。1941年1月26日，他随同教七旅第七、八团返回根据地，并带来了上级的指示和款项。

我军主力回来后，连打了几仗，消灭王子魁、石福起大部，其他各路伪顽军惊恐万状，不打自退，从而为“红三村”解了围，把敌人赶出了鲁西南根据地。

春风吹醒了大地，阳光驱走了严寒。从1940年9月到1941年1月，鲁西南抗日根据地经历收缩——坚持——打出去的艰苦卓绝的斗争，终于迎来了灿烂明媚的春天。

“红三村”斗争能坚持如此长久而以胜利结束，不仅因为有党的坚强领导，有干部的信心、决心，更重要的是党群一心，生死与共。当斗争最艰苦的时候，妇女们给部队送来白馍，小孩子给自己的爸爸拿烟送茶，敌情最紧张时，全村老百姓都动员起来，老大娘鼓励着自己的儿子，妻子鼓励着自己的丈夫。

当夜幕降临时，三个寨外的大树枝上都挂上了红灯笼，远远望去好像摆出十里红灯阵。微风轻轻吹来，灯笼在树上左右摇摆，敌人在半里之外也能被我们发觉。更巧妙的是群众在灯笼下树林子里，都撒遍了芝麻秸（当地人叫龇牙草），只要敌人的脚踏上芝麻秸，就发出一片响。“敌人踩住龇牙草，咬住脚板跑不了”。

当夜间战士站岗回来，走进房东家里自己的住屋后，便听见堂屋大娘、大嫂、姐妹们的纺车嗡嗡声，而且一面纺，一面齐唱着抗日救亡的小曲。她们唱，战士们也和着唱。

她们唱：“叫声同志们，听我把话讲，日本小鬼来到咱家乡，我的同志呀!”战士们和着唱：“来到咱家乡，杀人又抢粮，八路军坚决把他消灭光，我的大娘啊。”每个日日夜夜，自卫队员们都轮流上寨，年轻的妻子鼓励丈夫，老太太鼓励着自己的儿子上围寨去放哨，说："八路军帮咱们减了租，咱们才多分一些粮食，过上好日子。要是顽军打进来，咱们老百姓又得受顽军的压迫了。"

还有些老太太每日早晚烧香拜佛，求神保佑八路军和她们的儿子平安，保佑他们打胜仗，不要受伤，让顽军死光光。当老太太们看到宋司令和战士们赤脚单衣在深夜里卧雪监视敌人，都感动得流泪，鼓励自己的儿子和八路军同生共死。

15. 鄄城的民主民生运动

1942 年 1 月 28 日，中共中央政治局通过了《中共中央关于抗日根据地土地政策的决定》。

2 月 6 日中央又在党内发出了《中央关于如何执行土地政策决定的指示》，这两个文件要求在各根据地发动群众，掀起大规模的减租减息运动。

6 月 30 日，中央北方局发出了《对目前冀鲁豫工作的指示》，要求边区党政军把发动群众作为中心工作。根据中央和中央北方局的有关指示，冀鲁豫区党委于 1942 年 7 月初召开了民运工作会议，决定在边区开展民主民生运动。

1942 年冀鲁豫边区群众工作滞后，实际上是敌后抗日根据地的一个具有普遍性的问题。邓小平在 1945 年 6 月曾指出，"晋冀鲁豫区过去最沉痛的教训是在 1940 年、1941 年没有真正执行中央 1939 年冬天关于群众工作的指示"，"这影响到我们根据地工作的深入和巩固"。实际上，边区群众运动没有广泛、深入地开展起来，是由多方面原因造成的。抗战前期，党政军领导全神贯注于军事问题，没有将开展民主民生斗争作为中心环节来抓。各行政区域在战争中经常变动，处于不稳定状态，有些地区存在着抗日民主政权与国民党旧政权并立的局面。严重自然灾害的侵袭和敌人的"扫荡""蚕食"影响着民主民生运动的开展，造成社会秩序的动乱。归根结底，是对开展民主民生运动的必要性认识不足。

1942 年 9 月中旬，刘少奇在由华中到山东分局返回延安途经冀鲁豫

1942 年 4 月 10 日，刘少奇（左三）到山东抗日根据地指导工作时与中共山东分局领导人合影。

边区时，就革命战略和策略及当前工作作了指示。他指出，我们对敌斗争的形势将日益复杂、严重，艰苦的局面还在后边，如果不迅速地把群众发动起来，给群众以看得见、摸得着的物质利益，就很难得到群众广泛的、长期的支持；如果得不到群众的支持，根据地就不能巩固。总有一天，敌人会把我们挤垮、赶走；没有牢固的群众观念，不搞减租减息，就是机会主义。

之后，冀鲁豫区党委立即决定把民主民生运动作为全边区中心工作，并决定派工作队先在范县、濮县搞试点，总结经验，而后在全区普遍开展。

1943 年 4 月，运西地委总结了两县运动。区党委书记黄敬在总结大会上做了发言：

保证群众运动发展与深入的中心一环，是发扬民主主义的精神。民主主义是什么呢？一句话就是用平等的精神来待人。

但在根据地党内还严重存在着与民主主义思想相对立的封建专制主义的思想。封建专制主义思想的本质是“英雄主义”和“奴才主义”。

封建统治阶级为了有效地进行统治，极力宣扬封建等级思想，要每个人都当“英雄”，同时，又要每个人都当“奴才”。在这种思想熏陶之下，封建官僚队伍的成员产生了一个明显的标志：上馋下骄。对上司，是一个可怜的奴才。把上司当作偶像来崇拜，上司的一切都是对的，都是神圣的，即使对上司的错误也奉迎巴结。对下级，又是一个威严的主子。把上司对待他的一套又完全施加在下级身上。

这样，上馋下骄就成为封建社会为人处世的良好法宝。所以，往下看压迫一层比一层凶，痛苦也一层比一层重；往上看服从一层比一层顺，统治也一层比一层“和平”。

封建专制主义思想在文化上的表现就是迷信和武断，统治者造就各种各样的偶像让奴才们迷信地崇拜着。有了这种迷信的崇拜，就可以使人们对新的事物采取武断地拒绝。不是许多新思想被统治者以“异端邪说”而武断地“扑灭”了吗？这种思想上的迷信和武断，造成了无数的“愚民”。众多的“愚民”就顽固地保守着社会现状。

于是，这个世界虽然是活的，但是人们的思想却死了。数千年来，中国人民就生活在这死水一般的黑暗、贫困、愚昧的社会之中。……“英雄主义”和“奴才主义”在党内的反映是，把党的干部等级化；思想上的家长制、压制民主精神；工作方式上的包办代替、强迫命令。

黄敬的讲话，对到会人员乃至全边区的干部是一次深深的触动，对某些干部则是一次民主主义思想的洗礼。今天笔者之所以不厌其烦地引述黄敬五十年前的讲话，是因为黄敬所阐述的思想，至今仍有强烈的现实性。

黄敬在冀鲁豫边区的两年间，先是任区党委书记兼区政治委员，后任分局书记兼军区政治委员。他是在冀鲁豫区最困难的时候到来的，又是在边区猛烈发展的大好形势下离开的。他对边区抗日根据地的巩固和发展做出了巨大贡献，在边区军民中享有极高的威望。

1942 年冬，地委派运西抗联分会组织部长纪登奎到鄄城，参与对全县民主民生运动的领导。1943 年 2 月，地委书记段君毅、副书记万里针对对敌斗争和民主民生运动做了具体指示。因为这次会议对鄄城县党的工作产生了巨大影响，而会议又是在许堂村召开的，所以鄄城县的党史上称之为“许堂会议”。

“许堂会议”后，纪登奎带领干部进驻重点村——旧城集。旧城集是一个有八百多户人家、三千多人口的大集镇，纪登奎等进村后，自下而上地发动群众，访贫问苦，扎根串连，由骨干到一般群众，由贫农到中农，由小组活动到组织农会；在发动群众过程中，纪登奎等抓住了阶级教育这一环节，用诉苦的方式揭发、控诉顽固地主压迫贫苦农民的罪行，启发群众参加斗争的自觉性。

同时，向农民反复进行党的抗日民族统一战线政策的教育，把斗争限制在统一战线的范围之内。农会成立后，原村长就靠边站了，一时间出现了一切权力归农会的局面。与农会同时出现的群众团体还有青救会、妇救会、儿童团、民兵等。农会领导旧城集的群众反贪污、恶霸，减租减息，开展民主民生运动。在旧城集的群众斗争开展之初，被群众称为“女霸王”的地主婆制造了一起手榴弹爆炸事件，以威胁群众，吓走工作组。农会主持召开了大规模的群众集会，揭露了“女霸王”的罪恶。抗日民主政府依照群众的强烈要求，判处“女霸王”死刑。《冀鲁豫日报》在头版头

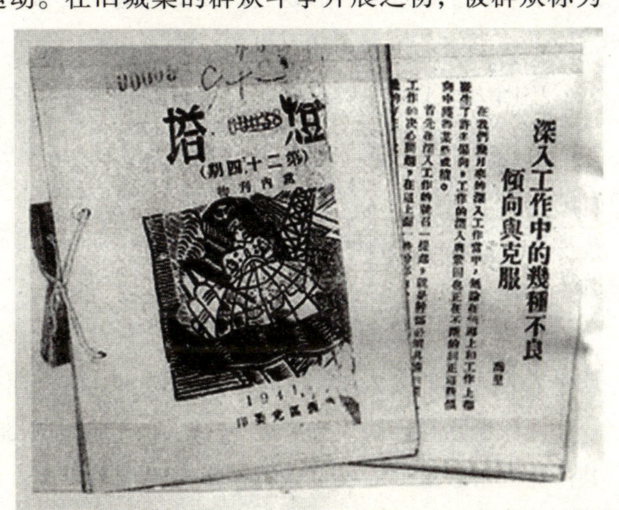

1941 年上半年，万里发表工作论文《深入工作中的几种不良倾向与克服》。

条以《旧城集千人控诉女霸王》为题发表了这一消息。

时隔不久，旧城集又发生了一起骇人听闻的案件：在减租运动中，地主高连明强迫佃户将分走的粮食暗地里再还给他，被佃户拒绝。高连明为此十分恼恨。不久，高连明又调戏这个佃户的姐姐。佃户得知后，要与高连明算账。高连明伙同他表弟，乘夜色将佃户杀害。案发之后，群情激愤，农会召开了数千人大会，揭发、控诉高连明的残暴罪行。

1943 年麦收前，万里专程来到旧城集了解运动情况。纪登奎等向万里做了详细汇报。万里又亲自主持召开了由部分积极分子参加的座谈会，对旧城集的民主民生运动的成绩和经验作了充分的肯定，并精辟地论述了开展民主民生运动与坚持抗日民族统一战线的关系，最后要求进一步巩固斗争成果，加强民主思想教育，采取民主方式建立村抗日政权。

不久，旧城集即开始了民主建政试点。

民主建政首先从直选村长开始。第一次行使民主权利的农民不会写票，于是用黄豆作选票，瓷碗作票箱。村长候选人整齐地坐成一排，每个人背后放着一个大瓷碗。

在鄄城县旧城村，笔者见到了原村支部书记、时任旧城村儿童团团长的仪瑞庭老人。七十多年过去了，老人依然记得当年的情景：

有一个土台，土台上被选举的人在前边坐着，背后搁个碗，选举的人排着队，从候选人身后走过，谁愿意选谁，搁到谁背后碗里一个黄豆。当时的选举便是纪登奎和万里主持的。

中国历史上最早的真正的民选村政权，就在这旧瓷碗中诞生了。

旧城村的邢淮濯当选第一任民选村长，常海波为副村长。选举结果公布，群众像过节一样沸腾起来，他们抬着自己选的当家人，吹着唢呐走遍全村。最后村长、副村长向全村人宣誓：誓死为全村老百姓办事，为人民做牛做马。

仪瑞庭老人告诉我们：这就是改造村政权，就是叫群众选举当家人，选举大公无私、为人正派、抗日立场坚定、群众拥护的人当村干部。

人民群众自己决定自己的当家人，这在中国是开天辟地的大事。在共产党的解放区，农民群众第一次真正成了主人。

这历史性的一幕，有谁会怀疑旧城集人民、中共鄄城县委、运西地委、冀鲁豫边区党委乃至中国共产党人，不是在从根基上建设中国民主政治制度呢？

人民把信任的黄豆投给了他们，他们把生命献给了人民。

民主民生运动对冀鲁豫边区的壮大产生了重要影响，觉醒了的人民，掌握自己命运的人民是根据地之本，是根据地之根。从此冀鲁豫根据地的发展进入了快车道。

民主政权建立起来后，边区也建起了银行、邮局、商社、医院、学校等方便生活。

1945年3月下旬北方局代理书记邓小平到达冀鲁豫根据地。邓小平一来到冀鲁豫大平原，就遇到了如火如荼的民主民生运动，他组织机关干部到直南豫北地区的滑县、运西地区的濮县和刚收复的濮阳进行调查研究，冀鲁豫边区的群众运动在邓小平的脑海中打上了深刻的印记。

冀鲁豫边区的民主民生运动，使广大农村社会发生了质的变化。在中国共产党的领导下，广大贫苦农民在一场旷日持久的残酷的反侵略战争中，在严酷的自然灾害中，自己起来，为确立自己“人”的地位、创立一个新民主主义的社会而顽强地奋斗。正是他们斗争的成功，为抗日战争的胜利和后来推翻国民党的统治奠定了基础。冀鲁豫边区的民主民生运动，使广大农民群众从内心中形成了对中国共产党的信赖和爱戴。这种感情是崇高的，是值得共产党人分外珍惜的。

1961年，邓小平于12月27日接见参加全国省、市、自治区妇联主任会议全体同志时的讲话《重要的是做好经常工作》中，说过这么一段令人深思的话：

> 这几年有没有群众路线呢？不能说没有，但至少相当多的群众运动不是群众自愿的，是违反群众路线的。我不回避这些问题。过去搞了一些蠢事，也是好事，使我们更加体会到党的传统经验是很宝贵的，更深刻地体会到要把它恢复起来，好好地做深入细致的一点一滴的工作……归根到底要把经常工作建立起来。大量的日常工作是基础，突击运动只有建立在这个基础上才最可靠，没有长期的群众工作基础不行。三年解放战争打胜了，这是在长期的群众工作的基础上集中了一切力量才实现的。如渡黄河，群众把门板都贡献出来，光冀鲁豫门板还不够，连冀南的门板也下

下来了。那时群众吃得很差，还是拿出粮食供给人民解放军，这没有长期工作的基础是不行的。国民党就不可能做到这一点。共产党长期联系群众办好事，和群众的根本利益是一致的，解放战争是人民战争，依靠人民才能做到这一点。

16. 民兵磨扇砸坦克

刘菜园位于县城东北三十余里，现属成武张楼乡。1942 年春，这个不足百人的小村子，在抗击日军的侵略中却创造了令人难以置信的奇迹——用磨扇砸毁日军坦克。这成为冀鲁豫边区的唯一，也是中国抗日战场的唯一。

1942 年农历三月间，日伪军在苟村集修建据点，企图长期盘踞、控制这一地区。一天，日军八十多人、伪军四十多人进至黄楼附近时，遭到当地民众自卫团的截击。战斗在上午 10 点左右打响后，附近村庄的民团和联防队迅速赶来参战。战斗持续了近三个小时，日伪军顶不住越来越多的抗日群众的攻击，狼狈往县城逃窜，民团群众挥动大刀、梭镖，走大路，沿小道，越田野，跨沟壕，勇猛追赶。追至苟村集，拔除了敌人尚未建好的据点，烧毁了停在那里的一辆汽车。

此战击毙日伪军数人，缴获武器四十余件。当日下午，一辆从金乡驶向成武的日军载重汽车路过此地时又遭截击，日军伤亡三人。因此，敌人对这一带的民众怀恨在心。

日伪军为报此仇，于农历四月初二纠集成武、单县、金乡几个据点的日伪军五百多人，分乘十九辆汽车，在坦克的掩护下，对这一带的民众进行报复性扫荡。敌人从金成公路边的黄楼、高堌堆附近分数路由南向北进攻。民众采取村子为战和联防作战相结合，分头抗击日伪军。下午 2 时许，战斗首先在小留集、黄楼、王桥、前李庄等村打响。由于日伪军兵多势众，且有坦克掩护，民团利用有利地形，边打边撤。

刘菜园是距离金成公路较远的一个小村。村北是数百亩的大洼地，村南边有一个大坑。村子没有寨墙，地势东高西低。村中只有一条街，但全村家家有枪，其中快枪有十一支，仅村民刘平善家就有快枪五支。当刘菜园民众得知日伪军进犯的消息后，立即进行了布置。共产党员刘平德首先带领刘平怀、刘朝毅、刘平云等人到南边李庄附近阻击敌人。其余群众用耙和石磙等放在路口设置障碍，拦阻敌人车辆。下午 3 时许，各村民众纷纷撤向刘菜园村北大洼，敌坦克和近百名日伪军紧紧尾随追过来。骄横的敌坦克围着刘菜园转了三圈，然后越过障碍物冲进了村子。

村内群众绝大多数已经转移。在村东南角的四合院里，刘平善和其爱人以及两个儿子、两个女儿没有撤走，他们凭借几支快枪和坚固的四合院进行顽强抵抗。刘平善的四合院，大门朝西，紧挨大门北边一间土楼，周围房顶上都筑有防御用的一米多高的隐身墙，大门前约十米处有一个大深坑，院子南边也是个大坑。土匪、抬大户的，每次来偷袭都没得逞过。人们给这个四合院送了个外号——“小皇城”，意思是像北京的紫禁城一样坚固，打不开。

菏泽是书法之乡，已年逾七旬，但体格健壮、精神矍铄的刘平善老人，写得一手好书法，他屋中挂着他自写自裱的岳飞的《满江红》以示气节。老人对保护家院充满信心。敌人未到之前，老人们都往村北大洼撤退。刘平善对儿子们说：“咱不能走，一走咱这个家就完了。日本鬼子也是人，跟以前那些龟孙们一样，枪子儿不认人，他们也害怕。”他叫儿子们用两个石磙顶住大门，并持枪爬到土楼上监视敌人。勤劳朴实的刘菜园农民，那时候对现代战争的危险知之不多，因此顾虑甚少，靠着勇气，他们敢于用土枪土炮同使用现代化武器的侵略者一比高低。

敌人进村后，老人对两个儿子说：“不要慌，照准打。”

隐蔽在村西南角大坑里的日伪军，慑于村北大洼里数百名联防队员的抗击和村内明处暗处的抵抗，不敢放胆进攻，只是盲目地射击和发射迫击炮。此时，骄横的坦克凭借坚硬的外壳，冲进村里。一个坦克兵顶开乌龟盖四下张望时，被刘平善从壁洞里一枪打了下去。东南角四合院的有力地抵抗引起了敌人的注意。十几个敌人悄悄接近院子企图放火，被刘家父子打伤几个后，狼狈退了下去。他们疯狂地向内院打枪打炮，一时打得乌烟瘴气。

儿子刘金端对刘平善说：“爹，怎么办?”“慌啥，只要他们的人进不来就不要紧。”刘平善老人仍信心十足。

日军指挥官指挥坦克，企图撞开四合院的大门。由于村路狭窄，坦克无法调头，敌坦克调整位置继续撞门，厚厚的大门嘎吱吱作响。

刘平善看得真切，如果让坦克把门撞开，不但辛苦创下的家业荡然无存，全家也将死无葬身之地。在此紧急关头，老人一眼看见了大门门楼上作掩体用的一块石磨扇，急忙让他的儿女们一齐把大磨扇朝正在撞门的坦克砸了下去。只听“咣当”一声巨响，奇迹出现了，日本军国主义者炫耀的现代化武器，被中国农民用大磨扇砸趴在大门外，坦克盖子掀不开了，鬼子被困在了坦克里面，停在刘家大门口，成了只死乌龟。

日伪军被这一夯惊呆了。刘家四杆枪借机猛烈地向敌人射击。

时近黄昏，成武县抗日政府独立营赶来参加战斗。同时，撤往村北大洼的各村联防队员也开始反击，并点燃一串串鞭炮骚扰敌人。日伪军摸不着虚实，更惧怕八路军夜袭，慌忙用另一辆坦克拖着那辆被砸坏的死乌龟，铩羽而归。

“小皇城”磨扇砸坦克从此在鲁西南边区传为美谈。群众还编了歌谣：

“小皇城”，响当当，
十八岁的闺女扛大枪。
鬼子死，汉奸伤，
磨扇能把坦克降。

17. 陈毅元帅留诗篇

1943 年 9 月，中共山东分局书记朱瑞一行六七人由山东回延安，路经湖西，由六分区骑兵连护送到鲁西南五分区。朱瑞早年参加革命，是红军二十四个将领之一。当时日伪“扫荡”基本结束，敌情不那么紧张了，朱瑞在东明集王进士屯住了两天，临别时他赞扬五分区真是个“跑死马”的根据地（形容根据地大），工作有成绩，抗战有贡献。这个评价对五分区党、政、军是个很大的精神鼓舞。

从“一枪可打穿”的根据地变成可以“跑死马”的根据地，我们感受到了中国共产党人的伟大，感受到了人民的力量。

党和人民血肉相连、生死相依，这就是根据地最根本的根据。

1944 年 1 月，新四军军长陈毅从苏北赴延安参加“七大”，途经冀鲁豫边区，在沙区办事处驻地内黄县井店杨河道稍事休息后，由办事处交通科长马寨护送，经北路地下交通线赴太行。陈毅到达沙区办事处后，感慨不已，挥笔写了一首《长相思·过冀鲁豫道中》。词中写道：

山一程，水一程，
万里长征足未停。
太行笑相迎。

昼趱行，夜趱行，
敌伪关防穿插勤。
到处有军屯。

1945 年抗日战争即将结束时，陈毅从湖西返回湖东，去山东分局的沂水。在湖西，陈毅触景生情，又留下了两首著名诗篇。

一首是《泛微山遥望微子墓》：

泛湖遮瞻微子墓，
千古尧称周之顽。
而今藤薛踞倭寇，
投敌蒋党应自惭。

另一首是《夜宿微山湖畔》：

横穿江淮七百里，
征途已到微山湖。
鲁南山影嵯峨甚，
残月扁舟入画图。

18. 两位西方学者的争论

中国共产党开辟敌后抗日根据地的成功，引起了世界许多优秀大脑的思考。

西方学者查莫尔斯·约翰逊，1962 年出版了最有争议的一部解释中日战争中国共产党政权的著作。约翰逊采用走马看花的研究方法，试图说明中国共产党首先是群众运动的受益者，其次才是群众运动的鼓动者，也就是说中国共产党借抗日战争取得了政权。1949 年建国，不是因为中国共产党的意识形态、社会纲领，也不是因为中国社会存在着革命形势，而是因为利用了民族主义。中日战争的到来对中国共产党是件侥幸的事，因为如果没有日本侵略者带来的混乱、暴行和剥削，中国共产党将遭到失败——正如他所相信的那样，在江西和其他根据地遭到失败。

西方另一位学者马克·塞尔登提出了不同的解释。塞尔登并没有否认民族主义的重要性，但他认为中国革命的动力在于被剥削的农民群众，在于毛泽东“群众路线”的各项政策，特别是在于二十世纪四十年代初期采取的对付日本扫荡和国民党封锁的那些政策。中国共产党在战争时期的思想和毛泽东毕生革命战略的核心是相信人民是历史的动力，在此基础上实行群众路线的领导方法。根据这一观点，塞尔登认为中日战争是共产党取得群众支持的机会，然后才是导致群众支持的原因。在塞尔登看来，农民阶级是通过社会经济改革而不是通过民族主义发生革命转变的。这是中国共产党政权的基本内容。

马克·塞尔登的观点，对后来国共两党成败的不同认识，具有鲜明的针对性。

19. 毛泽东的一封信

1945 年 1 月 23 日毛泽东代表党中央起草了给北方局的指示。

北方局：

最近冀鲁豫根据地有极大发展，人口将近二千万，超过太行、太岳数倍，为敌后最大根据地……为此，中央特向你们提议，北方局即时进至冀鲁豫根据地……求得根据地进一步的巩固。……

中央

子梗

早在罗荣桓率部进入鲁西南之前的1936年10月，当时红军长征刚结束，党中央定居陕北。1937年5月下旬，党中央在延安先后召开了全国党代表会议和白区工作会议。会前，中共冀南特委书记张霖之在窑洞里向张闻天说了这样一段话：

党中央经过两万五千里长途跋涉，千辛万苦来到陕北，定居延安，是党的一大幸事。但陕北是黄土高原，地贫人稀，十年九旱，人口不过三十万，年产粮食三万石，今后如何发展呀！我们华北大平原物华天宝，也是新文化、新思想的广泛传播地，群众有一定基础，党有一定影响。特别是冀南农民起义唤醒了民众，平原人民渴望工农红军挺进平原，领导他们求解放。

张闻天说："你出了一个好主意，得冀鲁豫者得天下。不过事关重大，我要和毛泽东、朱德诸同志商量一下。"

毛泽东经过深思熟虑，决定开辟冀鲁豫敌后根据地。会后便派张霖之任山东省委组织部长，李菁玉任平汉线省委书记，张玺去河南，为红军挺进平原打前站。李菁玉捷足先登，建立了最早的冀鲁豫边区省委，李菁玉任书记，宋任穷任东进纵队政委，张霖之任鲁西特委书记。张霖之以省委组织部长的身份，帮助黎玉把山东工委改为省委，派共产党员去各地组织抗日民军，为山东抗日根据地的创建奠定了基础。后来，张霖之、杨勇、万里在黄河两岸的濮县、范县、观城县发动群众，武装群众，减租减息，推行合理政策，改善人民生活，建立了内黄沙区的冀鲁豫边区。

1938年，一二九师旅长陈赓在大别山粉碎了日军的"九路围攻"。大扫荡之后，派两个营挺进鲁西南，开辟根据地。陈赓亲自指挥其六八九团于1939年7月取得香城固伏击战的胜利，为杨得志、崔田民部的到来打下了基础。

许多当代学者都认为，根据地就是新中国的雏形。八年抗战，共产党在敌后共建立了十九块根据地，其中以晋冀鲁豫解放区和山东解放区为最大。这成为新中国诞生最重要的基石。

1945年3月初，按照毛泽东的指示，邓小平和北方局组织部部长刘锡五、宣传部部长李大章等率领北方局机关从山西省左权县麻田镇出发，于下旬到达冀鲁豫根据地。一直到抗日战争胜利，北方局把大本营放在了冀鲁豫，工作重点也放在了冀鲁豫。

毛泽东于1945年8月9日发表了《对日寇的最后一战》的声明。

1945年8月11日，冀鲁豫行署和军区联合发出命令，号召全区军民总动员，解除盘踞在鲁西南边区的日伪军武装。冀鲁豫军区组成三路反攻大军向日伪军发起全面进攻。

1945年8月14日至24日，冀鲁豫军区司令员宋任穷、副司令员杨勇，指挥部队攻克敌占县城十八座，大小据点数十处，歼日伪军九千余人。接着又攻克长垣县城、曹县县城，收复定陶县城。解放菏泽是鲁西南地区抗日战争的最后一仗。

1938年5月14日，鲁西南重镇菏泽陷落日军之手。攻占菏泽的是土肥原贤二指挥的第十四师团。这支侵略军攻占的中国城市最多，但是伤亡人数最低，创造了一系列战场奇迹。因此一些狂热的日本报纸就把该师团吹捧为“支那克星”。

黄河枯水期大大有利于日军渡河，对岸守军仅作短暂抵抗便匆匆撤退。于是鲁西南重镇菏泽城就在侵略者面前暴露无遗。这座千年古城更是中国军队的辎重基地和物资中转站。情报表明，守军第二十集团军下属第二十三师已在城外严阵以待。

1938年5月14日，日军以猛烈的炮火攻陷菏泽，守军第二十集团军第二十三师进行了顽强抵抗。由于援军未至，师长李必藩中将、参谋长黄启东少将亲自端着刺刀冲入敌阵，壮烈殉国。

土肥原贤二故意放走一些俘虏，好让他们把南下反击二十集团军的假情报带回部队，实际上却遵照寺内寿一总司令的命令，调头向中原腹地开进，占领豫东陇河狭路要道的民权县。

后来，接管菏泽城和鲁西南的是占领济南的板垣师团的部下。

菏泽城解放后，鲁西南地区的日伪军被全部肃清，冀鲁豫区党委、行政主任公署、军区和群团体机关移驻菏泽城内。

★中　部

震撼世界的反腐战

第六章　冀鲁豫是个好战场

1. 毛泽东和蒋介石都在算账

抗日战争结束后，面对中国之命运，住在延安窑洞的毛泽东和住在陪都重庆的蒋介石，各自都在算着同一笔账：

当时，国民党军队拥有正规军四百三十万，且一律美式装备；共产党军队正规军一百二十七万，装备落后，小米加步枪。国民党军队兵力是共产党军队的三倍多。原来的伪军摇身一变又成为国民党军队，总兵力数字还要高出很多。国民党军队拥有海陆空三大兵种，有飞机三百四十四架，海军舰船二百四十艘，外加汽车、坦克等机械部队，而共产党军队是单一兵种。论地盘：国民党军队从日本人手里接过所有的沦陷区，尤其是大中城市，人口三亿多。交通发达、比较富裕的地区，几乎尽在国民党军队统治下。国统区面积七百三十万平方公里，占全国面积的百分之七十六，人口占百分之七十一。共产党军队占有陕西一部、山西一部、东北一部、山东、河南、河北各一部，皆为农村和小城市根据地，约占全国面积百分之二十四，人口约一亿三千万。

抗日战争结束后，蒋介石还一直享有美国二战《租借法案》的军援，除武器外，还包括派飞机空运部队到东北、华北，美国在日军投降后不到一年的时间里，给予国民党的援助相当于抗战时期的两倍，总价值约十三亿美元，提供飞机九百三十六架，舰艇二百七十一艘，六十四个陆军师的装备。同时还派出九万美军，占领共产党军队拥有的战略要地。直到 1948 年秋，美国政府看到蒋介石在大陆节节败退，才停止了援助。

而共产党并没有任何外援。

当时斯大林也参与进来“算账”，他过高地估计了美国卷入中国内战的可能与国民党的力量，主张中共在承认蒋介石国家领袖的条件下，组成联合政府，不赞成中共进行武装斗争，并直接致电中共中央，要求中共不要反对蒋介石，不要打内战。1945 年，在人民解放军进入东北时，苏联除提供了一些缴获的日军武器弹药和给山东战场一部分二手武器外，再未给中共提供任何军事援助。

二战后的世界各国的政治家、军事家们都在对中国国共两党的力量进行计算。当时几乎无人看好中共的前景。蒋介石自觉胜券在握，他一面邀请毛泽东到重庆谈判并签订了《双十协定》，一面私下发了“剿匪手令”，命令绥远傅作义沿着平绥路向张家口进攻，命令山西阎锡山向上党进攻。蒋介石非常自信地声称：三个月将共军消灭殆尽。

尽管从数字上来讲，共产党处于绝对弱势，但毛泽东却提出了“一切反动派都是纸老虎”的论断，增强了全党、全军打败国民党反动派的信心和决心。但毕竟数字对比的悬殊，使毛泽东采取了相对谨慎的态度，在 1946 年 11 月 21 日中共中央举行的一次重要的决策性会议上，毛泽东说了这样的话：“我们应该把事情估计得严重些，不但要准备三到五年，还要准备十到十五年。”看来毛泽东充分考虑到了兵力悬殊以及战争面临的艰难进程。

1946 年 5 月，四平战役国民党军队得手后，蒋介石踌躇满志：“中共除一部分之外，本属乌合之众，经此次打击，势必瓦解无疑。”“其果不就范，一年期可削平之。”

胡乔木曾回忆，在中国共产党七大闭幕几天后，毛泽东在死难烈士追悼大会上讲了一段极其悲壮的话：“……太平天国有几十万军队，成百万的农民，打了十三年，最后在南京城被清兵攻破的时候，一个也不投降，统统放起火烧死了，太平天国就这样结束了，他们失败了。但他们是不屈服的失败，什么人要屈服他们，那是不行的。”从这段讲话中，我们也看到毛泽东对时局做好了最坏的打算。

可是令美国的杜鲁门、前苏联的斯大林以及毛泽东和蒋介石本人都没有想到的是，这场战争仅用三年时间，强势一方就惨败给了弱势一方。

历史的奥秘何在？几乎世界上所有的优秀大脑都在思考这一问题。

孙子兵法曰：兵者，诡道也。

兵者，亦廉道也。

蒋介石在算账的时候，恰恰忽略了一个政党、一支军队的道德属性和清明廉洁在战争中的重要作用。

1948 年 10 月 8 日，蒋介石乘坐专机“美龄号”从北平抵达上海。当时国民党将领们都觉得奇怪。东北锦州国共军队决战在即，淮海战役的态势也已形成，蒋介石坐镇北平调度全局。在这决定两党命运的关键时刻，蒋介石却急匆匆被宋美龄从前线拉回上海，有何重大国事？

上海正在进行着一场关乎“党国”命运的另一种战争！

1948 年的夏天，除了军事态势的失利外，更加让蒋介石忧心的是经济形势。

人和钱，是战争机器运转的两个轮子。南京国民政府的财政赤字在 1948 年上半年就已经达到二百六十万亿元，为了支付军费，国民党开动印钞机，发行了六百六十万亿元的法币。通过通货膨胀，把经济危机转嫁到劳动人民身上。通货膨胀，物价飙升，以 1948 年 8 月的物价指数为标准，11 月上涨了十一倍，12 月上涨三十五倍，1949 年 1 月上涨了一百二十八倍，到 1949 年 3 月，上涨达三千倍，4 月更是高达八万三千八百倍，一日数涨的物价，使整个经济面临彻底崩溃。

同时，国民党统治区的社会治安也非常不稳，仅 1946 年到 1947 年间，上海就发生了四千五百次罢工。在一些大学，秘密警察化装成学生，身上藏着枪支在校园里巡游，搜寻危险分子。1948 年 7 月 5 日在北平，军队对有三千多名学生的抗议人群开枪，打死九人，打伤四十八人，制造了骇人听闻的“七五”惨案。

国民党政府还缺乏物资，东北、华北、华东大片产粮区落入了共产党的控制，造成粮棉等物资缺乏；山东、江苏丧失了大部分盐场，让国民党政府的盐务税收大打折扣；津浦线、平汉线、陇海线三条铁路线的中断造成了物资运输困难，运费高昂，本来就少的物资更难周转。

毫无疑问，国民党政府到了生死存亡的时候，如果不挽救正在崩溃的经济，战争必输无疑。8 月 19 日，蒋介石依据“戡乱条例”对外公布了《财政经济紧急处分令》，主要针对货币和物资进行了规定：

以金圆券代替法币，金圆券一元折合法币三百万元，为保护金圆券的坚挺，禁止黄金、白银和外币流通买卖。

然后严格管制物价，以8月19日价格为准，不得溢价，同时实施仓库检查并登记，严惩囤积居奇。

1948年夏，蒋介石向蒋经国面授机宜，组织“大上海青年服务总队”，整顿上海经济，实际上就是搞一场反腐行动，整顿经济秩序。

上海为国民党政府的金融中心、财政中心，是当年蒋介石的发迹之地，今日却成了藏污纳垢的贪腐中心。一些高官、将领，尤其是四大家族在此呼风唤雨，操纵市场、投机倒把、囤积居奇、买空卖空、走私贩毒，导致金融秩序混乱、物价暴涨。

蒋经国这一年三十八岁，他拿着一纸手令，以经济副督导员的身份来到上海。他发誓要在上海为他的父亲稳定经济，挽大厦于即倾。

蒋经国在上海提出“凭借群众”，以运动的方式打击奸商非法囤积行为。首先是平抑物价，并限期收兑民间所有黄金、白银、银币、外币，限期登记本国民众存放国外之外汇资产，成立了一万多人的督察队，同时又组织了三四十个“巡逻小组”。他们的任务是协助改革措施的实施，这些“巡逻小组”每天在城内巡逻，调查黑市活动。当地居民一旦发现了违反紧急经济方案的行为，可以随时向这些小组汇报。

蒋经国的监管权力还扩大到了整个江苏、浙江以及安徽，矛头直指豪门巨富。西方一位观察家写道：“蒋经国在上海孤立无助。他的打虎行动只是暂时缓解了普通民众压抑已久的不满情绪，并没有得到上海真正有权势阶层的支持和配合。他无法有效地开展工作，实现自己的理想。”

8月23日和27日，蒋经国两次指挥上海军警，到全市库存房、水陆交通场所搜查。

他枪毙了贪污的警官戚再玉，处决了财政部的秘书陶启明等一批贪官污吏，召见了上海经济界的李馥荪、周化民、钱新之、戴铭礼等头面人物，胁迫他们申报金银外币的存量，限时送交中央银行。周化民和戴铭礼抗命不从，蒋经国立刻拘捕二人。上海煤炭火柴大王刘鸿生被迫交出美元二百三十万元、黄金八千两、银圆数千枚。上海商业储蓄银行总经理陈光甫，此时也不得不交出外汇一百一十四万美元。

为杀鸡儆猴，蒋经国把有孙科做后台的上海林王公司经理王春哲以“囤积居奇”的罪名枪毙，并将申新纺织总经理荣鸿元、美丰证券总经理韦伯祥、中国水泥公司常务董事胡国梁等以私藏外汇、窝藏黄金的罪名逮捕入狱。监狱里关押了六十多名财阀等待处理。消息传开，整个上海大为震动，那些经济大佬只得表面听从。物价在短时间内稳定了下来。

蒋经国在“大上海青年服务总队”成立大会上，鼓舞队员们，对阻碍币制改革的巨商、富户要有“武松打虎”的勇气，这就是蒋经国“打老虎”的来历。

蒋经国“打虎”，初战告捷。一个月之内，上海中央银行收兑的黄金、白银、外币，价值三点七三亿美元之巨，其中黄金十二万五千六百五十二两，美钞三千二百八十多万元。那些天，蒋介石几乎天天与儿子通话，询问蒋经国在上海“打虎”的情况，一个月下来，蒋介石额头上的皱纹舒展了许多，在电话里连连为儿子叫好：“好，好，你干得不错!”

表面上物价稳定住了，但除了行政命令和枪杆子，蒋经国无法调动全国的物资到上海平抑物价。而上海地区的限价令更是让周边的物资望而却步——商品价格是由一只看不见的手左右着。

蒋经国在强行压制资本家的过程中，抓了“大老虎”杜月笙之子杜维屏。上海滩大佬的儿子被抓，引人注目。杜月笙不动声色，一方面高调表示支持蒋经国，但另一方面却使出了手段——办我儿子可以，但请你去看看扬子公司。

10月2日，上海《正言报》发表消息，标题为《豪门惊人囤积案，扬子仓库被封》，宋美龄的外甥孔令侃在堆满重要物资的仓库里，当场被他表兄戴上了手铐。人们不禁吃了一惊。扬子公司是孔祥熙的公子、蒋经国的表弟孔令侃的产业，据说还有宋美龄的股份，在上海是谁都摸不得的老虎屁股，难道蒋经国真是六亲不认？

蒋经国在日记中写下：“已经骑在虎背上了，则不可不干到底!”

孔令侃情急之下向宋美龄求援。宋美龄本来就对这个外甥宠爱有加，加之他说得可怜兮兮，便立即飞赴上海，为孔令侃说情。她用继母之手狠狠扇了蒋经国一巴掌，虽然蒋经国的脸上留下了五个红手印，但他仍无动于衷。宋美龄只好把蒋介石从北平前线催回上海。

蒋介石和蒋经国彻夜长谈，他批评蒋经国：你反腐反到自己家里来了！谁没有三亲六故？何况，要给有头脸的人物留些面子嘛。

第二天，局势就悄然变化了。上海警察局召开新闻发布会，宣布

“扬子公司所查封的物资均已向社会局登记”。

最后，孔令侃将价值六百万美元的物资平价转让给政府，离开上海，转赴纽约，并为自己取了“戴维”这样一个美国名字。和杜月笙家有关的永安公司以低于成本的价格抛售了一批棉花，杜维屏便回了家。

蒋经国“打虎”以失败告终。

“打虎”队长败给了国民党的利益集团。

蒋介石虽拥兵四百多万，但国民党的将领可谓贪财如命。官官贪污，将将走私，甚至将战略物资——钨砂、粮食也卖给日军、伪军，助纣为虐。

日军无条件投降后，国民党派出无数“接收大员”，以蒋、宋、孔、陈四大家族为首的官僚资产阶级，假“接收”之名，对沦陷区的人民进行了残酷无比的掠夺，四大家族的财产总数因此而增加到上百亿美元。国民党的首脑们，以“法币”一元兑“伪币”二百元的比值，夺去了“收复区”人民的大量财富。天上飞来的国民党“劫收”大员和地下涌出的特务汉奸们，侵占公物，欺诈良民，敲骨吸髓，无恶不作。就连共产党的叛徒张国焘也扛着中将军衔，当上了“接收大员”捞了一笔。以四大家族为首的国民党军政大员、大小特务，一个个都是“三洋开泰”：“捧西洋、爱东洋、要现洋”；“五子登科”：“车子、房子、金子、衣服料子和婊子”。弄得所谓光复区到处民怨沸腾。

美国学者胡素珊在《中国的内战》一书中这样描述了国民党政府的“接收”风潮：

> 国民党政府的行政院颁布了一条命令，宣布在日伪政府登记的所有地契都是无效的。然而，几乎一个月过去了，当局还没有公布如何清算接受的日伪政府土地的具体规定。同时，大批代表不同军事、政治、行政机构的官员从重庆蜂拥而至。这些官员最先聚集在南京和上海，然后分散到北部和南部的城镇。任何东西，只要被认为是“敌人的资产”，都会成为第一个声称拥有所有权的人的财产。一份9月7日的报告描述了这种“接收”是如何在上海进行的。当时日军和伪军驻扎在市区和郊区，维护当地的治安和秩序。然而，任何武装人员都可以戴上上海军管会的臂章，声

称自己在执行公务。他们以搜捕叛徒和汉奸为借口，强占房屋，随意逮捕，征用汽车，甚至查封整个工厂。

或许是意识到了这种混乱，中国军队的指挥部在9月14日颁布了一项命令。禁止转移或破坏日军的一切家具、设备、机器、文件以及记录。所有最初属于中国或盟国、战争期间被日本人夺走的资产将被移交给国军当局。所有日本的商社、工厂、银行都要将它们有关资产、负债、位置的详细资料整理出来，送交给中国军队。在上海，从9月19日又开始对民间资产进行“官方”接收。

10月26日，蒋介石给新任上海市市长钱大钧发了一封电报：

余经可靠渠道获悉，京沪平津地区军政及党务人员一直生活奢靡，沉溺嫖赌，并假借党政军机关名义，强占巨宅大院，充作公署，他们无恶不作，不择手段，及至敲诈勒索。传闻的沪、平情状最烈。余不知此等官员自觉其行止否。汝有何相关见闻？于光复地区腐化至此等程度而无丝毫自重，在当地民众而言，无异耻辱，亦是对我捐躯疆场英烈之不敬。余闻此情，为之痛心疾首，亦感愧赧……汝悉电即可着令所部严禁嫖赌，并关闭一切假借各机关名义设立之公署。一切敲诈勒索或非法侵占民宅案件，盖须一则由市府当局严办，二则俱报本人。不得有任何徇私袒护罪犯情况发生。

然而，无论是中央还是地方当局，都没有采取协调一致的措施来执行蒋介石的命令。在11月初，当蒋介石的这些命令发布时，情况已经无法收场了。

到10月底，在上海，“重庆人”已经成为贪污者的同义语。每一位接收官员抵达上海，做的第一件事就是把日伪人员的财产据为己有。国防部的接收官员和经济部的接收官员为争夺四家面粉厂进行了激烈的争吵。双方都不是要将它们归还给原来的主人，而是打算将它们变成自己的财产。

中央宪兵大队的第二十三团，这是一支由高中学生和大学毕业生组成的精锐部队。这支部队于1945年8月下旬抵达上海，是最早进驻上海的军事单位之一。这支部队的成员犯下了许多劣行：以搜捕叛徒为名非法逮捕平民、强占私有房屋和车辆、没收大批必需品。在经警告无效后，淞沪警备司令部于10月12日发布命令，逮捕了这个团的指挥官，并对该团的劣行展开正式调查。

接收人员的贪污腐化最糟糕的结果是对经济造成了严重损害。

此外，军官吃空饷、克扣军粮更是家常便饭。黄仁宇曾经说过，美军将军被打死，对美军战斗力基本没有影响。国民党军队军费掌握在姨太太手里，一个姨太太被打死，部队立刻崩溃。吃空饷甚至使军队的数量都查不清，一个师报上去一万人，实际可能只有六千人，六千人去完成一万人的战术目的，何愁不败？而特务头子戴笠，动用军船、军车为其情人胡蝶运送私产，半路丢失后，又动用特务机构为其寻找的行为更是路人皆知。

杜聿明曾向蒋介石打小报告，说作战厅的郭汝瑰有共党嫌疑，蒋介石当即发问："你有什么证据？"杜聿明说："我本人就称得上廉洁，郭汝瑰比我更简朴，沙发坐坏了都不换。"蒋介石大为光火："照你这么说，党国官员全都是腐败分子了？"

蒋介石虽然这么批评杜聿明，他本人何尝不是最大的腐败分子呢。撤离大陆之前，蒋介石将中央银行六十万两黄金全部运到台湾，还派蒋经国到上海将中央银行三点七亿美元的现金转移到台湾，并化整为零，存入海外私人账户。之后，蒋介石宣布"引退"，返回老家奉化溪口，继续以国民党总裁身份进行幕后指挥。

上海解放后，凌晨的上海悄无声息。大资本家荣毅仁打开大门，走上街头，看到进了城的人民解放军全部睡在路边，他们身着一样的军装，分不出军官和士兵。这时，一位军人和蔼地向荣毅仁要一碗开水，荣毅仁立时让家人端来一碗开水，结果，要水的人并没有喝这碗水，而是蹲在一个伤员身前，用铁勺向他嘴里喂水。这一幕让荣毅仁永记在心。荣毅仁的父亲荣德生感叹说，蒋介石永远回不来了！

军事理论家们善于对作战双方的军力、装备、战略部署、兵员质量、战术计谋、民心所向等因素进行对比和分析。腐败与廉洁，难道不也是战争胜负的重要因素？

白崇禧曾上书蒋介石："民心代表军心，民气犹如士气，默察今日民心离散，士气消沉，遂使军事失利，主力兵团损失殆尽……不仅版图变色，我五千年文化将从此而斩……"

三年打败蒋匪军，解放全中国，这是毛泽东在解放战争开始前算账时没有算到的；八百万军队败于一旦，最后退守台湾，这也是蒋介石在最初算账时没有算到的。而美、英、苏三国也没有想到三年下来会是这样一个结局。

一个新政权的诞生，一定是建立在对旧政权的价值体系的彻底摧毁之上。

共产党人没有私产，没有腐败，是民心之所向。蒋介石败退台湾，自我反省大陆失守的教训，第一条就是腐败，尤其是军队腐败！

蒋介石在日记中承认：

"我们的军队是无主义、无纪律、无组织、无训练、无灵魂、无根底的军队"；"我们的军人是无信仰、无廉耻、无责任、无知识、无生命、无气节的军人"；"我们不是败给了共军，而是败给了自己……"

"为政二十年，对于社会改造与民众着手太少，而党政军是政府人员，更未注意'三民主义'之实行，今后对于一切教育，皆应以民生为基础。亡羊补牢，为时已晚也。"

著名学者傅斯年说："古今中外有一个公例，凡是一个朝代一个政权要垮台，并不由于革命的势力，而由于他自己的崩溃！"

三年解放战争，是中华民族史上一次最壮烈的、最波澜壮阔的战争，也是廉洁的共产党和腐败的国民党的一次政治大较量，解放战争的胜利，本质上是反腐之战的胜利！

它震撼了世界！

2. 打到老蒋心窝上

1945年8月15日，日本宣布无条件投降。在抗日战争中，中国军民伤亡总人数超过三千五百万，占第二次世界大战伤亡人数总和的三分之一以上。

面对中华民族刚刚经历的巨大苦难，山河破碎，民不聊生。蒋介石并不想走和平道路，从骨子里就不想建立民主制度、搞什么“联合政府”。消灭共产党、实行独裁统治、维护地主资产阶级和官僚集团的利益，是他不可改变的政治主张。内战的阴云笼罩在炎黄子孙的头上。

应对变局，8 月 20 日，中共中央决定成立晋冀鲁豫中央局，邓小平任书记，刘伯承为常委。同时成立晋冀鲁豫军区，刘伯承任司令员，邓小平任政治委员。五天后，刘伯承和邓小平自延安乘飞机返回太行，在黎城东阳关临时机场降落，回到了晋冀鲁豫军区驻地——涉县赤岸村。

1945 年 8 月 26 日，中共中央为了挫败国民党的和谈阴谋，决定接受蒋介石的邀请，派毛泽东、周恩来、王若飞等人去重庆谈判。毛泽东这一果敢的行动，震惊了中外。28 日，毛泽东率代表团乘飞机抵达重庆。

历史的发展正如中共中央和毛泽东所预料的一样，谈判刚刚开始，蒋介石就电令山西的阎锡山向原一二九师的根据地上党发动进攻。阎军集中了十三个师的兵力，在收编后的“伪军”的配合下，先后自临汾、浮山、翼城、太原和榆次出发进攻，占领了以长治城为中心的襄垣、长治、屯留、潞城和壶关等城镇。

和平谈判与军事斗争交错进行，形势日趋复杂。为坚决打击国民党的内战阴谋，支持毛泽东在重庆的谈判，晋冀鲁豫军区遵照中央军委的指示，决定进行上党战役。刘伯承和邓小平等向中央报告：“阎军一万六千人深入上党，非集结重兵予以消灭不可。已令太行、太岳主力及冀南的八千人共约二万八千人，坚决消灭该敌。”

战前，刘伯承认真研究了此次战役的特点，精心起草了《上党战役中的几个战术问题》的指示，发往各部队。当时，集中的三区主力虽多数是老部队，但过去都是作为骨干团分散到各军分区作战的，编制不充实，装备较差，整个参战部队只有六门山炮，新战士多使用大刀长矛；而阎锡山所投入的是主力部队，装备齐全，长于防御，且踞守着日军多年修筑的坚固工事。因此，刘伯承在指示中指出，消灭这部敌人，将是一个艰苦的战役任务，主要是进行许多城市的战斗，也要进行野外战斗（运动战）。他详细地写出了“城市战斗的战术指导”和“野战（运动战）的战术指导”，并告知各级指挥员应切合任务、敌情、地形，实行战斗指挥。

1945 年 9 月 7 日，刘伯承和邓小平发出了上党战役第一号作战命令。

9 月 10 日凌晨 2 时，上党战役打响了。战斗至 9 月 20 日，晋冀鲁豫野战军攻占了敌军侵入的五个城镇，消灭了集结在上党区的阎军三分之一以上的兵力，使踞守在长治的国民党军队完全陷入孤立无援的层层包围之中。

长治是上党地区的首府，城高壕深，工事坚固，战略地位重要。刘邓野战军开始攻城后，城内国民党部队即向太原紧急求援。太原等地敌人派了八个师的重兵增援，其先头部队于 28 日抵达新店。

刘伯承采取攻城打援的战术，放弃围城。于 29 日果断地决定将指挥部移至被长治守敌与新店援敌夹在中间的黄辗镇。

10 月 2 日，援军全部被刘伯承的部队包围于屯留、虒亭地区，激战四日全部被歼。长治的敌人等待援兵解围的愿望成为泡影，于 10 月 8 日惶恐突围西逃。而我军各追击部队穷追猛打，终于在 12 日全歼了这部逃敌。

上党战役打得干脆漂亮，共歼国民党十三个师三万五千余人；击毙国民党第七集团军副总司令彭毓斌；俘敌十九军军长史泽波以及五个师长等高级将领，给国民党进攻解放区的部队来了个“一盆端”。

上党战役的胜利，迫使蒋介石的代表王世杰、张治中、邵力子在重庆的谈判桌上，不情愿地签订了《双十协定》。

3. 马头誓师：刘邓布阵鲁西南

《双十协定》刚签订，蒋介石就调集一百一十万军队，分三路向华北解放区进攻，力图打开进入东北的通道，进而占领整个东北。

早在日本宣布投降的第二天——1945 年 8 月 16 日，美国第十、十四航空队便开始全力空运国民党部队抢占南京、上海、北平等城市。

美国总统杜鲁门对到访的宋子文说：“美国政府准备援助中国发展适度的武装力量，借以维持国内和平与安全，并承担中国解放地区包括满洲与台湾在内的有效控制。”美国政府还将二战后一亿三千万发“剩余”子弹“售予”国民党。

12 月 23 日，蒋介石在南京召见了对中国人民犯下累累血债的冈村宁次，对日军不向八路投降，使国民党军队“受降顺利”表示“殊堪同庆”。

国共两党军队和抗日人民所付出的鲜血和生命，被其一句话出卖！

冈村宁次充任了蒋介石的秘密军事顾问，吃军饷，为蒋反共出谋划策。蒋介石以日战俘为主，建立了国防部第三研究组。竟以仇敌为师，决心打内战的意图昭然若揭。

中国共产党人没有坐以待毙。中央军委当即命令已赴山东任山东军区司令员的林彪，组建二十四个师奔赴东北作战。

同时，中央军委和毛泽东主席又指示，将太行、太岳、冀南、冀鲁豫四个解放区的主力部队，合编为晋冀鲁豫野战军，由刘伯承任司令员，邓小平任政治委员。也就是从此时起，人们称这支部队为“刘邓大军”。

刘伯承和邓小平指挥晋冀鲁豫军区主力，1945 年 11 月取得了著名的邯郸战役的胜利，彻底粉碎了蒋介石打通平汉路、分割解放区的企图。

1946 年 6 月，蒋介石以大举围攻中原解放区为起点，发动了全面内战，扬言要在三五个月内消灭共产党领导的人民解放军，气焰嚣张。

中国的命运向何处去？

1946 年 6 月 28 日，也就是蒋介石全面发动内战的第三天，邓小平在邯郸南郊的马头镇，亲自主持召开了晋冀鲁豫野战军爱国自卫作战誓师大会。

誓师大会的会场设在马头镇西的车站附近，人们在小火车的车皮上用木板搭起一个简易的讲台。

刘伯承、邓小平走进会场，登上讲台。战士们坐在广场上，横看成排纵成行，肩上的刺刀在太阳的照射下，放出了一道道耀眼的光芒。成排成行的重机枪整齐地摆放在地上，迫击炮全部上了驮马。好一支威武之师，正义之师！

“国民党撕毁了‘停战协定’，以一百九十三个旅（师），一百六十多万人向解放区发动了全面进攻，其中用来进攻晋冀鲁豫解放区的兵力，有十八个旅（师）、二十四点九万多人……”

邓小平把严峻形势简明地告诉了部队，又以斩钉截铁的口气说：

“经过八年的艰苦抗战，日寇投降了，人民胜利了。好心的人们都希望把大炮打成犁头，将坦克改装成拖拉机下地耕田，但战争与和平一样，不能仅仅是一厢情愿。蒋介石把战争硬是强加在我们的头上，我们只有奉陪到底!”

邓小平接着说:“蒋介石虽有美帝国主义援助，但他发动反人民的内战，必然遭到全国人民的反对。我军虽然没有外援，但是人心所向，士气高涨，经济上也有办法。因此，我们一定能够打败蒋介石!”

邓小平的动员报告，使在场的王近山、陈锡联、杜义德、李德生、尤太忠、肖永银、彭涛等高级将领们备受鼓舞，坐在台下的战士们更是群情激奋，恨不得立即杀向战场。

会场附近有一座古丛台，它高高耸起，气势宏伟。丛台之上，古松老柳，花苑楼阁，蔚为大观。是谁在此修建了这样一座丛台呢?

战国时期，赵国的第六个诸侯王赵武灵王继位之初，国势衰弱，赵国不仅经常遭受秦、齐等强国的威胁，就连东胡、林胡等少数民族部落的入侵，也无力抵抗。为此，赵武灵王决心建立一支强大的队伍。他在对敌作战中发现胡人的衣服短小，骑马射箭极为方便，而赵人穿的衣服袖子长、腰肥、领口宽、下摆大，打起仗来极不方便，坐的是笨重的战车，行军极为迟缓。于是，他要求将士改穿胡人的衣服，学习骑马射箭。虽然这种去弊趋利的改革遭到了一些王公大臣的反对，但赵武灵王深知不改革就不能战胜敌人，自己便身先士卒，带头胡服骑射，赵国从此建立起一支强大的骑兵。赵武灵王依靠这支队伍，先是攻取胡地，辟地千里，继而兵分三路，攻灭中山国，领土扩大，国力大增。战国后期能够与秦国抗衡的，也只有赵国了。赵灭中山后，为了庆祝胜利，观看操演，赵武灵王便修建了这座丛台。

邓小平引经据典地说:

“两千二百年前，赵武灵王都知道胡服骑射，进行适应战事的军事改革，我们是共产党人，更应懂得实施战略转变的重要意义。抗日战争胜利后，作战的对象变了，作战的方式也由过去的游击战转变为大兵团的运动战，指挥员不从思想上来个战略转变还行?全面内战已箭在弦上，你马放南山，那还得了?要丢掉和平幻想，准备进行严重斗争!”

站在一旁的刘伯承走下检阅台，从参谋人员手中要过一支步枪，连打三枪，说:“我年纪大了(五十四岁)，又是一只眼睛(1916年3月20日在丰都之战中右眼受伤失明)，打靶成绩不算理想，但枪枪都中靶心——我打掉的是人们心目中的和平幻想，激发的是你们的革命斗志!

在华东，在陕西，在中原前线，敌人正全面向我们发起进攻，大家要发奋练兵，迎接党中央、中央军委交给我们新的战斗任务！”

刘伯承战功累累，也战伤累累。他在战争中共负伤九次，左脚一伤，颅顶一伤，右眼一伤，右股动脉一伤，左臀一伤，左腿腓肠肌一伤……每有战斗，他都亲自动员部队，到前线勘察地形，他忠诚稳健，足智多谋，是部下敬重钦佩的战神！他每次战前动员，对广大指战员都具有特殊的感召力。

晋冀鲁豫野战军由六个纵队组成，总兵力达到三十万人，武器装备也在战争缴获中得到进一步改良，为适应集中的运动战创造了条件。

马头誓师，气壮山河。最后，刘伯承振臂一呼：“出发！”

晋冀鲁豫野战军第一、第二、第三、第六纵队十三个旅十二万人由河北的邯郸、磁县地区向鲁西南挺进。

4. 取菏泽，边区设首府

晋冀鲁豫野战军第一纵队渡过黄河后一刻未停，以每小时十五里以上强行军速度，直扑郓城，会同冀鲁豫军区独立第一旅，于7月3日晨完成了对敌五十五师踞守的郓城的包围。

7月4日黄昏，第一纵队和独一旅向郓城南关发起攻击，经过二十分钟炮火的猛烈攻击，先头部队只用了三分钟，就一举突破围寨。当时，敌五十五师师长曹福林正在城内召集连以上军官会议，听到如此密集的炮火轰击，十分惊讶刘伯承部队动作的迅速，急令八十七团的军官赶回应战，但这些人大半未到指挥位置即被解放军击毙。

7月7日晚，第一纵队和独一旅对郓城发起全面总攻击。敌人集中了各种口径的火炮一百余门，向解放军轰击。双方炮战持续了一小时。但是很快解放军的炮火就在城墙上打开了一个大缺口，各路攻击部队蜂拥而入，一下子击溃了敌军。国民党“固守将军”曹福林狼狈换装，只带少数亲信弃城而逃。7月8日拂晓，战斗结束。

接着，我军又取鲁西南首府菏泽。

菏泽为鲁西南重镇。菏泽城抗战前为国民党山东省第二专署驻地。日本投降后，定陶、鄄城等县的伪军龟缩菏泽城内，共有五千余人，国民党即委任原鄄城县汉奸头子王文宪为山东省警备整编第五师师长兼菏泽城防司令，辖四个旅。这些改编后的伪军，打着“国军”的旗号，反动气焰十分嚣张，四处抢劫群众的财物，活埋中共党员，并把人头挂在四个城门上。

冀鲁豫军区根据晋冀鲁豫军区司令员刘伯承和政委邓小平的指示，集中第二、第三、第五分区之第五、第九、第十七、第十八团和部分县大队及数千民兵，在东线对菏泽发起进攻。

当时在十八团任宣传队政治指导员的殷群写下了战场日记，现摘录如下：

10 月 7 日，农历九月初二，山东曹县城内原伪县长朱晚堂官邸

去年冬，地委分区命我和家住本城的沈健华、刘会基二老地下党员，组建回曹县城地下工作小组，我打进伪警察所当了半年伪警察，日本投降后，转眼一年间，我又恢复八路军战士的本来面目。到曹县，组织上决定把我从敌工科调来十八团任宣传员，今天就住在原伪县长兼保安司令朱晚堂的公馆，真使人感奋。

政委陈耀先同志热情接见说：“我们又到一起了，我们不希望再设敌军工作部，而设统战部门，和国民党携手建国。”修杨团长说：“这只是我们的愿望，蒋介石改编伪军，‘负责维持治安’，反命令我们‘不得擅自行动’，没安好心哪！”

10 月 15 日，农历九月初十，曹县

向陈政委汇报工作，他说，两个月来，蒋介石已在解放区抢去三十一座城市，我从敌工部门调出来后，确有和平幻想哩。而毛主席、周副主席和国民党刚订了《双十协定》，蒋介石就颁发了“剿匪密令”。

10 月 20 日，农历九月十五，曹县西北云胡集

分区组织科老友吕德胜、郭瑞祥同志从分区驻地张集来，据说，伪军王文宪部被改编为山东保安五师，企图联络各县伪顽进

攻我中心区，你不敲他，他就要吃你。问我十八团士气如何，我说："士气高昂，枕戈待命。"

昨天上午，陈政委在全团连以上干部会上报告形势。今天我团奉命向西北前进，我问："是不是打菏泽？"陈政委诡秘一笑："你的意见呢？"

10月21日，农历九月十六，团柳树

一早，部队在胡集，出发前，做解放菏泽的战斗动员，全团沸腾，浩浩荡荡，向菏泽挺进！

中午，军区司令员王秉璋同志向集结在这里的作战部队讲话：号召五分区参战部队，在冀鲁豫军区统一号令下和二、三分区参战部队团结协同，解放菏泽。王司令员说，菏泽这一带平原，是山东的粮仓，人称"麦子囤"，西接平汉，北靠黄河故道，东连山东解放区，南通豫皖苏，历为兵家必争之地，旧官州府治，日本人设鲁西道，常屯重兵，作扫荡我区的基点。现在国民党又收编伪军，作为抢夺冀鲁豫边区的据点，我们必须坚决拿下它，粉碎蒋介石抢占解放区的阴谋。

连队党支部、班、排，一面行军一面动员，一面擦拭武器，磨亮刺刀。秋高气爽，刺刀在秋阳下闪光，热气腾腾，军威振奋。"解放菏泽，反对内战"的口号声，响彻鲁西南大地。

10月21日黄昏，菏泽城南三里马堤口

我军以迅雷不及掩耳之势，经半日强行军后，突然进击，一举攻占菏泽四关，将伪保安第五师王文宪全部包围在城内。西关是夏德义指挥的十三团，东门是三分区九团，北门是二分区的部队，我十八团攻占南关，要宣传队在这里待命。

全村房子被拆得七零八落，树木砍光。宣传队给各家房东挑水，扫院，做宣传调查。

我们住处的房东大爷，夺了我的扫帚说："副官长！可不能劳驾官长，咱老百姓怎么担待得起？"我对他讲了共产党八路军是人民的子弟兵。老人家惊喜地说："天下可真是出了有道明君啦，你们快把王文宪这杂种打走吧，前天，他派兵拆房，说不搬进城里，共产党来了共妻。想不到八路军这样仁德，我活了大半辈子，还没见过你们这样好的队伍哩！”

掌上灯，老大爷捧出来热腾腾的番薯，一定要我们品尝。

10月22日，农历九月十七，菏泽城南关百米处民房

我们没有重武器，还是用传统的地道炸破，攻城歼敌。团首长要宣传队挑选几个年龄大的同志，组织坑道作业招待站。

我立即赶回去和老吴商量，由我带袁照臣、刘兴亚等十个年纪大的同志，赶来南关参加坑道作业。我们的任务是给施工部队烧茶送水，捧香烟，送点心，丈量作业进度。

部队轮流作业，组织掩护部队，阻击出扰的敌人。

我在院后矮墙下窥视菏泽城，城墙全部是砖石结构，高过三丈，垛口整齐排列，高大庄严，城壕宽阔，城门外拦了粗大的木栅、铁蒺藜。团长命炮手们架两门迫击炮试射，炮弹射到城墙上只能击出几个弹洞。没有重炮，就得多花力气。多作几天土工作业。

10月23日，农历九月十八，菏泽城南关

作业部队干劲冲天，三十个小时已掘进二十多米，坑道作业十分艰难，必须挖至七丈以下，斜着向城楼掘进，土质松软，容易塌方，还有护城河水渗入的威胁，但指战员找来木板、石板，堵住可能塌方渗水的险处；顽强掘进，越向里，空气越是稀薄，使人感到发闷。

10月24日，农历九月十九，菏泽城南关

拂晓，一个敌军排长从南门偷偷爬过来，北风号寒，我穿新棉军装，伪军还披着日本人给他们丢下的破黄皮，冻得瑟瑟发抖。我给他几个窝头，他两口就吞掉一个。

军区秘书张勋、王副团长询问他城内情况，他说：“王文宪说何思源援兵正在向菏泽开来，要我们尽忠党国，与城共存亡；当

兵的这几天一天发两个烧饼，肚皮都饿扁了，谁还想给他卖命！昨天我冲出后装死躺下，晚上就投你们来啦！”

张勋在一张报纸上写道：“与城共存可乎？曰：不然，共亡则可拭目而待矣！”我们几个都不禁拍手大笑。

半夜，陈政委来地道挖土。拂晓，我和二连政治指导员王金贵去丈量，已掘进三十五米六。

10月25日，农历九月二十，作业指挥部

拂晓，我去丈量进度，一个高大魁伟的战士，在煤油灯摇曳的灯光下铲土，他动作迅速，手势轻快灵巧，到跟前一看，原来是刘星政委。在这每分钟都可能塌方，可能触到敌人埋设地雷的危险前沿，他却在从容不迫地挖掘不止。一班长说：“我们现在很可能已穿过护城河在敌人脚下作业了，你快请一号上去吧！”还没等我开口，刘星政委就笑眯眯地说：“你也来挖吧，我们快些打进菏泽买烧饼吃！”这一下把大家都引笑了。

10月26日，农历九月二十一，菏泽城南关

报载，蒋军第八、三十、四十军沿平汉线向我邯郸进犯，理发员刘秉功是汤阴人，见蒋军占了汤阴，十分气愤，他对我说：“要求党中央下令打到重庆，把老蒋打倒了，就不会有内战了吧！”

晚上，张启斌同志带几个宣传员到西侧百米处的独立小庙里，大敲大擂，鼓声震天，锣钹齐鸣，精神战使得敌人胡乱射击，从城上扔下火把，城周围火光辉煌，像是日环食。精神攻势换得我军香甜睡觉，养精蓄锐。陈政委勘团长放我和警卫员打了几把扑克。

10月28日，农历九月二十三，菏泽城南关

地道已挖到南门城下，修整药室，已开始装填炸药了。前沿突击部队又一次修理了工事，磨刀擦枪，紧张备战。

启斌同志约我在黄昏攀上房顶，又一次向敌劝降。对面有家伙胡喊乱叫道：“毛泽东已向（国民党）中央投降了，你们还打个啥。”一会儿又喊：“济南大军一到，看你土八路往哪里跑。”下边

的同志们听他胡言乱语，一阵阵哄笑。

特务连的小张扶着梯叫我们下来，说，不要跟这些龟孙子磨牙了，叫他们坐坐八路军的飞机吧！土工作业用了八天，打仗用不到三天吧！

10 月 29 日，农历九月二十四，二十二时于菏泽城内王文宪司令部

以为打仗要用三天，发起攻击的十九个小时后，伪城司令部已成了我团的指挥部了。昨晚，首长一再命令部队上半夜好好睡一觉，谁睡得着？

零时，炸药全部装好。四时，我团四个独胆英雄架着土坦克，用四轮太平车蒙上铁壳，五六层湿棉被掩护着，在猛烈的迫击炮、机枪、排子枪掩护下，直向南门猛扑。敌人没见过这种玩意儿，惊慌失措，乱喊乱打枪。我们的同志顶着铁壳棉被掩盖的太平车，推进到木栅。把炸药包放好，拖着牵引导火索的铁丝绳就退了回来。让人感到松了口气，枪声也稀疏了，两阵都在观望，阵地上突然静得不得了。

突然，轰的一声，在我土坦克退出三四十米后，木栅被炸得稀巴烂，土坦克的湿棉被烧了几个洞，人的一根毫毛也没有伤着。闯过了木栅，士气大振，马堤口的小宣传员也都挤到南关来观战。陈政委、启斌也吆喝不停。直到司令部作战参谋命令，除突击部队外，机关人员一律撤出二百米以后，他们才随机关人员后撤。

启斌命我带几个大个宣传员，随分区联络科李宽宏同志接收战俘。我们就在离城楼百米处一座庙里的矮墙下待命，右边小房子是工兵的作战室，引爆电线就接在那里的电话机上。

陈雪厚在我打入开封前送我只怀表，我一直带在身边。在它指着 5 时 30 分时，王司令员朝工兵挥了挥手，不动声色地说：

“好了，开始吧！”这就是命令！

我望眼欲穿，紧张地盯着南门城楼，时间好像凝固不动了，慢得使人不敢喘气，不敢眨眼，使人焦急不安。

脚下忽然像弹簧弹动了一下，一道抓不住的耀眼闪光，瞬息

逝去，紧接着就是一声沉闷的巨响，一股浓黑的圆柱升上天空，遮没了城楼，也遮拦了视野，接着就是震天盖地的呼声，噼里啪啦砖石降落的撞击声和振人心弦的冲锋号声，在鲁西重镇菏泽城头，协奏起极为威武雄壮的交响乐。

我们并不留恋这种原始战法，谁都盼望用现代化武器去和敌人作战，但坑道爆破摧毁敌人坚固防线的壮举，在我军战史上写下了光辉的篇章。

我团从炸开的十几丈宽的缺口全部突进城内展开巷战，后继的九团也只有后尾在街心跃动，天已大明，右首屋脊上红艳艳的朝霞，特别绚丽。看看我的小怀表，才刚刚六点，这一切都只发生在半小时以内。

在我们这支收容俘虏的小部队踩着敌人的尸体和断砖残瓦跟进南门时，王秉璋司令员的指挥部，已在南门的一座民房里装好电话，电线随着冲击部队向纵深伸延。

二营交给我们五十几个俘虏，启斌赶到，向他们交代政策，我们进行登记。敌人的一个排长说："再饿三天，我们也要干掉政训官，投过来。"

黄昏前，战斗全部结束。分好住房后，吴粹然回来讲，听说王文宪逃了。

10 月 30 日，农历九月二十五，菏泽城内

行署的同志召集工商界人士开会，许多商店已开门营业，秩序井然。查战果，我团缴获枪支四百多支。

通讯员拿来《冀鲁豫日报》，称我刘邓大军取得上党大捷，阎老西损兵折将三万三千人，平汉前线战况炽烈。

10 月 31 日　农历九月二十六，菏泽

我们忙着筹备祝捷大会，国民党李延年将军会凑热闹，今天上午派飞机四架，空投了许多罐头、子弹，附有许多传单："援军已接近菏泽啦！""沉着固守，誓歼奸顽啦！"鬼知道他的幽灵援军在哪里？

晚上，分区宣传队李焕伦来玩，跟我学唱《汾河湾》。开了个罐头，共庆胜利！共庆胜利！这是冀鲁豫解放的第一个重镇啊！

不久，冀鲁豫区党委、行署、军区机关进驻城内，菏泽遂成了冀鲁豫区的首府。

5. 蒋介石派来黄埔军

1946年6月26日拂晓，国民党调动了二十五个正规师旅和保安团等反动武装三十万人，向中原解放军大举进犯。6月底，李先念、王树声等率领中原解放军，在给敌人以沉重打击后，开始向西突围。

8月上旬，刘伯承、邓小平为策应中原野战军突围，在豫西、陕南等地立足，决定立即发起陇海战役。

在刘伯承和邓小平的指挥下，左、右两路大军分别由菏泽、濮阳地区出发，急行军二百余里，穿过敌人密布的据点和封锁沟，突然出现在陇海路的开封至徐州段。

8月10日起，分东、西两路，向驻守在陇海沿线砀山至徐州段、开封至民权段的国民党军发起突然进攻。经过三天激战，先后攻克砀山、兰封、杨集、柳河集等车站十余处，控制与破坏铁路三百余公里。

随后乘胜南下豫东，攻克杞县、通许。15日，争取了夏邑、永城、虞城，联防总指挥蒋嘉宾率部五千余人起义。至21日，全歼柳河集以西地区国民党整编五十五师一八一旅和保安团、队共一万六千余人，截断了东西交通线。

陇海战役的胜利，打乱了国民党军南线进攻的部署，迫使蒋介石于1946年8月下旬在徐州、砀山、商丘、开封、新乡、郑州一线，集结十四个整编师，三十二个旅共三十万大军，妄图从徐州和郑州两个方向形成钳形攻势，消灭晋冀鲁豫野战军。

敌国防部长白崇禧、参谋总长陈诚亲自到开封部署，郑州绥靖公署主任刘峙也亲自到考城、民权前线督战。

刘伯承、邓小平于29日在菏泽召开了作战会议。在会议上，邓小平镇静地说："面对敌人的进攻，有两个方案：第一个是暂时避开敌人的锋芒，先去黄河以北休整一下，而后再南下寻机歼敌。这个方案对我们比

1945 年 9 月 18 日，八路军冀鲁豫军区部队攻克曹县县城。图为庆祝收复曹县大会情景。

较有利，但对全局不利，因为它增大了陈毅和李先念的压力。第二个是咬紧牙关再打一仗，这样，我们的负担会重些，但陈毅、李先念那里就轻松多了！我的意见是以第二方案为好。”

刘伯承插话道：“我完全同意邓政委的意见！蒋介石是个开饭馆的，送来一桌菜还不等你吃完，又送来一桌，逼着你吃。既然送来了，恭敬不如从命，我们就要放开肚皮吃哟!”

大家笑了起来。邓小平也微微一笑说：“同志们，尽管进攻我冀鲁豫解放区的国民党军有十四个整编师，三十二个旅三十多万人，在装备与数量上都优于我军，但敌人用于第一线的兵力只有十五个旅十余万人，且又分成六小路前进，每小路仅一两个师，而敌之郑州、徐州两个系统指挥不统一，有嫡系和非嫡系的矛盾，只要我们坚决贯彻毛泽东主席关于集中优势兵力、各个歼灭的作战指导思想，在运动中寻机歼敌。中路军系敌之整编第三师和第四十七师，我军如歼其一个师或两个师之大部，则郑州敌军的进攻即宣告失败。”

刘伯承说：“打蛇打七寸。敌军中最骄横的是整编第三师，我们就拿他开刀!”

刘伯承、邓小平决心集中优势兵力，先歼灭整编第三师。

整编第三师师长赵锡田是黄埔一期，参加过缅甸远征军。他的整编第三师和张灵甫的整编第七十四师，同为国民党五大主力师之一。

赵锡田与刘峙有师生关系，又是国民党陆军总司令顾祝同的外甥。

历史是一个经历曲折、耐人寻味的老人。1921 年 8 日，四川“援鄂军”经巴东取宜昌，刘伯承为混成第二旅第一团团长，在安安庙击败吴佩孚所部，俘获了几百名官兵。俘虏中有个下级军官出列行了一个军礼：

“韩德勤不才，愿留下追随刘长官，矢死不渝。”

刘伯承问：“你是什么职务？”

“报告长官，是连长。”

“那你现在是营副了。”

韩德勤大喜过望，回头对另一位下级军官喊道：“顾祝同兄，你也留下来吧。”

叫顾祝同的下级军官，也留在刘伯承的部下，得到了提拔。

谁能想到二十多年后，韩德勤当了国民党江苏省主席，而顾祝同则位至国民党陆军总参谋长。此时，顾祝同正坐镇徐州，指挥着他的外甥赵锡田剿灭刘伯承。

赵锡田，中将军衔，曾任过军长。他领导的整编第三师，清一色的美式装备，百分之六十以上的士兵有十余年的作战经历，在国民党军队中，号称“能攻能守”。因此，他根本没把刘邓大军放在眼里。

刘伯承和邓小平故意命令主力部队主动放弃一些城镇，大踏步地向北撤退。其实，我们每放弃一座城镇，敌人就背上了一个包袱。整三师占领了陇海沿线的几座城镇后，见解放军没有什么阻挡，以为是无力抵抗，便大踏步地向鲁西南长驱直入。

9 月 2 日，国民党整编第三师进至秦寨地区，第四十七师到达黄水口、吕寨地区。因为敌军已侦察获悉晋冀鲁豫野战军司令部驻扎于冀鲁豫区首府菏泽，刘峙突然改变计划，让整编第三师独攻定陶，而令第四十七师攻打菏泽。

这样，两师的距离一下子由十五至二十里扩大到二十至二十五里。敌变我变，刘伯承、邓小平不失时机地调整了部署，决定先砸“硬核桃”，诱敌整三师进入定陶以西的大杨湖一带，择机予以歼灭。

9月3日晨，晋冀鲁豫野战军阻击整编第三师的部队，稍加抵抗，即行撤退，直到让出大杨湖。当日下午，敌整编第三师便按照刘伯承、邓小平计划的路线和时间，退至我军设下的预定战场。

赵锡田率部长驱直入，他没有进入定陶而是止兵于大杨湖。

刘峙在报话机上，暗语问赵锡田要不要飞机配合。赵锡田干脆用明语回答："飞机用不着了，只凭这些装备，共军就不堪一击了！"

刘峙吃惊地问："你为什么不用暗语？"

赵锡田回答："不要紧，共军没有这个东西。刘伯承已溃不成军了。我不用两个礼拜就可以占领整个鲁西南。"

可见，赵锡田已经狂妄到了极点。殊不知，他正在按照刘伯承设计的路线和时间，一步步地走向灭亡。其实，不仅是赵锡田一人，国民党的整个统帅部都蒙在鼓里，不知晋冀鲁豫野战军主力的不战而退是刘伯承施的巧计。当赵锡田按刘峙的战术，以三个团的兵力进入白毛集后，蒋介石特从南京发来嘉奖令，刘峙和国民党国防部陆军副总司令范汉杰亲自赶到前线视察督战。

9月3日晨，刘伯承命令部队先敌撤离大黄集，诱整编第三师冒进解放军设下的预定战场。赵锡田当然不知是计，兴冲冲地进抵大黄集。为了让赵锡田钻得更深些，刘伯承甚至把大、小杨湖也送给了他。

不可一世的整编第三师便被晋冀鲁豫野战军包围于大杨湖、天爷庙、大黄集地区，陷入了严密的口袋阵中。

一场转守为攻的大歼灭战开始了。

听说刘伯承、邓小平要打定陶，通往定陶城的大路、小路两边，一片白色，那是被国民党残害的老百姓的家属，头裹孝帕，脚穿白鞋，流着泪水，来迎接部队。

上至白发苍苍的老人，下至几岁的孩童，有的提着水罐，有的端着热馍，悲喜交集地说："咱老百姓可叫蒋匪军祸害毁了，整天盼着你们过来为我们报仇，到底盼来了！"

纵队政委杜义德率部奔往前线，一路上的悲凄景象，使他的心情沉重。快到定陶县城时，看到迎接部队的乡亲们，杜义德跳下马，连连说道："乡亲们，你们受苦了！"

一个青年把头上的孝帕猛一扯，"扑通"一声跪在杜义德面前，高声呼喊："我要当兵，要报仇！"

杜政委搀起他，转身对参谋长说："发给他一杆枪。"

接着，呼啦啦站出一排青壮年，他们都要参加解放定陶的战斗。

国民党是靠抓壮丁补充兵源，而我军从不抓壮丁，都是百姓为争取自身解放和无产阶级的利益而自愿参军。

5日上午，担任主攻的第六纵队召开了由旅长、政委参加的军事会议。

王近山司令员招呼第十八旅旅长肖永银："来，你先看看地图吧！"

肖旅长一边看着地图一边想："这次主攻的任务准是交给我们了。"

王近山司令员问他："怎么样？"肖旅长大声回答说："叫我打，我就打！"

"好，那你们就准备打！"

参谋长报告了敌情，王近山说："消灭整编第三师就从大杨湖开刀，我们从它的胸口杀进去，直捣它的心脏。"他又严肃地说："野战军司令部命令我们纵队，集中一切力量，不惜一切代价，把大杨湖打下来，把整编第三师主力第五十九团消灭掉！第五十九团是第三师主力中的主力，号称'老虎团'，他是老虎，我们就是武松！这一仗只准打好，不准打坏！"

夜，黑漆漆的，田野里一片沉寂。第六纵队前线指挥部里更是静得连一根针落在地上都能听见。刘伯承站在地图前，认真地分析着双方的态势。邓小平坐在桌子旁，目不转睛地盯着电话机。

"丁零零……"一阵急促的电话铃声打破了屋内的宁静，这是担任主攻的第六纵队司令员王近山打来的电话。他向邓小平、刘伯承报告，总攻前的一切准备已经就绪。

邓小平说："王近山同志，这一仗打得好，咱们就在冀鲁豫站住了脚；打不好，就背起包袱回太行，回去告诉毛主席，他交给的任务我们没有完成。大杨湖拿不下来就把部队撤下来！"

"报告首长，我保证把大杨湖拿下来。"外号"王疯子"的王近山斩钉截铁地回答。

23点30分，第六纵队的山炮打响，炮弹呼啸而过，在大杨湖村边炸开了，接着几十门八二炮也一齐轰鸣起来。不一会，部队发起了攻击。

六纵队四个营杀进大杨湖，分割敌军。双方机枪射出的子弹在村边织成密集的火网，手榴弹炸开一团团的火花。敌人从大杨湖射出的平射炮弹有几发落在十八旅指挥所旁边，溅起的沙土打得掩体顶棚啪啪响。

十八旅旅长肖永银指挥五十二团炸开鹿寨，抢占了村边的一个土围子，与反扑的敌人展开了激烈的搏斗。四十九团猛打猛冲，三次突入村内，但因敌方火力组织严密，我方后备力量不足，火力单薄，被迫撤出。两天血战，仅歼敌三个营。而我军也有四百多名指战员倒在血泊中。

肖旅长为战斗迟迟不能解决而焦急，王近山司令员打来电话说："我现在把纵队的二梯队全部给你，务必迅速冲进去把村内的敌人全歼!"

纵队副司令员韦杰和第十六旅副旅长尤太忠，亲率纵队预备队第四十六、第四十七和第五十团赶来了。半小时后，大杨湖四面八方都响起了激烈的枪声、手榴弹爆炸声和喊杀声，到处是闪耀着的火光和溅起的火星，预备队以排山倒海之势杀过去。先期冲进村内的我第五十四团也组织起全部战士和轻伤员，向敌人发起了猛烈的冲击。在内外夹击之下，敌人被压缩到一个四百户的村庄里，双方展开了肉搏血拼。

王近山在前线指挥所向刘伯承报告弹药已不足，并带着哭声说："狗日的五十九团，我九个团对付他一个团呀!"刘伯承说："赵锡田也已经没有力量了，正等着支援。敌五十九团团长吴耀东向其旅长报告说，他只能再坚持十五分钟，如果援兵还不到，他就自杀。告诉同志们，狭路相逢勇者胜，敌人顽强，我们更顽强。"

6日9时30分，侵占大杨湖的蒋军第五十九团在我军的最后一搏中被全部消灭了。

被活捉的第五十九团团长吴耀东并未如他声称的那样"自杀"，他灰头土脸，悲叹着："我五十九团被解除武装，你们无敌了！你们无敌了!"

赵锡田深知自己已陷入绝境，一个劲地向郑州呼救。

刘峙急令整编第四十七师火速增援，但被晋冀鲁豫野战军第三纵队所击退。敌整编第四十一、第五十五、第六十八师也奉命分别从东明、曹县等地赶来增援。刘伯承、邓小平严令各阻击部队坚决阻击，不准敌人前进，他亲自到第六纵队指挥部，召集各纵队领导干部开会，进一步部署消灭整编第三师的行动。

5日晚，在刘伯承、邓小平的直接指挥下，各纵队发起全线进攻。经过一夜激战，敌整编第三师第二十旅被全歼，第三旅遭到重创，整编第三师陷入了混乱动摇之中。几天前八面威风的赵锡田，这才后悔自己进得太快，落入共军圈套。他喊天呼地地求救，但其他友军隔岸观火，不敢靠拢。

蒋介石又令商丘的张立元军长火速赶往定陶“救赵”，张立元沿曹县西南妄图通过黄河大堤与赵锡田会师，没料到大堤北侧已被我五分区十三团把守，部队凭借高出地面四五公尺的黄河大堤，在大堤南侧挖了阻挡坦克的堑壕沟，背靠的吕寨村的民兵和群众也赶来全力支援，送弹药、送饭、抬担架。

张立元所部在飞机、大炮和坦克的掩护下，攻势十分凶猛。刚进入堤南前沿阵地，我指战员机枪、步枪、手榴弹等各种火力如狂风骤雨般泻向敌群。尽管敌人的飞机在我们头上俯射，炮弹在堤上嘶叫，阵地被轰出了一个个大坑，防线一度被炸开了一些口子，但是指战员冒着弹雨，始终坚持战斗在硝烟滚滚的大堤上，使敌增援部队未能前进一步。

6 日中午，赵锡田慌忙调整部署，带领师部和第三旅残部，在飞机、大炮的掩护下，从天爷庙向南突围。刘伯承、邓小平乘敌人脱离工事混乱、退却的时机，下令全线出击。

赵锡田率整编第三师师部和第三旅残部逃至大李寨时，遭到我第五、第六旅的围攻。经过激烈的战斗，消灭了整编第三师师部及其第三旅残部，师长赵锡田也被从汽车底下拖出来，当了俘虏。

经五天苦战，晋冀鲁豫野战军共歼敌四个旅、一万七千余人，生俘整三师中将师长赵锡田，缴获坦克六辆、大小炮二百余门、轻重机枪七百余挺、长短枪四千三百余支。而我部也付出了巨大的牺牲和代价。五十二团伤亡最重，损员三分之一。旅长肖永银抱着政委李震号啕大哭。

毛泽东主席接到刘伯承、邓小平关于歼灭敌整编第三师的电报后，立即回电：“6 日 23 时电悉，甚慰。庆祝你们歼灭第三师的大胜利，望传令全军嘉奖。”

9 月 15 日，《解放日报》发表题为《蒋军必败》的社论指出：定陶战役的胜利，是“继中原我军胜利突围与蒋军苏中大捷之后，又一次大胜利。这个胜利，对整个解放区南方前线彻底扭转局面有重要作用。蒋军必败，我军必胜”。

大杨湖战役后，我军指战员打扫战场，其情景惨不忍睹：大杨湖被敌王牌中的王牌第五十九团占领三天，留下了一片废墟。村庄周围所有的桃李、杨柳等树木全被拦腰砍断，做成了围栅和鹿寨；村里所有的墙都被打通，墙上挖了数不清的枪眼；门板、箱柜无一存留；街上到处是子弹壳、手榴弹壳、炮弹壳和染血的军衣、军帽、绑带；水桶里盛着没吃完的面条；灶门口堆着吃剩下的羊头、猪头、狗皮；没有来得及掩埋的战死者的尸体，有的像码粮袋那样堆在房间里，有的被胡乱塞在水井里，散发着冲天的臭气……

国民党兵只是路过李集，结果一天之间，就吃了二千多只鸡，一百只鸭子，二十多头猪，三十多只羊，耕牛无一幸免……

晋管村一百多名妇女被关在一个院子里，任兽军蹂躏，两天不给饭吃……

沙窝地主郭老太太家中一位十八岁的女儿，被强奸得不能下炕……

一位老大爷拉住解放军干部的手，愤怒地控诉道："那些狗日的蒋匪军真不是东西哪！连母羊都不放过，禽兽啊……"

我军的"三大纪律八项注意"中专门有一条"不许调戏妇女，违者以军法处之"。而"国军"被老百姓咬牙切齿地称为"禽兽"，一支"禽兽之师"，即使有再好的武器装备，也必败在正义之师的手下。

在这里，我们不得不提到我军为什么用严厉的纪律约束军人的性行为。中国人民大学潘绥铭教授有这样一段论述：中国传统文化是以宗法、伦理文化为核心的，在农村待过的人都知道，村里人自己有乱搞的不算什么大事，可是如果"外人"来村里搞女人，那么农民就会群起而攻之。因为农民最后的私产就是自己的女人。换句话说，农民不是因为你的理想多么好才跟你走的，而是因为你首先是一个好人，才会相信你跟随你的。性的"正经"，就是好人的最主要标志之一。这其实也是革命成功的主要保障之一。任何一个党员的"性"，就都不再是个人私事，而是关乎党的正确性与感召力的重大政治问题。

"国军"蹂躏妇女被百姓所痛恨，任何一个执政党，他的党员和干部，如果以权谋私、以权谋性，都将会失去民心！

6. 犹有劲旅克羊山

国民党军队连连失利后，蒋介石下令调驻山东泗水的第二兵团司令王敬久，统一指挥鲁西南的作战。王敬久出身于名将辈出的黄埔一期，深受顾祝同的赏识。但邱清泉和胡琏根本看不起他，致军令不畅，遇危而互不相救。

1947 年上半年刘伯承采取“围三阙一，网开一面，虚留生路，暗设口袋”的战术，在王敬久做成的长蛇阵上，歼灭了敌整编第三十二师、七十师，只剩下整编第六十六师一个半旅畏缩于羊山集。

羊山集，是一个有一千多户人家的大镇，位于金乡城西北三十华里。羊山由东向西长约五华里，高约四百米。山上突出三峰，形似卧羊，故名羊山，其东峰如羊头，中峰如羊身，西峰如羊尾。

整编第六十六师系蒋介石的嫡系精锐，配置一流的武器装备，战斗力较强。师长宋瑞珂毕业于黄埔军校第三期，因出类拔萃，而留任内务长官。内战爆发时，宋瑞珂三十多岁，在国民党少壮派里是佼佼者，也是《中原停战协定》的签字人。1946 年 4 月 1 日，在汉口商谈中原停战问题的会议上，他穿着崭新的军服，佩戴着金黄色的中将肩章和领章，光彩炫目。但是《中原停战协议》墨迹未干，他又充当了全面内战的急先锋。

宋瑞珂的六十六师下辖第十三旅、第一八五旅、第一九九旅三个旅。

王敬久从金乡城到羊山集召集师级以上干部开会。他说，要想打胜仗，不被歼灭，不当俘虏，必须做到十个字，头一个是稳扎稳打的“稳”字，接着一个个说下去，可是讲到第九个字时，却把第十个字忘了，想了一会儿记不起来，便说不讲了。

到整编第六十六师师部吃饭时，才想起来说，是灵活运用的“活”字。当时王敬久神色沮丧。参谋人员背后调侃说：“王司令官讲话时把活命的活字忘了，预兆不妙。”

此时，蒋介石坐镇开封，心急如焚。离开开封那天的午后，乘专机在鲁西南上空盘旋三圈，无奈天低云重，厚厚的黑云如山似海，根本看不清地面。蒋介石叹了口气，旋即向西南方怏怏飞去。

蒋介石的飞机在羊山上空盘旋的时候，刘伯承正在羊山下视察阵地。正当羊山战斗处于艰苦的攻坚阶段的时候，7 月 23 日，刘伯承、邓小平接到了中央军委的电报：刘邓对羊山集、济宁两点之敌，有把握则歼之，否则立即集中全军休整十天左右，不打陇海，不打新黄河以东，亦不打平汉路，下决心不要后方，以半月行程，直入大别山……

接电后，野战军司令部召开会议。出席会议的有野战军各纵队的指挥员，也有冀鲁豫、豫皖苏等地方部队的指挥员，他们是杨勇、苏振华、陈再道、王维纲、陈锡联、彭涛、杜义德等。刘伯承、邓小平传达了中央指示。接着李达参谋长讲解了当前形势，邓小平环视将军们微笑着插话道："中央向我们提出，歼灭羊山之敌如果没把握，就立即准备南下大别山，大家看……"

刘伯承在地图前严肃地说："中央正在陕北召开会议，对我们挺进大别山，实行中央突破打到外线去，做了进一步的部署。蒋介石让我们打急眼了，现在有五个整编师、三十个旅正朝鲁西南运动。你们看，迅速攻下羊山有没有把握？"

有人发言："蒋介石也说过：'羊山的胜败，涉及国共两党的命运。'我们不拿下羊山，岂能甘心南下！"

陈再道说："蒋介石的援军还在路上，金乡的敌人没有力量再支援，我看迅速拿下羊山有把握。"

刘伯承在地图前沉思片刻说："吃掉了六十六师，我们又甩掉一个围追的包袱，减轻挺进大别山的负担。那就把野司的榴炮营、一纵的炮兵团都调给你们，等天一放晴，就发起总攻！"接着他又补充道："蒋介石调兵遣将来解羊山之危，等于年三十晚上喂过年猪，来不及了。"

邓小平强调决不放过战机，集中优势兵力，迅速全歼羊山之敌。

陈再道、陈锡联反复切磋了总攻方案，上报总指挥部。刘伯承、邓小平遂决定 7 月 26 日开始总攻。谁料 25 日夜里大雨倾盆，直到 26 日黄昏，壕沟里灌满雨水，许多掩体被冲垮。总攻计划无法实施，只好推迟。

蒋介石向顾祝同发出命令，刘伯承、邓小平被大雨所困，交通、通讯均发生困难，是围抄歼灭的良好时机。命王仲廉一日内赶到羊山，于金乡同王敬久集团五十八师合击刘伯承、邓小平部队。

27 日，天放晴，火红的太阳将数日阴霾驱散。这时，青纱帐里漂

来“几叶扁舟”，那是炊事班用门板当小船给前沿送饭来了。揭开桶盖，粉条豆腐猪肉大烩三鲜。火线上突然改善伙食，是即将发起总攻的惯例。

下午6时30分，刘伯承、邓小平下达了对羊山的总攻命令。当晚，几十门各种炮火同时发出吼声，硝烟腾空，弥漫了整个战场。各路突击队一起冲出，杀声震天。

经过战士们前仆后继的浴血奋战，羊山各制高点全部被夺取。敌人被压缩于羊山集村内。整个夜晚，战士们酣战在羊山集的每一个角落。第六旅第十团一营二连在指导员葛玉霞的带领下，勇猛穿插，机智攻击，果敢地攻占了敌整编第六十六师指挥部，活捉了中将师长宋瑞珂。

镇北的一间小土屋里，警卫员小张把二纵六旅旅长周发田强按在一张小凳上，将一碗面条塞在他手里。一阵急促的脚步声传来，宣传干事岳春普一头撞进房门，兴奋得声音都变了调：“旅长，宋瑞珂叫我们捉住了！”

“在哪里？”

“已被押往旅部来了。”

“好！”周发田跳将起来，把手中的碗往岳春普手上一塞，说：“春普，你替我吃了这碗面！”话未落音，他已大步流星地走了出去。

这次战斗，全歼敌六十六师师部、第十三旅及一八五旅旅部共计一万四千多人。

被蒋介石下死命令从金乡赶来救援的一九九旅，刚渡过万福河，就被刘伯承布下的伏兵一举全歼。

羊山战役是国共两党都认可的一场恶战。

四十年后，当年打羊山时的第五旅供给处处长黄开群回忆说：“我从十四岁就在炮火里滚。总攻羊山的炮火那个响、那个亮，以前从没见过。”

当年的第四旅第十二团参谋长苏涛说：“打羊山，连我们指挥所的桌子底下都藏着敌人。我正在观察第一梯队推进，看他们上去了，很高兴，心想这回端六十六师一个团了……一回身，桌子底下钻出四个敌人，像耗子一样乱钻……”

在敌将宋瑞珂的军旅生涯中，这样的仗他也没经历过。宋瑞珂回忆："到7月24日，解放军已攻占羊山集西半段约三分之一的地方。此时子弹已很少，粮弹补给早已断绝。炮兵部的马匹猬集一隅，伤亡颇多，赖以吃死马肉勉强维持。到27日夜半，羊山集北侧石头山之制高点被攻占。当即召集各旅团长、幕僚人员及直属营长研究对策。一八五旅旅长涂焕陶说逐屋守备，还可支持三天。我说羊山制高点已被解放军占领，对全村情况了如指掌，我们已成瓮中之鳖，最多支持到次日中午……天亮之后，大雨倾盆，仍继续战斗。到28日下午，西北方面已被突破。我认为继续战斗下去，将招致双方更多的伤亡，乃派一中尉随员由羊山集东端出去，找到解放军的一个连指导员，表示停止战斗。我和参谋长以下参谋人员、一个旅长、三个团长均被生俘。羊山集战斗，由于我不肯突围，顽抗了半个月，双方伤亡很大，羊山集人民遭受惨重的损失……今天回忆起来不能不认罪忏悔。"

羊山集战斗结束后，刘伯承挥笔写了一首诗：

狼山战捷复羊山，
炮火雷鸣烟雾间。
千万居民齐拍手，
欣看子弟夺城关。

值得一提的是，刘伯承、邓小平根据中央的指示，为配合陈毅、粟裕的莱芜战役、粉碎敌人重点进攻山东的图谋，命第二纵队司令员陈再道、政委王维纲在成武一带奋战一周，拖住了敌王敬久第五军、王中连整编第八十五师及七十二师等部队，使其未能达到赴援山东的目的，并歼敌一万六千余人。

2月22日，传来山东莱芜大捷的喜讯：陈毅、粟裕指挥的华东野战军，在莱芜地区歼敌七个师，共五万六千人，活捉了第二绥靖区副司令员李仙洲。

羊山战役胜利后，一支部队要开庆功宴，忽然接到邓小平打来的电话：仗是打胜了，可借群众的门板都还了没有？在群众的地里挖的战壕，都填平了没有？借群众的车辆都还了没有？损害群众的庄稼赔偿了没有？

不要被胜利冲昏头脑，胜利后的第一件事，是检查部队有没有违反纪律、有没有损害群众利益。

庆功宴遂取消。

7. “国军”中将赵锡田感叹：我们是败给了老百姓

在鲁西南作战中刘邓大军共活捉了敌三名中将：王牌整编第三师中将师长赵锡田、国民党国防部保安第四快速纵队中将司令张岚峰和蒋介石的精锐嫡系六十六师中将师长宋瑞珂。

三人中最骄横的当属中将师长赵锡田，他一个师部编制人数相当于一个军，全部配备美式武器装备。

9 月 5 日黎明，赵锡田的指挥部——天爷庙，枪声疏落下来。敌整编第三师被全部歼灭了。赵锡田脱掉中将军服钻进一辆汽车底下，当我军战士用枪逼着他爬出来时，他头部负伤淌着血，他向战士谎称自己是军械主任。

赵锡田被我军卫生员包扎好伤口，躺在担架上混杂在俘虏群里，看着身旁同伙一个个哭丧着脸，低垂着头从他面前过去，他摇摇头，仰望着那乌鸦般的飞机，一声哀叹：“一切都完了！”

不过，此时他不明白，如此精锐的整编第三师，怎么会败给武器低劣、土里土气的对手呢？

指挥所里邓小平正接王近山的电话：“政委，赵锡田被俘了。不过，他不承认是赵锡田，只承认是军械主任。有几个被俘的军官和士兵，都说他是赵锡田。”王近山又说：“赵锡田被我们打伤了，是轻伤。”

“暂时就称他为军械主任吧！你们千万把赵锡田看好，我们要见他。”邓小平放下了电话。

为赵锡田抬担架的是当年最出色的郓城妇女担架队。

赵锡田躺在担架上，情绪坏透了。他不能清醒地判断，是由于枪伤引起的头痛，还是由于被俘而心烦气躁所致。他有时暗骂刘峙糊涂，有时也埋怨自己疏忽轻敌。

夜静静的。担架队行走的脚步声清晰地传到赵锡田耳朵里。他仰望长空，星光分外明亮。女担架队员不时轻声地询问赵锡田，是否渴了，是否饿了。头两声，赵锡田没有回答。他不知道那年轻姑娘在问谁，又不知说什么。赵锡田已经两天一夜没有吃饭，没有喝水，甚至三天三夜没有睡觉了。他自觉窝火憋气，一个国民党军队名将，前几天还被部属视为“常胜将军”，如今却当了俘虏，躺在共产党军队的担架上。当担架队员再次询问他是否渴了饿了时，他怯生生地说：“谢谢，我已两天一夜没吃饭喝水了。如果有水就叫我喝点水吧！”

“饿了渴了尽管说，按照八路军的政策，我们不会虐待你。”女担架队员说着递给赵锡田一个水壶，又给了他一个馒头。赵锡田连声道谢，忙着接过水壶和馒头。他喝一口水，嚼几口馒头。他心里赞叹：解放区的妇女竟然出来抬担架，发动群众支援战争，共产党算是做到家了。赵锡田老家涟水，也是解放区。不久前，他儿子赵振炎写信给他，说家里的日子过得不错。赵锡田看着眼前担架队的妇女，再把师长的身份隐瞒起来，实在没有多大必要。他想来想去，终于轻声地对担架队员说：“我跟你说吧，我就是整编第三师师长赵锡田……”

“我们知道你是赵锡田，自己说出来更好！”担架队员笑了。

“你不要有顾虑，该说啥就说啥，想吃想喝就说话。还喝水不？负伤了，多喝点水好！”

“唉！我是败军之将，你们还这么照顾我！”赵锡田说，“解放区的老百姓对待被俘人员和八路军伤员一样，八路军不虐待俘虏，这真是我没有想到的，现在我们到了什么地方？”

“菏泽赵楼。”

听到菏泽这个地方，赵锡田的脑袋像炸了一样，原来刘峙就是命令整编第三师到达菏泽的。到菏泽，刘峙将向蒋委员长为整编第三师的胜利而请功。没想到，是解放区的担架队，把自己抬到了菏泽，成了八路军的俘虏。

赵锡田在国民党军队里，是个有军事素养的人。他在史书里知道曹州一带的人民，性情强悍。唐朝末年的黄巢起义，就是在菏泽。《水浒传》里那些英雄们，也大都是菏泽的。

第二天行军的宿营地是菏泽、东明交界处的洪王庄。这地方属老解放区，是抗日时的老根据地，已经进行了土地改革。在担架上，赵锡田睁大了眼睛，看看老解放区到底是什么样子。走过一个村庄，又走过一个村庄，那些村庄的墙壁上写着：

“土地还老家，合理又合法。”

“实行耕者有其田。认真地分配土地。”

“好铁要打钉，好人要当兵。”

“青年人踊跃参军，保卫土改的胜利果实。”

“共产党万岁。打败蒋匪军。”

冀鲁豫解放区的民兵、民工火线抢救伤员。

在路上赵锡田看到了许多群众来来往往，大大小小运粮的车奔流不息，都是支前的。

赵锡田当然不知道，大杨湖战役，冀鲁豫边区支前的民兵、民工达十五万人，出动担架一万七千余副、大车五千余辆。参战民兵和群众在地委和县委的领导下，组织各级党政干部奔赴在第一线抢救伤员，往返运送粮食物资和看管押送俘虏，有力地支援、保障了战役的胜利。

赵锡田暗自思量，平心而论，国民党也不反对土地改革。平均地权、实行耕者有其田是孙中山先生的主张。但国民党没干的事叫共产党干了，得了人心！农民分得了土地，自然会起来保卫所得的利益。难怪解放区的老百姓这样积极地支援战争啊！这真是国军望尘莫及的。他同时纳闷，共军不抓壮丁，可是兵源充实，共军无军饷，可是打仗舍命。相比国军，士兵虽有军饷，但官兵却不能团结一致，一旦被共军俘虏，个个都变成了好兵。作战双方不但要民心所向，同时也要兵心所向。

赵锡田正思索间，宿营地到了。赵锡田知道自己是阶下囚，拘谨地在屋里躺着。他的衣物生活用品都在战场上丢了，政治部张之轩科长特地为赵锡田送来衬衣、牙刷、牙膏、毛巾等生活用品，还嘱咐他不要老闷在屋子里。

这些天来，赵锡田第一次洗脸、刷牙、洗脚。他吃饱了饭，喝足了水，觉得轻松多了。他拿起条凳上的一本《聊斋志异》，偶然翻到说菏泽牡丹甲天下那篇《葛巾》，自言自语地说："牡丹花，富贵花，有国色天香之称，'花开动京城'啊！"

赵锡田走出门外，和一位正在洗衣服的老太太聊天，老人问："你是哪里来的?"

"我打了败仗被俘啦！我老家也是解放区，离这里只有二三百里路。"赵锡田说。

"哎呀，你家在解放区，为啥还和八路军打仗啊！那不是自己人打自己人吗?"

"我是个军人，得听上级的命令啊，是蒋委员长下命令叫我打的。"赵锡田回答。

"蒋介石下命令办错事你也干？我们解放区人，谁办坏事反对谁。八路军爱护老百姓，我们支援八路军。"老太太说。

赵锡田停了一会儿，若有所思地提问："你对土地改革有什么想法吗？你家不是贫下中农吧?""我家是富农成分，只有雇工没有出租土地。拿出五十亩地，剩下二十亩。这也种不完，我家有三个人干活，这二十亩地，村里到时候就给种上。"老太太回答。

赵锡田连连点头，觉得一个小脚妇女，竟然懂得土改的事情，解放区的妇女毕竟不同。

晚上，刘伯承、邓小平设宴款待赵锡田。

那惨败的一幕刚刚过去，刘伯承、邓小平却设宴款待，实在出乎赵锡田的意料。平时，刘伯承、邓小平的膳食和战士们差不多，这次却给赵锡田准备了一桌丰盛的宴席。

赵锡田感慨系之，他在宴会上说："一路见闻，我明白了，我们不仅败给了贵军，更败给了老百姓，人心所向啊。我老家在苏北解放区，侄子振山就在新四军工作，假如今天我手里还拿着武器，说不定和自己的侄子在战场上相见。如果是那样的话，我不仅对不起国家、民族，也对不起自己的祖宗。"

谈起自己的家乡和身世，赵锡田的声音有些哽咽了，他一再叹息着，泪水几乎流了下来。为了缓和宴会气氛，刘伯承、邓小平一再与赵锡田干杯畅饮。刘伯承、邓小平的殷切关怀和盛情款待，深深地感化了赵锡田。

9 月 13 日，赵锡田致函国民党军队官兵反对内战。他在函中特意谈到解放军的俘虏政策：

> 本人及三师、四十七师在此之官兵，无论起居饮食，均招待甚周，毫未加以侮辱，负伤的都曾给以医治……此诚出乎吾人前所预料也。
>
> 此次三师所遭遇的并非一击即溃，而是顽强抵抗。其官兵之英勇，其火力之强大，均非吾人所能设想；至于其白刃扑搏之精神，如非八年与日寇作战锻炼，必不至此。尤其军民一致，万众一心，如无适当的良好的政策，必难办到。这些问题都应使我人士深思……所以本人希望仍能本着政治解决之方针，才是国家与人民之福。

后来，此函在晋冀鲁豫《人民日报》上公开发表，在敌方官兵中产生了极大的影响，对瓦解敌军起到了重要作用。

8. 人民越拥护，越要抓军纪

大杨湖歼灭赵锡田之后，蒋介石令黄埔系王牌主力——邱清泉的第五军和胡琏的整十一师到鲁西南来消灭刘邓大军。邱、胡身后，还有蒋介石从山东战场调来的敌四十一师、五十五师、六十八师、八十八师等装备精良的后备队。

刘伯承说：“我们终于把两只虎从山东牵来了，减轻了山东战场的压力。”他对二纵第五旅旅长雷绍康说：“对第五军搞运动防御，每天让他进三里，三天才进九里。到了龙堌集筑牢工事，钳制住他，保障主攻方向钳击十一师。在南边章缝集地区，我们三纵、六纵、七纵已给十一师安排好了铡刀。”

考虑到五旅十四团是打前阵的接敌团，他们的动作将影响整个龙堌集方面的作战。刘伯承乘坐胶皮轱辘大车，于当夜 12 时赶到十四团指

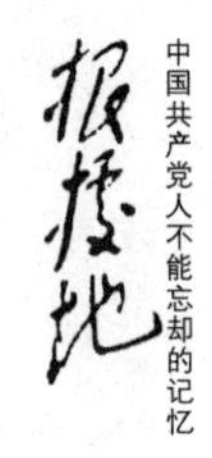

挥部。

刘伯承一走下大车，就对十四团政委杨杰和团参谋长说：

“我是想来看看，你们团的兵力和阵地是怎么部署的。”

团参谋长汇报说：“听说敌人的第五军长于攻击，我们怕顶不住，就把全团的主力部队都集中在最前沿了。”

刘伯承听罢，摇了摇头，说：“你们想把敌人顶住，可这样部署兵力，恰恰顶不住！他如果一下子冲垮了你前头的几个连，后边怎么办？你们的这个打法不行！”

“那我们应该采取什么样的队形呢？”

显然，刘伯承对这个问题早已考虑过，他不假思索地说：

“最好是采用三角队形。三角的最前边少放一些人，后边设几道防线，再逐渐多放部队。这样子，打起来以后，我们就可以逐渐挫伤他们的锐气，使他们的攻击力量越来越弱，而我们的防御力量却是越来越强！”

龙堌集一线的运动防御从9月29日一直打到10月9日。蒋介石的王牌第五军攻击了十一天，伤亡两千余人，只前进十华里，龙堌集没攻下，眼见他的友邻十一师遭晋冀鲁豫野战军主力部队的猛烈攻击，慌忙回窜，向十一师靠拢。

而在章缝集方面，三、六、七纵队与敌整十一师展开了五天的激战。最终以少胜多，使敌人的钳形攻势遭受了重创。

继而，刘邓大军在中国兵法家孙膑的家乡鄄城，又打了“巨（野）金（乡）鱼（台）战役”，用釜底抽薪的方式，成功地用“攻其所必救”的战法，一天之内歼敌九千余人，生俘敌旅长刘广信。

“巨（野）金（乡）鱼（台）战役”，共歼敌主力二万四千余人。

在这次战役中，刘汝明、刘广信曾向蒋介石告急。蒋介石最担心把他的美制八门榴弹炮弄丢，严令其要保证“人炮俱存”。当敌榴弹炮阵地陷入我军的包围时，刘广信眼见炮保不住了，就宁愿“人存炮亡”。结果，敌人“人炮俱亡”，全部落入了晋冀鲁豫野战军之手。

边区传开了，刘伯承用兵真如神！

国民党中央社出于政治上的需要，接连放出谣言，称刘伯承“阵亡”。早在此之前，他们一会儿说刘伯承“负伤”，一会儿说刘伯承“潜逃”，这次则干脆说“阵亡”。

人民群众根本不相信国民党的谣言。蒋介石自1946年7月以来，调遣二十二个军（含美械嫡系七个军），共五十个旅，向晋冀鲁豫解放区全面进攻，狂妄地梦想“消灭刘伯承主力”。但四个月的事实证明，被消灭的不是刘伯承主力，而是蒋介石自己的十六个旅的十一万大军。

这期间，刘伯承不仅指挥野战军主力驰骋冀鲁豫大平原，而且在戎马倥偬中，稍有空隙，就抓紧校订和补译苏联施米尔乐夫的《合同战术》的下部，终在12月完成。难以想像，自炎夏至隆冬，平均每二十天作战一次，加之他失去右眼，看书写字甚为不便，但他竟能完成长达十万字的校订补译工作。对此，《人民日报》前线记者写道：

“刘将军深感到他对中国人民的光荣责任，无所旁贷。”“挥汗呵冻，把这本书奋力译成。”

这期间，他还向部队指挥员积极推荐了苏联皮加列夫所著的《兵士兼统帅》一书。

这本书是介绍苏军统帅苏渥洛夫生平事迹及其军事思想的译著。苏渥洛夫主张打歼灭战和主动地进攻战术，强调指挥员要善于思索和善于学习经验，要以身作则，严格执行军事纪律。刘伯承认为，苏渥洛夫的

晋冀鲁豫边区掀起群众性大练兵运动。图为军区司令员刘伯承亲自作射击示范。

观点值得借鉴，他多次督促野战军宣传部尽快再版印刷，发往部队。每逢遇到部队指挥员，他就热情地推荐说：

“《兵士兼统帅》真是一本好书，在好多地方，他的观点与我们是一致的，你们要好好研究研究！”

刘伯承能打仗，会打仗。边区人民期待着刘伯承率领部队再歼灭蒋军几个“十一万”，好使他们能过上好日子。他们把刘伯承当成自己家里的人，真诚地爱戴、关心他。有一个村子的妇救会在滑县战役歼敌万余后，曾写信给刘伯承的爱人汪荣华，信中说：

> 我们虽然没有见过你，细一想就知道你一定是个人品不错的人。我们写信给你，不是为了别的，而是要你更好照顾刘师长……你爱护他，我们也同样爱护他。但是我们距师长不知远到哪里去了，我们不能亲自慰问与关心他，所以我们不能担的担子，请你替我们担上。从今天起，不仅尽你妻子的责任，而且也嘱托你代表我们好好照料师长。听说师长今年五十五岁了……可是师长还为了我们在前线辛苦奔忙。曾听一名前方下来的战士说：前方打仗，睡不好，吃不好，累的人又乏又疲。在这个冬冷天，不是霜，便是雪，还有北风黄土。师长不仅受罪，而且透日透夜，想妙法打胜仗，听说每晚都睡不好觉，到现在打了五次大胜仗（指陇海、定陶、巨野、鄄城和滑县五战役——引者），不知道师长疲到怎样了？——所以，希望你好好地比过去更加关心他……如果不然的话，那我们就要向你提出意见了……

刘伯承把人民群众对他个人的关心和爱护看成是对解放军的关心和爱护，认为越是在这种情况下，解放军越应该严格执行军队纪律，热爱人民，一切以人民群众的利益为出发点。

9. 老总，你们真的做不到

邓小平后来回忆，在我一生中，最高兴的事是三年的解放战争。冀鲁豫是个好战场，走到哪里都有粮食吃，都有群众支援。那时我们的装备很差，却都在打胜仗，以弱胜强，以少胜多……

邓小平也深知，无数共产党人、八路军和人民群众用鲜血和生命打造了冀鲁豫根据地，使刘邓大军在鲁西南的大地上如鱼得水，百战百胜，正如安泰紧紧拥抱着大地母亲。

作为军人，国民党军也是有纪律的，其“爱民十大守则”许多内容与我军的“三大纪律八项注意”有相同之处。

国民党军“守则”第四条是“雇夫先付钱”，但究竟给没给雇夫钱无从查证。前些年台湾热播的国语连续剧《光阴的故事》中贯穿全剧的人物——“孙爸”，他少年之时奉母之命上街打酱油，恰巧被国民党军队抓去做了壮丁，酱油没打回来，一去几十年。于是在台湾开放赴大陆探亲后，他拎着两瓶酱油返回大陆探亲去了。这可能也算得上是战争版的打酱油了吧。出门打酱油都会被抓了壮丁，雇夫真会给钱吗？

古往今来，任何一支军队，哪怕是土匪流寇，也都有其自己的纪律。这些写于纸上、书于墙上、吟诵在口、默念在心的纪律条文，是武装力量得以生存发展的基本规则。纪律和士气往往是联系在一起的，有着严明纪律的军队，其士气自然不会低；反之，以“杀进城去，放假三天”为号召的军队，人民怎么会支持呢？他们必然会成为聋子和瞎子，最终被打败。

陈毅元帅说过：“纪律好即是向人民说明自己的政治面目，人民根据军队的纪律，即可判断革命军队及革命政权的性质，来决定其拥护或反抗的态度，某种政权必具有某种军队，人民对政权和军队的性质，在开始接触的第一天，常常从纪律上来判断，同时军队也是以纪律与人民作日常的切身接触，这乃是一个真理。”

一支军队的纪律好与不好，并不在于军队拥有多少条纪律，而是在于军队的全体能否自觉执行纪律。而能否自觉全面执行纪律更在于这个军队的宗旨和根本目的。纪律能不能执行不在于纪律，而是在于宗旨。这才是根本。

1946 年 10 月 28 日，《冀鲁豫日报》发表了记者李春兰写的一篇通讯，记述了曹县群众对蒋军思想认识的变化过程。在蒋军就要到来的时候，不少群众不跑，许多中农在观望。他们觉得：“中央军来能怎么样？他们也是中国人嘛！总比日本汉奸队强点吧！”“两边都是中国人，谁来给谁纳粮。”甚至有的认为“中央军是国军，是正牌”。看到这种情况，我们部分干部有点恐慌，认为：“蒋军的社会基础比鬼子、汉奸雄厚啊！”“这样还能存身吗？游击战怎么打呀？”

蒋军到来后，开始不打人不骂人，还假装“宽大”说：“在农会、在枪班的不要怕，不要跑，报告了不杀。国军也知道你们是被八路逼着，只要自首既往不咎。”

可是，还不到两天，就现了原形。

“小老蒋（指本地的地主恶霸）上了台，欺压人，赛虎狼。果实夺走，牲口拉走，还要补交五年的粮。”

“穷人的命不值个尿泥。投降的民兵，不知为啥被拉出去毙了。”

“到处拉姑娘、找媳妇，一个班轮奸一个妇女，这日子没法活啦。”

共产党的干部打游击，拉回来，百姓赶快把他藏在家里，流着泪说长道短：“才过了没几天，跟过了一年一样！”“这可知道变天是啥滋味了。蒋军比鬼子汉奸还孬。”

“八路军，人民的救星，快过来吧！”

1946 年 12 月 3 日，冀鲁豫日报组织郓北士绅一行慰问鄄城遭受国民党祸害后的同胞。看了鄄城农村被糟蹋的惨状，士绅们都感叹不已：“谁再说中央军好，咱们是不信了。先前只说孬，不知孬得这么厉害。看来老蒋是不打算在中国统治下去了。”

在敌人的暴行下，有慷慨激昂、怒斥敌人的群众，有怒目而视、沉默抗议的人们，也有针锋相对、宁死不屈的勇士。

冀鲁豫日报 1947 年 10 月 31 日发表的通讯《宋江河畔的人民》记载了这样的事：郓城一区单楼村敌人在大拆民房“扫除障碍”时，任老汉想把屋里的锅碗瓢勺拿出来，蒋军不许，老汉气愤地说：“你们要是打不过八路军，就是把俺村的房子都拆完也不中啊！”

蒋军士兵用枪指着他说：“你真是老八路，再多嘴我枪毙你！”

老汉冷笑道：“我都活了六十岁啦，死！吓不住我！”

一个敌人下级军官逼问老汉：“你说，是中央军好还是八路好？”

老汉反问说：“你看呢？”

下级军官命令说：“我叫你说！”

老汉干脆回答：“那还用说，八路好。”

他针对敌人的暴行说："八路军到哪村，先说不锯树，再说不打人骂人，三说不糟践妇女……"

老汉讲罢，敌人把他拉到连部："报告连长，这老头说八路好！"

敌连长问："到底谁好？"老汉说："还是八路好。"连长又派人把他带到营部，他说："我再说一百遍，还是八路好。只要我不死，我就说八路好，你们不好。你知道老百姓咋称呼你们的吗？""咋称呼？""刮民党！"

老汉被带到一个更大的国民党军官面前，他已经不耐烦了。"老总，别啰唆了，你们和八路军都有军纪，八路军做到的，你们真的做不到！"

1948 年，一个在抗战时期就参加国民党军队的中央军校十八期毕业生孙足原给胡适写了两封信，详细讲述了自己在国军中见到的种种劣迹："军队纪律废弛，其祸害百姓的程度目不忍睹，口不堪言。说句良心话，强盗剪径和打家劫室，还分一分穷富，而国军对富人不敢动——因为富人多在后方大都市；而对穷人则要烧、杀、强奸、抢掠……无所不为，故战地人民有'八路要公粮，中央一扫光'之说。"孙足原接着说："战区里双方互称为'匪'，政府命令称共军为'毛匪'，而共军布告及标语则呼政府军为'蒋匪'。究竟是哪个为匪呢？如果就军纪好坏来说，似乎政府军的行为更近匪，是一种坐地的强盗。"

八路军和人民解放军，从官到兵，一直恪守"三大纪律八项注意"，秋毫无犯，且以牺牲自己生命保护群众的利益，根据地的人民群众视他们胜过亲生儿女，这是一种何等的反差。我们只举出两个例子就可以看出人心的向背。

1946 年，蒋介石发动内战，东明县郭庄是半个老区，后郭庄被国民党军占领。郭庄一个姓陈的地主向国民党军告密，妇救会主任蒋婶的丈夫和大儿子都被抓走了。国民党不仅对他们严刑拷打，还把蒋婶的丈夫和大儿子装在铁笼子里游街示众，逼迫他们说出区委书记李冀峰在哪里，枪支弹药藏在什么地方，说出来赏大洋一千块，不说就杀头。

不管敌人对蒋婶一家人使用何种酷刑，他们都坚强不屈。敌人无计可施，对他们下了毒手，杀了蒋婶的丈夫和大儿子。敌人还要斩草除根，到处搜寻蒋婶和她的几个儿女，幸亏组织早已把他们送到了解放区。

1948 年冬天，蒋婶见形势好转，便带着两个孩子回家看看。谁知，刚回到家便被还乡团探知，蒋婶母子三人落入敌手。敌人为了达到铲草除根和威吓群众的目的，把蒋婶母子三人游街示众，严刑拷打，并在村头挖了一个大坑，把村里的群众驱赶到大坑边，吼叫着：谁再跟共产党，下场同她们一样。

接着，就把蒋婶母子三人推进大坑，一锹锹黄土铲进大坑，很快便埋到了孩子的胸部，孩子被挤得眼睛都鼓起来了。

蒋婶大义凛然，不说一句话。这时，忽然一阵枪响，八路军的“白马团”赶来了。敌人一听“白马团”来到，一个个扔下铁锹仓皇而逃。群众把蒋婶母子三人从坑里救了出来。

1946 年 8 月，从国民党军队进犯我边区至济南战役近两年时间，我黄河南岸始终处于拉锯局面，有的地区反复拉锯达八次之多。敌军到处奸淫烧杀，抓丁抢粮，种种暴行远甚于日军的“三光”政策。

在这种艰难困苦、面临生死考验的情况下，边区妇女始终紧跟共产党，热爱子弟兵，千方百计舍生忘死地支援部队。1947 年 2 月，原来投降日军成为伪军的国民党军吴化文部与还乡团勾结，到处搜捕我革命干

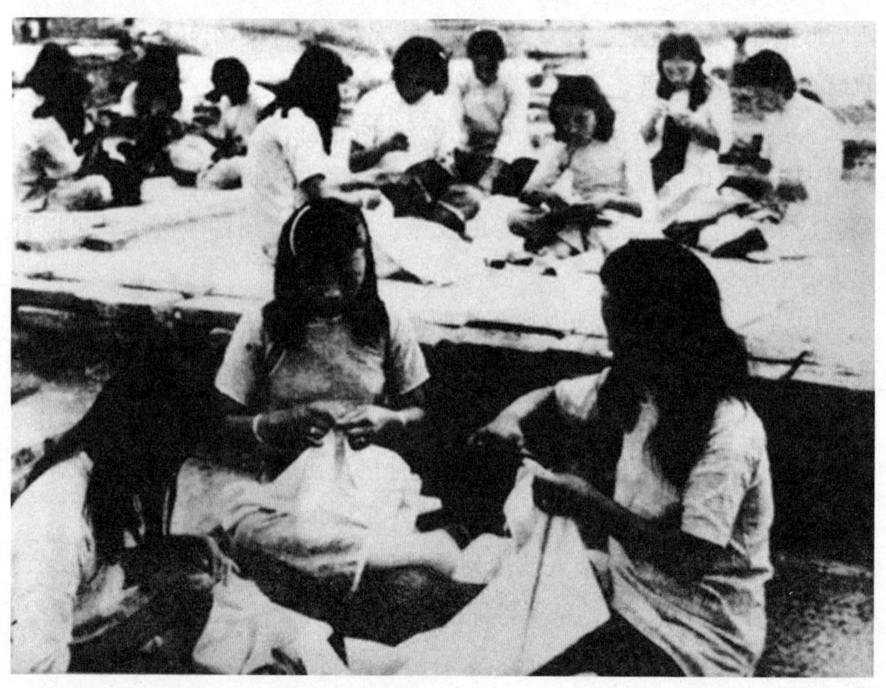

妇女为解放军指战员赶做衣物。

部，妄图找到八路军的四千万斤粮食。

一天，一百多名国民党兵突然来到单县陈楼，地主和狗腿子带着敌兵乱闯街头，把站岗放哨的群众抓去了，追问八路军粮食藏在什么地方。这个村几乎家家都藏有解放军的粮食，陈大娘家藏的最多。但由于敌人来得突然，屋里痕迹还未伪装好，敌人就已经进了村。陈大娘急中生智，喊来自己几个孩子和邻居，一齐把仅有的两间破屋推倒了，盖住了埋藏痕迹。敌人来了，逼着她交粮。她气呼呼地说："我不知道！要粮没有，要杀要砍随你便！"国民党兵便放出狼狗，咬得她鲜血淋淋，晕死过去。

后来敌人见房塌屋倒，想必藏不住粮食，便失望而去。

得人心者得天下，这句古话得到了最现实的诠释。国民党第十八军军长杨伯涛回忆，被俘之后从战场押往后方的临涣集时，一路上所见与不久前率部队走过时完全不同，恍如两个世界：

经过几十里的行程，举目回顾，不禁有江山依旧、面目全非、换了一个世界之感。但见四面八方，熙熙攘攘，车水马龙，行人如织，呈现出千千万万的人民群众支援共军作战的伟大场面。路上我们经过一些市集，我从前也打这些地方经过，茅屋土舍，依稀可辨，只是那时门户紧闭，死寂无人。而这时不仅家家有人，户户炊烟，而且铺面上还有卖馒头、花生、烟酒的。身上有钱的俘虏都争着去买来吃，押送的共军也不禁阻。还看见一辆辆大车从前面经过，有的车上装载的宰好刮净的肥猪，想是犒劳共军的。我从前带部队经过这些地方时，连一撮猪毛都没看见。现在怎么就有了，真是怪事。通过村庄看到共军和老百姓在一起，像一家人那样亲切，有的在一堆聊天说笑，有的围着一个锅台烧饭，有的同槽喂牲口，除了所穿的衣服，便衣和军服不同外，简直分不出军与民的区别。我们这些国民党将领，只有当了俘虏，才有机会看到这样的场面。在强烈的对比下，不能无动于衷，不能不正视事实，不能不承认共产党、共军所在的地方和国民党、国府军队所在的地方，有两个世界的天壤之别。我当时就大为感慨：认为十八军的最后败溃，非战之罪，应该归咎于脱离人民群众，进而敌视群众，在人民群众的大海里被淹没了。

岂止是国民党军长杨伯涛发出如此感慨，杜聿明在他的回忆录中也有这样一段描述：

8日下午陈章率领军部残余抵窑湾镇。军司令部同第一五二师师部住在一起。陈章狂妄地说："今天机会正好，敌人送上门来了！"

黎天荣问他，第四五六团打得怎样？他却又感慨地说："部队不行咯！还抓不到一个俘虏，连敌人的番号都摸不清。"

接着陈章派黎天荣出去五里地收容李团残部，同时带"人民服务队"出去抢粮（因兵站已无粮运来，窑湾镇部队已绝粮断炊）。

黎天荣出去三里许即见李友庄率残部约五六百人向窑湾镇奔来。黎天荣于是率"人民服务队"到窑湾镇东南五里许一大村庄里搜索粮食，但老百姓的粮早已藏起，只能搜劫些芋头杂粮回来。当晚陈章就在第一五二师师部同雷秀民、黎天荣等吃芋头充饥。

10. 周恩来签署《菏泽协议》

黄河，世界闻名的巨川。

黄河，炎黄子孙的母亲。

黄河之水天上来，奔流到海不复回。她是激情、豪迈、勇敢和不屈不挠精神的象征，是力与美的化身。黄河，又是一条多泥沙的河流，它桀骜不驯，黄河的泛滥迁徙，给中国人民带来过深重的灾难。大河滔滔，逝者如斯。千秋功过，谁人曾与评说？

1938年6月，在日本侵略军威逼下，蒋介石在花园口制造了一幕举世震惊的人间惨剧！

日本帝国主义对中国发动的侵略战争，给中国人民带来了空前的灾难。蒋介石统率的一百七十万大军，节节败退，日本侵略者的气焰甚嚣尘上。对日本侵略者的憎恨、恐惧，对中华民族命运的担忧，加之维护国民党一党统治地位的私利，一种以水代兵、决黄河以淹日军的奇想出现了。

1938年6月12日，蒋军炸开黄河花园口大堤，致成决口，水势泛滥，直扑千里沃野。

蒋介石“以水代兵”，仅消灭了数千日军，反而给祖祖辈辈生活在豫皖苏平原的百姓带来了空前的灾难。

6 月下旬，第二十集团军总司令商震坐在他那沾满泥土的小汽车里，一面不住地擦着脸上的汗水，一面贴紧小车窗口，向外观察着情况。他是奉蒋介石的命令，从郑州赴花园口视察水势的。

郑州距花园口二十公里，沿途映入他眼帘的是许多村庄十室九空，成群成群的难民挑着担子，推着独轮车，背井离乡，四处逃生。商震登上了被黄河水拦腰截断的黄河大堤。远处，一望无际的黄水宛如波涛汹涌的大海，在烈日下不住地翻动。那卷起的一层层浪花，在被高高地抛起后，又重重地撞在露出水面的树梢上，树梢摇曳不定。商震拿起望远镜，举目茫茫泛区，只见一些漂浮在水面上的木料、锅碗瓢盆，男女尸体、动物尸体像浮游生物一样，在水里晃来晃去。被冲倒的大树证明，那里曾是农民繁衍生息的村庄。洪水，已吞噬了一切。

蒋介石对于黄河决口后所带来的恶果是早已有所估计的。但他可能没有想到，黄河竟然在豫皖苏泛滥达八年之久！四十四个县市变成了一片泽国，形成了历史上空前绝后的黄泛区。

这些当年并不完全的统计数字，就足以使人们感到惊骇和震颤。泛区的八年中，淹没耕地：河南省四十五万零五百五十三公顷，安徽省二十八万四千五百九十八公顷，江苏省十万九千一百零八公顷，总计八十四万四千二百五十九公顷；逃离人口总计三百九十一万一千三百五十四人；死亡人口总计八十九万三千三百零三人；财产损失总计约四万七千八百零四点六亿元。

花园口决堤，使本已深陷苦难的中华民族又付出了极其沉重的代价。

人们更没有想到的是，八年之后花园口再起祸端。

1945 年 11 月 2 日，邯郸战役接近尾声。刘伯承、邓小平热情地接待了被迫放下武器的国民党第十一战区副司令长官兼第四十军军长马法五。

就在同一天，邯郸战役失利的战报呈送到蒋介石手中，他火冒三丈：“无能之辈，坏我大事！”

他妄图打下邯郸、控制平汉铁路，从而一举控制华北、华中，打开进军东北通道的梦想破灭了。他把目光移向了军用地图。透过密密麻麻的各种标记，看到黄河故道，正是这个干涸的河道，使冀鲁豫地区中共的根据地连成一片，整个华北又通过冀鲁豫连在一起。一种将黄河回归故道的阴谋突然浮现在他的脑海中，这岂不是一个现成的移水移祸、以水代兵的好计划吗？一旦花园口堵住，回归故道的千里黄河水可抵四十万大军，冲向下游的中共冀鲁豫和山东解放区，将把冀鲁豫的刘伯承、邓小平和山东的陈毅、粟裕隔断，阻止刘邓大军南下。

同时，黄河又会成为一个天然屏障，将冀鲁豫解放区一分为二，并把华北和苏北隔绝。他惊喜万分，决定立即实施这一计划。于是，在紧张的内战准备与和谈的烟幕之中，蒋介石以国民政府名义下了一道命令：“令饬黄河水利委员会筹办堵合花园口黄河大堤口门，让黄河水重归故道，从山东入渤海。堵口工程可在本年6月底完工！”

3月1日，沉默了近八年的花园口，一下子变得热闹起来。在郑州召开了盛大的“花园口堵口工程开工典礼”。典礼结束后，以塔德为首的外籍工程技术人员立即投入了堵口工程的施工中。一时间，整个花园口工地人来人往，机器轰鸣，大有6月底以前完成合龙之势。

花园口堵口工程的突然开工，引起了周恩来的关注。周恩来敏锐地意识到蒋介石的险恶用心。鉴于冀鲁豫边区在解放区所占的战略地位，花园口决堤后，黄河顺地势入淮河，进入大海。一旦黄河回归故道，就等于将边区一分为二，并构成华北解放区向南发展的天然屏障，在军事上造成巨大不利，同时给故道内人民的生存带来巨大的灾难。黄河自断流之后，故道两岸居民逐渐从岸上迁到这条长约六百公里、宽约六公里的河床上。

多年来，河床上已有一千七百多座村庄，生存着四十多万人口。如果要为重新回来的河水让道，无疑将是一场规模宏大的搬迁运动。解放区将从何处支付巨额的搬迁费用？还有八年抗战，黄河大堤已被日伪军糟蹋得面目全非。黄河要归故，必须修复大堤，这又需要一大笔款项。解放区人民太贫困了！太疲劳了！人民，需要的是休养生息！

周恩来虽然洞悉蒋介石的用心，虽然知道解放区有难以想像的困难需要应对，但他还是认为，应该从大局出发，接受这项计划。只有黄河回归故道，才能让豫皖苏黄泛区人民摆脱苦难。如果拒绝黄河归故，一方面会使蒋介石乘机大做文章，离间中国共产党与黄泛区人民之间的关系，诋毁共产党人的声誉；一方面有可能使黄河、淮河、长江三大水系搅在一起，使中国这块最为富庶的地区日益沙化、碱化，贻害无穷。

周恩来在向延安请示之后，即通知国民党，同意黄河回归故道。中共中央及时指示下游解放区成立治黄机构，以配合黄河归故工程的进行。但解放区的准备工作刚刚开始，国民党政府就在上游抢先开工堵口，这使周恩来十分愤慨。当天他就紧急约见马歇尔，指出，中国共产党同意堵塞花园口，但必须保证下游黄河故道人民的安全。

花园口堵口工程的开工，使冀鲁豫解放区人民陷入了巨大的恐慌与不安之中。连日来，一群又一群的民众来到菏泽冀鲁豫行署门前，游行、请愿，要求政府拒绝黄河归故。范县第二区的村民，听说国民党要把黄河水引回来，一种大难临头的感觉驱使他们涌向河床，去看看黄河是否真的回来了。他们挤在河床上，惊恐地注视着上游，不由自主地向着水来的方向走去……人越来越多，竟形成了一支五千多人的队伍。一位六七十岁的老人抱着直立的界碑呜咽道："该死的老蒋啊，要是俺有翅膀，非到重庆跟你拼命不可！"

1946 年 3 月 23 日，周恩来作为指定的中共代表同晋冀鲁豫边区政府参议会副议长晁哲甫、冀鲁豫行署副主任贾心斋、冀鲁豫行署黄委会副主任赵明甫，到开封参加首次黄河归故谈判。

赵明甫在对冀鲁豫、渤海两解放区境内的黄河故道情况和群众对黄河归故的反应做了说明之后，强调指出，历代治河工程，都是把上下游予以综合治理，且下游整治总是先于上游。现在，政府在上游匆忙开工堵口，不仅是本末倒置，而且在公理上也是难以接受的。他坚持必须遵守"先复堤，后堵口"的原则。会议最后达成《开封协议》，主要内容是堵口、复堤同时进行，但花园口合龙日期须俟会勘下游河道堤防淤垫、破坏情形及估算修堤工程大小而定。这在一定程度上反映了解放区人民的愿望。

1946 年 4 月 9 日清晨，由国、共、联合国救济总署三方临时组成了黄河故道勘察团。

1946 年 4 月 15 日，黄河故道勘察团完成勘察，到达菏泽。这时的菏泽已成为冀鲁豫解放区的首府。晚上 7 时，灯火通明的冀鲁豫行署交际处大厅，新一轮的黄河归故谈判开始了。

1946年7月，周恩来（左二）在上海领导解放区救济总会上海办事处与国民党行政院善后救济总署、联合国善后救济总署进行救济和黄河堵口复堤问题的谈判。

往返一千余公里的勘察给勘察团的成员，尤其是国民党政府工作人员，带来了极大的震动。他们强烈地感觉到了《开封协议》的不足。这样，经过六个半小时的谈判，一个真诚的合作协议，在风云变幻的时局下产生了，这就是《黄河问题座谈会记录》(即统称的《菏泽协议》)。

《菏泽协议》记载如下内容：复堤、修河、裁弯取直、整理险工等工程完竣后，再行合龙放水。经济问题由黄委会代请联总、行总救济。《菏泽协议》的内容是基本公正与合理的。如果国共双方都能真诚地履行协议，黄河归故的前景将是光明的。

4月20日，国民党《中央日报》发表了一则消息，声称："（黄河）倘秋汛期不完成堵复全部工程，政府方面实不能负其全责。"《菏泽协议》墨迹未干，国民党当局就公开大唱反调。

1946年5月3日，冀鲁豫行署通过《冀鲁豫日报》发表题为《坚持实现菏泽治河改道协议》的社论指出，国民党当局表示不能执行《菏泽协议》，仍坚持两月堵口，更证明其不顾民命，企图淹害解放区数千万人民之阴谋。如果他们不先进行复堤浚河，我们坚决反对黄水北来，我们要实行自卫，我们要阻水北来，筑堤自救，不让黄河水浸入边区，这是中共媒体首次公开“阻水北来”的态度。

在中国共产党的坚持下，1946 年 5 月 18 日，在南京国府路东箭道二十四号——国民党政府行政院水利委员会，由联总代表、行总代表、水利委员会代表、中共代表参加的第三次黄河归故谈判举行，通过了《商讨黄河堵口复堤施工问题第二次谈话会记录》，即《南京协议》。协议的要义是下游急要复堤工程，包括险工及局部整理河槽，尽先完成，同时规划全部工程衔接推进，堵口工程继续进行，以不使下游发生水害为原则。

同一天，周恩来向马歇尔提交备忘录，再次重申复堤尤重于堵口，堵口以前，应做好一切准备工作，黄委会应暂搁置堵口工作，而趁低水位时，对河身加以疏浚。

1946 年 5 月 31 日，冀鲁豫行署发布命令：“为执行南京治河协议，立即动员群众集中力量进行复堤浚河工程……沿河各县政府应立即动员组织群众即日开工。”

冀鲁豫边区的老百姓，知道是救民工程，顶着烈日，抛洒着汗水，推着满载锅灶、柴草、米面和筑堤工具的小车，从黄河故道两岸，潮水一般涌向沉睡了八年的黄河大堤。群众为执行《南京协议》而来，为“说话算话”而来，为自救而来，为正义而来。从 5 月 26 日部分县开工至 6 月 10 日，二十三万民工云集千里大堤，开始了中华民族治黄史上最大的复堤工程！

在鄄城段大堤上，赵庄的民工们不仅白天加油干，并且增加了夜工，挑着煤油灯继续推土，推土！在东明段大堤上，民工特地加重了硪石的重量，并专门新编了一首打硪曲：

高高打来，
高高排唉啊唉！
排个路实气老蒋，
啊唉！
排个堤实永不开！
……

区政府的机关干部，也下手推土、打硪。民工们说："从前监工的，都拿着棍子戴着眼镜，别说给咱推啦，不打咱就算对得起咱，看人家真是为老百姓办事。"牛庄的牛兰氏，是一位近六十岁的小脚女人。她在麦田一个人劈柴、烧火、熬粥、蒸窝窝头，然后又一个人挎着大篮子，提着粥桶，一趟又一趟把热乎乎的饭送到大家跟前。鄄城吴楼村十二岁的儿童团团长吴崇灿，本来没有任务，但他也悄悄溜到堤上帮助推土。

这就是共产党领导下的冀鲁豫解放区人民！

解放区的复堤工程是5月26日开始的。可直到6月10日，联合国救济署拨的一百吨面粉才运到菏泽；而此时冀鲁豫解放区复堤工地上，每天至少需要二百一十七吨粮食才能填饱民工的肚子，至少要十万件工具才能满足开工。

无奈，有正义感的国民党黄河委员会赵守钰委员长和副总工程师阎振兴都坚决地辞职了。

1946年6月26日，蒋介石终于冒天下之大不韪，悍然进攻中原解放区，拉开了全面内战的序幕。

和蒋介石进攻中原解放区的隆隆炮声相应和的，是花园口工地隆隆的投石声。花园口堵口成功——以水代军，被蒋介石视为"奇袭战略"。

然而，使蒋介石意想不到的是，就在他下令进攻中原解放区的当天，黄河流量猛涨到了每秒四千八百立方米！霎时间，风助水势，水借风威，河水铺天盖地，吼声如雷，卷起的浪涛猛烈地冲撞着一排排木桩，桥身发生了剧烈的摇动。6月29日，水位继续高涨，花园口的复堤木桥陆续被冲毁。几天下来，美国水利专家塔德眼睁睁地看着一百八十米长的木桥被吞噬了，汛前堵口计划彻底失败了。

花园口，惩罚了蒋介石的阴谋和无道。

1946年7月18日，第四次黄河归故问题谈判在上海举行。这时的周恩来，透过阴云密布和风云变幻的时局，敏锐地预感到，黄河堵口的失败，似乎给黄河归故问题带来了一线转机。他决心通过一切可以争取的方式，以最大的努力，继续为解放区人民谋取利益。这是一次高规格的谈判。中共方面的首席代表是周恩来，经过激烈争论，反复交锋，终于达成了由周恩来、蒋廷黻、福兰克芮共同签署的《上海协议》。

其主要内容如下：为修复中共地区以内黄河旧道堤坝，中共地方当局所支付全部工料款项，政府水利委员会……兹同意用其最大努力即速自国库支款付……总计在11月底以前应拨款一百五十亿元。

上海谈判是最为艰难的一次谈判，也是一次成功的谈判。它的诞生，饱含着周恩来对解放区人民的深切热爱，使解放区人民的正义要求得到了伸张，打破了蒋介石力图三五个月消灭共产党的阴谋。

《上海协议》签订后，心系解放区人民的周恩来，为使协议中商定的工款、工粮、救济款尽快拨到解放区人民手中，他以自己崇高的人格、凛然的正气，为人民的利益奔走呼号。在周恩来的一再严词催促下，至1946年10月，行总交付解放区复堤工程费、工人工资、公务费等六十亿元，但协议中商定的一百五十亿元的河床居民救济款，却拒不兑现。

1946年10月5日，在国民党军队开始进攻张家口后，蒋介石即下令花园口堵口工程复工，并限期五十日完成。他水淹解放区的阴谋已昭然若揭，对黄河问题的历次协议，更是置若罔闻。

1947年3月初，蒋介石放弃全面进攻的计划，改对陕北和山东解放区实行重点进攻。这是蒋介石蓄谋已久的藏在花园口背后的“黄河战略”。

3月15日黎明前，黑沉沉的天空像一口巨大的锅底，罩着人声鼎沸、机器轰鸣的花园口工地。决口九年的花园口终于合龙了。突然回归故道的黄河水，以它固有的野性，无情地冲向了下游冀鲁豫、渤海解放区，给人民带来了巨大的威胁。在鄄城地段，宽达七米、深至三米的黄河水在倾泻而至的瞬间，卷走了坐落在河床上的一个个村庄；在郓城县第四区地段，来势凶猛的河水一下子吞没了十二个村庄；在范县三区，观音堂、魏屯等十五个新建村庄被全部淹没；在寿张的孙口、杨集、郓城北的仲堌堆、昆山的十里铺、滑县的李楼，岌岌可危的大坝险象环生，吓得部分村民争相奔走、逃命。据当时不完全统计，冀鲁豫、渤海解放区有二百三十七个村庄、二十七万亩良田被淹。

1947年3月25日《人民日报》社论指出：“旧灾区，新灾区，全中国人民的灾难都是蒋介石所造成的，他是灾难的总灾源。”

5月15日开始，为预防伏汛到来，在冀鲁豫行署号召、组织下，三十万群众先后开往解放区控制下的黄河北岸，开始了从长垣至齐河段再一次的大规模复堤工程。濮阳、滑县的民工用四天时间完成了十天的工程；阳谷县修堤队用十二天的时间完成了二十天的工程；两万民工用三天时间完成了从大车集到大苏旺六十华里的复堤工程，并填平了国民党军队所挖的沟沟壑壑。

国民党军队为了破坏北岸人民的抢险，不断打枪打炮。在仲堌堆，一天一夜竟进行了二十三次的轮番轰炸。在濮县的工地，一连有十几人伤亡。女村长秀兰在工地被炮弹炸死，留下了正吃奶的婴儿，孩子饿得嗷嗷直哭。轰炸给民工带来了严重的威胁，但这丝毫没有阻止他们修堤的行动。听吧：

> 翻身要彻底，打堤要结实！
> 打堤修埝，保住饭碗！
> 你打硪呀，我抬土。
> 硪要打得平，土要掘得深。
> 堵住了黄水不害人，还要打败蒋二秃！

这边歌声未落，那边歌声又起：

> 咱们一条心，咱们是一家人。打成大堤像长城，不怕老蒋放水来淹人！

为了支援复堤，人们掀起了轰轰烈烈的献石、献粮、献土方运动。东阿县的老百姓有的献出盖房用的石头，有的献出了石板，有的把节孝石碑都献出了。一个翻身农民献出了五大车石头，说："俺翻了身，不愁吃穿，就怕黄水。"

国民党军队五架飞机在黄河上空兜了两圈以后，扔下八颗炸弹。几位战士被炸死，十多名民工被炸伤。敌机刚走，人们重新拿起工具，低声呼着"呼哟嗨哟、呼哟嗨哟"的打夯号子，将数万斤重的砧推入坝底。人民就是在这种险恶的环境下，在这个特殊的战场上与敌人进行着殊死的搏斗。

经过六十多个日日夜夜，他们不仅保住了孙口，修复了郓城北杨集、仲堌堆、昆山十里铺、滑县李楼等险工地段，还将西起长垣县大苏庄、

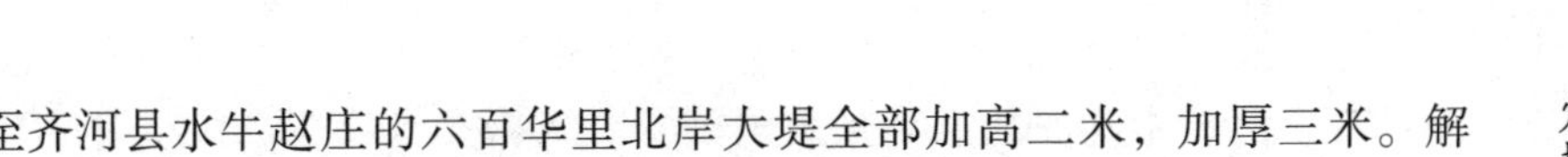

东至齐河县水牛赵庄的六百华里北岸大堤全部加高二米，加厚三米。解放区人民完全有能力战胜蒋介石制造的黄灾。

7 月底，大汛来临，洪峰汹涌，波涛澎湃，呼啸而下。

黄河大堤经受住了严峻的考验！解放区的军民赢得了黄河归故斗争的彻底胜利！

11. 蒋介石的一个旅换不来一个王克勤

2009 年 9 月，“一百位为新中国成立做出突出贡献的英雄模范人物”评选结果公布。六十多年前闻名全军的战斗英雄王克勤名列其中。

1947 年，王克勤牺牲在鲁西南大地上。

王克勤是刘伯承、邓小平亲自树立的一个典型。

现在许多人已经忘记了他的名字，但王克勤却是冀鲁豫人民永远的骄傲。

王克勤，1920 年生于安徽省阜阳县王冬店村。父亲因积劳成疾而早早去世，十三岁的王克勤与幼小的弟弟随母亲背井离乡，沿街乞讨。

王克勤（站立者）在向战友们介绍作战经验。

1939年7月，十九岁的王克勤被国民党军队抓去当壮丁。1945年10月，打平汉线的时候，王克勤成了俘虏，后被编入晋冀鲁豫野战军第六纵队十八旅五十二团一营一连。

1946年6月28日，太阳刚刚从东方地平线上升起，冀鲁豫野战军全副武装，列队肃立，聆听着邓小平政委作战前动员。

动员会后，邓小平与刘伯承司令员向队伍中间走去。刚从邯郸战役解放过来的王克勤就站在队伍里。

两位首长把手伸向了普通战士王克勤。王克勤简直不敢相信。

在国民党军队里，长官他见得多了。他在那里受尽了欺骗、体罚和虐待。而今出现在王克勤面前的刘伯承、邓小平，却穿着半旧不新的粗布军服，领口和袖口已经磨得发白，胸口、肘部和膝盖处都快磨透了，很像两位普通的“老兵”。

王克勤一个立正，行了一个庄严的军礼，向首长伸出自己的双手。他涨得满脸通红，自我介绍道：“我叫王克勤，安徽阜阳县人，从小讨饭，在家是个讨口子，当过国民党的兵，当兵也是个受气包，平时连长都不大跟我们说话。我，我连想都没敢想过能握住两位首长的手。”王克勤激动得热泪盈眶。

邓小平说：“王克勤，我知道你，你是我们的‘杀敌英雄’，是大家的榜样！”

刘伯承慈祥地说：“我跟你是一样，也由于出身贫寒，被人看不起。因为祖上打过铁，又吹得一手好唢呐，村上人办红白喜事，爷爷也去帮办。就因为这点事，在前清我连秀才也考不上……那年月富者田连阡陌，贫者无立锥之地啊！只有共产党才能救中国，只有干革命才会有出路，为人民解放事业而战是十分光荣的！”

邓小平又转身询问王克勤身边的两位战士是从哪参军的。那位老战士回答说是从太行山六河沟参军的，新战士说是从磁县翻身入伍的。邓小平亲切地勉励他们：“你们三个正好反映部队的面貌，部队基本上是三分之一老战士，三分之一解放战士，三分之一翻身战士（新战士）。你们要互相学习，取长补短。新战士向老战士学习我军的光荣传统；老战士向新战士学习翻身经验；老战士、新战士都向解放战士学习他们的军事技术。党就靠着你们，靠你们这些主人翁，在人民群众支持下，多打胜仗!”

听着邓小平一番暖心的话语，王克勤再也止不住夺眶的泪水，他像是对自己的父母一样吐露着多年的心声：“我一定当好主人翁，为人民扛好枪，听从您的指挥，一定打好仗!”

随后，刘伯承又替战士整理装具，并嘱咐他们：“不要弄丢这些小钢锹。在一马平川打仗，敌方炮火凶，就靠这些小钢锹，迅速挖好掩体，敌人火力就伤害不了你。”

邓小平在一旁勉励着王克勤和全体战士：“要记住，敌我斗争不仅是军事力量的竞赛，而且是全副本领的斗争，不仅斗力，更主要的是斗智。你们要做智勇双全的战士!”

王克勤的成长，要归功于邓小平的整军运动。由于敌军节节败退，俘虏兵越来越多，未来得及做深入的思想改造工作，就上了战场。加之部队接连打了几次胜仗，就使得一部分指战员的头脑中滋生了“军阀主义”思想和居功自傲的情绪，违反部队纪律、侵犯群众利益的事情不断发生，如打骂群众、逼老乡让房、借东西不还等。

针对这种情况，野战军政治部发布了整顿纪律的命令。刘伯承和邓小平指示政治部的穰明德组织一个纪律检查团，全面检查野战军各部队的纪律执行情况。刘伯承、邓小平亲自给穰明德布置任务。邓小平对他说：

“我们军队与一切旧军队的一个根本区别就在于有严明的纪律，与人民群众有血肉的联系。我们一定要认真，要严肃，把军纪整顿好!”

刘伯承当即拿起毛笔，书写了一份命令：

> 兹任命穰明德为纪律检查团团长。对违反纪律者，营以上干部先扣留，后报告，经批准后处理；对连以下人员，有就地处决之权，然后报备。

穰明德纪律检查团到各部队，向广大指战员传达刘伯承、邓小平的指示，宣传“三大纪律八项注意”，指导和协助部队开展纪律检查活动，处理违法事件和人员，取得了很好的效果，使军政、军民之间的团结得到了加强。后来，在野战军召开的纪律检查整顿经验总结会上，刘伯承说：

“这次纪律整顿搞得很好，为群众除了害，为人民谋了利，严明了军纪，改进了作风，加强了军民团结。这就是我们永远立于不败之地的根本保证!”

经过整军，军队纪律性得到了加强，王克勤和其他战士的觉悟大大提高。从此以后，王克勤牢记邓小平和刘伯承的亲切教导，不怕牺牲，英勇杀敌，在不到一年的时间里，就消灭敌人二百三十名，俘敌十四名，缴获步枪八支，先后荣立战功九次，获一等“杀敌英雄”“爱兵模范”“爱民模范”等称号，并被提升为排长，光荣地加入了中国共产党。

随着战争的需要，王克勤结合自己的实践，创造性地开展了思想互助、生活互助、战斗互助的“三大互助”运动。其内容是开展思想互助，组织战士介绍个人家史、个人经历和我军战斗传统，提高战士特别是新战士的思想觉悟；开展生活互助，把全班分为两个或两个以上的互助组，以老带新，以长补短，训练中互帮互学，生活上互相关照，战斗中互相支持；开展技术互助，练兵，学技术，演练攻防术等训练。

王克勤的“三大互助”运动极大地提高了部队的凝聚力、战斗力，很快在晋冀鲁豫野战军中被推广为“王克勤运动”。王克勤创造的“三大互助”运动的经验，受到邓小平和刘伯承的高度赞扬。他们认为，王克勤开展的互助运动，是适应战斗需要和部队情况应运而生的一个典型，是广大战士高度的政治觉悟与革命友爱精神相结合的产物，对巩固和提高部队战斗力有着重要的意义。

后来，邓小平又亲自总结开展“王克勤运动”的经验。在党中央机关报——延安《解放日报》发表了题为《普遍开展王克勤运动》的社论，“王克勤运动”迅速由晋冀鲁豫解放区扩展到全国各个战场。

可谁能想到，1947 年 7 月 11 日，王克勤却牺牲在攻克定陶的战斗中。

刘邓大军渡过黄河第一刀砍下了郓城，第二战决定拿下定陶。定陶守敌是整编第六十三师第一五三旅。为防刘邓野战军利用青纱帐隐蔽接近定陶城，敌人把距定陶城五里内的村子用大炮轰击一遍，强迫群众将城周围十里内的庄稼、果树统统砍倒。

定陶是刘邓大军曾经解放过的地方，解放军的军属多，共产党员多。

为了铲除“红祸”，第一五三旅制定了大屠杀计划：一个星期内消灭全县解放军军属和共产党员。仅在三天内，即杀害、活埋了一千多人。

定陶人民正处在水深火热之中。

刘伯承、邓小平斟酌再三，将此重任交给了第六纵队。第六纵队有全军闻名的战斗英雄王克勤，纵队司令员王近山、政委杜义德都是智勇双全的指挥员，他们麾下的第十六旅旅长尤太忠、第十七旅旅长李德生、第十八旅旅长肖永银都是虎将。

杜义德命令肖永银旅长率第十八旅 7 月 4 日晚从菏泽出发，急速奔往定陶。在行军途中，十八旅旅长肖永银和政委李震有一段对话。

肖永银：“看来，我们真有福气呀！年年啃‘桃’（陶）。”

李震说：“是呀，去年 8 月定陶战役，在大杨湖‘啃’掉了国民党精锐赵锡田整编第三师主力二十旅。这次‘啃’的是一五三旅。”

“今年形势不同了，我们转入了战略进攻，这一炮可得打响啊！”肖永银说。

“说得对！比大杨湖难‘啃’的，我们照样能啃掉。”

黑夜如漆，战马疾奔，战士们斗志昂扬，经过一夜行军，5 日拂晓前到达定陶外围。

王克勤所在部队经过两天两夜急行军，于 7 月 6 日来到定陶城下。

7 月 10 日就要攻城了，王克勤鼓励大家说：“同志们的劲头多足啊！这一仗准能打好，为一排争光。”上午 7 时，王克勤带着全排战士，每人提着一篮子手榴弹，顺着交通沟运动到距城北门五十多米处的堑壕里隐蔽下来。8 时整，攻城的战斗打响了，我们的炮火向城头碉堡工事猛烈轰击，城墙霎时被烟尘吞没。

天完全黑了下来，一连几发炮弹把城墙打开，炮火开始向城里延伸。王克勤睁大眼睛，焦急地望着夜空。“砰！”一颗红色信号弹升起，他大喊一声“冲啊！”便一跃窜出堑壕，带领一班战士冒着密集的子弹，越过护城河，一口气冲到城墙缺口下。趁浓烟弥漫，王克勤命令副班长陈群赶快把云梯架上，王克勤第一个登上云梯。

就在这时，敌人射来的一颗枪榴弹在云梯旁爆炸，弹片炸伤了他的右肋，王克勤从云梯上摔了下来。三班长急忙把他扶起，几个战士围了过来，王克勤忍着剧痛，厉声命令：“不要管我，赶快登城！”三班长命令陈群看护他，回身领着同志们一股风似的登上云梯，冲到城墙上。王克勤这时虽身负重伤，但他用自己的褂子堵住伤口，仍然顽强地指挥战斗。他紧紧盯着登城的战士，大声喊道："注意，机枪掩护好，扩大突破口！"

破城成功了，要发信号弹，这时三班长才想起信号枪还在排长王克勤那里，怎么办？忽然，两颗红色信号弹从城墙下腾空而起。"好啊！是排长打的！同志们冲啊！"全排战士奋勇当先，随着嘹亮的冲锋号声，向城内奔去……

当夜，定陶守敌一五三旅被全部消灭。

战斗一下来，排里的战友就找陈群打听排长的伤势，问排长在哪里休养，准备向他报告胜利消息。陈群紧皱着眉头，眼球里布满了血丝，由于过分激动，他的声音好像失去控制，比平时高了许多。他说："排长负伤以后，不让背他，坐在地上指挥着战斗，直到他发出信号，才昏迷过去。"

年仅二十七岁的王克勤，流尽了最后一滴血。

王克勤英勇牺牲的消息很快传到晋冀鲁豫野战军司令部。

邓小平难过地说："我们失去了一位很好的同志！"

刘伯承捶着桌子喊道："蒋介石一个旅也换不来我一个王克勤！"

王克勤烈士的遗体被安葬在定陶城外。

定陶县民主政府决定，将定陶北门命名为"克勤门"。

12. 太平车推出的胜利路

在菏泽冀鲁豫边区纪念馆最显眼的位置，摆放着村民朱兆忠捐献的一辆支前用太平车。

1948 年冬天，他推着这辆太平车支前回来时，身上只剩了单衣裳。妻子问他："你的棉袄呢？"他说："卖了，买火烧吃了。"妻子感叹："推着一车的粮食，还要卖衣裳吃饭，共产党不坐江山天理不容。"

冀鲁豫边区人民在中国共产党领导下积极支前，完成了浩繁的战勤任务，为中国革命做出了不可磨灭的巨大贡献。

1946 年 7 月 20 日，由鲁豫区党委、行署、军区组建了晋冀鲁豫军区

冀鲁豫解放区民主政府的工作人员为农民颁发土地证。

后方战勤总指挥部。段君毅任司令员、赵健民任政委、乔明甫任副司令员。

段君毅经常随军区司令部行动，以每次重大战役为阶段，根据军区的决定，通过战勤总指挥部向所属分指挥部及随军办事处部署有关战勤供应等事宜。

全国性内战爆发后，国民党以二十四万军队进攻晋冀鲁豫边区。

边区战勤工作全面地、大规模地开展起来了。

从 1946 年 7 月至 1947 年 8 月的一年中，冀鲁豫胜利地支援了八次重大战役和实现战略反攻的鲁西南战役。仅据战勤总指挥部对 1946 年 8 月到 1947 年 4 月的不完全统计（缺鲁西南战役数字）：在九个月中，冀鲁豫区参战民力共出动担架七百九十万个工，大车九百五十五点三万个工，小车五点四万个工，民兵一百一十六点九万个工，民工一千八百零九万个工，碾米磨面约七百三十一点四万个工，总计约为三千八百零一点七万个工。

1947 年 8 月初，晋冀鲁豫野战军挺进大别山区的前夕，邓小平政委在郓城召集战勤总指挥部及冀鲁豫党政军领导干部段君毅、赵健民、乔明甫、韩哲一及傅家选等同志，传达了党中央对时局发展问题的指示精神。

他说，晋冀鲁豫野战军南进后，华东野战军主力要西进到鲁西南地区作战。这个地区可能出现大拉锯局面。因此要用“脚底板”拖住敌人。冀鲁豫区特别是鲁西南党政军民要为华东野战军服务。

刘邓大军南下后，华东野战军第一、三、四、八、十纵队（即外线兵团）由陈士榘、唐亮率领进入鲁西南地区。

9月初，陈毅、粟裕率外线兵团机关及第六纵队、特种兵纵队到达冀鲁豫黄河北与华东野战军十纵队会合。

9月9日，华东野战军于沙土集地区全歼国民党整编第五十七师师部及其两个旅共一万人。冀鲁豫边区共出动三十一点五万个工，畜工一万多个工。

战勤民工不但勇敢参战而且克勤克俭。在平县担架队勤俭节约，该县仅三个区就节约菜金及米面麦柴等折合现金百余万元，悉数交公支援战争。

9月26日，华东野战军分五路横越陇海路挺进豫皖苏地区，一个月的进军途中歼敌一万余人，攻克城市二十四座，冀鲁豫加强战勤工作，坚决保证完成华东野战军的战勤供应。

自1947年7月华东野战军进入鲁西南地区至12月，冀鲁豫全区战勤出差总人数为一百八十六万人，出工两千六百五十七万多次，畜工二百六十四万多次，牲畜四十六点六万余头。

根据战局形势的变化及特点，这段时间的战勤补给大部分是在鲁西南就地解决。

鲁西南人民同时为刘邓大军、陈粟大军及陈谢兵团三大主力转入战略反攻及战略决战做浴血支撑。

1948年华东野战军外线兵团再渡黄河南下，于6月17日至22日进行了豫东战役。此役冀鲁豫全区共出动担架一点七万余副，大车一点三万余辆，供应粮食六百余万斤，总共动用人力达十六点八万余人。

1948年9月24日，华东野战军攻克济南，全歼守敌十余万人。此次战役全区共出动民工二百多万个，畜工二十多万个，转运伤员四千余人，运送弹药五百余万斤。

1946年7月至1948年8月济南战役前夕，冀鲁豫全区八个专区五十一个县二百零九个区，担负战勤任务的总人口为七百二十六点三九万人，大牲畜三十七点四八万头，大车十八点四九万辆。两年来共经历二十五次重大战役，民力负担（不包括治黄挖渠及村内勤务等）折工总计为六千五百一十七点六七万个，畜力折工总计为六百五十八万个，平均每个壮年出工九十点四次。

1948年11月，华东、中原两野战军联合发起淮海战役。毛泽东同志一再指示，要做到粮草先行。

淮海战役中，我参战部队六十万人，连同支前民工等前线吃饭人数约为一百五十万人，每天需用粮秣三百五十万斤到四百五十万斤。

华北局同时命令冀鲁豫区调拨一亿斤小米南运淮海前线。冀鲁豫区党委12月14日发出紧急指示，将任务分配给各地委，要求一个月内完成。

为了及时完成向前线抢运一亿斤小米的任务，除了人挑肩背外，各级战勤机构动用了火车、汽车、大车、小车运输，甚至将准备上前线服务的常备担架都组织起来参加运粮。

为了加快运粮速度，采取了分段运输和直接运输的办法，还开辟了水上运输线，把南阳湖、微山湖等水域的渔民船工也组织起来，驾船运输。

当时天降大雪，道路泥泞难行，有些地方开始用大车拉，大车把路压烂了，就用小车推，手推车不能通行了，就用人背肩挑。运粮路上人喊马叫，个个争先，入夜后灯火成行。

真是前方炮声隆隆打敌人，后方车轮滚滚支前忙。

冀鲁豫区二百多万妇女在后方参加碾米磨面、做军鞋和照料伤员的工作。八专署将碾米任务布置到县区村，不到三天就碾米一百零四万斤。

在冀鲁豫区人民运粮及支前工作最繁忙紧张的时刻，刘伯承、陈毅两位司令员从淮海前线途经冀鲁豫区，去河北西柏坡村向党中央汇报工作。12月21日途经单县并在单县公安局题词。

刘伯承的题词是“冀鲁豫人民为完成人民解放战争的胜利，尽了最大的努力，现在还是努力于支前工作，十分难得，特致敬佩”。

陈毅的题词是“胜利在望，继续作战，继续支前”。

1949年，毛主席在元旦献词中向全国发出将革命进行到底的伟大号召。冀鲁豫边区又肩负起巩固边区、战勤支前和抽调干部随军南下支援新区等光荣任务。

冀鲁豫在继续支援二野、三野渡江的同时，还集中力量迎送过境南下的四野部队。区党委2月27日发出《关于欢迎与支援四野南下大军的指示》。

1949年3月，第四野战军先头部队开始经过边区南下。边区为迎送四野南下过境，共调用小米一千一百五十八万斤、面粉一百九十七万斤、马料六十一万斤、柴火两千二百万斤、草九百万斤、油三十三万斤、盐二十二万斤及其他物资，抢修公路一千余里，保证了四野二十五万大军刘伯承为冀鲁豫支前民工题词。

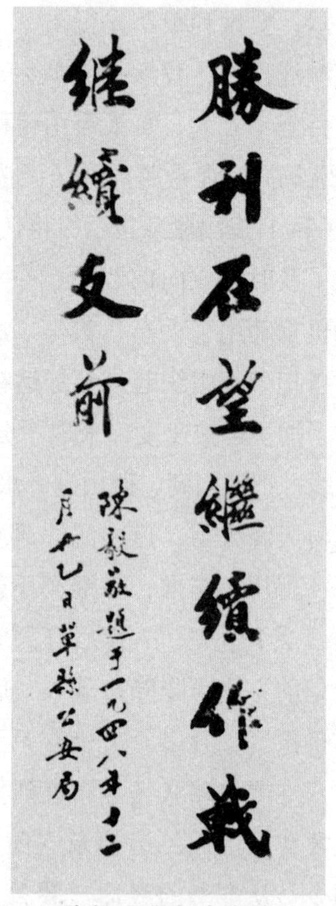

陈毅为冀鲁豫支前民工题词。

顺利过境参加渡江战役。

1949 年 8 月 20 日，冀鲁豫边区撤销，成立平原省。

10 月 1 日，中华人民共和国宣告成立，标志着共产党领导的新民主主义革命在经历二十八年的艰苦斗争后，终于取得了最后胜利。

冀鲁豫边区人民把支援战争当作自己的天职，要人有人，要粮有粮，节衣缩食，一切为了前线。

冀鲁豫全区的数字我们没有查到，但我们知道仅菏泽一个地区就有两万多名优秀儿女踊跃参加中国人民解放军，连同地方部队升编，共有三万多人进入中国人民解放军野战部队。

为了战争的胜利，菏泽有二万四千一百二十多名共产党员、各级党政军人员、指战员和民兵战士，为坚守这块具有战略意义的前哨阵地而壮烈牺牲；三百多名民工在支前工作中，为救护伤员而献出他们的宝贵生命；三千多名军人家属、土改积极分子和翻身农民，为了坚守这块阵地，反抗国民党的暴行，保护党员、干部及军用物资，惨死在国民党军队、地方还乡团的活埋、分尸等各种惨绝人寰的酷刑之中。

笔者突发奇想，拿起计算器，做了一个计算。在可以查到歼敌人数和所动用的民工日数的八次战役中算了一笔账：

定陶战役歼敌一万七千人，动用人工日四百一十四万两千个，平均每歼灭一个敌人需要人民出工二百四十三个。

巨野战役歼敌五千人，动用人工日三百三十五万个，平均每歼灭一个敌人需要人民出工六百七十个。

鄄南战役歼敌八千五百人，动用人工日一百四十九万九千个，平均每歼灭一个敌人需要人民出工一百七十六个。

滑县战役歼敌一万二千人，动用人工日十六万四千个，平均每歼灭一个敌人需要人民出工一百三十六个。

巨金鱼战役歼敌二万六千四百人，动用人工日七百七十三万个，平均每歼灭一个敌人需要人民出工二百九十三个。

豫北战役歼敌四万五千人，动用人工日二千一百三十四万八千九百个，平均每歼灭一个敌人需要人民出工四百七十四个。

鲁西南战役歼敌五万六千人，动用人工日五百万个，平均每歼灭一个敌人需要人民出工八十九个。

淮海战役歼敌六十万人。数以十万计的担架队员冒枪林弹雨，顶风雪忍饥寒，随军出征，夜以继日地运送给养、弹药和抢救伤员。许多老人、妇女、儿童在后方碾米磨面、做军鞋，昼夜不停。全区先后出动民工三十余万人，牲口十二万头，人工五千八百五十多万个，畜工一千二百多万个，组织担架一万余副，大小车十五万多辆，运送小米一点零五亿斤。差不多每个有劳动能力的人，都参加了支前工作。

八次战役平均算下来，不包含其他财力和物力，每歼灭一个敌人需要人民出工二百九十七点三个！

这是一个伟大的数字，但却没有几个人留下名字。

13. 武工队里的“文工队”

1946年4月，蒋介石携宋美龄同马歇尔一起登庐山，蒋介石对马歇尔说：“三个月可消灭共产党，树叶黄时，我将下山与马帅共饮胜利之酒。”

1946年6月，蒋介石动用了其正规军百分之八十五的兵力，以大举进攻中原解放区为起点，向我各解放区发动全面进攻。徐州绥署之新五军、整十一师及八十八师在陈诚、薛岳、刘峙的统一指挥下，加上顽军共十五万余众，配以飞机、大炮、坦克，由徐州、商丘、虞城齐头并进，长驱直入，气势汹汹地向我冀鲁豫湖西解放区杀来。湖西地区党政机关和所辖各县党组织、地方武装，为避敌锋芒，北撤到金乡、巨野、嘉祥一带。冀鲁豫的钢铁门户湖西沦陷。

“中央军”占领湖西后仅三个月，就伙同还乡团屠杀我党员干部和群众一万一千余人。一时间，敌后党组织和地方武装惨遭破坏，整个湖西笼罩着白色恐怖。

为了稳定根据地的民心，留在敌后的党员、干部们坚持党组织不离区，不离县，秘密组织群众拿起武器，英勇斗争。

二十出头的湖西军分区敌工科长李汝泰，接到冀鲁豫军区电报：组织武工队插入敌后，坚持对敌斗争。

此时，冀鲁豫湖西区《湖西大众报》报社也从丰县城转移到鱼台城里，不久报社又转移到巨南的彭堂，后来形势进一步紧张。地委宣传部长李剑波向他们传达地委指示：“你们这些文化人赶快撤到黄河北去，越快越好。”报社副社长张涛，报社副政委杨明奎代表报社全体同志说：“我们已把电台和石印机埋藏好，每人有支长枪，请转告地委，我们不到黄河北去了。”李剑波用赞许的目光默认了他们坚持敌后打游击的行动。

1946年9月，《湖西大众报》报社正式拉起大众武装宣传队。队长是报社副社长张涛，报社副政委杨明奎任指导员，其他编辑、记者、誊写、炊事员等共二十一人，人手一枪。同志们离开彭堂，开始写标语、做宣传，跃动在单北、成武、巨南之间。

一次，大众武装宣传队和李汝泰领导的湖西第一武工队凑巧同住一

村。张涛、杨明奎商量了一下，考虑到武装宣传队武装斗争经验不足，子弹无来源，单独活动、生活有困难，便产生了同李汝泰的武工队合并的想法。

张涛、杨明奎作为“文工队”的代表主动找李汝泰商量合并事宜。李汝泰一拍大腿：“好啊，咱枪杆子、笔杆子一起战斗，威力更大！”

第二天，两队同志便同灶吃饭，成了一个战斗集体。

从此武工队的任务变成了综合性的：战斗、侦察、宣传、土改、敌工等，总的任务是宣传群众，组织群众，稳定民心，侦察敌情，打击敌人，镇压还乡团等。

武工队不但持枪能打仗，而且张口能宣传，动笔能写宣传品。武工队队员，除每人有一支枪外，还带有毛笔、刷子、石灰筒、纸张等宣传工具。每到一地就编写传单、标语、墙字。为便于群众接受，还编写诗、歌，如“聪明地主远打算，不倒地，免难看”“农协会，别泄气，不退粮，不退地，八路军就要来了，胜利一定是咱的”。这些诗歌有时用石灰写在墙上，有时用纸写成小传单，到处张贴散发。

湖西第一武工队有三支枪：钢枪、笔枪、舌枪。无论武工队走到哪里，哪里就有枪声在怒吼，哪里就有墙字、墙报、街头诗等大批新颖的宣传标语，哪里的人们就会听到共产党人思想的声音。

农集，是不用召集的农民大会。这是文工队最好的广播台。在这种场合下，农民听讲，可避免地主们对他们的恐吓，所以在农集宣传是适合游击区的宣传方式。这样宣传的优势，被湖西第一武工队的文工队员发现了，凡有农集，都去进行突击宣传。老百姓口口相传：咱们的部队没有走！共产党没有走！

每逢农集，“文工队”也随着人们开赴集市。集市的人满满的，张眼望去，黑压压一片，那是一个千头巨人！

“文工队”设六个讲台。每个讲台有两个人维持秩序，其他人在外边警戒。

我们的部队在哪里打了胜仗，哪里的恶霸地主被镇压了，一条条地说下去……农民听得入神了，渐渐地蹲下去，坐在自己的布袋上。看样子，像洋学堂里的学生在听讲，等讲完了，还恋恋不舍地围到广播员跟前，招呼吸烟、喝茶。

赶集的人回到家里，得意地向亲人和邻居传递着武工队的声音。“文工队”很快名扬百里乡村。

1946 年 10 月间，蒋军“胜利”的风头正盛，第一武工队便白天隐蔽，夜里宣传，等家家户户关上大门、处处静悄悄的时候，号称“夜里欢”的第一武工队便抓住这个时机，五六人一组进至各村，选择宅子集中之高处对夜空高喊：“老乡们！老大爷们！会员们！……八路军来了，八路军讲话了。……地主老财们，要留后路……八路军不会离开这里……”就这样一夜时间，喊遍十多个村庄。

次日早，敌人的乡、保长、情报员、特务等都慌忙到区部报告情况。敌人上上下下为此都惊恐不安，不敢轻易外出。

国民党新五军二次北犯，在单砀公路上的郝庄、龙王庙等地安了据点。这些据点便成了武工队“三支枪”一齐射击的靶子。

国民党新五军的逃兵天天不断，武工队从他们嘴里了解了敌人的军事部署和士兵的生活状况，于是编成传单，配上上级印发的对敌军宣传品，到新五军据点内去张贴。

一天黄昏，侦察员送来一个国民党逃兵，他是新五军二〇〇师六〇〇团三营七连的士兵，老家在四川。一见面，显得特别亲热，问他开小差的经过，他说：“我早就想跑，但不敢跑，那天路过龙王庙，见了你们的传单，说优待开小差的弟兄，我又问老百姓，他说真的。我又往北走了两天，得空便开了小差，知道这里有八路军，才到这儿来的。”

莱芜战役是我军全歼国民党七个师的大胜利，武工队利用集市和驻村大力宣传，大家还不解渴。“到城里去宣传一下，叫国民党军队看看咱的厉害!”大家写好传单，提着满满的两筒糨糊到单县城去了。

单县矗立的春秋阁门楼上驻着敌人。“文工队”的同志贴完标语走到春秋阁门下时，被敌人发觉了，敌人惊慌地连喊几声。同志们便顺着南墙走到墙角一拐，撤退了，胜利地完成了任务。

天拂晓，城门还没开，赶集的人陆续来到城下。人们看见八路军的捷报和传单，都喜在心头，四下传播。

十冬腊月，天寒地冻。刚从锅里盛出的热浆子，走不了几里路，便结成了冰块。怎样保护浆子，一时成为大家钻研的问题。有人提议：在浆筒底下设一个火炉，但没有那个条件。后来，杨步胜同志精心地给它

做了一个厚厚的棉套，又制了一个棉盖，看起来像一个照相机或书包之类的，谁见了都觉得有趣，但数九寒天浆子还是上冻。最后，队员们干脆把冰糨糊捧在手心里暖化。两名队员就用这种方法去成武城关完成了宣传任务。虽然手被冻麻了，但他们像冬天孩子们玩雪球一样的高兴。活动在遥远敌后的武工队，与上级的联系极少，一切所需全凭自力更生，大家创造。各分队设有民运组，在驻村群众中调查后将材料汇报给政工组，政工组根据调查材料写成街头诗、传单等对群众的宣传品。捉到俘虏、逃兵，搜集起材料，写成对敌军的宣传品。没有印刷工具，大家一起抄写。每张宣传品的产生，从调查材料、编写、誊写、抄写到散发，都是同志们花费许多血汗才完成的。武工队犹如一部制造宣传品的完整机器，经久不息。

"文武双攻"惹恼了敌人。1947 年 2 月 17 日早晨，早饭刚做好，新五军一个营的兵力从龙王庙出发，向武工队驻地刘新庄袭来，等到哨兵跑回村报告时，敌人已逼近村边了。武工队未来得及站队，枪声就响了，队长喊了声"快！分散向南突围"，武工队快速向黄河故道小堤子方向跑去，敌人鸣枪追了二三里路。报社的杨步胜被子弹打穿了腹部，连皮带、子弹带都打穿了，鲜血染红了衣裤。这也是报社握笔杆的编辑第一次负重伤。当晚，大家把杨步胜送到尤庄一家农民家里去养伤。

杨步胜养伤的这家农民姓黄，当时有五口人。黄大爷和他老伴、儿子和儿媳，还有一个十七八岁的闺女。他家当时有四五十亩地，生活算是富裕。在那兵荒马乱、敌人占领城镇、我军处于劣势的情况下，敢于收容一个八路军的伤员，真是难得呀！

杨步胜养伤住在他家西屋，用麦草垫起一张床，既柔软又暖和，黄大爷白天夜里陪着他。有一次，听说敌人来扫荡，黄大爷就用手推车推着杨步胜到他亲戚家躲了几天。为了应付敌人，黄大爷给杨步胜起了个名字叫黄进喜，说是他二儿子。因朝夕相处，黄大爷对杨步胜好像有一种特别的亲近感。在闲谈中几次问杨步胜结婚了没有，杨步胜都以战争期间不考虑个人问题敷衍过去。后来他通过另外一个姓李的大娘向杨步胜转告他女儿对杨步胜的好感。李大娘说，东家的大闺女很喜欢你，当你同他父亲闲聊时，她在屋外边听。当听到你家是读书世家时，她很崇拜，说她家没有一个读书的，都是文盲，她想请你教她读书识字。杨步胜知道她的用意，但他想战争是残酷的，不知哪一天就要牺牲，不要给人家姑娘家带来不幸，于是他拒绝了。但是，姑娘仍继续追求，通过李大娘，今天送双袜子，明天送块烤白薯。不论她如何追求，杨步胜始终没有答应，见面时，仍像以前一样充满感激之情，把她作为一个小妹妹来对待。

夜里辗转反侧，他写下了这样的诗句：

茅屋草舍暂栖身，
敌后养伤尤庄村；
一日三餐床前送，
黄家待我情意深。
忽报敌人来“扫荡”，
房东推我赴他乡；
待到敌军回城去，
返回尤庄再养伤。
远离部队换药难，
伤口化脓受熬煎；
房东四处买草药，
熬水清洗顿消炎。
黄家有女十七八，
端庄秀丽一枝花；
大爷有意许配我，
婉言谢绝负了她。
想起战友战沙场，
威震湖西美名扬；
待到伤口痊愈后，
重上战场手握枪。

杨步胜回武工队的前一天，黄大爷安排了一顿好饭，他把全家人都叫来一起吃饭。姑娘以泪惜别。

1993 年 4 月，已在贵州工作近五十年的杨步胜去菏泽参加牡丹花会时，抽出时间到了单县去寻找这位房东。单县杨副县长陪杨步胜找了几个村庄，都没找到。

这是杨步胜一生的遗憾！他对陪同的人说，估计黄大爷、黄大娘已经去世，他的儿子大约也有八十多岁，那个小妹妹也有六十多岁了。不知今生今世还能见到他们么？

1947 年的七八月份，湖西局面大大好转了，党、政、军各方面人员回到原来的地区和岗位，逐步恢复了正常的工作秩序。武工队完成了历史任务，这时在单县东中心区里，全队进行一年来的工作总结。大众报社的张涛、杨明奎、杨步胜等同志被记特等功，其他同志分别被记了大功等。不久报社派几位同志到巨南的彭堂去找埋藏的东西，发报机、石印机等都没受损伤，原封挖了出来，运回单东中心区，稍加调试后，《湖西大众报》便又同湖西人民见面了。

张涛又坐在了编辑桌旁，在编报之余，他想起了一年前蒋介石对马歇尔说的狂言，遂写了一首诗：

横渡黄河捣大江，
直驱千里战旗扬；
蒋家霸气今安在？
笑看绿叶两度黄。

文工队员和武工队员加起来不过几十人，但他们舍生忘死，经历大小战斗百余次，打死打伤敌人一百五十三名，俘敌二百余名，摧毁国民党区部三个，建立堡垒村二十七个，情报站十二个，并发动了四十七个村庄的反倒算斗争，为主力部队获取了大量重要情报。武工队不仅站稳了脚跟，而且有力地支持了敌后人民的对敌斗争，配合了主力部队的作战。

1947 年 6 月 21 日，《冀鲁豫日报》专题报道了武工队的英雄事迹并为此发表短评《树立武工队旗帜》："这一面旗帜最明显的一点，是它深刻地认识了此次战争的本质，掌握了明确的阶级观点，因此在对敌上，是积极主动，坚决斗争。对群众是发动农民，组织农民。对内部是教育与行动相结合。一切策略，从群众中创造，所以一往无前，也就一直胜利。"

14. 三千“水兵”送大军

为保黄河大堤的安全，冀鲁豫边区专门成立了一支“水军”护坝、保坝。为保护黄河大坝、保护刘邓大军南下，动用的民工何止三千。

解放战争进行到1947年6月，历史的车轮将要达到一个新的转折点。经过一年多的作战，人民解放军先后挫败国民党军队的全面进攻和所谓的“双矛攻势”，歼敌一百一十二万人，国民党军队的总兵力由战争开始时的四百三十万人减少到三百七十三万人，其中正规军由二百万人减少到一百五十万人。人民解放军则发展到一百九十五万人，武器装备也得到很大的改善。蒋介石为摆脱困境，凭借军队数量和装备上的优势，企图将战火继续烧向解放区，进一步破坏和消耗解放区的人力物力。

依据整个战局的发展，中共中央做出重大的战略决策：不等完全粉碎敌人的战略进攻，不等解放军在数量上占有优势，立刻转入全国性的反攻，以解放军主力打到外线，调动敌人回防空虚的后方，粉碎蒋介石的战略企图，迫使敌人转入战略防御，改变敌我之间的攻防形势。

同时，中共中央决定，选择地处中原的大别山区作为战略反攻的主要突击方向。

邓小平说：“时机成熟了，就应该转到外线，否则就要吃亏。”

刘伯承说：“我们就好像是一根扁担，一头挑着山东，一头挑着陕北。不管这个担子有多重，我们只有打过黄河去，才能把山东和陕北的敌人拖出来。”

为实现这一战略意图，刘伯承、邓小平决定在处于敌要害的鲁西南地区实施中央突破，打开战略反攻的南下通道，进而直驱大别山。

1947年6月30日夜，杨勇所部一纵渡河作战的先头部队秩序井然地登上木船，沉着地等待命令。22点半，电话里传来邓小平政委的声音：“再有一个半小时，就是7月1日了。在中国共产党生日这个伟大的时刻，我们强渡黄河，这对全国人民的解放事业，具有重大的意义。”

24时整，刘伯承发布命令，十二万大军在鲁西南三百里长的八个地段上夜渡黄河，一举突破敌人碉堡林立的黄河防线。

刘伯承和邓小平乘坐一艘普通木船，在船工奋力摇动的桨声中向黄河南岸驶去。这天是农历五月十五，天空的月亮又大又圆，敌人飞机不断扔下炸弹，并用机枪扫射，刘伯承、邓小平视若无睹。全国大反攻的序幕，就在这两位伟人谈笑风生中拉开了。

当天傍晚，在灯火通明的南京黄埔路蒋介石官邸，蒋介石正和美国驻华大使司徒雷登共进晚餐。他们沉浸在柔和的灯光、悠扬悦耳的音乐、芬芳的美酒以及虚伪的外交辞令中。突然，一份解放军突破黄河防线的电报，让蒋介石顿时面色发白，半天说不出一句话来。

“哦!”司徒雷登惊讶地说，“这简直像当年法国失守‘马其诺防线’!”

美国著名记者杰克·贝尔登曾目睹了这一伟大的历史事件。多年后，当他撰写《中国震撼世界》一书时发出了由衷的感叹：“我阅历过多次战争，但却从未见过比共产党这次强渡黄河更为高明出色的军事行动。”

许多历史典籍都记下了刘邓大军的英勇，而刘伯承、邓小平本人记住了什么呢?

笔者翻阅了当年刘伯承、邓小平领导之下的晋冀鲁豫《人民日报》等报纸，看到了这样的报道。

1947 年 7 月 14 日晋冀鲁豫《人民日报》:

横渡黄河即景。

记者于 4 日晚随刘伯承将军麾下某部渡河，费时仅五分钟。

沿岸八个县的水手，都参加了渡河的工作。自从解放军开始渡河以来，蒋介石的飞机日夜频繁骚扰，但未能阻止我大军前进。船只分大小两种，于去年 11 月开始建造，大的可以载运十轮大汽车两辆，小的可以载运三四十个人。

水手们兴奋地谈说 30 号晚上的动人情景：那天第一次载运突击队的时候，大家悄悄地紧张地动作着。河这边看着表，从开船到突击队抵达对岸放信号枪，恰恰是五分钟。有许多渡口是在猛烈的炮火下强渡的。但我经过的这个渡口由一部分蒋军和还乡团防守，那晚上蒋军们逃得很快，蒋介石的忠实走狗还乡团们还在做梦。等到他们晓得的时候，已经做了俘虏。解放军就是这样在五分钟之内，粉碎了蒋介石吹嘘的黄河天险等于四十万大军的神话。当记者和水手们谈起蒋介石的这个神话时，他们莫不哈哈大笑。

他们都是黄河上乘风破浪的老把式，大部分在抗战期间当过民兵。在这个创造历史的伟大事件中，他们展开了立功运动，看谁的船快，谁渡的次数多。十年前他们驶着船往来于济南、开封之间，他们说，等到把这两个地方解放后，就有生意做，黄河又要活跃起来了。

1947 年 7 月 12 日《冀鲁豫日报》：

翻身水手争摆渡。

我人民解放军，为执行大反攻任务，在黄河李桥渡口渡河南下，对岸敌人之地堡，离北岸仅二百步远。该渡口水手多为翻身农民，都认识到老蒋打不倒翻身翻不好，在突击过河时，大家争着撑头一船，要为人民立功。水手刘会文兴奋地说："俺先撑头一船，好活捉还乡团去，老蒋糟蹋咱河南老百姓不少天了，自告奋勇，快将部队摆渡过河，好解救咱们河南的群众去。"说完又提出立功打擂的条件来：一、保守秘密。二、保证不中途逃亡。三、渡河要迅速。如果谁能打下擂台，赠送模范旗。水手们都激动起来了，宣布打擂双方并签字画押，真个是谁也不愿落后，个个争先立功。

黄昏，大军开始抢渡，水手劲头都是十足，撑不上头船的问部队："为啥不上我的船?"刘俊彩船上的水手说："咱撑不上头船，多撑几趟!"好多水手们都赤臂光胸，满头大汗，一趟又一趟地赶着摆渡，一夜有撑十二趟、十五趟、十八趟的不等。刘明星的船，撑到二十趟。

水手们对解放军的诚挚热爱，引起部队首长的赞许，奖冀钞五万元，大猪一头，纸烟四条。县指挥部为表彰水手对反攻的贡献，奖猪一头，粉条、黄瓜两车。

1947 年 7 月 19 日晋冀鲁豫《人民日报》：

胜利归功于人民。

没有黄河沿岸船工、水手、民兵的协助，解放军是不能这样迅速地冲破河防天险的。很久以前船工水手就为人民解放军大反攻赶造渡船，并配合民兵监视南岸敌人，保护渡船。平阴县水手们曾在蒋军火力封锁下，夜间泅水将十九只大船拉至人民解放军准备过河的渡口。他们兴高采烈地提出：“船要开得快，开得稳!”“送咱们自己的队伍过河，有多大本领用多大本领!”水手们争着要部队先上自己的船。这些赤臂光胸满脸大汗的水手们，劲头十足地吆喝着，摆过来又摆过去。某部突击排坐着刘明星的船，飞驶对岸，攻到了李桥渡口地堡跟前，蒋军惊慌地失声乱叫：“坏了，跑吧!”还没等撒开腿，就全部被活捉了。接着一船又一船的人民解放军越过汹涌澎湃的黄色波涛，平安地到达南岸。各渡口的大小船只在这样互相比赛立功争先下，都能在五分钟内渡过宽达一里的河面，无一出险。

人民解放军登岸后，南岸各地老百姓，都自动组织担架队，套上大车，推着小车，帮助部队运输弹药。在郓城战役中，全县男女老幼，不分昼夜为攻城部队磨面碾米，青壮年帮助挖工事，一个战役就有五万人民热烈参战。

1947 年 7 月 28 日晋冀鲁豫《人民日报》：

七只小船打先锋。

6 月 30 日，各河防部接到渡军任务后，三百名水手紧张地动员起来，经过领导上说明任务的光荣重大，大家忘掉了恐惧，个个争先为人民立功。晚上号召水手们自告奋勇时，当场跳出吴心敬、聂言金等三十一名好汉报名，驾了七只小船打先锋。行前，他们把自己的行李交托给别人，有的将自己多日来积存的一部分钱也嘱咐知己的人，表示准备牺牲。七只小船飞快地向敌人驶去，对方发觉了，在紧密的炮火下，只有第二号小船靠了岸，其他船只因被沙滩所阻，尚距岸三五十步。

吴心敬、黄治法等英雄跳下河去带路，背枪往返十余趟。六十来岁的罗传喜老先生，臂上挂了花；他一言不发地来回背运，有的船只连冲十五六趟不换班。小船后面又尾随了若干大船，水手李安合、王德林见战士及牲口有掉进河去的，当即跳下河去打捞。范登甲亲自背着病号上船下船，七十二岁的马金安老船手，满面皱纹，头发花白，在风雨中别人劝他数次仍不肯休息，还争着背运弹药，指挥战士上船下船，并动员大家："咱们多冲一趟，就等于多消灭几千人，多得几门大炮。"一夜时间，就是这些英雄们帮助人民解放军渡过了黄河，副专员说："这等于打了个大胜仗，渡河的部队代表送来了猪、酒和二十多万元慰劳他们。"

黄河岸边的河南省台前县孙口，矗立着一座高大的石碑，石碑正面题写着"孙口渡河处"五个遒劲有力的大字。这是台前县人民政府为纪念刘伯承、邓小平从这里渡过黄河特意树起的纪念碑。

刘邓大军强渡黄河四天后，7 月 4 日，刘伯承、邓小平从这里从容渡河。刘伯承、邓小平乘上了十号船，同时随行三十多人。船只像脱弦利箭，向黄河南岸急驶而去。船开得既快又稳，很快靠近了南岸。刘伯承、邓小平在下船前，几乎同时把手伸向水手们，异口同声地说："你们辛苦了，是你们为人民立了大功！"水手们感动得热泪盈眶，目送刘伯承、邓小平踏上南去的征程。

7 月 17 日，黄河各渡口民工接到了一份嘉奖令：

你们不顾敌军的炮火和蒋机的骚扰，不顾日夜的疲劳，积极协助我军渡过了大反攻的第一个大阻碍，完成了具有历史意义的渡河任务，使我军非常顺利地到达黄河南岸，以歼灭蒋军，收受失地，解救同胞，这是你们为祖国的独立和人民的解放立了大功。我们全体指战员莫不敬佩和感激。我们到达南岸后，先后收复了郓城、巨野、曹县、郓城等地，消灭了曹福霖部两个旅，这些胜利是和你们分不开的。为了慰问你们的辛劳，特犒劳你们每人猪肉一斤，并祝你们继续努力和健康！

刘伯承、邓小平

蒋介石曾下令派出高级特工潜入鲁西南暗杀刘伯承、邓小平。

一天，特务摸进刘邓大军的中枢——巨野丁官屯。一根根电线从村中的一座三合院中向四周散去，嗅觉灵敏的特务断定这就是刘伯承、邓小平指挥部。于是特务们悄悄在指挥部旁边的一座土坯屋顶上布设了红色丁字板——对空联络信号。敌机快飞到时，村中的一位老大爷发现了丁字板，马上报告了警卫人员。警卫人员三步并两步冲进指挥所拽起刘伯承、邓小平就往屋外跑，刚出屋门，一颗炸弹在指挥所北墙炸响，房倒屋塌，刘伯承、邓小平身上盖满了厚厚的泥土。

蒋介石多次利用特务进行暗杀，施行“斩首行动”，但由于人民的保护，最终没有成功。

暗杀行动失败了，蒋介石又决心像当年水淹日军那样，炸开黄河大堤南岸，水淹刘邓大军。

正巧那几日黄河上游暴雨连连，河水猛涨，黄河水长年积淤，河底高出屋脊。山一样的浪头在河床上打着滚，发出震天动地的吼声。敌机每天对黄河大堤轮番轰炸，情况十分危急。炸弹一旦将大堤炸开，遭受灾难最为惨重的将是祖祖辈辈生活在这里的无辜百姓！

刘伯承、邓小平一方面下令设置“水哨”，严密观察和监视水位、大堤，一方面火速从野战部队抽调大批战士，同沿岸群众一起修筑大堤，堵塞漏洞，保卫黄河，保卫黄河沿岸的父老乡亲。当时的情况真是十分危急，在作战室里反复踱着步的刘伯承说出了一句话：“忧心如焚。”

与此同时，张玺、赵健民、徐运北、万里昼夜不停地领导黄河南岸的冀鲁豫人民群众和地方部队进行着保卫黄河的工作。上万战士和十几万群众组成了百里人墙，敌机炸哪里，哪里就有战士和群众冲上去，哪里有险情哪里就有老百姓。

刘邓大军自1946年7月到1947年7月，一年之间在鲁西南打了九个战役，对我军在解放战争初期的战局扭转起到了重要作用。

时近传统的八月十五。刘伯承、邓小平决定让战士们过个中秋节，吃上月饼，按中央指示，再奔大别山。

但此时，邓小平接到毛泽东的电报：“立即集中全军，休整十天左右，不打陇海，不打新黄河以东，亦不打平汉路，下决心不要后方，以半月行程，直出大别山。”

刘伯承、邓小平决定：立即行动。

自古黄河九十九道弯，最后一弯在东明。

从东明到梁山的黄河段，就像一张弯曲的长弓。此时，刘伯承、邓小平十二万大军，就像搭在长弓上的一支利箭。8 月 7 日黄昏，这支利箭依托鲁西南边区凝聚起来的巨大张力，向大别山飞射而去。

听到这个消息，蒋介石连声大骂："娘希匹！"

15. 邓小平讲军纪

记忆卡片一：

"违犯了群众纪律，就得不到人民群众的支持"

1946 年 8 月 4 日，刘伯承、邓小平下达了陇海战役的作战命令。13 日，晋冀鲁豫野战军第七纵队第五十八团、五十九团开始强攻砀山，最后全歼砀山守敌，胜利完成了第一阶段的任务。

正当大家庆祝胜利的时候，纵队司令部紧急通知，团以上干部集合开会。会场就在司令部南院的树荫下，因为地上尽是泥水，指挥员们都坐在放倒的秫秸上。大家刚坐下，邓小平在纵队司令员杨勇和政委张霖之的陪同下趟着泥水走来。人们本以为会受到邓小平的表扬，但出乎预料，竟受到邓小平的严厉批评。原来，第七纵队少数人在战斗中违犯了群众纪律，损坏了老百姓家的一些用具。

邓小平在纵队召开的紧急会议上指出："陇海战役已打了四天，第一阶段你们打得很好，解放了砀山，俘虏了几千人，缴获武器也不少。"

话锋一转，邓小平的表情和讲话的声音严肃起来："但必须指出，你们有人却违犯了群众纪律。你们打仗牺牲了那么多人，为了什么？不是为了解放砀山人民吗？不是为人民而战吗？为什么又这样损害群众的利益？你们要认真赔偿群众的损失！"

邓小平正讲话间，敌人的飞机轰鸣着飞到头顶。人们都有点紧张，担心邓小平的安全。杨勇司令员离开会场，到高处瞭望，观察飞机的动向。邓小平却大声说："杨勇，怕什么，有什么关系嘛！飞机不是天天来吗？"

邓小平又严肃地指出："违犯了群众纪律，就得不到人民群众的支持，没有人民的支持，想取得胜利是不可能的！”

半个月之后，大杨湖战役打响了。这一仗，将士们打得十分勇猛。但是，由于居功情绪滋长，个别部队纪律有些松弛。邓小平治军向来以严格著称。战后，召开高级干部会议，到会的各级干部人人满面春风，没想到，邓小平却开门见山地说：“今天开会不握手，省得打几个胜仗就握手言欢。”这个“不握手”的会议，使当年的与会者终生难忘。

记忆卡片二：

“整顿纪律，事关重大”

国民党军队在陇海战役遭受重创之后，又集结十几万人疯狂反扑。战前，邓小平指示各纵队了解一下部队的纪律情况。据某纵队民运部长反映，该部一些战士在宿营地的果园里摘吃老百姓的果子，群众对此有些意见。个别战士还拒不接受批评，说什么“我们打了胜仗，口渴了，吃几个果子算不了什么”。原来这个纵队在一段时间里放松了群众纪律教育，少数干部战士滋生了骄傲自满的情绪。

邓小平非常认真地说：“这个典型抓得好，抓得及时，我要亲自去过问一下，整顿纪律，事关重大，就要有魄力，不然就打不了胜仗。”

到了宿营地，邓小平下令集合营以上干部开会。一百多名干部很快到齐了。大家面带疑云，不知首长为啥战前突然召集会议。邓小平登上一个土堆，用洪亮的嗓音严肃地说道：“你们是中央红军和八路军一一五师的老班底，有着光荣的革命传统，过去执行了毛主席的战略方针，对革命是有功的。这无疑是你们的光荣，但绝不是你们居功自傲、违背军纪的本钱。谁要损坏自己的荣誉，谁就是给毛主席、朱总司令抹黑！”

接着，邓小平针对一些战士违犯群众纪律的情况，一针见血地指出：“听说有些战士随便摘吃群众的果子，这不是违背毛主席提出的‘三大纪律八项注意’吗？不拿群众一针一线，你们还记不记得？这种行为是破坏军民关系，也是损害你们自己的名誉，你们难道不感到羞愧吗？”邓小平的批评斩钉截铁，字字千钧，说得大家无地自容。

纵队司令员立即跑出来对部下说道：“我完全同意邓小平的严肃批评，你们大家如果还要我继续当司令员，那你们就回去教育战士改正错误，不然，我这个司令员就不当了！”

紧接着，邓小平又派人连夜到其他纵队传达他的讲话精神。

当时，正值雨季，路滑难走，又有敌军围追堵截，邓小平不仅着重对营以上干部进行了批评，还派人连夜下去传达他和刘伯承的指示，可见他对军纪看得多么重要！

记忆卡片三：

“这样下去，就是我军政治危机的开始”

当晋冀鲁豫野战军刚到大别山地区时，从一些破旧的墙壁上仍可以看到红军时代留下的标语。但是，由于共产党的军队曾先后几次退出这一地区，群众曾受到反动派的残酷镇压，这次晋冀鲁豫野战军初来乍到，当地群众仍然怀疑解放军能否站住脚。

在这种情况下，刘伯承和邓小平指出：得到群众的信任，是我军到大别山后创建根据地的首要条件。要告诉部队，现在毕竟是物换星移，时过境迁，群众已经不认识我们了，所以必须用我们的爱民行动和艰苦朴素的作风，来证明我们是当年的红军。

刚到新区，部队生活非常艰苦，加上当地老百姓听信了敌人的反动宣传，不敢接近解放军，一些干部战士产生了急躁和怕苦情绪，个别战士骂人、拿东西、吓唬群众、拉牛送病号等破坏群众纪律的现象时有发生。这就更造成了群众的恐惧心理，常常是部队刚一开进村里，老百姓和一些商贩便锁上门，跑到山里躲起来。

刘伯承和邓小平非常重视这个问题。整顿纪律，迫在眉睫，为了迅速扭转这种局面，他们在一个村前的草坪上召开了整顿纪律的干部会。会上，刘伯承忧心地说：“部队纪律这样坏，如不迅速纠正，我们肯定站不住脚。”邓小平接着警告说：“这样下去，就是我军政治危机的开始！”张际春副政委说：“必须严格群众纪律，枪打老百姓者枪毙！抢掠民财者枪毙！强奸妇女者枪毙！”会上，刘伯承、邓小平向全野战军颁布了整顿纪律的命令。谁知不久，司令部机关里却发生了一起严重破坏群众纪律的事件：机关有个管理员为了解决部队办公和生活的困难，竟趁商贩躲走的机会，私自撬开了一家铺子的门，拿了一刀有光纸、几支毛笔、粉条和白糖。

事情反映到刘伯承和邓小平那里。他们认为，这个事件的性质是严重的。如果司令部的人触犯军纪就不追究，那会对部队造成什么影响？整顿纪律的命令岂不成了一纸空文！刘伯承和邓小平终于忍痛下了决心：坚决按军法执行枪毙。他们还决定同时召开大会，以此教育整个部队。

老百姓震惊了，纷纷下山返回家园。他们说："要是知道解放军纪律这样严明，我们说什么也不上山！"还有人说："闹了半天，真是自己的队伍。"

记忆卡片四：

"群众的一根草也是来之不易呀"

面对日益严酷的敌情，刘伯承、邓小平决心采取"避战"方针，从1947年12月10日开始，刘伯承、邓小平暂时分开。他们两个人，一人率一部，一个里一个外：邓小平在重敌围攻中坚守大别山，刘伯承在外线实施战略展开。

邓小平的女儿毛毛在一篇回忆文章中写道，邓小平率部留在大别山区的那段时日，是极其艰苦的一段时期。在敌人围攻开始后，各纵队都及时地跳到了合围圈外，以旅、团为单位行动作战。大家忍饥受寒、不顾疲劳，在山野林莽中露宿，在雨水泥泞中行军。那是十冬腊月天啊！年轻人都不耐其寒，邓小平、李先念这些指挥官和所有的指战员一样，只穿着单薄的自制布棉袄。行军时，他们在泥水中行进；宿营时，他们点着松明研究敌情和工作。外面天气冷，室内比室外还要阴冷。警卫员拿点稻草想给首长们烧堆火烤烤手，邓小不说："不用烤火。大家都过得去，我们怕什么。要知道，群众的一根草也是来之不易呀！"邓小平知道，大别山穷，大别山的人民更穷，他不忍心动群众的一草一木。

这天，金寨县委书记给邓小平讲了自己的一段亲身经历：敌四十八师在某地清剿时，他藏在一个老百姓家里，敌人逼老乡说出县委书记的下落，竟没有一个人吐露，敌人无奈，一把火烧了全村的房子。事后我们去给老乡修房子，赔偿他们的损失，但群众硬是不要，说打垮了老蒋，不愁没好房。

听了县委书记脱险的故事，邓小平高兴地说："看来你们在这里扎根了，这是最关键的一课。部队离开了对群众的宣传、组织，建立政权就失去了存在的意义。如果我们的军队破坏纪律，脱离群众，就是自掘坟墓。”邓小平突然问在座的工作队长：“你们工作队陈科长把老乡的牛还给人家了吗？”原来，邓小平尽管在百忙之中，仍然注意体察民情。两天前，邓小平路过一个村庄，住在一个老乡家，房东的一头牛让土匪抢走了。解放军一打土匪，土匪扔下牛逃跑了。

解放军以为是土匪的牛，就牵了回来。见邓小平问起那头牛的情况，工作队长汇报说，工作队确实牵回一头牛，以为那是土匪扔下的。

“土匪哪儿来的牛？”邓小平批评说，“凡事都得动脑子，对群众有利就做，没有利就不做！一切行动都要有个出发点，这个点就是维护群众的利益！”

记忆卡片五：

“要严格遵守群众纪律，与群众同甘共苦”

1947 年 12 月 30 日，邓小平和李先念副司令员、李达参谋长率部到金寨县视察工作，当晚住在漆店区楼房村一座房子里。

第二天早晨，当时在地方开展工作、担任区委书记和工作队长的部队民运干部江川，赶到首长驻地汇报情况。在冒着青烟的火塘边，邓小平亲切地问：“工作队员身体好不好？情绪怎么样？生活苦不苦？”工作队长回答：“我们比首长享福得多哩，群众对我们非常关心，同志们情绪很高，工作也很顺利，请首长放心。”

这时，邓小平说：“群众工作一定要做得深入扎实，广泛建立贫农团。”工作队长说：“我们在各个村都建立了贫雇农小组和以贫雇农小组为核心的农会。”邓小平强调说：“你们要加强对贫雇农组织的领导，必须建立贫农团。贫农团是组织领导贫雇农进行斗争的核心。有了这个核心，才能充分发挥贫雇农组织的作用，我们的根子就能够扎得牢靠，我们就能够经得起斗争的考验。”

工作队长以自我批评的口气说：“我们过去工作，只是以农会出面的多，还有不少贫雇农没有吸收进贫雇农组织中来，以致有些地方没有形成贫雇农的绝对优势，因而工作开展得不够好。今后，我们一定要进一步加强贫雇农的组织建设，以贫雇农组织为核心开展工作。”

邓小平说：“就是要这样，这是我们开展一切工作的基础。”邓小平还反复开导大家，要严格遵守群众纪律，艰苦奋斗，与群众同甘共苦，打成一片。

邓小平虽然来了不到一天时间，却已经调查了解到工作队执行纪律的很多情况。邓小平关切地说："听说群众捕地主池塘里的鱼也送你们一些，这也不应该啊！我们要坚决执行'三大纪律八项注意'……"

记忆卡片六：

"群众生活够苦的了，这些东西要送还他们"

1948年新年前夕，邓小平带着很少的部队来到金寨县的一个小村，小村临着一条河。他们就住在一家地主逃跑后留下的大院里。

邓小平身着灰布棉衣，显得更加消瘦。在摇摇曳曳的松明光下，他一面从广播里收听党中央、毛主席的声音，一面听取地方工作汇报……

2月初，春节到了，部队有了几天休息的时间。人逢佳节，自然想到改善一下生活。有几个战士，放掉了池塘里的水捉鱼。正当大家看着捕捉到手的几百斤活鱼而欢呼雀跃的时候，邓小平从小山坡上走了下来。面对这欢乐的场面，想到这段艰苦岁月，他首先表扬了这群年轻的战士在艰苦条件下能够保持乐观的精神状态，然后转为严肃的口气批评说："池塘里的水是当地群众备旱用的，你们'竭泽而渔'，贪图了眼前，损害了群众的利益。"池塘里的水已经是失而不可复得，事后部队只好向群众赔偿了损失。

其实，平时比较严肃、对部下又不失和蔼的邓小平比谁都更加关心部队的生活。但他深知，只有严格执行纪律，我们的部队才会得到人民群众的拥护和支持。

除夕那天，金寨县的县委书记和工作队长携带着慰问品，过河来看望首长。县委书记和工作队长把慰问品拿了出来，有湖北麻糖、花生、羊肉和一只鸡，要首长收下。"哪儿来的这些东西?"邓小平紧锁着眉头问县委书记，"怎么来的?""今天是除夕，是群众给首长的慰问品。""嘿，真是'山中无历日，寒尽不知年'哪!"邓小平稍稍舒展了一下眉宇，但他仍然严肃地说："群众生活够苦的了，这些东西要送还他们。"

听首长说要退回慰问品，在场的同志有些着急了。他们告诉首长这个小村地主和群众跑光了，生活上的必需品，花钱买也买不到，要不先把这些东西留下，作价还给群众?"不行，正因为要过除夕，群众也需要这些东西，要全部退还群众，不要留下。”邓小平决定还要顺便到群众家里，给他们拜年。

于是县委书记和工作队长带着携来的慰问品告别了首长。

屋子里松毛柴烧得正旺，李达参谋长又往火上添了些柴，邓小平拿着书本在扇火。卫士长有点不高兴，抱怨地说：“不拿群众的东西，买总可以吧！不留下东西，除夕你们连晚饭都没有。”邓小平一边扇火，一边笑着说：“不要噘嘴嘛！哪有花钱买慰问品的事，你一定还有什么，拿出来吃嘛！”卫士长说：“只有几个麦饼，又冷又硬！还有一些枣子。”邓小平说：“快拿来吃！麦饼烤烤，红枣当菜，蛮好的一顿年夜饭嘛！”邓小平对李达笑着说：“这比我在1926年年底，骑着骆驼穿过毛乌素大沙漠要好过得多。大沙漠都是在夏季通过，一过9月，朔风呼啸，商旅不行。我跟着最后一个商队，迎着暴风雪，穿过大沙漠，一路上，只能等在帐篷休息时，烤点黄羊肉吃。”

1948年的大年夜，邓小平就是围着炉火，吃着又糊又硬的麦饼度过的。

16. 冀鲁豫战场轶事多

记忆卡片一：

拒收金表和美钞

大杨湖战役中，“中央军”新编第三师师长赵锡田中将兵败后躲在汽车下被俘虏。抓他的是两个从国民党军队解放过来不久的新兵。赵锡田撸下手上的金表，又拿出一沓美钞：“两位小兄弟，我是个普通的军械师，拿去吧，放我一条生路。”

两位解放军战士收了他的手枪和佩剑，把金表和美钞还给他：“我们讲‘三大纪律八项注意’，不掏俘虏的腰包，只收缴武器。金表和美钞还给你。”

赵锡田收回金表和美钞，仰天长叹一口气。

记忆卡片二：

如此军纪

“中央军”将领知道解放军的“三大纪律八项注意”得民心，也颁布了类似的军纪，要求严格执行。

“中央军”黄埔系第二十三团，被我军包围于章缝集村。这支全机械化部队一进村就实行了戒严。

村内有一家地主，高兴地说：“国军来了，这该是俺的天下了！”

国民党军队一进村，他就开门迎接，好饭、好酒伺候，来到不一会儿，他的女儿和儿媳就被几个连排干部强奸了。他去团部那里告状，又被打得头破血流。回家一看，一头肥猪也被“国军”宰了！

记忆卡片三：

司务长送菜金

收复汤阴后，第六纵队各营连都开了庆功会。第十八旅五十四团六连也在当天举行了庆功会。团营首长、各连代表和村长、农会主任等来到庆功会上。

六连司务长赵金印是这次战斗的功臣之一，大会的“功臣席”上有他的位子。可是他却向连、营领导请了假，说是有件急事要进城去办。他到伙房里称了一袋米，背上就进城了。

原来，在前年第一次从日本人手里解放汤阴的时候，部队住在西街大庙里，赵司务长每天都在一户姓崔的菜贩家买菜，常是上午称菜，下午结账付款。10月7日那天早晨，赵司务长在老崔家称了八十五斤白菜、十斤大葱，照样准备下午付款。

上午刚吹哨开饭的时候，国民党派汉奸土匪孙殿英来占领汤阴。部队把饭碗一丢，马上紧急集合，向北撤退，刚出北门，南关的机枪就响了。赵司务长正在北关给连队买东西，根本来不及给老崔送钱。

这笔账背了一年多了，蒋介石到底顶不过我们，十八个月零二十五天之后，汤阴城又叫咱夺回来了！

离城越来越近了，人也越来越多了。可是城里的房子被孙殿英烧光，现在是一片碎砖烂瓦。老百姓用锄头在瓦砾堆里挖着，寻找剩下的东西。

时隔两年，老崔原来的家已是人去屋空。赵司务长几经周折，才找到了老崔的新家。

这是一个小饭铺。一个女人在拉风箱，一个四十岁左右的男人正光着脊梁擀面条。男人见进来个解放军，便热情地招呼道：“吃面吧，同志！里面凉快！"

当他们的眼光碰在一起的时候，一下子就认出了对方。两人欢天喜地，像亲兄弟一样。老崔的老婆也赶紧过来和他说话，忙着打洗脸水、倒茶，又把一把蒲扇塞到他手里。

老崔叫老婆到对门去打半斤酒，又催她赶快做饭。

"别，别！"司务长站起来拦着，"你听我说，老崔哥。我今天是有任务来的，记得不？前年我们临走那天，称了你八十五斤白菜、十斤大葱，一共是一百二十元，到现在一年零七个月，照一分利息给你算，总共折合三十二斤米，你称称！"

老崔大吃一惊，叫起来："这不是瞧不起人吗！我老崔再穷，送自己队伍一点菜吃还送得起！早巴不得咱队伍再来吃菜哩！这点小事，隔了一年多，早都忘了，不中，不中！"

"别，别，老崔哥！你知道我们解放军的纪律，你不收，我得受批评。"说着，他把米口袋解开，老崔却摁着不叫解。老崔的老婆在旁边想插手，又插不上，急得光叫："司务长，你咋着嘞？这可不中啊，这可不中！"最后还是司务长胜利了，他连口袋也不要了，撒腿就跑。

司务长回到连队，庆功宴也已结束。他走进屋里，觉得眼前一黑就晕倒了。团部的医生赶来给他打了一针强心剂，他慢慢醒过来，看见团长、营长、连长、指导员都围在他床边。他睁开眼睛说："我饿了！"

记忆卡片四：

战马亦有"纪律性"

大杨湖战役中，我军骑兵冲击时，由于骑兵战士负伤落马，枣红色的军马习惯性地冲向敌阵。敌军"俘获"战马，喜出望外，敌营长如获至宝，踏上战马，耀武扬威，并大喊："哈哈，不费一枪一弹，共军的宝马落到老子手里了！"

正在此时，对面解放军阵地上吹响了集结号。枣红马听到号声，回头直奔向我军阵地，敌营长骑在飞驰的马上，无法下鞍，阵地上的敌军不敢开枪。

枣红马归队，驮回的营长做了俘虏，这位敌营长脸上露出哭笑不得的表情。

记忆卡片五：

兵心所向

在第六纵队第十六旅炮兵连操场上，人们围着四门绿油油的大炮，兴高采烈地议论着：

“好家伙，这么大的个！”

“这就是刚刚在上官村缴获的敌第一〇四旅的战防炮？”

“这叫车，还是叫炮？”

“这叫俄造三七式防御炮。”一个刚刚解放入伍的战士，抚摸着大炮对大家说，“这是一种新式武器。它使用两种炮弹：一种叫破甲弹，专打战车、装甲汽车、汽艇、兵舰，最大射程是五千七百米，能穿透二至三厘米钢板；另一种叫手榴弹。”他说着从车上拿下一发炮弹：“就是这种，专门打轻重机枪、步兵炮等，射程是一千五百米。”

“俄国造的炮怎么到中国来了？”一个战士有点不解地问。

“这时当年苏联援助中国打日本的。”解放军战士回答道。

“那么你们拿这炮打过日本吗？”大家哄笑起来，解放战士哑口了。

“你们用它进攻解放区怎么就那么积极？”大家有意要逗一逗他。

“唉！我们也没办法！”他叹了口气，接着说，“就说这次上官村战斗吧，20日那天上午，你们攻到村里，当时我们那个参谋长，就下令叫把炮栓零件等扔掉。那时，我真不忍心破坏了它，知道你们会过来，就把炮栓用洋面袋装起来，埋到墙角。”

“后来呢？”

“后来，咱们的同志冲进去，我们被解放了！我想，应该把炮完整地交给解放军，就领着同志们将炮栓挖出来。其时，我们战炮连的弟兄都有这个想法，于是全连都集合起来，连长、排长、班长、炮手一个也不少，大家都自动去找其他炮栓和零件。找了两天，总算凑起来了。四门炮连车前挽具、牲口一概齐全了，只有第三门炮还缺一个拉栓柄。”

“还能使吗？”有些同志着急地问。

“不要紧！你看！”他走到第三门炮跟前，“哗啦”一下把炮栓拉开，“刚才叫铁匠给配上了，一样顶用。炮可算齐全了，战炮连终于找到正主了，战炮连也该正经发挥作用了！”他越说越兴奋。

这位叫胡春生的战士，原来是战炮连的第一炮手。他十分自豪地说：

"从现在起我不再为蒋介石卖命了，而是为人民服务！"

记忆卡片六：

有事找刘邓

现时的流行语是"有事找警察"。当年鲁西南流行的是"有事找刘邓"。

随着战场情势的变化，刘邓的指挥所不断迁移，刘伯承、邓小平留在菏泽地区的指挥所，现有十几处之多。

指挥所所在地村民并不认识刘伯承、邓小平，但只要看到许多电线和警卫员，就认定来了解放军的大首长。

两个农民要告状，很高兴地见到了首长。首长中一个个子不高，四川口音，另一个身材魁梧，戴一副眼镜。

小个子的首长对两个农民很客气："告啥子状，有啥子冤屈？"

两个农民告的是农会会长，分地主财产时，会长多留了一件羊皮袄，群众都认为不公平。

农会当时是农村最高的权力机构，会长当然是拥有最高权力的人，指挥部进村时，农会会长还亲自接待、安排部队入驻。

刘伯承、邓小平让两个农民回去听消息，两个农民出门后有些后悔，这两位不是刘伯承、邓小平首长么？他们指挥打仗，那么忙，咱为一件皮袄让他们分心，太不合适了！

邓小平让参谋找来农会会长，问："你打老财有没有多拿？"

邓小平说话虽然和蔼，农会会长却浑身出汗，知道瞒不住，就坦白了多拿了皮袄的事。

邓小平说："做共产党员，当干部，有权力，但绝不能以权谋私。我们共产党的宗旨就是为人民服务，怎么可以利用权力多拿一件皮袄？你今天多拿一件皮袄，你明天就会多拿一座房子、多拿一块地，你们还干啥子革命？你自己回去反思下，该咋办就咋办。"

农会会长回去就把皮袄退了，但却到处吹牛："邓政委亲自接见了我！"

群众问："首长对你讲啥了？"

"滚，这是军事秘密！"

记忆卡片七：

班长的遗言

郓城战斗总攻开始了。鹿寨刚被炸掉，在爆炸的浓烟里，一团六连八班班长温好然，毫不顾及自己头部已经负伤，带领自己那个组，扛起炸药，冒着敌人浓密的炮火冲到外壕边上，迅速挖好坑，放上炸药，燃起导火索。就在这时，他手上也中了一枪。“轰”的一声炸药响了，外壕沿炸塌了一大片。连长看他两次负伤，让他到后边去，温好然宁死不肯。营长发出了冲锋信号，温好然又领着八班跟着突击队冲锋。虽然我们猛烈的炮火摧垮了突破口的工事，但两侧敌人的火力仍然疯狂地封锁冲锋道路，温好然腰部也负了伤，他咬着牙冲上了城头。敌人拼命地反扑，机枪、迫击炮、山炮，一齐用火力来封锁突破口。“班长，班长，弯下腰！”战士们急切地喊。温好然不顾一切向前冲击，突然他又中弹了，跌倒在地上，第四次负伤。他清楚自己不行了，喊了喊班里的战士：“你们要为我报仇，赶快去打敌人，记住，进了城，千万不要犯纪律……”

记忆卡片八：

县长为人民，人民爱县长

1947 年，国民党邱清泉兵团向冀鲁豫边区进行大规模地扫荡，四千多名干部群众被杀害。成武县群众听说民主政府县长康文惠牺牲了，抬着棺材，冒着枪林弹雨，以寻找亲人为名，漫天遍野，寻找康县长的尸体，整整寻找了七天。

后来知道康文惠这个县长并没有死，从这件事可以看出人民群众对共产党是多么拥戴，党的干部和人民群众结下了鱼水深情。

记忆卡片九：

送牛还家

部队攻打太和县城去了，炊事班的荀文祥负责在后面押运行李，小王庄派来一辆牛车和一位王姓老大爷。“老大爷，牛是你自家的吗?”

“是，老总!”

“大爷，解放军不兴喊‘老总’，你就喊我小荀吧。”

晚上 9 点多钟，荀文祥在太和县城里找到了部队，他领着老大爷到伙房去吃了晚饭，又安置了住处。这天夜里，老大爷几次爬起来看他的老黄牛。天刚蒙蒙亮，他套好车就走了，早饭也没顾得吃。

下午，部队又从太和县城出发。走出几十里路，天近黄昏。忽然在一片桑林旁边，荀文祥看到一头黄牛孤独地哞哞叫着。那整齐油亮的毛色，漂亮的鼻环，看起来十分眼熟。这不是老大爷的命根子吗？人到哪里去了呢？他喊了半天，没人答应。

他蓦然想起当天上午，有四架美制国民党飞机曾在太和城北轰炸扫射，闹得老百姓和牲畜四处乱跑。这头牛一定是那时和主人走散了。当时荀文祥准备把牛送到老大爷家去，可是部队正去执行紧急任务，抽不出身来。

荀文祥只得把牛牵到连里，向指导员做了汇报。

指导员对荀文祥说："老大爷可能是跑回家去了，咱们又不能马上把牛送去。我们连暂时饲养，以后有机会时送还老乡。养牛的任务交给你，记住，只许喂肥，不准养瘦！"

部队转来转去，终于又转回太和县附近。一打听，驻地离小王庄只有六十里路。于是连长让荀文祥把牛还给王老大爷。

那一天刚刚下过一场雨，道路泥泞，到小王庄已经是晚上十点钟了。全村静悄悄的，人们都已经入睡。荀文祥凭记忆，摸到王老大爷门口，开始叫门：

"王大爷，给你送牛来了！"

"我是上次来过的解放军！"

门里还没有动静。这时，对面的大门"呀"的一声开了，走出一位老大爷，他看到这头牛，眉开眼笑地说：

"老王头有救了。同志，你不知道，老王头丢了牛，回家就病倒了。这可好了！"说着，他用手拍打门环：

"老王头，你的牛回来了！"

王家的门也开了，一线灯光射了出来。老大娘先走出门，她看到黄牛，就流着眼泪径直扑过去，双手抚摸着牛头，不住地喃喃自语，连话都没顾上和我们说。

一会儿，王老大爷也披着衣服走出来，一边走一边惊喜地问：

"我的牛在哪？"

可是当他看见黄牛时却又愣住了，而且收敛了笑容说：

“这不是我的牛，你们送错了。我的牛没有这么胖。”

“老大爷，没错，你看看鼻环？”

这时，牛也认出它的主人，哞哞叫了两声走过去，用头不停地蹭老大爷的身子。王老大爷这才确信不疑，拉住荀文祥说：

“小老总，不，小同志，咳，让我说啥呢？说啥都没劲！”

“咱们是一家人！”荀文祥说道。

“对，咱们是一家人！”老大爷笑了。在灯光照耀下，荀文祥看到两行亮晶的泪珠顺着他两颊滚下来。

记忆卡片十：

叔侄相逢在战场

郾南战斗结束了，俘虏们都到仝任庄头的厂里去集合。

第十六旅第四十六团五连战士程进学想起攻击大地堡时，听到高喊“缴枪”的嚷嚷声中，有一个熟悉的声音。他认为这人一定是个安徽人。

程进学想打听安徽的情形，于是便走进俘虏当中，大声喊道：

“哪一个是安徽人？”

一个俘虏慌忙立正，一面敬礼，一面回答：

“长官，我是安徽人。”

程进学在黑影里看到一个瘦瘦的个子，说话的声音尖尖的，这使他觉得更加熟悉了。他急忙凑近去问：

“你是哪一县人？”

“我是凤台人。”

程进学听了这话，心里跳得更厉害了。他把两手扶在那个俘虏的肩膀上，定睛一看，他认出来了，这就是他的侄子程正良！

“啊哟，原来是你呀！”

叔侄俩紧紧握着手，一句话也说不出来，热泪顿时夺眶而出，几分钟后才听到他俩的声音。

“正良，我真想不到在战场上见到你呀！你被抓走的第三年，我就被抓出来了，你二哥、三哥、四哥，也都被抓走了，我是被抓到三十军去当了兵……”

灰暗的月光下，程正良打量着眼前的叔叔。他想起在地堡里向叔叔开枪时的情景，感到无比的惭愧和痛心。到底是谁逼得他们骨肉相残呢？

程进学接着说：

“去年我们三十军在平汉路上向解放军进攻，在战斗中我放下了武器，参加了解放军，成了刘司令员和邓政委的战士。这里的首长对我非常好，就像自己的亲兄弟一样。我一来到，连长看我还没穿棉衣，就脱下自己的棉军装披在我身上……”

“我是在一一九旅三五六团当兵的，也是四五年了。”程正良说话的声音很低。他回想起过去这些年来痛心的往事，也实在是太悲惨了。他想了好久，终于说出：

“叔，我对不起你。我现在才明白我们一家人被蒋介石抓兵要款，逼得妻离子散，家破人亡。现在我又被他们逼得拿着美国枪来向你开火，我被他们这些卖国的家伙逼得走上了死路。”

当程进学谈到替蒋介石打内战就是卖国的时候，侄子程正良恨极了，他摘下头上的国民党军帽，撕成了片片，愤恨地说：

“可不戴这汉奸帽子了！”

程正良又说：

“叔，你给长官说一说，我也参加解放军，咱爷俩在一个班不好吗？”

“好！那怎么不好呢？走！咱俩一块给首长说说去。”

17. 六十年前的新闻

《刘伯承将军纵谈战局》

《人民日报》1946 年 10 月 20 日 朱穆之

鄄城大捷后，记者赴前线某地采访刘伯承将军，刘将军精神焕发，纵谈目前战争之形势。将军议论精辟深邃而又谐趣横生。

“三个多月来，我们以冀鲁豫十七座空城换得蒋介石六万多人。”刘将军说，“据说蒋介石认为这是一个好买卖，还要坚持做下去，好吧，让他做下去吧，在不久的将来，就会算出总账来的！”

刘将军认为战争的胜负决定于主力之保存或丧失，存人失地，地终可得；存地失人，必将人地皆失。巨野战役即为一例：当我歼灭蒋军西

线主力整编第三师及四十七师共四个旅后，蒋军西线全线崩溃，其占领我东明之左翼也不得不撤退，东明重归我手。因此，蒋军主力被我消灭到一定程度时，蒋军不仅无力进攻，也无力防守。在我保存的优势兵力攻击之下，最终将所占城镇全部吐出来。

刘将军认为目前此种形势已日益接近，再消灭相当数目的蒋军主力，我军大举反攻的局面即将出现。接着，刘将军用冀鲁豫前线的变化来说明了这个道理。冀鲁豫前线的国民党军王敬元集团九个旅，刘汝明集团六个旅，孙震集团七个旅，共二十二个旅，其中被我军歼灭者有刘汝明集团三个半旅，孙震集团四个旅，王敬元集团亦被我消灭约一万人。现存国民党军十五个旅，而其中八个旅也被我军重创。刘将军说："看蒋介石能有多少个八个旅，能有多少个六万人，如果他愿意，我一定还可再拿几个空城换得他的第二个八个旅，第三个八个旅，第二个六万人，第三个六万人。"

刘将军更精辟地指出：死守一城一地，无异自背包袱，如果我们不在必要时毅然放弃某些城镇，那么我们就将被迫分散兵力，处处防守，而处处挨打。刘将军称这种战法为牛抵角战术、挨打战术、死猪不怕开水烫的战术。刘将军笑着说："可是我们把这些包袱丢掉了，而蒋介石却拾起来背上了。他背得越多，他就越重，就越走不动。蒋军在冀鲁豫现仅残存的十五个旅中，有十个旅就被迫困守着十七个空城，仅余五个旅可做机动部队。如果蒋军减少守备兵力，增强机动兵力，那么守备部队被我各个歼灭的可能性就更大。如果减少机动兵力，增强守备兵力，那么就无法进行作战。相反，我军因无防守城镇之累，部队集中机动，随时可以集中优势兵力攻击与歼灭其任何一点。这一矛盾，国民党军队是极难解决的。这种形势最好地说明了蒋军的兵力已极度分散，其攻势已达顶点，其在战略上的主动已开始转入被动。"刘将军极深刻而又诙谐地说："蒋军暂时占领的那些城市与碉堡，都是我们最好的钳制部队，它们替我们把蒋军紧紧地围困在那里，等待我们一个个去消灭呢！"

记者谈及蒋军采取齐头并进、稳扎稳打的战术时，刘将军认为只有兵力十分充足方能收其效果。但今日蒋军兵力已极空虚，一个月前蒋军主力第五军及整十一师遭受挫败后，东拼西凑，仅调来整七十五师两个旅的疲惫之师，以后再无补充。蒋军以现有兵力，既要集中进攻，又要集中防守占领之城镇及保护漫长的补给线，是“熊掌与鱼不可兼得”！其结果必为顾此失彼，这是蒋介石不可克服的致命弱点。此次鄄城战役正是一个最好的例子。

刘将军承认蒋军火力颇强，但他认为由于我军擅长夜间作战及突然迫近进行白刃格斗，战斗全凭刺刀肉搏，蒋军的重兵器，几陷于无用之地。尤其蒋军士气很低，每次战斗都会丢下很多武器。因此蒋军纵有美式装备，也无法改变其必然失败的命运。

至此，刘将军特别指出我军胜利的主要原因之一在于我军士气旺盛，这是因为我们是正义自卫的战争，士兵都是翻了身的人民，他们为保卫自己的翻身果实而战，因此在战斗中莫不奋勇向前，以一当十。刘将军特别赞扬守卫龙堌集的战士，他们以寡敌众，敌人进攻的火力虽犹如一片火海，而他们坚守阵地达十一昼夜，始终未后退一步，完成了上级交给的任务。刘将军认为这也说明了如果我们必要坚守那一点时，我们是不可被攻破的。

刘将军在军事上对中国革命的伟大贡献早为中外所称颂，而他对每一个战争的指导都英明远识、谨严缜密，尤为每一个将士所叹服。前线某高级军事干部说，蒋军作战，其指挥官与其说是白崇禧、陈诚，毋宁说是刘将军。

刘将军在前线，生活虽极度紧张劳苦却精神奕奕，每一次重要战斗，必亲临前线直接指挥，于战斗间隙中犹进行译著，各种图书文件，满积案头。

《目前边区形势与紧急任务》

1946年11月18日《冀鲁豫日报》社论

神圣的爱国自卫战争，在我冀鲁豫边区已经进行了三个整月，在这三个整月期间，我们不少地区暂时被敌占领（被占县城十七个），在人力物力上给我们添了不少困难，但三个月来同样造成我们胜利的条件与信心。

首先，是大量消灭敌人的有生力量。陇海战役开始，我们就消灭了敌人的主力一八一旅；菏泽战役消灭了蒋介石嫡系第三师两个旅及川军四十一师、四十七师各一个旅；龙凤战斗中消灭了蒋之嫡系十一师三十二团；在最近鄄城战役中，我们又坚决、迅速、干净、彻底地消灭了刘汝明部一个半旅及两个炮兵连，创造了我冀鲁豫战场第四次伟大胜利。纵观这三个月来，我们消灭了敌人达八旅之众，在这方面我们是完成了消灭敌人有生力量的任务。我冀鲁豫战场和全国其他战场一样，假如在战争开始时期，国民党集中其百分之八十五以上的兵力于第一线，在敌人一次被消灭之后还可以迅速进行连续进攻的话，在我艰苦斗争三个月以及消灭敌人八个旅的现在，这种可能性逐渐减少，而且到一定的程度，当我们进一步大量消灭敌人之后，我们将会终止敌人的进攻，我们将转守为攻，收复我们的一切失地。我们以暂时放弃菏泽、济宁十七个县城，换取了消灭敌人八个旅的战绩；我们的县城可以收复，而且一定收复，而敌人八个旅的有生力量是一去不复返了。

其次，这次的爱国自卫战争，对我全边区是一个很好的锻炼，是起了很大教育作用的。首先是教育了全体干部和党员，扫除了和平时期产生的腐化思想，卸下了笨重的大包袱，坚决地和国民党反动派斗争。同时也教育了冀鲁豫的广大人民。过去由于对蒋介石的本质认识不清，认为蒋介石比汪精卫好，认为蒋介石是“正统”，因而存在着“变天思想”；此次证明蒋军到处奸淫烧杀、鸡犬不留，田园荒废，横暴凶残为历史上所未有，尤远过于日本鬼子；章缝集战斗后，连地主也拉着我们某部战士称呼“自己人”，诉说他家闺女、媳妇被蒋军轮奸得奄奄待毙。我某部战士反省，本来想开小差，当看到敌人的残暴而坚定了自己的斗争意志。这是生动的政治教育，教育了党和人民，美帝国主义和蒋介石的狰狞面目，使我们认识得清清楚楚了……

《向母亲宣誓》

载《前线目击记》陈勇进

到五十九团的时候，整个部队都在做紧张的动员。在所住的一个村庄里，只要是一棵有阴凉的树下就会有一组人，他们不是讨论怎样对敌作战，就是讲这次砀山作战的意义。

会写字的，就给首长或战友亲人写信，表示他打砀山的决心。有不少的战士在宣誓。

我看到了某连的指导员孙晶如写了两封书信。一封是写给他的亲爱的母亲的，写在他的日记本上撕下来的格子纸上：

母亲：

咱家过去是穷人，你还记得我小时候读书的困难吗?，那时咱没啥吃，你千方百计地想办法叫我念书。共产党八路军来到湖西后，我们有吃的了，也有了地种。不料蒋介石违背了停战令，围攻中原和苏北，现在又拿着美国的武器来进攻咱的冀鲁豫边区。中央军来，别说咱的地，咱的命也保不住呀！

我们为了争取和平，为了争取中国的独立，为了保卫你，我们战士正向首长要求打击进攻边区的国民党军，我想英明的首长是会答应我们的要求的。

我一定要到最前线去。假如我牺牲了，你老人家别难过，我们八路军的同志，都是你的儿子……

我反复地读着这封悲壮的信。

在他的小日记本最后面还有几句话，是写给身边的战友的：

战友们："我为人民而生，要为人民而死。如果我牺牲了，请将这封信给我的母亲！"

共产党领导的战士们为人民而战的决心就是这样的强，反动派蒋介石即使是顽石，也会在人民战士的铁拳下粉碎。

《东大张与西大张》

载《前线目击记》陈勇进

9 月 3 日的夜，刘伯承将军手下杨勇将军部队侧击小杨湖和周庙，这里有整编第三师的两个团。9 点 30 分是杨勇将军部队开始向周庙攻击的时刻，整个旅的重炮都集中在周庙的村东头，攻击时炮声占领了整个空间，炮声里夹杂着冲锋的号声，这阵炮声响后就是稠密的机枪声。杨勇将军的部队以三十分钟的时间攻进了周庙，敌人退到小杨湖去了。我们黎明又住在靠近小杨湖的村子东大张村，敌人就在不到三里多路的西大张。

侧翼上杨勇将军的部队白天休息是准备在夜里大战的。白天我绕村一周，没见到一个老百姓，说明这里空舍清野工作是相当成功的。

在这个东大张村上，我看到杨勇将军所在部队的群众纪律是好的。村西头的树上拴着几只小山羊，看到了战士们像看到它的主人一样，咩咩地叫唤，两个战士把它牵到一块草地上去。猪圈里的猪也得到了饱餐，伙房的同志将剩下的饭汤喂给它。成群的小鸡，唧唧地从屋里跑到屋外，母鸡红着脸下蛋去了，咯咯地叫个不休，公鸡伸长了脖子在叫午。还有一个爱鸟的战士将一把黄谷子给挂在树上笼子里的鸟添了食。

村西南角二营六连战士在梨树下挖工事，树上的大鸭梨已经熟透了。你从这里经过，不弯腰或者一不小心会将熟透的梨子碰下来的。树下梨皮梨叶都没有，战士们是没有一个去吃的。枣树上累累的紫红枣儿，同样的没有一人动。村南菜园子里的大葱和白菜在茂盛地长着，孩子们种了几株南瓜，藤叶早晨长在那里，黄昏时也长在那里，金黄色的大南瓜躺在叶子下面。甄连长所率领的炮兵连的住处，院子里的石榴树上火红的石榴都笑得咧着嘴，粒子像宝石一样透明。人民的一切东西都由人民自己的军队来看管着。

当天敌人又退出了西大张，我随部队又到了西大张村，我同样地绕村一周。在这个蒋军所蹂躏过的村庄，地上尽是西瓜皮，小鸡我没见到一只，只看到鸡毛在地上飞舞，一只大绵羊还没杀完敌人就跑掉了。地上满是粪便，臭气冲塞着鼻子，我几次几乎呕吐。我在村东头看到一个中年妇女，她双手抱着肚子，不敢抬头望我们一眼。一个老大娘告诉我她是被蒋军八九个人强奸的。

从历次的战斗中，我发现蒋军只有两件事，一件是没命地吃，将老百姓所有的东西都吃光；再一件就是强奸妇女，这和日本人是一样的。总之，法西斯都是一样的。

《英雄的五十四团》

载《光荣的道路》丁曼

9月5日午后5时，五十四团也像六纵队的其他兄弟团一样，接到了消灭大杨湖敌人的紧急命令。全团指战员热火朝天地议论起来，大家兴奋极了。卢彦山团长和李少清政委先后向大家讲了话：冀鲁豫解放区黄河南岸的半边河山要不要，就决定于今天晚上的大杨湖战斗，进犯军整编第三师能不能被消灭，就决定于大杨湖敌人能不能被消灭。我五十四团的勇士们踊跃发言，大家表示："消灭不了敌人不回来，剩下一个人也要冲上去。我们要发挥兰封战斗中敌人顽强、我们更顽强的革命精神，要一口吃掉占领我们大杨湖的进犯军。"

经过战斗动员，全团指战员的心里只有一个念头：为党为人民的利益不惜牺牲自己的生命，坚决消灭大杨湖的敌人。

一营教导员朱辉同志把一张相片交给从团部来的老同学潘金根，低声说："这是我爱人的相片，我们俩感情很好，如果我牺牲了，请你写信安慰她，别太伤心。她是很懂道理的。"

潘金根接过相片，看见在相片的背面写着：

鸿英，
要想见面，
除非渡过天险，
才能团圆。

辉

1946年9月5日夜

朱辉同时把平时积蓄的三百元关金票交给潘金根，说："人家都说要交上最后一次的党费，我不说。我死了就请你替我交给党。"

为了表示决心，二营四连连长梁填录交出了一千元，六连长冀德标交出了一千元，副连长交出一万元……全团的共产党员无不把个人所有财物交出，作为最后的一次党费。非党员六连一班长和自村交出七百元，战士王金顺交出五百元……他们坚定地提出："我们牺牲后，要求党追认我们作共产党员；把我们的钱当作党费。如果不能入党，就把钱给同志们改善生活。"

《炮火中的文化战士》

载《前线目击记》陈勇进

10月6日，我在龙堌集一天，这是龙堌集保卫战胜利的最后一天了，这一天战斗也最激烈。离龙堌集一里多路的官庄，我们让出来了，敌人的炮弹已能打到龙堌集的任何地方。这天的夜里我和几个宣传工作者在村中，敌人的炮弹也不断落到我们房子的左右与前后。三中队《火线生活》的编辑，一个二十来岁的年轻人，正在一个豆油灯下用复写纸写战报。他向我说："蜡纸油墨都没有了，只好用复写纸写，这样也不太慢……"

半夜的时候，这期报写完了。他和一个通讯员又送到最前线去。有的战士握着他的手说："张股长给俺念念报！"他就念起来。张涛这个年轻的前线编辑，与战士生活在一块，为战士们所热爱。

这天我还看到宣传员们用石灰在龙堌集的墙壁上写满了标语，只要是人能到的地方都有标语。我在战沟里，战沟里有标语，隔不了几尺远就有一个纸条，这是我们的战士贴在那里的。我看到一条标语上这样写着：

生在南方，
死在北方，
为了老蒋，
实在冤枉。

厕所里也贴着几条标语：

爱国军人不打爱国的八路军！
八路军优待俘虏。
打倒反动派蒋介石！
……

陈再道将军光荣地完成了刘伯承将军交给他保卫龙堌集的任务。在部队撤退前，龙堌集的每个角落里都贴满了标语。

《我叫“为人民”》

载《元旦献礼》孟庆棠

郝龙贺是五班长，口吃，洋相，工作可是强。

上次邵耳寨，没有搞漂亮，战士管他叫“楞鬼”，不光荣名字背身上。低头想：“下次比比看谁强！”

打开巨野进街巷，他派刘英搜索。黑影只见手一摆，郝班长指挥着，迅速包围了一幢房。轰轰炸弹响，敌人着了忙，拍掌出来缴了枪。数一数：一门小炮，四支中正式，两挺机关枪，人是十二名。

大家更起劲，向北挺进，靠近北门一座房，枪眼闪火光，轰一声炸弹响，敌人代表出来缴枪了。查一查，更是多：三挺轻机枪，四十二支步枪，五十五个俘虏，还有敌人六连长。

俘虏来站队，龙贺出怪样，他说：“弟兄们缴枪不要怕，缴枪就不杀，咱们是老百姓的队伍，八路军讲宽大。来，喊两句口号：缴枪是光荣的！八路军是人民的队伍！”

班长一时兴奋，像是忘了在打仗。“连长，你贵姓?”“我姓魏！”“我也姓魏，我叫为人民！”

18. 共产党人的第二战场

中国有句俗话：打铁还需自身硬。

中国共产党的建党之始，就在党纲中规定了为人民求解放的宗旨，不谋私利，并一直警惕党内腐败的滋生，坚决和腐败行为做斗争。

抗日战争期间，尽管我党我军处在敌强我弱的态势下，但却一直致力党内的反腐倡廉。不论对敌斗争如何艰苦卓绝，共产党人从未放弃思想战线的“第二战场”。

1937 年“七七事变”后，中国共产党于 8 月 25 日公布了《中国共产党抗日救国十大纲领》，全面概括了中国共产党在抗日时期的基本政治主张，其中第四条明确提出，实行地方自治，铲除贪官污吏，建立廉洁政府。

1938 年 5 月 14 日，中共晋察冀省委发出《中共晋察冀省委关于在政权机关中工作的党员必须遵守的条例》。该《条例》指出，近来各级政权中，仍不时发现个别工作人员侵犯群众利益或惊人的贪污腐化现象，甚至个别党员也堕落到犯这种可耻的罪恶——背叛阶级又背叛民族利益。省委除号召全党同志领导一切抗日分子在党内外开展反贪污腐化等斗争外，特制定在政权中工作的党员应遵守的条例，其中之一是刻苦耐劳，积极负责，绝对廉洁、正直。这是作为在政权机关中工作的共产党员必须做到的。

1939 年 4 月 4 日，陕甘宁边区政府公布《陕甘宁边区抗战时期施政纲领》。《纲领》中在经济方面做出的规定是发扬艰苦作风，厉行廉洁政治，肃清贪污腐化，铲除鸦片赌博；厉行有效的开源节流办法，在各机关学校和部队中，提倡生产运动与节约运动，增加收入，减少支出，以解决战时财政经济之困难。

5 月 1 日，毛泽东在延安各界国民精神总动员及五一劳动节大会上发表题为《国民精神总动员的政治方向》的演讲。毛泽东在讲话中特别强调要把艰苦奋斗的作风发扬起来，他说："我们民族历来有一种艰苦奋斗的作风，我们要把它发扬起来。要把现在许多人中间流行的那种自私自利、贪生怕死、贪污腐化、萎靡不振的风气，根本改变过来。"

1940 年 8 月 13 日，中共中央北方分局公布了《关于晋察冀边区目前施政纲领》。其中规定：实行有免征点和累进最高率的统一累进税（以粮、秣、钱三种形式缴纳），整理出入口税，停征田赋，废除其他一切捐税；非经边区参议会通过，政府不得增加任何捐税。整理村财政，建立严格经济制度，肃清贪污浪费。

8 月 23 日，新四军江北指挥部发出《关于开展反贪污腐化反投降主义的倾向的训令》，传达了八路军总司令朱德、副总司令彭德怀、政治部主任罗瑞卿和副主任陆定一的命令。命令说，自抗战以来，我军干部甚至于高级干部因贪污腐化而堕落以致叛党逃跑现象不断发生，因此要求政治首长必须注意审查自己的干部，严防少数干部的堕落，严防某些环节上的腐蚀，强化干部的政治生活与党的生活，反对干部中的发财思想，我们到处发现许多干部有不正确的经济观念和私利行为。反对干部中任意离开党的原则的私人感情团结，反对私人送钱，反对不遵守军队的供给制度与少数个人违反制度的自由开支，提倡节约，反对庸俗现象。

10 月 28 日八路军总政治部作出指示，该指示根据八路军和新四军中的一些党性不强、甚至有少数分子甘心堕落、贪污腐化、逃跑变节的问题，提出军队干部工作的基本方针是大力提高干部质量、审查干部和洗刷坏分子。

在抗日战争极为艰难的1941年4月19日，毛泽东在为《农村调查》一文所写的《跋》中，强调在保护社会经济中有益的资本主义成分的同时，必须和党内的资本主义思想和腐化现象做斗争。

同年7月7日，中共中央发表《为抗战四周年纪念宣言》，提出改革内政外交的十项主张。其中第七条规定改革政治机构，罢免贪官污吏，引用开明人员，从政府机关中淘汰暗藏的亲日分子，肃清敌人的第五纵队。第八条规定禁止贪官污吏奸商劣绅囤积居奇，操纵国民经济，实行调剂粮食，平抑物价，以苏民困。第九条规定改革兵役动员制度，禁止敲诈、贿买、强迫、虐待，代以鼓励人民上前线的政治动员，以利抗战。这三项主张表明了中国共产党和全国人民坚决反对国民党腐败统治的强烈愿望和要求。

9月1日，晋冀鲁豫边区政府公布施政纲领。纲领提出建立廉洁政府，肃清贪污浪费。驻曹县安陵集的八路军枪毙了一个贪污的司务长，对部队指战员是一个很大的警示，也使边区的百姓看到了共产党人的施政廉洁、治军严明。

抗日战争结束后，中国共产党面对全国形势，对自身建设有着清醒的认识。蒋介石这个反面教材告诉我们，两军对垒，不在兵多，而在军廉。一支由腐败的将军所带的部队，即使武器再先进，也绝无战斗力可言。

1945年7月5日，黄炎培等六位国民参政员应中共中央邀请，访问延安。黄炎培为共产党廉洁清明的政治作风和蓬勃的革命精神所感动，对毛泽东说："我生六十多年，亲历'其兴也勃焉，其亡也忽焉'。一人，一家，一团体，一地方，乃至一国，都没能跳出这周期律的支配……一部历史，'政怠宦成'的也有，'人亡政息'的也有，'求荣取辱'的也有，总之没有能跳出这周期律……中共诸君从过去到现在，就是希望找出一条新路，来跳出这周期律的支配。"毛泽东回答说："我们已经找到新路，我们能够跳出这周期律，这条新路，就是民主。"

1945年9月30日，中共中央发出《关于加强军队纪律坚决执行城市政策的指示》，要求军队应严整自己的政治纪律，认真执行"三大纪律八项注意"，且在行军作战过程中开展群众工作，给新解放区人民以良好的政治影响，初步提高他们的觉悟程度。《指示》还具体规定了党的城市政策和部队的入城纪律。

1946 年 7 月 20 日，毛泽东为中共中央起草《以自卫战争粉碎蒋介石的进攻》的指示。指示要求，为了粉碎蒋介石的进攻，必须作持久打算，必须十分节省地使用我们的人力资源和物质资源，力戒浪费。必须检查和纠正各地已经发生的贪污现象。1947 年 1 月 1 日，《解放日报》发表朱德 1947 年元旦广播词《一九四七年十大任务》。朱德指出："为了解决自卫战争中的财政供应问题，必须一面发展生产，一面用大力整顿财政，缩减一切可以缩减的人员，节省一切非必要的开支。由上级负责人以身作则，降低干部生活水平，表扬艰苦奋斗的作风，严禁铺张浪费、贪污腐化，犯者要加以严惩。只有这样，根据地的长期坚持才有保障。"

1948 年 1 月 4 日华北财经办事处发出《关于反贪污浪费的指示》。指出日本投降以来，贪污浪费现象日益严重，如不迅速纠正，则将大大加重我财政困难，使我战争难于长久支持，且将腐蚀干部，腐蚀党员，损害党的政治影响与革命的胜利。《指示》要求各级党委在整编队伍、审查干部思想时，尤其在检讨财政工作时，必须动员干部对各种贪污现象进行斗争，开展批评和自我批评，揭发各部门的贪污浪费现象，引起全党

1948 年 3 月下旬，华东野战军前敌委员会在濮阳县孙王庄召开扩大会议，开展新式整军运动。会议到 5 月底结束。会议期间，朱德代表中共中央亲临视察。这是朱德与陈毅、粟裕等合影。

警惕。《指示》规定机关首长必须以身作则，拒绝一切不应得的享受，否则便不能与贪污现象进行严肃的斗争，财经供给机关应当严格执行制度，经常检查，使制度真正贯彻下去；审查财经供给干部，清洗不可救药的贪污腐化分子，进行经常的管理教育，检查并纠正乡村中的贪污浪费现象。

同年4月8日，毛泽东向人民解放军洛阳前线指挥部、其他前线和其他地区的领导同志发出电报。为防止占领城市后发生违法乱纪和腐败现象，要求“一切作长期打算”“严禁破坏任何公私生产资料和浪费生活资料”“禁止大吃大喝，注意节约”。

8月16日，华北临时人民代表大会通过的《华北人民政府组织大纲》，规定设立华北人民监察院为行政监察机关，以院长及华北人民政府委员会任命之人民监察委员五人至九人组成人民监察委员会。华北人民监察院的组成是设院长一人，下面分设第一、二、三处；各处处长一人；设立监察专员四人，监察委员四人。由正、副院长和监察委员组成人民监察委员会，作为华北人民监察院的院领导机构。

9月，中共中央政治局会议通过《中共中央关于召开党的各级代表大会和代表会议的决议》。《决议》指出，“由于党内缺乏正常的民主生活和在政府工作中的民主生活的不足，已使我们党的组织及政府机关产生了某些严重的脱离人民群众的官僚主义现象”，“对于不遵守党章，破坏纪律，破坏党内正当秩序的分子，必须给以处罚”。

1949年3月5日毛泽东在中国共产党第七届中央委员会第二次全体会议上的报告中谆谆告诫全党说：“因为胜利，党内的骄傲情绪、以功臣自居的情绪、停顿起来不求进步的情绪、贪图享乐不愿再过艰苦生活的情绪可能生长。因为胜利，人民感谢我们，资产阶级也会出来捧场。敌人的武力是不能征服我们的，这一点已经得到证明了。资产阶级的捧场则可能征服我们队伍中的意志薄弱者。可能有这样一些共产党人，他们是不曾被拿枪的敌人征服过的，他们在这些敌人面前不愧英雄的称号，但是经不起用糖衣裹着的炮弹的攻击，他们在糖弹面前要打败仗。我们必须预防这种情况。夺取全国胜利，这只是万里长征走完了第一步。”

1949年10月1日，新中国成立。10月26日，毛泽东给延安党政军民各界复电，希望全国一切革命工作人员永远保持过去十余年间在延安和陕甘宁边区的工作中所具有的艰苦奋斗的作风。

11 月 9 日，中共中央发出《关于成立中央及各级党的纪律检查委员会的决定》。《决定》指出我们的党已成为全国范围内的执政党，各级民主政府已经建立或将建立，我们党与党外人士合作事务已日益繁多。为了更好地执行党的政治路线和各项具体政策，密切联系群众，克服官僚主义，保证党的一切决议的正确实施，决定成立党的中央和各级纪律检查委员会，并决定中央纪律检查委员会在中央政治局领导之下工作。各中央局、分局、省委、市委、区党委、地委、县委的纪律检查委员会，在各级党委会指导之下进行工作。中央及各级党的纪律检查委员会的主要任务和职权是检查中央直属各部门及各级党的组织、党的干部及党员违反党纪的行为；受理、审查中央直属各部门、各级党的组织及党员违纪案件并决定处分以及在党内加强纪律教育等。

1950 年 1 月 11 日，中央人民政府人民监察委员会召开第四次委员会议。会议认为，新民主主义政权组织将监察机关隶属政务院，这就使监察机关能真正发挥其效力。监察机关的任务不仅在积极制裁，更要积极推动厉行廉洁的、朴素的、爱国家资财的、为人民服务的革命工作作风，防止贪污、浪费、破坏国家资财、脱离人民群众的官僚主义作风的产生。

2 月 12 日，武汉市司法机关依法逮捕了犯有巨额贪污罪的国营华中百货公司武汉分公司职员徐志平、镇沛霖、朱睿华、孙年、彭华卿等人。他们为追求腐化的生活，勾结不法商人，盗卖国家财产，擅改银行支票，骗取巨额公款，从 1949 年 9 月至 1950 年 1 月，共贪污金额达两亿元（旧币）以上。4 月 7 日，主犯徐志平、镇沛霖被判处死刑，剥夺公权终身，其他贪污犯也分别受到法律惩办。

3 月 2 日，中共中央西南局书记邓小平在驻重庆各领导机关党员干部大会上强调，整编节约不仅可以节省开支，克服财政困难，而且可以保持干部思想的健康，防止腐化。共产党和人民解放军之所以能得到人民的拥护，就因为我们能吃苦耐劳。这种精神应当继续发扬。

3 月 5 日，中共中央纪委书记朱德向毛泽东主席汇报有关纪检工作的情况，其内容包括：中央纪委的组织建设情况；中央纪委两个月来受理处分、申诉和控告等案件的情况；中央直属各部门、各级党委纪委会的组织情况；中央纪委召开第二次全体委员会议的情况等等。

3月7日，西北军政委员会扩大会议上，彭德怀就如何贯彻政务院统一国家财政经济工作的决定发表讲话。他强调，我们必须严惩贪污行为，禁止浪费，节衣缩食，保持和劳动人民共艰苦的朴素的作风。只有这样，我们才能引导人民走向健康的新社会。如果共产党有了铺张浪费和贪污腐化的行为，那就失去了作为共产党员的起码条件，也就没有资格承当无产阶级先锋队的光荣称号，同时还应受到国家法律的制裁和党内的纪律处分。彭德怀还指出，为了保证中央政府的决定，我们要向铺张浪费、贪污腐化、本位主义、官僚主义作不调和的坚决斗争。凡是参加国家机关工作的每个共产党员和党外朋友都应检查自己，还有责任检查别人。

习仲勋

同日，中央西北局第二书记习仲勋，就西北地区共产党员贯彻中央统一国家财经工作决定发表讲话。他说，西北地区有些共产党员中还存在着铺张浪费、不爱护人民利益、祖国利益的思想，必须加以肃清。更严重的是个别共产党员有贪污腐化的现象。我们要再三告诫他，赶快反省，决心改正。如果还不这样做，将会被人民唾弃。

3月17日，中共中央纪委就平原省（原冀鲁豫边区）一些地区的村干民兵的违纪行为发出《关于加强对村干民兵纪律检查的通报》。《通报》指出，平原省嘉祥县褚营村村干民兵强奸、贪污、讹诈，逼得群众生活困难，会（道）门遂乘机活动。平原省所发生的这种严重情况，许多地方曾发生过，现在仍可能存在，将来也有可能继续发生。

5月20日，沈阳各界人民代表会议为纪念中华人民共和国成立，决定在市中心区修建开国纪念塔，塔上铸毛泽东铜像。沈阳市人民政府为此致函中央新闻摄影局，请求代摄毛泽东全身八寸站像四幅。毛泽东在来函中“修建开国纪念塔”旁批示：“这是可以的。”在“铸毛主席铜像”旁批写：“只有讽刺意义。”

1951年4月，绥远省人民法院依法判绥远省萨县原副县长、大贪污犯刘杰死刑。刘杰在任职期间，采用侵吞、盗卖公粮公马、挪用公款、任意罚款、收受贿赂等手段，大肆进行贪污。非法获利计一百五十万元（旧币）、银洋一千二百元、粮食二十点五万斤、白布二十余匹、大烟七十两。案发后，他又勾结奸商，并贿赂办案人员，被司法机关判处极刑。

5 月 18 日，上海市人民法院判处华东纺织管理局计划处副处长陈贤凡死刑。陈在职期间利用职权，向华东纺织局高价销售其夫妻开设的化工厂生产的劣质颜料牟取暴利，给国家造成的损失达五十亿元（旧币）以上。陈贤凡被政务院人民监察委员会撤销职务，并被上海市司法机关判处极刑。

9 月，哈尔滨市政府委员、市公用事业公司自来水厂工程总务部长董魁因贪污被查处。董在任职期间，勾结私商，贪污渎职，浪费损失达七十五亿五千多万元东北币，贪污受贿一亿七千多万元（旧币），还擅自动用公款一亿一千多万元（旧币）。董被撤职查办，开除党籍。其他与此案有牵连的人分别受到党纪、政纪处理。

11 月 21 日至 12 月 1 日，中共河北省委召开第三次省代表会议。会议揭发了中共石家庄市委书记、前天津地委书记刘青山和天津地委书记张子善的巨大贪污罪行。刘青山、张子善都是三十年代入党的老干部，曾为革命事业出生入死，做出过相当大的贡献，但进城后在资产阶级腐朽思想的侵蚀下，贪污腐败，蜕化变质。他们利用职权，盗窃国家资财，从事倒买倒卖等非法经营活动，盘剥民工，腐化堕落。他们盗窃各种地方款项（包括机场建筑款、救灾款、治河款、干部家属救济粮、民工工资）和骗取银行贷款共一百五十五亿四千九百五十四万元（旧币）；他们勾结奸商大搞投机倒把，扰乱金融，使人民财产损失达十四亿多元（旧币）；他们挥霍浪费，仅开会及送礼就达三亿元（旧币）。问题暴露后，为逃避罪责，张子善一次就亲手焚毁单据三百七十八张。由河北省委建议，经中共华北局讨论，报经政务院和中共中央批准，刘、张二人被依法逮捕。12 月 4 日，中共河北省委做出开除刘、张党籍和移交司法部门制裁的决议。河北省人民法院依法判决，最高人民法院核准，对刘、张二人处以死刑。1952 年 2 月 10 日执行。

11 月 30 日，毛泽东在为中共中央起草的转发中共华北局关于天津地委严重贪污浪费情况的报告的批语中指出，华北天津地委前书记刘青山及现书记张子善均是大贪污犯，已由华北局发现，并着手处理。我们认为华北局的方针是正确的。这件事给中央、中央局、分局、省市区党委提出了警告，必须严重地注意干部被资产阶级腐蚀发生严重贪污行为这一事实，注意发现、揭露和惩处，并须当作一场大斗争来处理。

11 月，绥远省托克托县县长王志达、副县长王树森和陕坝水利局永济渠办事处主任武善立等人利用职权进行贪污，其中王志达贪污总值约合小米十四万零九百斤，王树森贪污总值约合小米一万七千斤，武善立贪污糜子七百九十石。他们分别受到撤职查办的处分。

12 月 13 日，毛泽东批转习仲勋关于开展反贪污斗争的报告。习仲勋在报告中报告了陕西省反贪污斗争的情况，说："检察署、法院和纪律检查委员会三单位已查出来的和受理的贪污案件，共损失国家财产八十余亿元，估计只占实有贪污案件的半数或三分之一；财经系统、公安、司法系统和军事后勤系统贪污现象较严重；集体贪污案件占相当大的数量。贪污行为，已经毁坏和染坏了一批干部。纪律检查委员会一年半以来共处理了犯贪污蜕化错误的党员一千四百余人，占犯错误党员总数百分之四十六。天水专区税务系统初步检查，贪污干部占全体干部百分之三十强。陕西二十七个县公安局长中，有七个贪污。这些事实说明党内享乐腐化思想确实增长起来，贪污蜕化已成为主要危险。"报告提出，陕西省计划 12 月下旬开始整风，最迟于 1952 年 2 月中旬结束；由开展反贪污斗争开始，接着检查浪费现象，最后联系具体实查领导工作中的官僚主义作风。

19. 刻在心碑上的历史

1997 年 2 月 15 日 23 时 25 分，鲁西南大地静谧安详，多数人家已经进入睡梦中。突然，一束亮光划破寂静的夜空，随着一声巨响，一阵陨石雨从天而降，落在了黄河南岸鄄城的旷野上。

也许是巧合，2 月 19 日，即在陨石雨降落的第四天，伟人邓小平与世长辞了。噩耗传来，冀鲁豫老区人民无不沉浸在悲痛中。联想起几天前降落的陨石雨，一些说法不胫而走。

有老人说：陨石雨降落，是伟人辞世的征兆。

有老人说：从天降陨石雨到邓小平辞世，推算起来是九十三个小时，和小平同志九十三岁高龄辞世，惊人的巧合啊。

刘邓大军在鲁西南十战十捷，在运动战中，创造了以十五个旅的兵力歼敌四个整编师、九个半旅近十万人的战绩，揭开了人民解放军战略进攻的序幕。

刘邓大军在鲁西南的运动战，也是国共双方的拉锯战，得而失之，失而复得。如定陶战役就打过多次，指战员说“年年啃桃（陶）”。

在严酷的战争环境下，刘伯承、邓小平和冀鲁豫区党委坚决执行中央的指示，一边打仗，一边领导边区进行土地改革，也就是“一手拿枪，一手分田”。

土地改革的实现，从根本上改变了冀鲁豫边区农民对战争的认识。农民群众认为不是自己帮助解放军打仗，而是解放军在为百姓解放打仗。

老百姓认识到：参军支前，是自己的根本利益所在，是义不容辞的光荣职责。这样一来，他们把自己的命运与战争的胜负紧紧地联系在一起，把支前和开展游击战争变为自觉的行动。

在残酷的战争面前，他们毫不犹豫地把兄弟、丈夫、子女等亲人送到前线；在饱受敌人摧残之后，自己食不果腹、衣不蔽体，却自觉自愿地为支前贡献力量；在敌人的屠刀、枪弹和酷刑之下，毫不畏惧地保护解放军伤病员、党的干部或支前物资。

冀鲁豫边区的战勤工作是在敌我反复拉锯、敌人对解放区进行严重摧残的艰苦条件下进行的。但不管有多大困难，只要野战军一到，即迅速组织担架、物资支援；部队一转移，敌人重兵马上压过来，人员、物资要立即分散、转移、埋藏；还要组织大量民工、民兵随部队行动。

刘邓大军和人民之间的鱼水深情，在鲁西南战役中得到充分体现。

郓城县潘溪渡村担架队员在羊山集歼灭战中，冒着枪林弹雨奔赴前线，为转运伤员一夜行军一百二十里；昆山县一副担架的民工，从前沿阵地抢下伤员，在转运途中把自己的一千多元（冀钞）路费全花在伤员身上；东阿担架队在打郓城南关时，敌机轰炸，炮火猛烈，随军的七十副担架为争取时间，隐藏目标，方便伤员，都脱下白褂子给伤员做枕头，赤膊跑步上火线。

担架队员还自编顺口溜：

“轻轻抬，慢慢放，上下坡，头朝上，不喂水，喂米汤。”

人民的关怀，使许多战场上负重伤都未曾流过眼泪的男儿留下了感动的泪水。许多战士伤未痊愈又奔赴前线。

在刘邓大军每次战役期间，冀鲁豫区几乎每天都有上万副担架、上万辆大、小车及十几万民工出入火线。涌现出李汝泰式的“模范武工队”、李荣村式的支前“模范干部”、张华杰式的“模范担架队”、刘顺乐式的“模范担架队员”和梁玉一家那样的“运粮模范家庭”等等。

正如邓小平赞扬的那样：“冀鲁豫是个好战场，到哪里都有粮食吃，都有翻身农民的支援。我军所取得的胜利是与边区人民的支援是分不开的。”

邓小平在鲁西南战役之前的一次讲话中说道：“如果没有土地改革，能不能支持战争？是不能的……在冀鲁豫作战时，每天就得有三百万个民力，人民负担重，如果没有土地改革，农民会愿意?”

刘邓大军挺进大别山之后，陈粟大军于1947年8月遵照中央命令，派第一、第三、第四、第八、第十四纵队进入鲁西南地区，掩护刘邓大军南下。

同年8月7日，陈毅、粟裕部署第三、第六、第八纵队，在参谋长陈士榘、政治部主任唐亮指挥下，在山东巨野以西、菏泽以东之沙土集地区，向回援鲁西南的国民党军整编第五十七师实行南北夹击，经两日激战，全歼该师部及两个旅约一万人，俘中将师长段霖茂、少将师长政治部主任李悌青、少将旅长罗觉元、少将副旅长王理直等。这是外线兵团转入进攻后的第一个胜仗，有力地策应了刘邓野战军主力挺进大别山和华东野战军内线兵团的胶东保卫战。

中共中央在贺电中指出，沙土集战役的胜利，对于整个南线战局之发展有极大意义。

陈毅、粟裕率华东野战军外线兵团于鲁西南痛击各路增援国民党军，在曹县南土大集、大义集、火神台地区截击国民党军整编第十一师一部；在巨野西龙堌集地区截击敌整编第七十五师一部；在成武东章缝集地区截击敌整编第五师一部。至26日，六天歼敌八千余人。

陈粟大军的节节胜利，填补了刘邓大军挺进大别山后鲁西南战场留下的空白。

刘伯承和邓小平在鲁西南指挥的那些经典、壮烈的战争场面，已变成印刷成册的党史和军史，以及可以在电脑上浏览的网页信息。

但鲁西南人民却把那一段历史刻在心碑上。

★下　部

信仰的长征

第七章　忠诚的道路

1. 战斗队变工作队

人民解放军永远是一个战斗队。就是在全国胜利以后，在国内没有消灭阶级和世界上存在着帝国主义制度的历史时期内，我们的军队还是一个战斗队。对于这一点不能有任何的误解和动摇。

人民解放军又是一个工作队，特别是在南方各地用北平方式或者绥远方式解决问题的时候是这样。随着战斗的逐步地减少，工作队的作用就增加了。有一种可能的情况，即在不要很久的时间内，将要使人民解放军全部地化为工作队，这种情况我们必须估计到。现在准备随军南下的五万三千个干部，是很不够用的，我们必须准备把二百一十万野战军全部地转化为工作队。这样，干部就够用了，广大地区的工作就可以展开了。我们必须把二百一十万野战军看成一个巨大的干部学校。*

——毛泽东

2. 宋美龄的预言

《史迪威与美国在华经验》一书中写道：几位记者从延安回来，向蒋

* 《毛泽东选集》，第四卷 1426 页，人民出版社 1991 年版。

夫人赞扬共产党人廉洁奉公、富于观察和献身精神。宋美龄默默地凝视长江几分钟后转回身，说出了她毕生最悲伤的一句话："如果你们讲的有关他们的话是真的，我就能说他们还没有尝到权力的真正滋味……"

蒋介石和宋美龄的确是尝到了权力的滋味。夫妇二人利用权力成为"四大家族"的首富，把中国变成他们的"家天下"。在宋美龄看来，权力导致腐败，是不可避免的。

上梁不正下梁歪，国民党的官员、将领无不利用手中职权牟取私利。

当时一些美国高层人士头脑还是比较清醒的，参加二战的美籍日裔老兵有吉幸治在重庆和延安多次考察后，在给中国战区美军司令官魏德迈的信中说：支持蒋介石的政策是危险的，如果战争爆发，共产党的军队将取得胜利。

1947 年 7 月，魏德迈亲自调查后发现：美国提供的经济援助竟极少用在战场上，而是被官吏和将领装进了私囊。他目睹国民党官吏的贪污及低效率，对国民党的腐败大发雷霆，要求国民党进行改革，说："依靠军事力量是消灭不了共产党的。"

战争的结局不幸被有吉幸治和魏德迈言中。到 1948 年，美国政府看到蒋介石节节败退，终于彻底失望，停止了对蒋介石的援助。

后来的事实没有如宋美龄所预料的那样，就在她站在长江边上对记者说"权力的滋味"的时候，已胜券在握的中国共产党，在西柏坡召开了七届二中全会，会上毛泽东重申全心全意为人民服务的核心宗旨，特别提醒全党："务必使同志们继续保持着谦虚、谨慎、不骄不躁的作风，务必使同志们继续保持着艰苦奋斗的作风。"

中国共产党人找到了执掌政权后防止腐败的最好的思想武器。

由战斗队变工作队，即是由军事斗争转为政权建设，共产党人真的要尝一尝权力的滋味了，他们将如何面对这一角色变换？

3. 八千里路云和月

山一程　水一程
风雨南国行
背井离乡别双亲

千里赴征程
父一生　子一生
生生黔贵情
满头青丝成白霜
至今无悔声
共和国巍然参天树
身影永铸丰碑中

1948 年 9 月中共中央召开扩大会议，提出了“五年左右（从 1946 年 7 月算起）从根本上打倒国民党反动统治，夺取全国政权”的战略目标。

10 月 28 日中共中央发出了《关于准备夺取全国政权所需要的全部干部的决议》，确定华北、华东、东北、西北、中原等老解放区要准备五万三千名干部，随时准备随军前进，开辟新区。

当时战场的形势，可以用“摧枯拉朽”来形容。

到了 1948 年 11 月 11 日，距中央西柏坡会议仅两个月，毛泽东又给各中央局、各前委负责同志发了一封电报，说：“……中央政治局会议时所做的五年左右从根本上打倒国民党的估计及任务，因为九、十两月的伟大胜利，已经显得是落后了，这一任务的完成，大概只需再有一年左右的时间即可达到了。”

毛泽东的这封电报，加快了抽调干部南下的工作步伐。

1948 年 12 月，中共中央华北局在石家庄唐家花园召开会议，决定冀鲁豫边区抽调一个省的架子，包括六个地委、三十个县委、二百一十个区委共三千三百六十二名干部随军南下。

时任冀鲁豫区党委副书记的徐运北参加了这次会议。

华北局决定冀鲁豫南下干部支队由徐运北任政委。会议结束，徐运北返回冀鲁豫区党委驻地菏泽途中，走到鄄城县旧城黄河渡口时，正好遇到了刚从淮海前线回来的刘伯承、邓小平。

邓小平对他说：“全国形势很好，告诉区党委，你们要马上准备南下。”

冀鲁豫边区抗战时期一度成为中共最大的一块平原抗日根据地。后虽然几经区划变革，到 1949 年时仍辖八个军分区、五十六个县。

1949 年 1 月，冀鲁豫区党委召开由各地委组织部长参加的扩大会议，

1949 年 9 月 3 日，中国人民解放军第二野战军第五兵团奉命进军大西南。冀鲁豫南下干部支队与江西的部分干部组成第五兵团西进干部支队随军向贵州进发。

布置抽调南下干部的任务，共有八个地委承担外调干部任务。

会上喊出了口号：“一把手南下，二把手看家。”

同时要求南下干部，务必于 2 月 28 日整队到菏泽城南的晁八寨集结。

集结前，区党委专门通知各单位都要给南下干部放几天探亲假。

列入南下干部名单的晁岳鸾，怕母亲难过，没敢和母亲见面，直到 1973 年他才第一次回家探亲。

与晁岳鸾相比，庞耀增遇到更大的阻力。庞耀增十七岁就成一家独女户的上门女婿。他报名南下，岳父母和爱人坚决反对，怎么做工作都无济于事，最后导致婚姻破裂。

主传谟南下前没有回家，不是组织没安排，而是另有原因。

主传谟和在砀山县蔡堂村当妇联主任的爱人原本一块报名南下，可爱人临时有了变化。为了动员爱人一块南下，主传谟先到了岳母家中，等做通了爱人的思想工作，假期已经到了，他没能赶回去告别父母。

时任区妇女主任的梁冀光，把孩子安顿到老乡家里后，又回村把老爹托付给村长。她说：“我南下了。还不知道哪一年回来，还能不能回来。万一我死在路上或者死在战场上，你记住就行了。”

有的邻居说：“你把老人孩子都丢下，去南方，能放下心吗?”

梁冀光回答：“为了革命嘛。”

她走的时候，老父亲拄着拐杖，热泪横流。因为家里就她一个女儿，她从小没母亲，父亲把她带大不容易。父亲递个小背包给她，梁冀光说：“你别挂记我，我走后有人管你，一年给三百斤粮食，三百斤柴。给你多少就算多少吧。”

梁冀光走后，老人家一个人在家靠种地度日，直到 1962 年去世。

梁冀光的父亲临死前，还问她的堂弟：“你姐姐来了没有……”

谢培庸的父亲赶到了晁八寨，找到正在训练的儿子。谢培庸安慰父亲，我走了不要紧，还有弟弟会在家照顾你，为你养老送终。让他没有想到的是，他在南下途中遇到了弟弟，兄弟二人都离家南下。

冀鲁豫区党委最终抽调三千九百六十名南下干部，超出任务要求五百九十八人。

3 月 26 日，中共冀鲁豫区党委在晁八寨举行欢送南下干部大会，同时也是南下干部誓师大会，七千余人出席了会议。

会上宣布：南下干部战士编入军队建制，番号是中国人民解放军第二野战军第五兵团南下支队。

南下支队领导有司令员傅家选、政治委员徐运北、参谋长万里、政治部主任申云浦、政治部副主任郭超。

1949 年 3 月 31 日，由三千九百六十名干部、二千零二十七名战士共五千九百八十七人组织成的南下支队，身着崭新的绿色军服，佩戴着中国人民解放军胸章，高唱战歌，浩浩荡荡，从菏泽晁八寨整队出发。

这些土生土长的冀鲁豫儿女，虽然经过了八年抗战、三年解放战争的洗礼，但他们大多数毕竟是农民的子弟。他们刚刚走出青纱帐，分得了土地，成就了他们“三十亩地一头牛”的梦想，幸福生活刚刚开头。可为了解放全中国，他们毅然决然地告别了年迈的双亲，离开了新婚的妻子，抛下了幼小的儿女，离开了刚分的土地……

什么时候回来？能不能再回来？

他们一步三回头，再望一眼故乡，向着自己的村庄方向喊着：再见了家乡，再见了亲人。多少人手捧家乡的黄土，对着养育他们的黄土地，鞠下了深深的一躬。

他们最后的目的地是哪里？当时谁也不知道！

4. 六千儿女别故土

记忆卡片一：

田纪云（原中共中央政治局委员、中央书记处书记、国务院副总理）：

当时我在冀鲁豫战勤总指挥部供给部任总会计，刚刚结束淮海战役带担架营的任务回到工作岗位不久，听了号召南下的动员报告后立即报名并被批准南下，成为南下支队的一员。当时我刚满十九岁，已有四年党龄，是南下支队中最年轻的营职干部之一。我的爱人听说我报名南下，怕我把她丢下，迅速从范县赶来菏泽要求与我一起南下。在我的请求下，组织上批准我爱人李英华也调入南下支队供给部当出纳，一起南下。临行前，我借了一辆自行车，骑了二百多里地，去告别母亲。这一夜娘俩没有舍得睡，说了一夜话。第二天，母亲给了我一双布鞋，这双鞋我一直没舍得穿，带在身边几十年。

记忆卡片二：

李冀峰（原贵州省人大常委会副主任）：

我当时在东明县县委工作，为了响应党的号召，我和我夫人梁冀光商量，把三个娃娃，最小的不足两岁，寄养给老百姓，两个人都报名南下了。

记忆卡片三：

主传谟（原遵义地委书记）：

我们当时这个湖西地区，组织了八个县的架子，一个县按八个区配备的干部，湖西地区来了多少呢？来了五百六十多个干部。

这都是一个个挑选的，挑出来以后还得报上去，县委挑了得报到地委，地委还要报到区党委，要求很高。

如果无缘无故地不来，那么就开除党籍，这是华北局的决定。

到菏泽干什么呢？学习，学习当前的形势与我们的任务。江南的稻田太多，跟咱华北打游击不一样。咱华北是大平原，到处都可以走，到江南打游击，田坎路不好走。在晁八寨周围到处弄上那么突出、那么高、那么宽的小路，天天练习走。

记忆卡片之四：

吴振全（原《贵州日报》副总编）：

郭超对我说：你必须要回家一趟。我说这么远，有两百多里路，不能回家。他说那不行，你得去。你要告别父母，告别群众，必须得去，要做这个宣传工作，我们是解放江南广大人民的，解放全中国，这是伟大的战略任务，你必须得回去。我的家乡在西北，我说那我要走多长时间。他说组织上给你安排一辆自行车，你赶快骑上走。

我回家以后，出乎我意料。在家住了三夜，这三夜晚上基本上不能睡觉，为什么不能睡觉？因为全村的父老乡亲，包括少年儿童都到家看。我的妈妈是清朝末年一个秀才家的幺姑娘，她说："你呀，已经是党的人了。"她说我们相信你，你的婚姻问题你自己要长心眼了，她说你自己该办这个事情了，别的话都不用讲了，你走吧。

临出发的时候，还有个插曲，南下的这个直属队，各个单位的职工，向南下的干部敬酒，要表示热烈的欢送，说是这个酒你必须得喝一点点，你不喝那不行。

喝了壮行酒，首长跟每一位南下的同志都碰了杯，交代说："不论走到哪里，都要永远保持冀鲁豫的光荣传统。"

记忆卡片之五：

谢培庸（原遵义地区行署专员）：

我是后补上来的。县委找我，他说你南下行不行啊？有人回家不回来了，咱们还得找一个人，想了半天想让你去合适，我说那我去呗。我都没回家，从郓城直接就到菏泽去了。

父亲听说后赶到了晁八寨，找到我。给我带十七万冀南票子，我一分也没要。我说，我吃国家的饭，我还要你的钱干啥。

到安徽，到桐城，在路上碰到养惠（弟弟）了。他也来了，我就知道坏了，我家里就没人了。

我问他跟家里说没说过？他说没有。我说你看你胡闹。

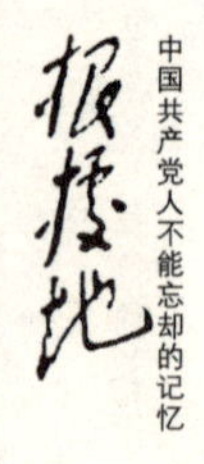

记忆卡片之六：

谢养惠（原贵州省政府秘书长）：

当时我跟哥商量，我说别给咱父亲说了，你来了我也来了，他更受不了，这样我来到这里以后才告诉家里爹娘。我父亲一直在家哭啊。

记忆卡片之七：

侯存明（原贵州文史馆党组书记、副馆长）：

我们北方是农村，到南方是解放城市。开会时讲了很多注意事项及政策，比如：城里边如何对待接收国民党的机构，企业怎么接管，学校怎么接管；如何对待知识分子、民主人士、国民党人员以及少数民族；如何团结地下党以及工商业政策等等。

开会后各大队就走了，一律军衣、军帽、帽徽、胸章，都是挎挎包，背背包，两斤重的样子。走以前呢，路上怕吃不到饭，就带干粮，袋子那么宽，那么长，一人两袋子，一袋是馒头干，一袋是炒好的大米。我们干部一般配短枪。“打过长江去，解放全中国!”喊着这口号，一路唱歌走，跟军队完全一样。

在后面麦场早晨出操，六点跑步、唱歌。

地方工作都是个人单打，自由散漫。现在一下子过军事化的生活，要扭这个弯子。以后就是行军、唱歌、排队，雄赳赳气昂昂地南下。

记忆卡片之八：

张新原（原贵州省电子工业局副局长）：

当时有一个口号“打过长江去，解放全中国”。这一个口号凝聚了我们的心，鼓舞着人们。当时想了，这是我们长期期盼的事情，现在要变为现实了，就高高兴兴地去报到了。

记忆卡片之九：

何兰芝（原贵州省安顺市玻化厂支部书记）：

南下那个时候，作为我的家庭来说，就遇到了很多波折，老公公、老婆婆都不主张我南下，说咱就在家，好好过日子，把娃娃拉扯大。当时我是这样考虑的：我是共产党员了，共产党员要服从党的命令，要南下就南下了，我就把孩子带在身边，一起南下了。

5. 纪律严明进贵州

南下干部叶位琛讲的故事：

南下支队在赣东北战斗四个月后，又改名为西进支队进军贵州，分前梯队、后梯队。我们二大队属后梯队，沿着南昌、九江、武汉、湘潭、邵阳、晃县一路进发，进入贵州门户玉屏。在黄平整编之后，经余庆由东向北直接接管遵义。

在出发前，部队普遍进行了轻装。上级指示每人行军负重不能超过三十斤。当时，我们除了简单的衣被外（每人两套单衣，一条薄被褥，一块油布），最需要的是书、伞、鞋、水壶。另外，每人要带一袋干粮和米、盐（由一个长条形布袋装着，围在脖子上），一部分同志带有武器。经过十来天行军，9 月 27 日下午 4 时，我们后梯队员戎装整齐，一律崭新的草绿色解放军军装，从上饶火车站登上列车（装煤的车厢，一个车厢站着五六十人），开始了奔向大西南的征途。虽然大家都站着，但精神抖擞，一路红旗招展，歌声嘹亮，于晚上 11 点到达革命英雄城市南昌，

1949 年 11 月 15 日，中国人民解放军进军贵阳。

第二天经沙河镇，坐了一夜小木船，然后在九江登上缴获的美国登陆艇。当时我们二中队几百人全部睡在舰艇最高层的露天甲板上，天下着细雨，逆水而上，江风不断扑打着我们，虽然大家脸冻得发紫，但心却是热乎乎的，感到无比的自豪。

10月1日舰艇停在汉口岸边，这一天，正是伟大的新中国诞生的日子。舰艇上挂满各种鲜艳的旗子，扩音器里传来毛主席宣布中央人民政府成立、中国人民从此站立起来了的洪亮声音，我们全体同志在甲板上欢呼跳跃。这意味着我们共产党人胜利了，要当家做主了！

10月12日我们又奉命乘轮船向湖南进发，经岳阳、长沙，于15日到达毛主席的故乡湘潭。在这里我们又经过一个星期的学习，学习党的七届二中全会精神，检查纪律执行的情况，总结对照开展批评与自我批评，把骄傲情绪消灭在萌芽之中。

从10月20日开始，除妇女和体弱多病的一部分同志留守湘潭外，其余同志从湘潭开始，徒步西进。开始每天走五六十里，后来逐渐增加到一天行军八十里，甚至一百多里。往往是四五点钟起床，黄昏以后宿营，白天还要经常防敌机骚扰，夜间要时刻准备对付国民党散兵游勇的袭击。许多同志一放下背包，便昏昏入睡，可想而知是何等的疲劳。

特别是11月2日登海拔一千九百三十四米的雪峰山，一上一下四十多里，夜间2时起床，3时出发。那天下着蒙蒙细雨，道路泥泞，一个多小时才走三四华里，到天亮才开始穿山越岭，到山巅云雾稀薄，大家手拉手前进，许多同志到达目的地已是大汗淋漓，简直成了个泥人。尽管困难重重，从湘潭到遵义近两千里长途徒步行军，除中间在贵州黄平整编调配各县班子三天时间外，前后共三十四天，每天平均行程六十里，终于胜利到达了目的地。

到达名城遵义，全程三千里，一切行动严格遵守“三大纪律八项注意”的要求，尊重群众，热爱人民。

由于当时革命形势发展很快，我们所经过的地方，都是刚解放不久的新解放区，一时人民群众对我们还不完全了解。加上敌人的反动宣传和威胁，一些村寨群众躲藏起来，不敢接近，这是我们有所预料的。当时，部队除了大力开展宣传工作，说明我们是人民的军队外，最重要的是用我们秋毫无犯的行动影响群众。始终保持军容整齐，军纪严明，处处体现在行动上。

凡是未经群众同意，都不准进群众家里，做到说话和气，买卖公平。部队每到一地出发之前，都要认真检查纪律执行的情况，达到“三不走”（帮助群众把房舍院坝打扫干净；水缸要挑满水；借东西要归还，损坏要赔偿。做不到这三条，部队不准离开）和“一满意”（房东满意）。

我印象特别深的是，有一次我们部队在大圹湾村，一个同志不慎打坏群众一个碗，因为当地没有碗卖，房东怎样也不要赔偿，走了二里多路才买了一个大瓷碗，专程返回给房东送去。房东感动得热泪盈眶，紧紧握住我们同志的手，连声说：“从古至今，没有见这样的仁义之师。”

部队 11 月中旬进入贵州玉屏县城，这是一个全国产箫出名的地方。当时天太黑，又下着大雨，群众受了反动宣传，都躲藏起来，部队就席地沿街而卧。到天快亮时，群众见此情景，三五成群，放着鞭炮欢迎我们。群众涌向街头，有男有女，把同志们拉到家里烘烤衣服，端茶递水，煮鸡蛋，有的拿着精致的玉屏箫塞到手里，比亲人还亲，场面十分动人。

部队吃过早饭后继续前进，群众敲锣打鼓依依不舍把我们一直送到县城外很远很远的地方才返回。有几个小伙一直跟着我们，要求当解放军。

6. 第一个打开寨门的少女

蒙素芬的故事（贵州省政协原副主席，布依族）：

那时，我才十七岁，看到来了军队，有枪，有刀，寨子里的人都被中央军、土匪抢怕了，没有人去打开寨门。我隔着寨门，看着官兵都挺和蔼，不惊动寨子里的人，他们就在寨子外的野地上吃饭。

我父亲死得早，家乡发大水，山洪暴发死的，父亲死的时候我十二岁，我家里没有男劳动力，家里顶梁柱就垮了，哎呀，真不容易。

童年时候，是苦难的童年，家里没有什么土地，也就一块山坡地。全靠我母亲自己打铁，什么农活都是自己干。

当年红军从这里路过，非常关心穷苦老百姓。我们就盼星星盼月亮，什么时候红军回来，我们就好了。

后来我大胆地把寨门打开，让这些和蔼的队伍进了寨子。

部队进到寨子里来，见到老人喊“阿爸、阿妈”，见到小孩就喊“阿弟、阿妹”，还帮助寨子里的人扫地、担水。一接触到部队，寨子里的人，就没有怀疑了，就像看到了亲人，心里非常踏实，就像一家人。

寨里老人问：“先生，你们从哪来?”

他们就说：“我们是解放军。”

“什么是解放军啊?”

“就是毛泽东、朱德的队伍。”

当年的红军回来了啊!

我奶奶说：“是朱毛的队伍回来了，这就好了!”

后来呢，部队的大姐问我愿不愿意去学习，我说，愿意。

我第一次走出了寨子，到县里参加了少数民族干部培训班。

就这样子，我慢慢成了农会的干部了，然后我就当了农会的妇女委员，再后来开农代会、农训班什么的，我都参加学习。

虽然我没有父亲，家庭没有男劳动力，但是我奶奶、我妈妈都支持我去开会，就这样，很快我就入团了。

在培训班，我跟那些干部、那些女同志睡在一个床上。她们也不嫌我脏啊，也不嫌我是农村孩子，就像一家人，就像亲姐妹一样。以后啊，他们就这样子慢慢地，把我引上了革命的道路。

我第一次坐汽车去开会。晕车啊，晕得不得了。一个南下同志，叫王之九，他就拿他的缸子接我吐的脏东西。我说王队长，脏。他说没关系，我非常感动。

1950年的时候我就到地委民政干校去学习了，学习土地改革。因为我要成干部了，所以学习了三个月。像我这样的农民很少，好像农民就我一个人。政策就学习了三个月，回来就参加土改工作队。

进了寨子，就发动青年、妇女来开会，教他们唱歌：

我们是民族青年，
我们是人民的先锋，
毛泽东教育着我们，
全心全意为人民……

通过学唱这个歌，我们知道了，千万个青年跟着毛泽东永远向胜利，永远向光明。

还有这里我最喜欢唱的第二支歌："我是一个兵，来自老百姓。"就这样，既然说你是干部，你就不能脱离群众，不能像国民党啊。

1952年的春天，我去参加土改复查，去一个很高的山上。我们县长周民轩本来是骑马的，可是他牵着马，陪我一路走回到县城。路上看到一个路碑就给我讲，一公里、两公里、三公里，他一直跟我讲那个路碑，小蒙，这是什么字啊，那是什么字啊，就这样教我学文化。有一次我去看他，我说："政委，就是你几十年如一日教育我，让我知道怎么做人。"他说："怎么做人很重要啊！"

我一辈子都不会脱离群众，就是因为这些南下老同志的言传身教。

他还给我讲赵一曼、刘胡兰的故事，送给我一本书，叫《青年英雄的故事》，就是专门讲这些年轻同志怎么抛头颅、洒热血，什么威逼酷刑都不怕，坚持党的信念。

1954年，我作为新中国妇女代表和鲁迅夫人许广平、共和国第一位女将军李贞等，一同到莫斯科参加世界妇女反法西斯代表大会。

在莫斯科，我生平第一次写信，给周县长，这封信写了五个晚上。周县长收到，非常高兴，说，小蒙会写信了。

我自己也没想到，从一个什么也不懂的布依族小姑娘，成长为一位高级干部（省政协副主席）。

南下干部高风亮节。后来有一个政策，让民族干部当正职，南下干部当副职。南下干部个个身经百战，可他们都没有怨言，并诚心诚意地在各方面帮助少数民族干部做好工作。

7. 茅台保卫战

南下干部朱恒金的故事：

中国人民解放军一三九团三营解放初期在仁怀剿匪一年多，当时我任该营营长。

1949年11月，刘邓大军解放了贵阳，随即进军四川，参加成都战役。这时贵州境内一度部队空虚，土匪乘机叛乱。国民党地方政府官僚特务，见我地方政府武装力量薄弱，趁机纠集网罗散兵游勇、地方上的封建势力、惯匪头子、地痞流氓，同时裹胁部分落后群众为匪，大肆兴风作浪，企图东山再起，纷纷成立所谓“反共救国军”“反共游击队”等大大小小的土匪司令部，进行反共反人民的反革命叛乱。

我们来仁怀之前，茅坝匪首周天一和茅台匪首黄文英勾结，组织土匪两千多人，于1950年1月底，攻打茅台，抢劫食盐几千担，又妄图攻打县城。

这些土匪被我从四川到铜仁经过茅台的四十六师先头部队击溃后，又同金沙的匪首勾结，攻打金沙县城。

我一三九团三营剿匪部队，就是在这种非常严峻的形势下奉命回师仁怀的。我们在赤水向仁怀的行军途中，接到仁怀县人民政府紧急情报，部队立即动员急行军，于2月5日赶到茅台，随即进驻仁怀县城。

部队驻在县城小学内。我们部队的主要通讯工具是一台无线电收发报机，是缴获国民党的，美国制造的电台，既可讲话，又可发报。要用几个人手摇发电。仁怀县人民政府也有一部缴获国民党的电台，但只能发报，不能讲话。

仁怀北邻习水，南靠金沙，西接古蔺，东北面与桐梓为邻，是土匪叛乱的重灾区。5月上旬，我一三九团团长徐仲禹、政委王尚、参谋长翁介山，分别指挥驻仁怀、桐梓、赤水的各连营部队，对盘踞在上述三县交界的土匪进行合围。重点是官店、放牛坪、二郎、太平渡等地区，历时达一个月，我营在此地区进行了三十余次大小战斗，毙俘土匪三百五十余人，缴获一批武器弹药及其他物资。

八连在战斗英雄邓克文连长的指挥下进驻官店，继续清剿潜伏和流窜的散匪，对稳定仁怀北部的局势起了保证作用。九、十两个连则不畏艰苦，风餐露宿，日夜转战于仁怀境内的深山老林之中。

这段时间，除在县城的时候外，我身上没有穿过干衣服，不是汗水，就是雨水和露水，战士们紧张和艰苦的情景就可想而知了。特别是热天剿匪，战士们在急行军中中暑晕倒是常事。我至今还保存着一张随军记者拍摄的战士在战斗中晕倒的照片。

仁怀县城和茅台镇两地，仅留有机炮连和营直属队的少数兵力，周天一、李文献、黄文英、蔡维新等匪首，又乘机勾结四川古蔺匪首吴学

农会代表向剿匪部队送锦旗和慰问品。

良、金沙匪首周治国、吴湘云等纠集几千土匪，多次攻打茅台、鲁班、水塘等地，妄图进攻县城。

茅台是个经济区，茅台酒厂和盐仓不能丢。

土匪攻打茅台次数较多，我印象最深的有两次。一次是县委书记杨用信带领机关几个干部和通讯员住在成义酒坊，被土匪包围。我在县城闻讯后，便带领营直属队的通讯班和一个重机枪班，一个迫击炮班直奔茅台，打散了土匪，杨用信同志安全回到县城。

另一次是5月22日，茅台匪首黄文英勾结李文猷、赵汝益、王良仕以及四川古蔺匪首吴学良等，率匪两千多人攻打茅台。当时留在县城的兵力很少，因敌众我寡，在排长侯德堂的指挥下，退出茅台，转移阵地，进入预先筑在山上的碉堡内，坚守待援。第二天晚上我从县城带了营直属队的重机枪班、迫击炮班和通讯班，加上其他人员，共五六十人，于拂晓前下三百梯，到达茅台镇的东北角，架起机枪攻击，将茅台镇街上和河对面的敌人隔断。

侯德堂同志在他们的山头上居高临下，封锁住了敌人的火力点和渡口。土匪跳进河里，被打死不少。通讯班的几名同志，手持冲锋枪冲入镇内，河对面的土匪用“青杠炮”向我们射击，我们用迫击炮还击。敌遭到我增援部队的突然袭击，乱作一团。被迫跳入河中的匪徒，一沉一浮地在水中挣扎，狼狈不堪，通讯员冉庆英奋不顾身，跳入河中，用冲锋枪横扫泗渡的众匪徒，击毙和俘虏土匪三十多人。匪首王良仁也被击毙在河中。

侯德堂也带队伍冲下山来，杀入镇上，解救了许多被土匪关押的群众，并俘虏了六十多名匪徒，缴获了部分枪支弹药。守在西岸的土匪见此情景，惊恐万分，丢下伤兵、弹药及土炮，纷纷逃往古蔺县境内。

1950 年 8 月 10 日，在古蔺龙山一带，以吴学良为首，纠集两千多土匪，扬言要打回茅台，进攻仁怀。

为粉碎敌人大规模骚扰仁怀的计划，我营远距离奔袭吴学良匪部。于 18 日黄昏渡过赤水河，连夜急行军进入有利地带，拂晓前就隐蔽在深山丛林中，封锁消息，侦察古蔺的匪情。次日晚，我们急行军，在龙山、石宝之间，将吴学良匪部五百余人包围在山间的村庄里。这股土匪原是古蔺的保安团，势力较强，他们踞守在村中拼命抵抗。

我部队与之开展村落巷战。这时正逢夜雨，给我们带来许多不利，战斗英雄、二排长王同合带领二排攻占村里，经七小时的战斗，我伤亡战士七人，击毙“川黔边区反共救国军”纵队司令以下匪众三十余人，俘敌保安团副团长以下三百五十人，缴获步枪五十多支、鸦片一千公斤、部分弹药、大洋等。

1950 年 9 月初，我营会同秦基伟同志指挥的十五军，对赤水、古蔺、叙永、习水等川黔边界各县的土匪进行大围剿。我营袭击剑山峰上一个寺院里的土匪，一举将住在这个寺院里的二十多名匪徒消灭，缴获步枪一百余支。在与十五军的部队会师时，我营用茅台酒宴请十五军的同志，热烈祝贺此次会战胜利。我们交换了几个俘虏的土匪头子，带回仁怀法办。

9 月中旬，我去遵义军分区汇报仁怀的剿匪情况，中共遵义地委书记兼军分区政委陈璞如同志、驻遵义的十六军参谋长杨俊生同志对仁怀县的剿匪工作做了重要指示。回到仁怀后，我向县委书记做了汇报。主要内容是动员、清剿土匪和反霸，以及开展征粮、保障军需民食。

陈璞如政委还部署我营购买一批茅台酒护送到遵义，说有重要用途。

我营派机炮连、一个步兵排和营直属队共一百七十余人，把十多匹骡马驮运的茅台酒护送到遵义。遵义地委又派人用汽车运到贵阳，然后用飞机运到北京。

后来得知，中央领导在新中国成立后的第一个国庆节的国宴上，就是用茅台酒招待国宾。

《人民日报》为此刊登了一篇报道，说是1950年国庆节的国宴上喝了茅台酒，吃了微山湖的鲤鱼。

8. 碧血洒热土

南下干部黄昌俊的故事：

1950年3月13那天，天马山土匪暴乱。匪徒杨国清、罗光福等杀害了区委组织委员冯庆芝等五位同志，刚获解放的人民又处于水深火热之中。

天马区区长黄昌俊同志是日带着征粮队员从注溪返回天马。中午到达马鞍山，老远看见街上一片混乱，知道情况有异，即派两位同志下山侦察，方知确实有情况。因敌我力量悬殊，寡不敌众，遂与区指导员刘文魁同志商量后，决定撤回县城。

下午，他们一行来到烂泥地，由于人地两生，又怕遭到敌人伏击，因此决定缩小目标，分散往县城撤。

黄昌俊、刘文魁等来到大路边，正遇农民装扮的土匪沈大正，因不明其身份，便叫他带路。

沈大正故意领着他们兜圈子，到了黑洞山上，夜幕就降临了，突然一片火光，喊声四起，转身一看，沈大正不见了。他们感到不妙，中了土匪圈套。“捉活的，不许跑掉一个。”

“机枪准备。八路军，你们被包围了，快投降吧。”鬼哭狼嚎声不绝于耳，越来越近。于是，黄、刘等决定趁黑夜分头突围。

他们被冲散了。山高林密，月黑风高，黄昌俊只身一人好不容易冲出敌人包围圈。他昼伏夜行在深山老林中迷了路，与战友失去联系。

3月15日凌晨，黄昌俊来到一个叫假角山的山上。他借着晨光仔细地观察周围的一切。只见半山腰有一间孤零零的矮小茅草屋，约一里远，鸡啼声此起彼伏，他断定那是一个大寨子。他判断即使那里有敌人，一时也难发现他，如遇敌情也可借密林的掩护迅速跑回山上。此刻他已两天两夜水米未进，饥肠辘辘，况且也没得到很好的休息，可说是精疲力竭了。

他想，这茅屋里定是穷苦人家，问题不会很大，不如去打听一下情况，问问路，顺便买些东西填饱肚子，好赶路程。于是他便朝这户人家走去。

他到了茅草屋前，轻声喊道："老乡，老乡！"

不一会，柴门吱的一声开了，出来个衣衫褴褛、蓬头垢面、四十来岁的妇女。

"老乡，这里去岑巩有多远？"黄昌俊和蔼地问。

那妇女听不懂他的话，摇摇头。

"去思州还有多远？"黄又问。

"哦，还有三四十里路。"

"你们这里有土匪吗？"黄警惕地问。

"没有。"女人回答。

黄昌俊放心了，轻信了她。

"老乡，你家有什么吃的，卖些给我吃吧。"黄说。

"有。你进屋来嘛。"那妇女将黄区长让进屋，把掩着的火刨开，加了些柴烧燃，指指火坑边，"那簸箕里有苕，你先削点吃吧，我出去打点菜来，再煮饭给你吃。"

这妇女出门后，并将门反扣起来。

黄昌俊由于饥饿难忍，一看真有许多地瓜（红苕），对这妇女缺乏应有的警惕，背着房门，边烤火边用刀削地瓜吃。

这妇女叫杨翠英，家境贫穷，受土匪反动宣传很深，思想上极反动，她把黄昌俊骗进屋后，用诡计稳住，然后借故出门，朝距她家仅几百米的小水沟寨子跑去。

杨翠英到寨子，气喘吁吁地对邹科儒、邹科伦两兄弟说："快过河到麻园寨送个信：我家来了个八路军，快去捉。"

仅一河之隔就是麻园寨，这寨子就是匪首邹贤弟、杨明的据点。十天前，匪首邹贤弟、杨明就在这一带杀害了我征粮队员肖春荣同志。

当邹科儒、邹科伦问清只有黄昌俊一个人，身上穿着黄大衣、棉裤，又带一支短枪时，兄弟俩顿生邪念，想发横财，就没有去麻园寨送信，决定先下手为强。于是，在杨翠英的带领下扑向假角山。

邹科儒、邹科伦这两个亡命徒，悄悄来到茅草屋前，从柴门缝里看到黄昌俊正背着门削苕吃，全没觉察。邹科儒做个手势，叫邹科伦跟着他，便轻轻地将门打开，猛地扑上去把黄昌俊拦腰紧紧箍住。黄昌俊突地站起，用力一甩，邹科儒站立不稳，几乎跌倒，但他死不松手。黄昌俊虽被匪徒箍住，仍英勇地与敌人作殊死搏斗。邹科伦紧跟在邹科儒身后，被黄区长那威武气势吓得战战兢兢，连连后退，眼看黄昌俊就要挣脱了，邹科儒急红了眼，气急败坏地骂邹科伦："啧！你跑，老子就一刀把你宰了。"邹科伦这才猛扑上去。

黄昌俊终因寡不敌众，被敌人抓住。

邹科儒、邹科伦两匪徒把黄昌俊的衣裤剥得只剩一层内衣内裤，然后五花大绑送往麻园寨请功领赏。

麻园寨的匪众，见抓到区长黄昌俊，一时群魔乱舞，欣喜若狂。匪首邹贤弟、杨明妄图在黄昌俊口里得到什么，对黄严刑拷问："你说，你们的人到哪里去了？现在城里有多少军队？说了就放你，不说就杀了你！"

面对敌人的凶相丑态和酷刑，黄昌俊轻蔑地一笑，斩钉截铁地说："蒋介石八百万军队都被消灭了，你们这几个土匪算什么东西，若执迷不悟，坚持与人民为敌，绝没什么好下场。我劝你们快放下武器，向人民政府投诚自首，争取宽大处理，这才是你们的唯一出路，否则，人民绝不会饶你们！"

匪首邹贤弟、杨明遭到黄昌俊义正词严的斥责后，恼羞成怒，将剥光了衣服的黄昌俊捆在保校操场的旗杆上，打得他皮开肉绽，遍体鳞伤，惨不忍睹。在凛冽的寒风里，黄昌俊咬紧牙关，怒斥匪徒，宁死不屈。

这时，被土匪赶来这里的老百姓，看到此惨状，无不暗暗掉泪。麻园寨一位叫杨贵秀的大娘，见黄昌俊被打得青一块紫一块，周身血迹斑斑，心里非常难过，也由衷地敬佩这样不怕死的钢铁汉子。于是她把自己的安危置之度外，煮了一碗荷包蛋端到黄昌俊面前，一调羹一调羹地喂进黄昌俊的嘴里。

黄昌俊这铁骨铮铮的硬汉，在敌人的酷刑下，在死神面前没掉下一滴眼泪。但在人民母亲的面前，再也抑制不住自己的感情，感激的热泪夺眶而出。

此刻，一个匪徒走过来，恶狠狠地说："给他吃，还不如给老子吃。"就一把将碗夺过去。

下午，麻园寨上空乌云密布，寨里杀气腾腾。匪徒们在保校里喝着生鸡血酒，发誓与人民为敌。

酒醉饭饱之后，匪徒们把黄昌俊从旗杆上解下来，推推搡搡到寨外河边，匪首邹贤弟、杨明再次对黄昌俊威胁说：

"给你最后考虑的机会，说了就放了你。"

黄昌俊大义凛然，视死如归，厉声回答："要杀就杀，没有什么考虑的。"

砰！一粒子弹从黄昌俊头上呼啸而过，但这并没有吓倒他。匪首们无计可施，咬牙切齿地问："你到底说不说，不说就杀了你。"

黄昌俊轻蔑地看了匪徒们一眼，抬头仰望遥远的北方，思念着北方的亲人……

他蓦然回头怒视匪徒，喝道："人民会向你们讨还这笔血债！"

他知道自己献身的时刻到了，用尽全力高呼：

"中国共产党万岁！"

"毛主席万岁！"

喊声震撼整个山谷，老百姓哭了，匪徒们战栗了。邹贤弟、杨明等匪徒连忙把黄昌俊向距麻园寨约两华里远的洞湾推去。沿途黄昌俊不断高呼：

"中国共产党万岁！"

"毛主席万岁！"

黄昌俊同志英勇就义了。年仅三十二岁。

贵州人民永远不会忘记这个日子——1950 年 3 月 15 日。

黄昌俊同志是最早牺牲的南下干部之一。

在打蒋军、剿土匪、除恶霸、搞土改、建政权的艰苦斗争中，五兵团的南下干部，有两千多人把热血洒在了南国的土地上。

9. 毛泽东义释女匪首

刚到贵州，土匪非常猖獗，杨勇将军就两次遭受土匪袭击，险些受伤。

南下干部和军队在贵州剿匪时，听到了一个当地人无人不晓的女土匪的名字——程莲珍。她被传得神乎其神，手持双枪，百发百中，手下聚集着上千男女土匪。国民党军队和其他山头的土匪都奈何不了她。

程莲珍出生在贵州长顺县水波龙乡中苑寨一个布依族农民家庭。由于她长得非常俊俏，被称为“宜林山国”第一美人。

年轻时她被一家地主的少爷陈正明挟持到家中，成了陈正明的小老婆。程莲珍备受陈正明的宠爱，成了他的管家女人。为了看家护院，陈正明还教她骑马打枪，学了一身护家本领。

新中国成立前夕，陈正明突然病死，陈正明的姑姑怕家产落在程莲珍的手中，就组织一帮土匪来杀她。结果，程莲珍手持双枪，把几十名土匪打得人仰马翻。从此，她便拉人上山，占山为王，打家劫舍，无人能挡。

1949 年 11 月，贵州解放后，程莲珍了解了一些共产党的政策，准备向政府投诚，但被国民党残匪头目曹绍华阻拦，并强迫她率手下人马为匪，并委任她当大队长，参与攻打人民政府。曹绍华匪部被消灭以后，程莲珍却不知去向。

毛泽东释放的贵州女匪首程莲珍（左）。

原来她潜伏到贵阳花溪，隐姓埋名，嫁给了一个农民。

1953 年 4 月 22 日，杨勇司令员正在召开军事会议，分析程莲珍会潜伏在何处。这时候，部队打来了电话，说程莲珍在龙里被抓住了。杨勇司令非常高兴，说："会不用开了，把她押过来。"

程莲珍认为自己必死无疑。

按照当时处理权限，只要是匪中队长以上的骨干分子，可以先杀后报，可是在军区党委讨论时，却出现两种意见：一种认为要杀，一种认为程莲珍是个少数民族妇女，影响又大，不杀有利。会上没有统一认识。

当时，贺龙正好在贵阳花溪，军区领导就请示他，贺龙说："我们党应该宽严结合，我们现在不是杀得少了，而是杀得多了，请军区慎重考虑。"

李达将军就说，我要去慰问志愿军，顺路去北京，请示一下毛主席。到了北京，李达见到了毛泽东，就把这个事汇报了。

毛泽东说："我们好不容易抓到了一个女匪首。我们剿匪，在民族地区，要注意民族关系，你说她是匪首，那少数民族还说她是英雄呢。三国有个'七擒孟获'，孔明能做到，我们'三擒三纵''四擒四纵'行不行呢？我们共产党人还没有孔明的胸怀吗？我们比他要强得多，不能杀。"

1953 年 6 月 5 日，惠水县大操场召开了千人大会，省军区和法院当众宣布释放程莲珍。这个结果让在场的少数民族群众惊呆了，程莲珍本人更是受到极大的震动。

当时还有些残匪拒不投诚，部队就带着获释的程莲珍去。她劝说土匪："当土匪我是大队长，罪大恶极，都没杀我，还放我出来，你们也要听共产党的话。"

结果二十二个匪首自首了。

后来程莲珍被安排到县轴承厂当工人，不久又当了县政协委员。十一届三中全会以后，她当上了县政协常委。

1995 年 11 月 15 日，毛主席的儿媳邵华、孙子毛新宇专程来贵阳会见了程莲珍和她女儿陈大莲、外孙女周小蕖。程莲珍的外孙女周小蕖对毛新宇说："谢谢你爷爷当年放了我外婆。"

10. 共产党的官不像官

南下干部侯存明讲的故事：

新中国成立以后，我在报社，报纸有个社会服务栏目。对干部联系群众作风的报道很少，因为联系群众是日常的事儿，都不觉得是新闻。

我写过一篇文章。题目就是《共产党的官不像官》。

我们来贵州以后，掌权了，当官儿了，可大家都没有架子，在一块儿有说有笑。报社总编辑，大家都喊他向阳同志，我呢，就喊侯同志，一直到现在见了都喊侯同志。

领导跟那些新来的同志打成一片，下了班大家都在那打乒乓球，后来打康乐球、打羽毛球、打篮球什么的，都混在一块，非常和谐。

那时，办公室信封、信纸都有。但向家里写信，信纸或者是信封，都要自己买。公私分明到这个程度，公家的东西绝对不能自己来使用。

到一个公社去蹲点，我是队长，我找寨子里头最穷最脏的一家，在他家吃饭，这个农民是土地改革老积极分子，人家说他家最脏了，你不能到他家去。衣服和被子都传了好几代了，那被子撩起来，就跟南瓜秧一样，一片一片的，就没有完整的，黑乎乎的，因为它不能洗，一洗就完了。

后来我们走的时候全村的人都来送，我自己也是很难舍难离。后来到南青公社，我们是八十个人，我带队，分了几个工作组，我到了最边缘的一个大队，在一个退伍军人家里吃饭。

南方跟北方不一样，他那个猪圈牛圈都跟厨房挨在一起的。那个地方苍蝇多得很，他家吃苞谷饭，苞谷饭就跟蒸米饭一样，黄洋洋的大碗。他很客气，每次吃饭都把饭盛好。饭盛好之后，那个苍蝇就把那个碗完全遮严了，那些黄米饭根本看不到。我一端碗，苍蝇全飞了。要是在家的话就把那外面一层全部去掉，但当时不能去掉，那是群众的，你去掉，那人家能吃你就不能吃啊？就那样把饭一点一点吃了，天天都是那样。那个菜就是辣椒沾盐水，苍蝇全部掉进盐水里了，也照样吃。

在城里我们成立的社会服务组，来信来访的，经常有。因为那个时候刚解放，大家都不熟悉共产党的政策，想问点事儿，有什么纠纷首先找报社，而不是找司法部门。那时候我们有两三个人就负责接待，接待的时候有合理的事儿就把它记下来，那时候群众对报纸很重视。

我带人深入到街道上去，还成立自己的读报组，发展读报组，我到居民里面参加居民的读报活动，联系了一些人，后来他们有事就向报社写信反映，国家有什么大事分析表态也行。城市、乡村都有读报组。报社里头有个礼堂，每个礼拜都开讲座，有报社的负责人给大家讲解政策，那时候群众参加得很踊跃，报纸跟群众的联系是很密切的。

我们为什么这样做？国民党是一面镜子，国民党太腐败了，抓兵、派款、捐税，随便要这东西那东西，群众就盼望着解放。所以群众说“当年的红军回来了”。那时候失业的很多，我们就组织以工代赈，组织群众修路，那时候那个路都很差劲，修路呀又是植树呀，我们都下到工厂里，下到农村的困难户家，当年红军从这里过，好多人都有印象。

当时的中心工作，就是解决群众生活问题，给困难户送寒衣、棉衣，发盐巴，因为农村里缺盐。原来有三个国民党的报纸，把这三部分人收到一块来，办了《新黔日报》，把这些人团结一块。他们工作也很认真。

后来搞肃反，把他们整了以后呢，我们还向他们道歉，后来我们关系也很好。

南下时一路上都学习，关于贵州的民族政策，还专门发小册子给那些少数民族里面的头人。参加了土匪的一般不追究，武装还保存了一段时间，这是一方面。后来土地改革，对少数民族也有些特殊政策，他们的供田允许保留，姑娘、染料田一般也都予以保留，整个西南部的改革都很稳妥。

11. 把钱装到老百姓的兜里

南下干部席永贤的故事：

我南下前是在冀鲁豫人民银行给行长当通信员。当时地委就给银行两匹马。一匹马用来驮东西，一匹马给行长用。那个时候，干部学习党的政策，学习南下注意事项，我和那个喂马的，每天的任务就是驯马。南方的水多，沟也多，桥也多，有土桥，有石桥，还有木板搭起来的桥。

到南方来以后牵着马过桥时，马不走木板搭起来的桥，其他的桥还行，我们的任务就是训练马，把木板架在沟上面。

当时南下带了大洋和人民币。那个时候一万元的人民币，就相当于现在的一块钱。

当时贵州穷得简直是没办法。当时群众的生产工具没有，银行要给群众解决问题。原来国民党统治的时候，老百姓称他们是“乱民党”，各种赋税使农民穷得一无所有。那个时候，生产工具就是用来挖地的锄头、镰刀。这些都买不起，我们就发农业贷款，那时候都是三万、四万、六万，放给他们，他们就买一些锄头、镰刀之类的工具，就可以回去搞生产。当时人民银行就是给群众解决这个问题。

发放的贷款没有抵押，当时就是几块钱，买个锄头。过来填下名字、哪个地方的人，可以说是“信用贷款”。后来那些还不起的都豁免了。

原来旧社会也有银行。贵阳市原有交通银行、贵州银行，还有农业银行。我们就一个：人民银行。我们来了之后，接收那些银行，通通都要归人民银行管理。

银行要把钱装到老百姓兜里，繁荣经济。

除了发放农业贷款之外，还有商业贷款。商业贷款就有抵押了，因为你是做生意。有四个烟厂，都是在银行贷款，都是抵押，厂房机器什么的。对这些贷款都比较严，对农民贷款都比较松，因为农民太穷了。

后来我又调到了财办。当时财办是政府的一个办公室，分管粮食、财经和供销，银行、工商、税务还有财政，都归财贸管。还有几个局，每个局下面还有很多公司。这些都归财贸商管理。一切都要围绕民生着想，你如何安排好群众的生活，如何安排好群众的吃穿用，都是财贸的责任。

群众对这几点都是很敏感的。因为那个时候物资很紧，买粮食得有粮票，买副食得有副食品票。没有票，你就买不到任何东西。所以通过财贸把上面的政策贯彻下去。当时，国家的统配物资很少，但是群众需要很大，比如说猪肉是群众最需要的。不发票，就靠本地解决。生猪肉除了上级调拨的之外，你本县还有多少库存？还能收购多少？你的供应量是多少？你现在还有多少猪？这些你都得算算，不算不行。不算你就给群众解决不了问题，哪怕是供应半斤或者是一斤。就是这个样子供应，根据你的可能。

我在财贸办公室工作了十八年，没有开过一次后门。我制定的政策，我宣传的政策，我再来破坏，这绝不可能。

我们是从冀鲁豫来的，不能给冀鲁豫丢人。我们是南下干部，不能给南下干部丢人。那个时候就是这样想。我们来到这是为群众服务的。为群众服务就是为群众办事的。你既然为群众办事，就要为群众解决困难，就是在你能力范围、工作范围内能够解决的问题，都要给群众解决。

过去农业银行比较苦，因为都是在农村，都是背一个包到农村去放款。有时候回到营业所连吃饭的地方都没有，这怎么能行呢？

然后我就办了一件事，要求每个营业所都要建立食堂，都要成立一个招待所，一个招待所有五张床。就是说让每个人回来之后都有地方吃，都有地方睡。

我在银行工作了十年。九百多个干部，没有一个贪污的。

12. 东明西瓜茅台酒

南下干部庞耀增的故事：

有人说我是茅台酒发展的奠基人，是东明西瓜的引进人。话说起来就长了。

茅台最初是一个寨子，后来成了一个镇，靠近习水。

茅台镇原来有三个小酒厂——赖茅、王茅、华茅，都是个人的小作坊。后来合在一块成立了国营茅台酒厂。国营茅台酒厂是共产党给建起来的，慢慢地搞成国有大企业了。

我当县委书记的时候，定了八个点来发展茅台酒。二郎滩这个地方是市里的一个点，是中枢啊，那时的八个点，成功的就两个。“习酒”就是我起的，这个县就叫习水县嘛。他们说你起个啥子名字啊，我说当地的名字最好。我在贵州起的名字有两个出名的，一个是“习酒”，另一个是“梵净山茶”。梵净山的茶叶，现在评金奖啦。

那时把茅台酒搞得热啊，就在河对门，好大字写着“万吨茅台乡”。

为了酒厂的发展，我的心思没少花。

首先，我培养一百个青年来学知识。我的主张是从工人里头选青年，培养成技师，你要发展，没有技师是不行的。在那个地方，从农村招一些，从厂里提一些，就选了一百个青年，从五十吨发展到现在三万吨。

第二，为了发展茅台酒厂，县委的楼都不修，木料批给它建厂。再一个选拔头头，厂里书记、厂长基本上是我定的，我书记嘛！那时候酒厂属于县管，不是省管。

第三，高粱是酿酒的主要原料，当时从东北拉高粱来，农民有土地，他为啥不种高粱呢？他不喜欢吃高粱，他愿意吃苞谷。我们采取了用高粱来换米，这都是我的点子。省财办定下来具体通知是一斤高粱换一斤米，老百姓愿意了。

原来这个地方生产很落后，只会种苞谷，没有经济作物。要发展经济，我就想起老家东明的西瓜来，在山东很有名，皮薄、瓤红，像砂糖一样甜。

我哥哥在家种西瓜，我给他写信，让他准备点西瓜种子邮过来。他邮来一小包种子，还有甜瓜。就在农场实验，新中国成立前留下的农场，扩大一下，就种西瓜。

开头农场群众不会种西瓜，我知道怎么育苗、打秧、施肥，就这样搞起来了。

后来就从东明给他请来几个瓜农，教给他们种西瓜，扩大种植。

西瓜长熟了，群众都不知道怎么吃，有人把西瓜瓤给搞掉，吃那个西瓜皮，根本没见过啊，是很笑人的事情。

农民大面积种植西瓜，西瓜成熟了以后，就到城里去卖，增加了经济收入，改善了生活。

后来一些河南的、湖北的干部也把自己家乡的西瓜种子引进贵州。现在瓜田多的是，这其中不仅包含着南下干部的思乡之情，也是南下干部把贵州当作了自己的家乡。

我把东明的西瓜成功地引进到贵州，也曾想把贵州的茅台酒引到家乡东明，还专门请师傅到老根据地搞茅台酒，结果因为水质原因没有成功。这也是我的一点遗憾。

13. 冀鲁豫的“独姑娘”

南下干部刘湘云的故事：

2013 年感动贵州“最美劳动者”评选，九十岁的南下女干部刘湘云名列其中。

刘湘云南下前就是冀鲁豫的乡级干部，到了贵州，先分到兴仁县公安局当侦察员、股长，后来被调到贵州女子第一监狱当教导员，负责少年犯改造。一直到离休还是个科级干部。

刘湘云的丈夫在冀鲁豫边区就是团级干部，和刘湘云一起南下贵州。“文革”中被坏人投进粪池里溺死，唯一的儿子也因此得病去世。

刘湘云没有再婚，成了一个“独姑娘”。

她工作的贵州女子第一监狱，坐落在大山沟里，她在这远离繁华城市的地方默默奉献一生。

几十年来，上千名犯人在她的教育感化下，幡然醒悟走出了大山。而刘湘云却在这深山沟里生活到了九十岁。

听说家乡人要来采访她时，老人家穿上警服，胸前佩上十多枚奖章，虽然拄着拐杖，背有些驼，却豪气逼人。

刘湘云同期声：

省委组织部后来给丈夫平反昭雪。我不停地干工作，丈夫和儿子死那么冤枉，他们没做完的事情我替他们做，加倍地做。人民的利益高于一切，我要报答人民对我的养育之恩。当干部不是你的终身大事，当人民勤务员，当人民的公仆才是终身大事。

现在又召开了十八大，实现中国梦，是中国人民的福。以前八年抗战，小米加步枪，把日本鬼子赶出中国去。现在我们卫星能上天，上天能揽月，我们讲和平，但欺负我们不行。

(作者：老人家，你到这里后就再没离开这个地方吗?)

我 1970 年来这个监狱工作，先当副教导员，后来又当教导员，就没动过。管教犯人，教育犯人。现在都叫学员，带着学员上山，一起劳动一起吃饭。过年也和她们在一起。

我失去了两个亲人，来的时候三口人，现在剩我一个。我改造了好多学员，现在都成了我的亲人。

教导员相当于中层干部，离休以后给了处级待遇，管他啥级。

(作者：南下刚来，是不是比现在还困难?)

别提了，上山没盐巴吃。

我是1943年入党，1944年5月份参加革命。

2002年回了一趟老家，住了几天回来了，家里啥人都没有。丈夫儿子都不在了，我没法回去。母亲去世我都没回家，就我这个独姑娘。

（作者：当教导员具体是干什么?）

一个大队七八千人呢，还有一千人的，两三千人的，啥都管。政治学习、劳动改造、吃喝拉撒都得管。这一个大队，好比地方一个大区，啥事都有。

（作者：改造好的学员有个数吗?）

多了，数不清了。

一个学员出狱了，在香港当慈善院的副院长，每年打电话来问候。还有在安顺当政协委员的。多了，说不完，她们都经常来看我，喊我妈妈、姥姥。

（作者：为什么来看你?）

报恩嘛。我对她们好。

这里是一所特殊学校，她们拿着东西来看我，我不要。她们说，这是劳动得来的。"改造妈妈""改造姥姥"也登了报纸。她们有的回去都做了大事，当局长了，发财了，有了丈夫，有了孩子。

（作者：你现在经常给他们讲课做报告吗?）

作。拿钱给病号买东西，慰问她们，给她们做报告，教她们服从干部的教育，教她们把恶习都改掉，早日改造好，回到家去，还指望着你们建设社会奔小康呢。

男监女监我都去。我带着钱去，这个国庆节，两个监狱我都去了，一个监狱带两千给那病号。有几十个病号，都坐在那里听我讲，第一女子监狱的病号哭啊，哭啊……

（作者：当年咱家乡比这里条件好多了。）

一个天上，一个地下。家乡人已经过上了好日子。我们背着背包南下，走着走着打瞌睡，走到那里还要给群众扫院子，国民党反动宣传都把群众吓跑啦，我们给人家扫院子，打扫卫生，还要给人家喂猪喂鸡的，到天亮了，群众都回来了，一看说我们不抢不杀，都拥护我们。

苦得都没法说了，盐巴都没得吃，吃牛皮菜，吃大米，苞谷，净细沙沙。

（作者：你后悔吗？）

我不后悔，我刘湘云失去丈夫、儿子，革命要付出代价。想到家乡，想到现在比过去好多了，咱当家做主，有什么想不开的，慢慢我就好了。

我从 1985 年离了休到现在，连续二十九年的优秀党员。

南下干部挑选得好啊。要三代贫农，能单独工作，对共产党没二心，不当叛徒。所以，南下干部没有一个腐败的。

人家劝我嫁人，我不嫁。我丈夫死得那么冤枉，嫁个男人干什么？我刘湘云要硬棒一点，各方面要起表率作用，不能丢俺冀鲁豫人的脸。

家乡的人民没有忘记我，我从内心里感谢。

（刘湘云突然站起来，对着摄像机深深地鞠了一个躬）

菏泽的市委政府领导，父老乡亲、战友们，还有下一代，你们好。我很想念你们，有机会的话我去看你们。祝老一代健康长寿！祝青少年天真活泼！全家平安！万事如意！春节好。在这里我向菏泽人民鞠躬了！

第八章　骑兵团长是诗人

1. 征程六十春

少小风雨长故乡，
封建剥削如虎狼。
男儿谁无平等志，
参加中共抗暴强。
义举失败再重起，
满天烽火御东洋。
民族矛盾超贫富，
男女老少齐握枪。
调入骑兵跨战马，
江淮河汉骋疆场。
有时贼众难抵挡，
避锋机动遁太行。
太行十月冰雪冷，
平原五月飞沙狂，
泛区浪沙万家殇。
百战顽寇百姓苦，
臂折肩斜遍体伤。
胜利正思归田里，
谁知内战起萧墙。

听党召唤重上马，
追敌万里渡长江。
打到夜郎新国建，
家家喜炮震上苍。
为求民众得温饱，
卸却戎装为民忙。
四十年来苗山汗，
今日黔州幸福邦。
屈指革命六十载，
老了燕赵少年郎。
满头白发今何托，
但愿红旗永飘扬。

——李庭桂

2. 政府大院的广场舞

2013 年秋，我们在贵州安顺市采访时，看到了一个奇怪的现象：安顺市委、市政府大门口，竟然没有警卫站岗。

我们是早晨 7 点钟散步至此的。还未走到市委、市政府大院，就听到了带有低音炮的音响播放着优美的歌曲——

今天是个好日子，
心想的事儿都能成；
明天是个好日子，
打开了家门咱迎春风。
……

我们走进市委、市政府大院，看到了这样一幅景象——几百名群众在跳广场舞。穿着各色少数民族服装的奶奶们、大妈们、婶婶们、嫂嫂们及姑娘们，甚至还有男性市民，她（他）们整齐统一，手臂左伸右伸、左摆右摆，东腾西挪，转圈、扭动腰身，随着音乐节奏，双脚在大地上踩出协调的足音，尤其是集体跺脚时，震撼大地。

从百姓的脸上可以看到政府！

这里的每一个面孔上都散发着满足、快乐、舒心。在大院广场上看不到 GDP 数字，但却能从市民的脸上看到幸福。

难道群众可以随便进出市委大院？

市委大院没有站岗执勤的。每天上午 9 点前、下午 6 点后，这里就是公园，市民在这里唱歌、跳舞、健身、娱乐、举办各种公益活动。上班时间到，群众准时散去，这里又是安静的办公机关。老百姓有什么事，可以长驱直入，想见谁就见谁，上至市委书记下到普通公务员。

我们好奇地问一位老同志："这种现象是从什么时间开始的？"老人回答说："这是从新中国成立后李庭桂任第一任安顺地委书记时就开始了。"

李庭桂，曾任冀鲁豫边区骑兵团（传说中的黑马团、白马团）的团长，后任五兵团十六军民运部长，随军南下来到贵州后任安顺地委书记。

1952 年秋，李庭桂外出开会，回来发现地委门口多了两个卫兵。他十分生气，叫来有关领导大批一通："土匪都让我们打光了，门口站的什么岗？是防敌人还是防群众？把共产党的政府弄得像个旧衙门，戒备森严，这样会脱离群众的。"

有关领导认了错，他又和颜悦色地说："你记住，老百姓能不能随时见到咱们，是新政权和旧政权的最大区别。"

安顺市从 1952 年秋到现在六十多年了，市委和市政府门口再也没设立过警卫。

后来李庭桂为了老百姓能随时找到他，还对身边的干部提出了要求：对群众反映的问题，能解决的不能超过三天，不能解决的两天内面谈。

从此，李庭桂的办公室也就成了接待群众的休息室和接待中心。

我们被这个平凡的故事感动了。

市委大院门口一块长长的花岗岩上，镌刻着共产党的早期领导人之一王若飞的箴言：

一切要为人民打算。

王若飞题字“一切要为人民打算”。

王若飞的家乡就是安顺。

李庭桂，这位当年骑兵团的团长、安顺市的第一任共产党的地委书记，这位冀鲁豫边区的老战士，已经过世。我们无法面对面地与他谈话，了解他的内心世界。但他立下的规矩却能被后辈忠诚地执行至今，这足可以证明他所做的深受百姓欢迎。

3. 下了马鞍当公仆

李庭桂长年和他的战马相依相守，转战南北，经历大小战斗百余次，人马之情胜似亲人。李庭桂在一次战斗中负伤落地，鲜血直流，他的“黑龙”卧倒在他身边，让他爬到马背上，缓缓站起，踏着小碎步把他送到卫生队，让他及时得到救治。生活艰难时，后勤供不上马料，李庭桂省下自己有限的口粮，喂他的马儿。

可是，总有一天他会和战马分别。这匹“黑龙”随他从山西转战冀鲁豫，打日军，护麦收，打蒋匪，生死相依打了百余战。他随大部队南下西进到贵州，就任安顺第一任专员，机关给配了一辆美式旧吉普。他含着眼泪吻别了战马，而有灵性的“黑龙”也昂首悲鸣，流出眼泪。

在冀鲁豫边区，生活再艰难，战士和老百姓都不吃战死的马肉，每一匹战死的马儿，战士和老百姓都会为其举行隆重的葬礼，将其深埋在鲁西南的大地上。时光荏苒，阡陌变化，许多先人的坟墓已被历史的尘埃抹平，而鲁西南的大地上，至今还留有一座座战马坟，百姓年年自觉扫墓、堆土。

安顺场，是当年红军十八勇士强渡大渡河的出发地，当时具体实施这次任务的是红军团长杨得志。

这是怎样的机缘巧合？

李庭桂对这一段历史记忆犹新。

1935年5月24日晚，中央红军先头部队第一师第一团，经八十多公里的急行军赶到大渡河右岸的安顺场。此地由川军两个连驻守，渡口有川军第二十四军第五旅第七团一个营筑堡防守。当晚，红一团由团政治委员黎林率第二营到渡口下游佯攻，团长杨得志率第一营冒雨分三路隐蔽接近安顺场，突然发起攻击，经二十多分钟战斗，击溃川军两个连，占领了安顺场，并在渡口附近找到一只木船。安顺场一带大渡河宽一百多米，水深流急，高山耸立。在红军到达之前，川军第五旅第七团一个营抢占了这一地区，正在构筑工事，凭险防守。情况对红军十分不利。

25日晨，刘伯承、聂荣臻亲临前沿阵地指挥。红一团第一营营长孙继先是菏泽曹县人，他从第二连挑选十七名勇士组成渡河突击队，连长熊尚林任队长，由帅士高等四名当地船工摆渡。7时，强渡开始，岸上轻重武器同时开火，掩护突击队渡河。炮手赵章成两发迫击炮弹命中对岸碉堡。

十八名勇士冒着川军的密集枪弹和炮火在激流中前进。快接近对岸时，川军向渡口反冲击，杨得志命令再打两炮，正中川军。十八名勇士战胜了惊涛骇浪，冲过了敌人的重重火网，终于登上了对岸。敌人见红军冲上岸滩，便往下甩手榴弹。十八勇士利用又高又陡的台阶死角作掩护，沿台阶向上猛烈冲杀。在右岸火力的支援下，勇士们击退了川军的反扑，控制了渡口。后续部队及时渡河增援，一举击溃川军一个营，巩固了渡河点。随后，红一军团第一师和干部团由此渡过了被国民党军视为不可逾越的天险——大渡河，打破了蒋介石要让红军当第二个石达开的狂言。

1949年10月1日，李庭桂在南下途中，从广播中听到了毛主席在北京天安门城楼上庄严地宣告：“中华人民共和国中央人民政府今天成立了。”中国人民从此站起来了！

李庭桂意识到共产党即将变成执政党，共产党员将变成人民的公仆。

到达贵州，省委决定把他调到安顺地区任专员，白潜同志为地委书记，搭成一个地委班子。

在行军途中，李庭桂除了认真学习接管城市的方针和政策，重点学习了毛主席在七届二中全会报告中告诫全党的“要警惕资产阶级糖衣炮弹的进攻”，“不要在糖衣炮弹面前打败仗”。特别要借鉴李闯王进京失败的历史教训，随时准备不仅要打退国民党匪特的武装进攻，还要打退不拿枪的敌人的进攻。要用十八勇士强渡大渡河的精神，执掌人民的政权，时刻警惕无声的糖衣炮弹。

李庭桂到了安顺，百废待兴，但剿灭匪特、巩固政权是当时的一项首要任务。1950年3月，驻安顺的人民解放军挺进云南，各县都无驻军，原国民党的一部分起义部队又发生哗变，矛头直指我县、区、乡人民政府。

当时全地区共有股匪四大系统，三万余人。以曹绍华、罗湘培为首的股匪过去是国民党的保安部队，人枪较多，反动气焰嚣张，破坏活动最猖狂。起初是拦路抢劫粮食、盐巴、棉花，继之抢掠客车、仓库物资。

军分区掌握的部队极少，顾了东就顾不了西。李庭桂采用冀鲁豫的老办法，要求各县、区、乡积极组织民兵，掌握武装，当时一个区干部人员多的才十几名，少的五六名，一个乡仅一两名干部。

3月初，匪特全面暴乱，到处攻打我区、乡政府，围攻县城。虽经顽强战斗，但终因敌众我寡，有的县、区、乡被匪特攻下，部分干部英勇献身。

匪特们得意忘形，派匪特潜入安顺城内，设立情报站，妄图里应外合，占领安顺城。

我公安部门得此情报后，向地委、专署、军分区做了汇报。李庭桂当即研究决定，采取清查户口的办法进行搜捕，组织地专机关、军分区、公安全体干部参加这次统一行动。3月6日晚上7时起，全城戒严开始大搜查，至7日下午结束，共逮捕匪特近二百人，粉碎了敌人妄图里应外合占领安顺的阴谋。

不久，解放军第十七军从云南回师进驻安顺。采取铁壁合围，远途奔袭等战术，展开了声势浩大的剿匪斗争。到7月中旬，匪特大部分被消灭。

剿匪行动锻炼了人民，为开展清匪、反霸、减租、退押、征粮等五大任务为主要内容的反封建斗争打下了良好的基础。

安顺城青山环抱，翠峰簇拥，街道也较宽阔，房屋鳞次栉比，市面比较繁荣，山国之中，有此小城，真有点出人意料。李庭桂就要在这块陌生的土地上扎下根来，开展全面的新区建设工作

李庭桂和行署一班人日夜奔波，走城下乡，做调查研究。最后的结论还是老办法，人民群众不仅是胜利的根本保障，也是执政的基础。

贵州是个少数民族省份，严格执行民族政策尤为重要。南下进军中，所有的干部、战士都接受了民族政策教育。每个干部都发了两本小册子。一本是著名社会学家费孝通写的《关于少数民族问题》，另一本是中央民委编写的关于《贵州民族基本情况》。

全体干部战士是唱着《三大纪律八项注意》走进贵州，走进城市，走进乡村的。

冀鲁豫根据地的法宝又成了接管贵州新区的法宝。

贵州省委对执行民族政策提出了不少特殊要求。

在财经方面，汉人地区禁止银圆流通，一律使用人民币，少数民族地区允许暂时使用银圆；汉人地区就地筹借粮食，而少数民族地区则不筹不借；在武装政策上，汉人地区乡保武装一律解散，并收缴武器，而少数民族武装凡不进行抵抗和破坏者，予以保留；在政权接管上，汉族地区的区长、乡长一律免职，而少数民族的原区、乡长则酌情留用。

这些政策让饱受民族歧视和压迫的少数民族群众感受到了中国共产党人的胸襟和真诚。

镇宁县扁担山区是彝族聚居区，李庭桂亲自蹲点、宣传、酝酿召开人民代表会，民主选举成立了扁担山彝族自治区人民政府。

这是破天荒的大事，彝族兄弟第一次有了自己选举的政府。

一系列工作，使民族政策逐步深入人心，各兄弟民族衷心拥护中国共产党和人民政府，出现了史无先例的民族团结的新气象。

当时老百姓最急需的是粮食。原国民党政府仓库的粮食在新中国成立前夕被贪官污吏劫掠一空。地委决定首先向地主、富农借粮，以解决军队和人民的供给问题。

征粮中的斗争是尖锐、激烈的，地委专门组织了武装征粮队。

征粮的成绩是巨大的，地主、富农负担了百分之八十五以上，不仅满足了军需，而且还保证了民用。

贵州百姓没盐吃、没衣穿也是个长期存在的严重问题，盐巴早被国民党军政人员抢光、卖净。盐巴，成了接管中迫在眉睫的大问题。

根据省委的决定，采取外省购买，武装护运的办法解决了食盐的供给问题。李庭桂和行署领导班子研究决定：由盐务局、贸易公司组织商贩在区、乡政府的管理下，串乡赶场出售。群众有了价格公道的盐巴吃，各族各界人民皆大欢喜。

布匹也采取同样办法，长途贩运，合理销售。认真贯彻公私兼顾、劳资两利的政策，开展了城乡互助，内外交流，很快恢复了工农业生产，促进了经济发展。

4. 毛主席表扬还稻田

1951 年平息土匪暴动后，为了加强人民政府和群众之间的联系，李庭桂同志指示专署办公室在安顺的大十字路口设立了举报箱，接受群众监督，及时听取群众意见。在地委门口建立了黑板报，一方面宣传党的方针政策，另一方面公开解答群众提出的问题。对群众的投诉和提出的问题，件件有答复，事事有着落。

对有的群众来信事实不清的，就在黑板报上登出："某某的来信已收到，请到专署办公室面谈。"对一些好办的事，立即予以答复；对一些暂时办不到的事，也向他们讲明政策；对一些较大的事，李庭桂便指示成立工作组，进行调查。

郎峦县的一个案件，李庭桂就指派中级人民法院三次深入调查。镇宁县安西区的一个冤案，指派文教局长王六生同志为组长、抽调专署办公室和公安处的同志组成工作组，深入当地作了周密调查，摸清情况后，经李庭桂提交地委讨论，予以纠正。

1953年除夕下午，一位农村妇女带着一个八九岁的孩子来到专署办公室，要求给点马车费回家。当时接待的同志见她母子二人衣服单薄，孩子又面色苍白，问了一下情况，方知他们是普定的农民，孤儿寡母来专区医院住院，钱用完了，孩子的病还未痊愈，回家又没车费，只好求助人民政府。李庭桂同志闻知后，指示经办同志以办公室名义给专区医院沟通，请予继续治疗，费用由专署负责。

一个多月后，母子二人高高兴兴地又来到办公室，要求当面感谢李专员。那天，李庭桂正在地委开会，接待的同志告诉她说，李专员不在家，我们一定替你转告。这时，她抹着眼泪激动地说，共产党、毛主席、人民政府太好哇！是共产党、李专员救了我孩子的命，我感谢一辈子，永远也不忘记。事隔两个月后，医院开了一张二百三十多元的单据找办公室要钱（当时的二百三十元相当于三十八个干部一个月的伙食费）。李庭桂当即签字由民政救济费报销。签字时，李专员详细询问了孩子的情况，当得知已康复出院后高兴地说："这件事做得好，共产党哪有见老百姓有难不帮的！"

1953年初，当时驻军某团要修一个正规的打靶场，征得地委同意，在安顺北兵营附近征用田地一百多亩。因土改不久，农民对刚刚分得的土地十分珍惜，所以对征用土地一事非常不满，就上告至党中央、毛主席。经党中央指示，停修打靶场，归还农民土地。这一批示下达时，正值插秧季节。农民虽然收回了田地，却没有了秧子。

为了不误农时，及时解决农民燃眉之急，身为地委书记的李庭桂同志亲任组长，驻军政委和专署办公室主任岳光任副组长，组成领导小组，全力以赴，解决农民困难，挽回不良影响。

播种插秧如救火，误了农时不再来。工作组通知平坝、镇宁、普定等县协助解决秧苗问题。各县也火速派人连夜下乡，收购各乡农民的余秧。李庭桂又把自己的吉普车、驻军某团的一辆吉普车和一辆大卡车全部投入运秧工作。曾被征用稻田的农民，看见首长坐的小汽车都来运送泥水淋淋的稻秧，情不自禁地流下眼泪。有了秧苗，李庭桂又亲自指挥机关人员和分区士兵，帮助群众插秧，抢上农时。田地收回了，秧子栽上了。

农民们说："共产党、人民政府这样关心我们，我们还有啥说呢！可惜田打晚了，秧栽迟了，会减产，交了公粮，恐怕剩不了多少口粮啊!”安顺地委当即施行了一个补偿方案：按土改时的产量，扣除公粮，先发部分谷子给农民作为补偿，粮食指标由部队拨给。第二天就打开北门仓库发放谷子，农民十分高兴。事后，西南军区李达将军到安顺视察工作时，对李庭桂同志说：“还田的事，你们处理得好，毛主席听说后，还表扬了呢!”

1953年第三期土改结束不久，翻身的农民生产积极性很高，除用互助组的形式调剂耕牛、农具和其他生产资料外，农田灌溉是互助组无力解决的问题，却又是提高产量的关键所在。恰在这时，省水利电力厅勘察了平坝县的羊昌河，认定该河加以治理后，可以变水害为水利，使安顺、平坝、长顺三个县的沿河地带的数万顷农田得以灌溉，数万农户受益。

李庭桂同志对这项工程非常关心，指定从地委专署抽调干部充实羊昌河灌溉工程指挥部，并分别担任除工程技术科（由省水利厅负责）外其他几个科室的领导工作。李庭桂亲自向他们布置任务，做思想工作。他说：“羊昌河工程是目前西南几省最大的水利工程。按照设计，它的土方连接起来可以围地球一周，全面开工后，每天工地上需要保持近万人，农闲突击时民工和劳改犯人一齐上，工地每天将有两三万人。地委把这个任务交给你们，希望一年完成。”他最后语重心长地说：“这是一件功在当今，利泽后代的大事。”

李庭桂同志亲自送搞水利的干部到平坝，在平坝县委会议上，再三嘱咐：“四十多公里长的渠道，势必要占用一些田地，搬迁一些坟墓，一定要做好群众的思想工作，不要把好事办成坏事，遭到农民反对。水渠要经过几个少数民族聚居的村寨，要尊重少数民族的风俗习惯，要认真宣传共产党和人民政府是为人民谋福利的。”

半个多世纪过去了，羊昌河水利工程的滚河坝、发电站、提灌站至今仍然在发挥作用，万顷稻田喜获丰收，日夜奔腾的河水依旧清澈……

5. 于细微处见真情

张学渠、姚兴贵的回忆：

1951年春，我从部队借调到安顺专署机要股（后改称科）任机要译电员。那时，社会“镇反”刚开始，收发的密码电报较多，业务十分繁忙。每天我把电报翻译出来誊好，立即送给李庭桂专员阅批。然后，按他所签批的意见转送有关部门办理。

最初接触李庭桂同志，我颇为拘谨，觉得他很严肃。一次，他看了我誊写好的一份电文后，习惯地签上一个大大的“李”字，笑了笑说：“你瞧，我一个字比你那电文上的字大好几倍呢！”我揣摸了一阵子便说：“那我以后写大些呢！”“对对！你写的字太小了，别人看着费劲，同时对你自己视力的保护也不利！”过后，我誊写的字号就加大了一倍。他看到后点点头说：“这还差不多，对，就写这么大！”我嗫嚅着说：“平时习惯写小，猛一放大，瞧这字形都散架了，看着别扭！”他却谈笑风生地发表了一通议论：“小张呀，说实在的，你写的这钢笔字还真的不怎么样！可你的字也有个优点，写得规矩、清楚，叫人看得明白。电文书写最起码的要求就是做到这一点，至于说要写得多好呢，干你们这一行的，机会有的是，你就多下点功夫练吧！”说也怪，从那以后，我便潜心于钢笔字练习，并且始终铭记着庭桂同志所倡导的，要在看得清楚的基础上练好字。我通过这件事逐步消除了对他的畏惧心理。

又一次，我送电文去，刚进门就看到李专员正在用毛笔写着什么，待走近一看，见那上面写的是：“滚滚长江东逝水，浪花淘尽英雄……”这是我第一次看到他写毛笔字，不禁惊诧于他那娴熟的功力，便脱口说了一声：“哟，真棒呀！”李专员嘿嘿地笑着说：“小鬼，还记得这首词吗？”当时我只觉得这首词怪眼熟的，一时却反应不过来，只好摇摇头。他便提醒道：“没看过《三国演义》吗？”我才记起了这是《三国演义》的开篇词。接着，他又兴致勃勃地说：“这首词可有深意啊！它统领全篇，概括力强着哩！”他又说：“看小说可别光顾着看热闹，得往它的深处看……”不久后的一天，我从他的简易书架上翻到一本左拉的名著《娜娜》。他当即塞给我一本苏联翻译小说《团的儿子》，并且告诉我：“年轻人想看外国小说得先从这一类看起。”过后，他又推荐我看了《钢铁是怎样炼成的》。而那本《娜娜》便从他的书架上消失了。

那些年，译电工作多半忙在夜间，熬个通宵也是常有的事，可当时安顺电力严重不足，夜里加班常常是点菜油灯。有一天，总务股李金范股长亲自拿着崭新的煤油灯上门来，说：“换上这个总比菜油灯亮些吧，李专员叫我想办法改善一下机要科的照明条件，说是别让年轻人的眼睛给弄坏了!”霎时，我觉得自己的眼睛被泪水蒙住了……我哽咽得连句“谢谢”也说不出来!

1952年，姚兴贵调来机要科。不久，我俩便悄悄地谈了恋爱，经常利用《机要人员守则》规定：外出必须俩人以上作掩护，进进出出尽是一对。有一天下午，我俩刚从外面“散步”回来，就听见李专员大声叫道：“……译电员……来一下，你俩都来。”我俩略带几分不安地到他屋里，只见茶几上摆着一堆大红枣、小香蕉。李专员对我们说：“快吃吧，尝个新鲜!”我俩也就不客气地解了一回馋。只见他笑嘻嘻地指着我俩说：“你俩的事儿还保什么密啊！公开吧！公开吧！这不，《婚姻法》都颁布了嘛！当然，也不急于立马就办事，先明确关系吧。”不久，人事民政科的向纯科长就叫我俩写个申请，很快就批准了。

往事如潮，回想起在李庭桂同志身边的那些日子，我总是感慨万千!我琢磨着，那些年的人际关系才真正叫作纯金般的同志爱，哪怕是从一位专员与一个普通的译电员之间的关系，哪里有什么“官”“兵”之分。那种领导干部对下属的如兄如友的爱，弥足珍贵啊!

6. 微尘不染晚来晴

记者周琦的回忆：

作为威望正在日益衰落、日子正在日益冷清、心境也将日益孤寂的老年人，他们是怎样想的呢？我决定去采访一位退居二线的老干部。

一个秋雨潇潇的早晨，我以记者身份，找到原省委常委、副省长、现省顾委副主任李庭桂的小院。虽是初次见面，但我对他并不陌生，因他常署名“燕黎”投诗于我参加编辑的《娄山关》。

出现在我面前的是一位头发全白、身板笔直、面色红润的老人。听我说完来意，他摆摆手：

“采访？算了，对一个七十二岁的老头，采什么访？好了好了，既来之，就是我的客人嘛，走，先跟我摘橘子去。”

大概是我的尴尬使他动了恻隐之心，他突然和气起来。

我随他走出客厅。这是个原以为很幽静而实际却很热闹的小院。高大的夹竹桃枝繁叶茂，生机盎然；盛开的海棠、月季喜笑颜开地聚集在院中央的石桌上；洁白的茉莉含笑在客厅外的长廊上悄悄地散发着幽香；粗壮深绿的仙人掌岿然傲立在窗台下，与娇柔的水仙相映成趣。

“别看花了，都是很一般的大众花。果树还值得看看。”老人在喊我。

的确，院子里的果树值得一看：七八株半人来高的温州蜜橘，树上结满青里泛黄的橘子，两棵两米多高的苹果树上也挂着红红的苹果。突然，身后传来一阵“咯咯咯”“嘎嘎嘎”的叫唤声，原来，院墙边还有一排鸡舍鸭舍呢！

“是否老年人怕孤独，就愿意生活在热闹的环境中？”我一边吃着皮青黄、味酸甜的橘子，一边在想。

出乎意料，李老并没有按我想的那样去唠叨。尽管我作了充分的思想准备，想耐心地听取和记录他漫长的光荣历史。可他却三下五除二地讲完了自己的一生：“1930 年入党，1933 年参加河北暴动，1934 年被捕入狱，1938 年……”像在背履历表似的，简单得太叫人失望了。就连他那最富于传奇色彩、最值得骄傲的当了六年骑兵团团长的一段经历，也只是轻描淡写地几句话就说完了。

他不爱回忆吗？他不健谈吗？这不禁使我感到奇怪，老人一般都是爱喋喋不休的。我记得屠格涅夫的散文诗《老人》中这样写道：“黑暗、沉重的日子来到了……你所钟爱过的一切，你曾献身过的一切，都一去不复返地消失和毁灭了……请追溯往事吧，回到自己的记忆中去……”

不知不觉地我竟在他的面前背出了这段叫我感动的文字。

他似乎有些吃惊。沉默了一会，然后便很认真地看着我，用他又响又亮的北方口音一字一顿地背出了一段文字——

“这时风大了些，他的船顺利地往前驶着。他只看了看鱼的前一部分，他又有点希望了……”

啊！这不是海明威的《老人与海》中的话吗？《老人与海》是海明威的一部著名中篇小说，说的是一个老渔夫连续八十四天没有捕到鱼，后来好不容易捕到了一条大鱼，返航途中和鲨鱼搏斗，结果这条鱼还是被鲨鱼吃掉，最后只剩一副鱼骨架，老渔夫失败了。可谁都知道老渔夫是英雄，他在同鲨鱼搏斗中表现出的非凡毅力和硬汉的性格是多么的伟大！

想着，想着，我的眼眶湿润了，喉咙哽咽了，心里热乎乎的，对眼前这位背诵出《老人与海》的老人的敬意油然而生。

“老人”，我们看这两个字的感觉是怜悯，是同情，是居高临下的谦让和宽容；而他们，他们老人看这两个字的感觉却是顽强，是反抗，是李商隐的“人间重晚晴”，是王安石的“岁老根弥壮，阳骄叶更阴”，是海明威的“老人与海”！

“吃橘子，快吃，这是劳动果实！有了，诗来了：‘年轻记者来采访，采摘柑橘共品尝’，哈哈哈！”

李老一下子高兴起来，笑得那么开心。大概是很得意我的惊愕和沉思吧！

“书归正传，答记者问吧。李庭桂的生活是早上7点准时到户外散步，无论下雨刮风；早餐后读报一小时，稍稍休息便开始读历史，读哲学。下午写毛笔字一个半小时，然后出门信步走，同时构思诗句；晚上看电视，写日记，读小说。在老龄问题委员会、个体劳动者协会等十二个群众团体任职；列席省委扩大委员会……”

应当说，这样的作息日程对七十二岁的老人来说是够紧张的了。可他却非常满意：“平生但无它求，只想多读书，生活永远都有内容。脑子装满了，你说的那种黑暗和沉重才无隙可乘嘛！”

自退居二线以来，他读完了《史记》《资治通鉴》《中国通史》，还读了《红楼梦》《三国演义》，除中国古典小说外，他最喜欢读的就是美国作家海明威、马克·吐温的作品；还有苏联卫国战争题材的小说也是他所钟爱的。而且，他还写了许多格律诗，发表在《贵州日报》《贵阳晚报》和《爱晚诗刊》上。据了解，许多离、退休的领导干部的晚年生活都如李老这样充实、丰富、紧凑，他们热心社会活动，密切注视每日的报纸、广播、电视，关心着新班子的一举一动，关心着中国改革的大趋势。但是，他们决不干预政治，用李老的话说，这叫：“老人彻底退下来，不给新人添麻烦。”

我建议他撰写一些回忆录，他点了点头说：“以前也写过，《星火燎原》上就有我的一篇。以后还要写，我们毕竟是经历过这段历史的人。我忘不了牺牲的战友，也忘不了身上的弹片、枪伤。”

是的，他们那一辈人代表了中华人民共和国的一段历史，一段多姿多彩、壮丽辉煌的历史。正如一首歌中所说：“共和国的旗帜上有他们血迹。历史，不会忘记他们。”

话别时，老人很豁达地对我说：“人总是要老的。现在，我们是你们的前辈，将来，你们不也是下一代人的前辈吗?”

我的心似乎受到猛然一击，竟颤抖起来：我们的前辈毕竟是骄傲的。他们是为新生政权流过血的；而我们呢？我们又将怎样去度过也许并不需要我们流血的一生呢?

7. 十八年的冤案十八天平反

刘立人的回忆：

李晓天同志是个地下党员，新中国成立前从贵州大学毕业，在关岭、郎岱、水城一带领导打游击。新中国成立后组织上安排他到安顺地委宣传部任干事，1956 年调省建设厅任处长。1957 年，李晓天在一次学习会上发言，批评了一位领导的不正之风，那位领导听后拂袖而去，说：“这完全是反革命言论!”

于是李晓天被戴上反革命分子的帽子，被遣送到瓮安县农村监督劳动。

1975 年 8 月，我去贵阳甲秀楼，忽然听到有人喊我的名字。我回头看见一个陌生人，身上穿一件破汗衫，头发胡子有三寸长。他把头上戴的草帽摘掉。

“老刘，我是李晓天，反革命分子。”

“你怎么会是反革命分子呢?”我终于认出了他。

他十八年的遭遇令人同情。

我和他一起吃了晚饭。说：“我带你去见一下李庭桂书记吧。”

他支支吾吾地说：“我不敢见他，在安顺时我给他提过意见，现在人家是省委副书记了，我怕他怀恨在心。”

我说：“李书记绝不是那样的人。你和我去，你的遭遇由我向李书记反映。”

我俩一进李庭桂书记家门，我开口就说：“李书记啊，我给你带来一个反革命分子。”

李庭桂书记仔细看了看李晓天，摇摇头说不认识。

我把李晓天的遭遇向李书记做了介绍。他听后大为吃惊，并叫李晓天把他当反革命的过程再详细说一遍。

李晓天声泪俱下，一五一十说清了来龙去脉。

李书记越听越气愤，拍着桌子说，简直胡闹，竟有这等事。

“明天我给组织部长李冀峰同志写一封信，让老刘带你去见他，把你的遭遇详细向他汇报，请他对这件事组织人员调查处理。”

第二天，我带李晓天去了组织部，李部长看了李书记的信，听了李晓天的哭诉后，当即决定抽调人员与省公安、省建设厅共同调查。

前后十八天，调查结论出来。根据政策，公安机关撤销了李晓天的原处分，为他恢复了名誉，省建设厅恢复了李晓天的党籍及原职务。

李晓天这个老地下党员，逢人便含着眼泪说：“我戴了十八年的反革命帽子，李庭桂书记十八天就帮我摘掉了。”

关于李庭桂书记还有一件事，黄宇同志（回族）原在十七军工作，1950 年调地委统战部。土改时任紫云土改工作团团长，1956 年调中共省委宣传部任宣教处长，1957 年因向领导提意见被错误地打成“右派分子”，先到扎佐林场劳教，后调普晴林场劳教，因积劳成疾患了严重的肺气肿病。

1962 年由其爱人李志坤陪伴到贵阳看病，住在贵阳大南门一个半间房子的旅馆。恰巧我到贵阳办事，在大南门相遇，几乎难以认出。在交谈中，得悉他的处境艰难。他要求见李庭桂书记，想从普晴林场调到贵阳一个小单位，以便就近治病。我听后当天晚上就陪他到庭桂书记住处。

李庭桂的老伴朝楼上喊：“老李啊，安顺老刘带了一个人，在下边等你。”

李书记赶忙下楼，我说：“我给你带来一个客人，看你认识不认识。”

李书记对着黄宇看了许久，微笑着说：“记不太清了。”

“这是黄宇。”

“有什么困难吗？”李庭桂亲切地问这个陌生人。

黄宇诉说在普晴林场的处境，希望能暂时调到贵阳哪个小单位，以便就近治病。

李书记听后非常同情说：“一个好端端的干部，弄到这个地步，你可以先回晴隆，我与有关单位商量一下，再通知你。”

不到半个月，黄宇被调到省图书馆作勤杂工作。1963 年黄宇同志病情恶化，黄宇同志的爱人提出能否批准到北京治一段时间。

我把这个情况反映给李庭桂，李庭桂说："老黄的病一定得看，我和文化厅商量一下。"

不几天，文化厅买了飞机票叫黄宇到北京去看病了。1978 年纠正冤假错案时，黄宇得到平反，并担任图书馆的党委书记直到病故。

8. 李庭桂日记

1949 年 11 月 6 日　阴雨　于芷江城

杨勇、苏振华首长通知我到他们处谈工作，约 10 时找到了杨、苏住处，见了面请我坐下，等他们与十二军、十八军首长谈完了工作后，苏对我说："你的工作定了，地方干部少，你兼任专员。"问我有什么意见，我说："已经定了，我没有什么意见。""没什么意见，好，你再到石新安主任处谈谈。"于是留下吃中餐，又一次喝到了茅台酒，它是真好，不打头。下午去看石主任。他说，地方干部少，军队下去的干部就得做地方工作了，以后有机会还可以回到军队工作的。这是望梅止渴也，他派人通知省委明天我去报到。

11 月 7 日　雨

找到了省委负责同志徐运北、郭超同志，他们很热情。郭说，你与白潜同志搭伙，白任书记，你任专员，你们组成八大队，接管贵州省安顺专员公署。你们的地委组成：白潜、你、赵尧（任副专员）、宗凤鸣（任宣传部长）。白任书记，你们为委员。委员少了点，接着再补充组成了五个县的县委、县政府班子，四个县都是十七军抽调团级干部组成的。他们会找你们联系的。军分区韩国锦任副司令员，张有忠任政治部主任，刘金彪任公安处长，你可找他们去联系。

与白潜同志过去在冀鲁豫九分区就认识，但不很熟悉，见了面很亲热，把了解的情况互相作了介绍，决定派人去找同志们联系，并通知他们明天早上开会，成立大队。

11 月 10 日　雨　边村桥——新店坪四十里

新组成的单位，大家都不熟悉，有些乱，几个钟头才走四十里，我们商量召开个会讨论下，以进行整顿，主要是韩讲的。

我和韩同住一室，约11时他叫肚子疼，我的肚子也胀得慌，我看韩大泻肚子，刘金彪、张有忠等大家都闹起肚子来了，拂晓我也大泻之，肯定是中了毒，派人调查的结果是用桐油做菜所致。我对采购讲，到了新地方你不调查吃了亏，弄得我们大家大闹肚子。知识贫乏，使人哭笑不得。

11月11日　雨　晃县

早上起床后到晃县人民政府去看了看，他们已接管并开始工作了，湖南省的工作进行得真快呢。

今天精神稍好点，但泻肚子引起腰痛，四肢无力。五兵团、省委也住在这里，去看徐运北，他说各路大军进展都很快，敌人仓皇溃退，我军已进到镇远以西，估计20日前可以解放贵阳。

11月15日　阴铺田——镇远六十九里

一路行来，许多地方群众外跑，据了解是敌逼迫加欺骗所致，经过工作，已陆续回来了。此地人民确实贫苦，衣衫破烂，吃糠咽菜。

据报贵阳今日解放了。

11月16日　半晴　镇远

早上开地委会讨论接管工作：一、决定先接管六个县，县的干部又作了个别调整，但紫云县的班子还是搭不起来。二、接管工作中应注意的问题。三、学习中央关于城市纪律的指示。四、宣传党的政策，当前主要宣传约法八章。主要是白潜同志讲，我把这几人的行军情况作了小结。胡伴生同志来了，任地委组织部长。

11月22日　半晴　马场坪——贵阳

早上等汽车，结果汽车迟迟不来，为了赶路，步行前进，走了约三十里，大家正走累了的时候，汽车来了，当然心中欢喜，今日可达贵州省会——贵阳市了。

车子在山巅、山腰运行。山路弯弯曲曲，忽上忽下，崎岖险峻，听说有的地方旁边是一眼望不见底的深渊，现在身临其境了。在夜幕笼罩下，远远看到一片灯火，贵阳到了。进了山城，迷失了方向，也不知从哪个方向进城的，贵阳市面还较繁荣热闹，明天得看看它的面貌。住在

省政府内，8时胡乱吃了点饭，正想到省委去问问情况，接到了兵团、省委的通知，明日即行，不许停留。

看市场的想法成了泡影。通知各队明天行军到安顺。

11月23日　阴　贵阳——安顺

昨晚部署工作忙到12时才就枕。今早天麻麻亮，就醒了，睡是不想睡了，收拾行装，天又黑，才想起电灯来了，土包子进城有些傻眼，收拾完天已大亮，到街上小饭铺内吃了两根油条，一碗豆浆，即指挥上车出发。因为快到平坝县的地方有座桥被敌破坏，还得赶到前面去指挥过河，四十九师派来接的汽车已到，下车后组织过河，简单地修了修，就互相拉扶着过。马是涉水过的，三个多小时才过完。到了平坝县城，我和胡洋生留下协助平坝搞接管工作，大部队奔向安顺。

11月24日　毛毛雨　平坝——安顺

早上到平坝县旧衙门看了看，很破旧，真是"官不修衙"。早餐后与平坝县的同志研究接管工作，中午我即去安顺，胡留下。一路浏览山水，倒也风光，山高大，山峰多，几个山峰之间，平地梯田，好像山国的小平原，有趣。

安顺的县城，街道宽阔，房屋鳞次栉比，市面比较繁荣，还有柴油机发电厂，山国之内有此小城也出人意料。住在旧县政府内。安顺是17日解放的。昨天刚到的同志讲，他们进城，还有工、商、学、绅等手执小旗列队欢迎，还有点热闹呢。

为了把摊子铺开，与白商量，晚上召开安顺、镇宁、普定三个县的干部会议（平坝已进行接管，长顺未解放，他们留住平坝，准备接管，紫云县班子还未组成），研究接管工作。白让我先讲，我讲了以下几点：首先得集中力量发动群众，要发动群众，就得开展大的宣传活动，可以采用多种形式，如开群众大会、座谈会等，宣传党的各项政策，使群众懂得、领会，从而拥护党的政策，这样事情就好办了；其次接管城市，但对县来说，县城要接管，区乡也要接管，组织一个班接管一个区，分派干部去，没有干部派就使用旧人员，找来开会，告诉办什么事；再次征借公粮，解决军用、民食和食盐问题；再次抓生产。学校要开学上课，再次正确执行民族政策问题。各方面都动起来，安定社会秩序。大家讨论后，白潜作总结发言，讲得好，讲政策明确，讲办法具体，开到零时才结束。

生长在农村，战斗在乡村，今天进城了，又要生活在城市，战斗在城市，这是革命历程中的一大转变，也是个人历程中的一大转变。

11 月 25 日　半晴

地委召开会议，参加人员由地委组织、宣传、统战、群众团体等部门负责人参加，专署财政、文教、公安等部门负责人也参加。研究地委、专署如何开展工作，重点放在安顺县城关区。第一，开展宣传活动，定于明天召开群众大会，宣布安顺专员公署、安顺县人民政府已经成立，并到职视事。之后讲话，主要讲政策，并物色先进、积极分子，为下步召开代表会做准备。第二，对旧职员的接管工作。第三，动员学校要开课，工厂要恢复生产。第四，进行统战工作。第五，接管敌伪物资仓库，先抓粮食、食盐等。最后作总结。

白叫我给维持会的人谈谈，下午请他们开座谈会，他们自称是解放委员会，让他们介绍当地情况，我说明政策，以稳定其情绪，并动员继续协助政府工作。

11 月 26 日　半晴

上午找财政科长王在中，谈接管中一定先抓粮食、食盐（当地叫盐巴），他要人，我说没有，叫他使用旧职员。

下午 2 时，参加在大府公园召开的群众大会，人到得特别多（学生、工人队伍是有组织来的），秩序井然。白宣布安顺专员公署、安顺县人民政府已经成立，到职视事，并讲了话。我着重讲了约法八章，具体的政策也讲了点，总之这次会议，震慑了敌人，宣传了群众，人人喜欢。在热烈掌声、口号声中散会。这次会议主要轰局面，要求各部门、群众团体借风，按地委的决定积极开展宣传工作，交心谈话、开座谈会等，为今后召开工人、店员、妇女、学生、少数民族、郊区农民参加的代表会作准备，开展统战工作。对上层人物如黄国权、田曙炭、李挺之、杨庆安（苗族）、贺少恒、戴子儒等由我们召集他们开座谈会，并动员他们出来参加工作，下边人的工作由各部门做。

从早上 7 点钟忙起来，一直忙到晚上 12 时，很疲惫，也很愉快。

11 月 27 日　阴

地委会讨论军事管制委员会的工作，本来已成立了，又奉命成立，汪家道、白潜和李庭桂分任正、副主任，韩国锦、翁可业、赵尧、张有忠为委员，下设秘书科、军事科、财政科、通讯科。下午由我召开各科员责任会，并规定明日开始办公。

晚上找王六生汇报文教方面的情况。他讲，学校教职员大部分没有跑，在校学生少了点，已动员他们开课，但他们的生活和薪水得解决。我说可以发给他们粮食，给生活补贴费，数目由你们定。王六生同志发现了一个李志远同志，曾到上海大学读书，是地下党员。我说，你要请他帮助你工作。

11 月 29 日　阴　毛毛雨

开接管工作会议，为了克服忙乱的现象，大体制定了几条，明确职责工作范围，经过大家讨论后执行。同时指出接管工作中注意抓物资等是对的，但对旧职员接管中注意不够是不妥的，并要大胆使用他们。盐被抢空，盐价大涨的问题得解决，为此向省政府反映了此问题。

省委、省政府通知各县，宣传大烟的害处，禁种大烟，但只口头宣传，不得发文件和出布告。余略。

11 月 30 日　毛毛雨

这几天是日日夜夜地工作，忙乱的情况好了点，但已疲惫不堪。这几天的工作胜过几年，讲话把喉咙都弄得沙哑了。

据报告，这几天白天有在公路上发生拦路抢劫的，研究决定组织小部队应对。晚白、韩、刘小酌。

11 月，有意义的 11 月过去了。

12 月 1 日　阴

上午到兽医学校去，让他们继续上课，有什么困难提出来，帮助他们解决。他们的情况已向省政府、西南军政委员会报告，得到指示，由军分区暂时代管。这个学校比较好，高级知识分子也多，他们没有提出什么意见。下午到华严乡召开农民座谈会，原定不超过十人，结果大大超过了。只是问了问生活情况、生产情况，群众太喜欢、太热情了。

11 月 30 日重庆解放。

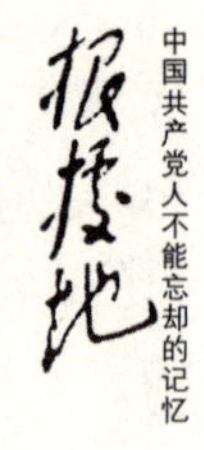

12 月 3 日　阴

到宁谷乡去，召开农民座谈会，提出了不少问题，其中债务问题较多，告诉我派去的张乡长等指示办，并了解了贫下中农过春节生活安排的情况。晚上白潜告知地下党的张立要见，我去了，交谈后，介绍到省里去了。郎岱县有一王舍人，搞过“三三”暴动，失败了，要求会师。

12 月 4 日　阴

军管会议后，匪特越来越猖狂。派武装护车，并让沿途区乡组织出兵护路。接管中对旧人员有的不敢使用，这不妥，要纠正。余略。

向白潜同志提出过新中国成立后的第一个春节，要让贫下中农过得快乐点。各县作点调查，有困难补助之。白同意，让办公室通知各县。

12 月 5 日　阴

旧州存粮多，正在往安顺调运，也想到农村去看看，乘车前往，让去武装保护，我说有四支卡宾枪就够了。旧州这个小镇子还算繁荣，周围是小平原，土地很肥，水利也好。区委的同志汇报后让他们发动群众，组织民兵防匪。

12 月 8 日　阴

到么铺去，听区的同志汇报，缺盐巴吃，得解决。看了几家农户，缺被无穿。说有秧被，看了看是稻草编的，穷苦！

12 月 14 日　阴　贵阳——安顺

8 时从贵阳出发，边走边看倒也风光。快到平坝了，说有一个西南农垦公司办的农场，去看了看，告诉几个工人把场子看好，到平坝吃中餐，告诉平坝的同志要保护好它。

12 月 15 日　半晴

向地委汇报省委财经会议情况，并提出执行意见。首先抓工农业生产，其次组织财政收入，成立贸易公司，征借公粮一千万斤，经讨论同意即布置下去了。

12 月 16 日　阴

在贵阳的干部今天有几位到了，同他们谈话，并告诉地委很快分配下去。

四川的邓锡侯、潘文华、西康的刘文辉、云南的卢汉于12月9日宣布起义，李弥兵团还在顽抗，四十九师进军云南支持卢汉，四十九师走了，我区即没有部队了，而股匪有发展，也在蠢动。

12月17日　阴

到镇宁去与县委的同志座谈工作情况，他们谈到了土匪情况，活动也较厉害，有的区受干扰。告诉他们发动群众，不让群众上当受骗，根据情况组织民兵来打击之。

12月18日　阴

各县电话已接通，在电话上联系情况，并把省里财经会议精神告知各县执行。粮食征借到一部分，加上库存，可保证过路军队的供给，要求解决运输困难。

12月22日　阴

地委研究乡政权的建设问题。

12月26日　阴

参加安顺县干部会，听他们汇报这一段的工作，工作进展还快，理出个头绪来了。晚上白约我共同找黄国权来谈话，动员他争取其兄黄国帧回来，并把陈主席给他的信交给了他。他这一段参加工作很积极，态度也好。

一些上层人士瞧不起我们这些三十岁左右的人，经过这段工作，也另眼看待了。

12月31日　半晴

忙碌了一年，尤其12月真是紧张、战斗的一月。回顾一个多月来的工作，成绩是主要的，但也有不足之处。辞旧迎新，但愿明年取得更大的成绩。晚上小酌于卧室中，回顾一年来的情景，感触万千。

9. 战歌声中长眠

在十年动乱中，造反派曾到处调查李庭桂，企图找到他的“历史污点”。

安顺政权建立不久，安顺地委的几位部长们都把夫人子女调到身边，唯李庭桂同志独身一人。当同志们得知其老伴是家庭妇女，仍在家乡照顾老人时，出于好心，想给其"改组"，让在家的老伴离婚不离家，在安顺另给选择一个伴侣。几个干部联名给李庭桂家乡藁城县委写了一封信，申明理由，请求藁城县委帮助做好其家属工作，并给予办理离婚手续。

1955 年 5 月，李庭桂同志出席中共全国代表会议返回安顺地委时，他的长女来了，问安顺地委给他家乡写信要父母离婚是怎么回事？李庭桂对写信的干部大发雷霆："你们发这种信也不说一声，那是根本不应该、也不可能的事，不仅我们是生死与共的夫妻，而且女儿都这么大了，难道共产党员当了干部都要换老婆?"

不久，组织上把他的结发妻子调到安顺，相伴到老。

李庭桂退休后，放不下他大半生的骑兵情结，他驰骋的青春，载着艰苦的岁月，在血雨腥风中，展示着中华民族永不屈服、永不言败的意志和激情。伤痕留在他的肩胛，忠诚留在他的心间！

他组织动员老干部撰写安顺地区党史资料丛书，并亲自撰写了《解放安顺建设新政权》的回忆录。但他最看重的是，骑兵团艰苦卓绝、英勇无畏而光荣的战史。他写信联系散居各地的骑兵团的战友，组织编写了《铁骑战歌》一书，作为纪念长征胜利六十年的献礼。

此书被电视台改编成了二十集的电视剧。

片头、片尾的歌词，都经他反复润色推敲。

李庭桂，这位红军战士、冀鲁豫的骑兵团长、贵州省人民政权的创建者之一，是躺在病床上看完这部电视剧的。病房里回旋着《铁骑雄风》的主题歌：

穿过炮火，穿过硝烟，
穿过铁骑踏碎的沃野山川。
百草凄落，生灵涂炭，
救国救民我们披肝沥胆。
友谊在生死中结成，
意志在烈火中锤炼，
青山在岁月中不老，

爱恋在磨难中相见。
峥嵘的往事，艰辛的昨天，
忘记了就意味着背叛。
冲过封锁，冲过烈焰，
冲过烽火连天的千里平原。
军民团结，坚实如磐，
驱寇杀敌我们一马当先。
军刀在寒风中挥动，
马蹄在枪声中周旋，
战马在奔杀中嘶鸣，
红旗在炮声中翻卷。
不灭的往事，难忘的昨天，
历史刻下了永恒的纪念。

在这优美而高昂的旋律中，他平静地闭上双眼，骑着他的黑龙马，向着永恒绝尘而去……

第九章　一生的珍藏

1. 邓小平对申云浦说

五兵团南下支队到达江西后，接管了赣东北的广大解放区，申云浦同志以支队副政委的身份，代表南下支队党委，从上饶到南京第二野战军前委接受任务。

二野政治委员邓小平，亲自听了申云浦的汇报。

南下支队大部分是长江以北的人，抗战八年，解放战争胜利了，许多人想回家过几天和平日子。原来听说是去京沪杭三角洲，后来上了江西，觉得还可以。可是，刚到江西，又要西进贵州。

申云浦汇报说，有些干部觉得贵州“天无三日晴，地无三里平，人无三分银”，有畏难情绪。

邓小平同志非常严肃地用川音对他说：“这是过去的资产阶级学者写的地理文章，对贵州人民的污蔑，你们为什么就相信了？难道贵州的人民不是中国人民？他们处在水深火热之中，军阀割据和国民党的反动统治把贵州搞得城乡破产，百业凋敝，民不聊生，难道不需要解放？”

邓小平同志又强调：“区以下的干部不愿去贵州还情有可原；区以上的干部，谁不愿意去，就开除他的党籍！要问为什么，因为你吃公粮吃得多，受党的教育深，不该有这种思想。作为共产党员，要坚决服从党的分配，党指向哪里，就要到哪里去，没得讲。”

邓小平同志严肃地说：“一定要毫不犹豫进入贵州，共产党人要以天下为己任，尤其高级领导干部，一定要不折不扣地执行中央这一命令！”

申云浦细心地听着，认真地在本子上记下，当即对邓小平表态："我们南下支队党委坚决执行党中央的决定，保证带领南下支队的干部完成西进任务。"

邓小平同志又很关心地问："你们还有什么困难和要求？"

申云浦同志考虑到新解放区后，人民币一时不能通用，提出能否多带点"钢洋"。贵州雨水多，是否给每个干部发件雨衣，战士要有雨伞。北方人吃不惯大米，要求多带点面粉。

这些要求邓小平同志都一一答复了，并当即批了条子，让南下支队党委到上海去调运。

申云浦同志回到上饶以后，将三千多名干部集中到上饶的广场上，南下支队的同志们屏声静气地听申云浦传达邓小平同志的指示。他们带着冀鲁豫老解放区人民托付的使命，肩负着解放贵州的重任，继续前进了。

2. 冀鲁豫的第一才子

申云浦，山东阳谷人，是武松的"老乡"。武松打虎，申云浦打狼。

申云浦是冀鲁豫边区的领导人之一，也是人们津津乐道的一位才华横溢、幽默风趣的名人。

在冀鲁豫边区，有这样一句话："申云浦的嘴，宋大牙（指宋励华同志）的腿。"

宋大牙是边区的"锄奸队员"。日伪军血洗了村子，如查出给敌人报信者，准活不了几天，宋大牙说到就到，一枪崩了。敌伪汉奸闻风丧胆。因此，其腿与申云浦的嘴，并列"边区双宝"。

申云浦生来就具有演讲天才。

申云浦毕业于山东聊城师范，其志愿是毕业后当教师。当教师当然需要好口才。但他的好口才，其实是在长期革命实践中，因革命工作的需要锻炼出来的。

他长期在边区做宣传工作。试想，在偏僻、文化落后的农村环境里，在没有现代传播媒介，没有报纸、广播、电视的条件下，要发动千百万农民起来，自觉地进行革命，如果不能把马列主义毛泽东思想的道理讲得通俗易懂，变成群众乐于接受的当地语言，怎么能说服人，怎么能动员群众呢？

申云浦同志的语言能力又可以说是逼出来的。他把讲话作为进行革命的工具、手段。他同工农群众和干部们谈话，能用纯熟的农民俚语、歇后语以及地方土语，表达的革命道理，简直有一种神奇的力量。不论是老年、青年、男的、女的，都能和他有说有笑，听了他的讲话，都能打开心灵的窗户。

每次在大聚会上演讲，他口若悬河，妙语连珠。纵横开阖，直入人心。这是他作为一个职业革命家特有的风采。

1939 年，一一五师为开辟革命根据地，从江西开赴鲁南，首战樊坝，再战梁山，又战潘溪渡，声名大振。

申云浦同志当时是运东地委书记，他从寿张出发，寻找主力接关系，并参加即将召开的梁山水泊会议。

但由于日军的报复扫荡，主力部队不断转移，申云浦同志连续找了两天，都找不到主力部队的踪迹，也弄不到饭吃。

一天中午，他从小杨楼一家私塾墙外路过，听见里面书声琅琅，便侧身进去，见学生们正在扇面上习字。师范学生出身的申云浦自幼酷爱书法，写一手好字。他便走进课堂，开始给一位学生写扇面。学生拿给老师一看，只见字字飞龙，功力不凡。老师知道遇上了高人，便来向他索字。申云浦就信手给这位老师写了《滕王阁序》和一段《二郎庙碑文》。老师为了感谢他，端来了四盘菜、一壶酒，还有凉面条。申云浦同志正饿得肚皮贴着后脊梁，也就毫不客气地美餐了一顿。

申云浦最终辗转找到了杨勇，及时参加了在梁山水泊召开的会议。而画扇求食的经历在边区也传为一段佳话。

1941 年和 1942 年，是冀鲁豫边区抗日根据地最艰难困苦的时期。那时创办的冀鲁豫区党委机关报——《冀鲁豫日报》，是一支年轻的新闻队伍。这样的一支新闻队伍，在平原游击战争中，既要经受住激烈战争和艰苦生活的考验，又要出色地完成宣传群众、组织群众的历史使命，这绝非寻常易事，亟须提高思想政治水平和业务素质，而关键在于强化。

冀鲁豫边区党委做出了一项决定，由区党委宣传部副部长申云浦同志任《冀鲁豫日报》社长。

申云浦同志来到报社，既不让搞欢迎仪式，也不让为他改善生活，他立即走到同志们中间，熟悉全社干部和工人，了解思想情况和工作情况，在此基础上领导全社开展整风学习，并着手改进报纸的宣传工作。

申云浦同志经常引用列宁说的一句话："要用千百条纽带联系群众。"

他不是音乐家，在报社却亲自教全体同志唱歌；他不是演员，却在平原分局党校的晚会上，扮演京剧《法门寺》中的刘媒婆，唱大段的流水板。

他的书法、他的诗词，都受到人们由衷的喜爱。那时，申云浦同志正值年富力强，夜以继日地工作，亲自写社论、写通讯，文风辛辣、活泼、深刻。凡是申云浦的文章一发表，边区的干部战士都争相传阅。

第一才子的名声由此传开。

申云浦同志不论走到哪里都像磁石一样吸引着周围的人。

到了贵州，他又能做些什么？

3. 贵州文教工作的奠基人

南下西进，到达贵州后，申云浦目睹了贵州人民的苦难状况：十七八岁的大姑娘没有裤子穿，乡下农民吃不上盐巴，只能拿青石头当盐巴哄小孩。披筋筋、挂缕缕的乞丐遍布贵阳街头，他们将下半截身子伸进饭馆的炉灶里度过寒夜，马路边上经常躺着哼哼待毙的病人。国民党害苦了老百姓！

正如邓小平同志所言：人民从内心里盼望着解放军打进贵州。

贵阳市军事管制委员会于11月22日正式宣布成立，主任苏振华，副主任陈增固、赵健民。军管会下设有文教接管部，申云浦担任文教接管副部长。

贵阳市军管会文教接管部下分四个处：新闻出版处、学校教育处、社会教育处和秘书处，负责新闻出版、学校教育、社会教育机构的接管工作。

当时对旧政权的接管政策是"接过来，包下来，维持现状，逐步改革"。

"文教接管部"设在原国民党贵州省教育厅，地址在白沙巷。院子里乱七八糟，不像个样子。申云浦上任后，就组织人员把办公地点清理得干干净净。给留在那里的几个旧人员做工作，向他们说明我党的政策，让他们去联系文化、教育界的一些进步分子。

新的组织架构尚没有建立起来，申云浦让人在街口张贴通知，某日在某地开文教工作接管会，望踊跃参加云云。

旧公职人员怀着好奇心，想一睹解放军的“接收大员”的风采。令他们没想到的是，这位官位很高的共产党人，没有带护兵，没有带秘书，穿着补丁衣裳走进会场。

与会人员都是旧社会过来的知识分子，他们肚子里有墨水，眼睛里无能人，看惯了国民党“摆谱”那一套，此时倒想看看这位共产党的“文教官”有多大本事。

文教接管，核心是落实知识分子政策。

申云浦的装扮朴实无华，但站上讲台却风度翩翩。他先讲国际形势，后讲共产党的宗旨和“三大纪律八项注意”，然后讲中国历史上知识分子多舛的命运，继而讲到贵州的历史文化和历史名人。然后引到主题，就是要在贵州落实共产党对知识分子的政策。那就是“接过来，包下来”，让文化人有饭吃，有事做，原来干什么的还干什么。并揭穿国民党散布的谣言，什么共产党来了要搞“三头”（点头、磕头、杀头）、“共产共妻”等等。

他声音洪亮，语言犀利，引经据典，幽默风趣，一下子把在场的文化人吸引住了：八路军里竟有这等人才啊！

讲演罢，申云浦走下讲台，很多人主动上前来介绍自己单位的情况，有人竟带来了笔墨和宣纸，说：“早就听说申长官书法好，请赐墨宝。”

这个请求也可视为变相考试，在场的人一层层围了上来。

申云浦铺纸研墨，毫不迟疑，用行楷写下了范仲淹的《岳阳楼记》，其行笔之流畅洒脱，使在场的文化人不由得鼓起掌来。

申云浦将《岳阳楼记》全文背诵了一遍。最后他说：“先天下之忧而忧，后天下之乐而乐，这也是我们共产党人的人生观和宗旨。”

第二天，申云浦去考察贵州大学。原教育界的旧官员和一些学者名流陪同。在音乐教室，申云浦看到一架旧钢琴，上面布满了灰尘。

这时候，有一个原来负责教育工作的旧专员，掏出手绢拂去钢琴盖上的尘土，又擦拭了一下钢琴椅，然后，掀起钢琴盖，熟练地弹奏起贝多芬的《第九交响曲》。在场的人交口称赞："弹得好，弹得好！"

那位旧专员站起来，礼貌地对申云浦说："申部长，请你多多指教。"话中隐含着挑战之意，众人把目光一起转向了申云浦。

申云浦谦虚地说："我也就上过几天师范，钢琴弹得不专业。"然后，坦然地坐在钢琴凳上，用灵巧的手指，在洁白的琴键上试了几个音。然后，一曲优美的《蓝色多瑙河》缓缓从天际流来，申云浦微闭双目，陶醉在美妙的旋律之中，将这首名曲完整地弹奏下来。

曲罢，一片静寂，继而爆发起一片热烈的掌声。

申云浦在教育界、文化界声名大振，一些旧职人员都来找他做朋友。

贵州的大部分知识分子是拥护革命的，在进城之初，一些进步知识分子和学生们就唱出《你是灯塔》《没有共产党就没有新中国》《解放区的天是明朗的天》等革命歌曲，扭秧歌，打腰鼓，演出解放区的文娱节目。花溪清华中学师生们，为了保护学校财产，连续站了三昼夜的岗。解放军来了，当晚举行军民联欢会，同学们就演出《兄妹开荒》，还和解放军对拉唱歌，盛况空前。

很快，申云浦身边就团结了一大批进步知识分子，在新闻出版方面，一手抓接管，一手抓人民新闻出版机构的筹建。接管了国民党贵阳《中央日报》、《贵州日报》、中央通讯社贵阳分社和贵阳广播电台。

《贵州日报》很快印出了新华社电讯，广播电台也当即开始转播北京中央人民广播电台的节目，使贵州人民及时看到、听到国际国内的新闻和党中央、中央人民政府的声音。

经过紧张的筹备，申云浦亲手创办的《新黔日报》于1949年11月28日发行。

《新黔日报》登载了一篇《我们为什么要唱歌》的散文，作者章枚是当地一名文人。他在文中写了这样一段话："中国人民受着帝国主义的压迫，受着地主官僚买办阶级的残杀与迫害，气闷在肚里，急需要吐出来，喊出来。我们要求自由，要求民主，要求民族独立解放。为了实现这些，我们要喊出'打倒蒋介石，建设新中国！'"

在纪念中国共产党成立二十九周年的日子里，一个署名甘凤章的旧职员写了一篇文章，文中说："假使没有共产党领导中国人民革命，我们中国不亡于日本帝国主义，必亡于美帝国主义，这是不容质疑与否认的。所以我们要无条件地跟共产党走，除此之外，没有第二条道路。”

这是贵州知识分子思想的声音！

知识分子是民族的良心。知识分子的沉默最为可怕。

当年辛亥革命、五四运动、抗日战争、解放战争，在民族存亡的危急关头，孙中山、李大钊、陈独秀、毛泽东、周恩来、鲁迅、闻一多这样的知识分子挺身呐喊，唤醒民众。知识分子的觉醒，乃是民族和国家的觉醒。

申云浦读到《新黔日报》的文章，十分欣慰：多灾多难的贵州醒来了！

后来申云浦官至省委副书记，省政协主席。但第一才子仍笔耕不辍。

1982 年，为实现贵州领导班子的新老交替，申云浦率先退居二线。但他仍然十分关心贵州的发展和建设，继续完成了省委交办的大量重要工作。

他参与创办了贵州老年大学、红学会、老年书画协会。他还担任了中共冀鲁豫边区党史工作组副组长，具体分管编辑工作，并兼任冀鲁豫边区党史工作组文艺组长，为党史工作付出了大量心血。他不避寒暑，不顾年老多病，经常往返于贵州和冀鲁豫之间。

在他主持下，冀鲁豫党史工作组先后出版了《冀鲁豫革命史》《中共冀鲁豫大事记》《冀鲁豫党史资料选编》以及金融、财经、宣传、群运、战勤、文化、教育等等资料专集，总计数百万字。已出版的文艺丛书有《范筑先将军传》《鲤鱼湾的故事》《地狱归来》《渔火》《在战斗纷飞的年代》《战斗在冀鲁平原上》《乱世姻缘》等，总字数四百多万。

当他在病榻上，还勉励党史文艺组同志一定要搞好文艺出版工作：“只要一息尚存，此志不懈。”他还请医护人员，携带着氧气瓶、急救药物，把他抬到老年书画展览会，亲自看看展厅的书画，会见老年书画家。

申云浦同志久病卧床不治，弥留之际，嘴里总反复念叨着两个字，由于声音太小，家人和医护人员都听不清，一位北方籍的小战士俯身仔细倾听后，说：“首长说：‘党史……’”

4. 我学会开拖拉机了

刘立平同志的口述：

1955年云浦同志担任贵州省委副书记的时候，无端受到批判，并受到错误的撤销党内外一切职务和降级降薪处分。

申云浦同志的家属同样受到株连。哥哥申敬璋，长年帮人种地，积极支持弟弟革命。在“莫须有”的罪名下被关牢狱。父亲申汝贤是个深明大义的老人。在战争年代，云浦同志行军路过家门，得知母亲过世，他万分悲痛。老人劝慰说：“自古尽忠难尽孝，忠孝难两全。你在外多打胜仗，穷人早翻身，也是尽孝了。”

申云浦同志到贵州工作后，老人在家清贫自守，照常在安乐镇街头摆烟摊，卖花生。有一天，摆烟摊的手推车被没收，有的干部说“车子”是资本主义尾巴。老人一气之下死于非命。

从1955年8月到1979年4月17日中央批准“平反”，申云浦同志蒙冤二十四年。申云浦同志被下放到安顺山京农场劳动，开始了农业工人的生活。他积极参加各种农事劳动，尽管累得腰酸背痛，但从不叫苦，从不消极。他以能者为师，学习耕翻土地，播种育苗，施肥铲草，收割脱粒……凡是农场的活路，他样样都学，样样都干，立志当个熟练工人和生产上的“多面手”。每学会一种劳动本领，都高兴若干天，有次我俩在贵阳大街上相遇，他兴奋地告诉我：“我学会开拖拉机了！”看得出他心里有着按捺不住的高兴。

云浦同志是党的高级干部，从在白色恐怖下搞地下斗争到抗日战争、解放战争、全国解放，他对党、政、军的建设、抗日根据地的建立、解放区的巩固和发展以及赣东北、贵州的解放，都有重大贡献。他从来不谈个人功勋，却为种地这样的小事如此开心！

我问他的想法，他郑重地说：“以前用脑力劳动为人民服务。今天，也能用体力劳动为社会主义添砖加瓦了。”云浦同志充满奉献者的愉快。

云浦同志在领导岗位上的时候，一直以普通劳动者的姿态生活在群众之中，没有半点“官气”，与同志们相处，推心置腹，热情宽厚，平易近人。很多老同志按照山东阳谷的风俗，尊称他为“申二哥”。当他成为农业工人之后，更是与大家同吃同住同劳动，亲密无间，对工人兄弟的生活处处关心。每夜醒来，都要给蹬落被子的工人扯盖好，遇有生病的，更是送饭送水，嘘寒问暖，十分关怀。他像爱护手足一样爱护着同志，同时他也赢得了大家的“爱”。

生活在“爱”的海洋里，没有理由不愉快。

一次，一个农民到农场偷红薯，工人们把他抓住绑起，申云浦得知后赶紧跑去，让大家放了他。第二天，申云浦又叫厂里工人给这位农民送去两挑红薯良种，给寨子生产队送去几头良种猪娃，以后又年年给附近村寨送去水稻良种、鱼苗等，还派技术员到田边地头指导生产。申云浦成了周围农民心里的“青天”。

1956 年深秋的一天，几十里外山村的一个农民，因妻子难产，情况危急，飞跑到农场医务室，满脸愁苦地请求医生出诊。医生因自己是内科医生，从来没接生过，不肯出诊。云浦同志得知此讯，立即找医生谈话，严肃地说：“人命关天，怎能见死不救！何况我们是国家干部、人民的勤务员。对于治病，我无能为力，可你是医生呀！救死扶伤、实行革命的人道主义是医生的天职。现在，这个农民从老远的地方找上门来求助，我们难道可以置之不理？再说，你没有见到病人，不知症状，怎能就说不行呢？事不宜迟，你马上出发，有什么意见回来再说，我等候你。”

这一番话，真是情理并重。医生心悦诚服，立即收拾药箱出发。云浦同志历来考虑问题细致周到，又派一名护士去协助，还派一名工人负责护送。由于医生、护士及时赶到，产妇和婴儿均转危为安。

受此事的启发，云浦同志对医务室做了规定：凡是群众因急病请求出诊的，不能推辞延误，要风雨无阻地出诊。

1958 年 8 月，申云浦同志奉命调离山京农场时，牵动了广大群众的心。工人、农民、干部对云浦同志恋恋不舍之情难以形容，群众按着当地习俗，送来了两大挑子袜底。袜底上绣着五颜六色的图案和一些祝福文字，比如“松”“竹”“梅”“福寿双全”“长命百岁”“逢凶化吉”“社会主义好”“共产党万岁”等字样。

农场职工和附近许多农民赶来相送，每户做一个菜，端着上百道送行菜，绵延数里，申云浦没品尝一口饭菜，没有喝一口水，互相泪眼惜别，最后竟哭成一片……

申云浦蒙冤期间，多次改换工作，从农场到工厂，从干部到工人，从工人到干部，从不计较职务高低，不论担任何种工作都是兢兢业业，任劳任怨，顾全大局，忍辱负重，积极工作，团结同志，出色地完成任务。他不论在任何时候、任何地方都没有流露过个人情绪，都没有吐露过个人冤屈。他光明磊落，坦荡无私。能忍人所不能忍，能容人所不能容。这正是云浦同志党性坚强的表现。

5. 牛棚犹存丹心

女儿申鲁晋的回忆：

爸爸留给他的战友、同志和我们做儿女的思念是很多的。我最难忘的是“文革”中我们父女的一次“两小时的会见”。

那是1968年的夏天，我由北京中央民族学院毕业被分配到贵州龙里六〇二部队。

一到家，见不到爸爸，心里不知有多么难受。妹妹含着眼泪说：“爸爸被造反派抓走两年多了，杳无音讯，最近才打听到关在某农场的‘牛棚’里。”

第二天，我便写了一个报告交上去，说他的大女儿大学毕业刚从首都回来想见爸爸一面。三个星期后，终于得到了批准爸爸星期日回家两小时的答复。

那天天不亮，全家人不约而同地都起床了，等爸爸回家来。上午，过去了，中午，又过去了，没来。

全家人的双眼都直勾勾地望着大门，尖起耳朵，听门外的动静。

下午两点，姥姥叫我和三妹上街排队打酱油，快走到大十字“味纯园”酱油铺时，一声不吭的小三妹突然忍不住“哇”的一声大哭起来。

那哭声直到今天都颤动着我的心，妹妹把酱油瓶“叭”的一声砸碎在水泥马路上，说：“打什么酱油，姐，大概这时爸爸回家了吧，爸爸只能在家待两小时，我想爸爸呀，咱回家吧。”

我也大哭起来，两姐妹手拉手地边哭边往家跑。

果然，爸爸回来了！

他穿着一身破旧灰布中山装，脚边靠着一个竹壳斗笠，正坐着喝水说话，家里人正围坐着听他讲述离家两年多的遭遇，我和三妹也安静地坐下来听。

爸爸仍不失他那乐观幽默的风格，谈着他在“牛棚”里三个人怎么修好一个“厕所”。他们住的猪圈棚距“厕所”只一墙之隔，平时如何偷听“造反派”们蹲茅房时的对话得知外面世界的消息以及中央文件的精神等等。

爸爸说，有一年过春节，“造反派”的看守破例分给“牛棚里的人”每人半斤面粉半斤肉，叫他们自己包饺子。爸爸好不容易拿洗脸盆煮好饺子，但不小心把煤油当酱油倒了进去，饺子不能吃了，只好饿着肚子过了个年三十。

爸爸还说：“每次揪斗会下来，我这个‘走资派’，看不见自己脸上的黑‘×’，只看见别人脸上黑‘×’里的那两只眼睛，我不管怎样，照样拿过馍馍大口大口地啃。”

在“牛棚”里，“造反派”只准爸爸这些“被打倒的人”吃一角钱以下的白菜，所以大家饿得馋馋的。

有一天，厨房意外卖起牛奶来，牛奶卖剩下了，大师傅左顾右盼，见没人，想倒给爸爸，爸爸立即把米饭碗递过去，那师傅就把牛奶倒进饭碗，爸爸说：“吃起来好香呀！”

爸爸还讲我从北京寄给他的那本袖珍毛主席语录本里，夹的条子被“造反派”搜去了，为这事害得他被批斗了一个星期，“造反派”说这是“新动向”。

爸爸向我询问了他在北京的几位老战友的境况。

不知不觉时间到了，姥姥说：“光顾说话，一家人一天还没吃饭呢。”爸爸说：“不吃了，第一次放风，得按时回去，否则以后大学生来请假也不灵了。”

一家人送爸爸到门外，我把爸爸送到公交车站。

我看见爸爸上车后，从包里取出“走资派”的黑牌子，挂在脖颈上，朝我一挥手：“孩子，回去吧！”便离开了。

我泪眼模糊，久久地站在马路上，望着爸爸那高大洒脱的身影慢慢远去，直到再也看不到为止。

6. 申云浦·韩子栋·沈醉

申云浦是冀鲁豫根据地创始人之一，曾任贵州省副省长、省政协主席、省委副书记。

华子良，小说《红岩》中的“疯老头”。

沈醉，戴笠的亲信，国民党军统局云南站少将站长。

三个似乎毫不相干的人，一段传奇的经历却把他们连在了一起。

华子良的原型叫韩子栋，原名韩国桢，是山东省阳谷县人。1930 年，韩子栋从老家到北平求学，因家境贫寒，只好半工半读，一面在中国人民大学经济系听课，一面来到北平西绒线胡同西口的春秋书店打工当店员，这家书店是中共北京特科的一个秘密工作地点。北京特科，是 1931 年 4 月由中共中央特科情报科长陈赓奉周恩来之命建立的。

正是在书店做店员期间他结识了地下党员，于 1932 年被吸收加入中共组织。后来由于形势的变化，他回到了原籍阳谷，结识了同样是中共党员的老乡申云浦，他们成了莫逆之交。

1933 年前后，中共山东省委连续遭到破坏。他们虽身处逆境，却正气浩然，用各种方式进行革命活动，想方设法与上级党组织联系。

同年秋天，韩子栋受中共领导人的委派，在山东同乡孔福民等人的介绍下，打入了国民党的特务组织“蓝衣社”（复兴社）内部。两个人从此分开了。那一年，韩子栋才二十五岁。

1947 年底，一个蓬头垢面、十分瘦弱的中年人来到了申云浦的面前。申云浦怎么也没有想到，他就是自己日思夜想的老战友韩子栋。这一年韩子栋四十岁，已经在国民党的监狱里待了十四年。

原来，两人分开后，在极其艰难和复杂的环境中，韩子栋在“蓝衣社”组织建立情报网，出色地完成了党组织交给的任务。1934 年 11 月，因叛徒出卖而被捕。

韩子栋被捕后，先后被关押在北平、南京、汉口、益阳、贵州息烽、重庆渣滓洞、重庆白公馆等十一所监狱（其中三所是公开的监狱，八所是秘密集中营），受尽严刑拷打和非人的折磨。

在受刑时，韩子栋毫不动摇，而特务机关又没有掌握到他的任何现行罪证，所以一直把他作为“严重违纪人员”对待，还派他去做杂役。

在狱中，他从同室关押的一个疯子那里，学到了一手装疯的“绝技”。韩子栋整日神情呆滞，蓬头垢面，数年如一日地一副痴呆疯癫的模样，半天不说一句话，有时头顶烈日，有时冒着大雨，一刻不停地在白公馆的放风坝里小跑。

看守的特务们都以为他是被关得太久憋疯了，便叫他“疯老头”，放松了对他的监禁和看管，让他当伙夫，管收发，还让他当挑夫随看守到小镇的瓷器口去买东西。

韩子栋时刻准备着越狱，为了增强体能，他加大了每天的运动量；为了更好地麻痹特务，他愈发显得疯疯癫癫起来；为了越狱成功，他利用每天跟随看守外出买菜、挑货的机会仔细地观察路道、辨认方向。

一次，沈醉作为军统局高级特务来到渣滓洞视察，路过院坝的时候，看见有个犯人在扫地。沈醉回头看了他一眼，这人也回头看了沈醉一眼，沈醉便问身旁的监狱长：“这是个什么人?”监狱长告诉说：“共党嫌疑，已经疯了。”沈醉不愧是个老牌特务，大手一挥说：“关起来。”监狱长问什么原因，沈醉说：“真正的精神病人，看人痴呆呆的，他瞟我一眼，说明他神志清醒，特别是共党嫌疑，还是把他关起来吧！”

这一关就是两年，后来因为监狱人手不够，监狱长见韩子栋仍然疯疯癫癫的，就又把韩子栋放出来当杂役。

1947 年 8 月 18 日下午 1 时许，在酷暑烈日下，韩子栋跟随看守卢北春上街买菜。路上，卢北春巧遇熟人胡维景，应邀去胡维景家打牌，留下一个勤务兵模样的人看着韩子栋。

过了一会，韩子栋拿出两万元钱请“勤务兵”去买西瓜。“拣顶好的买，最好买点冰来冰一冰，剩下的钱你坐车，不用给我啦。”韩子栋知道，西瓜加冰不过几千元钱，剩下的是那人的外快，他当然乐意跑腿。

就这样，韩子栋机智地支走了“勤务兵”后，撒开大步迅速逃脱了国民党特务的魔爪。

听说韩子栋不见了，监狱的特务开始还说：“一个疯子跑了就跑了呗！”

国民党保密局头子极大震动：“混蛋，疯子会逃吗?”

在军统的眼皮底下，装疯十几年，这是个什么样的人物啊？特务们感到后怕。

特务头子恼羞成怒，派出大批特务带着警犬四处通缉、搜捕韩子栋，但一无所获。

在重庆歌乐山烈士陵园保存的历史档案资料中，我们发现从1939年到1949年这十年间，韩子栋是渣滓洞唯一一个在关押期间成功逃走的传奇式人物。

韩子栋与党失去联系十四年，越狱后只能先回阳谷老家，他的妻子王玉玲带着女儿苦苦等了十四年，以为丈夫已经不在人世。韩子栋突然归来，妻子和女儿吓得直喊："鬼！鬼！"

为了与党联系，韩子栋找到了已任冀鲁豫区党委宣传部长兼《冀鲁豫日报》社长的老战友申云浦。

在申云浦的帮助下，1948年1月，韩子栋向中组部递交了关于自己入狱及脱险经过的报告。

十四年的监狱生活并没有让韩子栋屈服，反而愈磨砺愈透出其党性的光芒，当审查后恢复党籍的他被问到有何要求时，大难不死的韩子栋就说了一句话："只希望再活几十年，亲眼看到蒋家王朝覆灭，看到建成社会主义。"

国民党从重庆撤退前夕，残忍地杀害了渣滓洞所有共产党和进步人士，韩子栋被邀去进行烈士的辨认工作。当看到那些熟悉的难友死在黎明前，他泪如雨下。

新中国成立初，韩子栋先后在中财委、人事部、国家一机部、国科委等部门工作。1958年，组织安排中央干部到省市工作，因为老战友申云浦在贵州，韩子栋要求去那里工作，他被安排为贵阳市委副书记。

"文革"前期，有人怀疑韩子栋是由国民党安排假脱逃而潜伏下来的特务，又被关进监狱十四年。

这期间，申云浦也遭受到迫害，但他始终坚持为韩子栋申辩，说他是真正的共产党员，为党做了许多工作，不应该把一些"莫须有"的罪名强加到他身上。

这时，已按起义将领对待的原军统特务头子沈醉坚持事实，否认了假脱逃这一说法，并出具了当年亲自安排布置追捕韩子栋的证明。在"文革"结束后韩子栋被平反昭雪，调任贵州省政协副秘书长。

“文革”后沈醉写的《我这三十年》一炮而红，中国文史出版社发行一百五十万册，一时洛阳纸贵。

一天，沈醉收到一封信，问及《我这三十年》何处可以买到？这种信件多如牛毛，沈醉并不在意。可是定睛看时，写信人名叫韩子栋，工作单位是贵州省政协。沈醉知道他就是小说《红岩》里华子良的原型。沈醉作为《红岩》里严醉的原型能够收到韩子栋的来信，也就是严醉能够收到华子良的来信，沈醉断言，这是任何小说家也编不出来的故事！

百感交集之中，喜出望外之余，沈醉马上给韩子栋寄去一本书，附上一封信，信中说，“严醉”没有死，“华子良”没有疯，我们两人为什么没有见面的机会呢？

机会很快来了。韩子栋来北京出差，应邀到沈醉家做客。见面之时，沈醉弯下腰，深深地给韩子栋鞠了一躬。

“你这是做什么？”韩子栋大惑不解。“给你赔罪呀！”沈醉语音哽咽，“因为我一句话，多关了你两年。”俩人相拥而哭。

不久，沈醉应邀到贵阳，韩子栋在政协分配给他的新居里，为沈醉举行家宴。陪客的就是韩子栋的老战友加邻居申云浦。

两个老共产党人和一个老国民党人把酒言史，感慨颇多。

渡尽劫波兄弟在，相逢一笑泯恩仇。

1992 年 5 月 19 日，韩子栋在贵阳逝世，终年八十四岁。沈醉收到治丧办公室的信，失声痛哭。他含泪写下了一篇文章《哀悼韩子栋（华子良）同志》发表于《人民政协报》。

文中写道：韩老一生真是太坎坷了，他先后坐过二十多年牢却毫无怨言。用他的话说，过去共产党员坐国民党的牢不容易避免，他是宁可坐牢而不会变节。而坐共产党的牢，那是一种误解。我不会对党有意见。

曾亲自听到有人问韩子栋：“你怎么同沈醉做朋友？”

韩老说：“你说错了一个字，我同沈醉不是朋友，而是好朋友。”

而这时申云浦刚刚逝去一年零六天。

申云浦、韩子栋，两个逆境中坚强不屈、忠诚如一的老共产党人，安息吧！

7. 看守·拐杖·烧鸡

申云浦有一根竹子拐杖，涂了枣红色的漆，手握的地方已露出了本色。

这是一根极普通的竹拐杖，但却饱含申云浦与一位老工人的深厚情谊。

还是在那“腥风血雨”的十年中，申云浦被冠以“走资派”的罪名被揪到一个工厂里批斗。

当时有一种残酷的批斗方式，叫作“喷气式飞机”，就是用两杆梭镖从被批斗人往后反拧的双臂上穿过去，抬起来，让人双脚离地，低头认罪。一场批斗下来，申云浦大汗淋漓，几近休克。

就在这样众目睽睽的批斗台上，居然有个抬“喷气式”的工人，悄悄用膝盖顶住申云浦的臀部，让他少受点罪。

这位老工人，是被派来看守申云浦的。经常在批斗会结束之后，造反派让他押送申云浦回牢，他居然敢偷偷把申云浦带到饭馆改善一顿。

申云浦托他去买烟，造反派只许“走资派”抽一角五一包的“朝阳桥”，老工人拿回的香烟是“朝阳桥”，但打开一看，里边却是当时最好的“牡丹”。

后来这位老工人才道出真情：六十年代初贵州水灾，他一家在农村都快饿死了，是时任厂长的申云浦给送来一些吃的才救了一家人。以恩报恩，他才敢在气势汹汹的造反派眼皮下做手脚。

在车间劳动，造反派们命令申云浦戴上皮围腰，像个杀猪匠似的，把手伸进油缸擦洗机器零件。由于皮肤过敏，申云浦的手、脚长疮，红肿得发亮，无法行走。

这位老工人见状，十分心痛。便砍来一根竹子，制成一根简易手杖，让申云浦拄着，并含泪捏住他的手说：“老哥子，您可不能倒下呀！”瞧见有人过来，便佯装愤怒地训斥：“老实点，申云浦，给你个棍拄着走，别装病了！”

晚上，两位老人却钻进一床被子里畅谈。申云浦还笑声不断地说，现在只想啃只山东老家的烧鸡呢。

十一届三中全会后，申云浦长达二十年的冤案得到平反，他被任命为贵州省副省长。这年春节前，申云浦安排马秘书到街上买来中华烟、茅台酒等礼品。马秘书想，这些高档礼品一定是送给领导和他的老战友的。

申云浦拿出了一份名单和路线图，结果是送给了这样几个人：中华北路澡堂的李师傅，是一名修脚工，还有一个理发员，一个修钢笔的，还有那位为他制作拐杖的老工人。

马秘书回来告知申云浦，礼品都送到了，那些平民朋友都感动不已。但为他制作拐杖的老工人已经过世了。

申云浦手拄拐杖，久久不语，泪光闪闪。一天，他让秘书备车，赶到原来两位老人同住过的“牛棚”前，默默地站立了许久。

由于战争年代的劳累与“文革”中身体遭受的摧残，申云浦重新工作后不久，便患上了严重的肺气肿。哮喘也越来越厉害，走路也越来越感到疲惫，只得拄起了拐杖。

开始只外出开会、下乡用，后发展到生活起居等一刻也离不了。从那以后，这根竹拐杖，成了申云浦生活的旅伴与支柱。

家人等候申云浦回家时，总习惯扯长耳朵，听听门外是否有“笃、笃、笃”的竹拐杖声。

申云浦在全国各地的老战友和下属们知道他腿脚行走不便，也陆续送来许多拐杖。其中有国内的，也有国外的，土的，洋的；有来自名山大川的纪念品，也有出自名师之手的精美手工艺品。拢到一块，有好大一捆。而申云浦仍每天拄着那根竹拐杖，不离不弃……

1988 年的中秋节，本该是全家团圆的好日子，可申云浦却因突发脑溢血跌倒。

经及时抢救，一周后，申云浦竟奇迹般醒来。当他睁开眼能说的第一句话就是对女儿说：“大妮子，把爸爸的竹拐棍从家里给我拿来。”

这根竹拐杖便伴着申云浦度过了两年零八个月的病床生活。

1991 年 5 月 13 日，申云浦逝世当天，医院整个干部楼都挤满了人。除了机关的干部、下属，还有农场工人、农民、修脚师傅、修钢笔的……申云浦停止心跳时，整座楼一片哭声。

病区的老干部，没有一个人吃饭。饭怎么推来，又怎么推回去。送饭的师傅一路上泪流不止。活动室鸦雀无声，没有一个人去看电视。

医生说，可怜啊，申云浦省长一去，老干部都不吃饭了。

追悼会上，那位为申云浦制作拐杖的老工人的儿子也赶来了，他专门买来了山东的烧鸡，他的父亲临终前讲过，申省长最爱吃山东家乡的烧鸡。烧鸡和那个拐杖，一起摆在申云浦灵前，老工人的儿子长跪痛哭。

8. 当下级成为上级

1955年，申云浦被打成“反党集团”的首领，下放到地处安顺的山京军马场，名为副场长，实为劳动改造。几天前还是前呼后拥的省委副书记、省政协主席，一场批斗会之后就变成了名副其实的“牧马人”。这种落差，怎么能受得了？

这年国庆节前三天下午，申云浦去山京报到，迎接他的是党总支书记、场长王占英。

王占英是山东省平阴县人，1939年3月参加革命，冀鲁豫东阿四区分委书记，是跟着申云浦一步步走到贵州来的南下干部，原来在省农业厅工作，由于某些原因，下放到山京农场，成为山京农场的创建人。

当时上级给王占英的任务是“帮助申云浦改正错误”。

其实在王占英的心中，掺不进任何时尚的“政治佐料”。对这样一位德高望重的老首长，王占英一如既往地尊重，大会小会上常常说：“申场长，您看这样行吗？”

申云浦则完全把自己置于副手位置：“你场长说了算！书记说了算，我落实！”互相的尊重与理解使他们之间很快建立了深厚的情谊。

当时正逢秋季大忙，全场近万亩水稻喜获丰收。两百名工人每天都紧张地进行收割，申云浦抖擞精神和职工一起坚持劳动，在劳动中同工人有说有笑，平易近人。

王占英为了照顾申云浦的身体，每天下午劳动时，不让别人通知申云浦。申云浦觉察后，更自觉地按时参加劳动。夜间坚持读马列主义著作。

农场工人迅速产生了共同的认识：申云浦这个副场长有水平、有理论、扎实肯干，真是可亲又可敬。

三个月之后，农场党总支向省委写了书面报告，建议撤销对申云浦的处分。当然这个极为淳朴诚恳的建议，当时不可能被接受。

随后，党总支又决定，请申云浦参加党总支委员会共同开展党的工作。申云浦看到干部、工人勤劳、朴实、正直高贵的品德，感受到了老部下的信任，他深受感动。

按照党总支的安排，申云浦给工人上文化课，给干部上理论课。他发挥自己的优势，每次课都讲得通俗易懂、深入浅出、生动活泼，受到工人、干部的热烈欢迎。很快，他也向工人学会了全部农活。

在农场，他和工人、干部生活在一起、劳动在一起、学习在一起，腰里揣着一副扑克，田间休息时，招呼工人打扑克。

后来他说："这是联系群众的一种好方式，一把扑克打下来，工人说出很多真心话。"

他，一个曾经的正省级领导，经常早起背着粪筐，从场部出发到银子山边走边捡粪积肥，工人见了都尊敬地向他点头、问好。

申云浦和王占英成了莫逆之交。

1992 年申云浦去世一年后，王占英的儿子王黔生写了一篇回忆文章，讲述了他和申云浦的《忘年之交》：

> 我学龄前的一段时光，是在安顺山京农场度过的。爸妈和申伯伯，还有众多的农业战线的老兵，在这里建起了我省第一个机械化农场。那时，我常伴申伯伯一同在海子边散步，手里拿着说不清名堂的野花野果，大自然朴素的美常把我们引进羊肠小路，硕大的刺梨和盛开的荷花让我们忘却一切。
>
> 最让我记忆深刻的，是伯伯把我抱进了成熟的西瓜地。
>
> "大头（我小时脑袋很大），看中了哪个？"
>
> 我得意地走到一只绿得发黑的大瓜前，勇敢地朝它踢了一脚。
>
> "好，就是它！"伯伯蹲下身来，照瓜就是一拳，瓜裂成了几块，"嗬，还是沙瓤的哩！给，啃吧！"
>
> 伯伯递给我一块。我俩吃得用瓜洗脸，互相指着大笑不止。我心里佩服的是，伯伯的拳头真厉害！
>
> 哪里知道，此时此刻的申伯伯，心灵深处正负重着常人所无

法接受的巨大打击！

但在农场的几年，工人们却一点也看不出他是一位失意的高级干部。在全场职工和周围寨民的眼里，申副场长是一位关心人民疾苦、深入群众搞调查、宣传党的方针政策热情极高的山东老革命！

1975年，我在军营里突然接到申伯伯的一封来信，他告诉我，你爸爸已经“解放”，马上安排工作。我纳闷，伯伯为何没提到他自己呢？

第二年我解甲归来，伯伯听说，前来祝贺。伯伯感叹道：“大头，长大了，下过乡，当过兵，下一步打算干啥？”可我却觉得，这位二十年前的省委书记的遭遇，时时刺痛着我的心。

他长长地吸了一口烟，把烟蒂摁灭于烟缸，长长地呼出那口已经稀释了的烟雾，又说：“孩子，你大了，懂点事了！有些人，不是来革命的，是来捞官的，还搞封建官场那一套。只为自己，只为了头上的乌纱帽，可以不要人格，昧着良心说假话干坏事！”

在这一瞬间，一种赤裸的纯真，从他锃亮的前额和诚实的微笑中溢出，坚冰也会被融化。

他把我当成大人，谈论着大人的人生感悟，我立刻感到自己真正长大了，离开那块香气四溢的西瓜地似乎已有几个世纪之遥。

这一夜的长谈，让我看到了一位活生生的老共产党员的襟怀，被整被冤而不怨。“被母亲打两下谁会记仇呢？”他笑着说。

申伯伯的最后两年是在医院度过的。

一次，我去医院看他，他语重心长地对我说：“吃共产党的奶长大的孩子，就不该忘本！没有共产党，新中国就完了。”又轻声说：“提意见也不能乱来。”

伯伯匆匆而去，豪爽的笑声戛然而止，然余音袅袅，给后人留下了多少美好的回忆：承受天大的不幸而一笑，成一种调侃潇洒的气度，那老一代知识分子老一代革命者的气节使我终生难忘……

伯伯，您常感慨李贺绝句中的“不见年年辽水上，文章何处哭秋风”的时代一去不复返了。您应该自豪才是，因为没有谁能像您那样坚强而潇洒。

四十年后，申云浦的儿子申建军按照父亲的遗愿，把他的骨灰送到山京农场安放。穿过几片亚热带森林，到了茶山连绵的山京，听到了这里的老农工讲述的故事，儿子才明白了父亲是怎样渡过了他生命中的低谷，才真正明白了他对山京那深深的感情。

真正使申云浦能挺过那段含冤茹苦的岁月、抵抗煎熬的力量来自于山京人民。

告别了秘书、司机和警卫等环绕身边的生活，申云浦没有什么不习惯，本来就是劳动人民，有那些待遇倒觉得不好受。但是离开了宏伟的贵州建设事业，这位年轻的省委原副书记确实感觉有些凄凉。

当时的山京农工太苦了，他们一月的工资，除了买点口粮，就只能买点盐巴和辣椒。当时的山京人民也太淳朴了，就吃那样的伙食，他们不但没有怨言，而且还在建设工地上干得热火朝天，打竹板，喊号子，到处是大干快上的景象。这里的人民，这里的干劲，使四十岁的申云浦忘却了批斗会上受的屈辱，焕发了青春。

刚到农场，他就徒步考察了场内的几十平方公里的土地，从“海子边”到“十二茅坡”看了个遍：这里，再造几个茶山，那里，再挖一个水库……一个新的蓝图产生在他的胸中。

大事业干不成了就做小事业。南下路上，他曾告诫干部战士：“贵州的人民也是人民，也需要解放过好日子。”

他告诫自己说：“山京的人民也是人民，也需要过上城里人一样的日子。”

当然支撑申云浦的还有许多老战友、老部下。

李庭桂当时正任安顺市委书记，山京农场就归安顺管。秘书请示申云浦来了怎么对待他？

“过去怎么对待，现在还怎么对待！”

李庭桂定期到农场看望申云浦，每周接申云浦到家吃顿饭，洗个澡。他叮嘱秘书：“凡是我能看到的文件，都要送给‘申二哥’！”

二哥，这是阳谷县对中青年男子的尊称，也是他当年做地下工作时的隐称。当年冀鲁豫的同志们提起“申二哥”人人皆知，上上下下都称他“申二哥”，这成了他的尊号。

1988 年七届全国人大万里当选全国人大常委会委员长，会后他没有急于离开会场。曾当选过全国第一届人大代表、三十四年后再次当选七届全国人大代表的申云浦也没有走。当人渐渐稀少了的时候，万里走向了申云浦。

两人拥抱在一起，万里第一句话就是，申二哥，真想你。

9. 革命伉俪情深深

说妈妈，不能不说爸爸和妈妈半个多世纪的革命夫妻之情。

妈妈小名丁香，爸爸生前总是爱亲昵地叫着妈妈的小名：“丁香，丁香！”爸爸那浓浓的山东口音和充满挚爱的笑容让我们永远不能忘怀。

妈妈是在到阳谷政训处报到时见到爸爸的，那时爸爸是政训处的领导之一。妈妈年轻时很漂亮，穿着一身白大褂，见了领导就恭恭敬敬地行礼，这成了爸爸时常打趣妈妈的话题，常以此说笑。给我们说，你们的妈妈见了我什么都不说，就知道鞠个躬。

妈妈原名叫张继珍，到了边区政府改名叫张莹。当时属“边区三莹”之一，这“三莹”都是革命女青年，都很漂亮，都有不平凡的革命经历。在艰苦抗战的岁月里，父母相识相恋又分离，直到 1949 年才在贵州安下家。

在我们的印象里，父母也不常在一起。贵州刚解放时，他们都忙各自的工作，后来又是政治动荡。到妈妈 1984 年退休回家时，爸爸在顾问委员会，仍经常在外忙冀鲁豫党史写作、筹建贵州省老年大学等工作。

父亲 1988 年 8 月生病住进医院，1991 年 5 月 13 日在医院去世。在父母共同战斗、共同生活的几十年里，虽离多聚少，但无论在任何情况下，我们没见过父母红过脸，更不用说吵架。爸爸是个乐观派，时常说些故事笑话逗妈妈，比如戏称妈妈是“女儿国国王”“咱们的孩子是一万三千金”等，而妈妈则不多言语，且从不过问干涉爸爸的工作。

爸爸妈妈俩人有着共同的文艺爱好且都能歌擅舞。他们时常在一起看演出、听京剧，经常是爸爸讲，妈妈问。爸爸解放初时任宣传部长，常带着我们看歌舞戏曲，那时中央的演出团体不断到云南边疆、贵州少数民族地区来慰问解放军干部、战士和群众。节目有王昆、郭兰英等独唱的《南泥湾》《纺棉花》《荷花舞》《小放牛》等。

另外看京剧也是我们家的乐趣；贵阳地方虽小，却有多个剧团，在大十字一带就有京剧团、川剧团、评剧团、越剧团，还有豫剧团、歌舞团、曲艺团，后来又有了花灯剧团、黔剧团。贵阳的剧团，尤其我们家爱好的京剧团各种角色水平一点不差，张忠耀的包公，周瑞华的孙悟空、白玉堂，邢再春的时迁，马骏骋的寇准、宋世杰（其子马兴骆，电视剧《走向共和》孙中山扮演者），周素兰的崔莺莺，朱美英的穆桂英等等，唱腔扮相，至今不忘。父母高兴时，在联欢会上还会跳一跳舞，唱一段戏。到现在快九十岁的妈妈过年过节时还唱一唱，跳一跳。

“文革”时机关分点红薯，爸爸就瞒着妈妈，悄悄拿了一些，送到一位家里孩子多、生活更困难的老同志家去。去到一看，妈妈也在那里，原来也是背着爸爸，拿了几块红薯送给这位老战友。爸爸当场就哈哈大笑说：“英雄所见略同，英雄所见略同！”

妈妈在生活上是很廉洁律己的。1977 年时父母还住在香狮路，接送爸爸到省政府上下班的车经过妈妈上班的地点，但妈妈从不乘坐；姥姥看病等从来都是自己花钱，不用公费开药。

妈妈也不和爸爸去什么地方出席会议，到什么领导家中，她说这是纪律，要自觉。因为受株连，政治上遭到不公正待遇，妈妈从未对爸爸抱怨，默默承担起家庭一切重担。爸爸老家还有子女，妈妈也如对自己的儿女一样关心。1978 年我在一次会议上，曾有人对我说，他很钦佩我们的妈妈，虽然并不认识，但爸爸政治生涯曲折起伏，却并没听说过他们闹离婚，而在那个时代因政治因素离婚的夫妻大有人在。我回家说给爸爸听，爸爸顿时哈哈大笑起来，这种说法在爸爸听来简直是个笑话，是根本不可能的事。

爸爸 1955 年在山京农场时，因交通不便，妈妈先是乘车到平坝天龙，又从天龙步行近五十里路到山京看望爸爸。“文革”时期，冒着被造反派们发觉的危险，妈妈曾带着我们到爸爸被关押的地点探视。1977 年底，爸爸恢复工作后，每天工作到很晚甚至半夜才回家，妈妈是等不到爸爸回家不睡觉。

后来爸爸住在医院，妈妈不忍看爸爸病床上的样子，不常去医院，但时刻都在关注爸爸的饮食起居。我们从医院回来，点点滴滴都要问到，爸爸住院两年零八个月，妈妈是时刻念念不忘地过了两年零八个月。

爸爸去世后，我们见到平时不爱哭的妈妈扑在爸爸的棺盖上大哭说："云浦，我对不起你，没照顾好你……"那时我扶着妈妈，看着她散乱的白发和抖动的身体，也哭了起来，姐姐更是号啕痛哭。弟妹们、亲朋好友莫不动容。爸爸走后，在料理一切后事上，妈妈没向组织提任何要求，只表达了爸爸生前希望安葬在山京农场的心愿。

1991 年 5 月爸爸去世时，那时行政八级工资是三百五十元，丧葬等费用由省委、省政府出面处理，按规定补给家属三千五百元。妈妈自己一分没留，部分给了父亲老家的子女，剩下的两千多全部给了山京农场。

每年清明和 5 月 13 日前后，妈妈总不顾高龄执意亲自去山京，在爸爸墓前焚香，寄托哀思，表达悼念。

在爸爸墓座上有一块黑色大理石，上书一首妈妈追忆爸爸的诗：

连理同心五十春，
共经风雨敬如宾。
老妻犹记烽烟事，
千里山川梦里人。

10. 共产党人身后该留下什么

每一个民族和国家，都有其物质和非物质的遗产，一个人也如是。

申云浦，这位共产党员，留下了什么样的遗产呢？

笔者在贵阳采访中提出要去申云浦家中看一看。开始申云浦的大女儿因为妈妈张莹去世不久，已经有一段时间没有走进爸妈家里了，怕触景伤情，没有答应。

申云浦同志的夫人张莹也是南下干部，是贵州妇联工作的开拓者之一，申云浦遭迫害时，张莹也被开除党籍十八年。申云浦去世后，她一人守着丈夫的遗像，孤独生活了二十几年后离世。

在我们再三请求下，终于走进了申云浦张莹两位老人的家。

没有豪华的装饰，没有高档的家具，五六十年代的饭桌和八十年代的沙发极不协调地摆在一起，整个家庭没有现代生活的气息，根本比不上现在一般城市百姓家中的摆设。

在张莹同志卧室的阳台上，我们发现了两个旧箱子。

“这是解放初外面拍卖时，爸爸买的两个旧箱子。爸爸妈妈各一个，爸爸去世后，爸爸的箱子被妈妈当成宝贝一样地放着，不准我们动。妈妈去世后我没敢打开过，怕伤心。看到这两个箱子，就想到他们两位老人。这箱子里装着他们一生所有的遗产。”

申鲁晋也不知道里面装了些什么东西。在我们的坚持下，申鲁晋心怀忐忑地打开了妈妈的箱子。

一只剥落瓷的漱口杯从里面露出来。申鲁晋记得，杯子当年是一块钱一个，张莹买了两个，一个给申云浦使用，一个留给自己。

箱子里最多的就是申云浦的书。因为在张莹看来，最珍贵的东西就是丈夫喜欢的书。申云浦平生手不释卷，住院后，张莹知道他已经回不来了，就把他喜欢的书，保存在箱子里。

在箱子里我们翻到了一封信。

这是申云浦写给山京农场的信，申云浦怕他死了以后，女儿不和山京农场的人联系。这是最后去住院时留下的一封信。

申鲁晋哭着给我们念信：“送贵州省安顺市双普区山京农牧场，交唐同志，节日到来，敬祝全体职工身体健康。各项生产丰收，欢度佳节。”

申鲁晋此时已泣不成声。

我们帮着把张莹的箱子抬下来，打开了申云浦的箱子。

申鲁晋说：“这个箱子我从来没有打开过，搬家的时候，搬上来就放在这个阳台上。平时也就是妈妈保管，不让我们动。”

当箱子打开后，我们震惊了！

箱子的最上面是一面鲜艳的中国共产党党旗。

申鲁晋忍不住号啕大哭：“天哪，原来你最宝贵的是这些，这是盖在我爸爸逝世后身上的党旗！”

“妈妈呀！我知道你为什么不让我们动了！党在你们心中是最重的！妈妈呀！”

一个被无端迫害二十四年，一个被开除党籍十八年，两位老人珍藏的箱子里最上层竟然是一面鲜艳的中国共产党党旗。

申鲁晋流着泪继续翻寻着申云浦最珍贵的收藏。

申鲁晋翻着哭着："这本是聊城地区党史资料，这本是冀鲁豫的资料，这是父亲最喜欢的……这本报上剪的，凡是报上看到山东的材料，他都把它剪下来……这本是梁山西进支队的资料，这些直到他死都认为是最珍贵的东西。"

"还有这些怎么治哮喘病的报纸，爸爸一直和疾病抗争。"她说，"他耽误的太多，有好多事情要做。可是他又不愿多住院。"

"你能想像当时，爸爸住进医院知道自己已经回不来了，把这些东西放进箱子里的心情是什么样的！"

箱子里有一些申云浦和一些农民、工人模样的人的合影。

这些都是他认为是他人生中最重要的东西，也是他告别人生时，最深深眷恋的东西。

"这是妈妈保留的我爸爸的内衣，经常穿的，你看穿得都成这样了。"

申云浦的内衣是白色的，领口袖口已经泛黄，磨破。我们数了一下，一件衬衣补了三处，一件衬裤补了五处。在下面我们又看到了两件化纤质地的中山装。

申鲁晋说："这是当时爸爸要去北京开人大会时的最好的一套衣服。这个是他最喜欢的衣服，平时舍不得穿。他自己最好的衣服，他自己最舍不得穿，平时就像个磨锅头的。"

可是就在这最好的衣服上，在膝盖处有缝补的痕迹。

"还有……这一摞大本子。这个我见过，是当时爸爸病重的时候很多人来看望他。有修脚的，修钢笔的，剃头的，很多人。来了之后，医院都不让进，当时就是谁来了就是在这个本子上签名，签个名就走，应该有几千人，这么厚一大本。"

本子上有各种笔迹的留言："申老，好人长寿！""老人家保重，你是我们的青天！""申伯伯，我们全家祝福你，早日康复！"……

"我一直不敢打开这个箱子，以为这个箱子里有什么宝贝！"

"他怕我们给搞丢了，不放在外面，单独放在这个箱子里。两位老人就是这样，一辈子留下的东西就是这些。这些老太太最喜欢的东西，全部都是有关爸爸的资料。"

在箱子的最下面申鲁晋抱出了一大摞信件。申鲁晋哭得更伤心了：

“这是下面群众的来信，每一封信他都亲自批复，直到他死了他把这些信留下来。当时爸爸就说我一定要认真给人家办事，我也是当时挨过错误批判的人。知道受委屈的人的痛苦。”

群众！群众！他心里只有群众！那些群众要求申云浦给平反的信，每一封信他都亲自批复。直到他死了他还把这些信都留着。

这就是省长夫妇、老红军夫妇、冀鲁豫的两个老共产党人的全部家当！

此时此刻我们无法用语言表达自己的感受，我们的心灵受到了强烈的震撼！

我们二位笔者都曾是军人，男儿有泪不轻弹，可是，为什么我们为两位先辈泪如泉涌，我们的心像被撕裂一样的战栗和刺痛？

申云浦逝世后，李庭桂沉痛地写了两首悼诗：

（一）

揪心肃立悼忠魂，鲁冀驰骋立巨勋。
播雨耕耘热汗洒，黔山处处艳阳春。

（二）

厝安忠骨在山京，老友长辞洒泪行。
尽瘁黔中功业著，永存风范颂扬声。

山京农场战友和工人们为他刻下了这样的碑文：

浩浩正气，响遏行云，芳馨远播，风范长存。申公云浦，英髦秀达，气宇轩豁，豪情任侠。幼读马列之书，遂以天下为己任。抗倭寇于冀鲁，战蒋帮于平原。率千南下赣东，挥戈西进黔山。为建设贵州，造福人民，殚精竭智，呕心沥血，申公伟绩共鉴。五十年代中期，不幸无端受祸，谪降山京。吾公居逆境而不怠，安之若素；处患难而不忧，大义凛然，行三同与职工甘苦相伴；睦场邻对群众雪里送炭。七十年代末，冤平复出，英姿不减当年，宏图大展金秋。惜病魔缠身，一朝辞世，黔山震恸。申公德硕才高，爱憎分明，对歪风邪气如疾风怒雨；遇老弱妇孺若霁月光风，口碑载道，思念良殷，山京旧友，抚遗泽而伤怀，立此石寄哀思。

安顺山京农场生前友好
1991 年 10 月 30 日

人民的心碑上刻下的拥戴，是一个共产党人最伟大的遗产。

第十章　家门随时为民开

1. 群众进家必捧茶

1979年，夏页文结束了“四清”、“文革”被错误关押、批斗十五年的生涯，于1980年恢复了党籍，重回工作岗位，1981年担任贵阳市委第一书记兼贵阳军分区第一书记。

复职后，他召开了第一次家庭会议，做出了这样几项规定：

1. 不许以权谋私，家事和公事要分明；
2. 不许收取任何人、任何形式的礼品、礼金以及土特产；
3. 不许用公车办家里私事；
4. 有人敲门必须及时开门；
5. 不论干部或群众上门反映情况，应捧茶相待，一定要和气……

这是个家庭版的“三大纪律八项注意”，夏页文要求全家老少都要遵守。

此规定一直保持到他逝世。

夏页文是冀鲁豫边区的一名战将。

夏页文，山东长清人。1936年1月在济南省立一师读书时参加了党的外围组织，投入抗日救亡活动。1937年5月加入中国共产党。抗日战争爆发后，他回长清建立了党组织，参加组织游击队，开展抗日武装斗争，后编入八路军。抗日战争时期，历任泰西抗敌自卫团班长、党支委，抗日十支队独立营连政治指导员、党支书，八路军山东纵队六支队政治部组织干事，鲁西支队组织股长、营指导员，抗大一分校党总支书记、教导员，冀鲁豫军区第四军分区教导大队政委，第一军分区政治部组织科长、四团政委等职。

解放战争时期，夏页文曾任晋冀鲁豫军区第七纵队十九旅五十五团政委并参加了陇海线出击。之后，任第一纵队政治部敌工科长，挺进大别山，后参加淮海战役。1949 年 5 月起，任第二野战军军大五分校四大队大队长兼政委、西进支队七大队政治部主任，进军贵州。

新中国成立后，历任贵阳市委宣传部长兼教育局长、团市委书记、市委副主席、书记处书记、贵阳市政协主席、市长、省农业厅厅长、党组书记、贵阳市革委主任、贵阳市委常务书记、第一书记、贵州省委委员、贵州省第六届人大常委会常务副主任、党组副书记、全国第六届人大代表等职。

1965 年，夏页文同志在“四清”运动中被开除党籍、撤职降级。受到处分的十五年间，他一直在羊艾农场喂猪，劳动改造，身心受到了难以言表的折磨。

世界上什么东西最难吃？是“委屈”二字。

一个忠心耿耿、为党和人民献出了一切的共产党人，一个受人尊敬的高级干部，突然在一夜间被诬为“反党”，前功尽弃，亲朋和同志远离，犹如从山顶一下子跌落深谷。

受了十五年的委屈，仍不改信仰，忠于党，忠于人民，真不愧是冀鲁豫的好儿子！

“四人帮”被粉碎后，夏页文同志在北京落实自己的政策后，中组部要将其留在北京安排工作，他立即找到组织部领导，恳切要求回贵阳工作。

家门常为群众开，眼泪只为百姓流。

夏页文复职后，除了在办公室忙得不可开交，中午和晚上回家吃饭时，来访者也是络绎不绝。妻子和孩子们听到敲门声，迅速开门迎客，然后捧茶相敬，使这些陌生人感到“宾至如归”。

无事不登书记门。上门找夏页文的人，大部分是历次运动留下的历史问题——“反右”、“四清”、“文革”的受害者，其中知识分子居多。

夏页文经常一边吃饭一边聆听来访者的申诉或冤情。有时候，屋里坐满了来访者，他饭桌上放着笔记本，听到要点，便在笔记本上记录下来，留下对方的联系方式。听到伤心处，他干脆放下饭碗，热泪潸潸："你继续讲下去……"

邓小平早在1961年就曾指出："我们对基层干部关心不够，对他们的使用有问题，有许多新生力量能力未得到发挥。好多大学毕业生，还当见习技术员，为什么不能大胆提拔当工程师?"夏页文对找上门的知识分子提出的冤案和委屈特别重视，他知道，中国的知识分子爱面子，不到万不得已，不会来敲书记的门，他们在进门之前不知在门前徘徊了多久。

夏页文要求职能部门在落实知识分子政策工作上，要做到特事特办，要敢于突破原来的政策规定。对被错打成"右派"后下放农村并在农村结婚生子的知识分子，要及时落实他们的回城户口问题；受株连的家属年纪大了，也突破了招工的年龄规定，给予安排工作。不少同志落实政策后出现"四喜临门""五喜临门"的情景。全市复查了科技人员中的冤、假、错案，改正了错划右派案件，几年中全市共处理落实政策案件一千四百八十八件，清理档案九千零七十七件，其中高级知识分子的档案由市委组织部、市落实知识分子办公室直接派人逐户清理，使他们放下思想包袱，轻装上阵。

夏页文同志明确指示，由市科技干部处负责全市科技人员职称的评定工作，并要提出改善科技人员工作、生活条件的意见办法，报市委研究决定。共评定、晋升、套改职称六千零七十九人，占专业技术人员总数的三分之二。同时按市委六条规定解决了他们夫妻分居、家属农转非、住房、子女就业、医疗保健、工资待遇等问题。

几年中有一千二百九十九户科技人员搬入新居，解决二百多户"分居"问题，安排子女就业六百八十多人，调整三百六十二名所用非所学、使用不当的科技人员工作。全市共提拔了一千一百二十一名知识分子进入各级领导班子。其中区、县、局级领导班子中新提拔的知识分子为一百七十八人，占领导成员的百分之六十五。领导班子平均年龄比原来大大下降，知识结构有了很大改变，实现了老、中、青结合。

市民族商品厂厂长、高级知识分子施子昂曾说过："夏书记亲自过问落实我的问题，令我非常感动，我的亲生父母是共产党，我的恩人是夏书记。"

老百姓都传，咱们的夏书记呀，门好进，脸好看，事好办。

一次，有一位中年妇女因为邻居纠纷被打伤，也带着头上的血痕到夏书记家里。正在吃饭的夏页文见状，立刻放下饭碗接待这位妇女，听她哭诉，并马上打电话叫来秘书王国新，立即送她到医院治疗。然后找有关部门，要求公平公正地解决这场纠纷。

这位妇女的伤得到了治疗，纠纷得到了解决。

这位妇女对王国新说："我总算认识了夏书记，他竟然这样的和蔼，他不但不烦我，家里人还给我捧茶喝。夏书记是管大事的人，我情急之下闯到他家，没想到他真把问题给解决了。"

夏页文有一次在干部会议上严肃地讲："为什么那么多人去敲市委书记的门，当然，群众找书记是应该的。但从另一个方面讲，我们的机关有的门难进，有些人不作为，不能做到情为民所系，权为民所用，这是关系到党的宗旨的大问题。"

2. 我们的权力是谁给的

干部群众都愿听夏页文做报告，他不念讲稿，不玩八股，实实在在，风趣幽默。把自己的观点、情感和听众的情绪融为一体。言必真、行必果。

新建的贵阳钢铁厂平炉点火仪式上，有个干部悄悄对他说："钢厂建设拖延了工期，是因为缺少了一种叫氯化钠的重要原料。"

夏页文在大会上讲话，面对上万人毫不客气地批评："难道我连氯化钠就是盐巴都不知道？玩文字游戏！以后我的孩子长大了，一定要让他学科学，不要受这种欺侮和蒙骗。"满场响起一片掌声。那位干部无地自容。

"有些人，因为有了权力，说的话就是金玉良言，你没有调查研究，没有知识，你错误的讲话，就会误导政策、误导群众，这种官僚主义害死人啊！"

一位叫戴明贤的文化干部，写了一篇微型小说，描写了一些分房的人以权谋私，故事情节纯属虚构，但有人自动对号入座，告到市委，说此小说影射政府，给党抹黑云云。有的文艺评论家写了文章，报社听了传闻，不敢发表了，怕受到牵连。作者背上了沉重的思想包袱。

夏页文将这些反映上来的材料放在办公桌上，始终没有表态。结果分房谋私的现象突显出来，群众的意见也很大。

夏页文在等待时机。在一次文化干部会议上，他严肃地指出："在文艺创作、文艺批评领域的行政命令必须废止，如果把这类东西看成是维护党的领导，其结果只能走向事情的反面。就拿某同志写的那篇微型小说来说，有人把它批了一顿，现在看来小说反映的问题是对的，难道你以权谋私，就老虎屁股摸不得？而我们有些干部却利用权力进行打压、干预文学创作，难道权力的腐败就不能批评？"

1984 年 10 月的一个晚上，夏页文同志邀建委的一位同志随他去南明小学。路上夏页文说："小学围墙内的七户人家，因区里强行拆除他们的住房，二十多人找到我家，派了三人进门反映情况，十几人等在门外。他们声泪俱下，泣不成声，反映情况有根有据，显然不属无理取闹。"

到了现场，但见处处断壁残垣，砸毁的家具东倒西歪，满地的锅碗瓢盆、衣被杂物，目不忍睹！

南明区委书记秦世昌同志汇报了事件的全过程。夏页文脸色很难看，不断追问行动的依据是什么？行动前找各住户说明情况了吗？给人家搬走提供条件了吗？并指出："就是强拆，也不能侵犯私人财产呀！听说还有人把人家的好木料弄走了，这算什么行为？你们是在摧毁老百姓的生活呀，过去只有日本鬼子才干出这种事！"

区委书记作了自我批评。夏页文说："小学院内的那几户人家，是必须迁走的。一个大杂院，能算是学校吗！但是，搭建的那些房子，是历史遗留下来的问题，要妥善处理。就算都是违章建筑，在拆除之前也得把工作做细嘛！听说昨天一位姓顾的科长亲自到区城管科，要求对拆迁户安置好了再拆。你区政府不仅不听，连拆除通知都还没有逐户送达就开始蛮干。这像人民政府所干的事吗？"

夏页文又说："这件事事发突然，影响很坏。要注意防止矛盾激化，消除消极影响。第一，迅速把所有有关这起事件的资料收集起来。第二，熊飞同志协助你们，尽快把没有住处的人家安顿好。第三，必须查清群众的损失，区里负责赔偿，分文不能少。第四，区委、区政府要做出深刻检查，指挥蛮干的领导人要给予处分。"

夏页文严肃地指出："千万不要忘了我们的权力是谁赋予的，共产党人是干什么的。对这种严重败坏党的威信的恶劣行径，能容忍吗？要深刻反省，引以为训！

"当年我们在根据地打鬼子，与国民党军队作战，武器差，兵员少，靠什么取得了胜利？靠的是根据地群众的支持。今天，人民群众是我们的执政之基，你用什么态度对待群众？你是保护群众的利益还是损害群众的利益？这绝不是工作方法问题，而是党性问题！你强拆老百姓的屋，有一天，老百姓就会拆了你的政府大楼，你信不信？邓小平早就说过——老百姓不是注定要跟我们走的，如果我们不能遵守铁的纪律，老百姓为什么不能跟别人走呢？"

3. 家风即党风

夏页文儿子夏钢回忆：

"文革"期间我父亲关在牛棚里，母亲也在牛棚里，那时候我们兄弟几个还小，吃了上顿没下顿，那时候实在是太饿，怎么办？就跑到农民的地里去偷老南瓜。

造反派贴批判父亲的大字报，他们白天贴上，我们晚上就把它撕去，第二天拿到废品站去卖，然后就是攒钱。攒了大半年，攒了点车费。到农场看我父亲，父亲说没钱你们怎么能来，我给他说撕大字报的事。父亲脸上露出一丝得意的微笑，骂了我一声"臭小子"，说，我们干革命那时候，地下党是发传单贴传单，你们是撕"传单"，但是一定要注意安全，不要被逮到。

当时我不到十岁，一听到父亲表扬，心里美滋滋的，又表功说："没有吃的不要紧，我们到农民地里搞南瓜，还有玉米。"父亲一听，一下子就变脸了，一个大耳刮子就扇过来了，打得我嘴角都出了血。父亲那时候很瘦，一瞪眼显得老大，冒出可怕的凶光："你饿死也不能偷农民的东西，知道吗？你们回去后一定要给人家说，没有钱，至少要跟人家道歉，偷了人家的南瓜、玉米，以后有了钱一定还给人家。"

我父亲那一代人，正处在民族危亡的时期，他作为知识分子，接受的是马克思主义的思想，把自己投身到这个历史潮流中了。从我记事开始，他就是非常严谨的一个人，每天都是要学习的，而且每天工作到很晚，生活非常简朴，自我要求非常严格，保留着在部队的习惯。

父亲爱揍人，要是不好好完成学习，那一定要挨揍的，没感觉他们是什么领导、什么干部。从他1936年参加学习运动到1937年3月份组建游击队，建立组织部，他完全就是老百姓。他和老百姓完全没有你们我们之分。不要说他去做群众运动、他去联系群众，他自己就是群众，他就是群众里头的带头人，他就是群众里头的共产党员，他的任务就是和群众在一起战斗。父亲的这种作风也成了家风。

被父亲打了一耳光之后，我们知道就是饿死也不能丧失道德，不能损害群众利益。你不能到商店里去偷东西，你不能到别人家里拿东西。撕大字报卖、没煤烧去捡煤核都可以。父亲说："我们这一代都会捡废煤，一个钩子一个铁夹。你要是去偷公家没烧过的煤肯定挨打。"

我对父亲印象最深的就是他揍我，好像父亲在我印象里就没有慈祥。后来我当了区长就知道了，心里牵挂着几十万老百姓，什么时候都忧心忡忡的。我做不到父亲那样，对自己的儿子下不了手，刚想发脾气，儿子哧溜就跑得远远的，比我小时候精多了。

父亲那一代人是我们民族的财富，历史不应该忘记他们。

父亲喜欢抽烟。关牛棚的时候，我们经常到大街上捡烟头。那时候香烟不带过滤嘴，我捡了烟头，回来以后拨开，用小布袋子装起烟丝，去看他的时候送给他。他随便弄张什么纸，把烟丝搞到里面一卷，就抽起来。

那时候都停发工资了，老家还有我外祖父靠我父母养。现在回想起来，那种困难就是一种锻炼。

父亲对"文革"是有看法的，但是他对党是忠诚的，没有抱怨。父母打孩子，错打就错打了。就像小时候他打我们，我们也不记恨他。

我们宿舍楼有一个孩子，当着我面说打倒阶级异己分子夏页文，我怎么受得了？我就和他打了一架。打完架回来，父亲看到我身上的伤，不是疼我，表扬我，而是又揍了我一顿。所以那时候一些孩子都说，狠打夏钢一顿，只要他身上有伤，回去还必有一顿。所以我从小就认定，要打架，一定要打赢。要打得他不敢到家里面告我，让父亲看不到伤。他今天找我父亲告状，第二天半路上我拦着他照死里打，所以我性格好

胜、好强。别的孩子打架以后，回家去爹妈说乖哟，妈好心疼哦，给你上药。父亲再打我一顿，就是约束我，不准我在外面打架。

后来我懂得了，做什么事一定要想清楚做这件事的后果。有人说，人在做天在看。像我们做事老百姓都在看，做子女的不能把父亲的好名声给玷污了。

他复职后，给我们做了一些规定，我们都严格地执行。

我妹妹夏林在科委工作时，有一次参加一个工厂的会议，与会者每人获赠两个塑料小板凳，我妹带回家，被父亲骂得狗血喷头，要她马上退回去。妹妹眼泪吧嗒吧嗒地把礼品退了回去。这件事传到夏林工作的科委，从此以后，科委下基层，再也无人收礼品了，开鉴定论证会，再也不发放礼品或礼金了。

1987 年他生病的时候，不准我们用他的车。我说："老爹，我到医院给你拿药，让驾驶员娄叔叔送我去一趟吧。"

"你自己不会坐公共汽车去？"

我母亲上班也在市委，都在一个院办公，我母亲都是坐公交车。

千里之堤，毁于蚁穴，作为一名共产党员、国家干部，公私不分是个大问题。

4. 我们要让老百姓微笑着生活

1981 年，夏页文由贵阳市委常务书记，接替金风同志成为贵阳市委第一书记。

许多人把目光盯向这位蒙受不白之冤达十五年之久的冀鲁豫老战士，期待他拿出振奋人心的施政宏图。

夏页文用三个月的时间跑遍了贵阳的大街小巷，走访看望了上千名群众。然后他召开市委市政府两个班子领导人开会。与会者都知道夏页文是军人出身，做事有魄力，有战略思想，他的"三板斧"会砍向哪里？

夏页文的规划却并不宏伟，他说："市委、市政府目前要办的大事，就是解决贵阳居民的'四难'——吃水难、行路难、乘车难、吃菜难。"

有人认为这个规划不够远大，只是一些普通民生小事，没有招商引资、城市改造、建高楼、建工厂、上工程、涨工资之类的"大动作"。

夏页文大声说："民生无小事，贵阳近百万人口，自来水供应只有十万吨，几百户居民共用一个水站，人们半夜就去排队接水，甚至到远离居所的水井去挑水，百姓叫苦，微词自出。这不是大事吗？

"全市六百多条背街小巷，全是烂土路，老百姓出门'晴天满街灰，下雨一地泥'，这不是大事吗？

"近百万人口的城市，群众乘车难，工作不方便，生活不方便，这不是大事吗？

"我们贵阳财力有限，应该把有限的钱花在民生上，让贵阳居民喝上清水、吃上鲜菜、走上干净路、坐上方便车。民之期盼，就是政府之所为，为老百姓解决烦心事，不就是大事吗？"

市委市政府形成决议后，在市委班子学习会上，他又强调："什么东西老百姓最需要，我们就解决什么。我们不搞'面子工程'和'政绩工程'，不把有限的财力用来修漂亮的大马路，要先修烂泥小巷子、背街小路，这是老百姓最迫切需要的。"

夏页文亲自带领当时任市委秘书长的朱厚泽等同志来到了市公共汽车公司，经过深入细致的调查研究，了解到公共汽车不能投入正常营运的主要原因是车况差、内部管理不善。据此，他果断做出决定：一，狠抓车况，组织会战，突击修理，争取早日出车，多出车；二，修缮食堂，改善职工生活；三，加强管理，改革分配制度，奖勤罚懒，鼓励先进；四，财政拨款，增加新车。

那段时间，夏页文白天听取汇报，出谋划策；晚上深入第一线督促检查，甚至在深夜试乘公交，进行体验。

经过深入细致的工作，贵阳人民"乘车难"的问题终于大大缓解。夏页文同志在市委会议上又提出市区交通营运的改革意见，允许和支持个体中巴、的士在市区营运，在人多车少的市区交通供需矛盾中起到调节辅助的作用。"公汽""的士""中巴"，川流不息，营运井然有序，"交通难"得到解决。

夏页文把最主要的精力投入到解决"吃水难"的问题上。由于市政设施陈旧、落后，群众正常用水无法保证。夏页文曾感慨地说："解放三十年了，城市人民连饮水的基本需求都保障不了，政府不解决这个问题，就太对不起人民了。"

他把市建委和自来水公司的领导请到办公室，一起研究如何解决这一民生问题，使自来水早一天流进千家万户。

为了确保自来水工程在实施时万无一失，他还请来省内外的水利专家，查源溯流，全面调查贵阳市的水资源分布状况，对水资源开发进行科学论证。论证会上，他十分尊重专家们的建议和意见。此后，制定了根据贵阳市实际，充分利用原充水库，改建延安水厂，新建南郊水曹水厂，最终实现阿哈、松柏山、花溪三大水库联通的方案和工程实施计划。同时，在市内立即着手改造供水管网。

这样，多管齐下，到 1985 年，贵阳市的日供水量达到了二十六万吨，到 1987 年，增加到三十三万吨。清水流进了寻常百姓家，工业生产缺水的情况也大为缓解。

供水的改进使悬在夏页文心上的石头落了下来。

1987 年 11 月 11 日，市委组织专家学者召开“贵阳供水水源开发研究论证会”，那时夏页文的病情已相当严重，身体极度虚弱。而他仍强忍病痛，耐心地、自始至终地听完了省水科所所长的课题报告。会上，他时而插话询问，时而虚心请教，时而颔首微笑。然而，知道他病情的人，知道他生命已近终点，看到他还如此关心民生问题，无不为之动容。

改革开放以前，由于生产和销售体制上的弊端，贵阳市蔬菜供应长期不能解决，尤其是逢年过节，市民蔬菜都供不应求。“旺季烂菜，淡季缺菜”“农民吵，商业亏，国家贴”的现象十分严重，群众对此怨声颇多。深谙人民疾苦的夏页文，决心尽快解决市民“吃菜难”的问题。

1980 年，他主持制订了“贵阳市蔬菜管理改革方案”，把蔬菜生产从农口抽出来，蔬菜销售从商口抽出来，使产销完全由市场调节。为了保证措施得以落实，还专门责成一位副市长督办这项工作。与此同时，他还积极联系，动员科技人员深入生产第一线，向农民传授科学种菜的技术，既增加了花色品种，又增加了亩产量。经过几年的努力，全市终于建立了南起罗甸、望漠、册亨，中到惠水，东南至龙里的三线蔬菜基地，有效地解决了贵阳市的蔬菜供应问题。那段时间，不管烈日炎炎的盛夏，抑或白雪皑皑的隆冬，蔬菜基地都留下了夏页文同志辛勤工作的足迹。

“吃菜难”问题解决了，每当节假日，再也看不到群众排队抢购的现象，夏页文同志和市委领导们又提出了新的目标。他主持制定了“菜、油、蛋、奶、禽、鱼”六工并举的方针，积极发展水产、家畜、家禽养殖业。百忙之中，他亲自过问花溪渔场的试验和奶牛场的建设。他说：“我这个书记，就是要让贵阳人的菜篮子里，盛满各式各样的副食品，面带笑容过日子。”

经过三个春秋的努力，夏页文同志留下了一串闪光的数字：全市六百条背街小巷全都铺上了水泥路；新建了两个大型水厂，撤销二百一十九个公共水站，自来水进家入户；建起了二十六个农贸市场；开辟了七十二条公交线路，修了二百零九个公共厕所……

就是这样的数字让贵阳百姓感到了实实在在的变化：喝水不用肩挑了，出门不再泥泞了，坐车方便快捷了，吃菜不再困难了。

夏页文说：“做这些事不见天不见地，只要老百姓喜欢，老百姓需要。”

5. 警卫员变成工程师

元怀德回忆：

作为中国人民解放军的一名警卫战士，我在1949年4月渡江后，于当年5月被调到二野军大五分校四大队。在江西玉山，我们和大队长兼政委夏页文同志同住在一个大院里。自此以后的多年里，不论是在军校的环境里，在进军大西南的征途中，还是在解放贵阳接管旧政权、建设新政权的过程中，我都没有离开过夏页文同志。

我是一个穷孩子，是中国共产党和人民解放军把我从地主的奴役枷锁下解救出来，把我培养成为一名革命战士；又是夏页文同志的关怀和教诲，使我由一名斗大的字不识几箩筐的警卫战士成长为一名具有大学文化程度的工程师。

在我与夏页文同志的相处过程中，亲身感受到他是一位诲人不倦的良师，又是一位对同志关爱备至的益友。他不论是对学员、对我们这些警卫战士还是对干部，在政治上总是高标准、严要求，他批评人从来不留情面。因此对他不甚了解的同志往往怕他，实际上他是“刀子嘴、豆腐心”，对同志体贴入微。

叶林同志当他的警卫员时间最长，平时挨他的批评最多，但得到他的关心也最多。进贵阳后不久，夏页文同志就把叶林送到省工干校学习文化。叶林离开夏页文同志后，我于1952年初被调到市委宣传部，负责收发文件，附带照顾夏页文同志的生活。

这年春节，宣传部发生过一件事，当时夏页文同志在贵州烟厂蹲点，没有回机关过节。为了过节，市委机关食堂把饺子馅和面粉发到各部门，由同志们自己动手包饺子吃年饭，欢度除夕之夜。

我们宣传部的同志们围着炭火盆，边吃边玩，一直玩到半夜12点才尽兴而散。大家离开办公室时没有把火盆的炭火处理好，早起上班时才发现昨夜把办公室的楼板烧了箩筐大的一个洞，好在没有酿成火灾。事后怕挨批评，未向夏部长汇报。

后来我去烟厂送材料时顺便向他汇报了这件事，当时他确实有点发火，马上回到部里召开会议，狠狠地把大伙批评了一通。

他说："要不是门窗关得好，我们这座小楼就完了，你们想过没有？楼下住的是谢政委（市委副书记谢鑫鹤）。烧了楼板，天花板未烧着，这是万幸，如酿成火灾后果就不堪设想了。出了事，你们还不报告，那怎么能吸取教训，今后不管出了什么事，一定要报告。"

小中见大，由此可见他对工作细心负责的精神。为了我的学习问题，他亲自找到组织部赵科长说："像元怀德这样的同志出身贫苦，参军前讨过饭，为地主当过长工，放过牛，根本上不起学，现在有了学习机会，你们不叫他去学习？"

赵科长解释说这次名额安排满了，下次安排他去。夏页文同志说："到明年他就二十四岁啦，年龄限制着，还去得成吗？请你把年龄小的先去掉一个，这次无论如何也得先叫他去。"

就这样，我从1952年下半年开始到干校学文化。在学习过程中，他经常关心我的学习情况，帮助我解决学习中的困难。他发现我每星期回来都蹲在机关里学习，连电影也不看，就对我说："你每个星期回来，应该看场电影，看电影也是一种学习。"

从此以后，他每到星期六都事先给我准备电影票，放在桌子上，要我去看电影。有一次我上街穿了件短褂子，他一见就说："没有衣服穿啦，不穿外衣走在街上像个什么样子。"

自此以后，我每次上街总是着装整齐后才出门。

1955 年上半年我在干校结业后，市人事处把我分配到市政府总务科当管理员。

当时夏页文去北京开会，不在贵阳，回来后，一次他在市政府招待西南检查团时碰见我就问：“你现在干什么工作？”

我汇报后他说：“你还想不想继续上学？”我说：“想是想，但刚从干校回来不久，哪还会有机会？”

他说：“你就等着省工农速成中学的通知吧。”

在“速中”读完了初高中的全部课程，毕业前夕，我向夏页文汇报学习情况时，他又十分关怀地对我说：“你现在还年轻，又没有成家，还可以继续深造。”

1958 年夏“速中”毕业后，校领导又把我保送到贵州农学院深造四年。1962 年大学毕业，分配到省公安厅劳改系统搞技术工作，1979 年调到贵阳市园林局，后在园艺科研所任工程师。

6. 每逢佳节倍思民

俗话说“每逢佳节倍思亲”，夏页文同志却是“每逢佳节倍思民”。

有一年春节前，水产公司拉了一车鱼到市委大院里卖。当时副食品供应比较紧张。夏页文下班路过，当即批评：“你们不能在这里卖，要到市委大院外面去卖。在这里卖，群众就会认为市委的干部搞特殊啊。”

即使在生活困难时期，每到过年过节，夏页文去看望的不是领导，而是澡堂工人、殡仪馆工人。他总是带些酒去，酒可以消毒，可以祛湿气，还给环卫工人发口罩。

夏页文有一次驱车到郊区看望殡仪馆工人，由于道路不好，常会有坑洼地积水，车经过时，只要他看见路旁有老百姓，便嘱咐司机：“慢点，路旁有人……”生怕脏水溅到行人身上。

殡仪馆是人生的终点站，殡仪馆的工人非常辛苦，往往又被社会上的一些人忌讳，不愿与他们交往，甚至不敢与他们握手。人们在浮躁的生活中，会随时忘记每个人都会走向那个终点站，在那里通过殡仪馆工人的双手，整容、化妆，接受世间最后的人文关怀，被送往另一个世界。

夏页文自从复职以后，每年的春节都要到郊外的殡仪馆去看望那里值班的工人们，和他们亲切握手，和他们同桌吃一次饭，边吃边聊家常，表彰他们工作的辛苦和神圣。

最初书记来和工人们过年，工人们都受宠若惊，说："干我们这一行工作，往往被人瞧不起，从来没有当官的来看望过我们。夏书记每年都和我们过春节，那么平易近人，我们心里好感动，好温暖。"

久而久之，夏页文和殡仪馆的工人都成了好朋友。

7. 最后的演讲

纠正新的不正之风是我们第二期整党的一个重大问题。必须把刹住新的不正之风作为打开整党工作局面的突破口，作为整顿作风的重点。因为新的不正之风对我们的改革产生了严重的干扰，为了保证改革的顺利进行，就必须首先纠正新的不正之风。否则，涉及千家万户的物价改革和工资改革就很难健康地进行。

通过整党纠正新的不正之风，说到底，就是增强党性，加强纪律，端正党风，保证改革顺利进行。我们必须坚定不移地进行改革，同时要坚决纠正新的不正之风。更具体地说，首先要解决以权谋私的问题。为个人谋私利，为小团体谋利益，这同党性是格格不入的。

作为一个共产党员，应该懂这个道理。有一个原来的公社党委副书记，他把朱昌酒厂的商标偷出来，与另外两人搞假酒卖。我们的工商部门对他是怎样处理的呢？罚款、没收了事。市委认为，这种处理法不对，必须依法惩处，因为他触犯了国家的刑律。对这类问题，如不严加惩处就无法教育广大党员。所以我们纠正新的不正之风，除为了搞好整党，保证改革外，还为了挽救、保护大批干部。

现在，我们党内出现了一种怪现象，就是一切向钱看，甚至有的党员为了私利，不顾一切，不择手段，损公肥私，损人利己。共产党员怎么能这样干呢？我们要提倡"群众先富，干部后富，下边先富，上边后富"，更不能采取歪门邪道的手段使自己富起来。

最近，市纪委给了我一个材料，讲的是乌当区水田乡三江村有一个共产党员叫作袁光华，他为使整个村子富起来，宁可自己少要报酬，而去帮助一些比较贫苦的农民早一些富起来。我认为像他这样才叫有党性、有觉悟，才是合格的共产党员。这次在整党中，我希望所有同志都认真考虑一下，自己是不是一个合格的共产党员，如果只顾自己先富，而不顾群众和国家的利益，甚至搞歪门邪道，党是不允许的。我听说有的企业领导人给自己提级，给自己增加工资；还有的人得到大笔收入，既不上税，也不向群众公开账目，这对吗？

现在有的企业还在继续发“红包”。我曾要求企业政治部发十个通知，要各个企业展开讨论，发“红包”对不对？假如你认为对，最后就应该把账目公开。财务不公开，这像什么？特别是入党时间比较长的人，你为什么要这样做？从现在起，只要发现以权谋私的，不管你是哪一个，都要按照党纪、政纪、国家法律坚决加以制裁。凡没有经过批准，随便涨价的，一律要严加处理。现在擅自提价制止不住，有的公司、商店竟然有人拒绝检查，气壮如牛，振振有词，使你查不下去。春节期间，为什么有一些副食品、烟、酒价格涨得那么厉害？据说，这股风开始于国有公司、商店。但是，查不下去，一查就说“与事实有很大出入”不了了之，显然是“官官相护”“官商勾结”。

那些热衷于搞以权谋私新的不正之风的人，有的已经处于麻木不仁的状态了，被铜臭熏得利令智昏了。开放、搞活，只要正当，我们不仅不反对，而且坚决支持；如果不正当，就要坚决反对。

搞不正之风入了迷的人，应当赶快清醒过来，到触犯刑律的时候，就悔之晚矣。我们今天开这个大会，就是要给一些人服一点清凉剂，使他们的头脑冷静一下。对全市来讲，是要动员大家团结起来，向一切不正之风展开斗争，这是我们现在整党的最重要的任务。新的不正之风不刹住，整党、改革，都将成为空话。希望同志们按照中央的指示办，按照党章办，坚决执行党的纪律！现在新老党员都应重温党章，都应把什么是共产党员的党性搞清楚。有的同志会说，你是雷声大，雨点小。我则奉劝搞不正之风的人不要存在侥幸心理。要相信群众是听党的话，是反对不正之风的，只要有人揭发，我们就要查，而且要核实一个，处理一个，从现在起见诸行动，言出法随，这就是市委的态度。

最后，我再说一遍，纠正新的不正之风，一是为了搞好整党，二是为了保证改革顺利开展，三是为了保护一大批干部。

这是一位冀鲁豫老战士最后一次演讲，此时他已患上了肺癌，住院治疗，再也没有机会参加大型会议。他最后的演讲，不正是一曲执政党人的正气歌吗？

8. 不在名单的吊唁人

1988 年 1 月 2 日，夏页文同志逝世。

夏页文任贵阳市委书记时定下了彻底治理南明河的规划。南明河是贵阳市的一条主水道，由于多年失修，每当暴雨时常常洪水泛滥殃及市民群众。夏页文任命伍万斌为治理河道的指挥长，后来他调任贵州省人大常务副主任后，依然奔波在治河工地上。1987 年底，夏页文病重弥留之际，把伍万斌叫到病床前，殷切叮嘱：一定要把贵阳市的河道治理好，不再让居民受淹，不要让人民唾骂。这成了他最后的遗言。

在他弥留之际，床边除了他的亲人之外，还有当了工程师的警卫员、被他平反的“右派分子”、受过委屈的老干部、和他一起喂过猪的农场老工人、理发师傅、澡堂工人、甚至和邻居打仗上门告过状的大婶……

根据夏页文的遗愿，死后没有开追悼会。

省人大组织遗体告别仪式，发出去的通知单印了四十张，四十张没发完，令人没想到的是，有几千人从各地自发赶来。人越聚越多，贵阳的交通都发生了堵塞。

来的大部分是老百姓。一些少数民族群众，头上包着孝帕，打着魂幡。现场维持秩序的同志劝说：阿公、阿婆、兄弟姐妹们，等我们把仪式搞完了你们再进去。几位老者齐声说：“你们办的是夏书记的丧事，我们是来送夏青天的啊。”

当听到场内喊向夏页文遗体鞠躬的时候，老百姓用中华民族最高的礼仪，一齐跪倒在大地上，在悲怆的哀乐声中，上万名群众的泪水滴进贵州的热土。

夏页文的遗体送到殡仪馆，要先停放在吊唁厅。殡仪馆的工人一下全部出来了，他们一边哭泣，一边说："吊唁厅太简陋，我们把馆长办公室腾出来了。"

夏页文的妻子说："怎么能占办公室啊？夏书记有灵也不会同意的。"

工人们说："'夏老'年年都来和我们殡仪馆工人过春节，今天是1月2号，他来和我们最后过一个元旦啊。"

说到此，工人们泣不成声。

工人们知道，"夏老"最喜欢干净，一个工人爬到焚烧炉里，把炉子擦得干干净净，他从炉子里出来时，止不住眼泪横流，滴在炉膛里。另外一个工人说："这不行，你把眼泪掉到里面了，对老爷子不恭敬。"又一个工人爬进去擦呀擦、擦呀擦……

捧一掬泪水送给你，不是因为你的壮烈，而是因你的崇高！

捧一束鲜花献给你，不是因为你的伟大，而是因你的平凡！

唱一曲悲歌怀念你，不是因为你的逝去，而是因你的永生！

我的先辈，我的同志，我的导师！

我永远的冀鲁豫的浩然正气；我永远的民族复兴的希望之光！

忠诚的道路，忠诚的远行。穿过枪林弹雨，走过血浸的泥泞，"夏老"，你的背影，已变成不朽的丰碑，矗立在南国的大地上，标志着一部伟大史诗的里程……

——作者叩拜

第十一章　万里清泉奔振兴

万里、李清泉、周振兴三个人都是当年冀鲁豫的干部，都在冀鲁豫边区战斗、工作、生活过。

建国前夕，万里和李清泉随冀鲁豫南下支队踏上了接管新区的路程。南下支队走到合肥，刘伯承、邓小平、陈毅接见了他们，并确定由万里带领四大队大部和支队部的部分干部共六百二十人去南京参加接管工作。后来万里当过中共中央政治局委员、中央书记处书记。1988 年当选为第七届全国人大常委会委员长。

李清泉继续南下西进到了贵州，后来任贵州省安顺地区行署专员。

而周振兴则留守冀鲁豫，后来担任过菏泽市委书记。

然而在二十世纪七十年代末，三个人都在不同的地点、不同的职位，不约而同地做了同一件事。

1. 万里和小岗

1977 年 6 月万里任中共安徽省委第一书记。9 月万里邀请新华社安徽分社的张广友一起下乡进行农村工作调研。

万里调研从来都是轻车简从，到哪儿都是和张广友两个人，把车一停，自己就下去走。

公社干部汇报工作照着稿子念，万里把稿子一夺，不听他们形式主义的那一套，自己到农民家里去看。县长说别让万里同志到处乱跑，让我们带吧。

万里说即便到地主家又有什么可怕的，看看他们的生活也好啊。

三个月调查研究回来，起草了一个省委农村工作六条（草案），简称“省委六条”。

“省委六条”吸收有些地方群众的创造，允许生产队下分作业组，以组包产，联系产量计算劳动报酬，简称“联产计酬”。

对“省委六条”，广大农民心里特别高兴。认为“大锅饭”变小了，手脚也松了绑。

而一些思想保守的领导干部和一些多吃多占的基层干部则强烈反对，“省委六条”说“以生产为中心”“尊重生产队的自主权”，那“纲”还要不要呢？不是“阶级斗争要天天讲、月月讲、年年讲”吗？反响最大、争议最多的也是关于“联产计酬”的问题。当时中央还在说“农业学大寨”，“联产计酬”这样干行啊？

万里说：“现在农民没饭吃，这个大寨我学不起啊。大不了再次被打倒，乌纱帽不要了。”

万里坦然处之，只要群众吃饱饭，挨批斗就挨批斗吧。安徽被斗了两年多，斗得不可开交。

奇迹出现了，百年大旱之后第二年，安徽出现了大丰收。

1979 年初安徽召开省委工作会议。凤阳县委书记、严格为小岗保密的陈庭元，把一份小岗村偷偷“包干到户”的材料交给了万里。万里一口气看了两遍。刚散会，万里就踏着残雪到小岗去调研。

小岗人兴高采烈地把花生往万里棉军大衣口袋里塞。万里不要，一位老太太笑着说：“往年想给也没有！”小岗人要求让他们把“包产到户”试上三年。

万里说：“我批准你们试五年！”

小岗人说：“有人要告我们。”

万里说：“这个官司我包打了！农民是我们的父母，不能进了城就忘了他们！”

2. 李清泉和顶云

1978 年，贵州省关岭县顶云乡的几十户农民，因为“大锅饭”无米为炊，生活困难，就悄悄地把地分到户，包产经营，当年产量翻了一番。

村民过上了温饱生活，但不少人指责顶云乡在搞“资本主义复辟”。

时任关岭县县委书记的李清泉亲自到顶云乡实地调查。

他看到农民分田到户果真增加了收入，生活得到了改善，他决心顶着压力支持群众继续干下去。

在全县干部大会，李清泉慷慨陈词：“包产到组是上面一直反对的，上面要我们纠正，我说，咱们可以叫‘定产到组’。这政策，那政策，老百姓能吃上饭才是好政策。”

这时有的公社干部及工作队的干部，把李清泉拉出会场说：“李书记，你这样行不行啊？别犯了路线错误。”

顶云乡的事情传到《贵州日报》社。当时在《贵州日报》任总编的陈健吾南下前是冀鲁豫成武县委书记。他派出记者到顶云乡采访，写出了一篇通讯：《定产到组姓“社”不姓“资”》。

陈健吾连夜写了编者按：《定产到组，超产奖励行之有效》。

1978 年 11 月 11 日，《贵州日报》以头版整版篇幅刊发《定产到组姓“社”不姓“资”》和陈健吾的编者按。报纸一发表，全省都炸了锅，指责、争论、批判。

在批斗会上，李清泉不改初衷。他说：“为什么老百姓要干的事，我们不让老百姓干？老百姓不愿受的罪，我们偏要让老百姓受？我们执政党人到底代表的是谁的利益？这件事错了，责任是我的，我不怕丢乌纱帽！”

3. 周振兴和小井

就在贵州上下为顶云乡“定产到组”争论不休的同时，1978 年 1 月 16 日，时任菏泽地委书记的周振兴，到东明县的小井村调研。

东明毗邻河南兰考，当年关于焦裕禄的事迹报道所描绘的兰考贫穷面貌就是东明县人民生活的写照。当周振兴走进临街村农民张殿兴家时，看到的是这样一幅景象：总共三间土坯屋，两头的两间已经被扒掉，剩下的一间堂屋四下透风，后墙一角铺着麦秸，周边用破砖围起来，这就是全家人的地铺。一家七口人，两个大人，五个孩子，全睡在上面，共盖一床棉絮外露的旧棉被。

张殿兴第一次见到这么高职位的领导干部，他有些拘谨地说："领导啊，生产队里今年没收到啥，虽然政府发了购粮证，可俺没钱买粮啊，家里值钱的只有檩条和瓦，都扒下来卖了换粮食。"

周振兴掀开张家的米缸，里面只剩下两斤地瓜干。又揭开锅盖，里面躺着几个用地瓜面掺和地瓜叶做的窝头，还有几个饭团子，是高粱壳、地瓜叶和榆树皮面粘起来的。这位打过仗、流过血、吃过苦、挨过饿的冀鲁豫老战士，拿起一个饭团子咬了一口，又苦又涩，难以下咽。周振兴禁不住两眼噙泪，难道这是和共产党、八路军生死相依的老区人民应该过的日子么？

周振兴回到县里，立即召集县委常委开会。他当场拍板：把全县盐碱地分下去，群众自种自食，三年免征农业税，先让群众吃上饱饭。

周振兴说："如果有人告我们走'资本主义道路'，我到北京打官司。农民守着土地挨饿，这无论如何也说不过去。我相信，让农民吃饱饭绝不是罪过。"

会议决定把小井村及周围十几个穷村划在一块，成立小井公社。把盐碱地分给群众，正式推出"包产到组""包干到组"的生产责任制形式。小井公社以"大包干""借地""治碱""垦荒"的名义，把一部分土地分给了农民。还把全公社二千多亩荒地和盐碱地"借"给了农民自种自收。张殿兴家里"借"到了一块地，当年就打了四布袋（约四百斤）麦子！

接着，周振兴把十万亩茅草长得有半人高的荒地分给了农民。第二年，这些刚刚开垦出的荒地产的粮食比公社的好地产量还高得多。

这年，菏泽以不到全省十分之一的人口，为全省提供六分之一的商品粮。

周振兴后来说："当时我就横下一条心，要我做地委书记，我就得叫老百姓吃饱饭，不然就回家'卖红薯'。"

周振兴让菏泽老百姓填饱肚子比周围的地方早了两三年。

4. 源头来自冀鲁豫

后来，在万里的强力推进下，小岗村的大包干经验一夜之间在安徽全省推广，民谣有“要吃米，找万里”。

后来，安徽小岗成了中国改革的一个符号。

后来，顶云乡成了贵州农村改革的先行者，当地有个说法叫“北凤阳，南顶云”。

后来，小井乡成了山东农村改革的先行者。

万里，冀鲁豫区委委员、秘书长、冀鲁豫南下支队参谋长；

李清泉，冀鲁豫区郓北青救会主任；

周振兴，冀鲁豫区齐禹县十二区区委书记。

我们惊奇！二十世纪的特殊时期，冀鲁豫的三个老战友在相同的时间、不同的地点，共同推动着一件事，他们的举措如此相似！

这件事最终演绎成二十世纪最伟大的中国农村改革，这难道是偶然吗？

万里——清泉——振兴！

从三个人身上我们分明感受到了冀鲁豫共产党人和群众生死相依的精神传承。

马克思说：“土地是财富之母。”

土地上的人民，是财富的创造者和主宰者。他们才是真正的财富之母！当年冀鲁豫边区的共产党人前赴后继，洒热血、献青春，其最终目的就是为了人民获得自己的土地，并在这片土地上拥有富足的生活和尊严。

第十二章　最后的队列

1. 沉默的方阵

贵州八十余县区，县县都有烈士陵园。

陵园里安葬的大都是1950年贵州剿匪时牺牲的二野五兵团的指战员和被土匪杀害的南下西进的干部们。

长眠在陵园里的烈士们，依然如生前一样坚守纪律，组成了新的队列，横成行，竖成排，就像他们生前出发的样子。只是，在点名时，再也听不到他们那富有青春朝气的应答。风吹松柏，发出低回而刚烈的声音，那是烈士英灵发出的回声。

坚强的人们啊，刚刚离开解放的冀鲁豫，刚刚聆听了毛泽东“中华人民共和国成立了”的声音，刚刚看到五星红旗在新中国的天空中飘扬，就倒在了贵州这片土地上。

六十多年前他们正年轻！从冀鲁豫大地出发时，他们热血沸腾，只知道向前、向前，并不知道自己生命的终点会停止在何处。

1950年1月14日，我五兵团司令员杨勇率兵团指挥机关参加成都战役后返回贵阳，途经遵义、乌江之间的刀靶水地区时突然遭到土匪的伏击。

4月下旬杨勇司令员到重庆参加西南局的会议，再次被土匪伏击。

兵团司令被土匪连续伏击，可见土匪气焰之嚣张。

贵州的匪患之严重，大大超出了人们的预料。

贵州地区的匪患有着深厚的历史根源和社会根源。西南地区是全国最后解放的地区，国民党剩余的部队都逃亡至此做最后的抗争。新中国成立前，国民党就把西南作为反攻的一个根据地，进行了五期游击干部训练班，训练了一千五百多名匪干分子。

土匪大部分是国民党军政特警人员，还有不少是从北方老解放区，包括冀鲁豫边区跑过来的恶霸地主、还乡团，与共产党人有着不共戴天之仇。台湾他们去不了，贵州是他们垂死挣扎之地。他们高喊“杀死北方人，杀绝土八路”，气焰十分嚣张，手段极为残暴。

解放之初，潜伏的匪军慑于我军声威，未敢妄动，地主恶霸也在窥视等待。表面上看，一片欢庆解放的热烈景象。后来我军主力由贵州入川，匪特便蠢蠢欲动，开始小股试探，逐渐集中，进而发展到攻城略地，妄图一举实现建立西南大游击根据地的图谋。

进军贵州，我们伤亡了八十四个干部战士，但是在剿匪的过程中却伤亡了四千七百多人。

邓小平同志曾说：“淮海战役一打完，以后就没有大仗了。进军西南同胡宗南那一仗打得很容易，同宋希濂也没有打多少仗。真正打的一场是剿匪战斗，打得很漂亮。”

1950 年三四月份，全省性的匪乱达到了高潮。全省七十八个县，土匪控制三十一个县，我们占四十七个县，而且控制的也只是县城和少数乡镇，广大农村和山区基本上被土匪控制。

当时五兵团进军到四川参加成都战役，贵州的部队很少，大批的南下西进干部自己带一支枪，下乡发动群众去接管建政。这个时候土匪大暴乱，矛头就对准了南下西进的干部，结果干部伤亡两千多人，区以上的干部有五十一名。

南下英烈之一：

王以亮，时年三十岁。

在仁怀烈士陵园，我们见到了原冀鲁豫边区菏泽城关区区长王以亮的墓碑。1949 年 12 月他被任命为遵义地区仁怀二区区委书记，上任仅二十八天，遭土匪袭击牺牲。土匪割下他的头颅，悬挂在乡公所大门上。

南下英烈之二：

任守藩，时年二十一岁。

在贵阳烈士陵园我们瞻仰了冀鲁豫聊阳县南下干部任守藩烈士的墓碑。1950年3月2日凌晨，四百多名土匪突然包围了贵阳白云区区委所在地，任守藩等十三位同志为了掩护其他同志突围，先后牺牲。丧心病狂的土匪在任守藩中弹牺牲后，竟扒掉了她全身衣服，剖开了她的腹部，挖出了婴儿……

南下英烈之三：

梁尊敬，时年三十一岁。

在贵州织金县烈士陵园，我们见到了冀鲁豫单县四区区长梁尊敬的墓碑。梁尊敬来到贵州织金县三塘区任区委书记兼区长，3月23日遭土匪伏击，中弹受伤，被土匪剥光衣服，掷入山洞牺牲。

南下英烈之四：

李仪，时年二十一岁。

在被土匪包围中英勇抵抗，打尽了最后一粒子弹，被冲上来的敌人砍下头颅，大卸八块。

他爱人守寡四十多年，直到九十年代才首次来到这个地方寻访丈夫的英灵。

南下英烈之五：

张杏田，山东单县人，牺牲时任黔西县林泉区副区长。

1950年春，黔西土匪围攻区政府，张杏田身负重伤，被敌人扔进了溶洞里。

一直到了十年以后，农民在溶洞里面扫硝，发现了张杏田的遗体，把他抬出来的时候，他的手枪和皮带还都在。

南下英烈之六：

织金五区区长赵天耀。

1950年3月24日被土匪活捉，土匪就拷问他，问他投不投降。他说：“我不考虑投降。”土匪就一刀一刀地割他的身体，割一刀问投不投降，割一刀问投不投降。割了几十刀，一直没投降，最后还把舌头割了。赵天耀仍然啊啊啊地骂土匪，直到壮烈牺牲。暴徒将其剖腹挖心，暴尸荒野。

南下英烈之七：

王富海，原冀鲁豫边区六地委委员兼县委书记，南下西进后任中共镇远地委组织部长。

1950年4月14日，为了安抚刚刚从匪区撤退下来的同志们的情绪，他坚持来到黄平县境。

14日，保卫队的两个班护送王富海到黄平这边来，走到梨树凹坡下那个地方，四百名土匪已做了埋伏。在周围的山头上开枪之后，王富海和卫队的同志分三次冲锋，结果王富海冲到梨树凹的右边时，在草房里面和敌人对抗，敌人居高临下。由于寡不敌众，保卫队中包括指导员杨永福同志和王富海同志在内的十五名同志壮烈牺牲。

王富海是南下干部中牺牲的职务最高者。

南下英烈之八：

王先知，山东省成武县大田集镇四刘庄人。

从小由于家境贫寒，失去了上学读书的机会，因而不识字。但他向往光明，很小就参加了革命队伍。1949年3月，王先知参加南下支队，年底来到黔西县雨朵乡，负责征粮工作。

土匪暴动时县委要求各区乡干部及时撤回县城。

区委书记马占禹立即给王先知写信，告诉他说："情况不好，你要速回区政府。"由于王先知不识字，便叫乡师爷念，谁知这师爷是和地主土匪一伙的，于是念信说："情况很好，叫你安心工作。"王先知信以为真，没有离开雨朵。马占禹书记没有看见王先知回区政府，才想起他不识字。在万分危急的情况下，马占禹又在信封内装上一把剃头刀送到雨朵，暗示王先知你再不回区政府，有可能被杀害。但一肚子坏水的乡师爷却又对他说："组织上很关心你，是你的胡子长了，寄给你刮胡子用的，叫你安心工作。"就这样，王先知还是没有离开雨朵，继续为完成上级下达的征粮任务努力工作。

1950年2月的一天中午，地主土匪假意请王先知吃饭。王先知已经察觉到了当时的严峻形势，无论他们怎么说都不去吃。结果他被多个土匪硬拖着往前走，刚一走到街口，早已在那里等待的土匪刘国全、刘正权等一拥而上，将王先知捆绑起来，并狠毒地朝王先知的屁股上捅了两刀。王先知不屈不挠，破口大骂土匪，众匪更加凶残，狠毒地将王先知从雨朵街上往村外拽，残忍地用杀猪刀一步一刀地割，一直割到离雨朵街两公里的长坑。王先知惨死后，凶手将其尸体丢入长坑。

南下英烈之九：

刘洪昌，冀鲁豫边区定陶县孟海区干部。

刘洪昌和爱人龚秀兰一同被批准南下，临行时他们把一岁的女儿托付给了老战友。进贵州时，刘洪昌在第一梯队被分配到蒲定县二区任区长，她爱人龚秀兰作为留守梯队随后前进。

1950 年 5 月 30 日，刘洪昌一行六人到一个市场上征税。其中南下干部有四个，还有军大学生两个。在洪家堤坝，土匪头天晚上布置了六七百人，等待征税部队进入埋伏。来自定陶的南下干部许玉山是财政助理员，他走在最前面，结果叫土匪一枪打到肚子上。刘洪昌就带着两个人往山上退，结果也中枪牺牲。

就在这一天，他的爱人龚秀兰已经随留守后梯队到了贵州。住了一夜，第二天就骑着马到花柱去跟刘洪昌会面。路上，她才得知刘洪昌牺牲的消息。

南下英烈之十：

王涌波，河南省南乐县前林家村人。

南下时任中共冀鲁豫卫河县委书记。南下途中，王涌波配有一匹马，自己却很少骑，几乎都让给了生病或脚伤的干部。

一次，全中队乘船前进，中途船搁浅了。王涌波第一个跳下船来拉纤，边拉纤边给大家讲周文王姬昌的故事。他说：“当年周文王拉纤八百单八步，后来建立了周朝八百又八年。我们今天拉纤，为的是解放大西南，为了人民坐江山。”

进入贵州玉屏县一个小镇时，由于反动派的谣言，镇上的群众都离家出走了。有个同志进入一户人家，发现屋内放着一小罐咸菜，就悄悄地把它打开吃了一些。王涌波知道后，给予了严肃的批评。他说：“这是我党我军的纪律所绝不允许的，这样做同国民党有什么两样？吃了，一定要付钱！”

由于当时确实买不到菜，又找不到房主，王涌波给这家留下六块大洋。王涌波同志亲自写了一张条子："老乡，你家中无人，我们吃了这罐菜，现留下六块钱，请查收。中国人民解放军西进支队一大队七中队。"

几十年过去了，这家人还保留着这个条子。

进入贵州，王涌波任中共息烽县委书记。1950 年 2 月中旬，全县匪患四起。3 月 16 日，王涌波率县大队一个排，前往养龙站区委所在地。当部队进入由草香至板桥的谷地时，遭到了一千四百多名土匪的攻击。

王涌波指挥部队沉着应战，冒着密集的弹雨冲上了一处制高点，以此为屏障打退了敌人的多次进攻。一百多具匪徒的尸体横七竖八地倒在我阵地前。由于敌我力量太悬殊，在冲杀中，六挺机枪被打坏。敌人依仗人多，终于冲上山顶。王涌波临危不惧，率领部队与敌人展开了短兵相接的拼杀。战斗从中午打到天黑，子弹光了就用石头砸。

最后，王涌波同志为了人民的解放事业，壮烈地献出了年轻的生命，时年三十三岁。

我们在仁怀市寻访时，正赶上民政局为当年保卫茅台的战斗中牺牲的散葬烈士进行集中归葬的工作。

仁怀市民政局副局长佘红霞领我们来到了起坟现场。

两位工作人员正在清理一具烈士遗骸，他们像考古人员一样轻轻地用毛刷刷去泥土。

这是一具非常瘦小的骨架，六十多年了依然保存着比较完整的形态。烈士胯骨下面有一颗已经完全锈蚀的手榴弹，和骨头紧紧粘在了一起，连骨头也变成了铁黄色。颌骨下面的牙齿，白白的，像玉一样，一颗挨一颗，看得出很年轻，也就是十七八岁的样子。

工作人员边清理边流泪说："这些人太不简单了，这么年轻，就牺牲在这儿了，连名字都没留下。"

烈士遗骸的脚骨已经看不到了，但在脚的位置有保留完好的一双鞋。鞋底是汽车轮子的外胎，鞋帮是车的内胎，用汽车外胎里的尼龙线缝制在一起，就像一双凉鞋。佘红霞泣不成声："当时我们战士就穿这样的鞋来解放贵州的，来保卫茅台的。打仗时候非常冷，已经 11 月份了。"

遗骸装到匣子里去的时候，他们用红绸子裹住骨骸，然后上面又盖个小被子。"不能再让烈士受委屈了！"佘红霞局长说。

她买了一双新鞋放进匣子里，拿出了那双汽车轮胎鞋。她说：“我们要搞个纪念馆，把它收藏起来，留给我们的后人看一看，当时我们的前辈就是在那么艰苦的情况下，那么冷的天气，穿这个东西，来解放贵州、解救人民的！”

在佘红霞办公室的一个箱子里，我们看到了她留存的另一些烈士遗物。她说：“这些东西都是在搬坟的时候从烈士墓拿出来的，这个好像是我们烈士的皮带勾、钢笔还有一把小剪刀，你看还有这个五角星。我们要把它收藏起来，留给后人。”

在箱子的一角，笔者看到了一枚小小的黄色印章。笔者问：“这个私章是谁的？有字吗？”

“应该有字的。”

拿起印章，找来印盒，盖在白纸上，仔细辨认。

私章的名字是黄日新。

佘红霞：“黄日新？我们烈士名单上没有这个名字，可能是无名烈士里面其中一个。这枚私章是在几位烈士合葬的墓穴里最后发现的，没法确定是哪一位！”

印章找到了，英魂依然无归！

2. 长眠金沙的菏泽汉

李旭华原名李祥顺，1937 年考入浙江大学，1938 年 7 月参加徐州人民抗日义勇队，1939 年 6 月加入中国共产党，1948 年任冀鲁豫边区单县县长。

上任后不久他带领运输队、担架队，参加了淮海战役。战役结束后，还没有来得及休息，得知中央要求组织干部班子，准备向江南进军。他在全县第一个报了名。

1949 年 12 月，贵州省委任命李旭华为金沙县委书记兼县长。

他当即率领党政工作人员进驻黔西，具体研究解放金沙的大事。1949 年 12 月 14 日，李旭华一面派出向导为部队带路，一面率领党政工作人员随军前进。15 日凌晨，部队分三路包围了敌人，经过半个多小时的战斗，全部歼灭了国民党十九兵团留守员、青年军、特警队三百多人，金沙宣告解放。

解放后的金沙，仍面临着干部不足、经济困难、残敌尚存等困难。李旭华依靠金沙人民中的先进分子，大力宣传《共同纲领》和《约法八章》，把各项工作排了队，抓住剿匪、征粮等主要任务，经过五十多天的艰苦奋斗，新区开展工作取得了显著成效。

1950 年元旦，李旭华召开了群众大会，让金沙人民欢度新中国成立后的第一个新年。贵州人民缺盐吃，李旭华把部队缴获的几万斤盐巴拿出一部分供应市场；又做通了王鹤群（工商理事会会长）老先生的工作，根据王提供的线索，在盐碉里抄出一千多担官营盐巴，将其没收，明码标价，供应群众。群众喜笑颜开，奔走相告，说人民政府的干部就是当年的红军子弟，专门为老百姓办事。

二野五兵团主力进军四川后，躲进深山的匪特认为有机可乘，便蠢蠢欲动，金沙县周围大小二十几个匪首，集结了三千多匪徒策划攻打金沙县城。当时的县城里只有很少的南下干部和个别警卫人员，情况十分危急。

1950 年 2 月 10 日拂晓，土匪发动了全面进攻，双方展开激战。李旭华一方面向毕节、遵义地委请求派兵支援，一方面进入碉堡指挥战斗。进攻政府碉堡的敌人被打得不敢靠拢，只躲在阴暗的角落里打冷枪。李旭华县长在碉堡口，被敌人的冷枪射中头部，英勇牺牲。

2 月 11 日上午，解放军一三九团、一四〇团、一四九团先后赶到金沙，把土匪打得落花流水。

2 月 15 日，金沙县党政军民为李旭华县长举行了追悼大会，送葬的人群冒着大雪，从县政府大门口一直走到墓地，哭泣之声响彻县城。

当年李旭华县长夫妇报名南下时，两个人刚结婚不久。李旭华的爱人怀孕了，被分在了第二批。李旭华先来，到这里就牺牲了。当时他爱人刚走到湖南。

李旭华临终前说："我血流在金沙，我要和金沙的人民永远在一起。"遵照他的遗愿，他的墓地坐落在金沙城郊的一座山坡上。

当他爱人赶来与他会面时，发现丈夫的生命已经融进了这片热土。他的爱人拥抱着那座隆起的土堆，像拥抱着丈夫鲜活的生命，用热泪浇灌着刚长出的青草……

金沙县各族各界人士，为李旭华烈士建立了纪念碑。经人民请求，县政府前的一条路被命名为旭华路。

六十多年来，日益扩大的城市已把那座小山包包裹在城里边了，李旭华的墓地已成了城市的一部分。六十多年来，李旭华在这里一天天看着城市长大，看着旭华路一天天变得繁华富足，看着山下的人们一天天过着幸福的生活……

人们并没有忘记这位金沙县的首任县委书记和县长。每年清明节，人们都会来到他的墓前，摆满香烟、酒、鲜花和各色水果。

3. 女检察长如是说

南下干部李玲，山东省单县张楼村人，曾任贵州省人民检察院检察长。她是共和国第一位省级女检察长。她说：

> 我办案四十多年。没有办理过一个南下干部腐败的案件！

4. 冯庭楷烈士遗书

樟、溶二兄：

弟自事变后毅然走出饥寒的家庭，参加了人民的子弟兵——八路军，将近九年光景，因不了解咱乡的社会情况，未敢贸然写信，恐到家后引起不幸之事件（过去曾以做生意为名与家寄信两封均未见回音）。

咱家的情景我是想像到的，尤其想到贫苦的日子熬煎着的苦命的双亲及年迈的祖母，他们也许……我不敢往下想。哥哥，你们会意味到我没有直接给二老写信的意思吧。

由于旧社会制度的黑暗，而造成我们连年不能翻身的贫困。我们应认识，这并不怪我们的命运不好，也并不是上帝的安排，这只不过是自己骗自己，自己安慰自己的说法。我不相信我们生来就是要受苦的。难道我们就不会享福吗？我们如果还一味地迷信、糊涂，还在祈祷依赖上帝，埋怨命运，那就成了笑话了。我们还是要自己跌倒自己爬。要听民主政府的话，始终跟着人民的救星——毛主席走。

灾难深重的中国少衣无食者，不仅咱一家。弟这几年来正是为了自己，为了这饥寒的一群奔波奋斗。而当这和平建设时期，弟将更努力，为群众服务，为新社会服务。一旦更进一步更彻底地完成民主和平改革的大业，而能得到巩固，那是我的光荣，是父母的光荣，是群众的光荣，是新社会的光荣。

回想当初从家门走出，在途中独行的我，心中是怎么兴奋，但又是如何悲伤啊！爹娘呀！你这刚能扎翅远飞的幼稚孩儿，从此就不能照顾念叨你们了。哥哥呀！我对爹娘应敬的一切也完全交付你们了。

入伍初期，思家心尤切。一天正在念着父亲这几年来体衰面瘦，显然是由于长期负着咱一家生死重担、常受饥寒威胁而苦愁所致。正在沉默思念，适逢父亲从遥远的家乡，在兵荒马乱中冒着一路艰险，在昔阳皋落与我见面了。

父亲深锁着愁眉，睁着一对深深的大眼看着我，但又说不出什么来。我突然感到了一种说不出的伤惨。但是父亲内心的悲哀又是怎样呢?

第三天，我送父亲出了村口，一阵阵的悲酸直涌心头来，但在父亲面前强为欢欣，表露着愉快的情绪，硬着心肠说几句安慰父亲的话。我望着父亲的背影直到看不见时，方才回转身来。在父亲面前不忍流下的泪珠才一连串地淌了下来。我简直想放声大哭，啊，这也许是最后一次见面吧……一连好几天，总在担心着这一段遥远艰险的路程上，年老身孤的爸爸。

中国人民的灾难和我们一生所以得到这样的遭遇，只得憎恨日本法西斯的凶恶残暴，也不得不埋怨国民党的腐败无能。提起来话儿长，记得在1939年的夏天，偶遇一熟人告我说，你走后不久，即有坏分子恶意造谣云：白五军讨伐大捷，八路大部溃散，冯家儿子已毙命疆场……故家人日夜痛哭不止（特别是母亲)。我听了突然心头狂跳，对恶意造谣者恨之入骨。然愤恨之余，又不觉凄然泪下。妈妈，我们应擦干自己的眼泪。我万一不幸为人民战死，那也无须哭。你看，疆场上躺着的那些死尸，哪一个不是妈妈的爱儿。

离别之情一言难尽。我每次提起笔来，即想到我辈一生之患难遭遇，使我心绪缭乱，手指颤抖，简直写不出什么来，只好搁笔而去。哥哥，这封信我鼓了很大的勇气和决心才写出来呢。

我现在很健壮，一切均不感到困难。想咱一家最幸福最愉快的就属我自己了，请不必挂念。我在晋冀鲁豫军区第三纵队步兵第九旅第十六团任作战参谋，现驻在安（阳）西由沟集。来信可交河南安阳交通总局转九旅第廿六团交我即可。

我在情况许可时回家一探，希千万不要来找，因部队驻防不定，或东或西，恐不易找寻。

请即来信告以祖母、父母、叔伯婶母、兄弟姊妹的详情。

遥祝阖家老幼安康！

（来信示知咱乡为平东县或平西县及第几区）

弟　庭楷

四月十五号（阴历三月廿三）

5. 永远的墓志铭

与贵州各地烈士陵园中烈士方阵相似的还有一处更大的方阵队列，那就是贵阳市海天园公墓的缅怀园。

在这沉默的方阵中，许多人是贵州新政权的创立者和各项事业的奠基人、开拓者。

在缅怀园里，许多南下西进的干部静静地长眠在这里。他们从黄土地走来，在黔山苗岭奋斗了一生之后，彻底地融入了这片土地。

生者为他们留下了这样的墓志铭：

你从齐鲁大地走来，
满怀春秋壮士的情怀，
一路沐雨栉风，
始终傲然耿直，
无悔一生。

晴空碧，苍山出，
黔中大地有幸埋忠骨。

生时百姓歌，死时万民哭。
人间天上，从今英杰无觅处。

这里安息着一位为贵州解放及农村建设事业奋斗一生的山东人。

这里长眠着一位把毕生都奉献给了贵州的山东巨野人。

精忠报国，征战足迹踏遍南北西东，哪管枪林弹雨；
为民服务，辛劳血汗洒满黔山秀水，只愿群众安康。
平生不求名和利，淡泊明志心亦远；
无怨无悔君去也，自留清白在人间。

正直清白纯真，既不害人也不害己；
堕落多吃多贪，既害人也害己。

在贵州海天园南下干部墓地，英魂永存，守望大地。

由鲁入黔，
献身矿山；
两袖清风，
无私无悔。

私欲利欲，欲欲淡于浮云；
亲情友情，情情重于泰山。

冀鲁豫五任县长，定危乱沥心血，转战中原；
刘邓军巾帼先锋，兴农运舍生死，周旋太行；
革命伴侣进西南，秉民生深思远，振兴黔地。

从遥远的鲁西南，转战到这里，
为国家兴亡出生入死，
为民族富强呕心沥血。

耿耿铮铮骨，
清清淡淡人。
无愧天和地，
异乡留忠魂。

带着华北平原泥土的气息，
一路风尘，
把自己融入青山的怀抱，
给后人留下的是不尽的思念。

男儿杖剑出乡关，
革命成功仍不还；
埋骨何须桑梓地，
人间何处不青山。

昔日豫东少年郎，
跟党挥戈打东洋；
六十春秋战马乏，
小憩明月青松岗。

为人民打江山，不避枪林弹雨，
为黔山秀水不再瘴疠横行，不辞山高路远。
斯人远去，
留给今生的是无怨无憾，
洒在民众心中的是片片深情。

豫北起，黔中卧，
九州风雨经历多，
大浪淘尽本色在，
来也是我，去也是我，
水清水浊一枝荷。

回望历程，南下西进，从黄河到乌蒙，
一路征尘，为第二故乡改天换地。
淡泊人生，只求奉献，从青春到皓首，
两袖清风，踏贵阳大地抒写忠诚。

在贵阳市郊的缅怀园里，许多逝者在墓碑上为自己留下了各种各样的墓志铭，这是他们在最后的阵地上的誓言：

革命，我一生无悔的选择，
能眼瞅着自己所从事的事业种子在着床发芽，
开花结果，成长壮大，我心里无比快活自豪。

爬雪山这算什么，无非是吃点苦；
枪林弹雨这又算什么，无非是为国捐躯。

可怕的是爬过雪山，走过草地，从枪林弹雨闯出来，
却被糖衣炮弹打倒下去，和平时代并不和平。

人活一辈子不能只为自己，
做点你想做的有益的事，
哪怕是微不足道的，
只要你想了做了，
你就没有白活这一生。

为国家和人民做一两件经得起历史检验有益事。

不当“推事”当“干事”，
多为人民干实事。

别嗔，别贪，别像春蚕：脱皮，吐丝，
自己编成的罗网，把自己网在其间。

人生是有限的，
坚定地抱着一个信念兢兢业业工作，
才会有所成就。

官当得好不好，老百姓说了算。

在墓碑上他们这样叮咛子孙：

孩子：
永远不要得意忘形，
许多失意的事情往往是在得意的时候发生的。

孩子：
人生是一个旅程，

荣誉金钱财富都只是人生之树的一片绿叶，
唯有自在真实才是根之本。

孩子：
当你得到了不该得到的东西，
你必然失去你不该失去的一切。

第十三章　永远的冀鲁豫

1. 涌泉之恩涌泉报

1990年9月21日，鄄城县董口乡董口村村民戴光荣在翻盖二十多年前买的同村姬德训的两间房时，从屋顶的梁上发现一卷已经泛黄的丝绵纸。他打开一看，惊讶地喊叫了起来。

村民们围过来惊奇地睁大了眼睛，一共四张丝绵纸上清清楚楚地记载着一个叫李凤英的革命经历：

> 李凤英，八路军鄄西办事处侦察员……1945年10月，她化装来到汉奸营侦察敌情，先后偷出冲锋枪一支，轻机枪一挺，交给了政委……1945年初，她担任姐妹团团长时，为掩护邓小平同志的夫人卓琳和其他领导同志的夫人过黄河，她带领姐妹团成员扎草人，放烟火，吸引敌人的注意力，并三次将有关情报及时送到首长的手中，使渡河顺利成功……
>
> 1946年10月，鄄城高魁庄战役，她化名孙小红，深入敌穴，准确摸清了敌情，确保主力部队全歼敌人……
>
> 1947年，她在鄄城董口乡西小张庄又一次被捕，被敌人捅了三刺刀。她在昏死了一天一夜之后，又被救回了部队。她参加大小战斗上百次，英勇无比，多次受伤，至今身上仍留有十七处伤疤。被誉为“鄄西女英雄”……县长郭文斋批准她为一等残疾……

《革命证明》由县委书记陈忠南亲自拟文，上面盖着红色的鄄城县人民民主政府印章。

这是在食品站收猪的那个李凤英吗？是那个常来扫树叶换粮吃的老太太吗？是靠拾粪照顾孤寡老人和孤儿的那个老太太吗？

镇政府派人找到正在捡垃圾的李凤英。

李凤英接过丝绵纸看了一会，平淡地说："这是部队给我的功劳簿！我都忘记放哪里了。"

"功劳簿"唤醒了李凤英的记忆。

小时候祖母领着她从河北、河南乞讨来到鄄城。1942年祖母被敌机炸死时，她年仅十一岁，举目无亲，八路军鄄西办事处收留了她。部队首长带着她走南闯北，不方便时就把她寄放老百姓家，稍大一点，她就参加了革命工作……

1947年底，她在一次战斗中身负重伤，后又感染了伤寒。整天昏昏迷迷，部队转战之际，将其托给了董口乡小西张庄的姬殿荣老人。这一病，李凤英整整躺了五年，后来又在另外几位农民家轮流养病。五年中，姬殿荣、姬德训几个老人像对亲闺女一样伺候她，冒着杀头的危险，为她进城买药、看病，省吃俭用为她攒钱买营养品，几次把她从死亡线上救了回来。这期间知情的战友要南下了，看到她仍然昏昏迷迷，就请县长郭文斋、县委书记陈忠南为她写了功劳簿和简历证明。

这是多么珍贵的文字，它饱含了党组织对一名为革命出生入死、战功卓著的女战士深深的关切和负责。

1953年初，李凤英的病治好了，但这时部队早已南下。李凤英多方打听，没有结果。

李凤英想，现在革命成功了，这么多老百姓养育了我，我就留下来报答人民养育之恩吧！于是她收起了功劳簿，认下看护她的老人姬殿荣、姬德训为义父，担起了做女儿的职责。后来她成了家，不久又到乡里食品站找了一份工作，她就把老人接到食品站去住。

后来李凤英到一个村里收猪，听说该村有一位叫李金花的老大娘，丧夫丧子，十分可怜，就把老人接到自家。几十年来，李凤英总共在董口乡认了十八位"父母"，先后为十六位老人养老送终。

涌泉之恩涌泉报，洒向人民都是爱。

1967年，李凤英在玉米地里拾到一个被遗弃的男孩。孩子严重脱肛，染上破伤风，已奄奄一息。李凤英把孩子带回了家，视为己出，起名姬建义。为给孩子看病，李凤英几乎卖掉了家里可卖的东西，包括藏有功劳簿的那间房子。最后，她甚至卖了自己身上穿的蓝布衫和棉鞋。整整八年，姬建义的病才痊愈了。

二十几年中，她又先后收养照顾了十一位弃儿、孤儿。

家里人口多，房不够用，只好挖坑住地窑，一住十几年。

开始李凤英在食品站月工资二十七元，杯水车薪，入不敷出。秋天，她拾杨树叶子拉到市场上当饲料卖。冬天，她拾粪、捡垃圾，没睡过一个囫囵觉。多年来，李凤英很少能吃一顿饱饭，一点一滴都省给了老人和孩子。

不少群众给李凤英送粮送菜，帮助李凤英照顾老人和孩子。

已经没人记得她曾是冀鲁豫勇敢的女战士，只知道她是一个好心的老婆婆。

功劳簿的事早被她忘记，直到她卖的房子被新房主拆除，李凤英的事才被多家媒体报道出来。

1992年，县委有关部门在到北京等地调查核实的基础上，恢复了李凤英的干部身份，为她办了离休手续。第一个月领八十五元的离休金，李凤英说："太多了！"

有人说："老人家，您是打天下的英雄，早就应该享受坐天下的待遇了。"

"坐天下？没想过！"李凤英回答。

2. 令人震撼的稻草屋

中国的大学总数和规模目前世界第一。

可当过正省长又去当大学校长的，我们知道有两位，郭影秋和晁哲甫，他们都是冀鲁豫的老战士！

新中国成立后，郭影秋历任云南省委书记处书记、云南省省长等职。1957年党中央提出向科学文化进军，接受过高等师范教育的郭影秋决定，辞去云南省省长职务，主动要求到教育部门工作。

为此，周总理曾对云南籍辛亥革命老人李根源说：“贵省省长郭影秋，不愿当省长，自告奋勇到大学去。”这句诙谐的话反映了周总理对郭影秋同志主动到教育部门工作的赞赏。

郭影秋，冀鲁豫湖西根据地创始人之一。曾任湖西军分区司令员，冀鲁豫军区政治部主任等职。

当时许多同志对他的这一举动不甚理解，而他却对大家说：“省长、校长没有大小、高低之分，只是职务、分工上不同，都是为人民服务。我对教育工作很有兴趣也很有感情，与高级知识分子交朋友，同他们打成一片，既能为国家培养出大量的高级建设人才，又能增长自己的知识。这是多么有意义的工作呀。”

1957 年 9 月，中央任命郭影秋担任南京大学党委书记兼校长。南大师生闻讯而喜，又觉新奇。不免还有人疑惑：“他是来当省长的，还是来当校长的?”弦外之音是他来搞政治，还是办教育?

这年 11 月，“反右”刚刚结束，郭影秋到南大任职才两个多月，恰逢中文系三位德高望重的教授——胡小石、陈中凡、汪辟疆的七十寿辰，郭影秋在自己家中设宴，为“三老”祝寿，并亲自斟酒、敬酒，感谢三位老教授潜心治学、辛勤执教，为国家培养栋梁之材。

不久，郭影秋又在全校运动大会上向全校发出“坐下来，钻进去，认真读书”和“教学是压倒一切的中心任务”的号召，要求学生“要做课堂上的英雄”，并提倡“有经验的教师上（教学）第一线”“老教师上第一线”。

这些举措，许多教授、学者颔首称许：“郭校长是懂教育的。”

1963 年初，周总理又拟调郭影秋到国务院工作。恰在此时中国人民大学缺少一位主持日常工作的副校长，校长吴玉章久闻郭影秋同志品德高尚，作风谦和，能力很强，亲自面见周恩来总理要求把郭影秋调来中国人民大学。中央经慎重研究后，决定改派郭影秋同志到人民大学任党委书记兼副校长，协助吴玉章校长主持学校的全面工作。在全校的欢迎会上，德高望重的吴玉章校长对大家说：“我们请来了一位好校长。”

郭影秋来到中国人民大学后，坚持党的优良作风，密切联系群众，深入调查研究，广泛同教职员工交谈，积极探索，解放思想，理顺关系，狠抓队伍建设、校园建设，坚持以教学为中心，重视科学研究，不断提高办学水平，使中国人民大学在“文革”前的一段时间内取得了较快的发展。

正在这时“文革”开始，中国人民大学停办。造反派成立了“郭影秋专案组”，调查他的“历史问题”。

专案组的几个人，从北京到河南，又从河南到江苏、上海，最后又到了他曾经浴血奋战过的山东湖西地区，历时数月之久。凡是跟郭影秋以前有关系的同事、亲友，他们几乎都调查过。尽管那时郭影秋已经被打倒，可是，在调查的对象中几乎众口一词：“一身正气，两袖清风。”

最后，专案组来到郭影秋的家乡——徐州附近的铜山县马兰村。事先，他们知道郭影秋有个弟弟叫郭玉伦，就住在这个村子里。他们从徐州出发，乘坐火车，下车后又走了好几里地才来到马兰村。

他们先把介绍信交给了大队，然后大队负责人把他们领到郭玉伦的家。那是一个很普通的农家小院落。敲门进去之后，他们被眼前的情景惊呆了。因为整个屋子里除了一张桌子和几把椅子之外，几乎找不到像样的家具。特别令人惊奇的是，除了进门的堂屋之外，两间睡房地下都堆满了厚厚的稻草，硬是找不见一张床。于是，调查人员好奇地问，晚上在哪里睡觉？郭玉伦指着地上说，就在这稻草上睡。

调查人员真是无法相信，解放十多年了，这里农村的条件还是如此艰苦。堂堂一个省长的弟弟，居然睡在稻草铺上。如果不是亲眼所见，无论如何也不能相信。因为一般说来，北方农村是没有床的，可是有炕；没想到这屋里连炕也没有。再看看他身上的衣服，破旧如乞丐。

这憨厚朴实的主人还是招待调查人员吃了一顿午饭。饭后，有人悄悄地问郭玉伦，郭校长在云南当过省长，在南京大学当过校长，怎么不通过关系来改变你们的贫困呢？

郭玉伦说，新中国成立初期，哥哥在川南行署当主任。他写过信，想通过哥哥在外头找个工作。可是，郭影秋给他回信讲了许多道理，说共产党员不能搞特殊、不能为自己谋私。此后，知道了郭影秋的脾气，就再也没有打扰过他。

调查人员在徐州地区听说，郭影秋不但不给他弟弟“开后门”，就是整个马兰村乃至整个铜山县，都没有特例。据称，当地老乡中间，有少数人对此还颇有微词。造反派的头头看到调查报告，也不得不说：“看来这个人，大节、小节都不错。”

八十年代，有人曾经问过郭影秋本人，说这样做是否有一点过分？

郭影秋只是简单地回答了一句：“一人得道，鸡犬升天，这是我深恶痛绝的。”

1977 年底党中央决定恢复中国人民大学。1978 年 7 月，党中央、国务院任命郭影秋同志为中国人民大学党委第二书记兼副校长，协助年过八旬的成仿吾校长担负起繁重的复校任务。

在百废待举的艰难日子里，他强忍病痛，架着双拐，四处奔波。全校教职工团结一致，奏响了学校蓬勃发展的浩瀚长歌。短短几年工夫，中国人民大学一跃成为享誉国内外的全国重点大学。郭校长也成为深孚众望的好校长。

在担负学校党政领导工作的同时，郭影秋身体力行，深入教学与研究第一线，一方面给本科生讲授南明史专题、带研究生指导论文；另一方面研究清史，出版了《李定国纪年》，成为著名的明清史学家。熟悉他的人无不交口称赞：“文武双全、德才兼备，是党内不可多得的人才。”

1983 年，郭影秋被任命为中国人民大学名誉校长。

1985 年 10 月 29 日，郭影秋与世长辞。病重弥留期间，他以书面与口头的方式郑重表示：“我死后，第一，不要通知亲友，只报告党委和上级机关；第二，不开追悼会，不进行遗体告别；第三，将遗体交医院作科学研究用；第四，把《郭影秋诗选》的稿费交给党组织，作为最后一次党费。”

3. 没有糟糠，哪有省长

晁哲甫是当过正省长又去当大学校长的又一人。

晁哲甫 1894 年 12 月 13 日生于河南省清丰县，1917 年考入河北省高等师范学校。毕业后，先后在怀阳第二师范、北京香山慈幼园以及清丰教育界任教、任职。后在直隶省立第七师范学校任教务主任、校长。1926 年冬加入中国共产党。曾任清南边东中心县委书记、直南特委统战部长等职。1929 年下半年，中共顺直省委党内“左”倾机会主义领导提出并制定了一些“左”的口号和政策。晁哲甫认为目前革命处在低潮时期，敌人力量太大，急于发动暴动，只会招致失败。晁哲甫向省委陈述了自己意见。1930年春，省委宣布晁哲甫是“右”倾机会主义，将他开除出党。

被开除党籍，晁哲甫虽然想不通，但他明白地表示：“决不与党闹对立！”过去他把自己薪水的大部分交了党费，开除党籍后，他依然把薪水用来帮助党。

“七七事变”爆发后，晁哲甫恢复了党籍，因脱离过久，改为重新入党。他立即投入了抗日洪流。1944年夏末，他在延安中央党校整风学习，毛泽东接见了他，先问了冀鲁豫边区的情况，又问了李立三路线、王明路线造成的危害等。毛主席认真地听完晁哲甫的汇报说：“晁哲甫同志，你受委屈了！你敢于和‘左’的错误做斗争，是难能可贵的。当年开除你党籍的做法是完全错误的，要彻底给以平反，党龄要从入党之日算起！”

从延安回来，大家围着他求他讲讲领导人的故事，他讲：“朱瑞同志，那真是个人才。他出口成章，把他的讲话记录下来，就是一篇完好的文章。你再给他加一个字，或减一个字，都不容易。听他讲话，两只耳朵就像用绳子拴到他嘴上一样，直到他讲完。”

他讲邓小平、讲宋任穷说：“他们的工作作风都很民主，而且学识渊博，谈话和蔼可亲，真如春风化雨。原则性强，观点明确，真是与君一席谈，胜读十年书。他们的谈话，真是古今中外无所不知，使我感到邓小平，瓶（平）小，里边的货（学问、知识）可真不少；宋任穷，人（任）穷，肚里不穷。都是我们党了不起的人物。”

但他从来没在别人面前讲过毛泽东对他的评价。

有的人听说过这件事，问他细节。他说：“我现在已经在党内了，党籍咋算，那是组织上的事。”从此再没提过这事。

直至1958年，经中共中央组织部决定，才恢复了他的全部党龄，从1926年冬算起。

1949年8月平原省成立，晁哲甫任平原省人民政府主席、党组书记。1952年底，因国家区划调整，平原省撤销，晁哲甫调到山东工作，被任命为山东省副省长、山东省委常委兼统战部部长，他欣然赴任。而同时调动的个别同志，因正职变为副职而流露不舒畅的情绪，晁哲甫发现后，立即给予严肃的批评：“正职、副职都是为人民服务的，斤斤计较不是共产党员应该做的。”

在山东他分管过教育工作并兼山东大学校长、党委书记。

后来，组织上准备安排他任省政协主席，他得知消息后，多次找领导，说自己年老多病，请年富力强的同志担任此职务。最终安排他当了山东省政协副主席。

晁哲甫老伴是一个不识字的农村妇女，在他当了省长之后，老伴还手摇纺车，过着普通的农妇生活。有人半真半假地对晁哲甫说："省长夫人，一字不识，糟糠之妻，可以再易。"

没想到晁哲甫大发雷霆："没有糟糠，何来省长！在婚姻问题上，做人绝不能喜新厌旧。结发夫妻的情谊，我终生难忘。过去，我为革命常年在外奔波，是我这位老伴在家，代我侍奉老母。白天洗衣做饭，晚上同屋相伴，支撑着家庭，照顾着孩子。在敌伪追找革命家属之时，是她抛家舍屋，携独子背井离乡，东躲西藏，担惊受怕。她是人民的一分子，有功劳呀！抛弃老妻等于抛弃人民！"

晁哲甫 1970 年病逝，离世前他写下了这样一页日记：

我自实行工资制以来，零星在银行积存了成万的存款。总说为数不算大，而且是存在银行里，不误国家使用。但是由于所有制的作用，对我们全家的意识形态，都起了不小的坏影响。因此我终将此款作为党费交给党。

晁哲甫的最后一次党费是八千元。

1982 年晁哲甫被民政部追认为革命烈士。和平时期为一位病逝的省级干部追烈，前所未有！

晁哲甫还曾任冀鲁豫抗日中学校长、冀鲁豫边区行署主任、晋冀鲁豫边区政府教育厅长、华北人民政府教育部长等职，与教育有着不解之缘。

4. 四十二年不涨的工资

1993 年新华社北京 2 月 26 日电：

原中国有色金属工业总公司经济顾问郭超同志，因病医治无效，2 月 18 日在北京逝世，终年七十八岁。

郭超同志是河南省范县人，1935 年 5 月加入中国共产党。曾任冀鲁豫二地委副书记、书记、军分区政委，二野五兵团南下干部支队组织部长，中共贵州省委组织部部长，中央有色局西南分局局长、党组书记，重工业部有色金属管理局局长，冶金部有色局局长，中共西南局三线建设委员会委员兼云南省基本建设委员会主任，中共云南省委副书记、副省长、书记，中共福建省委书记等职。

机关研究他的丧事时，调看他的档案，才知他的行政八级工资是解放初 1951 年定的，以后再未调整过，行政待遇还是副部级。

郭超从 1958 年以来就一直担任副省长、省委书记等，按理早就应该是正部级待遇了。这是怎么回事？

和他共事多年的一些老同志解开了这个秘密。

郭超长期负责组织人事工作，每次提级名单报到郭超那里，他第一个就把自己的名字划掉，然后把爱人赵森的名字划掉。他对赵森说，我们现在的生活比过去好多了，能过得去，就不要再提这事了。因此他和老伴赵森的工资级别一直是 1951 年定的级，从未动过。

曾经有几位老同志到家看望他，主动问他待遇方面的问题，说国务院早有规定，对正部级干部住房有一定的优惠，问他是哪一级？工资是多少？他笑着说，你们问这个干啥，反正吃的住的都可以了，无忧无愁，接着就把话题转到了其他方面。

郭超去世后纪念他的文章可以说铺天盖地，我们无法一一记述，仅摘转部分文章题目以记下郭超对共和国的奉献：

郭超：对贵州党的组织工作的卓越贡献
郭超：中国有色金属工业的开创者
郭超：云南工业建设的卓越领导人
郭超同志与云南化学工业的开拓和发展
郭超同志与我国原子能工业
郭超同志为云南电力工业做出巨大贡献
郭超同志是云南经济建设的功臣

郭超：云南经济建设的开拓者现代工业的奠基人

郭超：云南工业的奠基者

郭超同志在发展云南烟草事业中的贡献

郭超：云南水电建设的奠基人

郭超同志亲切关怀云南橡胶事业

郭超：开创了福建外经外贸工作新局面

郭超：难忘的厦门特区管理委员会第一任主任

……

足够了，不用再赘述了！

郭超，老前辈，您是以怎样的辛勤和劳作，以怎样的付出和奉献，取得了这样辉煌的业绩？

郭超，老前辈，您和老伴四十二年没有涨过待遇，你面对人生，拥有何等宽博的胸怀！你面对名利，拥有何等崇高的节操！

5. 盛北光的“三下”

盛北光，山东省阳谷县熬盐场村人。

1939 年 10 月，时任一二九师先遣纵队二团政委的盛北光正带着部队在冀鲁豫边区休整。有一天，政治部主任王幼平跑到二团对他说：“你愿不愿意去延安学习？”盛北光高兴地跳起来道：“那是我向往已久的地方，还用说吗？肯定愿意去！”

经纵队确定，盛北光一行三人于 1939 年 10 月初离开先遣纵队。10 月间，到了太行山八路军前方总部听朱总司令讲了一课。

12 月 29 日到达后方八路军总部，见到干部科长胡耀邦同志。胡耀邦同志问了敌后情况后，给盛北光写了去中央马列学院学习的介绍信。

于是，盛北光开始了中央马列学院的学习生活。

1940 年，解放区进入了最为困难的时期。盛北光早期搞地下工作，为了跟农民接触，学会了吸烟。但无奈经济困难，买不起烟。毛主席来讲课有个习惯，一上来就抽烟，有些同学烟瘾上来，就捡毛主席丢的烟头抽。他抽的烟头，有时丢在讲台下。那些爱抽烟的同学，很会把握毛主席讲课的机会。一看今天是毛主席的课，都抢着往毛主席后面坐。每人拿着小马扎，放在毛主席后面，当时讲课没凳子、没桌子。那些同学就坐在后面等着捡毛主席吸剩的烟头抽。盛北光就做过这种事情。

毛主席不知道有人在后面捡烟头。后来，可能是毛主席的烟也供应不上了的缘故，主席一改往日丢烟头的习惯。有时抽一半，捏一捏，就磕一磕，又放兜里了，再抽烟时把剩的烟头接在另一支烟上接着抽。毛主席烟头渐渐丢得少了，甚至不丢了，所以大家也就捡不到了。

周总理从苏联回来，带来一个小电影放映机，亲自给大家放电影，盛北光第一次看的电影是《列宁在一九一七》。

盛北光在中央马列学院学习了一年，准备回冀鲁豫地区的部队。这时徐运北代表冀鲁豫到延安参加七大，他就找到盛北光商量，说中央要求在每个根据地代表中选一个人到社会部学习，冀鲁豫去的代表找不出这么一个人来，想让盛北光去。盛北光说，我是从一二九师调来的，同地方是两回事。徐运北说现在没办法，找不出人来了。我跟杨尚昆主任（当时负责华北局工作）说。

就这样，盛北光于 12 月 29 日去了设在枣园的社会部，在这里学习了一年。第二年 12 月，学习结束，组织上把他留在了中央社会部二科，负责起草中央八路军、新四军对敌斗争保卫工作的报告，定稿后交给毛主席。

社会部工作基本稳定下来了。1942 年 2 月底，一二九师的组织部长徐立清突然打来电话来讲：“北光同志，可找到你了，师部首长叫你立即回来。”

这样，经延安方面和敌后根据地联系，决定由盛北光带着四十来个干部回敌后。路上经过一二〇师驻地绥德时，盛北光巧遇到贺龙、习仲勋，三人同住在一个地主的院子里。他们问盛北光是从哪里来的，盛北光说是从延安来的。他们一看盛北光带来的都是年轻干部，大声说欢迎、欢迎。

盛北光一看就知道他们想截留他们几个同志。盛北光告诉贺龙同志说：“我们是去太行的。”贺龙说：“哟，太行过不去。”他讲那边形势如何严峻（当时敌人已开始对太行山进行大扫荡），要盛北光一行留在一二〇师工作。盛北光连忙说：“那不行，队里有一些人是一二九师干部的爱人。”贺龙说：“不行，你们过不去，我给你写信，你找甘主任（一二〇师政治部主任）留下再说。”

与贺龙、习仲勋刚分手，一二〇师政治部的干部科长就来领人了。

盛北光说不行，这里面有一二九师宣传部长朱光的爱人，还有一个是地委书记的爱人，还有太岳根据地的几个女同志。他们反复动员，终于劝留了一对年轻夫妇。

走到同蒲路交通站，盛北光又遇到了带着干部去延安的萧劲光。萧劲光一行去延安，盛北光带的人去太行，由于那时每个地区都有各自的货币，到了其他地方就不能用了。盛北光带的是晋西北的，萧劲光带的是太行的，双方商量互相交换一下货币。于是，个人之间互相做了交换，你给我十块，我给你十块。大家分头换好了，肖劲光找到盛北光说："盛队长同志，你别欺骗我们啊！"盛北光感到莫名其妙，问他："怎么欺骗你们了？"萧劲光说："你们那边几块才顶我们一块，你们一块换我们一块，我们吃亏喽。"盛北光哈哈大笑说："我也不晓得，反正都是我们八路军的钱，解放区的钱。就这样了。"

盛北光一行7月间来到一二九师政治部驻地王堡。一二九师锄奸部的同志找来了，说："你来得正好，我们正缺人，你可不能走。"盛北光说我要回冀鲁豫部队去，回去还搞部队工作。他们说，你是在社会部学习了的，你不在这里不行。不得已，盛北光只得留下。分给盛北光的任务是建立外线工作站，地点在河北省赞皇县一个叫玉皇庙村的地方。

两天后，新任命的外线工作站站长盛北光换上便衣，带着一名小伙计（通讯员），牵着一头毛驴，来到了玉皇庙。盛北光向老百姓借了一间很大的碾坊，搞起了一个门面，起了一个字号，叫"鸿盛祥"，写了几个大字挂起来办起了情报站。盛北光的身份是小老板。

就这样，八路军堂堂的团政委，在中央学习了两年，给毛主席写了半年的材料，千里迢迢，谢绝了许多领导好心的挽留，最后成了玉皇庙"鸿盛祥"的小老板。

盛北光以商人的身份深入敌后，走村串巷搜集了大量敌区的情报资料，源源不断地送往一二九师和解放区。

这是"一下"。

1950年5月，海南岛解放。海南岛作为一个地级行政区，归广东省管辖，急需建立公安保卫机关。华南分局请求中南局让社会部负责选送一个公安局长。

中南局社会部党委讨论来讨论去，找不到合适的人选。当时盛北光是中南局社会部的党委成员。他主动站出来说："我去吧。"组织上原定派盛北光去广西筹建广西公安厅。一些老同志都劝阻：你去不合适，职务不相当。

过了两天，中南局组织部找盛北光谈话，李雪峰部长说："你真的决定去海南?"盛北光说："没有人去，我就去吧。"

临走前中南局写了封介绍信，信中意见是要盛北光任广东省公安厅副厅长兼海南公安局局长。到了广东省公安厅报到，厅长谭正文正在北京公安部开会，回话说："你跟盛北光同志商量一下，问他去海南不兼公安厅副厅长可不可以?"

盛北光想，我是去海南岛工作的，兼不兼公安厅副厅长没有什么关系，不兼就不兼吧！

就这样盛北光从几乎到手的正厅级职务，一下成了县团级的公安局长。

这是"二下"。

1953 年 8 月间，中南行政委员会林彪（时兼任中南行政委员会主任）签署命令任命盛北光为中南公安干校校长。盛北光回到了武汉。

1955 年 4 月，周总理签署任命状，盛北光出任中央公安学院武汉分院院长。

后来大区撤销，外交部和中南局组织部的同志都同盛北光商谈，要他搞外交工作或调到某单位搞城市管理。但公安部不放，曾透露要调盛北光到河南省或山东省工作，湖北省委也要盛北光继续留在湖北。

在这种情况下盛北光向中央公安部上书三条意见：一、要到确实需要人的地方去，决不充数吃现成饭；二、不论什么工作，我只任副职；三、不限地区与远近，哪怕是云贵都可以。

不久公安部政治部来电话，说贵州缺人，可不可以？盛北光说，可以。贵州属于边远贫困山区，有待开发，特别需要人，为何不可呢?

后来部长助理马键同志又先后两次来电话，问盛北光去贵州是否本意。盛北光说，既然说了就算数，部里定了就走。

就这样，1962 年 2 月，盛北光来到贵州，任公安厅副厅长。

这是"三下"。

1978 年，中央决定恢复重建检察院，盛北光兼任贵州省省检察长，建立了贵州省的各级检察院，恢复了检察工作。

从恢复建设检察院到1983年，盛北光担任了五年的检察长。

后来他在回忆录中说：纵观我七十年的革命历程，自始至终为的是实现共产主义伟大理想，为党和人民的革命事业做了六十年的卫士，但深感对革命贡献渺小无几，还距自己的革命要求和愿望相差甚远。我常喟叹人生的短暂，不能为党做出更多的贡献，现在只有生命不息，战斗不止。

当后来有人疑惑地问为什么应得的职级却不要时，他笑了笑说了这么一段话：“毛主席曾在1938年4月‘抗大’演说中这样提醒干部，尤其是农村出身的干部，要警惕一下，不要见钱就眼红了，因为过去在乡下见不得钱。毛主席的话我记了一辈子。”

6. “红旗司令”

潘焱，1929年12月跟着本家的一位二爷参加了中国工农红军，当时还只是一个十三岁的“红军仔”。

潘焱参加了红军的第二、三、四、五次反围剿，从一个传令兵到排长、连长、营长、团政治委员、师作战股长、军侦察科长。长征三过草地，到达延安，任第一大队队长兼军事主任教员。

1941年冬末，组织上决定调他到冀鲁豫边区办抗大分校，他便带上六十名教职员干部，越过敌人的重重封锁线，到达鲁西南，向冀鲁豫军区司令员杨得志、政委苏振华报到。潘焱被任命为陆军中学教育长（校长由杨得志兼任），并亲自教授抗日战争战术的课程。敌人来了，学校师生就是战斗部队。1942年，日军三次大扫荡，他三次带师生突围，他的爱人在第三次突围中落入敌手被关进郓城监狱，受尽酷刑，坚贞不屈，最后壮烈牺牲。他们夫妇离开延安时，将出生几个月的女儿托付给老乡，后来也失去了联系。

潘焱后任冀鲁豫三旅参谋长，第二军分区参谋长。1945年10月，他任冀鲁豫军区参谋长、晋冀鲁豫野战军第七纵队参谋长，在鲁西南战役中，参与指挥了郓城之战，歼敌一万余人，立下头功，受到刘伯承、邓小平的通令嘉奖。

郓城战役之后，紧接着参加了六营集战斗，经过激战又俘敌三十二师、七十师一万一千余人，歼灭敌人二千五百余人，并活捉敌七十师师长陈颐鼎，尔后又配合兄弟部队一起参加了独山集等战斗。

1950 年 1 月，潘焱同志任第二野战军五兵团参谋长兼贵州军区参谋长、贵州军区副司令员。他领导指挥了贵州的剿匪作战。

1961 年至 1979 年，潘焱同志先后任海军北海舰队副司令员、海军参谋长。1979 年 1 月至 1983 年 9 月，潘焱同志历任北京军区副司令员兼北京卫戍区司令，是第六、七届全国人大常务委员会委员。

在他担任人大常委期间，人民大会堂每有会议，人们常会看到一辆红旗轿车停留在大会堂边。这在二十世纪九十年代已经是不常见的车型了。因此，交警先是认识了车，后认识了潘司令，大会堂工作人员对潘司令更是熟悉。

每年一次的全国人民代表大会，停车场上红旗车常常是仅此一辆，人大常委会有人称潘老为“红旗司令”。

1985 年，国家进口了大批日本车作为专车配发给领导同志。当时军队装备部门要为他换新车。潘老说：“我的车还能跑，不用换。”许多老同志和部长介绍日本车的好处。秘书张培松问他：“为什么不换车？”他说：“我们自己能够生产车，为什么非要坐进口的？我就坐国产车。”

全国人大常委享受“副国级”待遇，可潘焱依然乘坐那辆老红旗车。

1990 年 7 月的一天，他刚从人民大会堂开会回到家里，门铃突然响起。秘书打开大门，见一个陌生的中年妇女跪在门前哭着要见首长。她是吉林省的一个上访者，姓孙，是吉林省一个工厂的出纳，因举报厂长和会计有贪污行为，遭受打击报复，扣发工资。该分的房子没分上，该有的福利也被取消了。在北京已经上访三年，一直没有结果，想让首长主持公道。

潘焱看完她的材料后给她讲：“我调查了解一下，如果属实一定帮你。”

第二天，潘焱就把她的材料转到全国人大信访办进行调查核实。半个月后，时任全国人大秘书长的曹志同志到吉林省视察工作，潘焱又专门给他讲了这件事，请他过问一下。亚运会前夕，潘焱到长春参加某军建军四十五周年典礼，会议期间，他又找到吉林省人大有关领导落实此事。在潘焱的一再关注下，上访者的问题得到了圆满解决。

事后，秘书百思不得其解，一个东北的女同志，是怎么找到首长家的？经询问，那位上访者说，她在人民大会堂，多次见到一辆红旗车，因为其他代表都坐进口车，所以比较显眼。红旗车又破又旧，坐这辆车的首长肯定好接触。于是，她每天都追这辆车，直到追不见为止，这样一天追一段，就一直追到家里来了。

2014 年 5 月《解放军报》发布一则新闻：经习主席和中央军委批准，四总部印发《关于军队贯彻落实〈党政机关厉行节约反对浪费条例〉的措施》，明确规定：公务用车实行集中“选用国产自主品牌汽车，是军队公务用车改革的‘硬杠杠’”。

1999 年 4 月 24 日，潘焱病逝于北京，享年八十三岁。冀鲁豫老战士夏川写诗哀悼：

冬梅一束为君祭

你我结识冀鲁豫，陆军中学巧相遇。
此后工作常调动，不负众望多战绩。
率部奇袭八公桥，传为美谈人称许。
驰援水东取柘城，顽敌惨败万众喜。
郓城鏖战立头功，刘邓表扬更律己。
千里跃进大别山，创建淮西根据地。
淮海战役决雌雄，浴血奋战歼顽敌。
渡过长江出贵州，清剿匪患夺胜利。
援朝守卫三八线，不辱使命受赞誉。
海军任职十数年，反击入侵保疆域。
文革抵制四人帮，党性坚强志不移。
卫戍京都肩重任，无私无畏成大器。
革命生涯七十载，为党为国尽心力。
英勇善战不怕难，披荆斩棘开新宇。
磊落正直能实干，终日辛苦不停息。
一身清廉性高洁，淡泊名利顾大局。
品德高尚人人敬，春光永驻常相忆。
不朽功勋垂青史，冬梅一束为君祭。

2000 年 1 月 3 日

7. 生命倒计时

人生如白驹过隙，忽然而已。

当一个人经过几十年的生命旅程就要走到终点时，他会想些什么？

1982 年底，杨勇被查出患了不治之症，医生没有瞒他，预期生存一到两个月。

在得知病情后，杨勇极为平静，他提出三条，不做化疗，不做放疗，不做手术，听其自然。杨勇说："预计我还可以活三十到六十天。就折中一下，算四十五天吧，除去最后十天脑子可能不清醒，还剩三十五天。我还有三十天的时间可以工作，另外五天用来处理个人的事。"

他按照四十五天来安排生命的最后时间表。

于是，从第二天开始，应约来病房谈工作的人川流不息，杨勇把一项又一项的工作进行了认真的交代；向中央提出了他对军队建设的意见；也同许多患难与共几十年的老战友和朝夕相处的青年同志话别，把一个又一个温暖的期望留赠生者。

他在和死神抢时间。

最后的日子里，杨勇依然坚持在病房里踱步。虽然不得不借助手杖，一步一步挪着，但背不驼，腰不弯，昂首挺胸，仍然保持着军人威严的仪表。这些日子他都想些什么呢？

他一定会想起自己的一生，有多少次与死神擦肩：红军打长沙，他摸到敌人碉堡跟前，让敌人发现了，一颗手榴弹砸在他背上。偏偏手榴弹没响，只把他的背砸了个大包；在长征途中，他得了伤寒，给他看病的医生被传染死了，他却出人意料地活了过来；一渡赤水时，在土城战斗中一颗子弹穿透他的腮部，打掉五六颗牙，这使他的后半生只能用一半真牙一半假牙吃饭，而且别人常常听不懂他说的话。而杨勇笑着说，不仅没死，还给我留下了一个"酒窝"……

他一定会想起郓城樊坝战斗，那是冀鲁豫边区创立的奠基礼！

他一定会想起梁山会议，从此在冀鲁豫平原上，抗日的人民群众形成了无数的"人山""人林"，部队有了一座座坚强的"堡垒"，有了巩固的根据地，从此无往不胜，纵横自如。

他一定会想起，在冀鲁豫边区前后战斗的八年里，和边区人民一同经历了抗日民族解放战争与第三次国内革命战争的艰苦岁月。

三十天过去了，杨勇把想到的工作都做完了，他长出了一口气，轻松地向后一靠，对爱人林彬说："明天，向医院请假，我要回家。"

回到家里，他伏在小床边盯着小孙女足足看了半个多小时，孙女才两个半月大，长得粉白细嫩。杨勇看呀看，总看不够。孙女向爷爷笑了，这是一个婴儿的第一次微笑，甜甜的，淡淡的，但遗憾的是，这也是爷爷最后一次看着她笑。

"小南南小时候尿了我一身，孙女还没尿过哩!"杨勇感叹道。从确诊到现在几十天了，只有这一次使人感到他对死有些遗憾。

在冬日的阳光下，他围着院子的菜地转了好久。他曾那么喜爱种菜。冀鲁豫边区最困难的时候，他带头参加大生产。自己动手开了荒地，种了粮食，还有好多蔬菜。而今年家里的地还在荒着……

他看着和妻子林彬的合影，想起了他们在冀鲁豫相识，在冀鲁豫结婚的情景。结婚那天，新娘子林彬是由运西地委宣传部长申云浦——

1949 年 3 月，五兵团司令员杨勇在河南与小朋友们在一起。

“申二哥”送来的。林彬参加革命工作后即在申云浦的领导下开展工作，“申二哥”亲自送亲，杨勇、林彬心里都很高兴。多少年他们常常回忆起那一天……

也许他也回忆到，他与杨成武、杨得志被毛泽东并称为“三杨开泰”。在抗美援朝战争中，他和杨得志、杨成武都先后赴朝参加作战，最后毛泽东点名让他担任中国人民志愿军总司令，他指挥的决定性一战——金城反击战，歼敌五万多，迫使美军接受板门店谈判。

炊事员朱学林煮好了他最爱喝的苞米粥，含着泪端上来。杨勇似乎意识到这是在家中吃的最后一顿饭了，特意细品慢咽，似乎想把这一段时光留住。

太阳渐渐落下去了，杨勇不得不走了，他对送行的警卫战士说：“同志们辛苦了，谢谢你们。”警卫战士哗啦一下围上来，眼泪禁不住流了下来。

总参谋长杨得志匆匆赶到医院，杨勇拉着他的手说：“老杨哥。”

杨勇、杨得志，人称冀鲁豫“二杨”。俩人一直并肩战斗在冀鲁豫战场，杨得志比他大两岁，杨勇叫了他一辈子老杨哥。而现在，老杨哥身体健康，老杨弟却要告别了。想到此，杨得志泪流满面……

杨勇拉着杨得志的手说：“我的病情我知道。你工作多，不要为我分散精力。告诉医生不要用药了，不起作用，那是浪费。不要再浪费国家和人民的钱了！”

该干的事都干完了，时间还有富余。杨勇已经非常衰弱。工作人员对林彬说：“让首长讲讲自己的经历吧。”杨勇摇头，关于自己，他觉得没什么可说的。不写回忆录是杨勇的一贯思想，他说过：“每个人的历史都是自己用行动写成的，是非功过，要在死后由别人去评定。”以前，杨勇在审查战史或回忆录时，凡是提到他的名字，他都要删去，他自己更是不写自述性的东西。

贵州刚解放不久，苏联顾问到贵阳拍电影，理所当然地要给贵州省的领导人杨勇拍镜头。杨勇说：“不要拍我，少拍领导，多拍群众。”

1982 年 6 月，贵州省政协、省军区决定出版革命回忆录《回顾贵州解放》一书，专门派人向杨勇约稿。杨勇认为这是一件很有意义的工作，但他不同意写自己。经过再三解释，还通过潘焱等老战友做工作，说这不是宣传个人，而是宣传党的领导，宣传人民群众在伟大斗争中的历史功勋，杨勇这才答应，抱病写了《回顾贵州解放》一文。这篇文章成了他一生中最后的遗作。

这天下午，他把全家人唤到床前，说："看起来我是不行了，趁现在清醒我说几句话，就算是遗嘱吧……人活七十古来稀，今年我已七十岁了……我仔细想过了，我这一生没有什么可遗憾的。党对我很好，我也无愧于党……'文化大革命'，那几年不能算数……我死后，你们要依靠自己去生活，努力为党工作，不要向组织提出任何个人要求……"杨勇的声音是那么平静，平静得使人很难相信死神已悄然站在他身边。

歇息了一会，杨勇又睁开了眼睛，他谈了对孩子们的看法和希望，只用几分钟交代了身后事。然后，吃力地挥了挥手，说："你们去吧，我要休息。"说完，他闭上眼睛，睡了。

当一缕阳光再度射进病房时，杨勇几乎是兴奋地对家人说："今天是四十六天！我刮了胡子……"他显得那样满足，那样舒畅，仿佛在告诉人们，他又打了一次胜仗，在与死神的赛跑中，他做完了该做的事情……

杨勇比自己估计的多活了五天。

临终前，医院报病危，胡耀邦接到电话，匆匆赶来，守在他旁边。

林彬放声大哭，家人和工作人员流着泪眼巴巴地望着监护器，盼望能出现奇迹。杨勇昏迷着，只剩一口细微的气。监护器里心脏的波纹越来越平，眼看成了一条直线。大家都恨自己没有办法阻止死神的脚步。杨勇就这么睡着走了，仿佛睡得很熟。

是不是他在睡梦中回到了冀鲁豫平原？回到了那一次次起死回生的战场？回到了千百万人民群众的怀中？

病房静得吓人，没有人敢惊醒熟睡中的将军。

这一天是1983年1月6日1时55分。他七十岁。

杨勇，壮哉！共和国功勋卓著的上将！

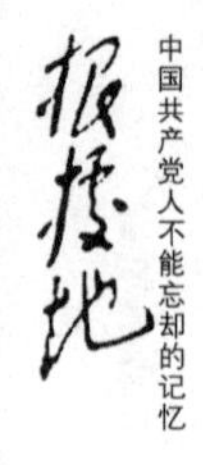

8. 监狱里的思考

写冀鲁豫不能不写赵健民。

赵健民是冀鲁豫边区的又一位重要的创始人。

1997 年他和杨得志、段君毅等倡议党中央批准修建了冀鲁豫边区革命纪念馆。

1998 年到 2000 年，我们曾三次采访他。

赵健民 1912 年 6 月 24 日生于山东省冠县。1932 年 11 月加入中国共产党。1933 年 7 月，山东省委及全省党组织遭受严重破坏，与中央失去联系。他与部分共产党员一起，独立开展党的工作，在极困难的条件下，恢复和发展山东部分地区的党组织，组成了济南市委和山东省工委，任济南市委书记，山东省工委组织部部长。并几经努力，于 1935 年底与北方局接上关系，为中共山东党组织的建设做出了突出贡献。

1936 年 9 月，因叛徒出卖而被捕。在济南韩复榘的牢狱中受尽酷刑，坚贞不屈，保护了山东党组织。

1937 年 10 月，在国共两党合作抗日的形势下，我党著名的“统战将军”张经武前往济南，把毛泽东的亲笔信面交韩复榘，使韩复榘答应释放政治犯，赵健民得以取保出狱。

赵健民出狱后，任中共鲁西北特委书记，1945 年 10 月任中共冀鲁豫区委副书记兼冀鲁豫军区副政治委员，1946 年 7 月又兼任晋冀鲁豫军区后方战勤总指挥部政治委员，1947 年 9 月任冀鲁豫军区司令员，1949 年 1 月任第二野战军第五兵团第十七军政委兼军长。

1955 年至 1959 年 9 月，任中共山东省委第三书记，山东省省长，因抵制“左”的错误，1959 年 9 月降职为济南钢铁厂党委第二书记、副厂长。

“文革”中，因对“左”倾错误提出批评、进行抵制，遭康生诬陷，被收监关押七年零八个月。

1978 年 9 月，获得公开平反，恢复名誉。任国家第三（航空）机械工业部党组副书记、副部长。1981 年 7 月，带头要求退居第二线。是年 12 月，任第三机械工业部顾问组组长。

赵健民一生写了不少回忆录，与别人不同的是，他的回忆录结尾处，

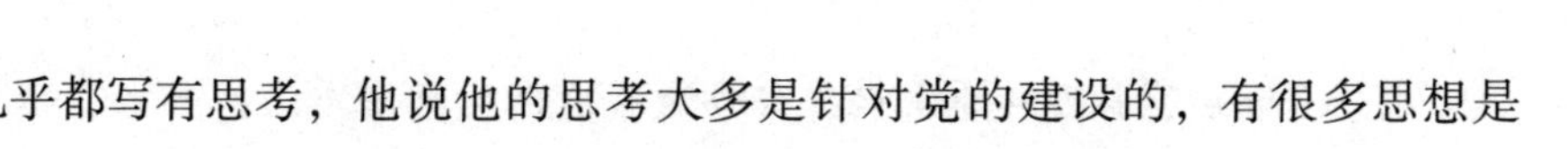

几乎都写有思考，他说他的思考大多是针对党的建设的，有很多思想是在蹲监狱时形成的。翻开赵健民文集第一篇便是在监狱写的一封信：

狱中致中共山东省委书记黎玉的信

（1936 年 9 月 28 日）

严兄（黎玉的化名）：

我被莱芜一个见过面的熟人叛卖，为特务队逮捕。他们指证我是共产党的负责人，要我说出上下左右的关系。他们的这一切企图，都是枉费心机的。从上午 10 时到下午 5 时，对我实施了各种的酷刑。他们这一切，对一个有坚定信念，早已立下舍生取义的信念的人来说，都是徒劳的。不管前面有什么更加严峻的惊涛骇浪在等待着我，我已下定决心，宁为玉碎，不为瓦全。海可枯，石可烂，浩然正气之节不可变。请放心！愚弟粉身碎骨，决不连累朋友！

愚弟赵健民

民国二十五年九月二十八日

于第三路军军法处拘留所

后来赵健民写了《1932 年至 1937 年中共山东党组织部分历史情况简要回忆》，在最后他写了一段话：

从党的建设中体验到：党的内部组织必须整顿，不然的话，让一些投机分子、腐化分子、阶级异己分子混入到党的队伍中，在党与敌人进行斗争中，不但不能取得胜利，而且随时都会遭到严重损失。陈衡舟、宋鸣时叛党的教训是深刻的。对这两个人，不要说拿党员的标准去衡量，就是拿当时普通人的道德标准去衡量，也不在好人行列。陈衡舟骄傲自大到了极点，他当时讽刺团省委其他同志："他妈的，你们懂得什么叫不断革命论吗？"当其他同志问他什么是不断革命论时，他却不讲，唯恐别人知道了，他不能专有。另外，他不从工作出发，自私自利，到了难以容忍的程度。宋鸣时拿党在极困难的情形下凑集的几个钱供个人享乐。就这两个人，一个做了省团特委书记，一个做了党的临时省委组织部长，以致在重要时刻出卖组织，叛变投敌，使党遭受极大损失。

1958年1月赵健民写了《改革党和国家现行政治体制，进一步发展社会主义民主》一文，文章中写道：

新中国建立以来，我们事实上实行的就是权力过分集中和干部领导职务终身制的制度。这个制度弊病不少。容易形成家长制、一言堂……权力过分集中，家长制的领导，实际是“人治”而不是“法治”。在这种情况下，领导人的思想意识、政治品质好，马列主义水平高，知识面广，会好一些，反之，就差一些；而遇到坏人，遇到思想意识不健康的人，遇到主观武断的人，我们的事业就会受到损失和挫折。我们需要的不是“人治”，不是人好就好、人坏就坏的制度。

1991年11月赵健民写了《关于反和平演变反腐败及二者关系的意见》一文，在文章中他说：

在改革开放、发展商品经济的条件下，共产党员更加需要自觉保持清正廉洁，坚决反对腐败行为。如果听任腐败现象蔓延，党就有走向自我毁灭的危险。这是关系到几千万烈士用鲜血所换取的胜利保持和丢失的问题，是关系到党的生死存亡问题。

如何反对腐败？当前腐败问题的严重性，已经发展到广大群众纷纷议论的程度。冰冻三尺，非一日之寒。在开放、搞活经济中，在发展商品经济中，出点问题不值得大惊小怪，但作为共产党领导的社会主义国家，社会秩序混乱到这种地步，腐败问题严重到这种地步，是绝对不应该的……

新中国建立初期，毛泽东主席批准枪毙腐败分子刘青山、张子善，就刹住了腐败风的发展。现在枪毙的人数比当时多几倍、十几倍，也没刹住腐败风的发展。这是很值得我们深思和研究的……

应实行定期印发省、市、自治区党委、政府、人大常委会会议记录和主要领导人言行的制度，以便党员、人民了解、监督。我国封建时代就有史官对皇帝记言行的制度，现在刊印作为人民公仆的党政领导干部的言行和会议记录（国防、外交、反敌特斗争等机密除外），让党员、人民了解、学习、评论、监督，是很有必要的。我认为，作为马克思主义的信仰者，党和国家的高级干部，都应有“吾平生所为无不可告人者”的优良品质。

2012 年 4 月 8 日，赵健民在北京逝世。

饱受磨难，忠贞不渝，一生忧国忧民的赵健民享年一百岁。

9. 记者同志请留步

2009 年，我们采访了冀鲁豫南下干部——原贵州省人大常委会主任张玉环。

采访结束，我们正要离开。张玉环突然说了一句：记者同志，请留步。我们返回屋内，他说：“这个你们不用录像，我想说一点感受。最近我在看关于前苏联解体、苏共垮台内幕的一些文章，真是触目惊心。这么大一个党说垮就垮了，悲哀啊！苏共倒了，第二天商店照常开门，人民照常生活，这个党在人民心中早已没有位置了，这是最大的悲哀。苏共党内有个既得利益集团，脱离了人民。我在想我们中国共产党内有没有这个既得利益集团呢？一旦形成这个既得利益集团，他们就会用法律形式把他们的利益固定下来，到那时党就变性了，国就变质了，人民的利益就没有了，危险啊！记者同志，你们年轻人，要多关注这个啊!”

这一年张玉环八十七岁。今年九十二岁，健在。

10. 永恒的真理

我们确定先制作一部南下干部的专题片，采访的第一个人是徐运北。他是中共冀鲁豫区委副书记、冀鲁豫军区副政治委员、南下支队的老政委、贵州省委副书记。

徐运北 1952 年至 1965 间任国家卫生部副部长、党组书记。这期间他参与了两件惊动全国的大事。

1955 年 11 月 16 日，毛主席在杭州开会，要徐运北立即乘中央办公厅给毛主席送文件的飞机去杭州，去汇报防治血吸虫病的问题。

毛主席一边吃饭，一面听徐运北汇报血吸虫病问题。毛主席说，广大农民翻了身，必须帮助农民战胜危害严重的疾病。要充分发挥科学家的作用，也要发动群众，不依靠群众是不行的。

当时卫生部有一个十五年消灭血吸虫病的初步计划。毛主席说，不行，太长了，群众等不得。

最后毛主席亲自议定：党内成立防治血吸虫病领导小组，徐运北为副组长。毛主席还指示徐运北："你明天就要先看看浙江重点疫区的情况，一定要调查研究，深入基层，亲自掌握情况……"第二天上午，徐运北到嘉兴县重点乡了解病人和钉螺分布情况，酝酿防治血吸虫病具体措施。

不久国务院发出了《关于消灭血吸虫病的指示》。从 1955 年底和 1956 年春开始，有计划、有组织、大规模的防治血吸虫病的群众运动在各个疫区蓬勃开展。

广大群众听了毛主席关于消灭血吸虫病指示的传达，欢欣鼓舞。他们说："只有共产党、毛主席的领导，才能消灭血吸虫病。""共产党领导我们发展生产，关心我们的健康，我们要以消灭血吸虫病的实际行动回报毛主席的关怀。"

1958 年 6 月 30 日《人民日报》报道了江西省余江县消灭血吸虫病的消息，毛主席看后，夜不能寐，欣然命笔，写下了《送瘟神》的光辉诗篇。

绿水青山枉自多，华佗无奈小虫何！
千村薜荔人遗矢，万户萧疏鬼唱歌。
坐地日行八万里，巡天遥看一千河。
牛郎欲问瘟神事，一样悲欢逐逝波。

春风杨柳万千条，六亿神州尽舜尧。
红雨随心翻作浪，青山着意化为桥。
天连五岭银锄落，地动山河铁臂摇。
借问瘟君欲何往，纸船明烛照天烧。

1960年2月3日，山西省平陆县六十一名修路民工食物中毒，生命危急。县委郝书记亲自领导抢救，因情况危急，急需大量特种药品，县里和省里都无法解决。

郝书记斩钉截铁地说："为了六十一位同志的生命，现在我们只好麻烦中央，向首都求援。向卫生部挂特急电话！"

下午4时多，特急电话打到了卫生部。正在主持开部党组会议的党组书记徐运北接到报告立即说："停止开会，全力抢救人民生命，立刻找民航局或请空军支援送药！"

马上，从卫生部、特种药品商店到民航局、人民空军，都紧急动员起来了，由人民空军当天深夜将药品空投到该县。六十一个民工弟兄的生命终于化险为夷。

后来王石、房树民两位记者合写了一篇报道发表在《中国青年报》上，这就是通讯名篇《为了六十一个阶级兄弟》。

这篇通讯入选了中学课本，影响了几代人。

富有传奇色彩的徐运北老人年事已高，接受我们采访时，思维已经不太清晰，常常答非所问。但采访中，老人一直反复表达着这样一个意思：

> 南下取得胜利。取得胜利的法宝是发动群众，依靠群众，不总结这一条不行的。
>
> 南下支队的想法，我的想法，就是从菏泽开始，搞几个点，发动群众，依靠群众。
>
> 南下到底是怎么起来的，没有农民的发动，是起不来的。将来社会主义从哪来，从人民。应该有人能写出这本书来。

徐老的思维断断续续。我们没有采访到任何有关南下支队的具体细节和他个人的具体事迹，但老人在断续的思维中反复阐述着一个永恒的真理：只有依靠人民，发动群众，才能取得中国革命的成功。

时间淘去了老人的大部分记忆，他的脑海中只剩下了"人民"二字。

尾章　伟大的遗产

在漫长的革命岁月里，战斗在冀鲁豫边区的五万余名优秀儿女，为民族的独立和人民的解放献出了宝贵的生命；同时，冀鲁豫边区也造就了大批英才，新中国成立后他们成为治党治军治国的栋梁。

刘少奇、邓小平、彭德怀、聂荣臻、刘伯承、罗荣桓、陈毅、徐向前、粟裕、陈赓、宋任穷、黄克诚等革命元勋们先后在冀鲁豫边区战斗工作过。

这里成长出赵紫阳、段君毅、杨得志、杨勇、黄敬、陈光、韩先楚、陈锡联、滕代远、张玺、赵健民、李聚奎、李德生、梁兴初、陈少敏、陈沂、徐运北、万里、田纪云、陈璞如、谭冠三、谭甫仁、姜思毅、黎玉、吴法宪、肖华、曹里怀、张经武、张承先、潘焱、张玺、张国华、张寅初、苏振华、杜义德、王近山、孙继先、纪登奎、任仲夷、齐燕铭、王猛、王从吾、许梦侠、刘晏春、刘致远、石新安、甘渭汉、邓存伦、王辉球、陈再道、孔庆德、尹先炳、王乐亭、王秉璋、王宏坤、王幼平、王定烈、刘贤权、阴法唐、马国瑞、潘复生、曾思玉、裴志耕、唐亮、晁哲甫、吴芝圃、韩哲一、秦和珍、贾心斋、朱穆之、申云浦、郭影秋、赵基梅、盛北光、郭超、吴忠、吴实、吴肃、苗春亭、张玉环、金风等共和国的高级领导人和将领二百多人。

冀鲁豫的革命种子随着刘邓大军转战黄河南北、大江两岸，随着大批干部南下北上，撒遍了祖国大地。解放战争之初，冀鲁豫子弟兵随四野进军东北，东北解放后，又随百万大军入关，平津战役胜利后，回头南征，一直打到海南岛；新中国的旭日初升，冀鲁豫六千儿女南下入黔、入滇，剿匪，土改，建立人民政权，把冀鲁豫的精神融入中华民族的大动脉之中。

除冀鲁豫本地外，中国的大西南——云贵川是冀鲁豫南下干部最集中的地方。我们的采访最早是在贵州进行的。

由于原平原省撤销建制，致使大批文献档案散失，贵州留下的冀鲁豫边区的党史和战史比菏泽更丰富、更详细。

2013 年，菏泽市政协副主席陶体华、文史委主任徐东和政协研究室副主任刘海鹰共同带队在贵州进行“红色抢救工程”。采访前，贵州省委老干部局提供的还健在的老干部名单不足千人。

我们来得太晚了！

几乎采访的每一天我们都被感动着。

菏泽市政协副主席付守明也是一位冀鲁豫的老革命的后代，他在贵阳带领着我们采访。听到申云浦的故事，激动不已，他连夜给在大学里当老师的儿子打电话，问儿子能不能理解这些老干部的情怀。儿子动情地说：“不光我能理解，如果讲给我的学生听，学生也会感动！只是这些年很少有人讲给我们听。”

贵州省委常委、组织部长孙永春说：“红色故事不是没人听了，而是这些年我们没有讲好。”

陶体华说：“南下干部的感人故事，必须让它活起来。”

我们把采访的部分素材先做成了一部专题片，片名是《永远的冀鲁豫》。

时任菏泽市委书记的于晓明同志两次审片，桌上都留下了片片沾满泪水的纸巾。他握住编导的手说：“你们干了一件大好事，功德无量。”他当即指示：将此片作为群众路线教育实践活动的教材，菏泽地区的广大党员干部都要收看、学习。

时任菏泽市长的孙爱军同志看了片子说：“冀鲁豫历史是一笔巨大的精神财富，我们必须全力以赴做好红色历史的抢救工作，并把冀鲁豫精神融入共产党人的宗旨和各项工作中。”

菏泽市政协主席刘勇看了片子泪流满面，说：“任内做好这一件事情，足矣！”

市委书记和市长带着五大班子和四百多名县区干部集中收看纪录片，整个现场抽泣声不断，放映中几次出现自发的、令人震撼的掌声！

《永远的冀鲁豫》专题片在菏泽电视台连续播出，数百万鲁西南人民感到了震撼：我们的土地竟然有如此辉煌的历史，有如此令人骄傲的前辈！有如此伟大的精神遗产！

时任菏泽市委书记的于晓明同志说："我们找回了自己！我们看到了红色历史的力量，看到了人民的共鸣，弘扬冀鲁豫精神仅仅是开始，它是一个系统工程，它应该与振兴菏泽、为人民谋幸福、实现中国梦连在一起！"

专题片《永远的冀鲁豫》所呈现的冀鲁豫的历史不过是冰山一角，为什么会引来如此大的反响呢？

习近平说："崇高信仰始终是我们党的强大精神支柱，人民群众始终是我们党的坚实执政基础。只要我们永不动摇信仰、永不脱离群众，我们就能无往而不胜。"

2012 年 12 月 4 日，中央政治局做出了改进工作作风、密切联系群众的"八项规定"。

它和当年我们根据地《三大纪律八项注意》的歌声一脉相承！

鲁西南，你的集结号再次响起。八百万鲁西南儿女，找到了自己的血缘，找回了民族的自信！

民族复兴的伟大长征，在当年冀鲁豫根据地的大地上，已经开始！

菏泽市有八县两区，县县都有革命烈士陵园。其中曹县西北的陵园为最大，定名为鲁西南烈士陵园，当年为抗日牺牲的朱程将军和勇士们长眠在此，大杨湖战役、郓城战役、羊山战役的烈士们大部分也安葬于此。

书稿近尾，菏泽市政协主席刘勇把笔者带进了肃穆宁静的烈士安息地。陵园里仅无名烈士就有几千名。早在战争年代，政府和人民就用石碑留下了世纪的悼念……

视祖国如父母待人民如手足
抛头颅　洒热血　尝尽艰苦
完成民族解放　创造人类幸福
堪称炎黄子孙好榜样　不愧共产党人真精神。

——冀鲁豫边区第十地委
全体党员献

你们是革命的英雄，
你们是抗日的好汉，
你们从不怕道路的险峻，
你们更不怕任务的艰难，
有的，曾穿过渺茫无涯的草野，
也爬过巍峨冰冷的雪山，
踏遍了山岭森林，
奔驰在辽阔的平原，
有的，曾受尽了反动者的奴役鞭挞，
也饱尝了铁窗风寒；
坚持了孤立三村斗争，
打击了反动派无耻的背叛。
你们为了民族的解放，为了革命和党，
昼夜不停地干！干！干！
白骨堆积成钢铁般的长城，
鲜血凝结为民主自由的乐园。
你们壮烈的殉国呵！
创造、扩大、巩固了鲁西南，
这一页光荣的史绩，
将永远辉煌灿烂。
我们誓言，
愿踏着你们的血迹，向前！向前！向前！
消灭法西斯恶魔，
建设独立自由幸福的乐园！

——冀鲁豫军区第十军分区

司 令 员　赵基梅

副司令员　李东潮

宋励华　率全体指战员敬献

政　　委　刘　星

副 政 委　陈云开

赤心筑成新的长城；
鲜血写下革命史诗。
同志们！你们愉快地安息吧！
你们已尽了抗战建国的责任，
为保卫鲁西南人民的利益而奋斗，
为创造新社会的幸福而牺牲。
同志们！我们哀悼你们——
壮志未竟身先死，
常使英雄怀遗恨，
同志们！我们学习你们——
勇敢杀敌作模范，
精忠正气照人间！
完成新时代的新使命，
冲开血路，战斗前进！

——冀鲁豫第十专署全体同志敬献

你们是——
为庄稼汉翻身而干的急先锋，
为民族自卫而牺牲的好榜样，
鲁西南人民永远忘不了你们。
安息吧！同志们！
我们一定继承你们的遗志，
为鲁西南人民的自由幸福而奋斗。

——鲁西南工农青妇抗日救国联合会敬献

烈士们：

你们为革命为劳苦大众牺牲了。我是个老粗，不知道说啥好，我把机关枪修理好好的，多打死几个鬼子、汉奸，替你们报仇！

——边区甲等劳动英雄后供修械所修械队刘兴基敬献

烈士们：

你们给国家办事，打鬼子，流着血汗创造了这个根据地牺牲了。我们全鲁西南的小儿童要抱着亲爱的态度纪念你们，我们要好好学习，将来长大了替你们报仇！

——鲁西南第一完全小学初级生十二岁儿童程鸿曾敬献

你们为革命事业立了大功

我们继续你们的遗志勇往直前

——廿团一连战士战斗英雄马玉振敬献

烈士们，别去的战友们：

我心里的话：我决心以我今后杀敌人来为你们报仇，争取人民彻底解放。

——廿团七连班长、战斗英雄李克昌敬献

俺们从前都是没饭吃的人，自从您来了后，南杀北战，拼命流血，建设了根据地，俺们现在都有碗饭吃了，您真是俺的救命恩人，您牺牲了，俺们都很伤心，永远忘不了您。

——齐滨县向庄农救会向进宾、向义宾、向冠宾、侯朝选、刘化风敬献

安息吧！烈士们：

你们为了民族，为了广大穷苦的老百姓，光荣地牺牲了，你们拿鲜红的血，换来了鲁西南抗日民主根据地，换来了千百万群众的自由和幸福，你们的血没有白流！每个被解放的老百姓，每当端起他自己饭碗的时候，总会想念起烈士们的功绩，永垂不朽！

——冀鲁豫第十军分区野战医院全体同志敬献

英勇的烈士，你们的事业一言难尽。

你们是我们学习的榜样，

是人民的忠孝儿子，

是党军优秀的战士。

的确，你们的鲜血，
写下了不朽的光辉战绩，
歼灭了不少的敌人，
获得了不少的武器，
武装与壮大了自己，
巩固与扩大了根据地，
千百万群众得到了自由的呼吸。
的确，你们的汗，
为党军埋头苦干，
你们在艰苦奋斗中，
精神抖擞，意志坚定，
困难在你们面前低了头，
工作在困难中找到了胜利的方向。
这样，为革命利益而忘私……
将你们的血汗交流在一起，
培养了党军走向健壮，
你们的芳名与大无畏的精神永在胜利的旗帜中飘扬！

——廿团全体指战员敬献

英风凛凛山河壮
大节煌煌草木香

——中共民兰县委敬献

抗战卫祖国
鲜血重润精忠史
正气寒敌胆
芳名永垂烈士台

——考城县党政军民全体同志敬献

本书将要定稿时，刘勇在一个周日带我们去东明看黄河。

黄河带着稠度的黄河水、携着巴颜喀拉山和黄土高原的问候从我们面前滚滚北去——天下黄河九十九道弯，最后一弯在东明。黄河在此向北拐了最后一弯，便滔滔东去，直奔渤海！

黄河下游是一条“悬河”，其水平面远远高出地面。

令我们惊讶的是，在浊浪滚滚的黄河中间竟突出着一片片绿滩，如海上岛屿，上面住着不少人家，与咆哮的黄河相安无事。

刘勇对这条母亲河了如指掌，他说：“原来黄河是夺淮入海，咸丰五年，黄河夺大清河从山东入海。清末民初时，修的堤坝质量差，三年两决口，河水漫滩自流，形成了东西南北四个滩区，当年根据地说的‘滩区’就是指这一片。四个滩区现有十三万人，仅一个南滩就有一百三十四个村，二百七十四平方公里，我在东明干了八年，两次漫滩，两次修大坝，两次移民搬迁。老百姓世代住惯了滩，外面给盖了房子也不搬。遇上大汛季，洪水就在他们脚下流，滩区农民习惯了，照样过日子，我借部队的冲锋舟，往滩区送菜、送日用品。水退了，滩地肥沃，种一季就够吃一年。农民说：‘三年不漫滩，狗都能娶上媳妇了。’滩上人家生了男孩，就开始用砖堆房台，垒垛子，长大了，再用秸秆和泥巴打墙，娶妻生子过日子。

“当年，老百姓利用黄河之险在滩区掩护了很多八路军和革命干部。淮海战役后期缺粮，就是从这一座座破旧的农屋里凑出了一亿斤小米，送上前线；刘邓大军挺进大别山，在百里黄河进行强渡，蒋介石派飞机来轰炸、扫射，老百姓用树木、麻包堵缺口，还有三千‘水军’，几百艘木船，冒着敌机的轰炸和扫射冲向对岸，有的战士和民工落水，不会游泳，喊着战友的名字被湍流卷去……”

面对此情此景，笔者眼前浮现出当年根据地人民与共产党、人民军队血肉相依、共抗顽敌的壮观而撼动心魄的壮烈场面。

黄河的咆哮声、船夫摇桨声、船夫号子声、敌机的轰炸、扫射的声音和我军战士的呐喊声，复原了一曲真实立体的《黄河大合唱》：

朋友！
你到过黄河吗？
你渡过黄河吗？
你还记得河上的船夫

拼着性命

和惊涛骇浪搏战的情景吗？

如果你已经忘掉的话，

那么你听吧！

风在吼，马在叫，

黄河在咆哮！

……

黄河的浪花溅到我的脸上，我摸了一下，那是止不住的热泪！

2014 年 9 月 18 日完稿于菏泽

附录一　曾经在冀鲁豫工作过的中国共产党人

新四军政治委员和华中局书记刘少奇

晋冀鲁豫野战军司令员刘伯承

晋冀鲁豫野战军政委邓小平

华东野战军司令员兼政治委员陈毅

华东野战军副司令员粟裕

八路军一一五师政治委员罗荣桓

八路军一一五师代师长陈光

八路军一一五师六八六团团长杨勇

冀鲁豫边区行署主任段君毅

八路军冀鲁豫支队司令员杨得志

中共冀鲁豫分局书记黄敬

鲁西行政主任公署主任肖华

冀鲁豫军区第三军分区司令员兼回民支队司令员马本斋

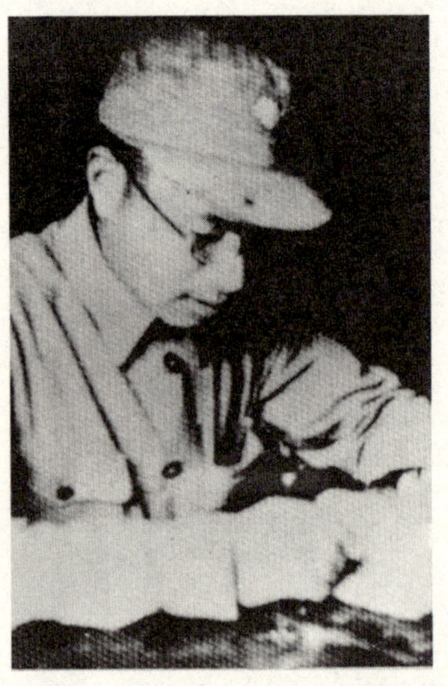

冀鲁豫军区第五军分区司令员朱程

湖西军分区司令员郭影秋

中国人民解放军第五兵团第十六军民运部长李庭桂

南下西进支队七大队政治部主任夏页文

冀鲁豫区六地委委员兼县委书记王富海

1947 年金风、白林夫妇在郓城

1949 年，申云浦、张莹夫妇在南下途中

晋冀鲁豫军区第一纵队部分首长合影。左起依次为：政治委员苏振华、司令员杨得志、政治部主任崔田民、政治部副主任吴实

冀鲁豫军区骑兵团领导合影。左起：万怀（团长）、李选贤（组织股长）、李庭桂（政委）、韩祥麟（宣传股长）、李树茂（副团长）、张剑东（政治处主任）

1946 年盛北光（后排左一）在晋冀鲁豫军政大学任保卫部部长时与保卫部同事合影

1987 年时任国务院副总理的万里同志在贵州视察时与申云浦同志留影

徐运北（中）、申云浦（右）、郭超（左）合影

附录二　参考书目

编辑委员会. 邓小平与冀鲁豫. 济南：山东人民出版社，2004

赵建国. 刘伯承元帅. 修订 2 版. 北京：解放军文艺出版社，2007

杨得志. 杨得志回忆录. 北京：解放军出版社，2011

杨国宇，陈斐琴，李鞍明，王伟. 刘伯承军事生涯. 北京：中国青年出版社，1982

中共曹县县委组织部、县委党史委. 红色春秋. 北京：中国图书出版社

贾凤英. 巍巍丰碑——冀鲁豫边区革命斗争追忆. 北京：中国文化出版社，2010

中共菏泽市委. 忠魂——菏泽英烈. 北京：中共党史出版社，2014

南下、西进支队简史编写组. 南下、西进支队简史. 贵阳：贵州人民出版社，2000

陈雄起主编. 三省庄的火光. 北京：作家出版社，2010

贾凤英、支建立、刘勇、张金鼎. 菏泽文化通览. 济南：山东人民出版社，2012

潘建荣主编. 二十五史人物与菏泽历史文化. 北京：中国书籍出版社，2007

赵少伏. 追忆金风. 贵阳：贵州人民出版社，2005

中共云南省委党史研究室. 光照千秋. 昆明：云南民族出版社，2006

[美] 塔奇曼著，万里新译. 史迪威与美国在中国的经验. 北京：新星出版社，2007

南开大学历史系. 中国抗日根据地史国际学术讨论会论文集. 北京：

档案出版社，1986

周明、王逸之．徐蚌会战．台北：台湾知兵堂出版社，2008

黄修荣，刘宋斌．中国共产党廉政反腐史记．北京：中国方正出版社，1996

齐武．一个根据地的成长．北京：人民出版社，1957

[美] 胡素珊著，王海良等译．中国的内战．北京：中国青年出版社，1987

中共冀鲁豫党史工作组文艺组．战斗在冀鲁豫平原上．贵阳：贵州人民出版社，1988

中共冀鲁豫边区党史工作组河北省联络组．冀鲁豫边区群众运动资料选编．石家庄：河北人民出版社，1991

李新、柯薇．十大精锐旅．北京：中共党史出版社，2007

[美] 布赖恩・克罗泽著，封长虹译．蒋介石传．北京：国际文化出版公司，2010

潘焱．戎马生涯．北京：海潮出版社，1998

中共冀鲁豫边区党史工作组办公室．中共冀鲁豫边区党史资料选编．济南：山东大学出版社，1992

何挺．潘焱将军纪念文集．北京：海潮出版社，2000

姚夫、李维民、伊增埙、孙志渊、孙璞方、姚仁隽等．解放战争纪事．北京：解放军出版社，2008

中共冀鲁豫边区党史编委会．中共冀鲁豫边区党史大事记．济南：山东大学出版社，1987

魏白．四野十大主力传奇．济南：黄河出版社，1996

星火燎原选编之八．北京：中国人民解放军战士出版社，1982

中共贵州省委党史研究室冀鲁豫组．铁骑战歌．1992 年

宋任穷．宋任穷回忆录．北京：解放军出版社，1994

张保英．生死斗．济南：山东大学出版社，1991

赵健民．赵健民文集．济南：山东人民出版社，2002

陈勇进．黄河风涛．贵阳：贵州人民出版社，1994

郭影秋纪念文集．北京：中国人民大学出版社，1995

张莹．申云浦纪念文集．北京：中央文献出版社，2010

姜峰、马晓春、窦益山等著．杨勇将军传．北京：解放军出版社，1991

西南地区．剿匪斗争．北京：解放军出版社，2002

罗荣桓编写组．回忆罗荣桓．北京：解放军出版社，1987

聂荣臻回忆录．北京：解放军出版社，1984

刘荫灏．晁哲甫纪念文集．济南：山东大学出版社，1998

毛毛．我的父亲邓小平．北京：中央文献出版社，1993

冀鲁豫边区敌军工作．郑州：河南人民出版社，1995

山东人民支援解放战争．济南：山东人民出版社，1990

王瑞迎．梁仞仟烈士传．香港：天马图书有限公司，2003

杨明奎、杨步胜．难忘的战斗岁月．三联贵阳联谊丛书．2007

中共云南党史研究室．冀鲁豫党史资料选萃．昆明：云南人民出版社，2011

军事科学院军事历史研究部．中国人民解放军战史．北京：军事科学出版社，1987

中共菏泽地区党史委．鲁西南地区革命史．济南：黄河出版社，1997

《冀鲁豫日报史》编委会．冀鲁豫日报史．贵阳：贵州人民出版社，1993

追忆金风．贵阳：贵州人民出版社，2005

运西地区革命史编委会．运西地区革命史．贵阳：贵州人民出版社，2001

田浩存、田晓峰．黄河归故风云录．北京：中共党史出版社，2005

张保英、田浩存．鲁西南战役．济南：山东人民出版社，1989

谢玉琳．鲁西北革命史．济南：山东大学出版社，1991

丁龙嘉．万里早期革命生涯．济南：山东人民出版社，1996

冀鲁豫边区革命史工作组．冀鲁豫边区革命史．济南：山东大学出版社，1991

张雁南．盛北光访谈录．贵阳：贵州人民出版社，2005

段君毅纪念文集编辑组．段君毅纪念文集．北京：北京出版社，2009

陆廷荣．冀鲁豫边区战斗岁月．昆明：云南人民出版社，2000

廖盖隆．全国解放战争史．上海：上海人民出版社，1984

邓贤文集．成都：四川文艺出版社，2009

田浩存主编．曹州英烈．菏泽：山东省出版总社菏泽分社，1986

菏泽地委党史委．刘邓大军七战鲁西南．菏泽：山东省出版总社菏泽分社内部资料，1985

冀鲁豫边区革命纪念馆解说词．1999

中共黔东南州委党史资料征集办公室．回顾黔东南解放．1988

庞耀增著．历程片断．新出内资2005第345号

贵阳市委党委办公室．夏页文同志资料辑．2003

李庭桂纪念文集编辑委员会．李庭桂纪念文集．1998年

仁怀市离退休干部回忆录．回首烟云．2001

中共贵州省委党史研究室．冀鲁豫边区入黔人物传略．冀鲁豫边区党史资料丛书．2002

中共贵州省委党史研究室冀鲁豫组．英雄的回族人民——冀鲁豫边区回民斗争专辑．1995

《郭超同志纪念文集》编辑委员会．无私奉献的一生．1995

中共云南党史研究室．光照千秋．2006

中共冀鲁豫边区党史云南联络组．馨香的遗风．1991

范世钧主编，中共冀鲁豫边区党史河北联络组．巾帼群英．冀出内准字91第022号

中共贵州冀鲁豫边区党史研究室冀鲁豫组．冀鲁豫党史资料选编．1988

中共安顺地委党史资料征集研究办公室．回顾安顺解放．黔刊资字第5号，1987

贵州省中共党史学会．高耸的丰碑．2011

贵州省委党史研究室冀鲁豫组．风范长存．1991

后 记

《根据地——中国共产党人不能忘却的记忆》一书的创作，历经一年之久的采访、写作、修改，终于完稿。虽洋洋四十万言，却并未能打捞出史海沉舟宝藏的万分之一。

时光如梭，人事变故，无数壮烈、崇高、无私、无畏的共产党人与人民浴血共生，面对强敌前赴后继的往事，随着无痕的岁月淡去，无数革命先辈慷慨悲歌，为民族大义赴汤蹈火，建功立业，有的连姓名也未能留下。

我们像考古学家那样轻轻扒开凝结的土层，用毛刷扫去历史碎片上的沙土和锈迹，渴望复原那血与火的年代，看清鲁西南这片老区土地上黎明前的黑暗，遥望她放射出的旭日之光。

从井冈山毛泽东和朱德创建的第一块红色“苏维埃”根据地起，共产党人在国内革命战争、抗日战争中建立过大大小小几十块革命根据地。根据地养育了共产党人，根据地养育了红军、八路军、新四军、人民解放军。根据地的人民献出米汤、军鞋、门板、平安车以及自己的儿女和自己的生命，为革命的胜利做出了巨大的贡献和牺牲，根据地是共和国血染的基石。

日伪军、国民党及其军队也曾经占领过大片的地盘，但他们却没有“根据地”。他们贪腐成性，奢侈无度，垒起炮楼，拉起铁丝网，抓壮丁，抢夺粮食和牛羊，屠杀百姓，他们用暴力控制的地方，只能称之为敌占区。他们占领了地盘，却不能占有民心。

民心才是真正的根据地！

在根据地的疆域里，只留住着人民最亲最爱的人。不论凶残的敌人如何血腥屠杀，不论敌人一次又一次地扫荡和还乡报复，根据地人民永远将她的儿女藏在心里。世界上，还有什么地方比母亲的心房更安全、更温暖？

根据地，已经不是一个年代概念、军事概念、政治概念，她是“人民”的化名，是永不落选的“人民代表”！是共产党人执政的根基！

在此，我们引用时任菏泽市委书记于晓明同志在一次会议上的一段讲话：

> 我们共产党人执政是为什么？我们要什么样的结果？道理就是一个：让老百姓说我们好。老百姓说我们好，不就是说共产党好吗？不就跟着我们走了吗？
>
> 习总书记来菏泽视察时，给干部背了一副河南内乡县一座古县衙的对联：得一官不荣，失一官不辱，勿道一官无用，地方全靠一官；穿百姓之衣，吃百姓之饭，莫以百姓可欺，自己也是百姓。
>
> 握有权力的共产党员不要高高在上，老百姓说你好，我们的执政基础不就解决了吗？执政的合法性不就有了嘛，我们要老老实实给老百姓办实事，这就回到为人民服务的原点上了。
>
> 原点理论是什么呢？当我们走一条路走不通了，或者走着走着找不着路了，怎么办呢？回到原点，想一想我们出发的时候，是为什么出发的。
>
> 我们鲁西南不仅是冀鲁豫革命根据地，更是我们共产党人的精神家园，这是我们必须永远坚守的……

我们在鲁西南黄褐色的土地上，挖掘这部历史题材的长篇报告文学，不仅看到了当年革命根据地的历史身影，同时也目睹了鲁西南现实的大变革。古老的菏泽、欠发达的菏泽，一群优秀的共产党人正肩负着民族复兴的伟大历史使命，举起先辈的革命火炬，为战胜贫穷，为富民强国，为构建和谐社会，打着一场没有硝烟的战争。

我们创作本书的初衷，是对散失于时空的冀鲁豫党史、军史、革命斗争史进行挖掘，弘扬共产党人的宗旨，助冀鲁豫精神的火炬世代传递。

我们在创作中恰恰遇到了一群接过火炬的人，他们是冀鲁豫之子。我们在丰富的素材中精选了一部分，包括菏泽近几年建设、发展、民生、党建，以及密切与群众血肉联系、保护发掘红色历史、弘扬冀鲁豫精神等内容，加写了第十四章《鲁西南，我听到了你的集结号》。

于晓明同志审罢书稿，认真地说："这一章一定要删去。"

"为什么?"

"这些事情本来就是我们应该做的。为老区人民办点事，有什么值得宣扬的?"

"全删去有些可惜，这不是表扬个人，而是写冀鲁豫革命传统的弘扬。"

"我们欠账太多了！我们对老区人民欠账太多了!"

我们忍痛删去了三万字的第十四章。但心中却萌生出一种喜悦：执政党人就应该是这样子的。

我们不知道这部四十万字的长篇报告文学，是否算得上全景式描写一块中国革命根据地的试水之作。但是，我们尽到了我们的绵薄之力。

农民盼望收获，工人追求技能，将军向往胜利，科学家励志发明，而文学则追求不朽——后者只有少数文杰才能做到。

我们生于斯世，与同代人共同经历了民族跋涉的种种磨难和求索。当我们站在高楼上，凭窗眺望着菏泽这个历史悠久的城市，看到逐年都有新变化的长街上，轿车、货车、面包车、公交车、快递车如河水般流淌，一片繁荣景象。不由回想起三十年前来菏泽，那时候看不到一辆机动车，现代化的动力还未进入这片古老的土地。外地人出差来此，乘坐的交通工具是木椅式的人力三轮车，蹬车人在后面，被称之为"倒骑驴"。然后有了机动三轮、有了外地淘汰的黄面的、出租车……

"现代化"好像一下子来到这个古老的城市。但她的代价是一代又一代经历、见证过抗日战争、解放战争、合作社、大跃进、人民公社、"文革"的人们被自然的规律连同他们的记忆带往另一个世界。

但是，生活依然在继续。田间的庄稼依然在生长，商场的人流依然在流动。产房里一个又一个婴儿用啼哭声向这个世界报到，这些粉嫩的炎黄子孙将见证另一种生活——一个民用机场将在当年根据地的土地上建成，根据地人民的后代将云中漫步，走向世界，高铁将带来速度，上北京、下广州，把鲁西南的声音传到远方，一座座高楼鳞次栉比，曾经是扁平的城市需要人们翘首仰望……

当年，拿破仑曾经说过，古老的中国是一只睡狮，一旦它醒来，世界都将为之震惊！

我们用多少代人的奋斗、牺牲、求索换来了睡狮的苏醒！

伟大的中华民族，永远不会被屠刀和灾难消灭！

我们眺望着这个城市的长街，忽然产生了一种宗教式的感悟——一百年之后，我们注定已离开这个世界，现在生活在这个城市的人们——包括初生的婴儿，绝大部分也将不复存在（除少数百岁老人）。而这个城市仍然不会停止呼吸。少女更加美丽，男儿更加健硕，他们拥有着我们想像不出的新的生活观念和生活方式，但那时我们的祖国一定如拿破仑所说的那样变得无比强大，不论怎样，他们胸膛里依然跳动着一颗“中国心”！

他们可否记得我们这一代人的名字？可否记得我们的作品？记得我们的磨难和希冀？

我们注定会被遗忘。被时间遗忘！被历史遗忘！

但，我们不希望冀鲁豫根据地的历史和精神被遗忘！她已成为我们民族精神的组成部分，她是民族之泪，民族之血，民族之骨，民族之魂！百年后的子孙们啊，你们面对英雄的骨灰和墓碑，也许会为他们流下潸潸热泪……

一部作品，一旦离开作家的写字台，就剪断了与作家之间的“脐带”，她便成为一个独立的生命。读者是否喜欢她，决定她能够走多远。

这部作品是我们生命的信使——遇到穿过战火与硝烟的革命前辈，请转达我们对他们的崇仰；遇到朝气蓬勃的青少年，请转达我们对他们的希冀；遇到我们往昔的朋友，请转达我们对他们的思念……

我们的心思和情感，像一片枫叶夹在书页里。

生命的信使，远行去吧！

2014 年 9 月 18 日